布登勃洛克一家

一个家庭的没落 / 上

Verfall einer Familie

BUDDENBROOKS

人民文学出版社

Thomas Mann
BUDDENBROOKS Verfall einer Familie

图书在版编目（CIP）数据

布登勃洛克一家 ：一个家庭的没落．上下 ／（德）托马斯·曼著 ；傅惟慈译．-- 北京 ：人民文学出版社，2024．--（托马斯·曼文集）．-- ISBN 978-7-02-019049-2

Ⅰ．I516.44

中国国家版本馆 CIP 数据核字第 2024MC4423 号

责任编辑 **欧阳韬**
装帧设计 **陶 雷**
责任印制 **王重艺**

出版发行 **人民文学出版社**
社　　址 **北京市朝内大街166号**
邮政编码 100705

印　　刷 **侨友印刷（河北）有限公司**
经　　销 **全国新华书店等**

字　　数 596千字
开　　本 880毫米×1230毫米 1/32
印　　张 29.375 插页2
印　　数 1—4000
版　　次 1962年12月北京第1版
印　　次 2025年8月第1次印刷

书　　号 978-7-02-019049-2
定　　价 168.00元（全二册）

如有印装质量问题，请与本社图书销售中心调换。电话：010-59905336

《布登勃洛克一家》：市民阶级的心灵史（译本序）

1

1897年5月，出版商萨缪尔·费舍尔致信旅居意大利罗马的托马斯·曼："如果您肯给我机会出版一部大型散文作品，哪怕是一本篇幅不那么大的长篇小说，我将非常地高兴"[①]。这位年仅二十二岁、只发表过几个短篇的文学青年欣然允诺。在随后的三年里，他从罗马写到慕尼黑，完成了一部以他的故乡——濒临波罗的海的吕贝克——为背景的长篇小说，取名《布登勃洛克一家》[②]。小说于1901年出版，出版不久便显露峥嵘，反响甚大[③]，销量随之出现戏剧性攀升[④]。从马赛到哥本哈根，从阿姆斯特丹到柏林，都

① Donald Prater:Thomas Mann. Deutscher und Weltbürger. Deutscher Taschenbuch Verlag München 1998. S.39.

② 最初取名为《江河日下》。

③ 就连品味高雅的里尔克也很快（1902年4月）加入了赞扬者的行列。见：Jochen Vogt. Thomas Mann: Buddenbrooks. Wilhelm Fink Verlag München 1983. S.148 ff.。

④ 以下数据很说明问题：1903年出第二版，1910年出到第五十版，累计销售达五万册，1919年便出到第一百版，1930年累计销售达到一百万册。到二十世纪八十年代，累计销售已超过四百五十万册。

有读者发出惊叹:“和我们这里的情况一模一样”①。1929年11月,瑞典文学院宣布托马斯·曼获该年度诺贝尔文学奖,但保守的评委们对《魔山》这样的长篇杰作和《死于威尼斯》等优秀中篇视而不见,特别强调托马斯·曼获奖是因为他写出一本《布登勃洛克一家》②。时至今日,《布登勃洛克一家》已成为名副其实的百年文学经典⋯⋯初出茅庐便写出不朽的长篇,文学史上仿佛又增添了一个一不留神搞出伟大作品的奇迹。然而,托马斯·曼不相信奇迹。他在惊喜之余开始思考一个问题:起点不高、期望不大的《布登勃洛克一家》③凭什么打动世人?他冥思苦想,终于在年近半百之时豁然开朗:《布登勃洛克一家》是一部“市民阶级的心灵史”,他的一生,其实只讲述了一个故事,那就是“市民变化的故事”④。

为概括《布登勃洛克一家》的“中心思想”而绞尽脑汁的外国读者,十有八九不会因为读到托马斯·曼这一高屋建瓴的自我总结而茅塞顿开,因为“市民”恰恰是一道阻碍外国读者进入托马斯·曼艺术世界的概念屏障。我们认为问题的根源在于德文词

---

① Thomas Mann: Über mich selbst. Frankfurt am Main1994. S.36.

② 托马斯·曼对此不以为然。他在致纪德的一封信中写道:“一本《布登勃洛克一家》绝不会给我带来促使和推动文学院为我颁奖的声望。”见Thomas Mann: Briefe I, 1889—1936, Frankfurt am Main 1988, S.298。

③ 托马斯·曼回忆说,他拿新出炉的《布登勃洛克一家》选段把亲戚朋友逗得哈哈大笑,笑声过后,众人一致认为该小说缺乏广阔的世界景观,拿来练笔或者自娱自乐倒是不错,当时他对这种看法表示认同。后来在斯德哥尔摩的宴会上他对瑞典女作家、1909年诺贝尔文学奖得主塞尔玛·拉格洛夫的话又产生了共鸣,因为后者告诉他,她写《古斯泰·贝林的故事》时,心里只有心爱的侄儿侄女们,压根儿没想到会因此一举成名。

④ Thomas Mann: Über mich selbst. Frankfurt am Main1994. S.35 und S.49.

Bürger。Bürger 源自 Burg（城堡），字面意思是“保护城堡的人”，也就是“城堡居民”或者“城市居民”，即“市民”。在西欧，市民自诞生之日起就是一个阶级，就存在对立面。一部欧洲近代史，就是市民阶级反对贵族阶级的历史，就是前者高举着自由、平等、知识以及劳动光荣的旗帜，与固守政权、固守旧有社会观念和社会秩序的后者进行对垒的历史。这场斗争在十八、十九世纪才尘埃落定，西欧各国的市民阶级相继登上历史的宝座，在政治、经济、文化各方面引领时代。然而，尽管有着相似的历史经历，德国市民阶级的自我意识却和他们的近邻有所不同。Bürger 一词便是例证。Bürger 的内涵意义不同于英语的 burgher（家道殷实，思想保守的中产阶级市民）或者 citizen（公民）或者二者之和，也不同于法语的 bourgeois（资产者）或者 citoyen（公民）或者二者之和，让英文和法文译者不胜烦恼①。与德国人同文同种同历史的英国人和法国人尚且如此，中国读者的处境可想而知。如果我们因为阅读托马斯·曼的作品查阅一本合格的现代德汉词典，我们有可能被 Bürger 词条搞得头晕目眩：市民、公民、市侩、中产阶级、资产阶级……我们习惯把“市民”看成“城市居民”或者“市井俗民”的缩写，既不理解德国“市民”的关系为何如此复杂，也不明

① H. T. Lowe-Porter 在其《布登勃洛克一家》英译本中交替使用“burgher”和“citizen”。见：Buddenbrooks. Translated from the German by H. T. Lowe-Porter. New York. May 1984. P.148 and P.372。Geneviéve Blanquis 的法文译本用的是“bourgeois”，但同时用脚注说明“Bürger”囊括了“bourgeois”和“citoyen”的意思。见：Les Buddenbrook. Le déclin d’ une famille. Roman traduit de l’ Allemand par Geneviéve Blanquis. Librairie Arthéme Fayard 1965. P.458。

白德汉词典中的解释怎么就没有一个百分之百地适合托马斯·曼的语境[①]。撞上宁为玉碎、不为瓦全的翻译家，这个词恐怕只好音译为“毕尔格”。Bürger的隐含意义如此丰富、如此驳杂，这多少反映出社会意识的历史变迁。这中间有两点值得注意：第一，从十八世纪后期到十九世纪的德国市民阶级（das Bürgertum），实际上是一个精英阶层，是由医生、律师、工厂主、大商人、高级公务员、作家、牧师、教授以及高级文科中学教员组成的中上层。相同或者相似的价值观念和生活方式是联系形形色色的阶级成员的纽带。据考证，德国市民阶级在十九世纪——历史学家们称之为das bürgerliche Zeitalter（市民时代）——中叶仅占总人口的5%，如果把匠人、小商人、小店主这类小市民也计算在内，也不超过15%[②]。尽管德国市民阶级都是殷实之家，我们所熟悉的政治话语也一直把他们统称为资产阶级，使人联想到这个阶级的本质特征是占有并崇拜财富，但是德国市民阶级很难接受单纯的资产阶级称号。个中原因在于，他们引以为豪的恰恰是财富和文化的水乳交融。约翰·沃尔夫冈·封·歌德（虽然他的姓名之间添了一个代表贵族身份的“封”字，他仍然被视为德国市民阶级的伟大代表）的一句箴言便充分表达出他们的文化精英意识：“若非市民家，

① 中译者一般都在“市民”和“资产阶级”之间徘徊。譬如，傅惟慈译《布登勃洛克一家》采用前者，刘德中等译《托马斯·曼中短篇小说集》则采用后者。但译者们没加任何注释。

② Jürgen Kocka (Hg.): Bürgertum im 19. Jahrhundert. Band I: Einheit und Vielfalt Europas. Göttingen 1995. S.10.

何处有文化”①。第二，从十九世纪开始，Bürger 这一概念便不断受到贬义化浪潮的冲击。德国浪漫派对市民阶级的社会理想和道德理想进行了讽刺和批判，把市民统统描绘成手持长矛的形象，使 Bürger 和 Spießbürger（市侩，小市民）②结下不解之缘；掀起“波希米亚革命”的艺术浪子们纷纷向吉卜赛人看齐③，浪迹天涯、无牵无挂的“波希米亚”让稳定而体面的“布尔乔亚”遭到严重的审美挫折；资本主义的蓬勃发展和1848—1849年的民主革命的失败，使无产阶级革命导师认清了德国市民阶级的本质，Bürger 不仅成为保守、软弱、缺乏革命性的化身，而且和来自法国的 Bourgeois（资产者）融为一体；二十世纪六十年代，随着学生运动和新左派思潮的兴起，“市民”“市民性”即“资产阶级”和“资产阶级特性”再次成为批判对象，市民阶级的文化优势也沦为笑柄，左派人士故意画蛇添足，发明了一个可资嘲笑的冗词 Bildungsbürger（有文化或者有教养市民）④。就这样，Bürger 从一个原本褒义的概念逐渐

---

① 全诗为：“若非市民家，何处有文化，骑士联手农夫，市民惨遭活剐”（Wo käm’ die schönste Bildung her, / Und wenn sie nicht vom Bürger wär’, / Wenn aber sich Ritter und Bauern verbinden, / Da werden sie freilich die Bürger schinden.）。见：Goethe: Zahme Xenien IX. Züricher Gedenkausgabe [Artemis], hrsg. v. Ernst Beutler. Bd. II, S. 412。

② 市侩（Spießbürger）在德文里的字面意思是“持矛市民”。该说法源于对中世纪那些没有坐骑的长矛（Spieß）卫士的蔑称。

③ 巴黎的艺术浪子们之所以和波希米亚扯上关系，是因为法国人把他们崇拜的吉卜赛人叫做“波希米亚人”（bohemiens），吉卜赛人被称为“波希米亚人”，则是因为法国人认为他们来自遥远而神秘的波希米亚。

④ 如前所述，Bürger 本身就有“文化人”的含义，Bildungsbürger 自然成为一个带有讽刺意味的冗词。

演变成为一个中性的、见仁见智的概念。

托马斯·曼有着根深蒂固的阶级意识和阶级感情。和许多艺术家不同，他年纪轻轻就表达出强烈的阶级归属感。人们也许会因为中篇小说《托尼奥·克吕格尔》(1903)感人至深地刻画了市民的灵魂和艺术家的灵魂如何在他心中对峙和争吵而疑心他的阶级立场发生了动摇，但是这一顾虑将被他随后发表的《阁楼预言家》(1904)打消。在这篇小说中，他不仅把自己塑造成一个头戴礼帽、蓄着英式小胡子的中篇小说家（这是十九世纪德国市民的标准形象），而且带着讥讽和怜悯描写在阁楼上面折腾的“波希米亚”。对于他，“市民”是一个值得骄傲的称号，市民阶级是一片孕育哲学、艺术和人道主义花朵的沃土，歌德和尼采都是在这块土壤成长起来的文化巨人，所以他托马斯·曼要保持市民阶级的特色，要捍卫市民阶级的尊严，所以他强调，“市民变化的故事”讲的只是市民如何变成艺术家，而非如何变成资产阶级或者马克思主义者。他也如愿以偿地被视为二十世纪的歌德①，被视为德国传统市民文化的集大成者。

---

① 至少有如下事实证明托马斯·曼有这种愿望：他把《托尼奥·克吕格尔》比作“二十世纪的《少年维特的烦恼》”，还把《魔山》纳入《威廉·麦斯特》开辟的成长小说传统，他的长篇演说《作为市民时代总代表的歌德》和长篇小说《绿蒂在魏玛》纯粹是夫子自道，长篇小说《浮士德博士》的标题就已透露他的歌德意识。托马斯·曼的确如愿以偿：1941年12月13日的《纽约时报》刊载了美国女作家珍妮特·弗朗纳撰写托马斯·曼的文章，标题就是“歌德在好莱坞”。参见：https://www.newyorker.com/magazine/1941/12/13/goethe-in-hollywood-i#:~:text=Published%20in%20the%20print%20edition,have%20to%20work%20with%20Trump.

必须指出的是，1900年前后的托马斯·曼还没有系统地反思市民问题，也没有以市民阶级的总代表自居，所以他的《布登勃洛克一家》本能地把市民阶级划分为三六九等（这在第四部第三章描写的市民代表大会上可谓一览无余①），代表曼家的布登勃洛克一家（以下简称布家）属于高等市民。这不足为怪。这是社会存在决定社会意识的又一例证。我们知道，托马斯·曼生在吕贝克的一个城市贵族家庭。诞生于1226年的吕贝克，其实是一个高度自治的城市共和国，德意志民族神圣罗马帝国皇帝所赐予它的“帝国直辖市”地位，甚至保持到1937年。吕贝克是一个拥有辉煌历史的商业城市，在十四世纪曾为盛极一时的汉萨同盟的总部所在地（现在的德国航空公司就取名为“空中汉萨”）。但是，在工业化和技术化浪潮席卷德意志大地的十九世纪中后期，吕贝克的社会经济发展却没有完全跟上时代的步伐，商业和商人仍然是社会生活的主宰和核心。曼家的崛起就很说明问题：曾祖父获得吕贝克的市民权并创办粮食商行，祖父和父亲先后子承父业，其名望却超过了父辈。前者兼任荷兰驻吕贝克领事，后者则当选为市府参议，成为这个袖珍国的部长级人物。到托马斯·曼这一辈，曼家已成为无可争议的城市贵族。所谓城市贵族，也就是贵族化的市民，也就是那些虽然没有放弃本阶级的政治和道德理念，但在生活方式和生活情趣方面向贵族阶级看齐的上层富裕市民。市民贵族化，符合仓廪实而知礼仪的社会发展规律，所以这种现象并非十九世

① Thomas Mann: Buddenbrooks. Aufbau-Verlag Berlin und Weimar 1990. S.167 ff.

纪或者晚期市民阶级所独有，而是贯穿着市民阶级的发展史。城市贵族的标志，则是考究的饮食和穿着，含蓄而得体的言谈举止，还有高雅的审美趣味。可是，当市民阶级进化到城市贵族的时候，也许麻烦就出来了。这正是《布登勃洛克一家》所触及的问题。

2

注意到《布登勃洛克一家》副标题“一个家庭的没落”的读者，将惊喜地发现，这本讲述家族没落的小说，竟见不着多少感伤情调，反倒通篇幽默，笑声不断。透过这笑声，我们首先望见了横亘在城市贵族与中下层大众之间那条阶级鸿沟，望见了高高在上，嘲笑一切的城市贵族。不言而喻，离贵族生活相距十万八千里的穷人或者说无产者是要受到嘲笑的。他们对不起贵族的听觉，因为他们一张嘴就是土话（在德国，不会说高地德语即德国普通话，是要遭人歧视的），就闹笑话（参加共和革命的工人斯摩尔特，当他被告知吕贝克本来就是一个共和国后，便说“那么我们就再要一个”①），就说出让人难堪的话（前来祝贺汉诺洗礼的格罗勃雷本大谈坟墓和棺材）；他们也对不起贵族的嗅觉，因为他们身上散发着汗水味（而非香水味）、烧酒味（而非葡萄酒或者白兰地味道）、烟草味（而非雪茄味）；他们更对不起贵族的视觉，因为他们在参加布家的丧葬或者庆典活动时，走路像狗熊，说话之前总要咽口水

① Thomas Mann: Buddenbrooks. Aufbau-Verlag Berlin und Weimar 1990. S.176.

或者吐口水，然后再提提裤子。格罗勃雷本的鼻尖上一年四季都摇晃着一根亮晶晶的鼻涕。严格讲，小说里所有的穷人都应取名格罗勃雷本——这是 Grobleben 的音译，意为“粗糙的生活”。尽管中产阶级和据称能够让“波希米亚”和“布尔乔亚”不再分家的“波－波族”已在当代中国闪亮登场，但是对革命导师的教导——“最干净的还是工人农民，尽管他们手是黑的，脚上有牛屎，还是比资产阶级和小资产阶级知识分子都干净”①——心存记忆的读者还是要问，写这些东西是否太 petit bourgois，是否太小资情调。令人宽慰的是，格罗勃雷本们并非《布登勃洛克一家》的主要嘲笑对象，因为高高在上的托马斯·曼对他们没有什么兴趣（除了《布登勃洛克一家》，他那卷帙浩繁的作品里几乎见不着格罗勃雷本们的踪影）。社会地位与布家相同或者相近的人受到了更多而且更尖刻的嘲笑，如布商本狄恩、酒商科本、裁缝史笃特，以及汉诺的教师。和布家联姻的佩尔曼内德和威恩申克，更是布家的大笑料。布家人不但要挑剔发音和穿着，挑剔坐相站相吃相。他们也看重知识和教养。谁要把《罗密欧和朱丽叶》说成席勒的剧本，或者只会欣赏静物画和裸体画，或者碰到盖尔达就问“您的小提琴好吗？”，谁就会遭受无言的蔑视。

《布登勃洛克一家》并非贵族趣味指南，托马斯·曼也不是一味沾沾自喜的城市贵族，而是一个能够超越阶级局限的艺术天才。这本小说在取笑粗俗外表和低级趣味的同时，也用讥讽的目光来

① 《毛泽东文艺论集》，北京：中央文献出版社，2002 年 4 月，第 53 页。

审视外表华丽、格调高雅的城市贵族。布家的几桩婚事便将城市贵族的痼疾和偏见暴露得一清二楚。门当户对、金钱第一，这是城市贵族们雷打不动的嫁娶原则。老布登勃洛克的前后妻都是富商的女儿。他的两个儿子，一个规行矩步，娶了本城名门的千金，另一个则大逆不道，娶了自己所爱的小店主的女儿。这个家庭叛逆不仅受到父亲的经济制裁，他似乎还得罪了老天，因为他的爱情的结晶只是三个嫁不出去的女儿。她们后来则化为希腊神话中的复仇三女神。叔伯亲戚家发生的事情，姐妹三个用一只眼睛观察，再用一张嘴巴评论。第三代的婚姻更有戏剧性。托马斯虽与本城花店姑娘安娜有过一阵暗恋，但他后来还是非常理智地，非常风光地娶回了阿姆斯特丹百万富翁的掌上明珠；朝气蓬勃的大学生莫尔顿很讨冬妮的欢心，但他是总领港施瓦尔茨考甫的儿子，属于小市民阶层，所以他只好眼睁睁地看着冬妮被汉堡商人格仑利希娶走。不料这两桩婚姻都带来灾难性后果：格仑利希是骗子而且破了产（与汉堡商界有着密切往来的布登勃洛克参议竟然对其真实情况一无所知，这也够蹊跷的了），冬妮被迫离婚。后来她嫁给慕尼黑的忽布商人佩尔曼内德，但是她忍受不了胸无大志的佩尔曼内德和与她的贵族观念格格不入的慕尼黑，所以她不久便以佩尔曼内德有越轨行为为理由离了婚，回到能够让她昂首挺胸的吕贝克。她的“第三次婚姻”——女儿的婚姻，则随着身为保险公司经理的女婿锒铛入狱而告终，布家为此蒙受了重大的经济和名誉损失。至于盖尔达，她有丰厚的陪嫁，不同凡响的美貌和情趣，但她也给布家带来孱弱的体质和危险的音乐激情（汉诺徒有布家的外貌），早早地让他们绝了望，也绝了后。同情布家的读者也许会想：莫尔顿毕业后不是很体面地在布雷斯劳开起了诊所吗？他不能让冬妮过上殷实而体面的生活吗？后来变成伊威尔逊太太的安娜明明是一个具有旺盛生育力的女人，她甚至在悄悄瞻仰托马斯遗容那一刻也带着身孕（掐指一算，此时的伊威尔逊太太怎么也年过四十了），当初托马斯要娶了她，第四代布登勃洛克还会形单影只，弱不禁风吗？可是，囿于阶级偏见的布家必然要拒绝莫尔顿和安娜。他们哪里知道自己这一回拒绝了健康和善良，并断送了自家的未来？

布家的衰落，难道要归咎于他们结错了婚吗？不是的。布家的没落是一个十分复杂的过程，中间掺杂着各种破坏因素。除了事与愿违的婚姻，还有骗子加败家子加竞争对手，还有日趋下降的体质和日益脆弱的意志，还有命运的嘲弄和事情的不凑巧，所以这犹如一曲交织着天灾人祸、内因外因、必然与偶然的四面楚歌，吸引着一批又一批的读者和研究者，使这部百年文学名著有了层层叠叠的“副文本”和林林总总的阐述。但我们中国读者所熟悉的，似乎只有如下学说：是如狼似虎、不择手段的哈根施特罗姆一家（以下简称哈家），造成了恪守传统商业道德的布家的没落，哈家的胜利标志着资本主义从自由竞争到垄断阶段的过渡。这是前民主德国女学者英格·迪尔森1959年明确表述，又在1975年悄悄收回的观点，其思想源头则可追溯到马克思主义文论家卢卡契。是卢卡契率先在题为《寻找市民》（1948）的论文中把布家与哈家的对比和较量宣布为小说的一条思想红线。他还说，前者是“德国一度为之骄傲的市民文化的载体”，后者标志着德国市民阶级由文化主宰转变为经济主宰，也就是资产阶级（他把这种变化命名为“哈根施特罗姆式转折”)[①]。素养极高的卢卡契还不至于从庸俗社会学的角度去把哈家妖魔化，但他毕竟为前东德和前苏联的研究界定下了“美化布家，贬低哈家”的基调。这种将两家关系阶级斗争化的做法，既得不到托马斯·曼的首肯——他声称自己“在睡梦之中错过了德国市民阶级向资产阶级的转变”[②]，也得不到文本的支撑。通读整本小说，我们找不到哪怕一个能够说明哈家违背法律或者商业道德的事例。况且资本主义的商业道德是靠法律来约束的。保险公司经理威恩申克的下场，就说明在偏远的吕贝克也照样天网恢恢，疏而不漏。朝气蓬勃、与时俱进，这是哈家生意红火的主要原因；雄厚的财力加上“自由和宽容”的天性，又使他们的政治和社会声望与日俱增：初来乍到的亨利希·哈根施特罗姆，还因为娶了一个西姆灵格[③]为妻而遭到具有排犹倾向的布登勃洛克们的疏远和冷遇，但他的儿子亥尔曼已经可以在议员竞选中与托马斯·布登勃洛克较量，并险些获胜。他们当然有缺陷，有些还非常令人反感，如肥胖，塌鼻，说话咂舌，珠光宝气，对文物保护不感兴趣，等等。但是我们不能把他们的审美缺陷与道德污点混为一谈（如果读者的眼光被“布登勃洛克化”，特别是“冬妮·布登勃洛克化”，就很容易出现这个问题）。换言之，哈家的兴旺与布家的衰落，不

① Georg Lukács: Thomas Mann. Berlin 1957, S.17.

② Thomas Mann: Betrachtungen eines Unpolitischen. S. Fischer Verlag Frankfurt am Main 1983. S.138.

③ 这是典型的德国犹太人姓氏。

能归咎于好人吃亏，坏人当道。他们充其量让人看到穷人富了没模样，富人穷了不走样。

3

布家没落的主要原因，无疑在于自身，在于其精神。作为一部心灵史，《布登勃洛克一家》的绝大部分篇幅都在描写布家后代内心变化所产生的后果。形象地说，精神涣散是这个商业望族没落的原因和标志。老布登勃洛克在充满刀光剑影的商业竞技场上全神贯注，出手果断，所以他频频得手。他的儿子和孙子上场之后，却是一个比一个分心，他们一边经商，一边思考与经商无关甚至与之相抵触的问题，所以他们节节败退。他的曾孙不仅拒绝踏入商业竞技场，而且早早地告别了人生战场。小布登勃洛克们的问题，在于他们把心思分给了宗教、历史、哲学、艺术、道德，在于他们想得越来越多，说得越来越多，说话内容越来越离谱。小约翰·布登勃洛克爱上了上帝，英式花园，还有记载家史的金边记事簿，他既为家道中落、搬出孟街豪宅的拉登刊普一家的没落惋惜，也担心灾祸叩到自家门。第三代的托马斯之讲究穿着，之卖弄文墨，已超出他的市民同类所习惯的限度，与此同时，他的头脑也越来越被怀疑主义所缠绕。他暗地里对商业产生了道德质疑，暗地里否定自己是合格的商人和市民。他好似一个兴趣索然的演员，勉强维持着老板派头和市民外表，所以当他沾满血污和泥污猝死街头的时候，很难说他是受到了命运的嘲弄还是得到了解脱。

他的弟弟克里斯蒂安，不仅告别了目标明确、持之以恒、井然有序的市民生活，而且将含蓄、得体这类市民美德抛在九霄云外。他喜欢描述自己的身体感觉（必要时还可以把裤脚扯起来让众人看）和思想感受，他思无羁绊，口无遮拦，全然不顾什么阶级立场、家族立场、个人立场，所以他的话既发人深省又令人困惑，所以他一会儿让人低首害臊，一会儿令人捧腹大笑（他是书中最大的笑料供应商）。由于摆脱了个人欲望和各种利害关系，他已进入康德所定义的审美状态和叔本华所讴歌的认识状态，他已经化为“清亮的世界之眼”。难怪高深莫测、高不可攀的盖尔达——她欣赏的人不出三个，她说的话不出三句——要对他另眼相看，要说他比托马斯更不像市民，这意思是:更脱俗①。可惜这天才的克里斯蒂安，最终进了疯人院。由于他，普灵斯亥姆牧师已经当众把布家宣布为没落的家庭。值得注意的是，也是因为不可救药的暴露癖而成为阶级异己的克里斯蒂安，却和托马斯一样害怕别人流露真情。不论号啕大哭的冬妮，还是戚然肃然的吊唁者，都叫他手足无措。事实上，害怕“裸情”的不仅仅是这两兄弟，整个布家都是这样。佩尔曼内德受到他们暗中嘲笑，一个原因便是他表达感情太直率；当已有临终预感的托马斯敞开心扉、大谈自己对高山和大海的形而上思索时，天真但又不乏阶级本能的冬妮也觉得不应该。发生在布家这种现象，反映了市民阶级的一个精神飞跃。想当初，譬如说从《布登勃洛克一家》问世倒退一百年，真情还是市民阶级手

① Thomas Mann: Buddenbrooks. Aufbau-Verlag Berlin und Weimar 1990. S.414.

中的武器。他们讴歌真情，袒露真情，见谁都“敞开心扉”（德文叫 Herzensergießungen），跟谁都恨不得兄弟姐妹（席勒的《欢乐颂》真是喊出了时代的心声）；他们决意用一颗真诚、温暖、鲜活的心，来对抗贵族阶级的虚伪、冷漠、俗套。如今，他们不仅站到了贵族阶级的立场，而且大有后来居上之势：他们躲避真情，已从生活躲到艺术，所以把躲避真情提升为审美原则。托马斯·曼的中篇小说《托尼奥·克吕格尔》，还以一个对人“掏心”的商人和一个诗兴大发的军官为例，说明“健康而强烈的感情向来缺乏审美趣味”①。随着市民阶级审美趣味的贵族化，十九世纪后期以来的一流长篇小说——这是道地的市民阶级的艺术——多以反讽，以冷峻，以“酷”为首要特征。布家发展到第四代，其贵族趣味又上了一个台阶。汉诺自小就显得高贵而脆弱，就有一种不声不响的优越感。这种感觉一方面得益于他的身世，因为作为布家人，他不仅可以嘲笑学校教员的寒碜着装和举止，他还可以为这些充其量算中产阶级的讨厌鬼不能跟到宛若人间仙境，却又贵得要命的特拉夫门德去烦他而幸灾乐祸。他的优越感的另一根源，则是他沉湎其中的音乐。音乐，这可不是普普通通的艺术。同样从《布登勃洛克一家》问世倒退一百年，也就是在浪漫派运动风起云涌之时，音乐就被德意志的哲人和诗人异口同声地推举为艺术之王，成为最阳春白雪的艺术。音乐家的头顶上也随之浮现一轮神秘的光环。有趣的是，这一现象也见诸布家。通晓文学和绘画的托马斯，便

---

① Thomas Mann: Erzählungen. Fischer Taschenbuch Verlag Frankfurt am Main 1986. S.326.

因为不懂音乐而在盖尔达面前抬不起头，盖尔达则毫不掩饰她对乐盲的蔑视。如果没有这种蔑视，我们很难想象她怎么会公开与封·特洛塔少尉搞暧昧的二重奏。耐人寻味的是，已经进入最高艺术境界的汉诺，在生活中却是一个窝囊废。他比总不成器的克里斯蒂安叔叔还要窝囊：克里斯蒂安至少还声称自己能够干这干那，汉诺却永远对“长大了做什么”的问题保持沉默。他不单因为不能子承父业而辜负众望，他也没想过要成为——就像冬妮姑姑所说的——莫扎特或者梅耶比尔。对于他，音乐不是什么“事业”，而只是精神鸦片和自慰的手段（描写他在八岁生日弹奏幻想曲那段文字可谓素面荤底）。更叫人绝望的是，除了音乐、海滨以及和凯伊的友谊，汉诺见不着别的人生乐趣和人生目的，所以他未及成年便撒手人寰。布家的香火熄灭了。牵挂布家命运的托马斯·曼，还在中篇小说《特利斯坦》（1902）中还为他们写了一段亦庄亦谐的悼词：“一个古老的家族，它太疲惫，太高贵，它无所作为，无以面对生活，它行将就木。它的遗言化为艺术的鸣响，化为缕缕琴声，琴声浸透着临终者清醒的悲哀……”①

布家的衰落显然有点“横看成岭侧成峰”的意味。他们一方面体质越来越差，意志越来越弱，想法越来越务虚，社会形象越来越不体面，他们当然退化了，也非市民化了。另一方面，如果说德国市民阶级是文化精英，如果说通晓其时代的高雅文化是这个阶级的基本特征，那么，不读歌德和席勒，只会欣赏通俗风景画，

① Thomas Mann: Erzählungen. Fischer Taschenbuch Verlag Frankfurt am Main 1986.S.277.

只晓得在饭后茶余像普鲁士国王腓特烈二世那样拿笛子吹吹洛可可小调的老布登勃洛克，恐怕还算不得标准市民。他的后代要比他标准得多：托马斯读过海涅和叔本华，汉诺则陶醉于代表十九世纪后期德国乃至欧洲最高文化成就的瓦格纳音乐。如是观之，从曾祖父到曾孙，布家经历的是一段进化史，一段市民化的历史。进化也罢，退化也罢，市民化也罢，非市民化也罢，反正《布登勃洛克一家》揭示了一种反比例关系：精神越发达，生存能力越低下。这是一条令人耳目一新的定律，但我们还不能叫它"布登勃洛克定律"，因为这不是托马斯·曼的发明。早在《布登勃洛克一家》诞生之前，一向言必称希腊的欧洲思想家们似乎忘了，希腊的哲人文士中不乏掷铁饼、扔标枪且骁勇善战者这一史实，纷纷宣告精神和肉体、思想和行动之间存在反比例关系：克莱斯特在《论木偶戏》中讲到一只任何击剑高手也奈何不得的狗熊，一剑刺去，它的前掌会化解你的进攻；若是佯攻，它会一动不动；叔本华则断言，没什么思维习惯的野蛮人更善于斗兽和射箭这类活动，他还说，智力越高，痛苦越大，天才最痛苦；尼采又把哈姆莱特之迟迟不肯下手归咎于知识妨碍乃至扼杀行动；在十九世纪的后三十年，由于相关书籍雨后春笋般地涌现（最具影响力的是意大利犯罪学家隆布罗索和德国精神病医生朗格艾希鲍姆），天才与疯狂的关系在欧洲知识界几乎无人不晓……《布登勃洛克一家》证明托马斯·曼是一个善于把烂熟的思想果实酿成艺术美酒的天才。

有家族，就有兴衰。布家的兴衰也不足为怪。拉登刊普一家，布家，哈家先后入主孟街豪宅，便是三十年河东，四十年河西这一永恒真理的生动显现。在布登勃洛克一家的故事结束时，我们看到布家日薄西山，哈家如日中天。然而，一想到法学家莫里茨·哈根施特罗姆身体虚弱而且产生了艺术细胞，我们就不得不为哈家的未来捏一把汗，我们有理由预言哈家的辉煌也持续不了几代。因此，与其说《布登勃洛克一家》的伟大在于它细致入微、引人入胜地刻画了一个家庭的衰败过程或者说一个阶级的内心变化过程，不如说它让我们经历了一场精神洗礼，使我们炼出一道透视家族兴衰的眼光。

4

今年是托马斯·曼诞辰150周年，也是《布登勃洛克一家》问世124年。

《布登勃洛克一家》于1901年10月问世。一年之后，被誉为“文学社会学的先驱”的文学史家和宗教哲学家萨缪尔·卢布林斯基[①]在《柏林日报》撰写了一篇热情洋溢的评论。他最后指出：“这部小说的影响力将与日俱增，它必将为一代又一代的读者传阅”[②]。对于作者托马斯·曼和出版商萨缪尔·费舍尔，萨缪尔·卢布林斯基的话既是一则美好的预言，也是一剂有力的强心针。早前，当费舍尔见到托马斯·曼寄来的手稿时，第一反应是担心书太厚、不好卖，所以他建议篇幅减半。而托马斯·曼本人一开始也不是那

① 参见德文维基词条：Samuel Lublinski – Wikipedia。

② Thomas Mann: Über mich selbst. Frankfurt am Main1994. S.63.

么地胸有成竹。诚然，写作期间他给家人和朋友朗诵过选段，逗得众人哈哈大笑，感觉娱乐效果很不错，但他不敢保证这本书有多少深度或者广度。好在托马斯·曼做到了敝帚自珍。他不仅在邮局邮寄手稿时毫不犹豫地将其保价1,000马克（要知道：1900年德国一个普通工人的月薪仅为65马克），而且毫不含糊地拒绝了萨缪尔·费舍尔有关削减篇幅的建议。

《布登勃洛克一家》的首版为两卷本，印数1,000册，精装本14马克（约合现在116欧元或人民币868元），平装本12马克（约合100欧元或人民币748元）。首版的销售不太顺畅，评论界也有不少批评和怀疑的声音。1903年，费舍尔出版社推出了一卷本的《布登勃洛克一家》，其精装本和平装本的价格分别降至6马克和5马克。于是，书的销量开始飙升，好评接踵而至，诗人里尔克也在赞美者之列。托马斯·曼一举奠定了自己的文坛地位。1918年，《布登勃洛克一家》的销量突破了历史性的十万大关；1929年，《布登勃洛克一家》成为托马斯·曼荣获诺贝尔文学奖的获奖作品（必须指出：瑞典文学院对1924年问世的《魔山》只字不提，则既给世人、也给自己留下了永久遗憾），名副其实地获得了王者荣耀。五十年后，《布登勃洛克一家》再度辉煌，入选影响甚大的“《时代周报》世界文学100强文库”。文库收录的百部经典选自古往今来的各国文学（《红楼梦》是唯一入选的中国文学作品），但并不限于纯文学。《圣经》《苏格拉底的申辩》《日耳曼尼亚志》《论永久和平》《文明及其不满》等思想著作也赫然在列。

1904年，萨缪尔·卢布林斯基在其著作《对现代派的总结》中再度赞美托马斯·曼其人其作。他不仅把托马斯·曼称为“最重要的现代小说家”，而且断言“当代叙事文学迄今尚未出现能够与《布登勃洛克一家》媲美的作品”[①]。萨缪尔·卢布林斯基无疑是托马斯·曼的伯乐、恩人和福星（知恩图报的托马斯·曼日后也为他两肋插刀，以犀利的笔触重创他的死敌文化哲学家特奥多·莱辛[②]），他独具慧眼又大胆放言，几乎先知先觉地道出托马斯·曼日后的文学史地位。但如果从百年之后的今天回望过去，我们就会发现，在昔日的德国文坛，托马斯·曼并非一枝独秀。二十世纪初的德国文坛，已经有了群星闪烁的气象。我们甚至可以说，托马斯·曼是德国文学第二次大爆炸的产物。德国文学有两次爆炸。第一次出现在十八世纪后期到十九世纪初的几十年。在那时，随着启蒙文学、狂飙文学、魏玛古典文学和浪漫文学的兴起，德国文学出现了空前繁荣的景象。德国文学几乎与德国哲学、德国音乐同时发力，成为在德意志大地毗邻而居的三座文化高峰。但在随后的十九世纪后半叶，德国文学走入低谷。当英、法、俄、意大利等欧洲邻国出现名家辈出、佳作频传的可喜局面时，德国文学却是乏善可陈，鲜见震动欧洲的巨制。同时期的尼采哲学和瓦格纳音乐则成为德国文化的最大亮点。进入二十世纪，德国文学再次爆发，

---

① Thomas-Mann-Studien Zweiundzwanzigster Band. Thomas Mann im Urteil seiner Zeit. Dokumente 1891—1955. Herausgegeben und mit einem Nachwort von Klaus Schröter. Vittorio Klostermann. Frankfurt am Main 2000. S.28 und S.29.

② 参见：《托马斯·曼散文》，黄燎宇等译，北京：人民文学出版社 2014 年 1 月，第 60—69 页。

而且是小说、诗歌、戏剧三大文学体裁连同文学批评一同爆发。小说领域有七大家尤其引人瞩目。他们是：托马斯·曼和他的兄长亨利希·曼、赫尔曼·黑塞、阿尔弗雷德·德布林、罗伯特·穆齐尔、弗兰茨·卡夫卡、赫尔曼·布洛赫。他们是出生在十九世纪的一批70后、80后，也多半在二十世纪的头二十年里发表了各自的成名作或者代表作：亨利希·曼在1900年和1905年先后发表《懒人乐园》和《垃圾教授》，享誉世界的《臣仆》则在十年后才得以完成；1901年，托马斯·曼发表《布登勃洛克一家》；1903年，黑塞发表《彼得·卡门青》；1906年，穆齐尔发表《学生托乐斯的迷惘》；1912年，卡夫卡发表《判决》；1915年，德布林发表《王伦三跳》。赫尔曼·布洛赫是一个小小的例外，他因管理自家企业、从事哲学研究而“大器晚成”，所以在1932至1933年间才发表成名作《梦游者》。需要说明的是，穆齐尔、卡夫卡、布洛赫这三位，来自始于1867年、终于1918年的奥匈帝国。1866年，奥地利在德意志争霸战中败给老对手普鲁士，离开了有着千年历史的德意志大家庭，随后与匈牙利共同组建了多民族的奥匈帝国，普鲁士则在1871年领导德意志其余各邦组建了德意志帝国。但是，这一变化既未割断德奥之间的文化纽带，也无碍于德意志奥地利人自由前往德意志帝国。更有甚者，奥匈帝国解体后，“德意志奥地利临时国民议会”在1918年10月30日宣布德意志奥地利是德意志共和国的组成部分。在魏玛共和国时期，德奥两国更是亲如一家……言归正传，萨缪尔·卢布林斯基虽然尚未看见其他冉冉升起的文学新星，但他终究慧眼识人，看中了托马斯·曼。在这七杰中间，托马斯·曼不仅第一个出名、第一个拿诺贝尔文学奖，他日后的政治影响力也无人能比：二战期间，他是德国流亡作家阵营的精神领袖，掷地有声地说过“我在哪里，德国就在哪里”；战后，他一面对德国历史问题进行深刻反思，构建了独辟蹊径、影响深远的德国叙事，一面致力于反对德国分裂、促进东西方和解。尤其令人钦佩的是，获诺奖之后的托马斯·曼依然保持了旺盛而持久的艺术生命力，一部部长篇杰作几乎是如约而至，如《约瑟和他的兄弟们》，如《绿蒂在魏玛》，如《浮士德博士》。此外，他的小说还最大限度地做到了雅俗共赏，《布登勃洛克一家》就是托马斯·曼雅俗共赏的代表作。截至2024年底，《布登勃洛克一家》已累计销售九百多万册，译成三十八种语言，博得世界读者的青睐。

最后要告诉读者的是，在托马斯·曼的故乡吕贝克，市中心有一个“布登勃洛克之家”。这栋白墙红瓦的山墙建筑，是曼氏家族昔日的祖宅，也是小说中布家豪宅的原型。1991年，吕贝克市政府买下这幢历经沧桑、几易其主的百年古宅。1993年5月6日，翻修一新的“布登勃洛克之家”出现在世人眼前（联邦总统里夏德·冯·魏茨泽克出席落成典礼），这幢充满传奇的古宅变成了别具一格的文学纪念馆和研究中心。这里不仅分别有一个托马斯·曼研究中心和一个亨利希·曼研究中心，还有两个常设展。一个展览题为“作为世纪小说的《布登勃洛克一家》”，另一个题为“作为文学世家的曼氏家族”——曼家是德国无可争议的第一文学豪门。

1987年，汉萨同盟城市吕贝克被联合国教科文组织列入世界文化遗产名录。1993年开放的“布登勃洛克之家”则为这座世界文化遗产城市锦上添花。它不仅成为吕贝克市的文化地标，更是来自世界各地的文学爱好者的文学圣地。

黄燎宇

2004年1月10日初稿

2025年2月22日二稿

目　录

Verzeichnis

第一部

Erster Teil

第 一 章

“下面是什么？…… 下面是什么？……”

“不错，怪事，下面到底是什么，c’est la question，ma très chère demoiselle! [①]”

布登勃洛克参议夫人和她的婆婆并排坐在一张白漆长沙发上，沙发用淡黄缎子蒙面，椅背上装饰着一个镀金的狮子头。她向坐在自己身旁安乐椅上的丈夫望了一眼，就来给小女儿解围。小女孩这时正由坐在窗前的祖父抱在膝头上。

“冬妮！”她提示说，“我相信，上帝 ……”

娇小的八岁的小安冬妮穿着闪光的薄绸衣，一头金发的美丽的小脑袋稍微从祖父面孔旁边扭开来一些，蓝灰色的眼睛茫然地、努力思索着向屋子里张望，嘴里又重复了一遍：“下面是什么？”接着慢吞吞地念下去：“我相信，上帝 ……”这时她的脸光亮起来，迅速地说完了这个句子，“…… 创造了我以及一切生物 ……”她这时已经念顺了口，不禁喜形于色，一字不差地一口气把教义问答

---

① 法文：问题正在这里，我亲爱的小姑娘！

上的这篇文章背下去。这本教义问答是在不久前——1835年，得到一个非常明智的市议会批准修订出版的。一旦顺利地开了头，她心里想，那感觉就像在冬天同哥哥坐着小雪橇从“耶路撒冷山”上滑下来似的：脑子里还没想好就滑了下去，要停也停不住。

“‘创造了衣帽鞋履，’”她背诵道，“‘饮食肴馔，家宅庭院，妻子儿女，田亩牲畜……’”正念到这里，老约翰·布登勃洛克先生突然笑起来——爽朗地却又有所抑制地哧哧笑起来，事实上，他早就忍俊不禁了。他觉得很高兴，因为终于找到个机会跟教义问答开个玩笑。说不定正是为了这个他才想到考一考他的小孙女呢。他打听冬妮有多少田地和牲口，问她一口袋麦子要多少钱，提出来要跟她做一笔买卖。他那红扑扑的、一团和气的脸膛——他无论多么装腔作势也不能使这副脸膛带上怒容——镶嵌在扑着粉的雪白的头发中间，一绺类似发辫的头发垂在灰鼠色外衣的宽领子上。虽然年纪已经将近七十岁，他的衣着却仍然保持着年轻时的式样，只是在纽扣和大衣袋中间没有缝着金银丝带罢了，至于长裤他却一生也没穿过。他的宽大的双下巴舒适地紧贴在白色绉花胸巾上，显得非常舒适。

大家都随着他的笑声笑起来，但这只不过是出自对一家之长的敬意。安冬内特·布登勃洛克老太太（她的娘家姓杜商）也嘻嘻地笑起来，那神情和她丈夫的一模一样。她是一个身材丰满的妇人，密密的白色鬈发一直压到耳朵上。身上穿着一件没有什么装饰的黑灰条纹衣服，这件衣服显示了她的天生质朴的性格。一双生得特别纤巧、白嫩的手，握着一只天鹅绒的针线口袋，平摆在膝头上。随着年岁的增长，她的面貌也越来越像她的丈夫了；这真是一件怪事。只有从她的眼形和幽暗、灵活的眼睛才可以稍微看出一点她体内还有一半拉丁血统。这位老太太虽然生于汉堡，然而祖辈却有着法国 — 瑞士血统。

老太太的儿媳妇，伊丽莎白 · 布登勃洛克参议夫人，娘家姓克罗格。她笑的样子，可以说是继承克罗格一家人的传统：开始时嘴唇噗地一响，接着把下颚紧贴在胸前。正如同克罗格家所有的人那样，她的神态高雅。尽管不能称作是美人，然而她那清亮的、抑扬有节的声音，娴静、安详而轻柔的动作，却能讨得每个人的欢心和信任。她的浅红色的头发在头顶上编成一个发髻，两旁烫成松散的大卷儿遮住耳朵，这和她那略带雀斑的嫩白的肤色非常相配。鼻子略嫌过长，嘴比较小；下嘴唇和下巴中间没有陷洼，这恐怕要算她五官中的一个特点了。她穿着一件短小的紧身胸衣，衣袖高高鼓起，胸衣下面系着一条贴身的亮花薄绸裙子。从领子里露出的颈脖完美无瑕，脖子上系着一条缎带，带子上钉着一组闪闪发光的钻石。

参议①坐在安乐椅上有些不耐烦，身子向前一倾。他身上穿的是一件肉桂色的外衣，宽大的翻领，上宽下窄的袖口，紧紧扎在手腕上。下面的瘦腿裤是用白色亚麻布做的，裤缝上缝着黑带。

---

① 参议，德文原文是 Konsul，这是当时外国赠与德国一些有名望的市民的一种荣誉头衔。这些人住在德国较大的工商业城市中，作为某一国家的经济利益的代表人。如布登勃洛克就是尼德兰的参议。Konsul 现在一般译作领事。这里因为具有当时的历史含义，故暂译作参议。

他的下巴被一条高高的硬领紧紧扎住，硬领外面系着一条丝领带，蓬蓬松松地把露出的一块花背心整个遮住……他的略微下陷的蓝眼睛炯炯有神，生得和父亲一样，只是似乎略带一层梦幻色彩。参议的面容比起父亲的来却更有棱角，更严峻，鼻子高翘而弯曲，一半掩盖在金黄色的拳曲的胡须后面的面孔也不如老人的丰满。

布登勃洛克老太太把手按在儿媳妇的手臂上，望着她的怀里轻轻地笑着说：

“他总是这样，mon vieux，①是不是，贝西？”

她发“总”这个音的时候，把 i 念成了 ü。②

参议夫人没有出声，只做了一个手势，胳膊上的金手镯随着轻轻响了一下；接着她做了一个习惯的动作，把手从嘴角往鬓角一划，样子像是想把一缕散乱的头发掠上去。

但是参议这时却半带笑容半用责备的语气说：

“父亲，您又拿神圣的事情开心了！……”

他们正坐在孟街一座宽大的老宅第二楼的“风景厅”里。这处屋子是约翰·布登勃洛克公司不久以前购置的，布登勃洛克一家人搬进来住的时间还不久。屋子里四壁悬着沉重的带弹性的壁毯，壁毯和墙壁中间隔着适当的空隙。毯子上面织的是开阔的风景，为了和铺在地上的薄地毯和谐，用的也是柔和的色调。这些田园风景都是18世纪风格，什么快乐的采葡萄的人啦，勤劳的农民啦，系着花花绿绿头带的牧羊女啦。这些牧羊女或是坐在清澈见底的

---

① 法文：我的老人或老伴。

② “总”德文是 immer，布登勃洛克老太太读成 ümmer。

小溪旁，怀里抱着洁白的小绵羊，或是跟秀美的牧童接吻……画面上大部分涂染着一抹昏黄的落日余晖，为的是和白漆家具上的黄色套子和两扇窗户上的黄缎窗帘色彩相配。

从屋子的宽敞来看，室内的家具并不多。一张嵌着金线的细腿圆桌并没有摆在沙发前，而是在一架风琴对面的墙跟前，琴面上放着一只盛横笛的盒子。屋子里除了沿墙一排均匀摆着的高背椅子外，就只有窗户前边一张小缝纫桌和沙发对面一张摆着古董玩物的精巧的小书案了。

对着窗户的那面墙壁有一扇玻璃门，从玻璃门望出去是一间幽暗的带圆柱的大厅；左边是通向餐厅的高大的白色双扇门。在另一面墙壁上的半圆的凹洼里，壁炉里的木柴在闪亮的锻铁栅门后面噼噼啪啪爆响着。

这一年天气冷得早。刚刚10月中旬，窗外马路对面圣玛利教堂庭院四周的小菩提树叶子却已经枯黄，而且阵阵冷风不断从教堂的哥特式尖顶和墙角后边嘘嘘地吹过来。正落着一场寒冷的细雨。由于布登勃洛克老太太的缘故，屋子已经安上了双层窗户。

这一天是星期四，按照这一家人的规矩，每两星期全家要在这一天团聚一次；然而这一天，除了住在本城的亲戚本家以外，他们还请了几位熟朋友吃一顿便餐。所以这时候——下午四点钟光景，一家人正坐在逐渐降临的薄暮里等待着客人……

小安冬妮并没有让祖父打断她的滑雪橇游戏，只是不高兴地把她那本来就有些上翘的上嘴唇噘得更高一点而已。这时候她已经滑到“耶路撒冷山”的山脚下来了；可是就是她自己也没法子把滑行的雪橇骤然止住，只好又滑出界外一大段……

“阿门，”她说，“我还知道别的呢，爷爷！”

“Tiens![1] 她还知道别的呢！”老头喊着，装出一副好奇得不得了的样子，“你听见没有，妈妈？她还知道点儿事呢！难道谁也不能告诉我……”

“要是什么东西烧起来，”冬妮说，每说一个字就点一下头，“那是闪电打的。要是烧不起来，那就是雷劈的！”

说到这里她把胳臂交叉起来，望着四周一张张笑嘻嘻的面孔，一点也不怀疑自己会得到别人的赞赏。然而布登勃洛克老人对她这种卖弄小聪明却很不以为然，他一定要知道，是谁把这种愚蠢的事传授给这个孩子的。结果发现这个人是新近从马利安威德给孩子们请来的一位保姆——伊达·永格曼小姐。这时参议不能不出头替这位伊达说几句好话。

“您未免太严厉了，爸爸。即使这孩子有些自作聪明吧，为什么到了这个年纪孩子对这些事情就不能有自己的想法呢？”

“Excusez, mon cher! ...Mais c’est une folie! [2] 你是知道的，我不喜欢让孩子的脑袋装上这些乱七八糟的事！什么，雷劈东西吗？好啦，劈就让它劈去吧，可是别拿你那个普鲁士女人惹我心烦了！”

原来这位老先生和伊达·永格曼不大合得来。他并不是一个心胸狭小的人。他见过些世面，早在1813年就坐着四匹马的马车

① 法文：你瞧！

② 法文：对不起，亲爱的，可是这是胡说八道！

到德国南部去给普鲁士士兵买过麦子，因为那时他正做军队的粮食供应商。此外他还去过阿姆斯特丹和巴黎。他是一个开明的人，对那些发生在他的三角墙房顶的故乡城门外的事物并不是一概排斥的。然而撇开生意上的交往不谈，在社交酬酢方面，他却比他的那位参议儿子更喜欢画一条严格的界限，对于“外乡人”总是表示冷漠。所以那天当他的孩子从西普鲁士旅行回来，把这位少女——她那时不过二十岁——带回家来的时候，老人为了参议的这件善举发了一场火。他发这顿脾气时，说的差不多只是法文和北德的土话。伊达是一个开旅馆人的女儿，开旅馆人在布登勃洛克一家到达马利安威德前不久死去了。伊达在家事和照顾孩子方面都表现得很能干，又由于她的忠诚和她的普鲁士人的阶级观念使她非常适合目前在这个家庭里承担的职务。她是个一脑子贵族阶级观念的人，对上流社会和一般阶层，对中产阶级和财势稍差的中产阶级，界限辨别得异常清楚。布登勃洛克家属于社会上最高阶层，她为自己能在这样的家庭里做一名忠诚仆人感到自豪。要是冬妮跟一个在她眼中只是景况不错的中产阶级家庭的同学交朋友，她就很不乐意……

正在这个时候，这位普鲁士小姐恰好从圆柱大厅的玻璃门外走进来。她是一个高身材大骨骼的女孩子，穿着黑色衣服，头发光洁，相貌很老实。她手里领着克罗蒂尔德，一个非常瘦小的女孩子。克罗蒂尔德穿的是一件印花布小衣裳，灰土色的头发没有光泽，生得一副老处女的苦相。这个小女孩出身于一支贫穷的远亲，是在罗斯托克做农庄管家的一个侄子的女儿。因为她和安冬妮年纪相仿，人又听话，所以就寄养在这个家庭里。

“什么都准备好了。”永格曼小姐说，她本来不会发 r 这个音，现在发这个音也只是在喉咙里呜噜了一声。“小克罗蒂尔德在厨房里可真帮了不少忙，特林娜简直用不着做什么事了 ……”

听了伊达的奇怪的发音，老布登勃洛克不觉在他的绉花胸巾后面窃笑；参议却抚摸着小侄女的面颊说：

“你做得对，蒂尔达，工作和祈祷，应该这样。我们的冬妮应该跟你学习，她常常很懒散、骄傲 ……”

冬妮把头低下来，翻起眼皮瞧她祖父，因为她知道他像往常一样一定会替自己说话的。

“不要这样，”他说，“抬起头来，冬妮，Courage[①]！ 一人难合百人意。人跟人不一样。蒂尔达是一个乖孩子，可是咱们也不是比不上她呀。我说得对不对，贝西？”

他征求自己儿媳的意见，因为她总是支持他的意见的；而安冬内特太太却总是站在参议一边，她这样做与其说是因为对他心服，倒不如说是出自她的聪明。老少两代就是这样像 chassé croisé[②] 一样，交叉地拉着手。

“您的心肠真好，爸爸！”参议夫人说，“冬妮一定得努力，长大了要聪明、能干 …… 孩子们放学了吗？”她问伊达。

可是正坐在祖父膝头上望着窗外窥视镜的冬妮几乎同时喊起来：“汤姆和克利斯蒂安从约翰尼斯街上走过来了 …… 还有霍甫斯

---

① 法文：勇敢些！

② 法文：交叉。法国一种双人舞的舞步。

台德先生……还有医生叔叔……”

圣玛利教堂的钟敲了起来：叮叮当当，叮叮当当！敲得不太有节奏，以致人们一时弄不明白，究竟是为了什么目的，然而那声音是非常庄严的。等到大钟和小钟轻快又肃穆地一齐鸣响起来，报告了四点钟时辰以后，下面大门上的门铃也嘹亮地响起来，声音一直传进门道里边来。果真是汤姆和克利斯蒂安回家来了，他们带进来第一批客人，让·雅克·霍甫斯台德，一位诗人，以及他家的顾问医生格拉包夫。

第 二 章

让·雅克·霍甫斯台德先生是本城的一位诗人，为了今天这种场合，他口袋里一定已经写好了几首小诗。他的年岁不比老约翰·布登勃洛克先生小许多，衣着也完全是同一式样，只不过他的衣服是绿色的而已。他比他的老朋友瘦削些、活泼些，他的一对灵活的小眼睛微微泛着绿色，鼻子又尖又长。

“感谢至极。”他和男主人们握过了手又向女主人彬彬有礼地欠身行礼——特别是向参议夫人，他对她特别悦服——以后，这样说道。他行礼的姿势是年轻一代无论如何也模仿不来的，脸上总是浮着一层温文有礼的笑容。“非常感谢你们的盛情邀请，亲爱的朋友们。我们，我和医生，在匡尼希街遇到了这两位小朋友。”他指了指汤姆和克利斯蒂安，这两人穿着蓝色的短外衣，系着皮带，正站在他旁边，“他们刚放学回来。很精神的小伙子，您说是不是，参议夫人？托马斯，又规矩又实在，将来一定会成为一个商人，谁也不用怀疑；克利斯蒂安，我看可真是个小精灵，怎么着？真有点 incroyable[①]…… 可是我并不想隐瞒我对他的 engouement[②]。

---

① 法文：卓绝、独特。

② 法文：偏爱。

他得深造，我认为；他很聪明，很有天资……”

老布登勃洛克先生用他的镀金鼻烟盒吸了一撮鼻烟，“简直是个猴子！他会不会成个诗人，霍甫斯台德？”

永格曼小姐把窗帘拉拢，屋子立刻就笼罩在蜡烛的微微摇曳着的柔和而舒适的光辉里，蜡烛是插在一架水晶的枝形挂灯架和小书几上的枝形灯架上的。

“喏，克利斯蒂安，”参议夫人喊他，她的头发泛着金色的光亮，“你今天下午学什么了？”原来今天克利斯蒂安上的是作文、算术和唱歌课。

他是一个七岁的男孩子，现在模样儿已经长得和父亲毫厘不差，看着都令人有点可笑。他那和父亲酷似的深陷的小圆眼睛，和父亲酷似的高翘的鹰钩鼻子都已经成形了，从他颧骨下面的一两条线纹看来，他的面容不会永远保持现在这种童稚的丰润的。

“我们笑得要死，”他开始滔滔不绝地说起来，他的眼睛从一个人的脸上移到另一个人脸上，“你们猜施藤格先生对齐格蒙特·克斯特曼说了些什么？”他弯着腰，摇晃着头，装腔作势地向着空中说，“从外表看，我的好孩子，从外表看你又圆又滑，可是心里啊，你比谁都黑……”他说话时不但模仿着老师的奇怪的发音，把“黑”念成“贺”，而且，把老师对“外表圆滑”装出的一副厌恶的表情滑稽地形容出来，引得大家哄堂大笑。

“简直是个猴子！”老布登勃洛克只是笑着重复了一句，霍甫斯台德却高兴得前仰后合，“Charmant！”[1]他喊道，“妙极了！你

① 法文：妙极了！

们一定得认识马齐路斯·施藤格先生才成！完全是这副样子！哎呀，简直太妙了！”

托马斯并没有这种模仿的才能，所以只是站在他兄弟的身旁笑着。他诚心诚意地笑着，一丝儿妒意也没有。他的牙齿生得不太好，很小，略带一些黄色，鼻子却非常秀美，眼睛和脸型都极像祖父。

主客这时都已经落了座，有的坐在椅子上，有的坐在沙发上。他们或者跟孩子们闲聊，或者谈论今年气候的早寒，评论这所房子……霍甫斯台德在鉴赏小书几上摆着的一只很精致的墨水壶，这只墨水壶是一件塞弗勒的瓷器，呈黑白斑点猎犬形状。格拉包夫医生的年纪和参议相仿，稀疏的胡须后面生着一张和善的长脸，脸上永远浮现着温和笑容。他这时正在观看桌子上陈列的物品，蛋糕呀，葡萄干面包呀，各种样式的盐缸呀等等。这都是亲友们为温居送来的“面包和盐”。然而这些“面包”都是一些丰实甜美的大蛋糕，盐也是盛在沉重的黄金器皿里。从这一点看来，这些礼品一定也是来自富贵人家的。

“我不愁没有事情做了。”大夫指着这些甜点心吓唬孩子们说。接着他摇了摇头，从桌上拿起一个精致的盛胡椒、盐、芥末的瓶架来。

“这是莱勃瑞西特·克罗格先生送来的，”老布登勃洛克先生说，做了个笑脸，“我们的这位亲家总是很大方。他那所布格门前别墅建成的时候，我就没有送他们这么贵重的礼。可是他的习性一贯是这样……贵族派头，花钱大手大脚！一位 à la mode[①]

---

① 法文：时髦的。

绅士……”

门铃又响了几次，铃声传遍整幢房子。来的是万德利希牧师，一位矮胖的老绅士。他穿着黑色长袍，头发扑着白粉，白净的、笑嘻嘻的面孔上生着一对炯炯有神的灰眼睛。他已经鳏居多年，自认为是一位旧时代的独身汉，正和与他同来的经纪人格瑞替安先生一样。后者的身材很高，总是习惯性地把一只瘦手拳成望远镜的样子放在眼睛上面，仿佛在鉴赏一幅油画似的，他是一位大家公认的艺术品鉴赏家。

这时，议员朗哈尔斯陪着夫人也来了，他是这家人的多年老友；此外自然还有葡萄酒商人科本，一张紫红色的大脸夹在高高的垫肩中间，他妻子的肥胖程度也不亚于他……

最后当克罗格一家人走进来的时候，四点半钟已经过了。克罗格家祖孙三代都来了，老克罗格、克罗格参议夫妇以及两个孙子——亚寇伯和尤尔根。这两个孩子和汤姆、克利斯蒂安年纪相仿。克罗格参议夫人的双亲、木材批发商鄂威尔狄克和他的太太，几乎是和克罗格一家人前后脚进来的。这一对老夫妻非常恩爱，直到今天仍然用新婚燕尔的昵名相称，就是在大庭广众前也不例外。

“贵客总是来迟。”布登勃洛克参议一边说，一边上前去吻了吻岳母的手。

“可是一来就阖府光临！”约翰·布登勃洛克向着克罗格全家人挥了挥胳臂，一面和老克罗格先生握手……

莱勃瑞西特·克罗格，所谓时髦的交际家，是一位体格魁伟、仪表堂堂的人物，虽然头发上还薄薄地扑着一层白粉，衣着却非常入时。天鹅绒料子的背心上钉着两排闪闪发光的钻石扣子。他的儿子尤斯图斯蓄着短短的颊须和两撇上翘的小胡子，不论是身材还是举止，都酷肖自己的父亲，甚至连挥手的姿势也跟父亲一样，从容而优雅。

谁也不忙着入座，大家只是站着有一搭无一搭地随便闲谈，等着今晚那一桩最重要的事情。最后，老约翰·布登勃洛克先生把手臂伸给科本太太，一边提高嗓门宣布说："喏，mesdames et messieurs，[①] 要是咱们大家都有食欲的话……"

永格曼小姐和侍女已经把通向餐厅的白色双扇门打开，主客开始从容徐缓地向餐厅走去；大家心中拿得很稳，在布登勃洛克家里准捞得着一顿丰美可口的晚餐……

---

① 法文：太太们，先生们。

第三章

当大家都向餐厅走去的时候，这所房子的少主人用手摸了摸左胸前的衣袋，听得到里面窸窣一声纸响，那在交际场合摆出来的一抹笑容骤然从脸上消失，换上的是一副焦灼不安的神情，额角上筋络也凸了起来，仿佛正在咬着牙似的。他往前走了几步，装作要上餐厅的样子，但是立即站住了，有所乞求地用眼睛望了望自己的母亲，后者走在一堆客人旁边，和牧师万德利希一起，正要迈门槛。

“对不起，亲爱的牧师先生 …… 跟您说两句话，妈妈！”牧师和气地点了点头，布登勃洛克参议把老太太拖到风景厅的窗户前边。

“简单地跟您说说吧，高特霍尔德又来了一封信。”他很快地低声说，一面盯着她的探询的黑眼睛，一面从衣袋里掏出一个没有启封的叠着的信封。“信封是他的笔迹 …… 这是第三封信了，爸爸只给第一封写了回信 …… 怎么办？ 信是两点钟来的，我早就应该把它交给父亲，可是我怎么能在今天这样的日子惹他不痛快呢？您说怎么好？ 现在要是把他请出来还来得及 ……”

“不要，你做得对，让，再等一等！”布登勃洛克老太太说，她出自习惯地迅速握住儿子的手臂，又不安地接着说，“你想他信里会写些什么呢？他一点儿也不让步，这个孩子，非坚持要这座房子的一份补偿金不可……不，不，让，现在别把这封信拿出来……或许等到晚上，上床以前……”

“怎么办？”参议又重复了一句，摇了摇他那垂下的头，“我不知道劝过父亲多少次，劝他答应他的请求……不应该让别人瞧着仿佛我这异母兄弟想霸占家业，背后捣鬼，跟高特霍尔德作对似的……就是在父亲面前我也得避这个嫌疑。但是说老实话，我究竟是咱们公司的股东之一。现在我和贝西住三楼还不是交付一定数目的房租……讲到我在法兰克福的那位姐姐，事情已经安排妥当了。她的丈夫现在在爸爸还在世的时候就拿到一笔赔偿费，相当于这所房子的四分之一……这件事这么办很有利；爸爸办得也非常顺手，就是从公司方面着眼也是一件可喜的事。可是如果爸爸对于高特霍尔德一点也不肯通融，那未免会使人……”

“没有的话，让，你在这件事上的立场谁都看得清。可是要叫高特霍尔德认为我这做继母的只替自己的孩子打算，有心离间他们父子感情，这是多么令人心痛的事……”

“是他自己把事情做错了啊！”参议这句话差不多是喊出来的，但是他向餐厅那边瞥了一眼，立刻把嗓音压低了。“都是他自己不好，才把事情弄得这么糟。您自己评判评判这件事吧！他为什么不能头脑清醒些啊！为什么他非得跟那位施推威英小姐，跟她那个……小店铺……结婚，”参议说到“小店铺”这三个字时又恼怒又有些难为情地笑了，“这是父亲的一个弱点，对小店铺特别反感；高特霍尔德应该知道尊重老人的这点小脾气……”

“哎，让，最好还是爸爸能够让让步！”

“我怎么能劝他这样做呢？”参议低声说，一只手激动地抹了一下脑门，“我也是股东之一，我本应该说：父亲，把钱给他吧！可是我既然也是股东之一，我就要维护公司的利益；如果爸爸认为没有义务为一个不听话的忤逆儿子从企业资金里抽出这笔款来……这是一万一千泰勒啊，不是什么小数目……不成，我不能劝他这样做……但是我也不能拦着他。但愿我一点儿也不知道这件事。我真怕跟爸爸谈这件 désagréable[①] 事……”

“等晚上再说吧，让。来吧，人家等着我们呢……”

参议把信放回衣袋，把手臂伸给母亲，两个人并排跨过门槛，走进那间灯烛辉煌的餐厅去。这时候主客都已经在长桌四周坐好了。

这间屋子挂着天蓝色底子的壁毯，白色的男女神像伫立在一根根细长的圆柱中间，在天蓝色背景衬托下，宛如浮雕般凸显出来。厚大的红色窗帘已经拉起来，除了餐桌上的银色烛台外，屋子的四角还各自摆着一架高大的镀金枝形烛台，每只架子上点着八支蜡烛。和风景厅相对的一堵墙前边摆着一架庞大的碗橱，碗橱上面悬着一幅油画——意大利的一个海港，在烛光照耀下，雾气弥漫的蓝色画面显得特别引人注目。沿着四壁摆着巨大的红缎

① 法文：不愉快的。

子面直背沙发。

当布登勃洛克太太在靠着窗子一面坐着的老克罗格先生和万德利希牧师两人中间落座以后，从她的脸上已经找不出任何焦灼不安的痕迹了。

“Bon appétit！”[①] 她说，一边轻快而热忱地向大家点了点头，她的目光把全桌的人扫了一遍，一直望到坐在最下边的孩子身上……

---

① 法文：（祝大家）胃口好！

第 四 章

“请允许我们向主人表示崇高的敬意！”科本先生的洪亮的喉音压住了大家嘈杂的语声，他说这句话的时候，一个穿着肥大的花条围裙、后脑勺扣着一顶小白帽、裸露着粗红的臂膀的女仆在永格曼小姐和楼上参议夫人的一个侍女的帮助下正把热气腾腾的菜汤和烤面包片端到桌上来。客人们开始用谨慎的动作舀起汤来。

“崇高的敬意！这么宽敞，这么华丽……真得说，住在这所房子里太享福了，真得说……”科本先生和这所房子的旧房主没有交往；他发家致富的历史并不久，也不是什么世家出身，因此说话时还常常带着些很俗气的口头语，像不断地重复“真得说”等等。此外，“敬意”这个词的发音他读得也不完全对。

“这并没有破费什么。”格瑞替安先生冷冷地说了一句——他一定知道这座房子的底细，一面从拳着的手掌里仔细地欣赏着一幅海湾风景画。

席位是尽量按照男女掺杂的原则安排的，而且故意把本家的人夹在来客中间。然而这种安排也不能严格实行，譬如说吧，鄂威尔狄克一对老夫妻就像往常一样几乎是膝头挨着膝头地偎依在一起，不时地彼此情意缠绵地点着头。老克罗格先生挺腰直背地安然坐在议员朗哈尔斯太太和安冬内特太太两人中间，不停地在两位女士面前摇手挥臂说些预先准备好的小笑话。

“这所房子是什么时候盖的？”霍甫斯台德先生从桌子的斜对面向老布登勃洛克发问，布登勃洛克老人这时正用一种快活的、略带一些诙谑的语调和科本太太谈着话。

“公元 …… 让我想想 ……1680年左右，如果我没记错的话。我的儿子对这些年代日期记得比我清楚。”

“1682年，”参议证实地说，向前俯了俯身子，他坐在桌子的下端，挨着议员朗哈尔斯，身旁没有女伴，“是在1682年的冬天完工的。当时拉登刊普公司正开始生意兴隆，在走上坡路 …… 真叫人痛心，这么一家公司竟在最近二十年内破产了 ……”

谈话不觉停顿下来，沉默了大约半分钟；每人都望着自己眼前的盘子，脑子里想着这个曾经煊赫一时的家族。这一家建起这所房子，在里面住了很多年，以后却家道中落，贫困了，不得不迁到别处去 ……

“唉，真痛心，”经纪人格瑞替安无限惋惜地说，“要是你们想一想，是什么样的精神错乱把他们引向崩溃的 …… 如果狄特利希·拉登刊普当时不把盖尔马克这个家伙招进来当股东，该不会落得这个下场吧。这个人一来拿权，我就暗暗地在头上绞手。这件事是我从非常可靠的地方知道的，诸位先生，这个人背着拉登刊普拼命干投机生意，用公司的名义东开一张支票，西开一张承兑的汇票……最后事情揭穿了……银行不信任了，公司的保证金不够了……你们简直想象不出来……是谁在管理货栈呀？大概也是盖尔马克吧？他们这一党就像耗子似的在那里搭了窝，一年又一年的！可是拉登刊普却大大咧咧，一点儿也不在意……”

“他就像害了半身不遂一样。”参议说，脸上现出阴沉抑郁的神色。他的身子稍微向前俯着，用勺子搅动着汤，一对深陷的小圆眼睛时不时地向餐桌上端扫一眼。

“他身上好像压着一副重担。我想，这种背负着重担的感觉是不难体会的。是什么使他跟盖尔马克，跟这位只有寥寥无几的资金却又声名扫地的人搭起伙来的呢？他一定迫切需要随便一个什么人分担一部分自己沉重的责任，因为他感到他身不由己地朝着没落的路上奔走……这家公司算破产了，这一古老的家族也没落了。威廉·盖尔马克只不过在濒临崩溃的边缘最后推了一下罢了……”

“您的意见，亲爱的参议先生，”万德利希牧师赔了个笑脸说，一面给他身旁的女伴和自己的杯子里斟上红酒，“是不是认为即使没有盖尔马克和他那些胡作非为，事情仍然是要按照目前的下场结束呢？”

“也许不一定是这样，”参议沉思着说，并没有明确向某一个人表示他的意见，“可是我认为狄特利希·拉登刊普和盖尔马克结伙是一件必然的事，一件无法避免的事，他的命运就是依靠这个体现的……他一定是在一种无法抗拒的必然性的重压下才这样做的……我肯定认为，他多多少少知道这位同伙在干什么勾当，他对于货栈的情形也决不是一无所知。只不过他已经僵化了……”

“喏，Assez，[①] 让，”老布登勃洛克把匙子放下说，“这是你的一个成见……”

参议有些心不在焉地笑了笑，把杯子举向他的父亲。可是莱勃瑞西特·克罗格这时插嘴说：“我们还是谈谈快乐的现实吧！”

他一边说一边用一个轻盈而优美的动作提起一瓶白葡萄酒的瓶颈，这只酒瓶的瓶塞上有一只银色小鹿；他把酒瓶稍微倾斜着，看了看上面的封条。“C.F. 科本，”他读道，转过来向葡萄酒商人点了点头说，“哎呀，没有你我们可真不成啊！”

餐桌上开始更换带金边的迈仙[②]盘子，安冬内特太太用犀利的目光瞧着侍女们的每一个动作，永格曼小姐在连接厨房和饭厅的一个传声筒的喇叭口里发号施令。这时上了一道鱼，万德利希牧师一面谨慎地往自己的盘子里拨菜，一面说：

“当前的快乐也不是容易得来的。现在跟我们这些老年人一块儿寻欢作乐的年轻人也许很难想象，事情可能并不是向今天这种情况发展的……我大胆说一句，很有几次我个人的命运也和布登勃洛克一家人的命运息息相关……每次我看到这些东西，”——说到这里他把头转向安冬内特太太，一面从桌子上拿起一把沉重的银调羹来——“每次我看到这些调羹就禁不住问自己，这是不是1806年我们那位朋友、哲学家雷诺尔抓在手里的那套银器中的一件啊？是不是拿破仑皇帝陛下手下那位军曹抓在手里的一件啊？

---

① 法文：够了。

② 地名，又译迈森，在德国萨克森，以产瓷器闻名。

于是我就想起咱们在阿尔夫街上相遇的那个场面来，太太……”

布登勃洛克老太太低下头来笑了笑，那笑容有些难为情，却又充满了对往昔的追忆。坐在餐桌下端的汤姆和冬妮本来就不愿意吃鱼，正聚精会神地听着大人们谈话，这时几乎是异口同声地喊起来：“噢，您给我们说说吧，奶奶！”牧师知道她不愿意自己讲这次多少使她有些难为情的遭遇，就开始再一次替她讲起这个老故事来。这个故事小孩子就是听一百遍也不腻，再说桌上说不定还有一两个人没听过呢……

“是这样的，你们想象一个11月的下午，天气寒冷，阴雨连绵——上帝怜悯吧！我刚办完一件教区里的任务从阿尔夫街往回走，心里想着当时的困难日子。布吕歇尔侯爵已经走了，法国兵正驻在城里，到处人心惶惶，尽管在表面上倒也看不出什么骚乱的迹象。大街上静悄悄的没有一个人。人人都坐在家里，小心戒备着。屠夫普拉尔师傅只是因为手插在裤袋里站在门口，气呼呼地骂了一句：‘这简直太混账了，简直太没王法了！’马上‘啪’的一声，一颗子弹就射进他脑袋里去了……我那时心里就想：你倒抽空到布登勃洛克家里去看望看望，安慰安慰他们呀；布登勃洛克先生头部正生丹毒，下不了地，太太因为家里驻上队伍，一定也少不了遇到些麻烦事。

“就在这一分钟，你们猜我看见谁迎着我走来了？正是我们这位高贵的布登勃洛克太太！可是她的样子多么狼狈啊！她在大雨里脚步匆匆地走着，连帽子也没有戴，只在肩膀上斜披着一条披肩。她简直不是在走路，而是跌跌撞撞地向前冲，头发乱成一团……一点不错，太太，头发披散着，根本没有梳理。

"'真是巧极了，正想去看您！'我说。因为她并没有看到我，所以我只好冒昧地拉住她的胳臂，我已经感觉到事情有些不对头……'您这么忙，是上哪儿去啊，亲爱的？'她发觉是我，瞅了我半晌，才迸出一句话来：'是您……再会吧！什么都完了！我去特拉夫河，跳下去算了。'

"'上帝不允许的！'我说，我感到我的脸色煞白。'这不是您去的地方，亲爱的！到底发生什么事了？'我一边说，一边在礼貌许可范围内，紧紧地扯住她。'发生什么事了？'她喊道，全身颤抖着，'他们在打劫银器呢，万德利希！就是这件事！让正在生丹毒，起不了床，不能帮我！再说，就是他起得来，又能做什么呢？他们抢我的调羹，我的银调羹，万德利希，我去跳河去！'

"我拉住她不松手，一面用一些在这种场合下非说不可的话安慰她。

"我说：'勇敢点儿，亲爱的！一切都会好转的！'又说，'我们去跟这些人讲讲理，您别太激动！我求求您。咱们一块儿去！'于是我就从街上把她领回家来。和布登勃洛克太太离开家时的情景一样，楼上餐厅里正有一队驻军，大概二十来个人，在捣弄盛银器的大箱子。

"'先生们，'我毕恭毕敬地问，'我可以跟你们哪一位谈两句话？'这些人哈哈大笑，向我喊：'跟我们大伙儿，老爹。'可是就在这时候其中一个人走了出来。这个人身材细长，像一棵树，蓄着捻蜡的上须，一双又红又大的手从戴着绿边袖章的袖头里挺伸

出来。‘我叫雷诺尔，’他自我介绍说，一面用左手敬了个礼，因为他的右手正拿着五六把银调羹。‘雷诺尔军曹。您有什么事？’

“‘军官大人，’我想用军官的荣誉感拘住他，‘您不觉得您现在做的这件事同您的高贵的身份不适合吗？……我们这座城市对皇帝陛下是诚心顺服的……’——‘您说这话是什么意思？’他回答说，‘战争就是战争！弟兄们用得着这些餐具……’

“‘你们行事可要慎重些，’我打断他的话，这时我情急生智想出个主意，‘这位太太，’我说，在这种情况下逼得人什么话都说得出来，‘这所房子的女主人不是德国人。她可以算作是您的一个同乡，她是法国人……’——‘什么，法国人？’他反问了一句。你们猜猜，这个老兵油子往下说了句什么——‘是逃亡出来的，对不对？’他说，‘这么一说，她是哲学的敌人啊！’

“我差点笑出声来，可是我使劲忍住笑。‘我看得出来，’我对他说，‘您是个聪明人。让我再说一句，我觉得您这种行径有失体面。’——他沉默了一会，脸倏地一下红起来，把手里的五六把匙子往箱子里一摔，喊道：‘我不过是看看这些东西，谁告诉您我想打什么别的主意？这些东西真不错！要是我们弟兄哪个人拿一件作为纪念品的话……’

“他们还是拿了很多去做纪念品。不管呼吁他们拿出良心也罢，呼吁上帝主持公道也罢，都不顶什么事……他们大概除了那个可怕的矮个子[①]以外，不相信别的上帝……”

---

① 指拿破仑。

第五章

“您看见过他没有，牧师先生？”

盘子又换了一道。这次端上来的是一块硕大无朋的裹着鸡蛋和面包屑的红砖颜色火腿，上面浇着棕色的酸酱汁，火腿旁边配着一大堆蔬菜，仿佛只要吃这一道菜就够在座的人全吃得饱饱的似的。莱勃瑞西特·克罗格自告奋勇担任切火腿的工作。他很自然地把胳膊肘随意翘起来一点，修长的食指伸出来按在刀叉背上，全神贯注地一片片切着油汁津津的火腿片。布登勃洛克参议夫人的拿手菜“俄国盆”这时也端上来了，这是各种水果制成的略带些酒味的芬芳扑鼻的什锦甜菜。

没有，万德利希牧师感到很遗憾，他从来没有亲眼看见过波拿巴。可是老布登勃洛克和让·雅克·霍甫斯台德都亲眼见过他；老布登勃洛克是在巴黎见过他，那时正值拿破仑大军远征俄国之前，在土伊勒里宫院子里举行阅兵式；霍甫斯台德是在但泽市……

“说实话，他那副相貌实在不和善，”他一边说一边扬着眉毛把搭配在叉子上的一口火腿、甘蓝和土豆送进嘴里去，“虽然人家都说，他在但泽心情很畅快。当时流传着一个笑话，说他白天里整天跟德国人赌钱，赌注很大，晚上又跟他的将军们赌。有一次他从桌上抓起一把金币来说：‘N’est-ce pas，拉普[①]，les Allemands aiment beaucoup ces petits Napoléons？’—‘Oui，Sire，plus que le Grand！’[②]拉普回答道……”

在大家的哄笑声中——因为霍甫斯台德故事讲得很生动，甚至还模仿了两下那位皇帝的表情——老布登勃洛克说：

“不是开玩笑，我对于他那伟大人格真是佩服……气魄多么宏伟！”

参议不以为然地摇了摇头。

“不，不是这样的，我们年轻一代的人不了解这个人有什么值得尊敬的地方。这个人谋杀了恩格亨公爵，在埃及屠杀了八百名战俘……”

“这些事可能都被人夸大了，都是以讹传讹，”万德利希牧师说，“公爵可能是一个反复无常的叛逆之徒，至于判决那些俘虏死刑，说不定是一次正式军务会议慎重考虑后认为是必要的决议呢……”于是他谈到几年前出版的、自己读过的一本书，这本书是皇帝的一位秘书写的，很值得一读……

“话尽管这么说，”参议坚持自己的意见，这时他面前烛台上的一支蜡烛扑扑地抖动，他随手把烛芯修剪了一下，“我还是不能理

---

① 拉普（Jean Rapp，1772—1821）：拿破仑手下的一个将军。

② 法文：“德国人很喜欢这些小拿破仑，是不是，拉普？”——“是的，陛下，比大的还喜欢。”所谓“小拿破仑”指的是当时通用的一种金币，上有拿破仑头像。

解，我还是不能理解人们对这个怪人为什么这么崇拜。作为一个基督徒，作为一个信奉宗教的人，我怎么也不能产生这种感情。”

他的脸上显出一副沉思冥想的神情，头甚至略略向一边歪着些。他的父亲和牧师似乎交换了个眼色，各自淡淡地一笑。

“不错，不错，”老布登勃洛克似乎解嘲地说，“不管怎么说，小拿破仑到底不是坏东西，是不是？我这个儿子似乎对路易·菲利普更崇拜。”他接着说。

“崇拜？”让·雅克·霍甫斯台德口气有些讥讽地说，“真是奇怪的结合！菲利普·艾嘉里台①和崇拜……”

“我认为真有许多事我们可以从七月王朝学习的……”参议神情严肃地说，“法国立宪政体对于讲求实际的新思想，对于新时代的利益的那种友好的、乐于施助的态度……是我们应该深深感谢的……”

“讲求实际的思想……不错……”老布登勃洛克让他的颚骨休息了一刻，手里玩弄着金鼻烟壶。“讲求实际的思想……哼……我可不赞成这个！”他一谈到厌恶的事就不觉说起土语来，“什么职业学校啊，技术学校啊，贸易学校啊，像雨后春笋似地到处滋生出来；普通学校和传统的教育反倒成为荒唐可笑的事了。所有的人脑子里想的只是什么矿山啊……工业啊……怎么赚钱……不

---

① 是法语词“égalité”的音译，这个词是“平等”的意思。菲利普·艾嘉里台是法国反动阶级对法国皇帝路易·菲利普（1830—1848 年在位）的谑称，因为他父亲奥尔良伯爵在法国大革命时，为了投机，曾改姓艾嘉里台。

错，这些事情都值得一做！可是从另一方面看，长此以往，到底有些愚蠢，你们说是不是？我自己也说不上来，为什么我厌恶这个……自然了，让，我也并不是绝对认为……七月王朝也许是个好政权……”

议员朗哈尔斯、格瑞替安和科本都站在参议这边……一点不错，他们认为法国政府以及德国做的同样努力是令人起敬的……科本先生又把“起敬”这个词的发音读错了。一吃上饭，他的脸比先前更红，而且咻咻地喘着气。万德利希牧师的脸色却一直那么苍白，神情也一直那么文雅，精神焕发，虽然他悠闲自得、不停地一杯又一杯地喝酒。

蜡烛慢慢地、慢慢地越点越短，烛焰时不时地在流荡的空气里倒向一边，扑扑地抖动一阵，这时桌子上便散发着一股轻微的蜡的气息。

大家都坐在笨重的高背椅子上，从沉重笨大的银器皿里吃着丰美的菜肴，啜着浓烈的美酒，一边交换着各人对事物的看法。不久话题转到商业上，大家不知不觉都说起方言来，开始用那沉重却更顺口的语言讲话，这种语言似乎本身就含着商人的简洁特色和安闲的随随便便的劲头。有时候他们甚至故意把土音说得很重，用来跟自己开个善意的玩笑。他们说“在交易所里”的时候故意把冠词省掉，把尾音 r 念得跟短 ä 差不多，一面做出得意的模样。

这场谈话太太们听了没有多久就不再感兴趣了。克罗格太太提出一个话题，她给大家介绍一种最好的用红酒烹鲤鱼的方法，讲得大家馋涎欲滴……“把它切成大小适中的段儿以后，亲爱的，就加上葱头、丁香和面包屑，放在煎锅里，然后再放点儿糖、一勺儿奶油，往火上一搁 …… 可是千万不要洗，亲爱的，千万把血留着 ……"

老克罗格正用最有意思的笑话飨客，他的儿子尤斯图斯参议和格拉包夫医生并排坐在最下首，邻近孩子们的席次，这时借机会和永格曼小姐谈起话来，说一些挑逗她的话；永格曼小姐眯缝着一双棕色眼睛，手里做着一个习惯的动作 —— 把刀叉直竖起来，轻轻地前后移动着。连鄂威尔狄克夫妇也活跃起来，高声谈笑。鄂威尔狄克老太太又给丈夫起了一个亲昵的外号："你这头小绵羊！"她一边说，一边笑得头上的软帽前后乱摆。

当让 · 雅克 · 霍甫斯台德谈起他那百谈不厌的题目 —— 意大利旅行的时候，桌上的分组谈话又重新汇集在一个话题下面。他十五年前曾和一位汉堡的阔亲戚到意大利游历过一次。他说起威尼斯、罗马、维苏威火山，谈起博盖塞别墅①，歌德曾在那里写了一部分《浮士德》。他又谈到那散发着一股幽凉的文艺复兴时期的喷泉，修剪得整齐有致的林荫路，在树荫下散步简直是最高的享受。他谈到这些事情时显出一副悠然神往的神情。这时，不知有谁插嘴说，布登勃洛克家在城门外边也有一座荒芜了的大花园 ……

"老实说，"布登勃洛克老头说，"我一想到直到现在还没能把这个园子布置得像样点，就恨我自己！最近我又去了一趟，那副原始森林的样子实在叫我感到羞愧！要是把草坪刈平了，把树顶

---

① 博盖塞为意大利贵族世家，其别墅修建于 17 世纪，1902 年起成为意大利国家博物馆。

好好修剪成个什么形状，那地方真不坏呢！”

可是参议急切地提出反对的意见。

“别这样做，爸爸！夏天我非常喜欢在那荒草里漫步；如果那地方天然美丽的风景遭到剪刀修剪的灾难以后，这一切自然景色就都被毁掉了……”

“可是既然这里的自然景色是属于我的，难道我没有权利按照我的心意整理整理它吗？”

“唉，父亲，你不知道，每次我躺在那茂密的灌木林中、深草丛里，我就有一种感觉，仿佛我是属于大自然的，我一点也没有权利支配它……”

“克利山，[①] 别吃得太多了，”老布登勃洛克忽然喊起来，“别管蒂尔达，她不要紧……她的饭量比七个庄稼汉加在一起还大，这个小丫头……”

一点儿也不错，这个长着一张老太婆似的长脸的不爱说话的干瘪姑娘，饭量实在惊人。人家问她要不要添汤的时候，她拉长了嗓子细声细气地说：“是——的，要——”吃鱼也好，吃火腿也好，她除了一大堆配搭的蔬菜以外，每种都要了两次，每次都拣最大的拿了两块。她专心致志得像个近视眼似地俯在盘子上面，不出什么声音，不慌不忙，一大口一大口地把所有的食物吃得一干二净。每逢老主人问她话时，她总是柔声细气地摆出一副懵然无知的样子回答：“啊，叔——叔！”声音拖得很长。她一点也不畏缩，

① 即克利斯蒂安，原文是低地德语。

只是不停嘴地吃，不管这东西合不合自己口味，也不管别人是不是笑话她。她就像一个在阔亲戚家吃白饭的人一样，有一副天生不知餍足的肠胃；她没有表情地笑着，只是拣好吃的把自己的盘子摆得满满的。她瘦削，饥饿，很有耐性，不达到目的永不罢休。

第六章

这时候用两只车花玻璃大盘子端上来普来登布丁；普来登布丁是用杏仁糕、草莓、饼干和鸡蛋果子冻层层叠起来制成的。就在这个时候桌子下首也沸腾起来，孩子们也得到了他们最喜爱的甜食，冒着火苗①的梅子布丁。

“托马斯，来，孩子，替我办一件事，”约翰·布登勃洛克从裤袋里掏出一大串钥匙，交给托马斯说，“第二间地窖右边，第二个架子上，波尔多红酒后边，要两瓶，办得了吗？”托马斯很会办这种小差事，跑出去不一会儿就拿回两瓶满布蛛网灰尘的酒来。当金黄色的储存多年的马利瓦西亚葡萄酒刚刚从这外表并不起眼的容器里斟满大家吃尾食时用的小酒杯的时候，万德利希牧师认为时机已至，立刻擎着酒杯从座位上站起来，向主人祝贺。餐桌上顿时安静下来。他的头向一边歪着一点，白净的面孔微微浮上一层诙谐的笑容，一只没有拿酒杯的手不时做着优美的小动作；他用的是日常谈话的那种自然动听的语调，正是他讲道时喜欢用的那种……“来吧，诚实的朋友们，为了主人在这所新居里平安如意，

① 布丁上微微浇一层酒，端上来的时候，把酒点着。

为了布登勃洛克一家人，在座的也好，不在座的也好，身体健康，让我们一齐把这名贵的酒干了吧 …… 祝他们幸福吉祥！”

“不在座的吗？”参议一面对着别人伸过来的酒杯俯身还礼，一面暗自思忖道，“万德利希指的是不是法兰克福的人，也许还有汉堡的杜商家里的人？还是别有所指呢？……”他站起身，为了和父亲碰杯，不禁充满深情地望着父亲的眼睛。

接着是经纪人格瑞替安站起来向主人祝贺，他唠叨了不少时候。在结束祝词以后，又用尖细的嗓子提议为约翰·布登勃洛克公司干杯，祝它永远兴隆昌盛，为本城增添光荣。

约翰·布登勃洛克为向所有这些友好的祝贺表示谢意，首先是以一家之长的身份，其次是以公司老经理的身份 —— 他又叫托马斯取来一瓶马利瓦西亚，因为刚才估计错了，看来两瓶并不太够。

莱勃瑞西特·克罗格也致了祝词。他并没有站起来，因为他认为坐着祝贺会给人一种更亲切的印象。只是在他向两位女主人，安冬内特太太和参议夫人祝贺的时候，殷勤地摇着头，挥动着手，姿势极其动人。

克罗格致完祝词，桌上的普来登布丁也差不多已吃得干干净净，葡萄酒瓶这时也露了底，于是让·雅克·霍甫斯台德先生慢腾腾地站起来，清了清喉咙。在座的人不由得异口同声地“啊”了一声，坐在下首的孩子们都高兴得鼓起掌来。

“Excusez！①我要来献一献丑 ……”他说着，用手指轻轻擦了一下他的尖鼻子，从外衣口袋里掏出一张纸来 …… 大厅里马上变

---

① 法文：请原谅！

得鸦雀无声。

他双手擎着的是一张五彩斑斓的纸，许多小红花和金色的花纹曲线构成一个椭圆形的框子。他开始高声朗诵框里写的字：

“老友布登勃洛克为乔迁新邸设筵温居，我亦叨陪末座，为此特赋诗志念。1835年10月。”

念完了这两行字以后他又翻过一篇，用他那略有些颤抖的声音读道：

高贵的友人，当你们
迁入这所壮丽的宅第，
请允许我用这首小诗
道出我对你们的无限敬意。

祝贺你，我银发飘拂的老友，
和你的尊贵贤明的夫人，
你的子媳贤孝，克绍箕裘，
你福寿无疆，子孙绕膝。

你俩缔结了百世良缘，
一个勤劳，一个贞洁修美，
一个生着乌尔冈①般能干的双手，

① 乌尔冈（Vulkan）：罗马神话中的火神和铸造之神，是维纳斯（Venus）的丈夫。

一个生有维纳斯[①]的绝色容颜。

永远没有愁云阴霾
遮暗你们欢乐的情绪，
每天新升的灿烂朝阳
把更多幸福照进你们家里。

你们的家宅日益兴隆，
我为你们感到无限欢喜。
我的目光道出我的挚情，
用不着多说赘言絮语。

在你们这华丽的屋宇，
你们永远会生活得幸福如意，
请不要忘记你们的这位老友
他在陋室里乱涂了这几行短句！

读到这里，他鞠了一个躬，大家不约而同热烈地鼓起掌来。

“太好了，霍甫斯台德！”老布登勃洛克喊道，“让我为你的健康干一杯！这简直妙极了！”

当参议夫人跟诗人碰杯的时候，她的脸上淡淡地泛上一层红

① 原文是阿那狄俄墨涅（Anadyomene），维纳斯的别号之一，意为“海上升起者”。

晕，因为她注意到当他念到“阿那狄俄墨涅·维纳斯”的时候，他是向她这方向欠身致意的……

第 七 章

举座欢欣，大家的喜乐情绪已经达到了最高峰。这使得科本先生感到非要把背心上的纽扣解开一两颗不可；然而这是与礼仪不合的，就是上了年纪的老先生也不敢这样放肆。莱勃瑞西特·克罗格仍然跟宴会开始时一样，腰板笔挺地坐在位子上；万德利希牧师像过去一样脸色苍白，彬彬有礼；老布登勃洛克虽然略微把身体向椅背后面靠了些，然而却一丝不苟地遵循着宴会的礼节；只有尤斯图斯·克罗格显然有一些醉意了。

可是格拉包夫医生哪里去了？参议夫人悄悄站起身来离开餐桌，因为她发觉下边永格曼小姐、格拉包夫医生和克利斯蒂安的位子都空了，同时从圆柱大厅那边隐隐约约地传来压抑的呻吟声。侍女这时正上过奶油、干酪和水果，参议夫人跟随在她身后很快地离开了餐厅。一点也不错，在那边黑灯影里，在一圈围着中间柱子摆放的软椅上，小克利斯蒂安正半躺半坐地趴在上面，低声地令人心碎地呻吟着。

“哎呀，上帝！”同大夫一起站在克利斯蒂安身边的伊达说，“这个可怜的孩子病势很不轻呢，太太！”

“我很难过，妈妈，我真难过啊，该死的！”克利斯蒂安呜呜咽咽地说，一双深陷的圆眼睛在那不相称的长鼻子上面不安地转动着。因为难过得要命，他不觉顺口骂了一句“该死”。可是参议夫人说：“谁要是说这个词儿，上帝就惩罚他，让他加倍痛苦。”

格拉包夫医生摸了摸他的脉，一副和气的面孔似乎变得更长、更温和了。

“只不过消化不太好……不要紧——参议太太！”他安慰孩子的母亲说，接着就用慢吞吞的、医生所惯有的那种装腔作势的腔调说，“最好让他上床躺着……给他服一点小儿散，能喝一杯甘菊茶发一发汗更好……当然了，别胡乱吃东西，参议太太，千万不要乱吃。可以吃一点鸽子肉，一小块法国面包……”

“我不吃鸽子！”克利斯蒂安拼命喊叫。“我什么都不吃了！我难过，该死的，真难过呀！”好像说这个坏字眼能减轻一些他的痛苦似的，他发疯似的喊着这个词儿。

格拉包夫医生宽恕地、差不多可以说是忧郁地笑了笑。啊，他不久就能吃饭的，这个年轻人，他会像其余的人一样活下去。他会像他的祖先上辈一样，像他的亲戚朋友一样坐在公司的办公室里打发日子，一天吃四顿最丰富可口的饭菜……唉，托上帝保佑，他，弗利德利希·格拉包夫，可不想破坏这些日子过得富裕舒适的商人的家庭生活习惯！他只是等人召唤来，安排一两天的饮食单——一点鸽子肉，一片法国面包……不错——还要装出一副若无其事的样子再三安慰说，这是小病，算不了什么。他虽然还很年轻，却已经给那么多可敬的市民诊过脉，这些人，当吞下他们最后一条熏火腿、最后一只填火鸡以后，要么是在他们办公室的靠背椅上猝然与世长辞，要么就是经过短暂的病痛，在他们那宽大的老式床上长眠不醒。他们的病叫中风，也叫瘫痪，总而言之，他们出其不意地一下子便溘然长逝……不错，不错，而他呢，弗利德利希·格拉包夫呢，每次碰到这种算不了什么的小病，却能预先告诉他们那严重的后果。甚至有些时候，当他们吃完饭在走向办公室的路上，只是稍微感到有些头晕，根本没有请格拉包夫医生来，即使在这种时候，他也能告诉他们那一后果……唉，上帝保佑吧！他，弗利德利希·格拉包夫本人是不讨厌填火鸡的。今天那浇酱汁用鸡蛋和面包屑浇裹着的火腿味道确实不坏，而那道普来登布丁——又是杏仁糕，又是草莓，又是奶油，虽说那时大家已经吃得胸满肚胀……“不能乱吃，参议夫人。一点鸽子肉，一小块法国面包……”

第八章

餐厅里主人和宾客正纷纷离开席面。

“招待不周，诸位先生，诸位太太！那边屋子里给爱抽烟的预备有雪茄，给大家预备有咖啡。太太们要肯赏光的话，可以再来一杯甜酒……后边弹子房里有台球，谁愿意打都可以去；让，你领着大家到弹子房去吧……科本太太，可不可以给我这种光荣？①”

大家吃得心满意足，一边兴高采烈地谈论这顿丰盛的酒宴，一边从折叠门向风景厅走去。只有参议留在后面，他在召集那些想玩台球的先生。

“您不想玩一局吗，岳父？”

不，莱勃瑞西特·克罗格要和太太们多周旋周旋，可是尤斯图斯很可以去玩一局……此外，议员朗哈尔斯、科本、格瑞替安和格拉包夫医生也都留下来同参议在一起。让·雅克·霍甫斯台德说他过一会儿就来。“我等一会儿就来，约翰·布登勃洛克要吹笛子，我一定得听一听……Au revoir，messieurs②……”

---

① 指科本太太可不可以把手伸给他，由他领着她走。

② 法文：再见，先生们！

这六位先生走过圆柱大厅的时候，从风景厅里已经传出来最初的几声笛音，用风琴伴奏的是参议太太。吹的是一首优美的短调，清脆的笛声在宽阔的屋宇里回荡着。参议一直注意倾听着，直到他听不见那声音为止。如果他能留在风景厅，坐在一张安乐椅上，沉湎在充满优美音乐的柔情幻梦里，该多么好啊！可是他必须尽主人之谊……：

“拿几杯咖啡、几支雪茄到弹子房来。”他对一个正从前厅走过的侍女说道。

“不错，利娜，拿咖啡去，听见没有？咖啡！”科本先生从胀满的胸膛里挤出声音来重复了一遍，一边想用手去拧那女孩子的红红的手臂。他说咖啡的“咖”字时，是从嗓子底下挤出来的，仿佛他已经在品尝着咖啡似的。

“我敢说，科本太太一定从玻璃窗里看见了。”克罗格参议说。

朗哈尔斯议员问道：“你住在那上面吗，布登勃洛克？”右边有一座楼梯通到三楼，那里是参议一家人的卧室，可是前厅的左边也有一排屋子。主客们抽着烟从安着白漆雕木栏杆的宽大楼梯上走下来。参议在楼梯中间一个平台上站了一会儿。

“这里中二楼还有三间屋子，”他解释说，“一间吃早点的屋子，一间是我父母亲的卧室，另外一间对着花园，没有派什么用场；屋子旁边有一条窄窄的走廊……咱们往前走吧——这儿，请看，这条过道可以走运货马车，马车可以从前门一直通到后面的面包房巷。”

下面的一条宽大的、起回声的过道，路面是用大块方形石板铺的。大门这一端和另外一端都各有几间类似账房的小屋子，而直到现在仍旧往外冒沙洛登酱汁酸味的厨房与通向地下室的门却在楼梯的左边。楼梯右边，一排形状笨拙却粉刷得焕然一新的木头房子从墙上凸出来，平悬在离地相当高的半空里——这是侍女的下房。她们出来进去只能从走车的过道，借助一架笔直的凌空悬着的梯子上下。梯子旁边放着几架庞大无比的旧式木柜和一只雕花箱子。

再穿过一扇高大的玻璃门，走下几层平坦的可以行车的台阶，就到院子里去了。左边是一间不太大的洗衣房。从这里人们可以望得到那布置得井井有条的小花园，虽然在眼下这一时节花园因为秋雨连绵显得一片潮湿灰暗。为了抵御霜冻，花墙上已经遮上草席。其余的景象就被亭门，被一间凉亭的罗可可式的正面遮住了。主客一帮人都从院子里向左转去，沿着两堵墙中间的一条路走过第二道院子，直奔最后一进房子。

在这里他们顺着光滑的台阶走到下面一间圆屋顶、地面夯实的地下室里去。这间屋子是做储藏室用的，屋子里还悬着一条往上系粮食口袋用的绳子。他们不往下走，却从右边一架整齐的楼梯上了二楼。参议打开一扇白色的门，把客人引进弹子房去。

屋子很宽敞，靠着墙稀稀落落地摆着几把硬背椅子，看着有点空旷、阴沉。科本先生一进屋就筋疲力尽地“扑通”一下坐在一把硬背椅上。

“让我先旁观一局！”他喊道，一边从外衣上掸去蒙蒙的细雨珠，“天晓得，在你们房子里走一周简直像做一次长途旅行，布登勃洛克！”

这里也同风景厅一样，在黄铜栅栏后面燃着熊熊炉火。从三个窄长的大窗户里可以望到外边被雨水冲刷得潮湿光洁的红色屋顶，再望过去是一座座灰沉沉的庭院和三角形的屋脊……

“咱们玩一局Karambolage[①]好不好，议员先生？”参议一边问，一边从架子上取下球杆来。接着他在屋子里转了一圈，把两个台子上的兜囊关上，“谁愿意跟我们打？格瑞替安？医生？All right.[②]那么格瑞替安跟尤斯图斯就到那个台子上去吧……科本，你一定得参加。”

这个酒商从椅子上站起来，含着一口烟没有吐，愣愣地听着屋子外面一阵疾风呼啸着吹过来，斜卷着雨点打着窗玻璃，噼噼啪啪一阵乱响，紧接着那风势好像带着尖锐的啸声顺着烟囱钻进屋子里似的。

“作孽！”他骂了一句，随口把嘴里的烟喷出来，“您看‘屋伦威尔号’进得了港吗？布登勃洛克。真没遇见过这种坏天气……”

一点不错，从特拉夫港口来的消息都很糟糕；克罗格参议同意这一点，这时他正往自己球杆的皮头上涂粉。据说沿着海岸到处都是狂风巨浪，天气简直坏得和1824年差不多。就是那一年圣彼得堡发了大水……喏，咖啡来了。

大家斟上咖啡，啜了一两口，就开始打起台球来。话题转到关税同盟[③]上……噢，布登勃洛克一谈起关税同盟不由得眉飞色舞！

---

① 台球的一种打法，自己弹出之球需连撞其他两球。

② 英文：好吧。

③ 这里指1834年至1871年德意志各邦组织的统一关税同盟。这是德国走向经济和政治统一的第一步，吕贝克市在1868年加入这个同盟。

“多么伟大的创举，诸位先生！”他喊起来。他刚打完了一杆，听到另一个台子上在谈这个话题，马上把身子转过来，“我们应该抓住最早的机会赶快加入……”

科本先生却很不以为然，反对这样做，他甚至气咻咻地连呼吸也变粗了。

“那我们还谈什么独立？谈什么独立？”他像受了委屈似的气势汹汹地倚着台球杆问道，“都撇开不管了吗？咱们还是先看看汉堡同意不同意加入普鲁士人搞的这个鬼名堂吧！为什么咱们要急急忙忙上这个圈套啊，布登勃洛克？上帝保佑吧，咱们跟关税同盟有什么关系，我可真想弄清楚！咱们现在不是一切都很顺利吗？……”

“是的，你跟你那些红酒很顺利，科本！此外，也许还有俄国的土产，这一点我不想争辩。可是此外再也没有什么货物进口了！至于出口，自然啰，我们总算还运往荷兰跟英国一丁点谷物……唉，不是这样的，可惜并不是一切都很顺利的。从前咱们这里有的是别的买卖可做呢……但是如果加入了关税同盟，梅克伦堡和石勒苏益格－荷尔斯泰因就会重新向咱们打开大门……那时候商业将要繁荣到什么程度，就很难估计了……”

“你听我说，布登勃洛克，”格瑞替安插嘴说，他这时正俯在台球桌上用他那瘦骨嶙峋的手握着台球杆子比来比去，“这个什么关税同盟……我对这个完全不了解。可是要说我们的制度嘛，那真是又简单又切实可行，你说是不是？就拿用宣誓具结办理海关手续这个制度说吧……”

“一个很好的老制度。”参议承认这一点。

“怎么能这样说，参议先生——您认为的好处在哪里呢？”议员朗哈尔斯有一些气恼地说，“我并不是一个商人……可是说老实话——哼，我觉得这种市民宣誓已经慢慢成为瞎胡闹了。它已经沦为形式了，谁都不把它当成一回事……吃亏的是政府。人们流传着一些令人难以置信的丑事。我深信，从政府这方面看，加入关税同盟……”

“那就要发生冲突——”科本先生怒气冲冲地用球杆敲着地板。他把“冲突”这个词又读错了，这时他完全没有心思顾到他的发音了。“发生冲突，我这话一点错儿也没有。可是您说的话，参议先生，请恕我直言，却有点不知所云。”接着他就激昂地谈起仲裁委员会，谈到国家福利，谈到市民宣誓和自由联邦……

感谢上帝，幸亏这时让·雅克·霍甫斯台德来了！霍甫斯台德和万德利希牧师手挽着手走进屋子里来，来自另外一个无忧无虑的时代的两位天真愉快的老头儿。

“喏，诸位老朋友，”霍甫斯台德开口说，“我说点儿东西给你们听：一个笑话，挺滑稽，法国式的几句小诗……你们注意听啦！”

面对着玩台球的人，他舒舒服服地坐在一把椅子上。这些人都暂时停止了球戏，有的倚着球杆，有的靠着球案，注视着霍甫斯台德。只见他从衣袋里掏出一张纸片，把他那戴着图章戒指的细长食指按在尖鼻子上，用一种快活的、朗读史诗的腔调念道：

有一天，萨克斯元帅[①]和骄傲的庞帕多[②]，出外去兜风啊——乘着一辆金澄澄的马车，甫瑞龙[③]见了大声喊——看这一对配得多妙！一个是国王的宝剑——另一个是他的剑鞘！

科本还愣了一会神，但转眼间就把冲突和国家福利忘在脑后，和别人一起大声哄笑起来，笑声响彻了整个大厅。只有万德利希牧师一个人走到一扇窗户前边，但是从他耸动的肩膀判断，他一定是在那里独自哧哧地窃笑呢。

他们在后边这间台球室里继续耽搁了好一会，因为霍甫斯台德还预备了很多类似刚才说的这种小笑话。科本先生到底把背心的全部纽扣都解开了。他的情绪很高，因为他觉得在这里比在餐桌旁舒服多了。他每打一杆球就用德国北部的方言说一两句诙谐话，每隔一会就兴高采烈地念叨着说：

有一天，萨克斯元帅……

这首小诗一经他那粗哑的大嗓子读出来便显得有些不伦不类。

---

① 莫利茨·萨克斯（Hermann Maurice de Saxe，1696—1750）：法国元帅，以能征善战著称。

② 庞帕多（Pompadour，1721—1764）：法王路易十五的情妇。

③ 甫瑞龙（Frelon）：一个虚构的弄臣的名字。

第九章

主客们再一次重聚在风景厅里的时候，天相当晚了，已经是将近十一点钟光景。但是客人们差不多也是马上就告辞的。参议夫人让客人们吻过手以后，立刻回到楼上卧室里去看生病的克利斯蒂安。她把监督侍女收拾餐具的事交给永格曼小姐去做。安冬内特太太也回到中二楼卧室里去；客人们由参议送下楼，走过过道，一直陪着走到大门口。

一阵劲风卷着雨点斜打过来，克罗格老夫妇身上裹着厚皮大衣，急急忙忙钻进他们的一辆华丽的大马车。这辆马车早已在门前等候多时了。挂在门前铁柱上和悬在横过街心的粗铁链上的油灯发出昏黄的光芒，在风中不安地抖动着。这条街是一个斜坡，下面通到特拉夫河。街两旁这里那里有一所住宅的临街建筑向街心倾探出来，有的房子还带着临街罩棚和木凳。石板路面有的已经破损，潮湿的野草从裂罅里滋生出来。高处的圣玛利教堂已经隐蔽在暗影和雨点里边了。

"Merci,"[1] 莱勃瑞西特·克罗格握着站在马车旁边的参议的一

---

① 法文：谢谢。

只手说，“Merci，让，今天过得太好了！”接着车门“啪”的一声关上了，马车轮转动起来。万德利希牧师和经纪人格瑞替安也道谢辞别。科本先生穿着一件披肩特别加厚的外衣，戴着一顶阔檐的灰色礼帽，胳臂上挎着他的肥胖的老婆，用他那粗哑的嗓子说：

“再见，布登勃洛克！进去吧，别着凉。感谢至极，我很久没有这么好好地吃一顿了！怎么样，我的这种四马克一瓶的酒还对你的脾胃吧，再见，再见……”

这一对夫妇和克罗格参议一家人向着特拉夫河走下去，议员朗哈尔斯、格拉包夫医生和让·雅克·霍甫斯台德走的是相反的方向。

布登勃洛克站在离大门几步远的地方，两只手深深插在浅颜色的裤子口袋里。他身上只穿着一件布料上衣，夜寒使他微微发抖。直到他听着客人步履声逐渐消逝在寂静潮湿、街灯昏暗的巷子尽头以后，才转过身。他抬起头，望了望这所灰色房屋的尖顶，目光在街门上边的格言上停了片刻，那是用老体字母雕刻的一句拉丁文：“Dominus providebit.”[①]他把头稍微低了低，走进门里去，谨慎地把那吱吱作响的沉重街门上了闩。接着又锁上大屋门，慢慢走过空阔的门道。一个侍女正托着茶盘从楼梯上走下来，可以听到玻璃杯在盘子里叮当作响。参议问她：“老主人在哪儿，特林娜？”

“在餐厅里，参议先生……”她的面孔变得和她的手臂一样红，因为她是从乡间来的，动不动就害羞。

---

① 拉丁文：上帝预见一切。

他顺着楼梯走上去。当他走过幽暗的圆柱大厅时，一只手不觉又摸了一下装着信封的上衣口袋。他走进餐厅，在一个屋角里，烛台上的几支残烛还在燃烧，照着已经收拾干净的餐台。空气里还残留着一股沙洛登酱汁味。

屋子深处，约翰·布登勃洛克正舒适地背着手在窗前踱来踱去。

第十章

“约翰，我的孩子，你上哪儿去？”他停止踱步，把手向自己的儿子伸过来，那白白的、略微嫌短但形状纤美的布登勃洛克家族特有的手。他的矍铄的身形在深红色的窗帘前面模糊不清地显现出来，摇曳的烛光使他的影子也有些动荡不定，只有他的涂粉的假发和绉花的胸巾发出白色闪光。

“还不累吗？我在这儿走一走，听着刮风的声音……天气太坏了！克鲁特船长刚离开里加，正在旅途中……”

“唉，父亲，有上帝帮助，一切都会平安的！”

“上帝的帮助靠得住吗？我知道，你和上帝的交情很不错，你可以……”

参议看到父亲的情绪这样高，心中的愁闷消减了许多。

“我直截了当跟您说吧，”他开始说，“我来不只是为了向您道一声晚安，爸爸，我还要……但是您一定不要生气，可以吗？这封信今天下午就来了，我一直不敢拿出来惹您心烦……在这样一个快乐的晚上……”

“高特霍尔德先生，Voilà！[①]”老人拿起这封火漆固封的淡蓝色的信封时，装出一副若无其事的样子。“约翰·布登勃洛克老先生亲启……你这位异母兄弟可真是一位谨慎小心的人，让！他最近寄来的第二封信，我记得我并没有回信吧？看，他的第三封信又来了……”他用一只手撕掉信封上的火漆，打开薄薄的信纸，他的红扑扑的面孔逐渐变得阴沉起来。他把身子斜侧着，好让烛光照在字迹上，用手背猛地拍击了一下那信纸。连这字体也表现出叛逆不孝的态度：布登勃洛克一家人，别人写的字都是笔迹秀丽，稍微向一面倾斜，独独这张纸上的字体却高大挺直，笔画粗重，很多词下面还仓促地画着弯弯的杠子。

参议稍微向后退了两步，退到墙边摆着椅子的地方，然而并没有坐下来，因为父亲一直在站着。他只是不安地一把抓住了一把椅子的高椅背，默默地注视着父亲。老人歪着头，皱着眉，嘴唇一翕一张地很快动着。他在念信：

父亲：

关于那件您已熟知的事情我又给您写过一封情词迫切的信，可是您并没有回答我。我本以为凭着您的正义感，您会体会到我收不到回信的那种愤慨心情的，然而我这样想显然错误了。我只收到我写给您的第一封信的复信（我并不想谈那是怎样一封复信）。我一定要坦白向您说，您的固执的态度只

---

① 法文：原来如此！

会加深我们父子之间的鸿沟，您这样做是犯罪的，有一天在上帝的审判面前您一定不能逃脱这种责任。自从我听从自己心灵的驱使，然而却违背了您的意旨，同我现在的妻子结了婚并接受了一桩买卖因而伤了您那漫无边际的尊严以后，您就这样残酷无情地把我拒之千里之外。您现在对付我的这种态度，不论从天理和人情两方面讲都说不过去。如果您以为您对我的要求只要置之不理，我就会默然引退，那您实在打错了主意——您在孟街购买的新居价值十万马克，此外我还听说，您那位继配夫人生的儿子兼您的公司的股东——约翰，现在作为房客也住在您家里。在您百年以后他就要成为公司和房产的唯一继承人。您既然已经和我的那位住在法兰克福的异母妹妹以及她的丈夫谈妥条件，我也不想妄加干涉。而您对于我，您的长子，却这样大发雷霆（这是违背基督教精神的），不肯予以一手之援，一点也不肯把我对于这所房屋产权的补偿费给我。我结婚安家的时候您曾给过我十万马克，并答应以后给我同样数目的遗产，当时我并没有争执，因为那时候我对您的财产情况并没有充分了解。现在我却看得清楚一点了，我认为在理论根据上我并没有丧失掉继承权，所以在这次事件上我要求拿到三万三千三百三十五马克，也就是房价的三分之一。是什么恶势力使我一直到现在不得不受这种不合理的待遇，这一点我不想妄加臆测；但是我本着一个基督徒和一个商人的正直良心，我要对这种恶势力提出抗议。让我最后再向您说一次，如果您仍然犹豫不决，不肯重视我的正当合法的要求，那么我就无法再尊重您作为自己的父亲，无法再尊重您作为一个基督徒、一个诚实的商人了。

高特霍尔德·布登勃洛克

“对不起，我实在不高兴再念一遍这种胡说八道了——Voilà！”约翰·布登勃洛克气恼地把信向他的儿子一丢。

信纸飘飘扬扬地飞下去，当它落到参议膝前的时候，他一把把信抓住。他的惊惶、忧郁的眼光一直追随着父亲的动作。老人拿起倚在窗户前的一只熄烛器，气冲冲地顺着餐桌向对面一个角落的枝形烛台架走去。

“Assez，我说。N'en parlons plus，① 到此为止！上床去吧！Enavant！②”烛光一个接着一个地熄灭了，熄烛器的长杆子上系着一个小铜帽，只要用它往蜡烛上一扣，烛火立刻熄灭。等老人转身向他儿子这边走来的时候，烛台上只剩下两支蜡烛还在燃烧。在黑暗中儿子的身影几乎看不出来了。

“Eh bien，③ 你站在那儿做什么？怎么不说话呢？你总应该说几句话吧！”

“我说什么呢，父亲——我一点主意也没有。”

“你动不动就没有主意了！”约翰·布登勃洛克语调有些恼怒地说，虽然他自己也知道，他这句断语是不尽符合事实的。在决

① 法文：够了，不要再谈这个了。

② 法文：走吧！

③ 法文：喂。

定取舍的关头，他的儿子兼伙伴常常会想出更高明的主意，这一点他是自愧弗如的。

“可诅咒的恶势力……”参议接着说，“这是我解读这封信的首要意思。您难道不能了解，这句话使我多么痛心吗，父亲？他竟责备我们做事违反基督徒的精神！”

“你竟让他这封一派胡言乱语的信吓坏了吗——啊？！”约翰·布登勃洛克拽着熄烛器的长杆子怒冲冲地走过来。“违反基督徒精神！哼！真有意思，这位爱财如命的虔诚教徒！我真不懂你们这些年轻人是怎么想的！一脑子基督教的狂热幻想……还有……理想主义！认为我们老年人都是没有心肝的愤世嫉俗的人……对了，你们脑子里还有什么七月王朝啊，什么讲求实际的精神啊……宁愿用粗暴的话把老父亲侮辱一通也不想放弃几千泰勒！……他居然诬蔑我做商人是否诚实！好吧，作为一个商人，我知道什么是 faux frais！[①]”他用巴黎人的喉音 r 厉声地重复了一句，“我不会为了使我这位得意忘形的忤逆儿子恭顺一点，就俯首听命听他挟制的……”

“怎么回答您的话呢，亲爱的父亲？我可不愿意让他把话说中了，当真我成了那个‘恶势力’！作为一个当事人，这件事也与我利益攸关。正因为这样我不劝您坚持您的主张，而且我也是一个忠诚的基督徒，在这一点上我也不比高特霍尔德差，可是……”

“可是！一点不错，让，你这个‘可是’说得很有道理！事实

① 法文：没用的开支。

的真相是怎么样呢？当初他跟他的施推威英小姐搞得火热的时候，跟我左吵一次右吵一次，最后尽管我坚决反对，他还是和这个门户不称的女人结了婚。那时我就写信告诉他：mon très cher fils，[1]你跟你的小铺子结婚了，一切话都不用说了。我不会完全剥夺你的继承权，我不想弄得满城风雨，可是我们的情义从此算断绝了。我现在给你十万马克作为结婚费，在我的遗嘱里我还要给你十万马克，然而你的全部都在这里了，此外你再多一个铜子儿也拿不到了。他当时并没有说什么。如果我们现在业务更发达一些，这与他有什么关系呢？如果你和你的妹妹得到更多一些财产，如果从你们的财产中拿出一部分来购置一所房子，这又和他有什么关系呢？……”

“要是您能了解我现在这种左右为难的处境就好了！为了能使家庭和睦，我一定得劝您……可是……”参议靠在椅子上轻轻地叹了口气。约翰·布登勃洛克拉着熄烛器的长杆子往那摇曳不定的朦胧黑影里凝视着，竭力想看清儿子脸上的表情。一支蜡烛烧尽了，自己熄灭了，只剩下一支在那边闪烁地摇曳着。仿佛是，每隔一会儿就有一个白色高大的人形带着安静的笑容从壁毯上浮现出来，转瞬又复消失不见。

“父亲，和高特霍尔德的这种关系实在让人抑郁气馁！”参议轻轻地说道。

“胡说，让，不要感伤吧！什么使人抑郁气馁呢？”

---

① 法文：我最亲爱的孩子。

“父亲……我们今天这么欢快地在这儿聚会，我们兴高采烈地度过了这一天，我们都很骄傲，很幸福，意识到我们做了一些事情，有了一些成就……我们的公司，我们的家庭都有了一定的声名地位，得到人们普遍的承认和尊重……可是，父亲，和我哥哥，和您的大儿子结下的这种仇恨……在我们靠着上帝慈悲辛苦地建筑起来的这座大厦上是不应该有着暗痕的……家庭必须是和睦的，必须是团结一致的，父亲，不然灾祸就要叩门了……”

“你这都是胡说，让！瞎说八道！固执的年轻人……”

两人都沉默了，最后一支蜡烛越燃越暗。

“你在做什么，让？”约翰·布登勃洛克问，“我完全看不见你了。”

“我在计算，”参议简短地回答。烛光跳动了一下，只见他挺直身躯，目光冷冷地、全神贯注地盯住那跳动的烛光，这种目光在今天整个晚上一次也没有在他眼睛里出现过——“假如您拿三万三千三百三十五马克给高特霍尔德，拿一万五千给法兰克福的人，加在一起就是四万八千三百三十五马克。假如您不给高特霍尔德，只给法兰克福的人两万五千马克，这样就等于替公司赢得两万三千三百三十五马克的利润。其实还不仅是这一点。假如您给了高特霍尔德他的一部分房屋财产的赔偿费，这就等于破了例，也就是说，跟他的金钱关系还没有了结清楚，他在您死后就有权要求跟我，跟我的妹妹一样多的遗产，这样就等于使公司损失几十万马克。这笔损失是公司本身和作为未来唯一业主的我无力承担的……不能这样，爸爸！”他用力地一挥手，表示下了决心，身子挺得更直一些。“我劝您不要对他让步！”

“好吧，就这样！N’en parlons plus！En avant！[①]上床去吧！”

最后一支蜡烛在铜帽下边熄灭了。两个人走过了漆黑的圆柱大厅，走到外边楼梯前，彼此握了握手。

“晚安，让……有勇气吗，你？这些小烦恼算不了什么……明天吃早饭再见！”

参议顺着楼梯走上自己的卧室，老人也摸索着栏杆回到下边的中二楼房间里去，于是，这座宏大的重门深锁的老房子完全隐没在黑暗和寂静里了。骄傲也好，希望也好，忧虑也好，一切都休憩了，只有外面寂静的街头上细雨还淅淅沥沥地下着，秋风还在尖屋顶和房角背后锐声呼啸着。

---

① 法文：不要多说了！就这样吧！

第二部

Zweiter Teil

第 一 章

两年半以后，已经是4月中旬时节。这一年春天来得比往年早。就在这个时候布登勃洛克家里发生了一件事，使得老约翰·布登勃洛克高兴得不时吟唱，也使他的儿子乐得心花怒放。

一个星期日早晨，九点钟左右，参议坐在早餐室的一张棕色大写字台前边。这张写字台在窗户前边摆着，圆拱形的桌盖借助一个小巧的机关已经推进桌心去。他面前摆着一只厚厚的皮包，鼓鼓囊囊地装满了文件。然而他拿出来的却不是什么文件，而是一本封面烫着花纹的金边记事簿。只见他专心致志地俯在上面，正用他那秀丽、纤细的笔体奋笔疾书。除了偶尔把他的鹅翎笔向沉重的墨水瓶里浸一浸外，他一刻也不停歇。

两扇窗户都敞开着，春风从花园里裹挟着一股新鲜温柔的香气吹进屋里，时不时把窗帘没有声息地轻轻吹拂起一点来。花园里，初放的蓓蕾沐浴在温煦的阳光里，两只小鸟无所忌惮地一问一答地啁啾叫着。日光也照进屋子里来，炫人眼目地照射在铺在早餐桌上的雪白台布上，也照射在古老瓷器的金边上……

通向卧室的两扇门敞开着，可以听到约翰·布登勃洛克的声音。他正在低声哼唱一支滑稽的老调子：

这个人儿老实又能干，
殷勤和蔼，煞是讨人喜欢；
他会煮汤也会摇摇篮，
只是一身橙子味，又苦又酸！

他坐在一张小摇篮旁边，一只手不紧不慢地摇动着摇篮。小摇篮悬着绿缎子床帷，摆在参议夫人挂着帐幕的大床前边。她和她的丈夫为了使仆人少跑一些路，暂时搬到下面来住，让老夫妇俩睡在中层楼的第三间屋子里。安冬内特太太在她的带条纹的上衣上系了一条围裙，浓密拳曲的白发上戴着一顶绸帽。她正在后边桌子上忙碌着，桌子上堆着各种法兰绒和麻布衣料。

布登勃洛克参议全神贯注在工作上，几乎一眼也不向隔壁的屋子张望。他的脸上带着一副严肃的、由于虔诚而近于痛苦的神情。他的嘴微微地张着，下巴略微往下垂着，眼睛不时为泪水迷蒙起来。他写道：

“今天，1838年4月14日，清晨六时，我的爱妻伊丽莎白（母姓克罗格），叨天恩佑，平安地生了一个女孩。这个女孩在举行洗礼后将命名为克拉拉。是的，主这样仁慈地保佑了她，因为根据格拉包夫医生的诊断，婴儿的产期有些过早，产妇临产以前的种种征象都不很好，痛苦也比较大。啊，你诸神的主宰啊，除了你以外，有谁能这样在一切苦难危险中帮助我们，教给我正确地认识你的意旨，好使我们敬畏你，遵从你的意旨和诫条！啊，主啊，引导我们，指点我们大家吧，只要我们一天活在世上……”——他的一支笔继续熟练顺畅地写下去，这里那里他按照商人的习惯写了一个花体字。他一行又一行和上帝交谈。在两页以后他这样写道：

“我给我的幼女填写了一份一百五十泰勒的保险书。主啊，你领导着她走上你的正路吧。请你赐给她一颗纯洁的心，让她将来有一天也能进入极乐的天堂里。我们知道要叫一个人从灵魂里相信亲爱的耶稣的全部爱都是为他而发，是一件多么不容易的事，因为我们那世俗的、脆弱的心灵……”三页以后，参议写了“阿门”两个字，然而他的笔并没有就此搁下，它带着轻轻的沙沙声继续写下去，又写了许多页。它写到那能使疲惫的旅人消除疲劳的甘美泉水，写到救世主的血殷殷的伤口，写到崎岖的小路和康庄大道以及上帝的光荣。我们不想隐瞒，有时参议写到一个段落的时候，确实也感到已经写得差不多了，这时他很想搁下笔走进妻子的卧室去，或者到办公室去。可是这怎么成呢！他是在跟他的创世主、他的救主谈话啊，怎么能这么快就厌倦了呢？如果现在就停笔，这不等于窃夺了献给主的祭品吗？……不成，单单为了惩戒这种不虔诚的欲念，他就又从《圣经》里援引了更长的篇章。他为他的双亲祈福，为他的妻子、他的孩子和自己祈祷，也为他的哥哥高特霍尔德祈祷——最后，他临结尾又摘引了一句《圣经》里的格言，写了三个“阿门”，这才把沙末撒在本子上，叹了一口气，仰靠在椅背上。

他把一条腿搭在另一条腿上，慢慢地往回翻看这个本子，这里那里他停下来读一段纪事，或者一段沉思的记录，这些记载都是他亲手写下来的。每读完一段，他心里就再一次充满对上帝的感激，感到欢欣鼓舞，因为无论自己处在什么危险里，上帝总是使他化险为夷。一次他出天花，危在旦夕，所有的人都认为他生命已经无望，然而他还是活过来了。又有一次，还是在他童年时期，人家筹备婚礼，他去看热闹。这家人正在酿啤酒（当时还有这种老习惯，在自己家里酿酒），一只酿酒的大木桶摆在大门前边。不知怎的，这只大桶翻了过来，哐啷一声巨响扣在这孩子头上。那声音惊动了左邻右舍，大家都跑过来，六个人费了很大力气才把桶竖起来。他的头被磕碰得稀烂，鲜血顺着胳臂、腿一个劲地往地下淌。大家把他抬进一家铺子里，因为他胸口还有一口气，所以还是派人去请来医生和外科医生。可是大家都劝他父亲听天由命，看来这孩子是没有什么指望了……可是结果怎么样呢？万能的上帝在医治的时候显示了神力，又使他痊愈了——当参议让这件儿时的惨剧在脑子里重演了一遍以后，他又拿起笔来，在他的最后一个“阿门”后边添了一句话：“啊，主啊，我要永世地赞美你！”

另外一次，当他还很年轻的时候，在去贝尔根的途中，上帝拯救了他，使他免遭灭顶之祸。关于这件事簿子里这样记载着：“每次碰到涨潮的时候，驶行北海的货船进港以后，都要费很大力气才能从堵塞的小艇中间穿过，靠拢我们的码头。那一次我正站在一只平底船的船边上，脚踏桨架，脊背靠着一只小救生艇，努力往码头那边驾弄这只平底船。突然我蹬着的那个橡木桨架折断了，我一个倒栽葱跌进水里。我第一次冒上水来，近处却没有人够得着我，能够把我拉上来；等我第二次要浮到水面上来的时候，平底船正从我头上面驶过去。船上面虽然有很多人想救我，但是他们必须首先把小艇和平底船支开，不使这两只船压到我的头上。如果这时不是这条航线上的另一只小艇的缆绳自己绷断了，即使他们把船支开也是徒劳无益了。只因为那只小艇的缆绳断了，小艇漂荡开去，我才叨天之佑露到空处来。虽然我第三次没能浮出水面，但是人们看到了我的头发，船上的人东一个西一个都俯在甲板上，探着身子打捞我。一个俯在船首的人揪住了我的头发，我也趁势抓住他的胳臂。但是他自己也站不稳，所以就扯直了喉咙大吼起来，直到别人听见，急忙跑过来按住他的腰，把他抓稳为止。我拼命拉住他不放，急得他直咬我的胳臂。这样我终于被拖出水来……”下面是一段很长很长的表示感谢的祈祷文，参议眼睛湿润地把它读完了。

在另一处他写道：“如果我有意抒发自己的感情，我还有无数事例可以援引，只是……”参议越过了这一段，翻到他新婚燕尔和初为人父的一段日子，开始从这里那里摘念一段。坦白地说，他的婚姻并不是人们所说的那种恋爱的结合。他父亲拍了拍他的肩膀，让他注意这位豪富的克罗格家的女儿，她会给公司带来一笔可观的陪嫁费。他欣然接受了这个建议，从那时起便一直尊敬他的夫人，认为她是上帝给安排好的终身伴侣……

他父亲第二次结婚同上述情况也差不多。

这个人儿老实又能干，

殷勤和蔼，煞是讨人喜欢……

父亲正在卧室里低声哼唱。可惜的是他对这些古老的记录和簿子并没有多大兴趣。他的两条腿牢牢地站在现时，不太关心这一家人过去的历史，虽然从前有一段日子他也曾时不时用他那花体字往这本厚大的金边簿子里记载些什么。这些记载主要是关于他第一次婚姻的。

参议把这一部分打开，这些纸比起他自己记录的那些纸显得坚实些，也粗糙些，而且已经发黄了……是的，约翰·布登勃洛克一定是爱着他这第一个妻子，一个布来梅商人的女儿的。他和她共同度过的那一年短促的时光好像是他一生中最美好的日子。“L'année la plus heureuse de ma vie.”[1] 他这样写道，这句话下面还画着一条水波线，他并不在乎安冬内特太太看到这句话……

后来高特霍尔德出世了，这个孩子使约瑟芬丧了命……关于这件事，在这些粗糙的纸上写着一些奇怪的记载。约翰·布登勃洛克似乎一点不隐瞒他对这个新生婴儿的痛恨，从这孩子在娘肚子横踢竖打给母亲带来最初的难堪的痛苦那一刻起，直到他活泼健康地落地而约瑟芬的没有血色的脸却埋在枕头里与世长辞，他从来没有饶恕过这个莽撞地闯到生活里来的孩子的杀母之罪。然而高特霍尔德却浑浑噩噩、结结实实地一天比一天长大了……参

---

① 法文：我一生中最幸福的一年。

议不了解父亲这种心理。他认为，做母亲的虽然死了，却已经尽了一个妇人的最高的天职。“如果是我，我就把对她的爱情温柔地转移到她赋予了生命的小东西身上。”他想道。…… 然而父亲在自己长子身上看到的却只是自己幸福的无情的破坏者。过了些时候他又和安冬内特·杜商，一个有钱有地位的汉堡人家的女儿结了婚，夫妻俩互敬互爱地过活 ……

参议信手翻阅着这本簿子。他最后读到关于自己子女的记载：汤姆出麻疹、安冬妮害黄疸病的事，克利斯蒂安生水痘怎样痊愈了。他读到他几次外出旅行，到巴黎，到瑞士，到马林巴德①；最后一个地方是和他妻子一起去的。他又翻到最前面几张斑驳破损的类似羊皮笺的书页，那里有他的祖父老约翰·布登勃洛克的墨水已经褪色的花体字笔迹。这些记录开始写的是这家人嫡系祖先的年代悠久的家谱。16世纪末叶，能够追溯到的第一位布登勃洛克曾在巴尔西姆住过，这个人的儿子当过格拉包市的议员。另外一个很富裕的（这几个字下面画了线）以裁缝为职业的布登勃洛克在罗斯托克结了婚，生了一大堆孩子，也有夭折的，也有活下来的。又有一位在罗斯托克做商人的，这人已经取名为约翰了。最后，又过了无数年代，参议的祖父终于迁居到这里并创立了这家大粮号。这位祖先的事迹已经历历可考了：他什么时候出过紫癍；什么时候害过真性天花；什么时候从第三层楼板上摔到烘谷炉上，虽然他很可能撞到一根横梁上死于非命，然而却九死一生逃了出来；

① 即捷克的玛利亚温泉市。

什么时候他害热病，烧得脑筋昏乱——这一切都事无巨细地记载下来。这位老祖宗又在他的记录里对子孙后代写下许多箴言诫训。这里面有一句是用粗大的黑体字描写的，画着框，显得特别醒目：“我的孩子，白日精心于事务，但勿做有愧于良心之事，俾夜间能坦然就寝。”此外他又谆谆嘱告，他有一本维滕贝格出版的老《圣经》应该传给他的长子，而且以后也应该世世代代由长子继承……

布登勃洛克参议把那只皮制的文件夹拉近一些，把其他的文件拿出来挑着看。这里面有怀念游子的母亲写给远在异乡的儿子的信，因为年代久远，这些信纸都已发黄碎裂，信纸上还有受信人的批注：“接奉来谕，敬悉一切。”这里面有汉萨自由市颁发、画着纹章、盖着印章的市民证书，印信保险单，祝贺诗，以及外人请求布登勃洛克家哪个人做教父的函件。这里面有儿子从斯德哥尔摩，从阿姆斯特丹写给父亲和股东的充满人情味的商业函件，信里面一方面报告了麦价稳定的令人欣慰的消息，同时也提出了迫切请求，探问妻子儿女平安……这里面有参议专门记载他游历英国布拉班特时的一本日记，日记本的封面上有一张爱丁堡城堡和草料市场的铜版画。这里面还有高特霍尔德写给父亲的恶语伤人的信，这是一些不愉快的文件。而不久前让·雅克·霍甫斯台德为乔迁新居写的祝贺诗则是全部文件快乐的收尾。

一阵清脆、迅疾的钟声从写字台上面的一张画上发出来。这张色彩暗淡的油画画的是一座教堂和一个古老的市场，但是教堂顶上安着一座真正的小钟。这时它用细碎的声音敲了十下。参议关上装文件的皮夹，小心翼翼地把它收进写字台的一个暗屉里，然后走回卧室去。

卧室的四壁挂着深色大花布帷，产妇床褥上的高大帐幔也是用同样的料子做成的。空气里弥漫着一种在忧惧痛苦后继之而来的宁静休憩的气氛，屋里的空气被炉火烤得暖洋洋的，散发着香水和药物的混合气味。从紧闭着的窗帷后只能透过朦胧的光线。

两位老人正并排站在摇篮旁边，俯身端详酣睡中的婴儿。参议夫人穿着一件精美的绣花短衫，一头红发梳得齐齐整整。她的脸色虽然还显得有些苍白，却带着幸福的笑容。她把一只秀美的手向走过来的丈夫伸去，腕上的金手镯发出轻微的敲击声。伸手的时候出于习惯她总是把手心向外一摆，这好像更增加了她动作的亲切感……

“贝西，你身体怎么样？”

“非常好，非常好，亲爱的让！”

他握着她的手走近了一点，站在两位老人的对面，俯身在摇篮上面。可以听到婴儿的急速的呼吸声，有一分钟，他吸着那婴儿呼出的温暖的、含着奶香的气息，心里有说不出的感动。“上帝祝福你。”他轻轻地说，一面吻了吻这小生命的前额。他看到婴儿的黄黄的皱瘪的小手指简直和鸡爪子一模一样。

“她吃得真多，”安冬内特太太说，“看，眼看着她在长个子……”

“你们信不信我的话，她准像内特，”约翰·布登勃洛克今天因为幸福、骄傲而红光满面，“她的眼睛漆黑晶亮，真没见过……”

老太太不愿意应承这一点，“哪里的话，哪儿有这么小就看得出像谁来的…… 你要进教堂吗，让？”

“不错，已经十点了—— 到时候了，我在等着孩子们……”

孩子们立刻在外面做出声响来。他们在楼梯上乱糟糟地吵嚷起来，这时人们听到克罗蒂尔德叫他们安静的嘘气声；但是孩子们马上就走进屋子来，他们都已穿好皮大衣，因为在圣玛利教堂里这时当然还是冷得和寒冬一样。他们走路的时候一个个都蹑手蹑脚，悄无声息，这是因为，第一，他们怕把小妹妹吵醒；第二，在做礼拜之前不应该心神浮躁。他们的脸庞都因为兴奋而红通通的。今天是什么样的节日啊！鹳鸟一定是一只力量很大的鹳鸟，不但送来了一个小妹妹，还带来许多好东西：一个海豹皮的书包给托马斯，一个有真头发的大洋娃娃给安冬妮，多么奇妙的洋娃娃！一本五彩的图画书给听话的克罗蒂尔德，虽然她只是怀着感谢的心情一声不响地摆弄她的糖果袋，这袋糖果也是她的一件礼物——给克利斯蒂安的是一整台傀儡戏，有苏丹王，有死神，有魔鬼……

他们吻了吻母亲，得到允许后又向绿缎子帐子后面小心地望了一眼。父亲已经披上斗篷，把赞美诗拿到手里，于是孩子们一声不出地规规矩矩随着父亲向教堂走去。这时在他们身后响起了刺耳的哭声，这位家庭的新成员刚刚从熟睡中醒来……

第 二 章

夏天一来，有时候刚刚是5月或6月初，冬妮·布登勃洛克就搬到城门外外祖父母那里去住，而且她每次去总是感到满心欢喜。

住在郊野，住在那布置得非常豪华的别墅里是一件舒服事。这座别墅有宽阔的建筑物，有很多下房和马厩，有巨大的果园、花园和菜园，顺着倾斜的地势一直迤逦到特拉夫河边上。克罗格家里生活很豪华。他们家的富丽堂皇气象和冬妮父母家里那种殷实然而略嫌死板的富裕环境是有区别的。在外祖父母这里一切还要奢华得多，年轻的布登勃洛克小姐对这件事的印象很深。

这里绝对用不着帮助仆人在屋子里或者甚至在厨房里做杂事，而在孟街的家里，除了祖父和妈妈对这一点不甚注意外，父亲和祖母却常常唠叨她，不是叫她把什么地方的灰尘拂掉，就是叫她向她那位又听话又虔敬又勤俭的堂姐妹克罗蒂尔德学习。当这位小姑娘坐在摇椅上向丫环仆人发号施令的时候，她那从母亲体内承袭来的贵族习性就抬起头来了……这家里除了丫环仆人以外还有两个年轻姑娘和一个车夫专门伺候两位老主人。

不管怎么说，每天清晨醒来，发现自己睡在一间高大的四壁裱糊着花缎的卧室里，刚一伸出手首先摸到的就是那柔软的缎子被，这总是一件极其愉快的事；此外，坐在露台前边吃早点，从敞开的玻璃门外流进花园里来的清新的气息，喝的不是咖啡、茶，而是一杯可可，每天都喝诞辰用的可可，外加厚厚的一块新鲜蛋糕，这也是值得称道的事。

自然，除了星期日以外，这顿早点冬妮总是独自享用的，因为外祖父母要等冬妮上学半天以后才下楼来。当她就着可可吃下蛋糕以后，就拿起书包，迈着碎步走下露台，穿过修葺得整整齐齐的临街花园走到街上去。

她长得很可爱，这位小冬妮·布登勃洛克。她的稠密的拳曲的头发从草帽底下松出来，随着年龄的增长淡金色的头发颜色变得越来越深了。她的眼睛是灰蓝色的，炯炯有神，微微噘着一点的嘴唇给这张娇憨的小脸庞添上一些顽皮的神情，这种神情就是在她的秀丽的身姿上也找得出来。她的细细的小腿上穿着雪白的袜子，走路的时候跳跳蹦蹦，满怀自信地微微摇摆着身子。很多人都认识这位布登勃洛克参议的小女儿，当她走出花园大门，来到种着栗树的林荫路上的时候，很多人向她打招呼。也许是一个头上戴着有淡绿色飘带大草帽的卖菜妇正赶着一辆小车从村里来，亲热地向她招呼："好啊，小姐！"也许是那个大个子搬运夫马蒂逊。这个人穿着黑色的短外衣、肥腿裤子和扣襻鞋，看见她走过来便恭恭敬敬地摘下戴在头上的粗劣的圆筒帽……

冬妮站了一会，等着她的小邻居玉尔新·哈根施特罗姆出来，她俩总是一起上学。玉尔新是个端肩膀的孩子，一双大眼睛漆黑有光，她就住在旁边一座挂满了葡萄藤的别墅里。这一家人不久以前才在本地落户。玉尔新的父亲，哈根施特罗姆先生跟一个年轻的法兰克福女人结了婚。这个女人生着一头异常浓密的黑发，耳朵上戴着全城找不出第二份的大钻石。她娘家的姓是西姆灵格[1]。哈根施特罗姆先生是一家出口公司——施特伦克和哈根施特罗姆公司——的股东，对本市的一些活动抱着很大兴趣和热心，总是野心勃勃。然而由于他的婚姻，一些古板守旧的人家像摩仑多尔夫、朗哈尔斯和布登勃洛克等对他都相当疏远；虽然他在各种委员会、同业公会或者理事会里都是积极活动的一员，却不很得人心。他似乎千方百计跟这些名门旧族的人作对，狡黠地阻挠别人的主张，努力贯彻自己的计划，借以向人家证明他比别人高明多少倍，是怎样一个不可缺少的人物。参议布登勃洛克谈到他的时候说："亨利希·哈根施特罗姆总是跟别人找麻烦……他似乎专门跟我作对，只要有机可乘，就反对我……今天在救济总会里闹了一场，前两天在财政局里……"约翰·布登勃洛克接着说了一句："真是个小人！"——又有一次父子两人吃饭的时候又气恼又沮丧……出了什么事了？唉，没什么……他们没做成一笔大生意——运往荷兰一批裸麦；施特伦克和哈根施特罗姆公司从他们鼻子底下把这桩交易抢走了；他能让公鸡下蛋，亨利希·哈根施特罗姆这个老狐狸……

冬妮常常听到这种谈话，这不能不在她心里引起一些对玉尔

---

① 西姆灵格（Semlinger）是一个犹太人的姓氏。

新·哈根施特罗姆的反感。她们同路上学只不过是因为她俩是邻居，平常却总是不停地吵嘴。

“我父亲有一千泰勒！”玉尔新说，明知道自己在撒弥天大谎。“你父亲呢——？”

冬妮因为嫉妒和自卑而沉默不语。过了一会，她不动声色地顺口说：“我今天喝的可可茶香极了……你早点喝什么，玉尔新？”

“哎，我差点忘了，”玉尔新回答说，“你要不要吃我一个苹果——呸！我才不给你呢！”说着把嘴唇噘起来，一双黑眼睛因为满足而变得潮乎乎的。

有时候玉尔新的哥哥亥尔曼也跟她们一块儿上学，他比她们稍微大几岁。她还有一个哥哥叫莫里茨。莫里茨因为身体不好，请先生在家里教课。亥尔曼生着金黄色头发，可是鼻子却有一点扁。因为他老是用嘴呼吸，所以不断地吧嗒着嘴。

“胡说！”他说，“爸爸的钱可比一千泰勒多得多呢。”在亥尔曼身上，冬妮最感兴趣的一点是他带到学校去的第二份早点——不是面包，而是一块椭圆形带葡萄干的奶油柠檬糕，软软和和的，里面还额外夹着牛舌腊肠或者一块鹅脯肉……这东西好像很合他的口味。

对于冬妮·布登勃洛克说起来，这真是件新鲜的东西。柠檬蛋糕加鹅肉，真使人馋涎欲滴！——他让她往他的饭盒里看了看，她忍不住把自己的愿望说了出来，她真想尝一口。

亥尔曼说：“今天我不能给你，冬妮，明天我可以多带一块来给你，要是你愿意拿点什么来跟我交换的话。”

第二天冬妮走到巷子里等了五分钟，可是玉尔新还没有来。又过了一分钟，亥尔曼一个人走了出来；他摇着用皮带拴着的饭盒，轻轻地吧嗒着嘴。

“喏，”他说，“这儿有一块加鹅肉的柠檬蛋糕；一点肥的也没有——完全是瘦肉……你给我什么？”

“一先令，成不成？”冬妮问。他俩站在林荫路中间。

“一先令……”亥尔曼重复地说。他忽然咽了一口唾沫说：“不，我想要点别的。”

“要什么？”冬妮问。为了这点美味蛋糕她想她什么都肯出的。

“一个吻！”亥尔曼·哈根施特罗姆喊了一句，一下子用两只胳臂抱住冬妮，不分头脸地乱吻起来。然而他始终没有挨到她的脸，因为她以惊人的敏捷把头向后仰去，左手拿着书包顶住他的胸脯，使尽全力用右手在他脸上打了三四下……他脚步蹒跚地向后退了两步。可是就在这个时候他的妹妹玉尔新像一个小黑魔鬼似的从一棵树后边跳了出来，怒气冲天地扑到冬妮身上，扯下她的帽子，拼命地抓她的脸……从这件事以后，他们的友谊差不多也就告一段落了。

且说冬妮之所以拒绝哈根施特罗姆吻她，显然不是出自羞涩。她是一个相当大胆的姑娘，她的鲁莽放纵惹得她的父母，特别是参议为她操了不少心。她虽然头脑聪明，功课学得很快，然而她的品行却实在很有欠缺，弄到后来连女校长，一位亚嘉特·菲尔美林小姐，也不得不亲自到孟街登门拜访。她因为困窘，遍体汗津津的，非常客气地劝告参议夫人说，应该严厉管教这个小姑娘——

因为这个孩子不顾师长屡次劝诫，又在街上闯了一次祸。

冬妮从城里走的时候，她跟谁都认识，跟谁都搭话，这并不是有失体面的事；相反地，参议对这一点是表示赞许的，因为他认为这表示他们这家人不摆架子，对人和气，有礼貌。冬妮常常和托马斯一起在特拉夫河边上的堆栈里闲逛，在燕麦和小麦堆上爬上爬下，和坐在账房里的工人、记账员聊天。这些账房又小又暗，窗口齐着地面。有时候冬妮甚至在外边帮助往上拖粮食口袋。她认识当地的那些穿着白围裙、托着木盆走过大街的屠夫；她认识那些赶着马车用铁皮桶从乡下往城里运送牛奶的女人，冬妮常常让她们用车送她一程；她认识在金银首饰店的木头小屋子里干活的花白胡须的老师傅们，这些小屋子就建在市场的拱道下边；她也认识市场上卖鱼、卖水果、卖青菜的女人；甚至连站在街角上嚼烟叶的脚夫她也认识……好了，用不着再一一列举了！

可是冬妮决不仅限于跟人打打招呼而已。有这么一个人，脸色苍白，没有胡须，谁也说不准他究竟多大年纪。清晨他常常带着忧郁的笑容在大马路上散步。这个人神经非常脆弱，谁要是猛地大喊一声——比方说，在他身后“咳”“呵”地一叫，他就吓得瘸着一条腿乱跳。而冬妮每次看见他总不放过他，一定让他跳几跳。此外，街上还有一个瘦小干枯的老太婆，头非常大，无论什么天气她总支起一把硕大无朋、七穿八孔的破伞。冬妮每次看见她就要嘲弄她，叫她“破伞太太”或者“香蕈”。这种行为当然不怎么得体。还有，冬妮常常跟两三个气味相投的伙伴到约翰尼斯街里一条横胡同里去，这里面住着一个卖布娃娃的老太婆。她生着一双奇怪的红眼睛，独自住在一间小屋子里。冬妮等几个人到了她的住房前边就拼命地拉门铃；等老太婆一出来，她们就假作殷勤地问，痰盂先生痰盂太太住不住在这儿啊，问完就尖声笑着跑开了…… 这一切恶作剧都有冬妮·布登勃洛克的份儿，而且她做的时候好像心安理得似的。如果哪个受害的人吓唬她两句，你就会看到这位小姐怎样倒退一步，噘着上嘴唇，把漂亮的小脸蛋儿往后一扬，“呸”地啐一口，摆出一半恼怒一半讥诮的样子，仿佛在说：“你敢！ 我是参议布登勃洛克的女儿，告诉你……”

她在城里走来走去，宛如一个小皇后娘娘似的，完全有权利依照自己的心情旨趣对臣属宽容或者残忍。

第 三 章

让·雅克·霍甫斯台德给参议布登勃洛克的两个儿子下的断语，显然恰当中肯。

托马斯生来就是个商人，注定为公司未来的继承人。他现在正在一处带哥特式拱顶的实科中学念应用科学。托马斯聪明，灵活，理解力很强，每当他的兄弟克利斯蒂安模仿教师的动作时，他总是非常开心地呵呵大笑。克利斯蒂安在高级文科中学念书，天资一点也不差，然而不如托马斯严肃认真。他模仿教师模仿得惟妙惟肖 —— 特别是那位教唱歌、图画等轻松课程的能干的马齐路斯·施藤格先生。

施藤格先生的背心口袋里永远插着半打左右削得尖尖的铅笔。他头上戴着火红的假发，穿着一件宽大的浅棕色外衣，外衣很长，一直拖到脚面。脖子上的硬领几乎高到额角。他人很机敏，喜欢说一些语意双关的话，例如："你应该画一条弧线，我的好孩子，你画的是什么？你胡画了一条线！"或者对一个懒学生说："你在三年级蹲了三年，在六年级岂不要蹲上六年！"他最喜爱的课程就是在唱歌课上练习《绿色的森林》这首歌。他预先让几个学生到外面走廊上，等到课堂里唱到“我们愉快地走过田野和森林……”这句歌词的时候，走廊上的学生就低声哼唱最后一个字作为回声。有一次克利斯蒂安·布登勃洛克，他的表兄弟尤尔根·克罗格和他另外一个同伴安德利亚斯·吉塞克，一个消防队长的孩子，被派到外面去做这项工作。该发出柔和的回声的时候，他们把煤斗丁零当啷地滚下楼梯去。为了这件事他们下午四点钟以后不得不留在施藤格先生的住处等候处罚。然而他们在那里过得很惬意。施藤格先生把早晨发生的事忘得一干二净，他吩咐管家给布登勃洛克、克罗格和吉塞克每人一杯咖啡，接着把他们打发走了……

事实上，在这所圆拱形屋顶的老学校——原先是一座寺院学校，教学的老夫子们都是一些脾气温和的好好先生。领导他们的校长，一个喜欢闻鼻烟的和善老头，本人就主张宽以待人。因此这些教师也就取得一致的意见，认为学问和欢畅的情绪彼此并不排斥。他们竞相以温文尔雅的精神从事工作。中年级有一位教拉丁文的名叫帕斯托·希尔特①的先生，从前做过牧师。这位牧师身材颀长，生着棕色的胡须、炯炯有神的眼睛。他最引以为荣的就是他的职业恰好暗暗嵌着他的姓氏，他不止一次让学生翻译 pastor 这个拉丁词。他的口头禅是“受到无限的限制”，但是没有人知道，他这样说是不是有意在开玩笑。有时候他表演一种口技，把舌头卷在嘴里，然后倏地往外一吐，发出清脆的一响，好像香槟酒塞子弹开的声音一样，弄得全班学生都愣愣地不知所措。他喜欢跨

① 帕斯托（Pastor），意为牧师；希尔特（Hirte）也是放牧者的意思。

着大步在教室里走来走去，向学生们预言他们一生的命运。他讲得有声有色，目的显然是想刺激学生的想象力。最后他态度严肃地回到功课上去，就是说，让学生朗诵几首他写的小诗。在这些诗里面他巧妙地把变格规则和繁难的语法结构编排进去。他自己也常常得意扬扬地高声朗诵这些诗，特别把节奏韵律念得抑扬顿挫、铿锵响亮。

汤姆和克利斯蒂安的童年时代 …… 没有什么特别值得记叙的大事。在那些日子里笼罩着布登勃洛克家庭的是一片阳光，商号里生意特别兴隆。虽然偶尔也发生一次暴风雨，一场小灾祸，像下述的这种：

史笃特先生是一个裁缝师傅，住在铸钟街。他的老婆买卖旧衣服，因此和上流社会也有来往。史笃特先生穿着一件羊毛衫，遮住他那露到裤子外面的便便大腹 …… 他给布登勃洛克家的小少爷做了两套衣服，工料一共七十马克；因为这两个人的请求，他同意在账簿上记了八十马克的账，把多余的钱给了这两个孩子。这是一笔小生意，虽然并不怎么干净，可是也不是什么绝无仅有的稀罕事。可是，命运捉弄人，这件事被揭穿了。史笃特先生不得不在羊毛衫外面披上一件黑罩衫，到参议的办公室来对案，汤姆和克利斯蒂安当着裁缝的面受到一次严厉的审讯。史笃特先生叉着两条腿，斜侧着头，毕恭毕敬地站在参议的安乐椅旁边，竭力想把事情了结掉。他说什么“这不算什么了不起的事”，说什么“事情既然已经闹出来了”，他如果能得到七十马克也就知足了。可是参议对这个骗局却气得不得了。他严肃地考虑了很久，结果是把孩子们的零用钱提高了，《圣经》上不是写着吗：“不要诱惑我们！”

这一家人在托马斯·布登勃洛克身上显然比在他的兄弟身上寄托了更大的希望。托马斯举止有节，性格虽然活泼但不张狂；相反地，克利斯蒂安常常喜怒无常，有时候会做出一些滑稽而突如其来的傻态，有时候又会把全家人吓得灵魂出窍……

有一次，一家人正坐在餐桌上吃尾食水果，大家愉快地聊着天。突然间，克利斯蒂安把一个咬了一口的桃子放回到盘子里，脸色煞白，一双深陷的圆眼睛在他那大鼻子上瞪得大大的。

“我永远不吃桃子了。”他说。

“为什么，克利斯蒂安……老说这种蠢话……你怎么啦？”

“你们想想，要是我一不小心……把这个大核吞下去，它正卡在我的嗓子眼里……堵得我出不来气儿……我跳起来，憋得两眼发蓝，你们也都急得跳起来……”他忽然惊惶失色地呻吟了一下，不安地从椅子上欠起身来，仿佛要逃走似的。

参议夫人和永格曼小姐真的跳了起来。

“老天爷呀——克利斯蒂安，你没有真吞下去吧？！”从他的动作看，好像真发生了这么一件事似的。

“没有，没有，”克利斯蒂安说，渐渐地安静下来，“我是说，假如我把它吞下去！”

参议本来也吓得面色苍白，这时责骂起他来，连祖父也愠怒地拍着桌子，宣布以后要严禁这种捉弄人的把戏……只是克利斯蒂安以后真有一段很长的时间不敢再吃桃子了。

第四章

大约在这一家迁入孟街新居的六年以后，在寒冷的1月的一天，安冬内特·布登勃洛克老太太终于病倒在她的中二楼卧室里的大床上了。她这次之所以卧床不起倒并不只是因为年老虚弱，直到她病倒的前几天这位老太太始终精力充沛，鬓角上的茂密苍白的鬈发也始终梳理得一丝不乱，给人一种端庄威严的感觉。城里的一些重大的宴会，她都和她的丈夫孩子一起出席；遇有布登勃洛克自家宴客，她也亲自参加主持，一点也不让她那位仪态大方的儿媳妇占先。但是突然有一天，她感到身体出现某种不适，最初诊断是轻度肠炎。格拉包夫医生给她开了一张食谱——一点鸽子肉和两片法式面包。但接着她就肚腹绞痛，呕吐不止，她的身体一蹶不振，陷入令人担忧的颓唐不支的状态。

当格拉包夫医生和参议在屋外楼梯上简单而严肃地商谈了一阵以后，当另一位医生，一个蓄着黑胡须、面容沉郁的矮胖子也开始跟着格拉包夫医生一起走出走进以后，这所房屋的面貌似乎整个改变了。人们走路时都蹑着脚，说话只是低声耳语，楼下过道也不许轰隆隆地走马车了。一种奇怪、陌生、不同寻常的事物好像拜访了这所老屋子，一个秘密，每个人在另外一个人的目光里都读得出这个秘密；死亡的思虑已经进了家门，正默默地统治着一间间宽敞的大屋子。

然而谁也没有空闲着，因为不断有客人来探病。病人在病榻上缠绵了十四五天。头一个星期结尾，病人的一位哥哥，杜商老议员就带着他的女儿从汉堡来探视病人。几天之后，参议的妹妹和她的丈夫，法兰克福的一位银行家也赶来了。这些来客都住在他们这里，忙得永格曼小姐手脚不停。她又要为客人布置卧室，又要准备早餐用的螯虾、红酒，同时厨房里烹调烧烤的事也比往日要多得多……

楼上，约翰·布登勃洛克正坐在病榻旁边，握着老伴安冬内特的黯无血色的手。他皱着眉，下嘴唇微垂着，茫然向前凝视。挂钟每隔一定的时间就发一声空阔的滴答声，那间隙似乎拖得很长，然而比起病人的微弱短促的呼吸来，时钟的滴答声显然勤得多。一个穿黑衣的护士正在桌旁调制牛肉茶，让病人饮用；隔不多会就有一个家里人悄悄走进来，又悄无声息地走出去。

老人也许正在回忆，四十六年以前他怎样坐在第一个妻子的病榻旁边。也许正在比较当时那种痛苦绝望的心情和今天这种深沉的哀愁。因为今天他自己也是一个老人了，当他注视着自己的老妻完全变了样子的面容，那毫无表情、无比冷漠的面容，他已不复有过去那种强烈的感情了。他的这位妻子既没给过他多大的快乐，也没给过他多大的痛苦；但是她聪敏地在他身旁过了这么漫长的岁月，从没忘记过自己的身份，如今她也要寂然地离他而去了。

他并没有回忆很多事情。他只是凝眸反顾自己的一生和抽象的生命。生命好像突然间变得又遥远又奇异了，他不禁微微地摇了摇头。他一度投身于其中的无谓的喧嚣纷扰如今都已悄然引退了，只寂然地把他留下，让他惊奇地倾听着从远方传来的喧闹声的余音 …… 他不时自己唠叨着：

“奇怪啊！奇怪啊！”

直到布登勃洛克老太太没有挣扎地吐出最后一声短促的叹息，直到在餐厅里行了奠祭仪式，挑夫们抬起那口为鲜花遮满的棺材，迈着沉重的步伐往外走的时候 —— 他仍然是这种心情，甚至连哭也没有哭一声。他只是感到惊诧似的微微摇着头，脸上浮着一层苦笑，不时念叨着“奇怪啊！”这个词已经成了他的口头语 …… 约翰·布登勃洛克自己的寿命无疑也快到尽头了。

从此以后，他跟家人坐在一起的时候，常常是心不在焉地沉默着，即使有时把小克拉拉抱在膝上，给她哼唱一支滑稽的老曲子，像什么“大马车咕噜噜地从城里走过来 ……”呀，什么“看，一只苍蝇在墙上嗡嗡嗡 ……”呀，他也会忽然沉默起来，好像从一长串模模糊糊的冥想中猛然醒转过来似的，重新把孙女儿放在地上。他摇着头，念念叨叨地说：“奇怪，奇怪！”然后独自转向一边去 …… 有一天他说道：

“让，到时候了吧？”

不久以后，一张印工精细、由父子两人署名的启事就分发到城里各个人家去了。启事上说，老约翰·布登勃洛克由于年迈体衰，不能继续操持事务，自本日起，把先祖1768年创建的约翰·布登勃洛克公司连同一切资产与债务交由其子暨过去的伙伴约翰·布登勃洛克继承。今后该人即为公司的唯一股东，特此恭告诸位亲友周知，并请继续眷顾……最后是老约翰·布登勃洛克的签名，声明他今后将不再签署公司的任何文件。

这张启事一发出，老人就拒绝再踏进办公室的房门了，而他那种对万事冷漠的态度也到了无以复加的程度。3月中旬，距离安冬内特夫人逝世只有两个月左右，偶然害了一点伤风就把老人撂倒。——没过多久，一天夜里，又轮到这一家人围在他的病床四周了。他首先对参议说：

“一切如意——让，要永远有勇气！”

接着对托马斯说：

“帮助你父亲！”

又对克利斯蒂安说：

“要做一个有用的人！”

以后他就不言语了，他把所有在场的人望了一遍，最后又念叨了一声“奇怪”，就把头转向墙壁去……

直到咽气，他也没有提到长子高特霍尔德。另外，这位长子虽然接到参议的信，要他在父亲临终以前来见一面，却也一直保持着缄默。可是在老头故世的第二天清晨，讣告还没有发出去，参议正从楼梯上走出去，预备到办公室里办几件要紧事的时候，忽然发生了一件意外的事：布来特街上的西格蒙特·施推威英麻布商店的店主高特霍尔德·布登勃洛克，突然匆匆忙忙地从门道里走过来。高特霍尔德四十六岁，身材矮胖，浓密的淡黄鬓须中夹杂着不少银丝。他的腿很短，穿着一条带格的粗呢裤子，肥得和口袋相似。在楼梯上他正碰到向下走的参议，他把那遮在灰帽子阔檐下的一双眉毛向上一挑，拧在一起。

“约翰，”他说，并没有把手伸给自己弟弟，“怎么样了？”他的嗓音很高，但听着并不刺耳。

“他昨天夜里过去了！”参议激动地说，一把握住哥哥的手，那手里还提着一把雨伞，“他，咱们的好父亲！”

高特霍尔德把眉毛垂得那么低，低得连眼皮几乎都合上了。沉默了一刻，他郑重地问道：

“直到最后他也没有改变看法吗？”

参议立刻把握着他的手放下来，甚至向后退了一步。他的深陷的圆眼睛闪了一闪，回答说：

“没有。”

高特霍尔德的眉毛在帽檐下重又耸上去，一双眼睛凝神盯住他的兄弟。

“你从主持公道的精神上来讲，我可以有所希冀吗？”他说这句话时声音很低。

现在轮到参议把目光低垂下来。接着他把手往下一甩，做了个表示决心的动作，继续俯视着地面，用平静而坚决的语调回答说：

“在这沉重、严峻的时刻，我以一个兄弟的身份向你伸出手去。然而如果谈到商业上的事，我只能以这家声名显赫的公司经理的身份跟你谈。你知道，我今天已经是这家买卖的唯一的所有主了。作为一个经理，我有自己的职责和义务，你不能希冀我做一件有悖于自己职责的事；在这件事上，没有其他情谊说话的余地。”

高特霍尔德走了…… 但是出殡的那一天他又来了，他夹在拥挤的人群中间：亲戚、朋友、商业界的相知、各大商号的代表、搬运夫、职员、堆栈工人…… 这些人把屋子、楼梯、走廊塞得水泄不通。城里所有的马车都被租赁来，长长地排满了一条孟街。高特霍尔德也来参加葬礼，这使参议喜出望外。他不但自己来了，而且还带来了他那个母姓施推威英的妻子和三个已经长大的女儿：弗利德利克和亨利叶特，两个人都是又高又瘦；菲菲，十八岁的最小的一个，似乎生得特别矮，特别胖。

布登勃洛克家的祖茔在布格门外，紧傍着公墓的矮树林。在墓穴旁边主持葬礼的是圣玛利教堂的科灵牧师。科灵牧师生得身体粗壮，一颗榜桡大头，说话很粗野。他歌颂了死者的虔敬上帝、食用有节的生活，认为那些“酒徒色鬼和大肚子汉”应当引以为戒——很多人听了他这种不文雅的词句都不以为然地摇了摇头，不禁想起新死去的万德利希牧师的温文典雅的辞令来。等到一切仪式都举行完毕，死者安然入土以后，七八十辆出租马车的车轮开始辘辘地向回转动…… 这时高特霍尔德·布登勃洛克请求和参议一起走，因为他想单独和参议说几句话。这样他就和这位异母兄弟并肩坐在一辆高大笨重的马车后座上。他把一条短腿搭在另一条上，显得特别和气，一派乞求和解的样子。他说，他越来越认识到，参议没有第二条路，只能照目前这样行事；他自己也不愿意再怀恨已经亡故的父亲。他决计放弃提出来的要求，而且甚至想进一步退出一切商业活动，依靠他的一部分遗产和能剩余的一点资金过活，因为一方面他对内衣这一行业没有多大兴趣，另一方面这一行生意清淡，他也不愿冒险投入更多资本……“他违背父命，自己也没有得到幸福！”参议暗自思忖道，笃念上帝的心更深了一层；可能高特霍尔德想的也正是这个。

回到孟街以后，参议伴着他这位哥哥到楼上早餐室；弟兄两人穿着薄礼服在春天的郊野里站了这么久，都感到有些寒战，便首先对饮了一瓶白兰地。高特霍尔德和他的弟媳略微应酬了几句，又摸摸孩子的头，就告辞了。几天以后，他又出席在城门外克罗格的别墅里举办的一次“儿童日”……他已经着手清理自己的商店了。

第五章

有一件事使参议感到很痛苦：祖父竟没有来得及看到长孙投身到商业生活里来。这是那年复活节前后的事。

托马斯离开学校这一年正好十六岁。最近两年来他长得很结实，也行过了坚信礼。在行坚信礼的时候，科灵牧师还用耸人听闻的字眼对他做过一番戒酒的劝告。从此以后他就穿上成年人的服装，这使他的年纪看起来更加成熟了。他的颈脖上挂着祖父赠给他的一根金表链。表链上挂着一块金牌，上面镌着这一家族风格沉郁的纹章。在粗糙不平的质地上画着一片平平的沼泽地，上面孤单单地立着一棵光秃秃的柳树。至于那个更古老的镶绿宝石的印章指环（可能从前住在罗斯托克的一位祖先，那位家境宽裕的裁缝师傅就戴过它），连同那一本厚大的《圣经》现在却已由参议继承下来了。

正如同克利斯蒂安的面庞越长越像父亲，托马斯的模样却长得跟祖父一模一样，特别是他那圆圆的、紧绷绷的下巴和轮廓秀丽的笔直的鼻子更像祖父。他的头发斜分着，向后梳成两个小蓬，露出下面青筋毕显的窄窄的鬓角。头发的颜色是棕黄色的，相形之下，长睫毛和眉毛显得特别淡。顺便说一下，他总喜欢把一边眉毛富于表情地往上一挑。他的动作、语言和笑容都很稳重，很有分寸。他笑的时候总是露出不太整齐的牙齿。现在他怀着热诚而严肃的心情迎接了这一职业。

托马斯踏入商业生涯的第一天真是一个非常隆重的日子。这一天吃过早饭后，父亲就带他走进公司的办公室，把他介绍给经理马尔库斯先生、会计哈威尔曼先生和商号其他人员，其实这些人他早已很熟识了。接着他第一次坐在写字台前的转椅上，孜孜不倦地干起盖章、分类和抄写的工作。下午父亲又带他到特拉夫河畔的几个仓库里去转了一周。这些仓库各有自己的名称，像什么“菩提树”啦，“橡树”啦，“狮子”啦，“鲸鱼”啦，等等。在这些仓库里托马斯早已混得像在自己家里一样熟了，但是作为一个新同事被介绍给仓库的人，这还是第一次……

他以全副身心投入了这个事业，处处模仿父亲那种一言不发埋头苦干的劲头。父亲总是咬着牙工作，在日记里写下了很多祈求上帝保佑的祷词，因为他必须把公司因为老掌柜逝世而付出的一大笔开支补偿过来，这已经成为他的神圣职责了……一天夜里，时间已经很晚，参议坐在风景厅里把他们现在的处境详细地分析给他的妻子听。

已经十一点半钟了。孩子们和永格曼小姐都已经回到走廊旁边的一排屋子里去睡觉，因为三楼这时除了偶尔为招待来客一用外已经空了出来。参议坐在黄沙发上，嘴里衔着一支雪茄，正在有一搭无一搭地看着本地报纸的经济栏。参议夫人坐在丈夫身边，弯着腰绣一块锦缎。她的嘴唇微微嚅动，用织针数着针脚。在她身边的一张小巧的缝纫桌上摆着一只烛台，点着六支蜡烛；那个枝形的大吊烛台却没有点燃。

约翰·布登勃洛克这时年纪已过四旬，近几年来，面容显得苍老多了。他的一双圆圆的小眼睛似乎比过去陷得更深，相反地，鹰钩鼻子和颧骨却显得更突出了。淡黄的头发在鬓角分缝的地方仿佛淡淡地扑了一两下白粉。参议夫人也已年近四旬，但是她那并不艳丽，但却可以说是光彩照人的外貌却依然不减当年。她的肤色白得好像没有血色，脸上生着不多几点雀斑，这一点并不损伤她的娇嫩。她的淡红色头发烫得非常美，在烛光下闪闪发亮。她用她那清澈、碧蓝的眼睛斜睨了丈夫一眼，对他说：

"有一件事我想让你考虑一下，亲爱的让，我们是不是应该再雇一个用人啊……我觉得，我们很需要一个。当我想到我的父母……"

参议把报纸摊在膝上，把雪茄从嘴里拿出来，目光变得专注起来，因为现在谈论的是一件增加开支的事。

"是的，亲爱的可敬的贝西，"他开始说，故意把话音拖得很长，以便使反对意见的措词更加委婉一些，"雇一个用人吗？从两位老人去世以后，我们家里还留了三个侍女，不算永格曼小姐，我觉得……"

"哎，这所房子这么大，让，有时简直弄得我一点办法也没有。我对林娜说：'林娜，好孩子，后面的屋子不知道有多久没打扫了！'可是我也不能过分支使她们啊，前面这些屋子也都得弄得清爽整齐，这已经够她们忙的了 …… 要是雇一个男仆，支使他跑跑腿什么的，那就方便多了 …… 从乡下雇一个老实可靠的男用人并不难 …… 瞧，我差点把这件事忘了，让，路易斯·摩仑多尔夫正要把他们的安东辞退；我看他伺候人吃饭手脚很利落 ……”

“老实说，”参议说，不安地晃动了一下身子，“我以前倒没想到这个。我们如今很少赴宴会，自己也不常招待客人 ……”

“不错，可是咱们家还是短不了有客人来，你知道这不能怪我，亲爱的让；虽然你知道，我是很喜欢款待客人的。有时你的商业界的朋友从外地来，你留人家吃一顿便饭，他还没有找到旅馆，自然要在咱们家过夜。有时来一个传教士，也许要在咱们家住上八九天 …… 再过一个星期马蒂亚斯牧师就要从康史塔特来 …… 再说雇一个用人工钱也微不足道，我看 ……”

“可是积少成多呀，贝西！我们家里已经在支付四个人的工钱，此外公司里还养着一大批人。”

“咱们当真多一个人也雇不起了吗？”参议夫人歪着头看了丈夫一眼，笑着说，“我一想到我娘家的那些用人 ……”

“你娘家，亲爱的贝西！看起来我倒要问问你，你对于咱们家的家底到底清楚不清楚？”

“不清楚，你真问着了，让，我真是心中无数 ……”

“好，这倒不是什么说不清楚的事。”参议说。他在沙发上重新坐好，把一条腿搭在另一条腿上，吸了一大口烟。他的眉毛稍微皱起一点来，背诵如流地说出一串数目字 ……

“把话说得简单些，妹妹出嫁以前父亲手里大概净剩九十万马克，公司的股份、地皮自然不算在内。给了法兰克福八万马克作陪嫁费，给高特霍尔德十万安家费，剩下的是七十二万。接着买了这所房子，算上我们从阿尔夫街上那所小房子得到的一笔款——这里连同修缮、添置家具也用去十万多，还剩下了六十二万马克。又给法兰克福两万五千购置产业的补偿费，还剩下五十九万五千。要不是这几年我们又赚了二十万，把这几笔开支抵补了一部分的话，父亲去世时留给我们的资产就是这一点了。加上赚的钱，我们的全部资产是七十九万五千。从这里又给了高特霍尔德十万，给法兰克福二十六万七千，再加上父亲遗嘱里指定给圣灵医院、商业人员寡妇救济金等几笔小额捐款。这样我们只剩下大约四十二万马克，也许还可以算上你的十万妆奁费。这就是我们目前经济情况的一些大概数字。自然啰，财产的数目不是完全固定的，总有些小浮动。我们并不是豪富之家，亲爱的贝西。而且还有一件事我们也不能忽略，那就是，我们买卖虽然小了，可是开支还是跟从前一样大，架子已经搭起，就很难收缩了……你能了解我的这番话吗？”

参议夫人把刺绣放在膝上，迟疑地点了点头。“很能了解，亲爱的让。”她说。虽然她并不是每句话都能了解，而且根本想不通，为什么举了这么一大笔一大笔的款项，却雇不起一个用人。

参议把他的雪茄重新吸亮了，扬起头，把烟吐出去，继续说下去：

“你也许在想，你的父母百年以后，我们还有希望得到一笔可观的款子，不错，这是实情。可是……我们也不能毫无打算地对它抱着过大的希望。我知道你父亲很损失了几笔冤枉钱，而这些损失都是尤斯图斯造成的，这一点也不是什么秘密。尤斯图斯的为人嘛，可以说和蔼可亲，但是他并不是一个能干的商人，而且运气也不佳。根据一些消息，他做了几笔亏空生意，又由于流动资本不足，他和银行家交涉，贷了几笔款子。好几次为了使他不致遭受风险，都不得不由你父亲拿出相当大一笔钱来给他救急。这种情形将来也在所难免，而且我怕一定免不了。原谅我说句老实话，贝西 —— 我觉得作为一个退休的人，你父亲那种随便、乐天的态度对他老人家是很合适的，可是你哥哥是一个买卖人，他就不应该也采取这种态度 …… 他有一点心躁气浮，你说对不对？你的两位老人又是一切饮食服用应有尽有，这一点我倒是很替他们高兴，只要他们的经济条件允许，日子过得不能再讲究了 ……”

参议夫人宽大为怀地笑了笑，她知道她丈夫对她娘家讲究排场的习惯是不以为然的。

“这些话不用多说了，”他把雪茄烟头放在烟灰盘里接着说，“讲到我嘛，我唯一的希望是主能保佑我，让我有力气多干几年，在他的仁慈的保佑下，把公司的资产恢复到过去的规模 …… 我希望你现在对这些事情能看得清楚点了，亲爱的贝西 ——”

“可不是嘛，让，完全清楚了！”参议夫人急忙回答说，她今天晚上已经放弃雇用人的念头了，“咱们去休息好吗？夜已经很深了 ……”

过了几天，有一次，参议从公司回来，兴致非常高，一家人在餐桌上还是商量好，决定把摩仑多尔夫家的安东雇下来。

第 六 章

“我们把冬妮送到寄宿学校去，送到卫希布洛特小姐那儿去吧。”布登勃洛克参议说。他说话的语调很坚决，事情就这样办了。

托马斯做生意很有才干，克拉拉长得越来越健壮，就是可怜的克罗蒂尔德，她那旺盛的食欲谁看着也会高兴，只有冬妮和克利斯蒂安两个人，正如我们在前面提过的那样，不太令人满意。讲到克利斯蒂安，最近差不多每天下午都要被施藤格留下喝咖啡。其实这还只是一件最无关紧要的事，但是参议夫人最后还是认为这种情况太多了，不得不给这位老师客客气气地写了一张便条，请他拨冗到孟街一行，商谈一下这个问题。施藤格先生果然来了，他戴着节日用的假发，脖子上扣上最高的硬领，背心口袋上插着一排削得尖尖的长矛般的铅笔，和参议夫人坐在风景厅里。克利斯蒂安藏在餐厅里偷听他们这场谈话。这位优秀的教育家虽然有些拘束，却仍然口若悬河地宣讲他的教育理论。他谈到“画弧线”和“胡画线”两者的迥然不同，提到美丽的绿森林和煤斗的事。在这次拜访中他不断地用“因而”这个词，他觉得这个词和目前这种富丽堂皇的环境非常适合。过了一刻钟光景，参议回来了，他首先把克利斯蒂安从餐厅里赶走，接着就为自己孩子顽皮导致老师不快向施藤格先生深致歉意。“噢，参议先生，不要这样说。这个学生脑子敏捷，性格活泼 …… 因而 …… 只是有些浮躁，如果我能这么说的话，嗯 …… 因而 ……”参议非常客气地领着他在屋子里转了一周，之后施藤格先生就告辞了 …… 这并不是最糟糕的一件事。

最糟糕的是，下面这些事被揭发出来：克利斯蒂安·布登勃洛克一天晚上擅自和一个好朋友到戏院去了。这一天演的是席勒的《威廉·退尔》；扮演退尔的儿子瓦尔特的是一个年轻的姑娘，一位梅耶－德·拉·格兰日小姐。据说这位小姐有一个奇怪的习惯：不管和她扮演的角色的身份适合不适合，在舞台上总是戴着一枚镶钻石的胸针。没有人怀疑这些钻石是赝品，因为人人皆知，这是年轻的参议彼得·多尔曼送给她的礼物。彼得·多尔曼是霍尔斯登门外瓦尔街上已故的大木材商人多尔曼的儿子，他和尤斯图斯·克罗格一样，也是本城人所谓的“纨绔子弟”—— 也就是说，他们的生活有一些放荡不羁。彼得·多尔曼已经结了婚，而且有了一个小女儿，可是很久以来他就和妻子闹翻了，过着好像是单身汉般的生活。父亲给他留下很大一笔遗产，老人生前的买卖他也在继续经营着，可是人们都说，他现在已经在嚼老本儿了。他的时间大部分都在俱乐部和市政厅地下室的啤酒馆里度过，连早饭都在那里吃。清晨四点钟人们常常可以在街上遇见他。此外，他又不断到汉堡去做买卖。但是他最大的癖好还是看戏，不论上演什么，他一出也不放过，而且对演戏的角儿很有兴趣。过去几年中，他为了表示倾倒，曾向许多年轻的女演员送过钻石礼品，梅耶－德·拉·格兰日小姐是最后一位荣获他这份厚礼的……

让我们回到本题上来吧。且说这位年轻的女士扮演瓦尔特·退尔，照例戴着那枚钻石胸针，扮相异常美妙，演技又这样动人，弄得小学生布登勃洛克心荡神驰，眼睛也为泪水浸湿了。他内心强烈的感情逼着他非用行动表示一番不可。于是趁休息的时候他跑到戏院对面一家鲜花店里，用一马克八个半先令买了一束鲜花。这位大鼻子、深眼窝的十四岁的小人儿，手里捧着鲜花，昂首阔步地直奔后台。因为路上没有人拦着他，他一直走到化妆室门前，几乎撞到正和彼得·多尔曼参议站着谈话的梅耶－德·拉·格兰日小姐身上。参议看见克利斯蒂安捧着一束鲜花走进来，笑得前仰后合。然而这位新纨绔子弟却煞有介事地对着瓦尔特·退尔翩然行了个礼，把花递给她，摇晃着头，声音因为激动而弄得苦涩不堪：

“小姐，您表演得多么动人！”

“咳，克利山·布登勃洛克，真是个好样儿的！”多尔曼参议用他那宽嗓子喊道。梅耶－德·拉·格兰日小姐把秀丽的眉毛一挑，问了一句：“是布登勃洛克参议的孩子吗？”接着她就亲切地摸了摸她这位新仰慕者的脸。

这就是当天晚上彼得·多尔曼在俱乐部里当作笑谈宣讲的全部故事。这件事像闪电似的传遍全城，不久竟也传到校长耳朵里去。校长又把它当作谈话资料转告给布登勃洛克参议。参议听了这件事反应怎样呢？他好像受到沉重一击，惊骇万分，几乎顾不

上发脾气了 …… 当他把这件事说给他的妻子听的时候，他坐在风景厅里，简直像一个失魂丧魄的人。

“这就是咱们的儿子，他竟变成 ……”

“让！我的上帝，这要是让你父亲听见，他一定会大笑一场 …… 星期四你把这件事告诉我爸爸和妈妈，爸爸一定觉得非常有趣 ……”

讲到这里，参议的一腔怒火再也忍不住了，“哼！一点不错！我也知道他会觉得很有趣，贝西！他会很高兴，因为他的轻浮的秉性，他那佻荡的癖好不但传给了尤斯图斯，传给这个纨绔子，而且也传到他外孙身上了 …… 该死的，你逼着我不得不把这些说出来！他去找这种人！他把零用钱献给这个卖唱的女人 —— 他自己不知道干了些什么，可是他那天生的癖性已经露头了！本性已经暴露了！……”

这确是一件令人痛心的事，再加上冬妮的行为也不端正，像我们前面说过的那样，这就更叫参议惴惴不安了。随着年龄的增长，冬妮虽然不再戏弄那个没有血色的人，让他独脚跳舞，再也不到卖布娃娃的老太婆家去拉门铃，可是她却总喜欢把头向后一仰，越来越显露出一派顽皮不驯的样子。特别是当她在城外外婆家住过一个夏天以后，她那傲慢、虚浮的恶劣品行更是暴露无遗。

一天，她和永格曼小姐一起读克劳伦的《咪咪利》①，突然被参议撞见了。参议感到很嫌恶，他拿起这本小书翻了两页，没有说

① 亨利希・克劳伦（Heinrich Clauren，1771—1854）：德国通俗小说作家。《咪咪利》写于 1816 年。

什么，就把它锁起来，以后这本书再也没有见过世面。不久以后，冬妮——安冬妮·布登勃洛克——独自和一个中学生，她哥哥们的一个朋友，在城外散步的事也被发现了。看见他俩散步的是那个和上流社会有来往的史笃特太太，她到摩仑多尔夫家买旧衣服的时候，谈起这件事，说布登勃洛克小姐现在也许到了年纪了，应该……后来摩仑多尔夫议员夫人当作笑话似的把它告诉了参议。散步的事被阻止了。然而不久就发现，城门里边的一棵中空的老树，由于树洞没有用石灰填严，被冬妮小姐当成了传信的信筒。她不但从里面拿出那个中学生写来的一封封情书，而且也把自己写的信放在里面。这件事被揭穿以后，人们感到有必要把这位十五岁的冬妮更严密地看管起来。需要把她送进一所寄宿学校去，送进米伦布林克七号卫希布洛特小姐办的寄宿学校去。

第七章

苔瑞斯·卫希布洛特是一个驼背，驼得很凶，身材比一张桌子高不了多少。她今年四十一岁，然而她从不注意自己仪表，从衣着上看，简直像个六七十岁的老太婆。在她那一层叠一层的灰色鬈发上面扣着一顶软女帽，帽上的绿飘带一直垂到狭窄的孩子似的肩膀上。除了一枚瓷底上有她母亲肖像彩绘的鹅蛋形大胸针以外，她那寒酸的黑色外衣上从来没佩戴过任何别的装饰品。

这位身材矮小的卫希布洛特小姐长着一对聪明锐利的棕色眼睛，鼻子微微勾着，薄薄的嘴唇紧闭起来的时候流露出一副坚决果断的神情……她的整个短小的躯干和一抬手一投足都带着一股力量，看上去未免可笑，却能引起人们的敬畏。这一点恐怕大部分也要归功于她说话的方式。她说话时下巴急遽地前后掣动着，头也随着迅速点动，以助声势。她说话从不夹杂方言，咬字清晰、正确，竭力把每一个字音念得顿挫有节。可是母音字她却故意念得有些夸张，例如“波特”她读作“包特”或者甚至“巴特”，又例如她叫自己那只老爱狂吠的小狗“巴比”，而不叫“包比”。有时她对一个寄宿生说：“孩子，不要这样啥！”[①] 她一边说一边屈着食指在桌子上梆梆地敲上两下，给人的印象是，仿佛这是件确凿不移的事似的；如果那个法国人包频内小姐喝咖啡时放的糖太多了，卫希布洛特小姐总是眼睛望着天花板，一只手的手指在桌布上弹着钢琴，念念叨叨地说：“要是我，就把糖罐子都搬来！”说得包频内小姐的脸涨得通红……

小的时候——天哪——小时候她该是怎样一个小不点儿啊——苔瑞斯·卫希布洛特管自己叫“塞色密”。她至今仍旧保留着这个名字，让那些最好、最用功的学生，走读的也好，寄宿的也好，这样叫她。“叫我‘塞色密’吧，孩子，”她第一天就这样对冬妮·布登勃洛克说，又在她的脑门上啧地吻了一下……“我喜欢人这样叫我。”她还有一个姐姐，凯泰尔逊太太，名字却叫耐利。

凯泰尔逊太太已经有四十八岁光景了。丈夫死后，一文资财也没留下，她就在妹妹这里定居下来，住在楼上一个单间小屋子里，和学生们同桌吃饭。她的穿着和妹妹一样，相形之下，身材却显得高大异常。她的细瘦的手腕上总戴着一副毛线腕套。她没做过教师，不懂得什么威严；她生性就是与人无忤，一团和气。如果卫希布洛特的哪个学生闯了祸，她总是天真地大笑起来，笑得那么厉害，甚至连声音都岔了，弄得后来塞色密不得不拍着桌子厉声喊一声“耐利”——她喊“耐利”的声音听着好像“纳利”——这时凯泰尔逊太太才被震慑住，收住笑声。

---

① 这里，她把 dumm（傻）读作 domm 了。

凯泰尔逊太太像个小孩似的挨她妹妹骂，处处不敢违拗她的妹妹。事实是，塞色密从心坎里瞧不起这位姐姐。苔瑞斯·卫希布洛特读的书很多，几乎可以说是个博学的女人。她有自己幼稚的信念，有自己坚定的宗教信仰，相信目前这种艰辛枯燥的生活将来有一天会得到补偿。为了保持这些信念她煞有介事地不断挣扎奋斗。然而凯泰尔逊太太却没有受过什么教育，心地非常单纯。"我的好耐利！"塞色密说，"天啊，她简直是个孩子，她从来没有过矛盾，没有过斗争，她真幸福啊……"在她这些话背后流露着轻蔑，也流露着同样多的嫉妒；这是塞色密性格上有缺点的一面，虽然这个缺点也还是可以原谅的。

这所坐落在城郊的红砖房子，四周环绕着修葺得异常整齐的花园，房基很高，底层主要被教室和食堂占去，楼上和顶楼作为卧室。卫希布洛特小姐的学生人数不多，因为这里只收年纪比较大的女寄宿生。连走读生在内，一共只有高年级三个班。此外塞色密招收学生也很严格，只收那些一致公认的显贵家庭的女儿……冬妮·布登勃洛克就受到很亲切的欢迎，我们刚才已经说过；晚餐席上，苔瑞斯甚至破格做了一种红色的混合甜酒——"必舍夫"。这种酒要凉着喝，调制这种酒是她的拿手……"还要一点儿必舍夫吗？"她亲切地点着头劝让……这句话那么能刺激人的食欲，谁听了也不会拒绝的。

卫希布洛特小姐坐在长餐桌的上首，身下边垫着两个沙发垫，神采奕奕地瞧着大家用饭，没有一处她照顾不到的；她尽力把自己的一副佝偻的小身躯坐得笔挺，不时警告地敲着桌子，喊"纳利"

和“巴比”，或者狠狠地盯包频内小姐一眼，当后者显露出自己的意图，想把所有的牛肉冻据为己有的时候。冬妮分配到的座位是在另外两个寄宿生中间。一面是阿姆嘉德·封·席令，一个梅克伦堡地主的女儿，生着淡黄色的头发，体格健壮。另一面是盖尔达·阿尔诺德逊。她的家住在阿姆斯特丹，是一个秀丽的、有自己独特风情的姑娘。她生着一头浓重的深红色头发，两只棕色眼睛离得比较近，脸庞白嫩、漂亮，略微带着一些骄傲。坐在冬妮对面的是一个爱饶舌的法国姑娘，她长得像一个黑人，戴着一对大金耳环。桌子下首坐着一个干瘪的嘴唇上总挂着苦笑的英国姑娘——布朗小姐，她也住在这里。

有了塞色密调制的必舍夫酒，大家很快就熟起来了。包频内小姐昨天晚上又做噩梦了，她说……啊，quelle horreur！①她一做噩梦就喊：“救命啊，救命啊！强盗，强盗！”把大家都从床上喊起来了。接着又从谈话中发现，原来盖尔达·阿尔诺德逊不是像别人似的弹钢琴，而是拉提琴，她爸爸——她母亲已经不在人世了——答应送给她一把真正由斯特拉狄瓦利②制的提琴。像大多数布登勃洛克家的人和所有克罗格家的人一样，冬妮缺乏音乐才能；圣玛利教堂里唱的是什么赞美诗她都分辨不出来……噢，阿姆斯特丹的 Nieuwe Kerk③的管风琴有 vox humana——人的声音——那声音多么雄壮——阿姆嘉德·封·席令又谈起她家里

① 法文：多么可怕！
② 斯特拉狄瓦利（Antonio Stradivari，1644—1737）：意大利提琴制作家。
③ 荷兰语：新教堂。

养的奶牛来。

这个阿姆嘉德从第一次会面就给冬妮留下很深刻的印象。她是冬妮接触到的第一个贵族出身的女儿。能以封·席令做姓，这是什么样的福气啊！冬妮的父母有城里最漂亮的房子，祖父母也都是最显赫的人物，可是他们也只不过简单地姓“布登勃洛克”，姓“克罗格”而已，这是多么令人遗憾的事。这位高贵的莱勃瑞西特·克罗格的外孙女对于阿姆嘉德的贵族血统崇拜得五体投地。她常常暗自思忖，这个富丽堂皇的“封”字加在自己头上该适合得多了——因为阿姆嘉德，我的老天，一点也不知道珍视她这种好运道。她梳着一条粗辫子，两只蓝眼珠泛着和善的光辉，说话时一口梅克伦堡口音；她整天跑东跑西，就是一点儿也不想想这个问题。看上去她一点也不高贵，她从不夸耀她的高贵门第，事实上，她根本不懂得高贵是怎么回事。“高贵”这一个词根深蒂固地胶着在冬妮的小脑袋里，她一心认为盖尔达·阿尔诺德逊倒是担当得起这个词的。

盖尔达和众人有一点不同，她身上有一股独特的异国情调；她不顾塞色密的责难，总喜欢把自己秀丽的红头发梳成一种特别触目的发式。此外，很多人认为她拉提琴也很“蠢”——这里应该说明一下，“蠢”这个词是一个很厉害的贬抑之词。尽管如此，大多数女孩子还是同意冬妮的意见，认为盖尔达·阿尔诺德逊是一个高贵的女孩子。不论是她的——以她的年纪而论——发育得丰满的体态，不论是她的举止，还是她的零用物品，都表现出她出身高贵。以她的零用物品为例吧，她有一套从巴黎买来的象牙化妆用具，冬妮特别赏识这套物件的价值。因为冬妮自己家里就有各种各样的物品是她父母和祖父母从巴黎买回来的，这些东西都是很值钱的。

这三个女孩子很快就结成一个小圈子。她们三个不但是同班，而且同住在楼上一间最大的寝室里。十点钟以后，到了安歇的时候，一边脱衣服一边闲聊天，这是多么有趣、多么惬意的时刻啊！当然，只能压低了嗓音，因为隔壁的包频内小姐已经做起梦见强盗的噩梦来了。和她同住的是小伊娃·尤威尔斯。伊娃是汉堡人，父亲是一个艺术爱好者和收藏家，现在住在慕尼黑。

带条的棕色窗帘已经放下来了，桌上点着一盏红灯罩的矮灯，屋子里散发着一股淡淡的紫罗兰味和新浆洗的被服味。一种充满了慵倦、懒散、梦幻的幽静舒适的情绪笼罩住几个女孩子。

"我的老天，"阿姆嘉德说，她身上的衣服已经脱了一半，正坐在自己的床沿上，"诺伊曼博士的口才多么好！他一进教室，往讲台桌后一站就滔滔不绝地谈起拉辛[①]来……"

"他的脑门很高，很美。"盖尔达说，她正在两扇窗户中间的一面镜子前借着烛光梳头。

"可不是！"阿姆嘉德赶忙应声说。

"你开头谈他，只不过是为了听到这句话，阿姆嘉德，你一直用你那双蓝眼睛盯着他，倒好像……"

"你爱上他了吧？"冬妮问道，"我的鞋带解不开了，盖尔达，

① 拉辛（Jean Baptiste Racine，1639—1699）：法国诗人、戏剧家。

你帮我一下……这样！好了！你爱上他了吗，阿姆嘉德？跟他结婚吧；你们俩挺相配，他将来会到高等学校去当教授。”

“天哪，你们俩真讨厌。我一点也不爱他。我决不跟做教员的结婚，我要嫁一个……”

“一个贵族吗？”冬妮手里的袜子不知不觉地落下来，她沉思地望着阿姆嘉德的面孔。

“这我还不知道。可是这个人一定要有一座大庄园不可……啊，孩子们，现在说起这件事我就高兴！我每天早晨五点钟就要起床，管理家务……”她把被子盖在身上，梦幻般地仰望着天花板。

“你的灵魂大概已经看见五百头奶牛了。”盖尔达从镜子里看着她的朋友说。

冬妮还没脱好衣服；可是她就那样把头往枕头上一倒，把手臂支在脖颈后面，凝神望着天花板。

“没有问题，我要嫁一个商人，”她说，“他一定得非常有钱，我们好阔绰漂亮地布置一个家；我想这件事靠我这样的家庭和家里开的公司一定能办得到，”她郑重其事地加了一句，“是的，你们看着吧，这一点我一定办得到。”

盖尔达已经把睡前的头发梳理好了，这时正在刷牙，一手举着象牙柄的镜子。她的牙齿比较大，非常洁白。

“我也许根本不结婚了，”她说话的声音不太自然，因为她嘴里的薄荷牙粉妨碍着她，“我看不出为什么非结婚不可。我对这件事一点也不感兴趣。我要回阿姆斯特丹去跟爸爸演二重奏，以后就住在出嫁的姐姐家里……”

“多么可惜！”冬妮立刻喊起来，“多么可惜，别这样，盖尔达！你应该在这里结婚，永远住在这里……听我说，要不你就跟我的哪个哥哥结婚吧……”

“跟那个大鼻子吗？”盖尔达问道。她娇柔地打了个哈欠，懒散地轻轻嘘了一口气，随手用镜子把口掩起来。

“跟另外那个也成，这倒没什么关系……天哪，你们可以漂漂亮亮地安一份家！一定让室内装饰匠雅可伯斯承担这件事，要渔夫街的雅可伯斯把新居装饰起来，他的艺术眼光很高。我一定天天去你们家做客……”

正谈到这里，隔壁包频内小姐发话了：

“啊！Voyons，mesdames！[①]上床吧，S'il vous plait！[②]你们今天晚上是不会结婚的！”

星期日和假期冬妮都是在孟街或者在城外外公外婆家过。碰到复活节星期日天气又好，在克罗格家广袤无比的大花园里寻找鸡蛋和糖做的小兔[③]是一件多么有趣的事啊！夏天到海滨去避暑，住在旅馆里，吃客饭，洗海水浴，骑驴，又是多么美妙的事！有几年参议的业务很好，布登勃洛克一家还到了更远的地方去旅行过。此外圣诞节也是非常值得一提的事，特别是这一天可以收到

① 法文：好啦，小姐们！

② 法文：求求你们！

③ 德国人的习俗，在复活节这一天把鸡蛋和糖做的兔子藏在室外草木丛中，让孩子们去寻找。

三份礼物：家里、外祖父母家和塞色密那里。这天晚上在塞色密那儿必舍夫酒像小河似的喝也喝不尽……然而最盛大的一次还要算在家里过的圣诞节，因为参议一向主张这个神圣的节日要过得庄严、隆重、富于节日的气氛。这一天晚上布登勃洛克一家人都怀着非常虔敬的心情集聚在风景厅里，而仆人和所有外来的穷亲戚、衰老无靠的人则簇拥到圆柱大厅里。这些来客参议照例要一一握过他们的冻得发紫的手。等人们都到齐了，从门外传来了四声合唱，这是圣玛利教堂的唱诗班孩子唱的。这一切都这么隆重，弄得人们的心扑通扑通地跳起来。这时从高大的白色屏门门缝里飘进来一阵阵枞树的香味，参议夫人翻开那本字体奇大的家传的老《圣经》，用缓慢的声调朗读起记述耶稣诞生的一节。等到外面的合唱队又唱过一支赞美歌后，大家便一面唱着《噢，枞树》这支歌，一面排成肃穆的行列，穿过圆柱大厅向餐厅走去。宽大的餐厅里四壁悬挂起织着雕像的壁毯，用白百合花装饰起来的枞树闪烁发亮，一阵阵散发着清新的香气，一直高耸到天花板下面。摆满礼品的长案从窗户一直排到门前。屋外边，在那冰雪封冻的街头有意大利拉风琴的人演奏音乐，从市中心隐隐传来圣诞夜市的喧闹声。这一天除了小克拉拉以外，孩子们都参加在餐厅里举行的午夜夜宴，鲤鱼和填塞的火鸡任大家吃个尽兴……

这里还要提到一件事：冬妮·布登勃洛克在这几年曾经去过两处梅克伦堡的农庄。一年夏天她和她的朋友阿姆嘉德一起在封·席令先生的田庄里度过几个星期。这座田庄坐落在特拉夫门德对面离海湾不远的海滨。另外一次她和堂妹蒂尔达一起到伯尔纳德·布登勃洛克先生经营着的那个地方去。这座农庄人们称作“负心农庄”，因为它一个铜子的收益也没有；可是作为一个避暑的地方，这里却没有什么可以挑剔的。

岁月就这样流逝过去，总起来说，冬妮的青年时代称得上是幸福的。

第三部

Dritter Teil

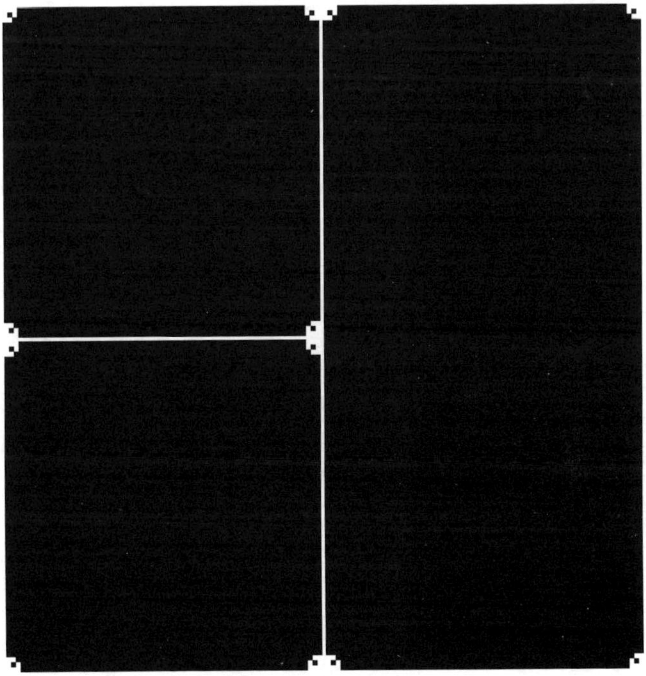

第一章

6月的一天下午，五点来钟的时候，布登勃洛克一家人正坐在花园里的凉亭前边，他们刚在这里喝过咖啡。凉亭里四壁粉刷得雪白，嵌在墙壁上的大镜子上绘着飞翔的禽鸟。后墙上立着两扇油漆的屏门，如果不仔细看，很难看出这是两扇假门，只是在上面画着两副门柄而已。因为屋子里闷热，所以他们把一套轻便的带瘢节的原色木制家具搬了出来。

参议、参议的妻子、冬妮、汤姆和克罗蒂尔德围着圆桌坐了个半圆形，桌子上没有撤去的餐具在斜阳里闪着亮。克利斯蒂安歪着身子，愁眉苦脸地默诵西塞罗反对卡蒂林纳的第二篇演说词。参议吸着雪茄埋头读他的《商报》。参议夫人已经把手里的刺绣搁在怀里，正笑眯眯地看着和伊达·永格曼一同寻找紫罗兰的小克拉拉。这时草坪上这里那里正开着紫罗兰。冬妮用两只手支着头，专心地读霍夫曼的《谢拉皮翁弟兄》，汤姆用一根草茎轻轻地搔她的脖子，而她却很懂事地故意不理睬他。还有克罗蒂尔德也在读一篇故事，故事的题目是《又瞎、又聋、又哑，却很走运》；她穿着一件花布袍子显得又瘦又老气。她一边看书一边把桌布上的饼干屑撮在一起，用五个手指头抓起来放到嘴里细细咀嚼。

天空的颜色变得越来越淡了，几朵白云浮在上面凝然不动。这座小花园连同它那对称的小路和花坛在夕阳的照耀下显得灿烂而明媚。空气里一阵一阵地飘来长在花坛四周的木犀草气味。

“喂，汤姆，”参议把口里的雪茄拿出来，兴致勃勃地说，“我对你说过的要同凡·亨克朵姆公司做的那笔黑麦买卖快要谈妥了。”

“他们出多少？”托马斯感兴趣地问道，停止了捉弄冬妮的游戏。

“六十泰勒一千公斤……不坏，是不是？”

“太好了！”汤姆立刻知道这是一笔有利可图的生意。

“冬妮，你那姿势并不Comme il faut[①]！”参议夫人说。冬妮听了把一只胳臂肘从桌上拿下来，眼睛没有离开书。

“这有什么关系，”汤姆说，“她高兴怎么坐就怎么坐，反正她还是冬妮·布登勃洛克。无可争辩，蒂尔达和她是咱们家最美的两个人。”

克罗蒂尔德吃惊得要死。“天哪！汤姆——”她喊道。不能理解，她怎么会把两个短音节拖得这么长。冬妮却没有反唇相讥，她知道汤姆的嘴比她厉害。他准得又答辩一句什么，把大家引得哈哈大笑起来。她只是把鼻翼张大一些，粗声吸了一口气，耸了耸肩膀。可是等到参议夫人谈起胡诺斯参议家即将举办的一次舞

---

① 法文：合规矩。

会，接着话题又转到一种时兴式样的漆皮鞋的时候，冬妮却把另外一只胳臂也从桌子上拿下来，兴趣浓厚地参加了这场谈话。

“你们说个没完没了，”克利斯蒂安抱怨说，“我这里可是在活受罪！我真希望我也是个商人——！”

“不错，你每天想换一个职业。”汤姆说——正在这个时候，安东从院子走过来，茶盘里托着一张名片。所有的目光都有所等待地向他投去。

“格仑利希，代理商，”参议读道，“从汉堡来。一个讨人喜欢的人，受到人们的大力推荐。他父亲是传教士。我跟他商业上有来往。现在要谈一件事……安东，你告诉这位先生说，请他到这儿来吧——你不觉得有什么不方便吧，贝西？”

一个年纪在三十二岁左右、中等身材的人穿过花园走来，一只手里拿着帽子和手杖。他迈着细碎的步子，头略微向前倾着；身上穿的是一件黄绿色的毛料长尾礼服，戴着灰色的线手套，稀疏的淡金色的头发下露着一副笑嘻嘻的绯红的面孔，只可惜一侧鼻翼旁边生着一个无法遮掩的肉疣。他的下巴和嘴唇剃得干干净净，只按照英国式留着两绺长长垂下来的鬓须；这两道鬓须却是毫不含糊的金黄色——从很远的地方他已经挥摆着自己的浅灰色大礼帽，频频向这边行起礼来……

他最后又迈了一大步，跨到众人跟前，上半身画了个半圆形，作为向在座的人普遍施礼，鞠了个大躬。

“我打搅了，冒昧闯进您一家人团聚的小圈子，”他说话柔声细气，态度非常文雅，“这里有的人在读书，有的人在谈天……我一定要请求原谅。”

“欢迎，欢迎，亲爱的格仑利希先生！”参议说，他和他的两个儿子这时都已站起来，一一和客人握手。“我很高兴能在办公室外面，能在我家里见到您。让我给您介绍，贝西，这是格仑利希先生，我业务上的一位老朋友……我的女儿安冬妮……我的侄女克罗蒂尔德……托马斯您已经认识了……这是我第二个孩子，克利斯蒂安，还在中学读书。”

格仑利希先生每听见一个名字就鞠一个躬。

“容许我再说一次，”他说，“我真不想做个不速之客……我来谈一点生意上的事，如果参议先生肯屈尊陪我去花园里走一圈的话……”

参议夫人回答说：

“您不要先忙着跟我丈夫谈生意吧，如果您肯赏光先在我们这儿坐一小会儿，我们将感到非常高兴，请坐吧！”

“感谢至极。”格仑利希先生的样子好像很感动，于是他在汤姆搬过来的一把椅子上坐下，然而只是坐在椅子边上，帽子和手杖都放在膝头上。他用一只手捋了一下一边的鬓须，又轻轻地咳嗽了一声，那声音听来大概是“咳——縠”！这一切给人的印象是，仿佛他在说：“好了，开场白算过去了。下面说什么呢？”

参议夫人立刻提出个话题来。

“您的家是在汉堡吧？”她把针线活放在怀里向客人说，头稍微向一边侧着。

“可不是，参议夫人，”格仑利希先生回答道，又一次欠了欠身，

“我的家住在汉堡，可是我的时间大部分花在旅途上，我的事务很忙。业务呢，咳——縠，如果能这样说的话，相当发达……”

参议夫人把眉头一扬，嘴唇动了动，似乎满怀敬意地说了句：“是这样吗？”

“对我来讲，不停地活动是我生活中必不可少的条件。”格仑利希先生的身子一半转向参议说。他看到冬妮小姐的目光正落在自己身上，不禁又干咳了一声。那是少女们用以打量陌生青年人的冷峻而挑剔的目光，那种目光似乎随时都可能转成轻蔑和不屑。

“我们在汉堡也有一家亲戚。”冬妮说，她这样说只是为了要说话而已。

“杜商家，”参议解释说，“那是先慈的娘家。”

“噢，那我太清楚了，”格仑利希先生赶忙说，“我很荣幸，和杜商家多少也有些熟识。这是令人钦佩的一家人，心地善良，精力充沛。咳——縠。老实说，如果每一个家庭都能有这一家人的精神，世界就会变得更美好了。他们信奉上帝非常虔诚，心地宽厚，总之一句话，正是我理想中的真正基督教精神。另一方面，这一家人又很通达人情，既高贵又风雅，实在衷心仰慕，参议夫人！”

冬妮心里想：“他从哪儿先摸着我爸爸妈妈的脾气呢？他说的都是他们爱听的话……”她正这样想着，却听见参议称赞地说：

“这两种风尚是每一个人的最美好的衣着。”

参议夫人也忍不住赞赏地做了一个她惯常做的手势：手掌朝着客人向外一翻，手镯发出一阵轻脆的丁零零的敲击声。

“您真说到我的心坎里去了，亲爱的格仑利希先生！”她说。

格仑利希先生又一次躬身施礼，然后坐下来，捋着胡子，干咳了两声，似乎在说："我们继续谈吧。"

参议夫人提起1842年5月格仑利希先生的故乡汉堡城经历的几天恐怖的日子……"老实说，"格仑利希先生说，"那次大火真是一场大灾，一场令人胆寒的灾祸。约略估计起来损失达到一点五三亿之多。说起来我真要感谢上苍……这次火灾我竟丝毫也没有受到损失。大火危害最大的地区主要是圣彼得和圣尼古拉两个教区——多么美丽的花园。"他自己把话头停下来，接过参议递来的一支雪茄。"——在市区里面，面积这样大的花园真是少见！花儿开得五彩缤纷……哎，我这个人有个弱点，就是喜爱花，喜爱一切自然景物。那边那些丽春花可真把花园点缀得不同凡俗……"

格仑利希先生称赞这所房子优越的布局，称赞整个城市，称赞参议的雪茄，他对每个在座的人都说了几句讨人欢喜的话。

"冒昧地问一句，您读的是什么书，安冬妮小姐？"他笑着问。

冬妮不知道什么缘故把眉头一皱，目光避开格仑利希回答说：

"霍夫曼的《谢拉皮翁弟兄》。"

"真的！这个作家写了一些非常出色的作品，"他说，"——啊，请原谅我……我忘记您第二位公子的名字怎么称呼了，参议夫人。"

"克利斯蒂安。"

"这是一个漂亮的名字！我特别喜欢的是这类名字，如果我能这样说的话，"格仑利希又把脸转向主人，"从名字本身就能看出一个人是信奉基督的。在您府上，我看到，约翰是父子相传的名字……谁看到这个名字能不想到救世主的那位心爱的门徒呢？再以我自己为例吧——请原谅我提到我自己，”他滔滔不绝地说下去，“我和我的大部分祖先一样，取名本迪可思，这个名词当然是‘本内迪可塔’这个词念俗了转化来的。布登勃洛克先生，您是在读——啊，西塞罗！这位伟大的罗马演说家的作品读起来可费力。Quousque tandem，Catilina[①]……咳——縠，我的拉丁文还没有完全忘掉！”

参议说：

“在这点上我和先严的看法正相反，我一直反对幼小的头脑强塞硬记这些希腊罗马著作。为了走入实际生活，有不少严肃重要的事情必须懂得……”

“参议先生，”格仑利希急忙答言说，“我还没有来得及谈出自己的意见，您就把我的话说了。这种作品读起来费力，而且——刚才我还忘了说——并不是无懈可击的。不说别的，在这些篇演讲词里我就记得几处可以算得上有伤大雅的文笔……”

谈话暂时沉寂了一会，冬妮想：现在该轮到我了。因为格仑利希先生的目光正落到她身上。果然，格仑利希把话题转到她身上来了。格仑利希先生突然把身体向上一挺，向参议夫人做了一个短促、急遽然而姿势优美的手势，感情洋溢地耳语说：

“我求求您，参议夫人，请看——您这位小姐，我请求您。”他忽然把嗓音提高了，好像要冬妮听见这句话似的。“请您保持着

① 拉丁文：“到什么时候，卡蒂林纳”，这是西塞罗反对卡蒂林纳的第一篇演说词中的一句话。

这个姿势再多坐一分钟……——请看，”他又恢复了刚才的低声耳语，“阳光怎样在您这位小姐的头发上嬉戏——我从来没看见过比这更秀丽的头发！”由于迷恋倾倒，他最后一句话是朝着空中说的，仿佛他是在对上帝或是对自己的灵魂独语似的。

参议夫人愉快地笑了笑。参议说：“请您不要再往这个女孩子的脑子里装她爱听的话了！”冬妮又一语不发地皱了皱眉头。几分钟以后格仑利希先生起身告辞了。

“我不再打搅您了，参议夫人，我不再打搅了！我本来是来谈业务的……可是谁有力量拒绝……现在该去办事了！可以不可以请参议先生……”

“我想我用不着跟您说，”参议夫人说，“在您逗留此地期间，如果能住在舍下，我们将会多么高兴……”

格仑利希先生有一刹那几乎感动得说不出话来。“我深深地感谢您，参议夫人！”他满脸流露着感激的神情说，“可是我不应该滥用您对我的好意。我在‘汉堡城’旅馆租了几间房间……”

“几间房间！”参议夫人心里想，而按照格仑利希先生的看法，她也正应该这样想。

“不管怎么说，”她最后说，又一次热情地向他伸出手去，“我希望我们这次不是最后一次会面。”

格仑利希吻了吻参议夫人的手。他又等了一会儿，看安冬妮小姐是不是也把手伸给他，然而她并没有这样做。于是他用上半身画了个半圆形，然后向后退了一大步，又深深地鞠了一个躬，把头向后扬了扬，用一个大挥臂的动作把灰色礼帽戴在头上，和参议一起离开了这里……

“真是个和蔼可亲的人！”等到参议回到自己家人中间，坐定以后，又称赞说。

“我觉得他有点蠢。”冬妮不等别人问就发表意见。她特别把后一个字说得很重。

“冬妮！上帝保佑，你怎么能这样评论人家！”参议夫人有一些气恼地说，“他是这样一个富于基督教精神的年轻人！”

“这样一个有教养、通达人情的人！”参议也附和着说，“你自己也不知道你说的是什么。”——冬妮的父母常常出于互相尊敬一唱一和，这就使他俩愈加相信彼此是情投意合了。

克利斯蒂安把他的大鼻子耸了耸说：

“他说话的样子多么神气！……有人在谈天！我们根本就没说话，又是什么丽春花把花园点缀得不同凡俗了！他有时候做出一副样子就仿佛自己跟自己大声说话一样。我打搅了——我一定要请求原谅！……我从来没看见过更美丽的头发！……”克利斯蒂安对格仑利希先生的样子模仿得惟妙惟肖，连参议也忍不住笑起来。

“可不是，他太装腔作势了！”冬妮又开始发表意见说，“他老是在谈自己！他的业务很发达，他喜爱自然，他喜欢这样的名字，那样的名字，他叫本迪可思……这跟咱们有什么关系呢，我倒真想知道一下……他说这一切，只不过是想炫耀炫耀自己！”她忽然很生气地喊了一句，“他跟你说的，妈妈，和跟你说的，爸爸，都是你们喜欢听的。他只是为了讨你们的欢心罢了！”

“不应该拿这点来责备人，冬妮！”参议神色严肃地说，“一个人第一次和别人见面，显露出自己优越的一面，说一些动听的话取悦于人——这是很自然的事……”

“我觉得，这个人很不错。”克罗蒂尔德慢吞吞地细声细气地说，虽然她是在座中格仑利希先生最少理睬的人。托马斯却一直没发表意见。

“总而言之，”参议总结说，“他是一个精明强干、笃信基督的有教养的人。而你呢，冬妮，你已经是个十八九岁的大姑娘啦，人家对你这样谦恭殷勤，你也不应该一味地挑人家的短处。我们谁都有短处。你呢，恕我坦白地说，最没有权利责难别人……汤姆，咱们该办事了！”

冬妮独自唠叨道：“金黄黄的络腮胡子！”她又像刚才那样把眉头皱了皱。

第二章

几天以后冬妮正从外面回来，她走到孟街和布来特街的拐角处忽然碰见了格仑利希先生。“我在府上没有看到您，小姐，我真是难过极了！”他说。“我不揣冒昧去府上看望您的母亲，知道您不在家，真让人万分遗憾……幸而在这里又遇见您，我多么高兴啊！”

格仑利希先生向她说话，布登勃洛克小姐不得不站住；可是她那半闭着的、忽然变得幽暗的眼睛却始终停留在格仑利希胸部左右。她的嘴角浮现着一丝嘲讽的、残忍无情的笑容，当一个年轻姑娘端详一个她决定拒绝理睬的人时往往是这样的……她的嘴唇动了动——她该怎样回复他呢？咳，一定得找一句话能把这位本迪可思·格仑利希一下子永远碰回去，清除掉……然而一定得是一句巧妙、辛辣、非常有分量的话，这句话得一方面尖锐地刺伤了他，一方面要让他敬服……

“可惜这种高兴不是双方面的！”她说，目光一直盯着格仑利希先生的胸部；当她把这支毒箭射出去以后，深为自己这句刻薄话洋洋得意。她把头向后一扬，一张面孔涨得通红，把格仑利希一个人扔在那里，就匆匆走回家去了。到了家她才知道，家里的人已经约好格仑利希先生下星期日来吃烤小牛肉……

他还是来了。他穿着一件式样并不太新颖然而却剪裁得合体的上窄下宽的礼服，这件衣服给他添了一种严肃稳重的神态——他满面红光，自始至终赔着笑脸，稀疏的头发一丝不乱地分着，鬓须涂着香水，烫着波纹。他吃蛤蜊肉，吃菜汤，吃炒鲽鱼，吃配奶油土豆和花甘蓝的烤小牛肉，吃樱桃酒做的布丁，就着罗克福尔甘酪吃黑面包，他每吃一道菜都要寻找一句不同的赞美词，而且能饶有风趣地说出来。譬如说吧，他举起盛甜食的勺子来，眼睛望着壁毯上的一个人形，自言自语地大声说："上帝宽恕我吧，我实在没有别的办法；我已经吃了一大块了，可是这个布丁太馋人了，我一定要求我们大方的女主人再给我一块！"接着他向参议夫人扮了个滑稽相。他和参议谈商业和政治，表现出他的既认真又干练的办事原则；他和参议夫人谈戏剧，谈社交和化妆；他对汤姆、克利斯蒂安和那个可怜的克罗蒂尔德，甚至对小克拉拉和永格曼小姐都有几句恭维话……冬妮始终保持着沉默，他那方面呢，也没有敢再接近她，只是时不时地侧头望着她，脸上流露着一副既伤心又脉脉含情的神色。

格仑利希先生这一天晚上告辞后，更加深了他第一次拜访时留给人们的印象。"一位教养良好的先生。"参议夫人夸奖说。"一位令人起敬的虔诚的教徒。"参议称赞道。克利斯蒂安这次模仿他的言语行动模仿得更像了。只有冬妮眉头深锁地向大家道了"晚安"，因为她朦胧地意识到，这决不是她最后一次和这位以异乎寻常的速度讨得她父母欢心的人见面。

不出所料，一天下午她同几位女友聚会完回家以后，果然发现格仑利希先生怡然自得地坐在风景厅里，正在给参议夫人朗读瓦尔特·司各特的小说《威弗利》[①]—— 他的发音非常完美，因为据他说，由于业务的发达，他也需要常常到英国去。冬妮坐在稍远的地方，手里拿着另外一本书。格仑利希先生低声下气地问："我读的这本书不怎么合您的口味吧，小姐？"她听了把头一扬，很尖酸刻薄地回答了一句话。这句话大概是："非常不合口味！"

然而这句话并没有使他难堪，他开始谈起他那过早逝世的双亲，告诉大家说，他的父亲是一位传教士，一位牧师，笃信宗教，同时也非常通达世俗人情 …… 这以后，格仑利希先生回汉堡去了，他来辞行的时候冬妮没有在家。"伊达！"冬妮对永格曼小姐说，她有什么知心话都说给永格曼听。"这个人可走了！"可是伊达·永格曼却回答说："孩子，你就等着瞧吧 ……"

一个星期以后在早餐室里演了这么一幕戏 …… 冬妮九点钟从楼上下来，发现她父亲仍然坐在咖啡桌前，留在母亲身旁，冬妮见了有一点吃惊。她让父母吻过了自己的前额后就生气勃勃地坐在位子上。她胃口很好地拿过糖、奶油和绿色的香草奶酪来。她的眼睛因为刚起床还有一些红肿。

"我还来得及看到你，爸爸，多么好啊！"她一边说一边用餐

① 英国小说家司各特（Walter Scott，1771—1832）于 1814 年匿名发表历史小说《威弗利》，深受读者欢迎，便以"威弗利作者"的名字连续写了多部历史小说，直到 1827 年才公开自己的真实姓名。

巾垫着拿起热鸡蛋来，用调羹敲开。

“我今天等着睡懒觉的人呢。”参议说。他吸着一支雪茄，不断用一张卷着的报纸轻轻敲着桌子。参议夫人这时已用缓慢而娴雅的动作吃过她的一份早餐，把身体靠在沙发背上。

“蒂尔达已经在厨房忙碌上了，”参议意味深长地说，“如果我不是跟你母亲谈一桩有关我们女儿的正事的话，我也早应该去办事了。”

冬妮又好奇又吃惊地先看了看父亲，又看了看母亲，她嘴里正含着一口奶油面包。

“你先吃早点吧，孩子。”参议夫人说。冬妮却忍不住把刀子放下来，喊道：“快告诉我，是什么事，爸爸！”然而参议却仍然玩弄着报纸，不慌不忙地说：“你先吃吧。”

冬妮这时已经没有食欲了，她一面默默地喝咖啡，就着鸡蛋和绿奶酪嚼面包，一面暗自猜测这件事情。她脸上的一股朝气已经不见了，面色显得有些苍白。家人递给她蜂蜜，她也谢绝了，不久就轻声说，她已经吃完了……

“我亲爱的孩子，”参议又沉默了一刻，才开口说，“我们要跟你商量的问题就在这只信封里。”他这时不用报纸，而改用一只淡蓝色的大信封敲着桌子，“简单地说吧：本迪可思·格仑利希先生我们一致认为是一位诚实可亲的人。他最近写给我一封信，信里面说，在他停留在此地的一段日子，对我们的女儿非常倾慕。这里他正式提出求婚的要求。我们的好孩子对这件事是什么想法呢？”

冬妮垂着头，身子向后仰靠着，右手把餐巾上的一只银圈慢慢地转来转去。突然之间，她把眼睛抬起来，那双眼睛已经变得阴暗起来，满含着一汪泪水。她声音嘶哑地说：

“这个人干吗要我——我怎么惹着他了？！”说着她就哭出声来了。

参议看了他的妻子一眼，窘迫地望着眼前的空盘子。

“亲爱的冬妮，”参议夫人温和地对她说，“为什么这么激动呢！你可以放心，你的父母总是为你的幸福打算，不是吗？他们不会劝你拒绝别人提供给你的一个机会的。我相信，直到现在你对格仑利希先生还没有特别的感情，可是我向你保证，日子长了感情就会有了……像你这样一个年轻的小东西是不会明白你究竟喜欢什么人的……你的理智和你的感情一样，只是一片模糊……你应该给你的感情一些时间，还应该让你的头脑敞开，听一听那些为我们幸福操心打算的人，那些有经验阅历的人出什么主意……”

“我一点不了解这个人——”冬妮委屈地说，一面用那麻纱布的小餐巾擦眼睛，餐巾上还沾着鸡蛋污迹。“我就知道他留着黄黄的连鬓胡子，买卖发达……”她那上嘴唇因为啜泣而抽搐着，神情特别招人心疼。

参议突然一阵心软，把椅子移到她跟前，微笑着抚摸她的头发。

“我的小冬妮，”他说，“你还要知道他什么呢？你还是一个孩子。你知道，即使他在这里不是住四个星期，而是住一年，你也不会更好地了解他……你是个小女孩，你用自己的眼睛还看不透这个世界，你必须信赖那些关心你幸福的人……”

"我不懂……我不懂……"冬妮心慌意乱地呜咽着，她像个小猫似的紧紧地用头偎贴着家人抚摸她的手。"他到咱们家来……对每个人说几句好听的话……就走了……接着写信来，说他要跟我……我不懂……他怎么会想到这个……我从哪儿惹着他啦？！……"

参议又笑了。"这话你已经说过一次了，冬妮，这句话只表示你的幼稚无知。我的女儿千万不要想，我这是强迫你、折磨你……这一切都可以平心静气地衡量一下，而且一定要平心静气地考虑好，因为这是一件关系到自己终身的大事。我也预备先这样回格仑利希先生一封信，既不回绝他，也不答应他……需要考虑的事情非常多……喏……怎么样？就这样办吧！现在爸爸要去办事了……再见，贝西……"

"再见，亲爱的让。"

"你还是再吃一点蜂蜜吧，冬妮。"等到屋子里只剩下她和她女儿两个人的时候，参议夫人说。冬妮却始终一动不动地低着头坐在自己的座位上。"一个人总要吃饱了……"

冬妮的眼泪渐渐干了。她的脑子里热烘烘的，挤满了杂七杂八的思想……天啊，这是件多么不同寻常的事啊！她固然早就知道有一天自己将要做一个商人的妻子，和一个人缔结一门美满有利的姻缘，而且这个人必须配得上自己家的门第、财产……然而现在却破题儿第一遭突然真有一个人诚心实意地要和她结婚！遇到这种事该怎么应付呢？对于她，对于冬妮·布登勃洛克说来，现在突然被卷进那些她从来只是在书本上读到的沉重可怕的语汇里，像什么“允诺”啊，“求婚”啊……“终身大事”啊……天啊！突然间出现的是怎样一个全新的处境啊！

“你呢，妈妈？”她说，“你也劝我，劝我……允诺吗？”她迟疑了一会儿才说出“允诺”这个词来，因为她觉得这个词听来那么夸张、不顺口，可是结果她还是说了出来。她有生第一次郑重其事地说出这样两个字。她为自己刚才那种心慌意乱感到有些难为情，她已经不像十分钟以前那样，认为和格仑利希结婚是一件荒唐透顶的事了。相反地，她目前地位的重要性开始让她在心里产生出某种得意的感觉来。

参议夫人说：

“劝你结婚吗，孩子？爸爸这样劝你了吗？他只是没有劝你回绝罢了。要是劝你回绝，不论是他是我，都是不负责任。这次人家提的亲事真称得上是一门美满的婚姻。我亲爱的冬妮……你可以舒舒适适地住在汉堡，享受优裕的生活……”

冬妮木然地坐在那里。在她眼前忽然闪现出丝绸大帘幔，正如同她在外祖父的客厅里所见到的那样……当格仑利希太太早晨喝不喝巧克力茶？这句话是问不出口来的。

“正如同你父亲说的那样，你还有时间考虑，”参议夫人接着往下说，“但是我们一定要让你知道，这种能使你获得幸福的机会并不是每天都有的，而且这门亲事正是你的责任和你的命运预先给你安排妥当的。一点儿也不错，我的孩子，我一定要对你讲清楚。今天摆在你面前的这条路是你命中注定的，你自己也知道……”

“是的，”冬妮沉思地说，“当然。”她很知道她对家庭、对公司担负的责任，而且她很以这种责任自豪。她，安冬妮·布登勃洛克——搬运夫马蒂逊在她面前要摘下粗旧的礼帽深深鞠躬的安冬妮·布登勃洛克，以参议女儿的身份像个小公主似的在城里游来荡去的安冬妮·布登勃洛克——对自己家族的历史了如指掌。她知道她家的远祖，住在罗斯托克的成衣匠家境就很富裕，从那时候起，她家一直在走上坡路，一天比一天兴旺。她有职责为发扬光大自家门楣和"约翰·布登勃洛克"公司尽自己一份力量——和一个高贵富有的家庭缔结婚姻……汤姆在办公室里工作不也是为了这个目的吗？……不错，这门亲事正是再合适不过的；只是要撇开格仑利希先生……她面前又浮起这个人的影子，他那金黄色的鬓须，绯红的、满脸堆笑的面孔，鼻翼上的肉疣，他那细碎的步子，她好像摸到了他的羊毛衣衫，听到他柔声细气的话语……

"我非常了解，"参议夫人说，"如果我们能平心静气地思考一下，就会想得通……说不定我们已经能把事情决定下来了？"

"啊，不！"冬妮喊道，随着喊声她突然又迸发出一股怒气，"跟格仑利希结婚，太荒唐了！我一向只是用尖酸的话刻薄他……我简直不了解，他怎么能忍受得了我！他多少应该有一点骨气吧……"

说到这里，她开始往一块黑面包上抹起蜂蜜来。

第 三 章

这一年布登勃洛克一家人甚至在克利斯蒂安和克拉拉的假期中也没有外出旅行。参议宣称，业务不许他脱身。此外，也由于安冬妮的悬而未决的婚事，使这一家人不得不滞留在孟街宅第里。参议亲自给格仑利希先生写的一封极富于外交辞令的信虽然已经发出去，可是这件事情却由于冬妮的执拗而耽搁下来。一提起这事，冬妮总是像个小孩似的哭闹撒娇。“我不嘛，妈妈！”她会说，“我受不了这个人！”她把“受不了”这几个字咬着牙说出来。要不她就郑重其事地对参议说：“父亲！”——冬妮平常是叫“爸爸”的——“我永远也不允诺这门亲事。”

如果不发生下面这件事，冬妮小姐的这门亲事一定还要长时间停滞在这一点上。这件事大约是在早餐室里那场谈判后十天前后发生的，这时正是7月中旬。

一天下午——一个天空碧蓝的炎热下午，参议夫人不在家，冬妮一个人拿着本小说靠着风景厅窗户坐着，这时安东递给她一张名片。她还没有来得及看那名字，一位穿着窄腰宽下摆礼服、豌豆色裤子的绅士已经走进屋子里来了。来的不是别人，正是格仑利希先生，他的脸上摆出一副乞求怜悯、一往情深的样子。

冬妮吓得一下子从椅子上跳起来，做了个动作，仿佛要逃进餐厅似的……这怎么可能呢，如何跟一个向自己求过婚的男人谈话呢？她的心扑通扑通地一直跳到嗓子里，脸色煞白。只要是和格仑利希先生保持着一定的距离，不管是与父母一本正经地商谈也好，意识到自己和自己做出的决定突然关系重大也好，她都觉得是一桩有趣的事。然而如今这个人就在这里，就站在自己面前！会发生什么事呢？她又觉得自己的眼泪都要流出来了。

格仑利希先生迈着快步，张着手臂，头向一边侧着向她走过来，那姿势仿佛是在说："我在这里！杀死我吧，如果你愿意的话！""真是天意！"他喊道，"我第一个就遇见您，安冬妮！"他这次叫的是"安冬妮"。

冬妮右手拿着那本小说，直挺挺地站在椅子旁边。她噘着嘴唇，咬牙切齿地一个字一个字地迸出来，每说一个字就把头急遽地向上一扬：

"您——这——是——做——什么！"

眼泪早已涌上她的眼圈。

格仑利希先生自己也太兴奋了，他没有意会到冬妮小姐抗议的语调。

"我怎么能等得下去呢……我怎么能不急急忙忙地赶回来呢？"他情急地问道，"一个星期前我接到令尊的亲笔信，这封信使我充满了希望！您想想，安冬妮小姐，我怎么能再这样悬在半空里？我再也忍不住了……我坐上一辆马车……连忙赶到这里来…… 我在‘汉堡城’旅馆订了几间房间…… 我来了，安冬妮，为了从您嘴里听到那有决定意义的最后一个词，这个词会使我得到不能以言语形容的幸福！”

冬妮目瞪口呆地站在那里；眼泪由于惊呆已经吓回去了。原来这是父亲写的那封措辞审慎的回信的妙用啊，这封信本来是想把这件悬而未决的事无限期地往后推宕的——她哽哽咽咽地说了三四遍：

“您误会了——您误会了……”

格仑利希先生把一把靠背椅拉过来，紧挨着冬妮窗前的座位坐下来。他逼着她也坐下，然后向前俯着身子，把她的一只低垂着的手握在自己手里，感情激动地说下去：

“安冬妮小姐…… 从第一眼看到您，从那一天下午…… 您还记得那天下午吗？…… 当我第一次在您的家人中间看到您，看到您那高贵的、秀美绝伦的身影…… 您的名字就永远写在我的心里……”他又纠正自己说，“铭刻在我的心里。从那一天起，我唯一的愿望，我最迫切的愿望，就是能得到您做我的终身伴侣。令尊的信给了我一线希望，我恳求您把这一线希望变成幸福的现实…… 您说对吗？我想我的希望不会落空吧…… 您一定会答应的！”说到这里他又握住她的另一只手，目不转睛地盯住她那因惊惶而瞪得大大的眼睛。他今天没有戴手套；他的手很长很白，手背上凸现着一缕缕青筋。

冬妮愣愣地望着他那绯红的脸，望着他鼻子旁边的肉疣，望着他的眼睛，他的眼睛碧蓝，和鹅的眼睛一样。

“不，不！”她非常恐怖地迅速喊道。接着她又说：“我不会允诺您的！”她竭力想保持镇静，但是眼泪仍然流了出来。

“为什么您这么怀疑我，这样踌躇不决？”他用低沉的、几乎是谴责的语调问道，“您是一个娇生惯养的小姐……可是我向您发誓，我以一个男子汉的身份向您担保，您做了我的妻子我什么都不会让您缺少，我会用双手捧着您，您在汉堡的生活一定能不委屈您的身份……”

冬妮跳了起来，她把自己的手抽回来，眼睛里泪水仍然一个劲地往外涌。她拼命地喊起来：

“不……不！我已经说不了！我明白地拒绝了您，难道您还不明白吗，我的上帝啊？！……”

格仑利希先生这时也站起身来。他向后退了一步，伸出胳臂，两只手掌朝上翻着，像一个有名誉有威望的人那样一本正经地说：

“布登勃洛克小姐，您知道吗，我是不允许这样受别人侮辱的？”

“然而我并没有侮辱您，格仑利希先生。”冬妮说，她也后悔刚才的话说得太过分了。天哪，为什么让她经历这种事呢！她做梦也没想到这样的求婚方式。她一向以为只要说一句：“您向我求婚使我感到光荣，可是我不能接受。”于是这件事便告一段落了……

“您向我求婚使我感到很荣幸，”她尽量心平气和地说，“可是我不能接受……我现在一定得……一定得离开您，请您原谅，我没有时间了。”

可是格仑利希先生挡住她的去路。

“您拒绝我吗？”他沮丧地问道……

“是的。”冬妮说。为了礼貌又加了一句：“很遗憾……”

格仑利希先生长叹了一口气。他向后退了两大步，上半身向一边侧着，食指指着地毯大声喊：“安冬妮——”他的声音听着有点吓人。

他俩就这样面对面地僵立了一刻：他气冲冲的，像在挟制、命令；冬妮则面色苍白、涕泪纵横，颤抖着，用湿手帕捂着嘴。过了一会儿他转过身去，背着手，在屋里来回踱了两趟，好像是在自己家里一样。最后他靠着窗户站定，凝视着玻璃窗外面逐渐凝重的暮色。

冬妮慢慢地、小心翼翼地向玻璃门走去；可是她还没有走到屋子中间，格仑利希先生又赶到她的身边。

“冬妮！”他轻轻地叫了一声，一面温柔地握住她的手；他的身子往下缩，往下缩……慢慢地跪倒在她身边。他的两撇金黄色的鬓须贴在她的手上。

“冬妮……”他又叫了一声，“您看看我……您把我逼到这个地步……您究竟有没有心肝，有没有同情心？……请您听我说……您看到您脚底下的这个人，他已经注定了要毁灭，要堕落，如果……是的，他会死于悲伤，”他恼恨地停顿了一会儿，又接着说，“如果您鄙视他的爱情！我就躺在这里……难道您会这么忍心，对我说‘我讨厌您’吗？”

“不，不！”冬妮忽然用安慰的语调说。她的泪水已经干了，心头涌上一股怜悯与感动的情绪。天啊，他一定是多么热爱她，才把这件她自己觉得非常陌生、非常无足轻重的事做到这步田地！她真的经历到这种事了，这会是可能的吗？这种事只有在小说传奇里才读得到的，而今在日常生活里竟然有这么一位穿着大礼服的先生匍匐在自己脚下，苦苦哀求！…… 她本来觉得跟他结婚是一件荒谬透顶的事，因为她认为格仑利希先生太蠢了。可是，天啊，在这一刻他可是一点儿也不蠢！从他的声音、他的面孔流露出来的是这样真实的忧惧、恳切、绝望的乞求 ……

“不，不，”她重复着，非常感动地俯下身去，“我不讨厌您，格仑利希先生，您怎么能说出这样的话！…… 您起来吧 …… 我求您 ……”

“您不想把我杀死吧？”他又问了一次，而冬妮也又一次回答，“不，不 ……”她的声音就像母亲在安慰自己的孩子似的。

“这就如同您答应了我一样！”格仑利希先生喊着跳了起来。然而他一看到冬妮的惊慌的面色，就立刻又跪倒，胆怯地宽慰地说：

“好了，好了 …… 您现在不要再说了，安冬妮！今天不再谈这件事了，我求求您 …… 咱们以后再谈 …… 另外一次 …… 另外一次 …… 再见 …… 我要回去了 …… 再见！——”

他很快地站起来，一把从桌子上拿起他的灰色大礼帽，吻了吻她的手，就从玻璃门匆匆忙忙地跑出去。

冬妮看见他在圆柱大厅里拿起手杖，然后就消失在走廊里。她站在屋子中间，心慌意乱，一点力气也没有，一只下垂的手里还握着那块湿淋淋的手帕。

第四章

参议布登勃洛克对他的妻子说：

“我真想不通，冬妮有什么微妙的理由，迟迟不肯答应这门亲事！可是她到底还是个孩子，贝西，她喜欢玩乐，什么参加舞会呀，听男孩子献殷勤呀，一直是乐此不疲的，因为她知道自己的相貌又美，家庭出身又好……说不定她自己也在暗暗地、有意无意地物色着对象呢。然而我是懂得她的，我知道她的心还没有许给什么人，正像俗话说的那样……要是问起她来，她会摇晃着脑袋，犹疑不决——可是她不会选中哪个可意的人的……她还是个小孩，享乐，贪玩……一旦她允诺了，她就算找到了自己的位置，就能非常美满地安顿下来，保她心满意足。过不了几天她也就会爱上她的丈夫……这个人不是个风流倜傥的人，这是事实，但是他的仪表在什么场合也拿得出去。再说，恕我说一句商界用语，谁也不能向一只羊要五条羊腿！……要是她想等着找一个人，相貌又美，门户又相当——喏，这就要托上帝的保佑了！冬妮·布登勃洛克迟早会物色到一个人的。可是从另一个角度看……这总有点冒险，再说一句商人的话，鱼群每天有，但不见得每天网到鱼！…… 我昨天上午跟格仑利希谈了不少时间的话，这个人死心塌地要同我家结亲，我看了看他的账簿 …… 他主动把账簿都拿出来给我看 …… 我对你说，贝西，这些账簿真值得用镜框镶起来！我向他表白了我极度钦佩的意思。他的生意说起来历史虽然不长，可是实在有起色，实在有起色。资产大约有十二万泰勒，这还只是就目前的规模讲，因为他每年盈利都非常可观 …… 我跟杜商家打听过，他们的回答听来也不坏：格仑利希的确切情况他们虽然不知道，可是他们说他过的是 gentleman[①] 的生活，交往的是上流社会，生意出奇地兴隆，越做越大 …… 我也问过另外几位汉堡人，譬如说，一位姓凯塞梅耶的银行家的话也使我非常满意。总而言之，你很知道我的心理，对这门只会带给咱们家和咱们公司好处的亲事，我一心希望能早点成功 —— 咱们孩子这种精神上受压迫的样子使我心里很难过。她好像四面被包围起来，垂头丧气，连话也少说；可是让我直截了当地拒绝格仑利希我实在下不了这个决心 …… 还有一件事，我说了又说，贝西，那就是最近两年咱们家的境遇不是非常令人满意的。这并不是说咱们气运衰了，决不能这样说，克勤克俭的工作总会得到酬报的。生意平静无波 …… 唉，只是太平静了，但是这一点也还是亏我谨慎小心才争取到的。从父亲故世以后，我做的买卖就没有什么进展，基本上停滞在原处没动。目前这个时代也许不利于商人 …… 总之，没有什么值得高兴的事。咱们的女儿已经到了出嫁的年纪，如今又现摆着一门谁

① 英文：绅士。

都觉得可以名利双收的亲事——她就应该结这门亲！等着不是好办法，贝西，不是什么好办法！你再跟她谈谈吧，今天下午我已经尽我的力量劝了她一次……”

冬妮精神上感到压迫，这一点参议是说对了。她虽然不再说“不”，可是“好”字还是不能说出口来——上帝帮助她吧！她自己也不了解，为什么她始终执拗着不肯答应。

在这一段日子里，时而父亲把她拉到一边，跟她谈几句“正事”，时而母亲叫她坐在身边，逼着她最后打定主意……这件事他们始终瞒着高特霍尔德伯伯一家子，因为这一家对孟街的人总怀着些讥笑的情绪。可是除了高特霍尔德一家以外，这件事连塞色密·卫希布洛特都知道了，她像往常一样，唇齿清晰地劝说了一大通。甚至连永格曼小姐都说：“小冬妮，你用不着担心，孩子，你总会跟上流人在一起的……”此外，冬妮每次走进外婆家那间令人羡慕的花缎糊壁的客厅，也总免不了要听克罗格老太太说：“顺便问你一声，我听人家说起你的事情，我希望你不要太任性，孩子……”

一个星期日，她陪着父母和兄弟姐妹们一起坐在圣玛利教堂里，科灵牧师大声疾呼地宣讲《圣经》，他正讲到女子到了年纪应该离开父母，跟随着丈夫——突然间他变得声色俱厉。冬妮吃了一惊，抬头盯着他，看他是不是在望着自己……谢天谢地，他没有，他的一颗硕大的头颅转向另一边，似乎只是向一般信徒们作一般的宣讲。虽然如此，这是对她发动的一次新攻势，句句话都是针对着她而发的，这一点也是显而易见的。一个年轻的、稚气未退的女孩子，他说，还没有自己的意志，没有自己的见解，然而却违抗父母善意的劝告，这是犯罪的，这种人，“主”是要从他口里唾弃出去的……讲到这句话的时候（这句话也是科灵牧师最喜爱的用语之一），他非常激昂地把它喊出来。冬妮看到他炯炯的目光直射到自己身上，随着话语他又威吓地把手臂一挥……冬妮看到，坐在自己身旁的父亲怎样举起一只手来，似乎在说：“啊！别这么重……”然而毋庸置疑，科灵牧师一定是得到了父亲或者母亲的授意才这样说的。她满脸通红地坐在自己的位子上，使劲低着头，觉得所有的人都在瞧着她似的。下一个星期日她说什么也不肯上教堂去了。

她走到哪儿都闷声不响，脸上很少见笑容，一点食欲也没有。时不时地她会叹一口气，那声音听着让人心碎，仿佛内心正在斗争，怎么也下不了决心。叹完了气她总是悲惨兮兮地望着别人，那副样子实在可怜。她一天比一天消瘦，从前那种生气勃勃的劲儿一点儿也不见了。最后参议说：

“不能这样下去了，贝西，咱们不能这样虐待这个孩子了。得让她到外边散荡散荡，休息几天，静静地把事情思索一下；你会看到，到那时她就会想通了。我分不开身，再说假期也快完了……可是我们在家里休息倒也没有什么。昨天可巧特拉夫门德的老施瓦尔茨考甫到这儿来了，就是那个总领港狄德利希·施瓦尔茨考甫。我只随意一说，他就欢欢喜喜地答应让咱们姑娘在他家住一个时期……我当然要贴补他一些……她会有一个舒舒服服的住处，可以洗海水浴，呼吸新鲜空气，把脑子澄清一下。汤姆送她去，一切都安排好了。最好不要拖延，明天就走……”

冬妮欣然接受了这个建议。她这时虽然看不见格仑利希先生，然而她知道他也在城里，正在和自己的父母磋商，等待时机……随时他都可能来到自己面前，呼喊啊，哀求啊，跟她没完没了地纠缠。到了特拉夫门德，住在一家生人家，她就安全多了……于是她高高兴兴地很快整理好箱子，在7月末的一天，和伴送她的汤姆一起登上克罗格家的华贵马车，兴致勃勃地和家里人告别了。当马车驶出城门，她不觉轻松地长长吐了一口气。

第五章

到特拉夫门德去是一条直路，中途要摆渡过一条河，过河后走的仍然是直路；这条路两个人都很熟悉。莱勒瑞西特·克罗格家的马是一匹梅克伦堡产的高大的栗色马。灰色的马路就在这匹栗色大马的节奏均匀而沉闷的蹄声中轻快地滑过去，虽然头顶上日头有些灼热，马蹄扬起的灰尘又把本来就枯燥的景色遮住了。这一天家中破例一点钟吃午饭，兄妹两人两点整出发，这样他们在四点钟稍过一些就可以抵达目的地了。因为假如说平常的马车需要走三小时的话，克罗格家的马车夫姚汉就要斗胜，非得在两个钟头左右把路走完不可。

冬妮戴着顶平顶的大草帽，擎着一把镶奶油色花边的浅灰色阳伞，伞尖斜抵在后罩篷上。她的头在梦幻的半眠状态里尽在草帽下打瞌睡。她穿着一件纤秀可体的朴素衣服，颜色和阳伞一样，也是灰色。她叠着双脚，可以看到脚上穿的十字襻皮鞋和白袜子。坐在马车里，她从容舒适地向后斜倚着身体，姿势非常大方。

汤姆这一年已经二十岁了。他穿着一件剪裁得非常适体的蓝灰色服装，草帽推到后脑勺上，一支又一支地吸着俄国纸烟。他的身材不是特别高，可是颜色比头发和睫毛浓暗的胡须却已经茂密地孳生出来。他习惯把一边眉毛微微扬起一点，这时他正这样坐着凝视着扬起的尘土和飞逝过去的道旁树木。

冬妮说：

“哪次我来特拉夫门德也没有这次这么高兴……最主要的原因你知道，汤姆，可是你不许笑我；我真希望能够更远地躲开那位金黄胡子先生……其次，住在施瓦尔茨考甫家，紧靠着海边，一定会看到特拉夫门德的从未见到过的景致……我不让那些海滨避暑的客人纠缠我……这种事我已经干腻了……再说我现在也没有这种心情……而且，那些地方对那个……人也不是禁区，你会看到的，说不定哪天他一定会一点也不客气地出现在我眼前，满脸赔笑……”

汤姆把吸剩的纸烟扔掉，又从烟盒里拿出一支来。这个烟盒盖上镶嵌着一幅一辆三套马车受狼群袭击的美术画：这是一个俄国主顾送给参议的礼物。这些纸烟，这类带黄纸管嘴的烈性玩意儿，汤姆最近抽上了瘾；他成盒地吸，而且还有一种坏习惯，一直把烟吸到肺里，说话的时候再袅袅地喷出来。

“不错，”他说，“你说得对，海滨花园里磕头碰脑都是汉堡人。把整个花园买下来的弗利采参议本人就是汉堡人……听爸爸说，目前他的买卖非常赚钱……可是你要是尽避着这些人，很多有趣的事你一定看不到……彼得·多尔曼一定也在那儿，这个时节他不会在城里的；他的买卖本用不着人看管，反正总是那么半死不活的……滑稽！ 喏……尤斯图斯舅舅逢到星期日也一定出来走动走动，在轮盘赌那儿照顾两盘……此外摩仑多尔夫家和吉斯登麦克家我想也是全家必到的，另外还有哈根施特罗姆一家人……”

“哈——一点不错！哪里能缺了萨拉·西姆灵格呀……”

“她的名字叫劳拉，小姐！别给人家乱改名字。”

“当然还有玉尔新陪着……听说玉尔新今年夏天要和奥古斯特·摩仑多尔夫订婚，玉尔新一定肯的，他们俩本来就门当户对！你知道，汤姆，我真讨厌这些人！这些暴发户……”

“这还用说！施特伦克和哈根施特罗姆公司买卖做得一帆风顺，道理就在这儿……”

“当然了！可是他们怎样做买卖，谁都一清二楚……千方百计地排挤别人，你知道……一点不遵守商业道德，不承认优先权……祖父谈到亨利希·哈根施特罗姆的时候说：‘他们能让公牛生犊子。’这是我亲耳听祖父说的……”

“不错，不错，这倒没什么关系。赚钱是第一件大事。讲到这两个人的婚事，这倒是桩好买卖。玉尔新当了摩仑多尔夫夫人，奥古斯特得了个好位置……”

“咳……你简直在故意气我，汤姆……这些人我真看不上眼……”

汤姆笑起来，“天哪，你要知道，还是应该跟这些人交际应酬的，正像爸爸最近说的那样：他们是走上坡路的人，譬如拿摩仑多尔夫这家人说吧……还有，我们也不应该否认哈根施特罗姆一家人的精明能干，亥尔曼做买卖已经是一把好手了，莫里茨虽然肺部不好，还是毕了业，考试成绩非常优异。据说他人很聪明，正在学法律。”

“就算你说得对吧……可是不管怎么说，叫我高兴的是：总还有别的家庭不在他们面前卑躬屈膝。譬如我们布登勃洛克家的人吧……”

“算了吧，”汤姆说，“咱们还是别自我吹嘘吧。一家人有一家人的短处，”他看了一眼马车夫姚汉的宽脊背，低声说下去，“就拿尤斯图斯舅舅的事说吧，真是天晓得！爸爸一谈到他就摇头，我听说克罗格外公好几次不得不拿出一大笔款子来接济他……咱们那几位表兄弟也不很成器。尤尔根想入学深造，可是一直没拿到中学毕业证书……亚寇伯在汉堡的达尔贝克公司，听说也一点不令人满意。虽然他的进款不少，可是总是闹穷。要是尤斯图斯舅舅不接济他，反正他会从罗萨莉舅母那里拿到。我觉得咱们还是别挑人家的毛病吧。要是你想和哈根施特罗姆家较量一下长短的话，我看你还是和格仑利希结婚吧！”

“咱们上这辆马车是为了谈这个问题吗？不错，也许你的话有道理，我应该和他结婚。可是现在我不考虑这个问题。我要先把这件事忘掉，咱们现在是到施瓦尔茨考甫家去。我一点也不熟悉这家人……他们人很好吗？”

“噢！狄德利希·施瓦尔茨考甫，这个老头很不错……他要是不把五大杯以上‘格罗格’酒灌进肚子，是不会满嘴说土话的。有一次他到我们铺子去，我和他一起到船员俱乐部去……他像个无底洞似地往肚子里灌酒。他的父亲生在一艘挪威货船上，以后就在这条航线上当船长。狄德利希受过很好的教育，总领港是一个职权很重的位置，待遇也很不错。他是一条老海狗 …… 但是对于周旋应付女人却很在行。你就留神吧，他一定会向你献殷勤的 ……”

“嗬！—— 他的妻子呢！”

“我不认识他的妻子，我想她待人大概很热诚。他们还有一个儿子，我上学的时候他不是在毕业班，就是在比毕业班低的一班，现在大概是大学生了 …… 看啊，那就是海！用不了一刻钟就到了 ……”

他们在一条紧傍着大海的林荫路上又走了一会儿。路两旁种着幼小的山毛榉。海水在阳光下呈现一片碧蓝，非常平静。一座圆形的黄色灯塔出现在远方。他俩望了一会儿海湾、堤岸、小镇的红屋顶、海港以及停泊着的船只上的船帆索具。他们的马车从市镇最外边的几所房屋中间穿过去，又走过一座教堂，便沿着“临海街”的一排房子驶过去，最后停在一座整洁的小楼房前面。这座楼房的阳台上爬满了葡萄藤。

总领港施瓦尔茨考甫站在大门前，看到马车过来，便把一顶水手帽子摘下来。他是一个矮壮结实的汉子，生着通红的脸膛、碧蓝的眼睛，灰白的硬扎扎的胡须像个扇面似的从一边鬓角连着另一边鬓角。他的嘴角微微向下垂着，嘴里衔着一支木烟斗，红白的半圆形的上嘴唇棱角分明，唇上的胡须完全剃净。他的嘴给人一种威严而诚实的印象。他穿一件装饰着金边的外衣，敞着扣子，露着里面一件雪白的斜纹布衬衫。他叉着腿站在那里，肚子微微向前挺着。

“我说的是实话，小姐，您能在舍下住一个时期，真是我们的荣幸……”他小心翼翼地把冬妮从车上扶下来。“您好，布登勃洛克先生！令尊好吗？参议夫人怎么样？……我真高兴极了！……喏，请进来吧，我的妻子已经预备好一点不像样的点心——您到彼得森客店去歇歇吧，”他转过来对马车夫说，马车夫这时已经把箱子搬进屋子去了。“他们照料牲口很尽心……您也在我们这儿住一夜吗，布登勃洛克先生？……啊，怎么不能呢？牲口需要喘喘气，反正天黑以前也赶不回去了……”

“啊！在这儿住一点也不比在外面旅馆里差，”过了大约一刻钟，人们在露台上围着咖啡桌子坐定以后，冬妮感叹地说，“这里的空气多么好！连海藻味这里都可以闻得到，我这次又能到特拉夫门德来，真是太高兴了！”

穿过阳台上爬满葡萄藤的柱子可以望见阳光下水波闪烁的宽阔的海口、水面上的小船和一座又一座的栈桥。再望过去就是“普瑞瓦”——突入海中的梅克伦堡半岛——上的摆渡房。桌子上摆着的蓝边茶杯又深又大，像个小钵子。和家里精巧的细瓷器比较起来，这些盘盏显得很笨拙。可是桌子上的食品却很诱人，冬妮的位子前面还摆着一束野花，此外，长途旅行也使人胃口大开。

“是的，小姐自己会看到，她在这里一定能养得又红又胖，”主妇说，“脸上血色不太好，如果我能这样说的话；这都是城里空气不好的缘故，再加上各种各样的宴会……”

施瓦尔茨考甫太太是史路图普地方一个牧师的女儿，年纪看上去在五十岁上下。她生得比冬妮矮一头，相当瘦削。头发还是黑油油的，梳得光亮整齐，罩在一只大发网里面。她的衣服是深棕色的，扣着小白领和白袖头。她打扮得干净利落，对人亲切热诚，热心向客人推荐自己烘的葡萄干面包。面包摆在船形的篮子里，四边堆满了乳脂、糖、牛油和蜂窝蜜等。面包篮的一端装饰着一道珍珠形的绣花边，这是他们八岁的美丽的小女儿梅塔的手艺。这个小女孩正坐在母亲身边，穿着一件方格绒的小衣服，翘着两条淡黄色的小辫子。

施瓦尔茨考甫太太表示歉意说，替冬妮布置的房子不好——冬妮刚才已经在这间房子里梳洗过了——过于简单……

“哪儿的话，太好了！”冬妮说。这间屋子面对大海，这是最重要的一点。说着她把第四块葡萄干面包浸在自己的咖啡里。汤姆这时正和老头谈论在城里修缮的“屋伦威尔号”……

突然间一个二十来岁的青年夹着一本书闯进阳台来。他摘下皮帽，满脸通红、局促不安地向大家躬身行礼。

“喏，孩子，”总领港说，“你来晚了……”接着他向客人介绍说：“这是我儿子——”他说了一个什么名字，冬妮没有听清楚。“正在念书，预备做医生……在家里度暑假……”

“很高兴认识您。”冬妮按照她学来的礼貌应答说。汤姆站起身来，把手伸给他。年轻的施瓦尔茨考甫又鞠了一个躬，把手上的书放下，然后坐到自己的位子上。他的脸羞得通红。

他中等身材，体格纤细，生着稀有的白净的皮肤和淡金色的头发。他的脸型略长，初生的胡须和他刚剪过的头发一样呈现着淡淡的颜色，几乎不能看见；和他的发色相配的是他那白皙得出奇的皮肤，仿佛是透明的玻璃一样，动不动就变得绯红。他的蓝眼睛比父亲的略深一些，也流露着那种虽然不很灵活，然而却是善意地探索的目光。他的五官匀称，相当可爱；他吃起东西来的时候，还露出非常整齐的密密的牙齿，像磨洗过的象牙一样，亮晶晶的。他身上穿着一件灰色紧身夹克，口袋上钉着兜罩，背上有一根松紧带。

“可不是，我来得太迟了，请原谅，”他说，语调有些迟缓、沉重，“我在海滨看了一会书，想起来看表，时间已经不早了。”以后他就一声不响地吃起东西来，只偶尔抬起眼皮来打量汤姆和冬妮两眼。

过了一会，主妇又请冬妮吃东西的时候，他也搭腔说：

“这种蜂窝蜜您尽管吃吧，布登勃洛克小姐。这是自然产品……什么该吃，什么不该吃，这一点我们倒还知道……您一定得吃饱了，这里的空气损耗体力……加快一个人的新陈代谢。要是您吃得不多，体重就要减轻……”他说话的时候身子向前俯着一点，有时目光不瞧说话的对方而望着另一个人，那样子很自然，很能引起别人的好感。

他的母亲爱怜地听完了他的话，又用探询的目光瞧了瞧冬妮的脸色，想知道她对这一番话有什么反应。可是老施瓦尔茨考甫这时插进来说：

“算了吧，医生先生，不要摆弄你那套新陈代谢的理论了吧……我们一点也不想知道这个。”年轻人听了这话笑起来，又红着脸望了望冬妮的盘子。

总领港提过两三回他儿子的名字，可是冬妮哪次也没有听清楚。听起来似乎是“莫尔”，又像是“莫尔德”…… 老头的那种平板土俗的地方音，简直叫人无从听清。

吃过饭以后，狄德利希·施瓦尔茨考甫把外衣整个敞开，露出里面的白背心，一边坐在太阳底下舒适地眨眼睛，一边和他的儿子吸起他家的短木头烟嘴来，汤姆这时也点起他的香烟。两个年轻人不觉叙起在学校时的轶事，他们谈得很热闹，冬妮也禁不住参加进去。他们学施藤格先生的口头语：“你应该画一条弧线，你在做什么？你胡画了一条线！”可惜克利斯蒂安不在这里，他模仿得可比这个更像呢……

有一回，汤姆指着他们面前摆着的花，随便地对他的妹妹说了一句：“要是格仑利希先生在这儿，又该说‘这花把屋子点缀得不同凡俗’啦！”

冬妮听见这句话，气得满脸通红，推了他一下，又羞涩地扫了小施瓦尔茨考甫一眼。

这一天咖啡许久许久没有端上来，他们也不得不一直坐在一起。已经六点半钟了，普瑞瓦半岛那边暮色已经悄然降下来。这时总领港站起身来。

“对不住，诸位，”他说，“我要到领港办事处办一点事……我们八点钟吃饭，要是诸位赞成的话……或者今天再稍微晚一点，梅塔，怎么样？……你的意见呢——”这时他又叫了一声他大儿子的名字——“不要老懒坐在这儿了……去啃你的书本去吧……布登勃洛克小姐也要把东西从箱子里拿出来……也许要到海边去走走…… 只是你别再打搅人家了！”

“狄德利希，你真是的，为什么他就不能在这儿坐着呢？”施瓦尔茨考甫太太温和地责备丈夫说，“要是客人去海滨散步，他为什么就不能陪着去呢？他这是在假期里呀，狄德利希！…… 咱们的客人他就不能陪着应酬应酬吗？”

第六章

第二天早晨，冬妮在她那间整洁的、家具蒙着鲜艳印花布的小房间里醒过来，感到一阵快乐和激动。一个人一睁眼就望到一片新天地时往往会有这样感觉的。

她坐起来，用手臂环抱住膝头，扬着蓬乱的头，眯缝着眼睛望着从窗板缝里透进来的耀眼而狭窄的日光，脑子里懒洋洋地清理昨天的各种经历。

她几乎完全把格仑利希先生忘了。城市呀，风景厅里的那幕丑剧呀，家人和科灵牧师的劝诫呀，也同样都撇在脑后了。在这里，她每天早晨都会无忧无虑地醒过来……施瓦尔茨考甫这一家人真是热心肠。昨天晚上他们就预备了橙子酒款待客人，而且大家都为冬妮能住在这里高兴地碰杯。这顿晚餐吃得非常满意。老施瓦尔茨考甫说些海洋上的故事来娱客，他的儿子则讲述他在那里读书的哥廷根的情形……可是她一直还不知道他的名字。这有多么奇怪！她聚精会神地听着，可是整顿晚餐中没有人再叫过他的名字。她当然不能启口问，这是于礼不合的。她努力思索……老天啊，这个年轻人究竟叫什么啊？莫尔……莫尔德？再说，这个莫尔或者莫尔德她很喜欢。他笑得那么顽皮，那么天真！譬如他想要水喝，可是他不说水，却说几个字母再加一个数码，弄得老头儿直冒火，这时他就那么笑起来。不错，他说的是水的化学公式……然而只是一般的水，讲到特拉夫门德这里的水，那公式一定要复杂多了，因为人们随时会在水里找到一只水母……大官们自然可以有他们自己对淡水的想法……说到这里他又挨了父亲的申斥，因为他说“大官们”这个词语气不够尊敬。施瓦尔茨考甫太太一直打量着冬妮的表情，看她对这个年轻人有没有钦佩的表示——的确如此，他说话确实很有趣，又活泼又博学……他对她有点关心太过了，这位少主人。她抱怨说吃饭的时候头昏脑热，一定是血太多了……他怎么回答呢？他端详了她一会，说：不错，额角上的血管涨得很高，然而这并不一定是血多，相反地，倒也许是血液不够或者红血球少的毛病……她说不定有些贫血呢……

从一座木头雕刻的挂钟里跳出一只杜鹃来，清脆响亮地叫了几声。“七，八，九，”冬妮数道，“起来！”她一下子从床上跳下来，打开窗板。天空有几块浮云，可是太阳并没有被遮住，从罗喜登空地和那里的一座灯塔望过去，可以看到波光粼粼的大海。右边海被梅克伦堡弧状的海岸环抱着，可是正面它却无限地伸展出去，直到远处淡绿、碧蓝相间的条带和雾气蒙蒙的地平线融合在一起。“一会儿我要洗澡，”冬妮想，“可是我首先得好好吃一顿早点，不要让新陈代谢把我的身体弄亏损了……”她笑了笑，开始用迅速、轻快的动作洗脸、换衣服。

九点三十分敲过一小会，她走出自己的小房间。汤姆过夜的那间屋子门敞开着；他一清早就赶回城去了。甚至这里，在这间做卧室用的后楼，也闻得到一股咖啡味。这好像是这所小房子特有的气味，冬妮沿着一座用普通木板做栏杆的楼梯走下来，越往下走咖啡的香味也就越浓。她穿过楼下的一条走廊，神采焕发地走到阳台上去。走廊旁边就是总领港的起居间兼饭厅和办公室。这一天早晨冬妮穿的是一件白色斜纹布夏装。

咖啡桌上只有施瓦尔茨考甫太太和她的儿子两人，一部分餐具已经撤去了。施瓦尔茨考甫太太在她棕色衣服上罩着一件蓝格子的围裙。身旁摆着一只盛钥匙的篮子。

“非常对不起，”她站起来迎着冬妮说，“我们没有等您一起吃，布登勃洛克小姐！我们这些普通人家起得很早。要做的事情很多…… 施瓦尔茨考甫已经上班了 …… 小姐不会不高兴吧？”

冬妮这方面也道了歉，“您千万别认为我老爱这么睡懒觉。我也挺不好意思，可是昨天晚上那果子酒 ……”

这家的少主人听到这里笑起来。他站在桌子后边，手里拿着他那支木头短烟袋，面前摆着一张报纸。

“哼，都是您不好，”冬妮说，“早安！…… 您接二连三地跟我碰杯 …… 弄得现在我只好喝凉咖啡了。要不然我一定吃过早饭，洗过海水浴了 ……”

“不，对于一个年轻的女士，那太早了！七点钟水还相当冷，您要知道，才十一度 …… 从热被窝里出来未免太冰人了 ……”

“您怎么知道我愿意洗温水，先生？”说着冬妮在桌子旁边坐下，“难为您还替我热着咖啡，施瓦尔茨考甫太太！…… 可是让我自己来倒吧……谢谢您！”

主妇瞧着她的客人吃下最初几口早餐。

“小姐第一夜睡得好吗？可不是，褥子里填的是海草……我们是普通人家……我希望您胃口好，痛痛快快过一个上午。小姐在海滨一定会遇到不少熟人……要是您觉得方便的话，我的儿子可以陪您去。请原谅，我不能再陪着您了，我一定得照料午饭去了。我们今天预备烤香肠……我们总得尽量款待款待我们的客人。”

“我今天专门吃蜂窝蜜，”当屋子里只剩下他们两人的时候，冬妮开口道，“您看，我知道什么该吃，什么不该吃吧！”

小施瓦尔茨考甫站起来把烟斗放在阳台的围墙上。

“您尽管抽烟好了。我一点也不在乎。我在家里吃早饭的时候，屋子里总有父亲抽的雪茄味……您说说，”她忽然问道，“一个鸡蛋的营养价值和四分之一磅肉的一样，这是真的吗？”

他的脸又涨得通红。“您是在寻我的开心吗，布登勃洛克小姐？”他半笑半恼地反问说，“昨天晚上父亲把我好好训斥了一顿，说什么我充内行啦，炫耀自己啦……”

“我问这句话可一点儿也不想取笑您！”冬妮不由得愣了一会，连饭也停止吃了。“炫耀自己！怎么能这样说人家！……我还是很喜欢长点见识呢……真是的，我简直是只笨鹅，您会看到的！在塞色密·卫希布洛特那儿我老是归在最懒的学生堆里面。而且我认为您知道得很多……”她内心里在思忖，“炫耀自己？一个人和别人初次见面，总要显示自己的长处，说几句好听的话讨人喜欢——这没有什么奇怪的……”

“不错，从某一方面看，它们的价值相等，”冬妮的话使他很高兴，他就回答说，“讲到某些营养价值……”

就这样，冬妮吃着早饭，年轻的施瓦尔茨考甫就不断抽着烟斗，两人就滔滔不绝地说起闲话来。他们谈起塞色密·卫希布洛特，谈起冬妮在寄宿学校的一段生活和她的几位女友，谈到这时又回到阿姆斯特丹的盖尔达·阿尔诺德逊，谈到阿姆嘉德·封·席令，遇到天气晴朗的时候，站在海边上就可以望到她家的白房子……

过了一会，冬妮把早饭吃完了，擦嘴的时候，她指着报纸问：“上面有什么新闻吗？”

小施瓦尔茨考甫哈哈笑起来，带着嘲讽和惋惜的神情摇摇头：

“唉，没有什么……这上面能登什么呢？……您知道，这种镇上的小报真是贫乏透顶的东西。”

“噢？……可是爸爸妈妈老是离不开它。”

“是这样的！”他的脸又红了……“您看，我这不是也在读它吗？因为不读它就没有其他的可读了。可是只看到些什么某某大商人要举行银婚庆祝式了，这实在引不起人的兴趣……我说的是实话！您笑了……可是您有机会应当读读别的报纸，譬如说《哥尼斯堡哈同新闻》①啦……或者《莱茵报》②啦……您会发现些与

① 《哥尼斯堡哈同新闻》是当时代表自由资产阶级观点的一份报纸。

② 《莱茵报》于1842年1月创刊，卡尔·马克思即为该报撰稿，当年10月任该报编辑，宣传革命思想，使之成为普鲁士一家主要报纸。1843年3月《莱茵报》为当局查封。

众不同的东西！不管普鲁士国王说什么话……”

“他说什么了？”

“他说……不，这话我在女士面前不能说……”他的脸又红起来。“他对这些报刊说了些很不好听的话。”他的脸上浮起一层冷嘲的笑容，弄得冬妮有片刻很不得劲。“这种报刊跟政府，跟贵族，跟传教士和地主有点过不去。您懂吗？……他们很机灵，懂得怎样牵着新闻检查官的鼻子转……”

“是吗？您是什么意见，您也跟贵族不太过得去吗？”

“我吗？”他很困窘地反问说……冬妮站起身来。

“喏，这问题咱们以后再谈吧。我现在去海滨成不成啊？您看，天差不多整个儿变蓝了。今天不会下雨了。我非常想跳进海水里去。您肯陪着我到海边去吗？……”

第七章

她戴上她的大草帽，撑开阳伞，因为这一天虽然有些许海风，天气却很热。小施瓦尔茨考甫戴着呢帽，手里拿着一本书，走在她身边，不时地从侧面打量她一眼。他们沿着临海街走着，穿过海滨公园。公园里的石子路和蔷薇花坛静静地曝晒在阳光下，一丝阴影也没有。在海滨旅馆、咖啡店和被一道长廊连起来的两座瑞士式房屋对面，音乐堂静静地掩映在枞树林里。这时大约是十一点三十分光景，避暑的旅客多半还滞留在海滨。

这两个人穿过安着游椅和秋千的儿童游戏场，紧傍着温水浴室走过去，不慌不忙地踱到罗喜登空地。太阳像一个火团似的烤着草地，青蝇在草地上嗡嗡地飞来飞去。从海水那边传来一阵阵轰隆声，又沉闷又单调。遥远的地方不时翻卷着白色浪花。

“您看的是什么书啊？”冬妮问道。

年轻人两手拿着书，很快从后往前翻了一遍。

“这种书不适合您读，布登勃洛克小姐！除了血管呀、内脏呀、疾病呀，没有别的……您看，这里正讲到肺水肿，就是德国人称作积水症的那种病。肺叶上存满了积水，这种病是由肺炎引起的，非常危险。严重的时候，病人不能呼吸，会活活憋死。这些事书本上都是无动于衷地只作一番客观的描写……”

“啊，真可怕！……可是要是一个人想做大夫的话……等以后格拉包夫医生退休了，我会想法让您当我们的家庭医生的，您看着吧！”

“哈！……您念的是什么呢，如果允许我问一下的话，布登勃洛克小姐？”

“您知道霍夫曼吗？”冬妮问道。

“原来您是在读关于那个乐队指挥和金罐的故事吗？不错，写得很生动……这种书对太太小姐更合适。现代的男子一定得念另外一种东西。”

“现在我一定得问您一件事，”又走了几步以后，冬妮下决心说，“那就是，您的名字到底怎么称呼？我一次也没听清楚……弄得我非常烦躁！我闷头猜了好久……”

“你猜了好久吗？”

“哎呀——您不要揭人家的短儿了！按道理讲我本不该问，可是我真是好奇得很……我知道我完全不需要知道您的名字。”

“这有什么，我的名字叫莫尔顿。”他说，脸红得比哪次都厉害。

“莫尔顿？很美！”

“噢，美吗？……”

“可不是……这总比叫新茨或者昆茨好听。很新奇，有点像外国名字……”

“您真是个浪漫主义者，布登勃洛克小姐，您念霍夫曼的作品

念得太多了 …… 事情简单得很：我的祖父一半是挪威人，叫莫尔顿。我的名字就是随他起的。就是这么一回事 ……”

冬妮步步小心地在海边高高的芦苇丛里穿行着。一排圆锥形顶子的木亭出现在前面海滨上，水边上散放着一些柳条圈椅。一家家游客正在附近温暖的沙滩上晒太阳：太太们戴着蓝色太阳镜，拿着从图书馆借来的书；男人穿着浅颜色衣服，无聊地用手杖在沙滩上画着各种图形；皮肤晒得乌黑油亮的孩子戴着大草帽在沙地上打滚、堆沙子、挖水坑、做泥饽饽、钻水、光着腿在水浅的地方扑腾水、玩船 …… 右边一座浴室的木头房子一直伸进海水里。

“我们径直到摩仑多尔夫家的浴亭去吧，”冬妮说，“我们得稍微拐一个弯。”

“好 …… 可是您不是要找您那些朋友吗？…… 我可以坐在后边那些岩石上 ……”

“不错，我得去跟他们打个招呼。但是说老实话，我实在不想去。我到这儿来就是为了能寻个安静 ……”

“安静？ 要避开谁？”

“是的！ 避开 ……”

“您听我说，布登勃洛克小姐，我要问您一件事 …… 可是这留待以后再谈吧，等我们有工夫的时候。现在请容许我跟您说再见。我坐在那边的石头上。”

“我把您介绍给他们好吗，施瓦尔茨考甫先生？”冬妮郑重其事地问道。

“不要，啊，不要 ……”莫尔顿急忙回答说，“谢谢您的美意。

我不是属于这一类人的，您知道。我坐在那边石头上。”

当莫尔顿·施瓦尔茨考甫向右边转，朝着浴场旁边被波浪冲洗着的一处岩石堆走去时，冬妮也向聚在摩仑多尔夫家浴亭前的一群人走过去。这群人人数很多，包括摩仑多尔夫、哈根施特罗姆、吉斯登麦克和弗利采几家人。除了海滨浴场的业主汉堡的弗利采参议，以及以闲荡闻名的彼得·多尔曼以外，其余的都是女人和小孩儿。因为这一天并非假日，男人大半都在城里的办公室里。弗利采参议已经有一把年纪，一张清秀的面孔上胡须刮得干干净净，这时正在上边浴亭的台阶上用望远镜眺望一只出现在远方的帆船。彼得·多尔曼戴着一顶阔檐草帽，留着一撮水手式的圆胡子，正站着和太太们谈话。和他谈话的太太们有的坐在铺在沙滩上的毯子上，有的高坐在帆布椅上。摩仑多尔夫议员夫人娘家姓朗哈尔斯，她手里玩弄着一只长柄的望远镜，头上的灰发蓬松着。哈根施特罗姆夫人坐在玉尔新身边；玉尔新的身材虽然始终没有长高，可是已经学她母亲的样子戴上一副钻石耳环；吉斯登麦克夫人坐在自己的女儿和弗利采参议夫人旁边，后者是一个满脸皱纹的矮小女人，戴着一顶软帽，甚至在浴场里也没忘记尽地主之谊。她东奔西跑，累得面孔通红，精疲力竭，一心盘算着舞会呀、儿童集会呀、抽彩呀、帆船旅行呀 …… 她雇来为她阅读的女伴坐在离她稍远的地方。孩子们正在水边玩。

吉斯登麦克父子公司是一家新兴的大酒商，最近几年来把 C.F. 科本公司比得黯然失色。吉斯登麦克的两个儿子 —— 爱德华和施台凡 —— 都已经在父亲创办的买卖里担负起职务。彼得·多尔曼虽然也算是个纨绔儿，却一丝也没有尤斯图斯·克罗格那种娴雅的仪态；他是另一种类型，一个憨直的纨绔子弟，他的特点就在于表现一种善意的粗鲁。他在社交界故意做得肆无忌惮，因为他知道女士们特别欣赏他那种喧嚣的口无遮拦的谈吐和豪放不羁的作风，认为他与众不同。有一次在布登勃洛克家的宴会上，一道菜迟迟不上来，客人们等得发闷，主妇也很局促不安，这时他用他那粗大的嗓门大吼了一声，让全桌人都听到："我的肚子等得不耐烦了，参议夫人！"

这时候他也是正用他那震耳欲聋的大嗓门在讲一些颇有问题的笑话，他不时添上几句北德的方言当佐料……摩仑多尔夫议员夫人笑得直不起腰来，接二连三地喊："老天呀，您不要再往下说了，参议先生！"

冬妮·布登勃洛克受到哈根施特罗姆一家冷淡的接待，却受到其他的人热烈欢迎。甚至弗利采参议也急急忙忙从浴亭的台阶上迎下来，因为他希望，至少明年布登勃洛克一家人能帮忙使浴场热闹起来。

"您的仆人，小姐。"多尔曼参议尽量把字音咬得准确，他知道布登勃洛克小姐不太喜欢他的作风。

"布登勃洛克小姐！"

"您到这儿来了？"

"多么好啊！"

"您什么时候到的？"

"看，打扮得多么蜜人啊！"——"迷人"被说成"蜜人"。——

“您住在哪儿？”

“住在施瓦尔茨考甫家？”

“住在总领港的家里？”

“真想得妙！”

“都么新奇的办法！”——“多么”被说成“都么”。——

“您住在城里吗？”海滨旅馆的经营人弗利采参议又重问了一句，他不想让人发觉自己多么懊丧……

“下一次舞会您也赏光参加好吗？”他的妻子问道……

“噢，您在特拉夫门德住不了几天吧？”另外一位太太替她回答了。

“您不觉得布登勃洛克一家总喜欢独来独往吗？亲爱的？”哈根施特罗姆太太轻轻地对摩仑多尔夫议员夫人说……

“您还没有下水吧？”有人问道，“年轻的姑娘们，今天有谁还没有下过水呢？小玛利、玉尔新、小路易丝三个人吗？安冬妮小姐，您的朋友们义不容辞要陪伴您的……”

几个年轻姑娘从一伙人里走出来，准备跟冬妮一起去洗浴，彼得·多尔曼少不得自告奋勇要陪着少女们走过海滩去。

“呀！你还记得当初咱们一起上学的情形吗？”冬妮问玉尔新·哈根施特罗姆。

“记——记得！你有时候总爱玩一些恶作剧。”玉尔新赔着笑脸说。

他们从海滩上一条用木板拼凑的狭窄走道向浴场走去；当他们走过莫尔顿·施瓦尔茨考甫拿着一本书坐着的那堆岩石的时候，

冬妮远远地匆匆向他点了几次头。不知是谁问道："你和谁打招呼呀，冬妮？"

"噢，就是那位小施瓦尔茨考甫，"冬妮回答说，"他陪着我下来的……"

"总领港的儿子吗？"玉尔新·哈根施特罗姆问道，用她的一对漆黑的眼睛紧紧盯过去。莫尔顿在那一边也正带着些悒郁的神情打量着这一群衣着华丽的人。冬妮大声地说："真可惜，像奥古斯特·摩仑多尔夫这些人也不在这儿……平常日子待在海滨一定怪闷的！"

第八章

冬妮·布登勃洛克的美丽的夏季生活就这样开始了，比她任何一次在特拉夫门德过得都愉快有趣。没有重担窒压着她，她重又容光焕发起来；她的言谈举止又恢复了往日那种活泼的、无忧无虑的神情。有时星期日参议带着汤姆和克利斯蒂安到特拉夫门德来，总是心满意足地望着她。那时他们就到旅馆去吃大餐，坐在咖啡店的帐幕下边听音乐，喝咖啡，边看大厅里的人玩轮盘赌，像尤斯图斯·克罗格和彼得·多尔曼这些寻乐的人总是簇拥在轮盘四周。参议倒从来没有赌过。

冬妮晒太阳，洗海水浴，吃配着姜汁饼的煎肠，和莫尔顿一起去远足。他俩或者沿着公路到邻区的浴场，或者沿着海滨爬到高处的望海亭，从那里可以向海陆两面远眺。再不然就到旅馆后面的一片小树林里去，树林高处悬着一口大钟，是旅馆通知客人吃饭用的…… 有时他们也划着小船到特拉夫河对面的普瑞瓦半岛上去，岛上可以找到琥珀……

莫尔顿是一个健谈的旅伴，虽然他的观点有时偏激，有时失之武断。不论谈到什么事物，他都能下一个严格而公正的断语，而且他的口气一点也不给人商量的余地，尽管说话的时候他的面孔涨得通红。当他宣称所有贵族都是白痴和祸水，并且随着做了一个愤慨然而笨拙的手势时，冬妮感到很寒心，禁不住责备了他几句。然而另一方面她又很骄傲，因为他推心置腹把自己的看法说给她听，而这些看法就是对自己父母他也从来没有公开过……有一次他说："我告诉您一件事：我在哥廷根的屋子里有一架完整的人体骨骼……您知道，就是用铁丝连起来的那种骨头架子。喏，我把一套旧警察制服给它穿上……哈，妙得很，您说是不是？可是看在上帝的面上，您千万别把这件事告诉我父亲！"

冬妮自然免不了时常和城里的相识在海滩或者海滨公园交际应酬，参加这样一个那样一个舞会或者乘帆船出游什么的。这时候莫尔顿就不得不一个人去"坐岩石"了。从第一天起这些岩石就成为他们两人之间的一个有固定含义的术语了。"坐岩石"意思就是"寂寞无聊"。逢到下雨天，雨幕宛如一个灰色罩子似的把大海整个儿笼罩起来，海水和低垂的天空翕然吻合，海滩和道路湿漉漉的满是积水，冬妮就说："今天咱们两人都得坐岩石了……就是说留在阳台上或者卧室里。没有什么别的事可做了，您只好给我演奏几首学生歌曲，莫尔顿——虽然这些歌我听了也烦得要命。"

"是的，"莫尔顿说，"咱们坐下吧……可是您知道，跟您在一起，就没有岩石了！"……在父亲跟前他是不说这类话的，不过母亲听了却不碍事。

"想干点儿什么？"一次午饭后冬妮和莫尔顿同时站起来，准备到外边去，总领港问他们……“年轻人要到什么地方去啊？”

“啊，安冬妮小姐允许我陪她走几步路，到望海亭里去。”

“是这样的，她允许了吗——你自己说说，我的孩子，你坐在书房里背背你那套神经系统是不是更好一点呢？等你回哥廷根的时候，你一定把什么都忘光了……”

可是施瓦尔茨考甫太太却充满柔情地说：“狄德利希，老天啊，为什么他不该去呢？让他去吧！他这是在度假呀！咱们的客人他就不能陪着玩一玩吗？”——这样他俩还是去了。

他俩沿着海滩走，紧傍着水边，那里的沙子为潮水冲平，又被晒硬，走起来一点也不费力。地面满布着一种常见的白色小贝壳和另外一种蛋白色的、比前者略大的椭圆形小贝壳。另外就是黄绿色的潮湿海草，上面带着空心的小圆果，一踩上去便发出啪的一声脆响。此外还有水母，有的是普通的海水色，有的是红黄色，有毒，游泳时触着它，皮肤便会像火燎似的作痛……

“您知道我从前多么傻，”冬妮说，“我想从水母身上取下五彩的小星来。我用手帕包回家一大包水母，整整齐齐地摆在露台上，让阳光把它们晒死……我想那些小星一定会留下来！好……等我过一会去看，只剩下一大片水印，淡淡地发着一股腥味……”

他们走着，耳旁是层层波浪的带节奏的澎湃声，迎面吹拂着清新的带咸味的海风。海风毫无阻拦地从耳边飒飒地吹过去，在人身上引起一阵适意的晕眩，一阵轻微的昏昏的感觉……他俩在海滨充满窸窣碎响的无限宁静里向前走去，大海的每一个细小的声响，无论是远是近，都被这种静谧赋予一种神秘的意义……

左面迤逦着一连串黄色黏土和乱石构成的斜坡。这些斜坡裂罅累累，形状却很相似，突出的棱角不时把蜿蜒的海岸遮住。海滩到了这里已经变成嶙嶙的乱石，他们便找了一处石质坚硬的地方往上爬，预备穿过矮林间一条山径爬到望海亭去。望海亭是一个用带树皮的粗木柱和木板搭成的圆亭，亭中四壁涂满了格言、短诗、缩写的名字和爱情心形 …… 亭子里分隔成一间间的小屋。冬妮和莫尔顿拣了一间面对海水的屋子，坐在靠里边的一条粗木板凳上。这间屋子和浴场的板屋一样，散发着一阵阵木材的香气。

在下午这个时刻，山上这个地方安静肃穆。几只小鸟啁啾地叫着，树叶的沙沙声和潺潺海涛的撞击声交织在一起。海水在下面深处扩展开，遥远处浮现出一条海船的桅樯。一路上海风一直在他们的耳边呼啸，这时走进避风的地方，他们突然感到一阵令人沉思的寂静。

冬妮问道："它是来的还是去的？"

"什么？"莫尔顿语调沉滞地说，仿佛他的思想刚从一个遥远的地方被唤回来似的。他急忙解释说："是去的！这是驶往俄国的'施亭博克市长号'—— 我不想跟着这船去。"过了一会他又补充说："那里的情况一定比咱们这儿更糟！"

"好了，"冬妮说，"现在您又要向贵族开火了，莫尔顿，我从您的脸上看出来了。您这样真不好 …… 您认识过哪个贵族呀？"

"不认识！"莫尔顿差不多气愤地喊道，"谢天谢地！"

"不错，您看！我可认识一个。一个姑娘，她叫阿姆嘉德·封·席令，我以前和您说过的。她可比你我脾气都好；她差不多不理会自己姓‘封’，她吃香肠，谈论她家的母牛……”

“当然有例外的人，冬妮小姐！”他激动地说，“可是您听我说……您是一位小姐，您什么都以眼见为实。您认识了一位贵族就下断语说：他是很好的人啊！不错……然而实际上人们一个贵族也用不着结识，就能判断他们全体。这里牵涉到的是社会结构的原则问题，您可懂得？是的，您对这一点说不上什么来……怎么？某些人只要一落生就成为人类的选民，就是大老爷……就有权鄙视我们这些贱民……而我们呢，就是做出天大的功绩也爬不上他们的高位！……”莫尔顿说话时流露出一股天真善良的怨气；他也试着在做一些手势，可是当他看到那姿势非常笨拙，便又放弃了，然而议论却仍然滔滔地发表下去。他的情绪已经激昂起来。他坐在那里，身子向前俯着，大拇指抚弄着上衣的扣子，温柔的眼睛里射出一道挑战的光芒……“我们市民阶层，我们这些一向被看作第三阶级的人，只同意一类有所创建的贵族存在。我们不承认那些懒汉贵族，我们反对目前这种阶级等级的划分……我们要求一切人都自由平等，没有人隶属于别的人，大家都只受法律的管辖！……不应该再有特权和横暴！……一切人都是国家的权利平等的儿女，而且正如同上帝与俗人之间没有中间阶层存在一样，市民跟国家也应该发生直接的关系！……我们要新闻自由、工商业自由、贸易自由……我们要求所有的人都能基于平等的地位进行竞争，有功者受赏！……可是我们却被缚住手脚、堵住嘴……我还要说什么来着？对了，您听听这件事：四年以前他们重新审订了有关大学和报刊的联邦法。这部法律可真好！凡与现行制度或事物相违的道理，一律不许刊载或宣讲……您懂不懂？真理被窒息了，禁止传扬……请问，这是为了什么？这是因为一个腐朽过时的愚蠢的制度，而这个制度，是人都知道，迟早一定要被摧毁……我相信，您还不能了解这是多么卑鄙！这种暴力，当前这种粗暴昏庸的警宪制度的暴力，根本不了解思想界和新时代……我只要再给您说一件事……普鲁士国王做了一件多么忘恩负义的事！当初1813年，法国人还在我们国土上的时候，他向我们呼吁，答应我们立宪……我们应召而来，我们解放了德国……”

冬妮用手托着下巴，从旁边打量着他。一时她在认真地思索：这个年轻人是不是真会参加当年驱逐拿破仑的战争。

“……您以为，他实践了自己的诺言了吗？哪会有这种事！——当今的这位国王是一个惯于花言巧语的人，一个梦想家，一个浪漫主义者，跟您似的，冬妮小姐……因为有一件事您必须注意：当哲学家和诗人把一个真理，一个观点，一个原理刚刚否定、抛弃掉的时候，一位君主就会慢慢地走过来，就会把它捡起来，认为这正是最新最好的东西，奉之为金科玉律……不错，这就是君主的真面目！君主不但是人，而且是平凡庸碌的人，他们总是远远地落在事物后边……唉，讲起德国来，就好像令人想起一个参加过进步团体的学生，过去在参加自由的战争中他也曾朝气蓬勃、激昂、豪迈，如今却已经变成一个可怜的庸庸碌碌的人……”

“是的，是的，”冬妮说，“您说得都很好。可是请允许我问一个问题……这跟您有什么关系啊？您自己又不是普鲁士人……”

“噢，这没有什么关系，布登勃洛克小姐！不错，我称呼您的姓，是有意的……我本来还应该用法文字‘demoiselle’来称呼您，这样就更能显示出您的地位高贵！难道我们这里比普鲁士更自由、更平等一点吗？人们有更多的公民权利吗？束缚、等级、贵族——这里跟那里都一样！……您同情贵族……要我告诉您是什么缘故吗？因为您自己也是一个贵族！一点也不错，难道您还没有意识到这一点吗？……您的父亲是一位大财主，您是一位公主。您和我们这些人之间有一条鸿沟，我们是不属于您这种门第显赫的世家圈子里的。您也许为了开心跟我们中间的一个人在海边散一会儿步，可是等您再回到您那得天独厚的选民圈子里，别人就只好坐在岩石上了……”他的声音非常激动，听着都有些异样。

“莫尔顿，”冬妮忧郁地说，“这么一说您每次坐在岩石上都非常生气了！我不是一再想把您介绍给他们吗？”

“您看，您这又是从个人的角度看问题，像年轻女士那样，冬妮小姐！我谈的是原则……我说我们这里博爱的人道精神一点也不比普鲁士多……如果谈到我个人，”他沉吟了一会儿，轻声说下去，他那异样的激动仍旧没有从语调里消失，“那么我指的不是现在，也许说未来更合适……一旦您成为某某夫人永远消失在您那高贵的圈子里以后……别人只好终身坐在岩石上了……”

他沉默下来，冬妮也沉默着。她不再凝视他，而把眼睛转向另一边，看着身边的木板墙。一种难堪的寂静滞留了相当长的时间。

“您还记得，”莫尔顿又说，“有一次我对您说要问您一个问题吗？是的，您要知道，这个问题从您到这里的第一天下午就一直纠缠着我……您不要乱猜！您不会知道我想的是什么。我下一次再问您吧，等有机会的时候；不用忙，这问题和我一点儿也不相干，纯粹是出于好奇心……今天不问了，今天我只泄露给您一件事……另外一件事……您看这个。”

说到这里，莫尔顿从外衣袋里扯出一段五彩条纹的窄缎带，直勾勾地望着冬妮的眼睛，脸上露出一副胜利和期待交织的表情。

“多么漂亮，”她一点不了解地说，“这是什么意思？”

莫尔顿神情严肃地说：“这意味着，我属于哥廷根的一个学生社团——现在您懂了吧！我还有一顶帽子，也是同样颜色。可是在暑假里我把它给穿警察制服的骨骼戴上了……在这里我不敢让人看见我戴着它……我能不能信得过您不向旁人泄露？要是我父亲知道这件事，就要闯祸了……”

“您干吗这么说，莫尔顿！您可以信得过我！……可我还是一点不懂……你们是不是都立了誓反对贵族？你们要做什么？”

“我们要自由！”莫尔顿说。

“自由？”她问。

“是的，自由，您知道，自由……”他重复说。说着他做了一个不确定的、有些笨拙却非常激昂的手势，伸出手臂去，向下，向大海一挥，不是向梅克伦堡海岸把海湾制约住的一面，而是向开阔的海洋那一面。那边，闪闪发光的蓝、绿、黄、灰各色的波纹，壮丽地、一望无际地向着迷蒙的海平线伸展出去……

冬妮顺着他的手势望去；两人的手本来都搁在那张粗糙的木凳

子上，这时不觉紧握在一起。两个人望着同一处辽阔的远方。他俩沉默了许久许久，海水静静地、沉闷地向上拍击着……冬妮突然觉得她和莫尔顿情思交融起来，她对“自由”这个概念也有了一个伟大、朦胧、充满了预感和渴望的了解。

第九章

“真奇怪，莫尔顿，在海边上一个人永远不会感到烦闷。要是您在别的地方这么仰天躺上三四个钟头，什么事也不做，什么事也不想……”

“是啊……可是我必须坦白说，从前我也常常感到烦闷的，冬妮小姐，不过这是几个星期以前的事了……”

秋天来了，已经刮起第一阵劲风。稀薄的灰色云片从天空上疾驰而过。混浊澎湃的海水一望无际地为泡沫盖住。汹涌的巨浪森严可怖而又冷静地向岸边滚过来，威猛地耸起，形成一道暗绿色的宛如铜铁铸成的光泽闪闪的拱墙，然后带着轰然巨响摔到沙滩上。

避暑的季节已经完全过去了。往日游客拥挤的那一段海岸如今只摆着寥寥几把围椅，一部分浴亭也已经拆掉，显出一派死寂的景象。但是冬妮和莫尔顿每天下午仍到海滩上一处较远的地方安顿下来。就是那黄色的石灰墙开始的地方。那里波浪冲击到“海鸥石”上，浪花溅得老高。莫尔顿替她堆起一座小沙丘，拍得很结实；她仰靠在上面，两条腿交叠着。她脚上穿着白袜子，十字扣襻鞋，身上穿的是一件大扣子的灰白相间的秋季短外衣。莫尔顿面对着她侧身躺着，用手支着下颚。时不时地一只海鸥掠过海面，发出一声犀利的鸷鸟的鸣声。他们望着绿色波浪裹着海草像一堵墙似的逼人地移过来，接着在他们对面的一座石壁上撞得粉碎……带着这种永恒的、疯狂般的轰鸣，那声音使人耳聋口噤，使人丧失了时间感。

最后莫尔顿移动了一下身躯，仿佛要使自己从沉思中醒来似的。他问道："您不久就要走了吧，冬妮小姐？"

"不……为什么问这个？"冬妮神思不属地问道，她没有了解他的心意。

"是的，天哪，今天已经是9月10号了……我的假期眼看就完了……这种日子还能继续多久呢？您喜欢城里的社交界吧？……和您跳舞的一定都是温柔多情的男人吧？您说说……不，我想问的不是这个！现在您一定要回答我一个问题。"说着他把用手掌托着的下颚移正了些，凝视着她，表示下了决心。"这个问题我早就闷在心里了……您知道不知道？就是，格仑利希先生是什么人？"

冬妮打了一个寒噤，飞快地盯了他一眼，接着目光左右游移起来，那眼神就像一个人偶然听见一句话触及自己一个遥远梦境似的。格仑利希刚向她求过婚时那种感觉——一种自以为地位重要的感觉又在她的心头复活了。

"您想知道的是这个吗，莫尔顿？"她严肃地问道，"好，我说给您听。您知道第一天下午托马斯提起这个名字，我真的非常痛苦。可是既然已经让您听见了…… 好吧：格仑利希先生，本迪可思·格仑利希，他是我父亲商业上的一个朋友，汉堡的一个殷实商人，在城里的时候他向我求过婚…… 没有！”她看见莫尔顿身体动了一下便抢先回答说，“我拒绝了他，我不能下决心答应他这件终身大事。”

“为什么不能呢…… 请容许我问一声？”莫尔顿笨拙地问道。

“为什么？啊，天呀，因为我受不了他这个人！”她几乎是气愤地喊出来……“您真应该认识认识他，看看他是什么样子，什么举止。别的先不谈，单凭他那金黄的鬓须——看着太虚假了！我敢打赌，他一定涂过给圣诞节核桃镀金的那种粉末…… 再加上他人也虚伪得厉害。他惯于在我父母亲面前拍马屁，听他们怎么说话，他就没有廉耻地随声附和……”

莫尔顿打断了她的话。

“这句话是什么意思…… 您还得告诉我一件事，什么叫‘这样点缀不同凡俗’？”

冬妮神经质地哧哧地笑起来。

“是啊…… 他就这样说话，莫尔顿！他不说‘这样真漂亮’，或者‘这样布置很好看’，他说‘这样点缀不同凡俗’…… 他这人就是这样自作聪明，我告诉您！…… 此外他还不顾死活地纠缠人；他缠着我不放，虽然我哪次都只是把他讥笑一通。有一次他在我跟前演了一幕活剧，他差点就失声痛哭起来…… 请您想想，一个男子汉抹眼泪……”

“他对您一定非常倾倒。”莫尔顿轻轻地说。

“可是他倾倒不倾倒关我什么事！”她惊讶地喊道，把靠在沙堆上的身子向旁边扭了扭……

“您真是残忍，冬妮小姐……您平时老是这么残忍吗？您对我说说……您受不了这位格仑利希先生，可是从来就不曾有人中过您的意吗？……有时我在想：也许您的心是冷酷的？我要告诉您一件事……这是实情，我可以向您发誓：一个男人因为您不肯了解他而流泪，并不是蠢……一点也不假。我说不准，一点也说不准，我自己是不是也会……您自己看看，您是不是一位娇惯坏了的千金小姐……您老是讥笑那些趴在您脚底下的人吗？您的心真是冷酷的吗？”

一阵短暂的嬉笑过后，冬妮的上嘴唇突然颤动起来。她睁大了眼睛忧郁地望了他两下，盈盈的泪珠涌上眼眶。她低声说：“不，莫尔顿，您认为我是这样的吗？……您不要把我当作这样的人吧！”

“我也不认为您会是这样的！”莫尔顿笑着喊道，可以听得出那笑声里的激动和压抑不住的欢喜……他把身子翻过来，脸朝着下面躺在她旁边，用胳膊肘支着身子，腾出两只手来握住了她的一只手，一面用他那碧蓝的、善良的眼睛又兴奋又心醉地望着她的面孔。

“您……您不会讥笑我吧，如果我对您说……”

“我知道，莫尔顿。”她轻轻地打断了他的话，一边侧着头看着自己的另外一只手，她用这只白白净净的手捧起一把细沙，又让它慢慢从手指间漏出去。

“您知道……！您……您，冬妮小姐……”

“是的，莫尔顿。我很看重您。我很喜欢您。在我认识的人中，我最喜欢您。”

他猛地坐起来，挥舞了两下手臂，也不知道自己要做什么。他跳了起来，立刻又卧倒在地上，躺在她身边；他向她喊，他的声音由于过分高兴而哽塞住，颤抖着。一时喑哑无声，一时重又响亮起来：“啊，我谢谢您，我谢谢您！您看，我现在这么幸福，我生来从没感到过这么幸福！……”说着他开始吻起她的手来。

忽然他低声说：“您不久就要回到城里去了，冬妮，我的假期还有两个星期也结束了……那时我也要回到哥廷根去。可是您肯不肯答应我，在我回来以前……在我成为一个大夫以前……您不忘记我们在海滨度过的这一个下午。那时我就可以在您父亲面前提出我们的事，不管困难多么大……在这期间请您不要听格仑利希先生的任何话……啊，时间不会很长的；您看着吧！我要工作，像一个……容易得很……”

“好，莫尔顿。”她一边看着他的眼睛、他的嘴和他那握着自己手的两只手，一边幸福地、神思不属地说。

他把她的手拉得更近一些，靠近自己的胸膛，低声乞求地说：“您既然这样说……可不可以给我一个担保……”

她没有回答，她甚至没有看他，只是把倚着沙堆的上半身向他靠近了一点，莫尔顿迟缓地、谨慎地在她嘴上接了一个长吻。以后两人各自向沙滩的一端望去，羞赧得了不得。

第十章

最亲爱的布登勃洛克小姐：

投寄这封信的人已经有多久没有看到这位秀美绝伦的小姐的芳颜了？他愿意借这寥寥几行字告诉您，您那美丽的脸庞始终萦回在他的脑海里，而且在这些漫长难挨的日子里他一直没有忘记在府上客厅里的那一个宝贵的下午。那一天您曾经吐露过一句诺言，虽然您当时羞涩难当，话语只是半吞半吐，可是那句话对他却不啻至高无上的幸福。自从您为了要静心思考而从这世界上悄然引退以后，好几个漫长的星期又已逝去。我现在能不能存抱希望，认为那考验的日子已经完结了呢？投寄这封信的人大胆随信附寄一枚戒指，把它呈献给您，最亲爱的小姐，作为他永恒不变的痴情的见证。请允许他向您致以最诚挚的敬礼并亲切地吻您的手。

您的最恭顺的仆人

格仑利希

亲爱的爸爸：

噢，上帝，我真是气愤得了不得！随函附寄的信和戒指都是格仑利希刚寄给我的，我的头因为激动而剧痛起来，我除了寄交给您以外，别无方法处置它们。他根本不想了解我，他像作诗似的写的所谓“诺言”的话根本不是事实，我迫切地求您立刻向他说明白，我现在比六个星期以前更加一千倍地不能答应他的婚事。告诉他，让他别紧紧纠缠着我，弄得自己非常可笑。对您，我亲爱的父亲，我可以坦白说，我的心已经别有所属。这个人爱我和我爱他的程度也远非言语所能形容，啊，爸爸！关于这一点我能写上好几张纸，我说的是莫尔顿·施瓦尔茨考甫先生，他正在学医，一旦当了医生，他就要向我求婚。我知道，女儿嫁给商人是我们家的传统，但是莫尔顿也是一个可敬的人，只不过是另一类型，一位学者。他家并不富有，我知道您和妈妈都很看重这一点，但是我必须告诉您，亲爱的爸爸，我虽然年轻，但是我从别人的生活中已看出来，只有财富并不一定幸福。吻您一千次。

您的爱女

安冬妮

再者，我发现这枚金戒指的成色很次，也太单薄。

我亲爱的冬妮：

来信收到。所谈的问题我已按照你的嘱托和格仑利希先生谈过，把你对这件事的看法委婉地转告他，然而这件事的结果则很出乎我的意料，使我大为震惊。你现在已经成年，正处于所谓举足轻重的年纪，我认为我有责任告诉你，一失足将成千古恨。格仑利希先生听了我的话绝望至极，他大声疾呼地说，他爱你至深，他不能忍受失去你的痛苦，如果你坚决不改变你的主意，他就要了结自己的生命。关于你告诉我的另外一个人的情谊的事我还不能把它当真，所以我希望你对于戒指一事能控制自己的感情，把这一切再认真考虑一番。按照我的基督教信念来看，亲爱的女儿，我认为尊重别人的感情也是人的一种职责。万一有一个人因为自己的感情遭到你的固执冷酷的蔑视竟而犯了轻生之罪，我们不知道，你将来有一天在最高裁判者的面前是否也要负一定的罪责。有一件事我曾经不止一次口头和你谈过，现在我愿意再次提醒你注意。我很高兴有机会把它用书面方式写出来。因为虽然口讲更生动，更能产生直接的效果，笔写却也有其另一面的优点：书写的人能从容地选词择字，用自己仔细斟酌过的形式和位置把它固定下来，供人反复阅读，从而收到逐渐浸润的效果——我亲爱的女儿，我们生到世界上不是为了那些我们短浅的目光所看到的个人的狭隘幸福，因为我们不是分散、独立、各不相属的一群生物。我们是一条锁链的许多环节。如果没有走在我们前边那些人指引我们的路，很难想象我们能有今天这个样子。而我们的前人在追随再上一代人的考验过的宝贵路程时，也是战战兢兢不敢左顾右盼的。我认为你的道路早在几个星期以前已经界限分明地摆在你的眼前，如果你当真想单枪匹马、固执轻率地走你自己选择的歧途，那你就不能再当我的女儿，不能再当你那在天国安息的祖父的孙女，而且根本不能再成为我们家的一名可敬的成员。这件事，亲爱的安冬妮，我求你在心里衡量一下。

你的母亲、托马斯、克利斯蒂安、克拉拉、克罗蒂尔德（最近几个星期克罗蒂尔德是在“负义”农庄她父亲处度过的）以及永格曼小姐都衷心问候你，想到不久就又能拥抱你，我们都很高兴。

真挚爱你的　父亲

第十一章

下着倾盆大雨。天、地和海水似乎融合为一体，疾风在雨中驰骋，把雨水刮在玻璃窗上。雨点在窗上汇集成条条小溪，把玻璃弄得模糊不清。从烟囱里发出阵阵凄凉绝望的声音……

莫尔顿·施瓦尔茨考甫刚吃过午饭，衔着烟袋走到阳台前面，想看一看天空怎么样，忽然在他面前站着一位穿黄格子紧身风雨衣、戴着灰礼帽的绅士。门前停着一辆车门紧闭的出租马车，棚子湿漉漉地闪着光，轮上满是淤泥。莫尔顿不知所措地盯着来人的通红的脸膛。他蓄着鬓须，看上去仿佛用给圣诞节核桃镀金的粉末涂过似的。

穿风雨衣的先生看莫尔顿的那副神气就好像在看一个仆人似的，眯着眼睛、视而不见地望过他去，一面柔声细气地问："总领港先生在家吗？"

"是的……"莫尔顿结结巴巴地说，"我想我父亲……"

听到这个词这位先生盯了莫尔顿一眼，他的眼睛蓝得像一只鹅的眼睛。

"您就是莫尔顿·施瓦尔茨考甫先生吗？"他问。

“是的，先生。”莫尔顿回答说，一边努力摆出一副稳重懂事的面孔来。

“啊！真的……”穿风雨衣的先生脱口喊道。接着他又说：“您可不可以通报您的父亲一声，年轻人，说我要见见他。我的名字叫格仑利希。”

莫尔顿领着这位先生走过阳台，把走廊右边通到写字间的一扇门替他打开，然后回到卧室去通知父亲。等施瓦尔茨考甫先生走出去以后，这个年轻人在一张圆桌旁边坐下，用胳膊肘往上一倚，似乎在埋头读报纸的样子。他读的正是一张那种除了报道某某参议银婚纪念，别的什么消息也不刊登的“可怜的报纸”。莫尔顿的母亲虽然正坐在昏暗的窗户旁边补袜子，来访的客人却并没有看她——冬妮这时正在楼上自己的屋子里休息。

总领港走进他的写字间里，从他的神气可以看出他对刚吃过的午餐非常满意。他那制服外衣敞着扣子，露出里面圆鼓鼓的白背心。红通通的脸膛上配着水手式的花白胡须。他心满意足地用舌头前后左右地舐着牙齿，弄得他那神情忠厚的嘴形现出离奇古怪的样子。他急遽简短地向客人弯了弯腰，那样子似乎在说：“我们就是这样向人施礼！”

“辛苦了，”他说，“这位先生有什么见教？”

格仑利希先生也矜持地俯了一下身子，他的嘴角略微往下一垂。接着他轻轻地嗽了一下喉咙：“咳——嗀。”

写字间是一间不很宽绰的小屋，四壁的下面一节装了壁板，以上的地方都是石灰墙。雨点不断地敲击着玻璃窗，窗上挂着被烟熏黄了的窗帘。门右边摆着一张粗糙的长桌，桌面盖着纸。桌子上面的墙上钉着一张欧洲大地图和一张波罗的海小地图。天花板中央悬着一艘张着满帆的精巧的船只模型。

总领港要他的客人在门对面一张蒙着已经有裂纹的黑漆布的波浪形沙发上坐下来，自己则舒适地坐在一张带靠背的木椅上，两只手搭在肚子上。格仑利希先生在沙发上只是端端正正地坐着一点边儿，脊背没有挨着靠背，身上仍然紧紧裹着那件风雨衣，帽子搁在膝头上。

"我再说一遍，"他说，"我的名字叫格仑利希，家在汉堡。为了让您更清楚地认识我，我可以向您提一下，我是布登勃洛克参议商务上的一个密友。"

"哎呀，失敬！[①]我真荣幸，格仑利希先生！可是您要不要提一提精神？走了这么长的路喝一杯甜酒？我马上叫厨房准备……"

"请允许我告诉您，"格仑利希先生态度冷静地说，"我的时间有限，我的马车还在等着我。而且我只要跟您说两句话。"

"您说吧。"施瓦尔茨考甫先生有些扫兴地说。出现了片刻沉默。

"总领港老先生！"格仑利希先生开口说，他下了决心似地把头一摆，又略微向后一扬。可是他马上又把话打住，为了加强这句称呼的效果。他的嘴巴闭得紧紧的，像一只用绳子系紧的钱包。

"总领港先生，"他又叫了一声，接着就一口气说下去，"我来找您是为了一位年轻小姐的事。她从几个星期以前就住在您府上。"

---

① 施瓦尔茨考甫原来说的是发音不准的几个法文字——à la bonne heure，被他读成 allabonöhr，用作见面的寒暄语。

“是布登勃洛克小姐吗？”施瓦尔茨考甫先生问道。

“不错。”格仑利希先生低着头不动声色地回答说，几条深陷的皱纹浮现在他的嘴角上。

“我……觉得有必要告诉您，”他以宛如吟诵的声调说下去，眼睛直勾勾地从屋内一件东西转到另一件东西上，最后又向窗户望去，“不久以前我正式向这位小姐求了婚，双方的家长对这件事完全同意，虽然在形式上我们还没有举行什么仪式，小姐自己却已经明明白白地答应了我这门亲事。”

“真的吗？”施瓦尔茨考甫先生兴致勃勃地说……“这件事我还一点没听说呢！恭喜您，格……格仑利希先生！恭喜恭喜！您真选着了一位好姑娘，一位顶呱呱的……”

“非常感谢，”格仑利希先生故作冷淡地回答，“至于我这次到您府上来，”他继续用歌唱般的高嗓门说，“敬爱的总领港老先生，是因为最近在我们婚姻的途径上出现了一些障碍，而这些障碍仿佛又是从……您家里产生出来的？”最后几个字他是用疑问的语气说的，似乎在说：“传到我耳中的难道竟是真事吗？”

施瓦尔茨考甫先生只是把花白的眉毛挑得老高，用两只手，用他那棕色的、生着金色毫毛的海员的手抓紧了椅子的扶手作为回答。

“是的。这是事实，我是这样听说的，”格仑利希先生用无可奈何的语气肯定说，“我听说，您的儿子、那位医学生……竟……当然不是有心如此……侵犯了我的权利，我听说，他利用小姐住在这儿的机会，从她嘴里哄到了她的几句诺言……”

“什么？”总领港喊起来，撑着椅子扶手跳了起来……“这真是……哼，这简直太岂有此理……”他两步就走到门前边，一把把门闩拉开，向着走廊里厉声大吼，那声音连咆哮的海涛都不能盖住！“梅达！莫尔顿！到这儿来！你们俩都到这儿来！”

“如果我只顾了要求自己已有的权利，”格仑利希先生脸上掠过一丝笑意，“竟打乱您做父亲的打算，那我真是抱歉至极，总领港老先生……”

狄德利希·施瓦尔茨考甫转过头来用他那眼眶上满是小皱襞的碧蓝的眼睛凝视着他的脸，仿佛无论如何也不能了解他的话似的。

“先生！”过了一会儿他才说出话来，从他的声音听去仿佛他被一口厉害的烧酒呛住了……“我是个普通人，我不懂得那些勾心斗角的鬼把戏……但是如果您的意思是说……喏，那么我告诉您，您算走到死胡同里了，先生，您把我做父亲的道儿想歪了！我知道，我的儿子是什么人，我也知道布登勃洛克是什么人，我心里很懂得自重，也很有些傲气，不会替儿子做这种打算的！……现在轮到你了，孩子！你说说，这是怎么回事？我听见的这个究竟算什么，啊？……”

施瓦尔茨考甫太太和他的儿子站在门前边；母亲还蒙在鼓里，只顾整理自己的围裙，莫尔顿却摆着一副不知悔改的罪犯的面孔……格仑利希先生在他们进来的时候连站也没有站起来，他笔直地一动不动地坐在沙发上，风雨衣的扣子扣得紧紧的。

“怎么，你做了这种蠢事了吗？”总领港呵斥莫尔顿说。

年轻人把一只大拇指插在上衣的两个扣子中间；他的目光阴

郁，鼓着面颊，显出一副气愤和不屑的神情。

“是的，父亲，”他说，“布登勃洛克小姐和我……”

“好，那么我就告诉你，你是个不懂事的家伙，是个蠢货，是个浑蛋！你明天就给我滚回哥廷根去，听见没有？明天一清早！这都是小孩子干的荒唐事，连说都不值一说的荒唐事，从此再也别让我们听见这个！”

“狄德利希，我的老天，”施瓦尔茨考甫太太搭起手来说，“不能这样武断、这么简单地就把事情决定了！谁知道……”她停住了，从她的眼睛里闪着美丽的希望的光辉。

“您要和小姐说话吗？”总领港粗声粗气地对格仑利希先生说……

“她在自己的屋子里呢！正在睡觉！”施瓦尔茨考甫太太怜悯地说，话语里充满了感情。

“很遗憾，”格仑利希先生站起身来说，虽然他反而轻松地吐了口气，“我再说一遍，我的时间有限，马车正在外边等着我呢。请允许我对您的大丈夫气概和有骨气的表现表示钦佩和满意，”说着他对着施瓦尔茨考甫先生用帽子在半空从上往下一划，“打搅了，我向您告辞。再见。”

狄德利希·施瓦尔茨考甫并没有向他伸出手去。他只是把他那魁梧的躯干急遽地略微向前一弯，仿佛是在说：“就是这样向人施礼！”

格仑利希先生迈着匀整的步伐从莫尔顿和他母亲两人中间穿过，直向大门走去。

第十二章

托马斯坐着克罗格家的马车来了。分别的日子已经到了。

这位年轻人是上午十点钟到的，他和主人一家在起居室里吃了一顿点心。他们像第一天似的围着桌子坐着，只是这时夏季已经过去了，天气很冷，又刮着风，不可能再坐在阳台上，另外莫尔顿这时已经不在了……他已经回到哥廷根去。冬妮甚至没能跟他好好地说几句告别的话儿。总领港站在旁边说："好了，这件事算告一段落。走吧。"

十一点钟兄妹两人上了马车，马车的后边捆着冬妮的大箱子。她脸色苍白，虽然穿着一件柔软的秋季短外衣，却因为寒冷、疲劳和旅途的兴奋不断瑟瑟发抖，此外还有一种凄凉的感觉时不时地突然袭上心头，使她胸部痛苦得喘不过气来。她吻过了小梅达，和主妇握过手，又点头答应施瓦尔茨考甫先生的话。施瓦尔茨考甫说："喏，您常常想着我们点儿，小姐。我们招待得不好，您不怪罪我们吧？"

"好，祝您一路平安，在令尊面前，在参议夫人面前替我们问好……"接着车门砰的一声关上，棕色大马用力一拉挽绳，施瓦尔茨考甫一家三口人挥舞起手帕……

冬妮把头紧靠在车篷中的一个角落，从窗户里向外凝望。天空上布满灰白的云片，特拉夫河涌起的小波浪被风刮得疾疾滚动。不时有几点雨珠敲在窗玻璃上。在临海街的尽头有人在门口坐着补渔网；赤脚的孩子迎着车跑来，好奇地打量着马车。他们永远不会离开这里……

当马车驶过最后几所房子，冬妮探着身子又向灯塔望了一眼，接着就把身子向后一靠，闭起眼睛来；她的眼睛这时感觉刺痛，非常疲劳。这一夜她因为兴奋差不多没有睡觉，早晨为了整理箱子，又起了个大清早，连早饭也没有胃口吃。她口干舌燥，嘴里淡淡的没有味觉。她觉得自己已经支持不住了，一任自己的眼睛一刻不停地往外涌着热泪，也不想去管它。

她刚一合眼皮，便觉得自己仿佛又是在特拉夫门德的阳台上。莫尔顿·施瓦尔茨考甫宛然正在自己面前，好像正在跟她说话，像惯常一样向前俯着身子，时不时地用他那温柔的目光有所征询地望一下第三者；他笑的时候露出多么美丽的牙齿啊，可是他自己却显然一点也不知道他这个优点……想着想着她逐渐平静轻快起来。她把历次跟他谈话所听到的事逐一回忆了一遍，暗自发誓要把这一切当作神圣不可侵犯的东西保存在记忆里，这个想法使她感到快慰和满足。什么普鲁士国王做了一件非常不公平的事啦，什么本市新闻是一份不屑一读的报纸啦，什么四年以前关于大学校的联邦宪法修改过啦，这些事以后对她将永远是宝贵的可资慰藉的真理，永远是秘密的宝藏。她什么时候高兴什么时候就可以思索一番。不管走到街中心也好，在家人中间也好，吃饭的时候也好，她都可以想到它们…… 谁知道呢，说不定她会走上别人为她规定好的道路，和格仑利希先生结婚，这又有什么关系？可是当他跟她说话的时候，她会突然想道：我知道一些你所不知道的东西…… 贵族都是——从原则上讲——令人鄙视的！

她满意地自己笑了笑…… 但是，突然间，在车轮的辘辘声中，她逼真地听到了莫尔顿的话语声，那声音清楚得令人不能置信，她分辨得清他那温柔的、略有一些拖沓的嗓子发出的每一个声音。她全神贯注地倾听着他在说："今天咱们都得坐岩石了，冬妮小姐……" 这一件细小的回忆重又使她的感情动荡起来。她的胸膛因为忧伤和痛苦而紧缩起来，她毫不反抗地一任泪珠滚滚淌出…… 她蜷缩在一个角落，用手帕捂着脸，痛哭起来。

托马斯嘴里衔着一支纸烟，不知所措地向外面大道望了一刻。

"可怜的冬妮！"最后他抚摸着她的外衣说，"我从心里为你难过…… 我完全了解你，你知道。可是有什么办法呢？这样的事总得经受过去。相信我的话吧…… 我是了解的……"

"啊，你什么也不了解，汤姆！"冬妮呜咽着说。

"喏，不要这么说。譬如拿我说吧，这件事现在已经决定了，明年初我就要到阿姆斯特丹去。爸爸给我安排妥了一个位置……在凡·戴尔·凯伦公司…… 那时我就要离别一个很长很长的时期……"

"唉，汤姆！那是离开父母和兄弟姐妹呀！算得了什么！"

"不错——"他把声音拖得相当长。他叹了一口气，仿佛欲有所言，但是又沉默住。他一面把纸烟从一边嘴角移到另一边嘴角，一面挑起一条眉毛来，把头转过去。

“过不了多久，”过了一会他又开口说，“你自然而然就会把它忘掉……”

“我就是不想把它忘掉！”冬妮绝望地喊道，“遗忘……难道这是安慰吗？！”

第十三章

接着他们走过了那处渡口，走过以色列村的街道，走过耶路撒冷山和布格城门外的空地。马车从布格城门穿过去，城门右边监狱的围墙高高耸起，马车沿着布格大街辘辘地驶过去，穿过考贝尔格……冬妮望着两旁灰色房屋的三角山墙、悬在街心上的油灯、圣灵医院以及医院前边叶子几乎落尽的菩提树……天啊，这一切景象和过去完全一样，一切都令人起敬地屹立在这里，丝毫没有更改，而她每次回忆起来却只把它当作一场应该忘却的旧梦！这些灰颜色的三角山墙正是那世代相传的古老和熟悉的东西；它们就要把她迎接进来，她要在里面继续生活下去。她已经停止哭泣，好奇地向四周环顾着。面对着这些街道和这些从儿时就熟悉的面孔，离别的哀愁差不多已经麻痹下来。就在这一刻——马车这时正辘辘地走过布来特街——搬运夫马蒂逊从车旁走过来。他毕恭毕敬地把自己那顶粗劣的圆筒帽子摘下来，但脸却阴沉着，仿佛行礼只是为了履行义务，仿佛心里在说：我这个卑微的臭搬运夫！

马车拐进孟街，肥壮的棕色大马鼻息咻咻地在布登勃洛克家大门前停住，蹄子仍然踏动不停。当安东和利娜跑过来忙着往下解箱子的时候，汤姆小心翼翼地把他的妹妹扶下车来。可是他们一时还进不了房子，因为这时三辆运货大马车正首尾衔接着往大门里挪动。车上高高地装着鼓鼓囊囊的粮袋，可以看到袋子上写着粗体黑字“**约翰·布登勃洛克公司**”。运粮车摇摇晃晃地从宽大的过道和一座斜坡台阶走到下面院子里去，发出一阵轰隆隆的沉重的回响。一部分谷物显然是要卸到后边的屋子里去，其余的却要转运到“鲸鱼”“狮子”或“橡树”等粮站去……

当兄妹俩走进过道的时候，参议从办公室里走出来，耳朵上还夹着一支钢笔。他伸出双臂迎着自己的女儿。

“欢迎你回家来，我亲爱的冬妮！”

她吻了他一下，用自己的哭得红肿的眼睛望着他，眼睛里流露出仿佛是羞愧的目光。然而他并没有生气，他对那件事闭口不谈。他只说了一句：“时候不早了，我们还等着你吃第二次早餐呢。”

参议夫人、克利斯蒂安、克罗蒂尔德、克拉拉和伊达·永格曼都站在楼梯平台上准备迎接她……

冬妮回孟街的头一夜睡得又香又甜。第二天，9月22日一清早，她精神抖擞地走进早餐室，情绪已经平定下来。时间还很早，还不到七点钟。屋子里只有永格曼小姐一个人在准备早餐咖啡。

“哎，哎，小冬妮，我的孩子，”她说，一边用她的睡意惺忪的棕色小眼睛上下打量着她，“这么早就起来了？”

冬妮在书案前边坐下，书案的盖子这时正好推上去。她把两臂交叠在脑后，向窗外望去。院子里的石板路湿漉漉地闪着光，显得非常幽暗，花园很潮湿，到处是一片枯黄。她望了一刻，就低下头来，出自好奇心地胡乱翻起书桌上的名片和信件来……

紧挨着墨水瓶放着那本很熟悉的封面烫金的金边大记事簿。簿子里的纸各种各样的都有。前一天晚上一定还有人用过它，真是件稀罕事，爸爸这次竟没有像往常那样用皮夹把它夹起来，锁在里面那只特备的抽屉里。

她把簿子拿过来，信手翻开，最初只不过随意浏览，但随即埋头读起来。她所读的大部分是一些她熟知的简单事物。但是每一个在上面记事的人都从他的前人那里继承了一种庄严、朴实的文体，一种出于本能、不由自主而遵循的编年体，这种文体很能说明这家人对于自己家庭和对家庭历史传统的谦逊态度，因而也愈加令人尊敬。对于冬妮来说，这并不是什么新鲜东西；她自己过去也有很多次翻阅这本簿子。然而这里面记载的东西却从来没有给过她像今天清晨这样的印象。哪怕是家史中最微不足道的一件事，这里也同样被视若一件大事，郑重其事地记载下来。她被这种郑重严肃的精神打动了……她把胳膊肘支在桌子上，越来越出神地读下去，她很骄傲，神情严肃。

就是她自己短短的历史同样也一项不漏。她的出生，她儿时历次患病，她第一次入学，她被送进卫希布洛特小姐的寄宿学校，她受坚信礼……这一切参议都仔仔细细地用他那流利、纤巧的商人字体记载下来，而且对每一件事实他都怀着一种近乎虔诚的崇敬：即使是一件最细微的事情也罢，难道那不是奇妙地操纵着这一家人命运的神的意旨和安排吗？……在她那从祖母安冬内特继承下来的名字下面，将来还要记载些什么呢？然而不论记载什么都好，后代人一定会怀着同样的虔诚心阅读，正像她现在阅读过去的事迹那样。

她把身子向后一靠，长长吐了一口气，她的心沉重地跳动起来。一种自尊自大的感情从她心头洋溢出来，她一贯熟悉的那种把自己看得非常重要的感觉像一阵急雨似地冲击着她。“链条中的一个环节。”爸爸曾这样写道……对的，对的，她正是链条中的一个环节，她受到一种崇高的责任感的感召，要以行动和决心帮助创造她自己家庭的历史！

她翻到这本簿子的最前面，这里，在一张粗糙的对开纸上记着这一家人的家谱，中间画着一些括弧、小标题和醒目的年月日期，显然是出自参议的手笔。从这一族人的远祖和一个牧师的女儿布利吉塔·淑琳结婚起直到1825年约翰·布登勃洛克参议和伊利莎白·克罗格结婚止。簿子上记着，这一对夫妻生了四个孩子……下面一一记载着孩子们的出生年月和教名。在长子后面已经注明，他于1842年复活节进入祖传的商号中做学徒。

冬妮长久地望着自己的名字和名字后面的空白。突然间，她的脸上换了一副急躁、狂热的面容，咽了一口唾沫，嘴唇急遽地颤动了一刻，她一把抓起笔来，不是蘸，而是往墨水壶里一投，便在簿子上写起来。她的食指弯曲着，灼热的头斜倚在肩膀上，她的笔迹拙劣，字体从左向右倾斜，高而且大。她写的是：“……1845年9月22日与汉堡商人本迪可思·格仑利希先生订婚。”

第十四章

“我完全同意您的意见，我的好朋友。这个问题很重要，一定得解决。直截了当地说，按我们家传统的规矩，姑娘的陪嫁费是七万马克。”

格仑利希先生用一个商人的短促而探询的目光斜着瞥了自己未来的岳父一眼。

“事实上 ……”他说，这个“事实上”跟他沉思着用手指捋着的左边的金黄鬓须长短分毫不差 …… 这三个字说完了，他的手指也捋到了须尖。

“敬爱的岳父，”他接着说，“您知道，我对一切可尊敬的传统和规矩是万分敬重的。只是 …… 在目前这件事上这样拘泥于传统是不是有些过分呢？…… 商业正在扩展 …… 家境蒸蒸日上 …… 总之，环境不同了，比以前更好了 ……”

“我的好朋友，”参议说，“您知道我在商业上从来都不是斤斤计较的！ 哎呀 …… 您没有让我把话说完，不然您就会知道，为了适应新情况我很愿意，而且已经准备好满足您的希望，我于原来的七万之外痛痛快快地再加上一万。”

“那么总共是八万……”格仑利希先生说，随后他的嘴又动了动，好像要说：不太多，可是就算了吧。

两个人客客气气地把条件讲好，参议站起来的时候心满意足地把裤袋里的钥匙串摇得叮当作响。因为他讲妥的八万马克才正是布登勃洛克家姑娘的传统陪嫁费。

谈妥以后，格仑利希先生告辞回汉堡去了。冬妮并没有感觉她的新处境有什么不同。不论她在摩仑多尔夫家、朗哈尔斯家、吉斯登麦克家或者自己家跳舞也好，在城外空地和拉特夫草地上滑冰也好，接受年轻人的殷勤献媚也好，谁也不干涉她……10月中旬她有一次参加人家订婚典礼的机会，那是摩仑多尔夫家为他们的长子和玉尔新·哈根施特罗姆举办的订婚仪式。“汤姆！”她说，“我不想去。我讨厌这种事。”然而她还是去了，而且她这一天过得很快活。

此外，自从她在家庭大事簿里添上那几笔字以后，她得到允许，或者和参议夫人一起或者独自一人到城里任何一家商店去购买大批东西，为自己置办一份非常华贵的妆奁。两个缝衣女工整天坐在早餐室窗户旁边忙着缝衣服，绣姓名冠首字母。这两个女工每天要就着绿奶酪吃一大堆黑面包……

“伦特佛尔把麻布送来了吗，妈妈？”

“还没有，孩子，可是这儿送来了两打茶巾。”

“好极了——他答应在今天下午以前要送到的。天哪，这些褥单还得缝边呢！”

“比特利希小姐问枕头套的花边放在哪儿，伊达。”

“在过道右边装麻布的柜子里，冬妮，我的孩子。”

“利娜——！”

“你自己跑一趟算了，宝贝儿……”

“老天爷，要是我结婚只是为了上下跑楼梯的话……”

“结婚礼服的料子你想好了没有，冬妮？”

“Moiré antique，[①] 妈妈……没有 Moiré antique 我就不结婚。”

10月、11月就在这种纷忙中过去了。圣诞节前两天，格仑利希先生来了，为了能在布登勃洛克一家人中间度过这个神圣的节日。另外老克罗格夫妇邀请他去过节他也没推辞。他对于自己的未婚夫人表现出一派温柔体贴，正如别人期待的那样。没有多余的装腔作势！没有在大庭广众下的纠缠厮磨！也没有不合时宜的柔情蜜意！当着父母面，在前额上轻轻地谨慎地一吻就算在婚约上盖了印……有时候冬妮未免有些诧异，觉得他现在的快乐和当初受到拒绝时所表现的那种痛不欲生的神情不太相称。他只是以一个占有者的愉快神色打量着她……自然啰，有时候碰上他独自和她在一起的时候，他也会被嬉笑戏谑的情绪攫住，尝试着把她拖到自己的膝头上，用自己的鬓须靠近她的脸，用快乐得发抖的声音问她：“我把你捉住了吧！我还是把你弄过来了吧？……”每逢这样的时候，冬妮就回答：“真是的，您忘了自己的身份了！”说着就很灵巧地挣脱了身子。

圣诞节刚一过，格仑利希先生就回到汉堡去了；那里繁忙的业

① 法文：一种丝料子，可译为云纹缎。

务迫切需要他亲自去照应。布登勃洛克一家人虽然没有明言，也默然同意他的看法，认为冬妮在订婚前对他熟悉了解的时间已经足够了。

住房的问题是通过书信往来安排好的。冬妮非常向往大城市的生活，她表示希望在汉堡市区内定居，再说格仑利希先生的办公处也在市内，而且就在医院大街上。但是新郎却靠了男子汉的那种说一不二的固执劲儿取得了处理这个问题的全权。他在郊区爱姆斯比脱附近购置了一座别墅……一个远离市区而且富于浪漫色彩的住所，如果新婚夫妇想找一处世外桃源，这里真是再合适不过——"procul negotiis"[①]——啊，他的拉丁文还没有这么快就完全忘光！

12月就这样过去了。1846年一开春婚礼就举行了。婚礼前一天晚上举办了一场非常风光的宴会，半城的人差不多都到了。冬妮的女友们（其中也有阿姆嘉德·封·席令，她是乘着一辆塔楼一般高的马车到城里来的）跟汤姆和克利斯蒂安的朋友们（这里面有消防队长的儿子，studiosus juris，[②]安德利亚斯·吉塞克，也有"吉斯登麦克父子公司"的施台凡和爱德华）在餐厅和走廊里跳舞，这两处的地板上都撒了滑石粉……摔罐子[③]，自然首先是彼得·多尔曼参议的事，凡是被他弄到手的陶器罐子都叫他在大过道的石板

---

① 拉丁文：远离尘嚣。

② 拉丁文：法学系大学生。

③ 按照德国习俗，在婚礼举行前夕，要摔碎一些陶罐，迷信认为碎片能带给新人幸福。

地上摔得粉碎。

铸钟街的史笃特太太这次又有了个机会挤进上流社会来。在结婚这一天她也跑来和永格曼小姐以及女裁缝一起帮助冬妮化妆。上帝可以做证，她从来没有看见过更美丽的新娘。人虽然很肥胖，她却毫不在乎地跪在地上，一面赞赏不已地抬着眼睛往上看，一面往白色的moiré antique上系桃金娘小树枝……冬妮是在早餐室里化的妆。格仑利希先生穿着燕尾服和缎子背心在门外等着。他那绯红的面孔摆出一副又严肃又端庄的神色，左鼻翼旁边的肉疣上扑着一点粉，金黄色的鬓须也特别精心地烫得鬈鬈的。

这时本家亲族都已聚集在楼上圆柱大厅里，婚礼就要在其中举行。每个人都穿着盛装华服。那边坐着克罗格老夫妇，两人虽然都已经到了风烛残年，却仍然和往常一样是最出风头的人物。那边是克罗格参议和他的两个儿子：尤尔根和亚寇伯。亚寇伯和另一家亲戚杜商家都是特地从汉堡赶来的。那边是高特霍尔德·布登勃洛克和他的那位娘家姓施推威英的妻子。他俩的女儿弗利德利克、亨利叶特和菲菲也都在身边，看样子三个人哪个都嫁不出去了……住在梅克伦堡的远支本家是由克罗蒂尔德的父亲，伯尔恩哈德·布登勃洛克先生代表参加的。他从“负义”农庄来，睁着两只大眼睛要见识见识这位阔亲戚的豪华的宅第。法兰克福的亲戚只送来了礼物，因为路程太远了……然而另一方面倒也来了两位唯一不属于亲族的客人，家庭医生格拉包夫和冬妮的半师半友卫希布洛特小姐。塞色密·卫希布洛特在她偏侧的鬈发上罩上一顶崭新的绿色软帽，穿的仍是一件黑衣服。“祝你幸福，好孩子！”

当冬妮傍在格仑利希先生身旁走进大厅的时候，她对冬妮说，又挺起腰来啧的一声吻了一下新娘的脑门 —— 家里人对新娘子感到很满意;冬妮虽然因为兴奋紧张脸色有些发白，看上去却美丽大方，而且她的兴致也很高。

大厅里满用鲜花布置起来，右边竖起一座礼台。婚礼是由圣玛利教堂的科灵牧师主持的，他免不了借这个机会又大谈了一番戒酒的好处。一切都是按照老规矩老习惯进行的。冬妮自然温顺地说出那个“是”字，而格仑利希先生则首先“咳 —— 縠”一下，清了清喉咙。典礼进行之后大家都享用了一顿又丰盛又精美的酒宴。

当客人们在楼上 —— 科灵牧师在正中 —— 大嚼的时候，参议夫妇陪着一对准备起程的小夫妇已走到外面雾气迷蒙、雪花飘舞的冷空气里。一辆大马车正停在大门口，箱子行囊都已捆好。

冬妮一再向大家表示她不久一定回家看看，又请父母也一定要尽快去汉堡看她。说完了这些话以后，她就兴致勃勃地上了马车，让母亲小心地把暖和的皮毯子给她围起来。她的丈夫这时也坐上来了。

“还有 …… 格仑利希，”参议说，“新花边在上边的手提包里放着。您在到汉堡以前拿下一点来放在大衣里边，好不好？这种过境税 …… 能躲过去总还是躲过去的好。再见！再见，再说一次，亲爱的冬妮！上帝祝福你！”

“你们在阿林斯堡能不能找到一处舒服的落脚地方？”参议夫人问道。

“已经订下了，亲爱的妈妈，房间都订好了！”格仑利希先生回答说。

安东、利娜、特林娜、索菲都和“格仑利希太太”告了别……

正预备关车门的时候，冬妮忽然一阵心血来潮。虽然行动起来很不方便，她还是从裹在身上的皮毯子里挣扎出来，不顾格仑利希先生喃喃地抱怨，从他的膝盖上斜爬过去，热情地抱住她的父亲。

“再见了，爸爸……我的好爸爸！”接着悄声在他的耳根说，“您对我满意吗？”

参议无言地紧紧搂住她一刻，接着把她向后推开了点，感情激动地摇着她的两只手……

现在一切要做的事都做了。马车门砰的一声关上，马车夫抽了一下鞭子，驾车的马拉动车子，车厢上的窗玻璃开始哐啷啷地震动起来。参议夫人一直让她的麻布手帕在风中飘摆着，直到马车辘辘地沿街驶下去，消失在雪花迷蒙的雾气里。

参议沉思地站在他妻子的身旁。她正用一个优美的姿势把肩上的皮披肩围得更紧一些。

“她走了，贝西。”

“是的，让，第一个离开咱们家的人——你想，她跟着他会幸福吗？”

“啊，贝西，她自己很满意；这是我们在世界上能寻找到的最牢靠的幸福。”

他们回到客人们身边。

第十五章

托马斯·布登勃洛克沿着孟街一直走到“五幢房”。他故意绕开上面的布来特街，这样就可以不用一次又一次地向熟人脱帽打招呼了。他把两手插在自己温暖的灰黑色皮领大衣的大口袋里，走在结冻的、透明发亮的积雪上，仿佛在凝神思索着什么事。积雪在他的靴子底下吱吱作响。他要到哪儿去没有人知道…… 天空是蓝色的，清澈而寒冷；空气新鲜、砭人肌骨，有一股清新的味儿。这一天晴朗无风，寒气凛人，已经冷到零下五度；这是典型的2月天气。

托马斯从“五幢房”走下去，穿过“面包房巷”，再从一条狭窄的横街走过去，就到了“渔夫巷”。这条和孟街平行的街，陡直地通到下面的特拉夫河。托马斯向下走了几步路以后就停在一幢小房子前面。这是一家非常小的鲜花店，一扇窄门和一个小得可怜的橱窗，窗户里面的一块绿玻璃板上并排摆着几盆球茎植物。

他走进去，门上边的一只铅铁铃立刻像个看家小狗似的响起来。屋里一个披着土耳其披肩的有一把年纪的矮胖妇人正在柜台前边和年轻的女店员说话，她要在几盆花中间选择一盆。她又用手摸，又用鼻子嗅，挑来拣去，嘴里也喋喋不休，弄得自己不得不直用手帕擦嘴。托马斯很客气地向她行了个礼就走到一旁去……她是朗哈尔斯家的一个穷亲戚，一个好脾气、爱多嘴的老处女。她出身于一个有资格列入本城第一流社会的家庭中，虽然她自己却不属于这一社会。没有人请她参加豪华的宴会和舞会，只有人请她喝喝咖啡。在本城中，除了少数几个人外，大家一致称呼她“洛特新姑姑”。她用胳臂挟着用绉纸裹好的一盆花向门外走去，托马斯又一次向她行过礼以后，才高声对卖花的女孩子说：“请你给我……几朵玫瑰花……好，随便吧……就要法国的吧……”

当洛特新姑姑把身后的门关上，消逝以后，他才轻声地说：“好了，放到一边吧，安娜……你好啊，小安娜！是的，今天我到这儿来心情很沉重。”

安娜穿着一件朴素的黑色女衣，外面罩着白围裙。她美丽得出奇，像一只小羚羊一样娇嫩。她的脸型有一些像马来人：颧骨略高，黑色眼睛狭长，泛着柔和的光彩，皮肤呈淡黄色，这在欧洲人中是非常稀有的。她的手也是同样颜色，非常娇小，这双手生在一个女店员身上，简直过于美丽了。

她走到小房子右面的柜台后边去，人们从橱窗外面望不到这里。托马斯也跟着她走到柜台这边来，他把身子探过去，吻着她的嘴唇和眼睛。

“你都快冻僵了，你这可怜的人！”她说。

“今天是零下五度，”汤姆说，“我什么也没有理会，来的时候一路上只顾发愁了。”

他坐在柜台上，握住她的手，继续说：“啊，你听见我的话了吗，安娜？…… 今天我们一定得理智一点。事情已经到了这个地步了。”

“哎呀，上帝 ……”她凄凄惨惨地说，又害怕又心焦地把围裙提到眼睛上。

“早晚有这样一天的，安娜 …… 好了！ 不要哭了！ 我们要理智一点，不是吗 —— 有什么办法呢？ 反正会过去的。”

“什么时候 ……”安娜呜咽着问道。

“后天。”

“啊，上帝 …… 为什么后天就走呢？ 再过一个星期 …… 我求求你！…… 哪怕五天呢！……”

“这不成，亲爱的小安娜。一切都决定下来，都安排好了 …… 他们在阿姆斯特丹等着我 …… 我一天也不能多待了，虽然我自己也非常想这样做！”

“这个地方离得多么远啊 ……”

“阿姆斯特丹吗？ 哪里话，一点也不远！ 再说我们总能互相想念着对方，不是吗？ 而且我还要写信！ 你听着，我一到那儿，立刻就写信来 ……”

“你还记得吗？……”她说，“一年半以前，在射击大会上？……”

他兴奋地打断她的话 ……

“上帝，是的，一年半以前！…… 我还以为你是意大利人呢 …… 我买了一朵石竹花插在纽扣孔里 …… 那朵花到现在我还存着呢 …… 我要把它带到阿姆斯特丹去 …… 那天草地上多么热，尘土多么大！……”

“可不是，你从附近小棚子里给我买来一杯柠檬水……我还记得，就像今天的事一样！到处是猪油饼和人的气味……”

“可是那还是很美的！我们是不是一看对方的眼睛立刻就知道我们是怎么回事了？”

“你那天还想跟我坐旋转木马……可是没有坐成；我还得卖花！不然女主人就要骂了……”

“是的，没有坐成，我看得很清楚。”

她轻轻地说：“这是唯一一件我没有答应你的事。”

他重新又吻她，吻她的嘴唇和眼睛。

“再见吧，我的亲爱的小安娜！……是的，我必须要跟你告别了！”

“啊，你明天还要来一次，是不是？”

“当然，也在这个时候。而且后天早晨我也要来，如果我分得开身的话……可是现在我要跟你说一件事，安娜……我去的地方相当远，是的，不管怎么说，阿姆斯特丹要算个远地方……而你呢，却要留在这里。但是你不要自轻自贱，你听见了吗？……因为直到今天你从来没有轻贱过自己，我可以这样跟你说。”

她用一只空手掀起裙角来，掩着脸呜咽着。

“可是你呢！……你呢？……”

“事情怎样发展，只有上帝知道，安娜！人不会永远年轻的……你是一个聪明的女孩子，你从来没有提过结婚这类的事……”

“不，不！…… 我怎能要求你这样的事 ……”

“一个人不能事事都随自己的意，你知道 …… 如果我活下去，我就要继承公司，就要找一个门当户对的对象 …… 是的，在快要分别的时候我跟你说坦白话 …… 而你呢 …… 事情就是要这样发展的 …… 我祝你一切幸福如意，我亲爱的小安娜！但是你千万不要自轻自贱，你听见了吗？…… 因为直到今天你从来没有轻贱过自己，我可以这样对你说！……”

屋子里很暖和。小铺子里弥漫着泥土和鲜花的潮湿气味。窗外面冬日的太阳已经开始西坠了。一抹像涂在瓷器上的淡淡的晚霞温和纯净地点缀着特拉夫河彼岸的天空。人们把下巴埋在大衣的高竖起来的衣领后面，从橱窗外面匆匆走过。至于在这家小鲜花店内一角相互话别的一对，却没有一个人看到。

第四部

Vierter Teil

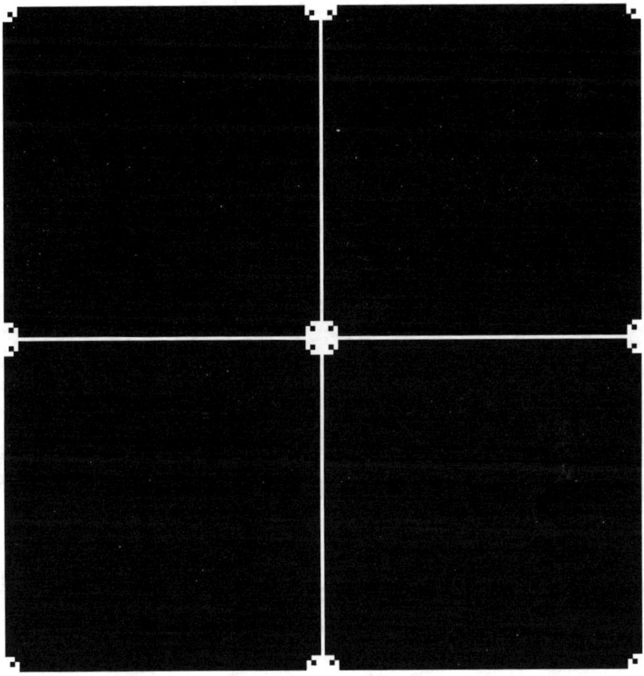

第 一 章

亲爱的妈妈：

接到来信，谢谢您告诉我阿姆嘉德·封·席令同珀彭腊德的封·梅布姆先生订婚的消息。阿姆嘉德本人也给我寄来一张请柬（金边的，非常精致），另外她还写了一封信，信里说她对于这位新郎简直爱得入了迷。这位先生一定是个又漂亮又高贵的人。她该是多么快乐啊！谁都结婚了；我还接到伊娃·尤威尔斯从慕尼黑寄来的一份喜帖。她嫁了个酿酒厂的经理。

现在我一定要问您一件事，亲爱的妈妈，为什么我一直也没听到布登勃洛克家的人到这里来看望我们的信儿呢？难道你们是在等待着格仑利希正式邀请吗？我看这是不必要的，因为我想他根本没有这个意思。有时我提醒他，他总是说：哎呀，哎呀，孩子，你父亲有许多别的事要做呢！也许你们认为，你们来会打扰我吗？啊，不，一点也不是这样！再不然，你们就是认为这会引起我思家的情绪，对不对？哎呀，老天呀，你们难道就不知道我是个懂道理的人吗？我已经走进了生活，已经成熟了。

我刚才在一位邻居凯塞劳太太那里喝过咖啡。这一家人很讨人喜欢，另外我们的左邻姓古斯曼的（虽然我们两家的房子离得很远）也很喜欢交际。我们有两位常来往的朋友，都住在城外我们这一带。一个是克拉森医生（关于这个人的事我以后再告诉你），另一个是银行家凯塞梅耶，格仑利希的密友。你想象不出来他是一个多么滑稽的老头儿！他的白胡子剪得短短的，头上黑白相间的头发稀稀的，看去像一撮绒毛，一阵风刮来就飘飘地摆动。因为他总喜欢像小鸟似的滑稽地摇摆着脑袋，说话又说个没完，所以我老是叫他“喜鹊”。可是格仑利希却不许我这样叫，他说喜鹊偷东西吃，而凯塞梅耶却是一位正人君子。走路的时候他总是佝偻着腰，摇晃着两只胳臂。他头上的绒毛只遮住后脑勺的一半，再下面就露出肉缝缕缕的赤红的脖颈。他全身带着一股说不出来的快活神情！有时他拍拍我的嘴巴说：您这个善良的小妻子，格仑利希娶了您这样的人是多么大的福气！接着他找出一副夹鼻眼镜来（他随身带着三副夹鼻眼镜，都拴在一根长带子上。带子总是在他的白背心上绞成一团），耸着鼻子把眼镜夹在上面，张着嘴打量起我来。他看得那么出神，弄得我后来不禁当着他的面哈哈大笑起来。但是他一点也不生气。

格仑利希忙得不得了，每天早晨坐着我们那辆黄色小马车进城去，很晚才回来。有时他也坐在我身边看报。

如果我们出去做客，譬如说到凯塞梅耶那里，到阿尔斯特达姆的古德斯蒂克尔参议那里，或者到市参议院街的博克议员那里，我们就非得租马车不可。我早就不止一次跟格仑利希说，得置一辆马车，因为住在城外这个地方实在非常需要。他也差不多可以说是答应了，但是说起来也奇怪，他根本不喜欢跟我一起出去。有时我跟城里的人谈话，他就露出一脸不高兴的样子。他是不是嫉妒呢？

关于我们的别墅，亲爱的妈妈，我已经仔细地给你描述过了。这所房子非常漂亮，现在由于购置了新家具，更增加了它的美丽。楼上的大客厅您什么毛病也挑不出来：蒙着一色的棕缎。客厅旁边的餐室壁板非常考究，椅子都是二十五马克一把的。我现在坐在里面的小书房也做起居室用。此外还有一间屋子专为吸烟玩牌用。在走廊另一端占据了楼厅另一半的是一间大厅，现在那里面也挂起黄色窗帷来，看上去堂皇富丽。楼上是卧室、浴室、更衣间和下房。给我们赶那辆黄马车的是一个小马夫。两个侍女我也还满意。我不知道她们手脚是不是老实，可是感谢上帝，我用不着在每一个铜子上打算盘！总而言之，一切都没有辱没咱们家的名声！

亲爱的妈妈，现在轮到一件最重要的事，我故意留在信末尾告诉您。最近一段时期我感到身体有些异样，健康状况不十分正常，您知道，但也说不上是生病。我找了个机会跟克拉森医生谈了这件事，这位医生身躯十分矮小，却生着一个大头，头上戴着一顶其大无比的阔边帽子。他总是带着一只圆骨头柄的西班牙式手杖，动不动就用手杖柄去拂弄胡子。

因为多年来他染了又染，那胡子现在已经差不多变成浅绿色的了。哦，您真应该看一看这个人！他不回答我的问话，只是动一动眼镜，眨一眨小红眼睛，挤一挤他那土豆似的鼻子，嘻嘻笑着，这样厚颜无耻地望着我，弄得我简直手足无措。以后他给我检查了一遍，对我说，一切都非常正常，只是应该喝一些矿泉水，因为我也许有一点贫血。噢，妈妈，请您把这件事委婉地告诉父亲，好让他把它记在家庭记事簿里。其他情况，不日当再奉告。

请代我问候爸爸、克利斯蒂安、克拉拉、蒂尔达和伊达·永格曼。不久前我已给托马斯写过信，寄到阿姆斯特丹去了。

您的恭顺的女儿

安冬妮

1846年4月30日

亲爱的托马斯：

接到你报告和克利斯蒂安在阿姆斯特丹会晤的信，感到非常快慰。相信你俩一定度过了几天愉快的日子。关于你兄弟经奥斯特恩德渡海继续赴英旅行的事我至今还没接到任何消息，希望上帝保佑他这一次旅行已经顺利成行。克利斯蒂安既已决定放弃学术研究的道路，但愿他不再蹉跎时日，及早从他的老板李查德逊那里学到真实本领，希望他今后走商人这条道路能够一帆风顺！特利尼德街的李查德逊先生是我们家买卖上的一位至交，这你是知道的。我能把两个孩子都安插在同我家有多年友谊的公司里，实在是运气。这种做法带来的好处你现在或许也已觉察到了：我对于凡·戴尔·凯伦先生在这一季度已经提高你的薪金，而且今后将设法使你有额外收入一事感到很满意。我深信你在工作中一定也会以勤恳的表现报答人家的厚遇，而且将来也不会有负于人的。

但在听到你的健康状况不佳的消息后，我还是感到很担心。你来信提到的那种神经质的病象使我想起自己的青年时代来。那时我正在安特卫普做事，为了这种病不得不到爱姆斯去就医。如果这种方法对你也有用的话，我自然乐于在各方面尽力给你帮助，虽然在如今这种政局动荡的年代里，对于家中其他的人，这种开支我还是尽量节省的。

虽然如此，我和你的母亲在6月中还是到汉堡去了一趟，去看望你的妹妹冬妮。她的丈夫虽然不曾发出邀请，却非常热诚地招待了我们。我们在他家做了两天客，这两天他整天陪着我们，连他生意上的事也搁置起来，而且弄得我连进城去看望一次杜商家的时间也没能腾出来。安冬妮已经有五个月身孕了；她的医生劝我们放心，说一切都顺利正常。

我还要提到凡·戴尔·凯伦先生的一封信，从他的来信我很高兴地知道你在公事以外也是他家座上一位受欢迎的客人。从你的年纪来说，我的孩子，过去是你的双亲栽培抚养你的时期，如今已经该是你收获这种教育果实的时候了。我愿意谈一谈自己的事情，希望这些话对你有所裨益：当我像你这般年纪的时候，不论在贝尔根还是在安特卫普，我都尽量替经理的内眷们效一些小劳，把关系搞好，这给我带来很大的好处。这样做除了能和上司的家庭建立较为亲密的来往、给人种种便利外，还会在经理夫人身上替自己找到一位代言人。遇到那种你想方设法躲避却还不免发生的事，譬如说在工作上有了失误，或者经理有了不满的时候，这种代言人是极为有用的。

谈到你将来的事业计划，我看到你在计划中表现出的那种活力和兴趣，感到非常高兴，虽然我也不能表示全部赞同。你的出发点是把我们这个城市附近一带的产品——例如粮食、冬油菜、皮革、棉花、油、油饼、兽骨等项——看作本城铺号的最自然、最长久的经营品种，因而打算除了从事委托业务以外更将转向这些货品的经营业务。我过去也有一段时期有过这种打算，那时在这些行业中竞争还很小（如今却已激烈起来了），而且在情况和时机许可的范围内，我甚至还做了一些尝试。我在英国的一次旅行的主要目的就是希望在这个国家里也能替我的企业建立一些联系。抱着这个目的我一直走到苏格兰，而且也确实结识了一些对自己的商业极为有利的人。但是我立刻就看出来向那里做出口生意本身含有危险性，因此决定不再向这方面做进一步的发展了。同时我心里永远深深印着我们的老祖宗——我们公司的创办人——留下的一句告诫之词："我的儿子，白日精心于事务，但勿做有愧于良心之事，俾夜间能坦然就寝。"

这句遗训我有生之日都要奉为金科玉律，虽然当一个人看到那些不遵守这种原则的人仿佛更为得意的时候，有时也不免会彷徨怀疑起来。我想到的是施特伦克与哈根施特罗姆公司，当我们的业务平稳得几乎停滞不前的时候，他们却蒸蒸日上。你知道，由于你祖父故世，咱们的营业范围减缩以后，一直没有再行扩充。我祈求上帝，但愿我能把这买卖在现在这样的规模上移交给你。我们的经理马尔库斯先生是一位经验丰富、思维缜密的好助手。只要你外祖父家用钱谨慎一些就好了，他们留给你母亲的遗产对咱们家的关系是非常重大的！

我为了商业上的事务和市政活动忙得焦头烂额。我现在是贝尔根航线董事会的董事，这次又连续当选为市民代表参加财政局、商业局、经济审查组和圣安尼救济院的工作。

你的母亲、克拉拉和克罗蒂尔德衷心问你好。此外请我向你致意的还有许多人：有摩仑多尔夫参议、鄂威尔狄克博士、吉斯登麦克参议、经纪人高什、C.F. 科本以及本号的马尔库斯先生、船长克鲁特和克鲁特尔曼等人。愿上帝赐福给你，我的孩子！好好地工作、祈祷，克勤克俭地生活吧！

爱你并惦念着你的　父亲

1846年8月2日

敬爱的岳父母大人：

这封信的签署人欣慰地向你们禀告，你们的女儿，我的爱妻安冬妮，已在半小时前平安地分娩。按照上帝的意旨，她生的是一个女孩。我内心的快乐和激动实在难以诉诸笔墨。产妇和婴儿都非常健康，克拉森医生对这次临蓐过程非常满意。产婆克罗斯吉奥吉斯太太也认为这次分娩顺利至极。由于我心情激动，不得不就此停笔。请允许我对两位大人表示我的崇敬和爱戴。

B.格仑利希

如果是男孩子的话，我倒替他取了一个漂亮的名字。现在我想叫她梅达，可是格仑利希赞成叫她伊瑞卡。

冬

1846年10月8日

第二章

“你怎么啦，贝西？”参议说，这时他正坐到桌子前边端起别人给他盛的一盘汤，“你不舒服吗？你哪里不舒服？你的脸色很难看。”

摆在宽阔的饭厅中的圆桌变得很小了。除了两位老人以外，每天桌子上只有永格曼小姐，十岁的小克拉拉和那瘦削、谦卑、不声不响地闷头吃饭的克罗蒂尔德。参议向四周看了看……每个人的面孔都拖得长长的，一副愁眉苦脸的样子。发生了什么事呢？他自己也正忧心忡忡，焦灼非常，交易所被石勒苏益格－荷尔斯泰因这起纷乱的事件[①]弄得动荡不安……而现在却又有一件令人惴惴不安的事悬在头顶上。过了一会儿，等安东到外面去端菜以后，参议才听说家里发生了什么事。特林娜，女厨子特林娜，本来一向是一个忠厚老实的女孩子，这次却突然间公开造反了。最近一个时期她结交了一家肉店的伙计，两人建立了精神联盟，这件事

① 石勒苏益格－荷尔斯泰因虽有共同的邦议会，但因两地种族及语言不同，石勒苏益格居民倾向于归属丹麦，从而引起德国和丹麦两国不断发生政治纷争。

使参议夫人非常恼火。而这个永远带着血腥气味的家伙一定已经影响了女厨子的政治见解，使她的思想发生了极其恶劣的变化。参议夫人只是因为她把调味汁做坏责备了两句，她就把两只赤裸着的胳臂往腰上一叉，说出下面的话来："您等着瞧吧，参议太太，用不了多少时候，世界就会变样子的！那时候我要一身绫罗绸缎地坐在沙发上，让您来伺候我了……"自然，她马上就被辞退了。

参议摇了摇头。最近一段日子他自己也感受到各种各样令人忧虑的现象。当然了，那些年纪比较大的搬运夫和堆栈工人仍然非常恭顺，脑子里什么邪念也没有；可是在年轻的工人中间，从这个人那个人的表现中却已清楚地看到，一种叛逆的新精神已经盘踞在他们头脑中了……春季里，街头上闹了一次乱子，虽然当时一部适合新时代要求的新宪法已经起草好了。这部宪法受到莱勃瑞西特·克罗格和另外几个保守的老绅士的反对，但不久以后还是由议院批准生效了。这以后选出了人民代表，召集了市民代表会。但是局势仍然没有平静下来。到处一片混乱。每个人都要修改宪法和选举法，市民彼此争吵不休。"要按等级制的原则选举！"一部分人说。约翰·布登勃洛克也是持这种主张的人。"要普遍的选举权！"另外一些人说，亨利希·哈根施特罗姆是提出这种口号的一个人。又有第三部分人说："按等级制普选！"说不定提这个口号的人自己也不懂这是什么意思。此外，各种各样的思想都有，比如有人喊什么取消市民和居民的界限啦，扩大市民权的范围、使非基督教徒也有机会成为市民啦……非常混乱。布登勃洛克家的特林娜脑子里钻进坐沙发穿绫罗绸缎的思想是不足为奇的！唉，以后还要糟呢。从一般情势来看，事情要向非常危险的方面转折呢。

这是1848年10月上旬的一天，碧蓝的天空上悠悠地飘着几片浮云，被阳光照成银白色。太阳的威力这时候到底已经很弱了，在风景厅的壁炉里，木柴在那高大闪亮的栏杆后面已经噼噼啪啪地燃起来了。

生着深黄色头发、眼神有些冷峻的小克拉拉正坐在窗前缝纫桌边缝一件什么东西。克罗蒂尔德坐在参议夫人身旁一张沙发上，手里做的也是一样的活计。虽然克罗蒂尔德·布登勃洛克才二十一岁，比她那位出嫁了的堂妹大不了许多，一张狭长的面孔却已开始出现深深的皱纹了。她那生下来就灰暗无光的头发决称不起是金黄色；她把头发梳得光溜溜的，更使得她的面貌毕肖一个老处女了。然而她倒也心满意足，不想改变自己的处境。也许她需要的就是赶快苍老，赶快跳出牵肠挂肚的烦恼圈子而已。因为她没有分文财产，她知道在这广阔的世界上是不会有人娶她的。她委屈地看到自己的未来：只有靠她那有财势的叔父从救济名门出身的贫女的慈善机关里为她弄出一笔钱，让自己住在一间小房子里吃利息了此余生了。

参议夫人这时正在读两封信。冬妮的是报告小伊瑞卡平安健壮的信；克利斯蒂安则热心报告他在伦敦的生活和活动，而对于他在李查德逊先生那里的职务只是三言两语就交代过去……参议夫人年纪虽然才将近四旬半，却遇到每一个金发白皮肤女人同样的命运，早衰得很厉害。虽然用尽一切化妆品，她那和微微泛红的头发颜色非常相配的细嫩皮肤近年来却已枯皱起来，而且若不是从巴黎弄来一张染色的药方（真要感谢老天爷），她的头发也会开始毫不留情地灰白起来。幸亏这张处方才暂时把她头发的颜色保住。参议夫人打定主意不使自己成为一个白发蓬蓬的老人。一旦这种染发药失灵，那她就要戴上一副和她年轻时一样颜色的假发…… 在她那梳得仍然非常讲究的头发顶上缀着一条白绦子边的丝带，这只是老年人惯常要戴女帽的一个开端，是戴那种女帽的一个暗示。她身上穿的丝袍子肥大宽松，钟形的袖口绲着柔软的纱边。像往常一样，她的手腕上戴着一副金手镯，不时发出轻脆的敲击声 —— 这时候是下午三点钟。

忽然间从街上传来叫嚣呼喊声，仿佛人们正在狂呼乱叫，吹口哨，脚步杂沓，喧哗的声音越来越近，越来越大……

“妈妈，这是什么呀？”克拉拉看着窗外的一个小窥视镜问道，“所有这些人…… 他们怎么啦？ 他们为什么这么高兴？”

“天哪！”参议夫人喊道，把信一扔，慌慌张张地跳起来冲到窗户前边，“果然是…… 噢，我的老天爷，真在闹革命了…… 这就是那些人……”

事实是，这座城已经有一整天笼罩在惶恐不安中了。早晨布来特街本狄恩布店的玻璃窗被人扔石头打得粉碎，只有上帝知道，本狄恩先生的玻璃窗跟崇高的政治有什么关系。

“安东？！”参议夫人声音颤抖着向饭厅喊，安东正在那里摆弄银器……“安东，你下来！ 关上街门！ 把所有门窗都关上！来人了……”

“好吧，参议夫人！”安东说，“我出去没有什么危险吧？ 我

是个给主人干活的 …… 要是他们看见我的号衣 ……”

“这些坏坯子。”克罗蒂尔德拉长了声音凄凄惨惨地说，一直没有停歇手里的活计。正在这个时候参议穿过圆柱大厅走进玻璃门来。他胳臂上搭着大衣，手里拿着帽子。

“你要出去吗，让？”参议的妻子惊惶地问道。

“是的，亲爱的，我一定要去开代表会 ……”

“可是那些人，让，革命已经 ……”

“唉，你真是的，贝西，没有那么严重 …… 我们是在上帝的手掌里。他们已经走过咱们的房子了。我从后门出去 ……”

“让，如果你爱我的话 …… 你要去冒生命的危险吗？要把我们孤零零地丢在家吗？唉，我害怕，我真是害怕。”

“亲爱的，我求求你，你不要这么过于惊慌吧！这些人只不过要在议会前边或者市场空地上发一阵疯罢了 …… 也许国家再损失几块玻璃，没有什么大不了的。”

“你要到哪儿去，让？”

“去开代表会 …… 我现在去就已经晚了，买卖的事把我耽搁住了。今天要不去，可是一件丢脸的事。你想你的父亲会不去吗？他虽然年纪那么大了 ……”

“好吧，那么愿上帝保佑你，你就去吧 …… 可是要小心，我求求你，千万大意不得！照看着我父亲一点儿！要是他遇见什么事 ……”

“你放心吧，亲爱的 ……”

“你什么时候回来？”参议的妻子从后面向他喊。

“啊，四五点钟吧……要看情况。要讨论的事很重要，我说不准时刻……”

“唉，我害怕，我真是害怕！”参议的妻子反复地说，一面心神不定地在屋子里走来走去，四处张望着。

第 三 章

布登勃洛克参议匆匆忙忙穿过自己这座深邃的大房子。当他走到外面面包房巷的时候，听见身后响起脚步声。他看见那是经纪人高什，裹在一件长大的袍子里，宛如一位画中人物。高什也正穿行在这条窄巷里，急忙往会场奔去。看见参议，他用一只瘦长的手把耶稣教徒的帽子往上一掀，用另外一只手做了个表示恭顺的漂亮姿势，一面压低嗓子嗄嗄地说："参议先生 …… 我给你行礼了！"

这位经纪人塞吉斯门德·高什是一个四十岁左右的单身汉，虽然行动有些乖僻，却是世界上最老实最善良的人。他酷爱文学，脑子里常常有些奇思怪想，他的一张刮得干干净净的脸上最惹人注目的是一只鹰钩鼻子，尖尖的向前兜出来的下巴，轮廓鲜明的面型和一张嘴角下垂的大嘴。他总是紧紧闭着两片薄薄的嘴唇，故意摆出一副神秘、险恶的神气。他渴望把自己扮作一个又粗野、又美丽的恶魔型的险恶角色，一种介乎梅菲斯托菲利斯和拿破仑之间的阴险邪恶、既有趣又可怕的人物，而且事实上他的确扮得不坏 …… 他的斑白的头发忧郁地低拂在前额上。他把自己没有天生驼背视为一件憾事。总之，他是这座老商业城中的一位怪异而又可亲的人。他是他们商人中的一员，因为他经营着一爿规模虽然不大，然而却稳固、令人起敬的小代理商店，如果从市民性这一点着眼，这爿店确实当之无愧。可是另外一方面在他的那间窄小幽暗的柜房里却放着一只大书柜，摆满了各种语言的诗集。而且人们谣传说，他从二十岁起就埋头致力于罗贝·德·维加[①]的全部戏剧的翻译工作…… 在一次业余演出席勒的《唐·卡洛斯》的剧中，他扮演了多明戈这个角色。这件事可以说是他生命中的顶峰。他的嘴从来没有吐出过平凡的字眼，即使是在生意经谈话中不得不用那些普通商业用语时，他总是紧咬牙关，做个怪相，似乎在说："你这个坏蛋，我要咒骂你那躺在墓地里的祖宗！"在许多方面他都是已故世的让·雅克·霍甫斯台德的继承人和门生，只是他秉性更为忧郁善感，没有上一世纪老约翰·布登勃洛克那位朋友的那种笑谑诙谐的风度。有一次他想投机，花了六点五泰勒买了两三张股票，这笔钱他在交易所一下子都蚀进去了。这时候他的演剧热情一发不可收拾。他一屁股坐在一张凳子上，扮出一副在滑铁卢打了个大败仗的脸相，用一只拳头抵住前额，怨天尤人地瞪着眼睛，嘴里一迭连声地咒骂："该死，该死！"如果说他靠为人买卖地产而弄到手的一笔笔稳当而微薄的盈利已经使他从心底厌烦，那么这次蚀本，这次上天为他这个狡诈之徒发出的悲剧性的打击对他不啻是一次享受，一道好运，他久久对这件事仍然回

① 罗贝·德·维加（Lope de Vega，1562—1635）：西班牙作家。

味不已。只要别人一问：“高什先生，我听说，你遭到一件不幸的事！我真替你难过……”他总要回答：“哎呀，我的亲爱的朋友！Uomo non educato dal dolore riman sempre bambino！[①]”说不定没有人能懂他这句话。也许是引自罗贝·德·维加的著作吧？有一点是肯定的，这位塞吉斯门德·高什确实是一位学问渊博的值得另眼相看的人物。

“我们生活的是一个什么样的时代啊！”他一边伛着腰、倚着拐杖在布登勃洛克参议身边走着，一边跟他搭讪说，“这是暴风雨般的动荡时代啊！”

“您说得对，”参议回答说，“时代动荡不定。每个人对今天这次会议都怀着紧张兴奋的心情。选举制的等级原则……”

“不，您听我说！”高什先生接着说下去，“我在街上待了一整天，我注意观察了这些庶民。那里面有不少蛮威武的小伙子，神采奕奕，眼睛闪着仇恨的光芒……”

约翰·布登勃洛克笑起来，“您这人真直爽，我的朋友。您好像觉得他们干得挺不错，是吗？不，您听我说：这一切都是儿戏！这些人要干什么？一群没有教养的青年人抓住这个机会想闹闹乱子罢了……”

“自然了！只是我们也不能否认……肉店伙计贝克麦耶用石头扔本狄恩先生的窗玻璃的时候我是在场的……他简直像一头勇猛的小豹子！”最后一个词高什先生是特别咬紧了牙齿迸出来的。

---

① 意大利文：不识愁苦滋味的人终身是幼稚的赤子。

接着他又说下去：“哎，我们不能否认，这件事也有它崇高的一面！您知道，至少这是一件新鲜事，一件不平常的事，暴力，粗野……一阵狂风骤雨……唉，人民是无知的，我知道这一点！可是我的心，我的这颗心是和他们在一起的……”他们已经走到那座用黄油漆粉刷的质朴的建筑物前边了。市民代表会的会址就在这座建筑物的底层。

这座大厅本是属于一个名叫苏尔克灵格的寡妇开的啤酒馆和舞厅的，但是有些时候却由市民代表会的先生们使用。一道窄窄的镶着石板路的走廊，右边是散发着啤酒和饭菜气味的饭馆，人们穿过右边一扇绿色板门，便走进一座大厅。这扇板门又窄又低，没有锁也没有把手，谁也想不到门后边是这样宽敞的一间大屋子。大厅里空旷、阴冷，仿佛是一座谷仓。粉刷成白色的天花板上突露着房梁，四壁也粉刷得雪白。三个相当高大的窗框漆成绿色，没有窗帘。窗户对面一排排的席位像在一座圆形剧场一样层层升起来。最下面是为发言人、记录和列席的议会议员们准备的桌子。桌子上铺着绿色台布，上面摆着一座大钟、档案和文具。门对面的墙上钉着许多衣架，挂满了外衣和帽子。

参议和他的同伴从小门里一走进大厅，迎面就传来一阵嘈杂的话语声。他们显然是来得最晚的两个。屋子里已经挤满了市民代表，这些人有的把手插在裤袋里，有的背在身后，有的在空中挥舞，三个一群五个一伙地正在争辩不休。代表团的一百二十名代表中出席的至少有一百名。一部分乡区代表由于当前的形势不得不留在家里。

离门口最近的地方站着几个地位比较低微的人，两三个无足轻重的小店主，一个中学教师，孤儿院院长敏德曼先生和那位很有人缘的理发师温采尔先生。温采尔先生是一个精力充沛的小个子，蓄着漆黑的大胡子，一张聪明的面孔，红通通的两只手。他今天早晨还给参议刮过胡子，然而在这里却和参议平起平坐了。他只给上流社会人物刮脸，差不多只给摩仑多尔夫、朗哈尔斯、布登勃洛克和鄂威尔狄克几家干活。由于他熟谙本城的事务，为人圆通机警，虽然出身低微，却很知道自重，所以也被选为市民代表。

“参议先生知道最新的消息吗？”他目光严肃地迎头向他这位主顾热心地招呼说。

“什么最新的消息，我亲爱的温采尔？”

“今天早晨还没有人知道呢。请允许我告诉您，参议先生，这是新消息。那些人不到议会前边去，也不到市场去了！他们要到这儿来威胁市民代表会！这是吕伯萨姆编辑采访得来的……”

“哎，这不可能！”参议说。他从站在最外边这一群人中间挤过去，向大厅中间走去。他看见他的岳父，参议朗哈尔斯博士和杰姆斯·摩仑多尔夫正在那里站着。“真有这回事吗，诸位先生！”他一面和他们握手一面问道。

事实上，会场上没有一处不在谈论这件事，吵吵嚷嚷的人群正向这边走来，已经可以听到声音了……

“这群流氓！”莱勃瑞西特·克罗格语含轻蔑冷冷地说。他是坐着马车来的，他那过去具有骑士风度的高昂挺拔的身躯在八十岁高龄的重荷下已经伛偻起来。可是今天他笔挺地站在那里，眼睛半闭着，嘴角傲慢不屑地垂着，嘴角上面的白色上须尖尖地向上翘起来。两排宝石纽扣在他的黑色天鹅绒背心上闪烁发亮……

离这一伙人不远的地方站着亨利希·哈根施特罗姆，一个矮小肥胖的人，浅红色的胡须已经开始花白，红格子的背心和外面敞开的外衣上挂着一条沉重的表链。他和他的另一位股东施特伦克先生站在一起，根本没有向参议打招呼。

再远一些站着布商本狄恩，一个看上去相当富有的人。他正在给围在自己四周的一大群人仔仔细细地讲自己窗玻璃被砸的事……“一块砖头，大半块砖头，诸位先生！哗啦一声打了进来，掉在一卷绿颜色的方格布上……这群痞子……哼，现在就看政府怎么样处理了……”

铸钟街的史笃特先生在一个角落里滔滔不绝地讲着什么。他在羊毛衬衣上面罩着一件黑袍子，正参加一场辩论，只听见他义愤填膺地反复唠叨：“闻所未闻的卑鄙丑行！”——他把“卑鄙”念成“卑皮”。

约翰·布登勃洛克四周转了一遭，这里和他的老朋友 C.F. 科本打打招呼，那里又和科本的竞争对手吉斯登麦克参议打打招呼。他和格拉包夫医生握过手，又和消防队长吉塞克、建筑师乌格特、主席朗哈尔斯博士（参议朗哈尔斯的兄弟）以及一些商人、教员、律师等人随便交谈了几句。

会议还没有开始，但是大家已经热烈无比地辩论起来。所有的人都诅咒那个无聊的文人，那个编辑，那个吕伯萨姆，大家都知道这些人是他教唆来的……他到底打的是什么算盘呢？大家聚到这里为的是决定选举人民代表是按照等级原则，还是采取普遍平等的选举制度。议会已经建议采用后者。但是人民要的是什么呢？他们只不过是要掐住这些大人先生的脖子，如此而已。真见鬼，这些先生的处境没有比今天更尴尬的啦！大家把议会委员会包围起来，想了解委员会的意见。把布登勃洛克参议也包围起来，因为人们想，布登勃洛克一定知道市长鄂威尔狄克对于这件事的态度。自从去年议员鄂威尔狄克，尤斯图斯·克罗格参议的一位内兄，被选为议会主席以后，布登勃洛克家和市长也有了亲戚关系，因此，在人们眼中他的威望也随之提高了……

突然间门外响起了一阵聒耳的喧哗声……革命已经闹到会议厅的窗户底下了！室内本来正在闹闹嚷嚷地交换意见，这时也立刻沉寂下来。大家惊慌失措地把手摊在肚皮上，有的面面相觑，有的向窗外张望，窗外边拳头在空中挥动，响起一片震耳欲聋的狂乱嚣张的叫喊声。但是出人意外地，过了一会儿仿佛那些暴动的人被自己的行为吓住了，外面也变得跟大厅里一样寂静。就在这笼罩住一切的寂静中，在莱勃瑞西特·克罗格坐着的最下面一排议席附近，有人清清楚楚地说了一句话。那声音冷静、缓慢、沉重有力地打破了四周的寂静——“这些流氓！”

从一处角落里，一个瓮声瓮气的嗓子气呼呼地喊道：“闻所未闻的卑鄙丑行！”

接着布商本狄恩的急促而颤抖的声音像在说一件什么秘密似的嘁嘁喳喳地响起来：“诸位先生……诸位先生……你们听我说……我知道这座房子……天花板上面有一扇暗门……我小时

候在那里面打过猫……可以从那扇门爬到隔壁的房顶，安全地走出去……”

“可耻的怯懦！”经纪人高什从牙缝里嗞嗞地说。他叉着胳臂靠着主席台站着，垂着头，目光狰狞可畏地向窗外凝视着。

“怯懦，先生？这怎么能叫怯懦呢？老天有眼……这些人真在扔石头啊！我可领教过了……”

这时候外面的叫嚣声又重新响起来，然而已经不再是开始那种暴风雨式的狂喊高呼了。那声音只是平静地、持续不断地响下去，听去仿佛是一片迟缓的、几乎可以说是心满意足的哼唱，中间夹杂着一两声口哨和个别的叫嚣，像什么“原则”呀，“市民权”呀等等。代表们屏声静气地倾听着。

“诸位代表，”过了一会儿，主席朗哈尔斯博士压低了嗓音对在场的人说，“我希望大家同意我宣布开会……”

主席的话说得极为婉转，然而代表们却没有一个人给予丝毫支持。

“开会有什么用。”一个人直爽而坚定地说，他的语气好像不容别人反对。这是一个名叫法尔的农民型的人，他来自李采奥尔乡区，是小施瑞斯塔根村的代表。谁也记不起来他曾经在会议上说过话。可是在当前这种场合连最纯朴的人的意见也有了分量了……法尔先生一点不怯场地凭着他天生的政治见解道出了全体代表的意见。

“愿上帝保佑我们！”本狄恩先生惴惴不安地说，“坐在上面那些位子上，从外边街上可以望得到。这些人要扔石头啊！哎呀，老天有眼，我是领教过了……”

“这个混账门做得这么窄！”酒商科本绝望地喊道，“要是我们想出去，准得挤成一团，准得挤成一团！”

“闻所未闻的卑鄙丑行。”史笃特先生瓮声瓮气地说。

“诸位代表！”主席又一次向大家呼吁说，“请大家允许我说一下……我一定得在三天内把今天的会议记录整理好交给现任市长……再说全城的人都在等着这次结果刊印公布呢。今天究竟要不要开会，我希望大家至少表决一下……”

但是除了少数几个代表对主席表示支持以外，没有一个人准备进入会议程序的讨论。看来投票表决也不会有什么结果。不应该再去刺激外面的群众。谁也不知道，他们要的是什么。不应该通过什么决议——不论是哪个方向的——去惹恼他们。只有等着，平心静气地等着。圣玛利教堂的大钟敲了四点三十分。

他们彼此证实，这时最好的办法莫过于耐心等待。大家对于外面的喧嚣声已逐渐习惯了，那声音时起时伏，一时停歇，一时又重新沸腾起来。人们已安静下来，要求把身子摆得更舒服些，于是有的坐在下层的座位上，有的坐在椅子上……这些公民生性勤奋，他们的活动本能禁不住又跃跃欲试起来……于是这里那里都谈起买卖来，有的地方甚至谈妥了几项。经纪人开始凑近几个大商人身边……这些被围困住的先生像是被一阵暴风雨截留住的人一样谈起别的事情来，但是每隔一会就摆出严肃的面孔来倾听一下雷声。五点钟了，五点三十分了，暮色沉沉地降下来。时不时有人叹息着说，自己的妻子正等着他喝咖啡呢，听了这话本狄恩先生禁不住又提起那扇暗门的事。但是大多数人的想法跟史笃特先生一样，史笃特先生无可奈何地摇着头说："这扇门不是给我这样胖的人预备的。"

约翰·布登勃洛克想着自己妻子的嘱托，一直守在岳父身边。他对岳父说："希望你不要把这件小风波太放在心上。"说着他脸上露出一些担忧的神情。

在莱勃瑞西特·克罗格的白色假发覆掩下的前额上突起两条青筋，显然他的心情非常焦躁。老人的一只纤细的手抚弄着背心上的发蛋白石光的扣子，另一只戴着钻戒的手放在膝头上瑟瑟地发抖。

"荒谬绝伦，布登勃洛克！"他的声音带着无限疲倦，"我只是厌烦得要死，没有什么别的。"然而他马上就流露出真实感情，因为他突然咬牙切齿地说："Parbleu！[①]让！一定得用铅弹、火药对付这些卑鄙肮脏的家伙，好让他们懂得什么叫尊敬……这群暴徒！……这群流氓！……"

参议含糊其词地劝解着："可不是……可不是……您说得对，这真是一出不成体统的滑稽戏……可是有什么办法呢？一定得学会不动声色。天已经晚了。这些人马上就会走的……"

"我的马车在哪儿？……马上给我准备马车！"莱勃瑞西特·克罗格怒不可遏地吩咐说。他的一腔怒火突然爆发出来，全身在颤抖着，"我告诉他五点钟来！……我的马车在哪儿？……

---

① 法文：当然！

会不开了……我在这儿做什么？……我可不想受人耍弄！……我要我的马车！有人在欺侮我的马车夫吗？您去看看，布登勃洛克！”

“亲爱的岳父，看在上帝的分上，请您平静一点吧！您太激动了……这对您的身体是不合适的！自然啰……我这就去看看您的马车。我自己对这种局面也厌烦极了。我要跟那些人说说，让他们回家去……”

虽然莱勃瑞西特·克罗格表示不同意，虽然他忽然用冷静而轻蔑的语气命令说：“站住，留在这里！您不要自己降低身份，布登勃洛克！”然而参议仍然用迅速的步伐走过大厅去。

当他走到小绿门旁边的时候，塞吉斯门德·高什追上了他，伸出一只瘦骨嶙峋的手抓住他的胳臂，低声地问他，那声音听去令人毛骨悚然：“上哪儿去，参议先生？……”

这位经纪人的面孔足有一千条深深的皱纹，他的脸上带着一副毅然置生死于度外的神情，尖翘的下巴几乎掀到鼻子尖上，灰色的头发阴沉沉地盖到太阳穴和前额上。他把头紧紧缩在肩膀里，这次他真的装成一个残疾人的样子了。他嘶哑地喊道：“您瞧，我决心跟这些人谈一谈。”

参议说：“不，您还是让我去吧，高什……也许那些人里面我认识的人更多……”

“也许是这样吧！”经纪人声音喑哑地说，“比起我来，您是一位更伟大的人。”这时他把嗓音提高了，继续说，“可是我要陪着您，我要站在您身边，布登勃洛克参议！让这些反叛的奴隶把他们的怒火泄到我身上吧……"

"唉，这一天，这一晚上！"当他向外走的时候，自言自语地说……显然他从来没有感到像现在这样幸福过，"喏，参议先生！这些人就在这儿！"

两个人穿过了走廊，走到大门前边。通向人行道有三级窄窄的台阶，他们就站在上面两级上。大街呈现出一副生疏的面貌。街上一片死寂，四周房屋的窗户都开着，室内点着灯，人影幢幢，那是一些好奇的人正在俯瞰聚集在市民代表大厅前的一片黑糊糊的暴乱群众。在数目上滋事的人不比大厅里聚会的人多，他们不外乎是码头和堆栈的年轻工人，脚夫，国民学校的学生，商船上的水手和住在城里僻街陋巷、蓬门湫舍的一些人。这里面也有三四个妇女，这些人一定也像布登勃洛克家的女厨子一样希望从这次事件里得到某些好处。有几个闹事的人因为站累了，就在马路石边上坐下，吃起面包来，双脚放在路旁沟渠里。

眼看就要六点钟了，虽然暮色已经很深，街头铁链上悬着的油灯却仍然没有点起来。这一次前所未有地对正常秩序的公开破坏，使布登勃洛克参议从心底感到气愤，而他开始说话时声调带着几分傲慢和恼怒也正是这件事实的结果："你们这些人，你们干的是什么样的蠢事！"

吃晚点的人一下子从人行道上跳了起来。站在后边的人，站在马路另外一边的人也都踮起脚尖。几个替参议工作的码头工人摘下帽子来。大家都注意倾听着，有的人杵了杵旁边人的腰，压低了嗓音说："这是布登勃洛克参议！布登勃洛克参议要发表演说呢！

别出声，克利山，不然他发起火来可凶着呢！…… 这是经纪人高什 …… 看！ 他简直像个猴子！…… 他是不是脑子有点毛病？”

“寇尔·斯摩尔特！”参议重新开始说，他的一双细小深陷的眼睛盯住一个二十三岁的罗圈腿的堆栈工人，这个人手里拿着帽子，一嘴的面包，正站在台阶前边。“你说说，寇尔·斯摩尔特！是时候了！ 你们在这儿足足闹哄了一下午了 ……”

“是的，参议先生 ……”寇尔·斯摩尔特咀嚼着面包说，“是这么一回事情 …… 说实在的 …… 我们正在闹革命。”

“这真是胡闹，斯摩尔特！”

“是，参议先生，您是这么说，可是我们觉得这件事 …… 我们不满意这个世道 …… 我们要求另外一种制度，过去的旧东西不中用了 ……”

“听我说，斯摩尔特和你们这些人！ 谁要是有脑筋，谁就回家去，别再搞什么革命，扰乱社会秩序 ……”

“神圣的秩序！”高什先生从牙缝中迸出这个词儿来 ……

“我再说一遍，不要扰乱社会秩序！”布登勃洛克参议斩钉截铁地说，“连街灯都没有人点了 …… 你们闹革命闹得也太不像话了！”

然而寇尔·斯摩尔特却只把嘴里的一口面包咽了下去。他站在一大群人的最前边，叉着两条腿，他要抗辩 ……

“是的，参议先生，您是这样说！ 可是我们要反对这种选举制度啊 ……”

“老天爷，你这蠢货！”参议喊起来，气得忘记说方言了 ……

“你说的都是最莫名其妙的话……”

“是的，参议先生，”寇尔·斯摩尔特有一些胆怯地说，“现在这样子虽然也不错。但是革命还是一定得搞。到处都在闹革命，不管是柏林也好，巴黎也好……”

“斯摩尔特，你们要的到底是什么呢！你说说看！”

“是的，参议先生，我说：我们要一个共和国……”

“你们这些傻瓜……你们已经有共和国了。”

“是的，参议先生……那么我们就再要一个。”

站在四周的人，有几个懂得这件事的，粗声粗气地大笑起来。虽然听清楚寇尔·斯摩尔特的话的人并不多，这种愉快的情绪还是传播开来，直到最后这些共和政体的信徒全都意气风发地嘻嘻哈哈笑了起来。好些市民代表手里拿着啤酒杯从大厅的窗户后面露出好奇的面孔……唯一对事情这样急转直下而失望痛心的是塞吉斯门德·高什。

“好，你们这些人，”布登勃洛克参议最后说，“我看，现在最好的是，你们往家里走吧。”

寇尔·斯摩尔特被自己无意引起的这个收场弄得愕然不知所措，这时回答说：“是的，参议先生，就这么办吧。事情慢慢地就会平静下去的。我很高兴，您没有怪罪我，再见，参议先生……”

人群开始散去，个个心情非常愉快。

“斯摩尔特，你等一会儿！”参议喊道，“你看见克罗格家的马车没有，城门外边的那辆四轮马车？”

“看见了，参议先生！那辆马车来了，它在那边的广场上等着呢……”

“好，那么你快点跑去，斯摩尔特，告诉姚汉让他马上把车赶来。他的主人要回家。”

“好吧，参议先生！……”寇尔·斯摩尔特把帽子往头上一扔，把皮帽檐低低地拉到眼皮上，迈着大步摇摇晃晃地顺着大街跑过去。

第四章

当布登勃洛克参议和塞吉斯门德·高什回到会场上去的时候，大厅里的景象较之一刻钟以前显得愉快多了。主席台上的两盏大石蜡油灯已经点起来，在黄色的灯光下代表们或立或坐地聚在一起，不断地往闪亮的大银杯里斟啤酒，彼此碰杯，一面兴致勃勃地高谈阔论。苏尔克灵格太太，那个开酒馆的寡妇也在这里，她正在热心地招待她的这些被围困的客人，一面甜言蜜语地劝说大家应该喝点酒提提精神，因为看样子包围一时还解除不了。这样她利用这几个钟头骚乱的时间，把她那色淡而性烈的啤酒兜售了很多。这两位谈判代表走进来的时候，酒馆的侍役正挽着袖子满面笑容地又拖进来不少瓶啤酒。虽然天已经黑了好久，时间已经很晚，不能再进行修改宪法的讨论，然而却没有一个人提议散会，要求回家去。反正今天喝咖啡的时间已经过了……

参议和许多走过来祝贺他成功的人握过手以后，便立即向自己岳父那边走去。莱勃瑞西特·克罗格似乎是唯一一个情绪没有转佳的人。他冷淡地、心不在焉地高高坐在自己的位子上，当他听到自己的马车马上就来的消息以后，不屑地回答说：“这些暴徒准许我回家了吗？”他的声音微微颤抖着，这与其说是由于他年事已高，倒不如说是由于激怒更恰当些。

他把皮外衣披在肩膀上，他的动作僵直，一点也显不出人们一向在他身上看到的那种优美和娴雅的风度。参议要求搀着他，他只随便道了声“Merci”，就把手插在女婿的胳臂下。

一辆华丽的马车，车夫座上悬着两盏大灯，已经停在门口了。门前边的路灯这时也已经点了起来，参议心里很高兴。他们上了马车，当马车辘辘地沿着街道驶过去的时候，莱勃瑞西特·克罗格始终一语不发地僵直地坐在参议的右边。他半闭着眼睛，膝头上盖着毯子，身体并没有靠向靠背。在他的银白色的上须下面，两条纵纹从下垂的嘴角一直通到下巴上。这场屈辱在他心头点燃的怒火正在销毁他，磨蚀他。他望着对面的空座位，眼神惨淡而寒冷。

街上比星期日下午还热闹。触目尽是节日气氛。人民被革命的这一幸运收场所陶醉，四处游逛，甚至有人引吭高歌。马车驶过去的地方，这里那里有一些青年人高声欢呼，并且把帽子抛到空中去。

“我真的觉得您太为这件事动肝火了，岳父，”参议说，“只要平心静气地想一下，看得出来这件事从头至尾不过是胡闹……不过是一出滑稽戏……”为了从老人那里得到一句答话或者反应，他开始以活泼的声调谈起一般的革命情况来，“如果这些无产者能认识到，他们现在这样做对自己的利益毫无裨益……咳，老天爷，到处都是这样！我今天下午跟经纪人高什谈了一会儿话，就是那个用诗人和剧作家的目光观察一切事物的怪人…… 您知道，岳父，革命在柏林是在美学家的茶桌上传播开的…… 以后人民把它抢过去，不顾死活地干起来…… 看他们闹得出什么结果来吧！”

“请费心把您那边的窗户放下。”克罗格老头说。

约翰·布登勃洛克迅速瞥了他一眼，赶忙把窗玻璃放下来。

“您觉得不很舒服吗，岳父？”他焦急地问道。

“很不舒服。”莱勃瑞西特·克罗格板着面孔回答。

“您需要吃点什么，休息一会。”参议说，为了做点什么，他把岳父膝头上的皮褥子拉严了一些。

突然，正当马车辘辘地驶过布格街的时候，发生了一件令人吃惊的事。当马车驶离那停立在朦胧暗影里的城墙约有十几步的时候，走过来一群嬉笑喧闹着的街头儿童，这时一块石头从开着的窗户外飞了进来。这是一块不足为害的小石块，还没有鸡蛋大。不知是哪一位克利山·施努特或者海纳·乌斯为了庆祝革命而把它投进来的。显然投石头的人并没有怀着什么恶意，也许根本不是对着马车扔的。石头毫无声息地飞进窗户来，没有声音地打到莱勃瑞西特·克罗格盖着厚皮褥子的胸脯上，又毫无声息地从皮褥子上滚下来，落到地上。

“混账！”参议气愤地说，“今天晚上这些人都疯了吗？……没有打伤您吧，岳父？”

老克罗格一语不发，令人担忧地一语不发。马车里光线太暗，看不清他脸上的表情。他直挺挺地坐在那里，比从前挺得更直更高，一点也没有挨着靠背。过了一会他迟缓地、冷冷地、费力地从内心深处说出一句话："这群流氓。"

参议恐怕再使他受刺激，没有回答他的话。马车带着隆隆的声响从城门穿过去，三分钟以后，驶到一条宽阔的街上，眼前就是围着克罗格住宅的铁栏杆，栏杆尖一律镀着金。圆门后面是一条两旁种着栗树的大道，直通到阳台，门两旁明晃晃地点着两盏有着镀金顶灯罩的大灯。参议在灯光下看到他岳父的面孔时，不由得吃了一惊。那张脸是姜黄色的，肌肉松弛，皱纹累累。一直浮现在嘴角上的傲慢冷峻的表情已经变成一副歪曲痴呆、松软下垂的老迈的丑相了……马车停在阳台前边。

"扶我一下。"莱勃瑞西特·克罗格说，虽然这时先下车的参议已经把皮褥子掀到一边，把胳臂和肩膀伸过来预备给他扶着。参议搀着他在铺着沙子的路上慢慢走了几步，走到通向餐厅的白石台阶前面。老人在台阶下面腿忽然一软，头沉重地垂到胸脯上，以致他那垂下来的下颚和上颚相碰，咔嗒响了一声。他的眼睛向上一翻就黯淡下去……

莱勃瑞西特·克罗格，这位时髦的骑士，已经回到他祖先那里去了。

第 五 章

一年又两个月以后，1850年1月的一个雪雾交加的早晨，格仑利希夫妻俩坐在餐厅里，身旁是他们三岁的小女儿。这间屋子的墙壁镶着浅黄色木板，他们坐的椅子是用每把二十五马克的价钱买来的。

因为蒙着雾气，两扇窗子的玻璃一片迷蒙，只能模模糊糊地望到窗外几株光秃秃的树和灌木的影子。墙角里一只用瓷砖砌的不高的壁炉里火光熊熊，把屋子填满芳香的融融暖意。从壁炉旁边的一扇开着的门，遥遥可以望见小书房里花草的绿叶；对面一边，通过半掩的绿色纱布的窗帘可以看到用一色棕缎布置的客厅和一扇高大的玻璃门。门框四边堵着棉花卷，门外一座小露台隐蔽在灰蒙蒙的浓郁雾气里。除了这两个通道以外，屋子里还有一扇通向走廊的门。

圆桌上的雪白的锦缎上面铺着一块绣花的绿桌布，桌布上摆着透明的金边瓷器，好像贝母似的泛着乳白的光。一只茶炉吱吱地烧着。在一只精工雕刻的银质面包篮里摆着奶油面包片和小圆面包。这只面包篮的口很浅，形状像一只微卷的锯齿边大叶子。一只钟形的玻璃罩下面堆着带网纹的小黄油球，另一只下面放着各种各样的干酪，黄的、白的、带大理石纹的、绿色的。自然了，男主人面前少不了还放着一瓶红酒，因为格仑利希先生早餐总要吃些热菜。

格仑利希先生的鬓须是新烫过的，每天清晨时刻他的脸色显得特别红润。他背朝着客厅坐着，已经穿戴整齐，上身是黑色外衣，下面是大方格的浅色裤子。他正按照英国习惯拿着一块嫩煎排骨饕餮大嚼。他的妻子虽然认为这很可以表示他们高贵，但也觉得非常厌腻；她无论怎样努力，也不能下决心把她一向吃惯的面包鸡蛋换成这份排骨。

冬妮穿的是睡衣：她特别喜欢穿睡衣。在她眼里，什么也不如漂亮的便服更高贵娴雅，因为出嫁以前父母不许她放纵这种感情，因此她现在结了婚就加倍沉湎在这里面。她有三套这样柔软宽松的衣服，剪裁这几套衣服比剪裁一套舞会礼服更能显示一个人的趣味、慧心和机巧。今天她穿的是一件深红色的睡衣，颜色和护墙板上面壁毯的色调非常协调。这件大花的衣服料子柔软如绵，上面到处绣着同样颜色的细碎的小玻璃珠，宛如雨珠喷溅，一圈又一圈的红色天鹅绒带子密密麻麻地从领子一直缠到底边。

她的浓密的金灰色头发上同样也系着一条红色天鹅绒带子，前面的鬈发一直覆到前额上。虽然身体已经发育到最成熟的阶段，这一点她自己也知道，她的略微噘起一点的上唇却依然保留着儿时那种天真活泼的神情。她的灰蓝色的眼睛，眼皮有一些发红——刚才她用冷水擦过。一双手纯粹是布登勃洛克家的手，虽然略嫌短小，却白嫩纤细，细嫩的手腕裹在柔软的袖口里。她正在用这双手舞弄刀叉，拿杯子，但她今天的动作不知为什么有些慌乱。

她的小女儿伊瑞卡坐在身旁一把高椅子上。这个小姑娘穿的是一件臃肿可笑的浅蓝色厚毛线衫。她长得肥肥胖胖的，淡黄的短发拳曲着。她用两只手抱住一只大茶缸，脸整个埋进去，大口大口地喝着牛奶，不时发出一声表示满意的叹气声。

格仑利希太太摇了摇铃，他们的侍女婷卡从走廊上走进来，把孩子从高椅上抱出去，准备把她抱到楼上游戏室去。

“你可以带她在外面散半个钟头步，”冬妮说，“可是不要比半个钟头更长，要穿上那件厚一点的夹克，听见了吗？…… 外面在起雾。”—— 屋子里只剩下她和她的丈夫。

“你不要惹人家笑话你了，”沉默了一会她开口说，显然她在继续一场中断的谈话 ……“你有什么反对的理由？你倒是说一说你的理由啊！…… 我不能老是看管孩子 ……”

“你不喜欢孩子，安冬妮。”

“喜欢孩子 …… 喜欢孩子 …… 我没有时间！家务事把我整个占住了！早晨一醒，我脑子想到有二十件事要做，上床的时候，我想到还有四十件没做 ……”

“咱们不是有两个女用人吗？像你这样年纪轻轻的 ……”

“两个女用人，不错。婷卡要洗衣服，要收拾打扫，要伺候人。女厨子也忙得手脚不得闲。你一清早就要吃排骨 …… 你好好想想，格仑利希！反正伊瑞卡早晚也得请一位保姆，一位家庭女教师 ……”

“以我们的经济能力讲，不便这么小就替她单独雇个保姆。”

“我们的经济能力！…… 天老爷，你太让人觉得可笑了！难道我们是叫花子？难道最必要的东西我们也非要节省掉不可？据我所知，我光是陪嫁就带过来八万马克 ……”

“哼，你那八万马克！”

“当然啰！…… 你是不把这笔钱放在眼里的 …… 你没有把它当一回事，因为你和我结合是出于爱情 …… 就算是这样吧。可是你现在还爱不爱我了？就是我提出正正当当的要求，你也跟我为难。不给孩子雇保姆 …… 跟每天的饭食似的一时也缺不了的马车，你连提也不提一声了 …… 如果我们的经济能力不许可置一辆马车，不许可我们像样地进城会客，为什么你非要让咱们住在乡下不可呢？为什么老不高兴我进城呢？…… 你最高兴的是，让咱们一辈子埋在这里，让我一个生人面孔也看不到。你老是那么不通人情！”

格仑利希先生给自己斟了一杯酒，把玻璃罩子揭开去拿干酪。他一句话也不回答。

“你还爱不爱我了？”冬妮重复地说，“你这样一声不吭太没有礼貌了，这倒让我想起从前的一件事，想起在我们家风景厅里 …… 那时候你装出另外一副模样！…… 从我们结婚第一天起你就只是晚上陪我坐一坐，而且也只是为了看看报纸。最初你对我提出的要求至少还稍微考虑考虑。可是这也是很久以前的事了。你心里已经没有我了！”

“你呢？你在使我倾家荡产。”

"我？…… 我使你倾家荡产 ……"

"不错。你的懒惰、好挥霍和追求享受正在使我倾家荡产 ……"

"噢，你不要把我受的好教养也当作错处来责备吧！ 我在娘家的时候连一根手指头也不用抬。现在我必须辛辛苦苦地学会管理家务，可是我也有权利要求你不要拒绝我最简单的需求。父亲是个有钱的人，他做梦也想不到我会缺少用人使唤的 ……"

"那么你就等着咱们也分到这笔财产的时候再雇第三个女仆吧。"

"你是盼望我父亲死吗？！ …… 我说的是我们也是有产业的人，我不是空手到你家来的 ……"

虽然格仑利希先生正在咀嚼东西，也不得不笑了一下，困窘、痛苦、沉默地笑了笑。这使冬妮很困惑。

"格仑利希，"她的声音变得平静了下来，"为什么你又笑，又说什么经济力量 …… 是不是我对咱们财产的想法不对？ 你是不是生意做亏了？ 你是不是 ……"

正在这时候，响起了敲门声，有人急急地敲了两下廊子上的门，接着凯塞梅耶先生走了进来。

第六章

凯塞梅耶先生已经把大衣和帽子都脱掉，像一个熟客似的没有让人通报就走进屋子来，在门旁边站住。他的外表和冬妮给她母亲的一封信里所描述的毫厘不差。他的躯干比较短壮，既不太胖也不太瘦，身上穿的是一件黑色的、已经磨得有些起亮的上衣，同一颜色的裤子，又紧又短。白背心上挂着一条细长的表链，上面横七竖八搭着两三条系夹鼻眼镜的绳带。剪得齐齐整整的白鬓须同他那红通通的脸膛形成鲜明对照，除了下巴和嘴唇还露在外面以外，几乎把整个面颊都遮盖住。他的嘴小而灵活，样子使人发笑，整个下牙床只剩下两颗牙。当他把两只手插在直筒子似的裤袋里，带着一副紊乱、沉思、心不在焉的神情站在那里的时候，一对圆锥形的黄牙就紧紧抵住上嘴唇。虽然当时屋内一丝风儿也没有，头上的毛茸茸的斑白的软发却仍然轻轻地拂动着。

他终于把手从裤袋里拿出来，欠了欠身，让下嘴唇耷拉下来，费了好大力气从胸前乱成一团的绳索中解开一条系眼镜的带子。接着他一下子把眼镜夹在鼻子上，做了一副最使人发噱的怪相，端详着这一对夫妻，口里念念叨叨地说："啊哈。"

因为他过分喜欢用这个口头语，所以这里必须说明，他可以用最不同、最独特的样子表达它。比方说，他可以把头一仰，把鼻子一皱，张大嘴，摇摆着手，拖长了鼻音，像个中国小铜锣儿似的把这个声音哼出来……他也可以不带这么丰富的含义，只是简单随便、柔声细气地把这个字说出来，而其结果也许更令人发噱，因为他的“啊”字总是含混不清，带着浓重的鼻音。今天的“啊哈”是一个短促而快乐的“啊哈”，伴随着这个声音他把头急遽地一摆，似乎心情非常快乐……然而我们却也不能信以为真，因为事实是，银行家凯塞梅耶的外表越快乐，他的心情越凶险。如果他跳跳蹦蹦，“啊哈”之声不绝于口，夹鼻眼镜戴上又摘下，胳膊摇来摆去，嘴里说个不停，做出一千种滑稽可笑的样子，那么我们可以断定，恶毒的念头一定正在啮咬着他的内心……格仑利希先生眨着眼睛，带着毫不掩饰的不信任望着他。

“您今天这么早？”他问……

“不错，不错……”凯塞梅耶先生回答，把他的一只皱瘪的、通红的小手在空中摇了摇，似乎是在说：别着急，这就有让你吃惊的事了！……“我有事情跟你谈！马上就得跟你谈，我的亲爱的！”他说话的样子非常可笑，每个字都要在嘴里转弄一周，然后用他那没有牙齿、一鼓一瘪的小嘴非常费力地吐出来。“r”在他口里滚转，听上去就好像他的上颚涂了肥油似的。格仑利希先生眨巴着眼睛，愈发露出不信任的神色。

“您过来，凯塞梅耶先生，”冬妮说，“坐下吧。您来得真好……请您注意听听，当个仲裁人。我刚和格仑利希抬了半天杠……请您说一说：三岁的小孩是不是应该请一位保姆了？您说说！……”

然而凯塞梅耶先生好像根本没有注意她。他坐下来，一边把他的小嘴尽量张得很大，皱着鼻梁，一边用一根食指揉弄着新剪的胡子，发出一种令人不耐烦的沙沙声。他透过自己的那副夹鼻眼镜，带着无从描述的快乐神色打量着漂亮的早餐桌、银面包篋和红酒瓶上的商标。

“是这么一回事，”冬妮接着说，“格仑利希说，我让他倾家荡产！”

听到这里，凯塞梅耶先生瞟了她一眼，然后又望了望格仑利希先生……接着就纵声大笑起来！“您叫他倾家荡产？……”他喊道，“您……您让他倾家荡产吗？……噢，上帝！哎呀，上帝！竟有这种事！……真是笑话！……真是滑天下之大稽！”接着他发出一连串不同声调的“啊哈”来。

格仑利希先生显然有一些坐立不安，他径自在椅子上挪动身体。一会儿用他那长长的食指捋一捋脖颈，一会儿用手很快地梳理一下自己金黄色的鬓须……

“凯塞梅耶！”他说，“您庄重一点。您是不是神经失常了？不要再笑了！您要喝酒吗？要不要抽一支雪茄？您到底笑的是什么？”

“我笑的是什么……好，您给我一杯酒，给我一支雪茄……您问我笑的是什么？您是觉得，您的夫人在败您的家吗？”

“她太追求浮华了。”格仑利希先生恼怒地说。

这一点冬妮并不想争论。她平静地向后仰靠着，双手揣在怀里，手摆在睡衣的天鹅绒带子上，上嘴唇带着些刁钻的神情噘着。她说：“不错 …… 我是这样。这件事很清楚。这是我从妈妈那儿学来的。克罗格家的人一贯喜欢奢华。”

她本想以同样平静的语调宣布，她性格的确轻佻、急躁、喜欢寻衅。她的强烈的家族本性几乎不允许她接受自由意志和性格自我发展的说法，相反地，它使她以一种几乎可以说是宿命的冷静接受自己的性格 …… 她不想区别它，也不想有所改正。她不知不觉地形成一种观念，认为无论是什么癖性，好的也罢，歹的也罢，都是与生俱来、世代相传的，因此也都是可尊敬的，人们必须对它表示崇敬。

格仑利希先生已经吃完早饭，两支雪茄的香气和炉火的暖气交织在一起。

“您还有兴趣吗，凯塞梅耶？”主人问道，“您再吸一支吧。我再给您斟一杯葡萄酒 …… 您是说要跟我谈谈？很紧急吗？发生了什么大事？…… 也许您觉得这里太热了吧？…… 一会儿咱们一起坐车进城去 …… 吸烟室比这里凉爽一点儿 ……”可是这一切努力都只赢得凯塞梅耶先生把手在空中一摆，好像他要说：您说这些话一点也不顶事，亲爱的！

最后大家站起身来，冬妮留在餐室里照管着侍女收拾餐具，格仑利希先生领着他这位业务上的友人穿过小书房。他心事重重地用手指捻弄着左边的胡须尖，低着头在前面走，凯塞梅耶先生跟在后面，摆动着胳臂走进了吸烟室。

十分钟过去了。冬妮在客厅里耽搁了一会，用一把花花绿绿的毛掸子亲手拂拭了一下小写字台的光泽闪闪的胡桃木桌面和另一只桌子的曲腿，然后她慢慢从餐厅走回起居室。她的步伐十分安详、端庄。布登勃洛克小姐做了格仑利希太太以后显然一点也没有减少过去的骄矜。她永远把身躯挺得笔直，下颚微微向后收敛，居高临下地俯视一切。她的一只手拿着一只精巧的油漆过的钥匙篋，另一只手轻巧地插在深红色睡衣侧面的口袋里，故意让睡衣上松软的大褶皱在身上左右摆动。然而从她嘴角上天真纯洁的神情却可以看出来，她的这一切端庄矜持只不过是她那无限童稚无邪的游戏的一种表现而已。

她在小书房里来回走了两趟，用一把小铜壶把大叶植物的黑土浇湿。她非常喜爱她的棕榈，因为这些棕榈树长得枝茂叶盛，更使屋子里平添了许多华贵气象。她小心谨慎地抚摩了一下粗茎上滋生出的一枝新芽，又轻轻地摩挲了一会那些庞大绮丽的叶面，用剪刀从这里那里剪去一两个枯黄的尖儿…… 突然她注意倾听起来。吸烟室里的谈话几分钟以后已经变得非常热烈，这时声音忽然提得这么高，以致在小书房里每个字都能清清楚楚地听到，虽然当时门关得很紧，窗帘也很厚。

“您还是不要喊吧！看在老天爷分上，您别发这么大的火，”听得出这是格仑利希先生的喊声，他那柔细的嗓子生来就不是为嘶喊用的，听去仿佛是在尖叫。“您再抽一支雪茄吧！”他补上了一句，竭力使声音温和。

“好，非常感谢，请您给我一支。”那位银行家说，接着出现了片刻沉默，凯塞梅耶先生一定正在点烟。一会儿听见他说：“简短地说，您究竟是愿意还是不愿意吧？不是这样就是那样。”

“凯塞梅耶，请您再把期限放宽一点吧！”

“啊哈？哼……不成，亲爱的，绝对不成，别提这话了……”

“为什么不呢？您为什么忽然这样心血来潮了？看在老天爷分上，请您讲一讲情理吧！您已经等了这么久了……”

“一天也不能多等了，亲爱的！就是八天吧，多一小时也不成了……但是如果我们求那个人……帮一把……”

“不要提名字，凯塞梅耶！”

“不提名字……好。如果我们能求求您那位德高望重的老岳……”

“不要深说了……老天爷，您别做蠢事，好不好？”

“好，就不深说吧！要是我们能求求提到的那家公司扶助一下，求求那家您的信誉与之息息相关的公司，您觉得怎么样呢？亲爱的，这次不来梅破产他们损失了多少？五万？七万？十万？难道比十万还多？这次事件他们也受了连累，受了很大的连累，这一点连屋顶上的小麻雀也瞒不了……这是人们心里的问题。昨天……好，就不提名字！昨天……这家提到的公司还根深蒂固，还保护着您不受挤兑，虽然他们并不是有意地这样做……今天它自己却资金枯竭，因此，格仑利希先生的资金就更是枯竭而又枯竭……我说清楚了吧？您难道没有觉察出来吗？您不是第一个感觉出这次动荡来的吗？人们怎样对待您？用什么眼色看您？博克和古德斯蒂克尔还是那么殷勤客气、那么充满信任吗？信贷银行的情形又怎样呢？”

“请您把期限放宽一些吧！”

“啊哈！您是在睁着眼睛说胡话吗？我知道，他们昨天就打了您一闷棍。着着实实打了一闷棍，很有刺激作用……您看见了！……您不要难为情。您愿意瞒着我，说他们跟从前一样镇静可靠也好，这是您的兴趣……喏——哼，亲爱的！您给参议写信吧。我等一个星期。”

“分期付款，凯塞梅耶！”

“分期付款，见您的鬼！除非一个人能肯定对方有支付能力，他才会同意分期偿还！难道我需要试验一下您的支付能力？您的支付能力我可是比手掌看得还清楚。啊哈……分期付款，真是滑稽至极……”

“请您把声音压低一点，凯塞梅耶！您不要老是这么怪声怪气地大笑吧！我的处境很严峻……是的，我承认，很严峻，可是我手头还有几笔买卖……一切还可能好转。您听我说，我再说一句，您把期限放宽一些，我给您两分利息……”

“不在这里，不在这里……太笑话了，亲爱的！喏——咳，我是主张货买及时的！您答应给我八厘利息，我展了一次期。你答应一分二、一分六，我又都展了一次期。您现在可以答应给我四分，可是我却不敢再展期了，一点也不敢再打展期的念头了，亲爱的！自从卫斯特法尔兄弟在不来梅摔了个嘴啃地以后，每个人都想跟那个公司暂时解脱关系，先把自己的脚跟站稳……刚才已经交代过，我是主张货买及时的。只要约翰·布登勃洛克一天稳固可靠，我就收留你的签字一天……同时我还可以把你拖欠的利息归到本金里面，可以提高利率！可是一个人把一件东西留在手里必须有一个条件，必须肯定这件东西能够增值，或者至少稳固……如果这件东西开始贬值，那么他就把它出手……坦白地说吧，我要我的本金。”

“凯塞梅耶，您脸皮真厚！”

“啊——啊哈，脸皮厚，真是滑稽！……您究竟要怎么办！说什么您也要求一求您的岳父！信贷银行正处在惊涛骇浪里，再说您自己又不是一点毛病也没有……”

“不，凯塞梅耶……我向您赌咒，您静静地听我说！……好，我什么也不隐瞒，我开诚布公地跟您说，我的处境确实很严峻。您和信贷银行不是唯一的两处……好几处要求我把票据兑现……好像大家都约好了似的……”

“这没有什么奇怪。在这种情况下……这是一场大清洗……”

“不，凯塞梅耶，您听我说！……您好不好再抽一支雪茄……”

“我手里这支还没抽完一半呢！别用您的雪茄跟我纠缠了！您还是还债吧……”

“凯塞梅耶，您现在别让我跌倒……您是我的朋友，您常在我桌上吃饭……”

“您也许没在我家吃过吧，亲爱的？”

“不错，不错……可是您现在别拒绝我这笔贷款吧，凯塞梅耶……”

“贷款？您还要贷款吗？您神经没有错乱吧？您还要借一笔新的？……”

“不错，凯塞梅耶，我向您发誓……很小的一笔……微不足道！……我只是要支付几笔零星欠款，几笔分期清偿的账，也有几笔到期的账，这样我就能建立起信誉，争取时间……您只要支持我，准保您做一笔大买卖！我刚才已经说了，我手头还有几笔生意……一切都会向好里转变……您知道，我是个很活跃，也很机警的人……”

“不错，我知道您是个傻瓜，是个笨蛋，我亲爱的！您可不可以对我讲讲，您在目前的情况下还想用您的机警搞什么？……也许在这广阔的世界上还有一家银行肯把一枚银币放在您的桌上？或者还有一位老岳父？……唉，没有啦……您的兴旺时期已经过去了！您不会再有这种机会了！鄙人不胜敬佩！喏——咳，对您表示心悦诚服……”

“见鬼，您说话轻一点不好吗？”

“您是个傻瓜！又活跃，又机警……不错，但是吃亏的永远是您自己。您不懂什么叫规矩老实，可是您从来没有从这里得过什么好处。您和人家耍手腕，诈弄到手一大笔资本，结果却落得付我一分六而不是一分二的利息。您把您的名誉看得一钱不值，却一丝便宜也占不着。您的良心不如屠户家养的狗，可是归根结蒂您还是个倒霉鬼，是个傻瓜，是个蠢笨的穷光蛋。这种人世上并不少见，真是滑稽至极！……为什么您老是提心吊胆，不肯把您这些事向那个人公开，向他求救呢？是因为您觉得良心有愧吗？是因为四年前您做了些手脚，那件事有一些不可告人的地方吗？您是不是怕某件事……”

“好，凯塞梅耶，我写信。但是如果他拒绝了呢？如果他见死不救呢？……”

“噢……啊哈！那么咱们就让它小小地破一次产，演一出小小的破产的喜剧，我的亲爱的！我并不心痛，一点也不心痛！从我个人来讲，您东拼西凑给我弄来的那些利钱，差不多已抵补上我的损失了……反正等以后在你的破产财团里我也会猛着先鞭的！亲爱的，您留神瞧吧，我吃不了亏的。我了解您这里的情况，可尊敬的先生！我的衣袋里早已提前装好财产清单……啊哈！我会好好照看，不让一只银面包篋和一件睡衣漏掉的……”

“凯塞梅耶，您常在我桌上吃饭……”

“请您别拿桌子椅子搅和我了！……过一个礼拜我来听回信。我现在要进城去，稍许运动对我非常有好处。再见，我的亲爱的！祝您过一个愉快的早晨……”

凯塞梅耶好像正动身往外走；是的，他已经走了。听得见他那奇特拖拉的脚步在走廊上嚓嚓地响；想象得出来，他怎么在空中摇摆着胳膊……

等格仑利希先生走进小书房的时候，冬妮站在那里，手里拿着铜喷壶，直勾勾地望着他的眼睛。

“你站着做什么……你看什么……”他说，露了露牙。两只胳臂在空中欲动又止地摆了摆，上身左右摆动着。他的赤红脸膛从来不会完全苍白。这次也是一样，只是出现了红白相间的斑点，仿佛是个害猩红热的病人。

第七章

约翰·布登勃洛克参议是下午两点钟到达别墅的。他穿着一件灰色的旅行大衣走进格仑利希家的客厅来，一进门就抱住自己的女儿，亲热中流露出几分痛苦的神色。他的脸色灰白，显得比以前苍老了许多。一双小眼睛深深陷进眼窝里，鼻子在凹陷的两腮中挺伸出来，看来又尖又大。他的嘴唇仿佛比过去更窄，胡须也和头发一样，变成花白色。最近他已经不把胡须蓄成从太阳穴到面颊中部的两绺，而是让它在下巴和颚骨下面蓬松地长成一片，一直长到脖颈上，一半掩藏在硬领和领巾后面。

参议最近经历了一连串不如意的事，耗尽了心血。托马斯害咯血症，凡·戴尔·凯伦先生特地写了一封信把这件不幸的事通知了他。他把业务交到一位可靠的代理人手里，立刻兼程赶到阿姆斯特丹去。他弄清楚了自己孩子的病情，不至于马上发生危险，但却急需靠欧洲南方，靠法国南部的晴朗天气治疗。当时正有一件巧事：托马斯的老板的一个年轻的儿子也在计划作休养旅行，于是等托马斯的病略有起色，经得住旅途风霜以后，他立即让这两个年轻人搭伴动身到帕乌去了。

参议刚刚到家，就受到这次一时震撼了他的家业基础的打击，使他一下子损失八万马克的不来梅破产案。是怎么一回事呢？原来公司开出的几张“卫斯特法尔兄弟”承兑的贴现汇票，由于后者倒闭，一股脑儿被退了回来。公司并没有失去支付能力，而且确实一刻也没有延缓就把事情办好，显示出自己的经济实力。但即便如此，这样一次风险，这样一次流动资本的减缩，在银行界、在“朋友”中和在国外商号里所引起的那种骤然的冷淡、观望和不信任，参议都一一尝到了……

他重新立定脚跟，把一切通盘考虑了一番，安排好，镇静下来，准备重整旗鼓……然而正当他埋头苦战，正当他潜心于成堆的电报、函件和账单时，又有一件事发生了：格仑利希，他的女婿，格仑利希，丧失了支付能力。他在一封语句混乱、苦苦乞怜的长信里恳求、祈求、哀求参议资助他十万到十二万马克！参议轻描淡写地把这件事告诉了自己的妻子，然后给格仑利希回了一封措辞冷淡的信。他并没有应许什么，只是说，他将到格仑利希家中当面和格仑利希以及那位银行家凯塞梅耶谈一谈。接着他就动身来到汉堡。

冬妮在客厅里迎接了他。她非常喜欢在这间用黄缎子布置的客厅里招待客人，今天也没有违反常规，因为她虽然感到这一次情况有些严重，很不平常，却不清楚事态的真相。她今天神采焕发，样子既美丽又严肃。她穿着一件胸前和手腕镶着绦子的淡灰色衣服，按照最新式样做的肥大袖口和舒展开的宽宽的裙子，脖子上戴着一枚钻石领针。

"您好，爸爸，到底又看到您了！妈妈好吗？……汤姆有什么好消息？……您脱下外衣，坐下来，亲爱的爸爸！……您要不要洗一洗脸？我让人把楼上一间招待来客的屋子收拾好了……格仑利希也正在梳洗……"

"让他去吧，孩子，我在这里等着他。你知道，我来是为了和你丈夫谈一件事……谈一件非常、非常要紧的事，亲爱的冬妮。凯塞梅耶先生在这里吗？"

"在这里，爸爸，他正在小书房里看簿子……"

"伊瑞卡在哪儿？"

"在楼上，跟婷卡在儿童卧室里，她很好。她正给囡囡洗澡……当然不是用水……一只蜡囡囡……她只是……"

"当然啰，"参议长叹了一口气，接着说，"我的孩子，我想你还不知道你丈夫……现在的处境吧！"

他在摆在大桌子四周的一把靠背椅上坐下，冬妮坐在他脚前一只用三个坐垫堆起来的矮椅上。她右手的手指轻轻地抚弄着脖子上的钻石。

"不知道，爸爸，"冬妮回答说，"我必须承认，我什么都不知道。老天爷，我真是一只笨鹅，您知道，我什么也看不出来。最近有一次凯塞梅耶跟格仑利希谈话，我听见了几句……谈到最后，凯塞梅耶先生的样子仿佛不过是在开玩笑……他说话总是那么滑稽。我听见他们一两次谈到您的名字……"

"你听到他们说我的名字吗？怎么说来着？"

"不知道，爸爸，没听见他们怎么说……从那天起格仑利希就懊丧起来…… 可不是，简直让人受不了！…… 直到昨天…… 昨天他脾气又柔顺了，问了我十来遍我爱不爱他，如果他跟您有所请求的时候我会不会在您面前替他说一句好话……”

“啊……”

“是的…… 他告诉我，他给您写了信，您要到我们家来…… 好，现在您果然来了！真弄得我有些心神不安…… 格仑利希把那玩牌的绿桌摆到这儿来…… 摆了一桌子纸和铅笔…… 为了随后您、凯塞梅耶，还有他自己在这儿谈事情……”

“听我说，我亲爱的孩子，”参议说，一面用手抚弄着她的头发……“我现在一定得问你一件事，一件非常严肃的事！告诉我…… 你是不是从心里爱你的丈夫？”

“当然啰，爸爸。”冬妮说，摆出一个非常幼稚的虚情假意的面孔，正如多少年以前人家问她“你以后不再逗弄那个卖囡囡的老婆婆了吧，冬妮”，她也摆出这样相似的脸…… 参议沉默了一会儿。

“你是不是这样爱他，”他又问，“以致没有他就生活不下去了…… 不管发生什么事，即便按照上帝的意旨他的境遇有所改变，他不能像以前那样再供给你这些东西……”他朝着屋里的家具、窗帘，朝着玻璃罩子底下的镶金台钟以及她的衣服急促地挥了一下手。

“当然啰，爸爸。”冬妮用一种安慰人的语调说。每逢别人跟她严肃地说话的时候，她总是用这种语调回答的。她从父亲的脸望过去，望着窗户外面，那里帘幕般的迷蒙细雨正无声无息地下着。有时大人给小孩子念一篇童话故事，却不失分寸地插进一些什么道德啊、责任啊以及诸如此类的大道理，小孩子的脸上往往显出一副迷惘和无奈、虔诚和厌倦交织的神情——冬妮眼睛里这时流露的正是这种神色。

参议默然凝视了她一分钟，沉思地眨着眼睛。是他对她的答话满意了吗？这一切事他在家里和路上都已深思熟虑过了……

谁都可以了解，约翰·布登勃洛克的第一个，同时也是最真诚的打算是：不管他女婿需要的款项是多是少，他一定要尽力回避。然而当他想到他当初多么——用一个温和的词吧——迫不及待地促成这门婚事，当他的记忆里涌现出他的小女儿在婚礼举行后临别时的脸色和问他的话："您对我满意吗？"这时候他就禁不住引咎自责地颓丧起来。他暗中对自己说，这件事要百分之百地根据她的意志而决定。他很知道她同意这门婚姻并不是出自爱情，但是他也估计到另外一种可能：四年的时间、习惯以及孩子的诞生也许使事情发生了很大变化，现在冬妮也许觉得自己和丈夫结成血肉相连的关系，不论从基督教教义上还是从人情上讲，根本不能考虑分离这一事。如果是这种情形，参议思忖道，出多少钱他也不能计较。自然，基督教的精神和妻子的本分都要求冬妮无条件地伴随着自己的丈夫走进不幸里去，然而如果她真的表示了这种决心，参议又觉得就这样让她女儿平白无故地舍弃掉自幼就享受惯的生活中所有的安乐舒适在情理上是说不过去的……他又觉得自己有责任防止这场灾祸，不论出什么代价也要扶持住格仑利希。想来想去，他最后考虑的结果还是认为最好是把他的女儿和外孙女接回家去，而让格仑利希先生走自己的路。但愿上帝保佑，别让事情发展到这一步！不管怎么说，参议最后还有一条法律条款可以依恃：丈夫如果长期无力扶养妻子，夫妻可以分居。然而首先他需要探询一下自己女儿的看法……

“我知道，”他说，一面继续温柔地抚摸着她的头发，“我知道，亲爱的孩子，你所依据的道理是好的，是值得称赞的。只是……唉，我不能认为你观察到的事情真是应该观察的那些，就是说，真是事态的真相。我刚才问的不是你在这种情况或那种情况下大概会怎么做，而是你现在，今天立刻要怎么做。我不知道，你对这情况知道多少或者猜到了几分……所以我有责任，虽然这是个令人痛苦的责任，告诉你，你的丈夫已经无力偿付债务，他的业务已经不能继续维持了……我想你懂得我的意思了吧……”

“格仑利希破产了？……”冬妮从座垫上欠起一半身子来，抓住参议的手，低声问道。

“是的，我的孩子，”他用严肃的语调说，“你没有想到吧？”

“我没有明确地想到什么……”她咕咕哝哝地说，“这么一说，凯塞梅耶不是在开玩笑……”她目光呆痴地望着斜侧的棕色壁毯说下去……“噢，*老天！*”她突然喊了一声，沉重地坐到坐垫上。直到这一刻，“破产”这个词儿所包含的全部内容才显露在她的眼前，这个词从她小时候起就带给她的是一切模糊可怕的概念……“破产”……这比死更可怕，这是混乱、崩溃、毁灭、侮辱、羞耻、绝望和灾祸……“他破产了！”她重复道。她被这个命运攸关的词儿打击得丧魂失魄，以致根本没有想到向人乞援，连向她父亲请求帮助都没有想到。

他扬着眉毛用他那对深陷的小眼睛看着她。他的眼睛又忧愁又疲倦，同时又流露出极其紧张的神情。

“我刚才问你的是，”他温柔地说，“亲爱的冬妮，你是不是预备永远跟着你丈夫，甚至跟着他过苦日子？……”他立刻感觉出来，自己直觉地选用了“过苦日子”这样厉害的词儿是为了恐吓她，于是又补充说：“他也许能再振作起来……爬起来……”

“当然啰，爸爸。”冬妮回答说。这句话并没有阻住她淌出泪水来。她用一块镶绦子边、绣着她姓名缩写的手帕掩着脸呜咽着。她哭的样子还是小时候那样：一点没有做作，一派天真烂漫。她噘着上嘴唇的神情非常惹人心痛。

她的父亲继续用眼睛打量着她。“你是真心这样想吗，孩子？”他问。他也和自己的女儿一样不知所措。

“我非得要……”她抽抽搭搭地说，“难道我非得……”

“当然，并不是非这样不可！”他的语气轻松了一些，但是他马上又感到自疚，急忙改正过来，“我不想一定强迫你这样，亲爱的冬妮。假如你对丈夫的感情并没有把自己紧紧系牢的话……”

她用一双泪水盈眶的、茫然莫解的眼睛望着他。

“怎么，爸爸……”

参议把身体左右扭动了一下，想到了一个打破僵局的办法。

“我的好孩子，你知道，如果我眼看着让你受这些痛苦委屈而不管，我会感到多么痛苦。而由于你的丈夫这次的不幸，买卖的破产和你们家产的解体，这样痛苦的日子马上就要来到……我的希望是使你躲过最初这一段不愉快的日子，暂时把你和我们的小伊瑞卡接回家去。我想你也会愿意这样做的……”

冬妮沉默了一会儿，一边擦干了眼泪。她小心翼翼地向她的手帕上呵了气，然后把它贴到眼睛上，想把眼睛上的红肿去掉。过了一会儿她用坚决的语调问道，并没有提高声音：“爸爸，这是不是要怪格仑利希？是不是因为他轻率、不老实才遭了这场事？”

“非常可能！……”参议说，“这就是说……不，我不敢肯定，孩子。我告诉过你，我还要跟他和那个银行家仔细谈一谈。”

冬妮似乎完全没有理会这句答话。她只是蜷缩在三个锦缎靠垫里，胳膊肘支在膝头上，用手托着下巴，垂着头，梦幻似的望着屋子。

“唉，爸爸，”她轻轻地差不多连嘴唇也不动地说，“要是当初不……”

参议虽然看不见她的面孔，但是我们知道，当初她住在特拉夫门德的时候，许多夏日傍晚，她倚在自己小屋子的窗户上，浮现在她脸上的正是这样一副神情……她的一只胳臂放在参议的膝头上，手松软无力地向下垂着。仅仅是这只手就流露出无限的苦闷和柔顺的自暴自弃，就流露出对于一个遥远地方的回忆和甜美的眷恋。

“当初……”布登勃洛克参议问道，“要是当初不这样，我的孩子？”

他心里已经预备好听到这样的自白：要是当初不结这门亲事该多么好啊。然而冬妮只叹了一口气说：“唉，没什么！”

她的脑子仿佛正被某些思想盘踞着，她正被那些思想带到遥远的地方，几乎忘记了“破产”这件事。参议不得不自己说出他极愿意得到证实的话来。

“我想我猜到了你的思想，亲爱的冬妮，”他说，“而且我一点也不犹豫地向你承认，四年前我认为是明智有益的一步，此时此刻我自己也追悔莫及……从心底里感到悔恨。我相信我在上帝面前是无辜的。我相信我那时是在尽我的责任替你寻找一个适合你门第出身的归宿……可是上天却另有安排……你千万不要认为你父亲当时轻率、鲁莽，拿你的幸福做儿戏！格仑利希最初跟我们家来往的时候让人看到的是各种优点，他是牧师的儿子，笃信宗教，通达世故……后来我又打听了他的业务情况，同样也是最美满、最合适不过的。我还调查了他的经济情况……现在这一切还埋在黑暗里，埋在黑暗里等待明朗化。但是你并不怪罪我，是不是？”

“不怪罪您，爸爸！您怎么能说出这样的话！算了吧，您不要再为这件事忧心了，可怜的爸爸……您的脸色那么白，要不要我给您拿一点健胃剂来？”她用胳臂搂住他的脖子，吻了吻他的面颊。

“谢谢，不用，”他说，“没有什么……不用了。不错，我最近的日子太不好过……有什么办法呢？碰到了这么多不顺心的事。这是上天对我的考验呀！可是虽然如此，我禁不住还是常常想，我是有些愧对你的，孩子。这一切都要看你怎样回答我刚才提出的问题了。你老实对我说吧，冬妮……结婚后这几年你对你的丈夫有没有产生爱情？”

冬妮又重新哭起来。她一面用双手握着麻纱手帕捂着眼睛，一面呜呜咽咽地说：“唉，您为什么要问这个呀，爸爸！……我从来没有爱过他……我一直讨厌他……难道您不知道吗？……”

约翰·布登勃洛克这时脸上的神色究竟表达了他的什么心情，这是很难说的。他的目光又惊惶又忧郁，可是他紧紧闭着嘴唇，弄得嘴角和两腮紧皱在一起。这是他做了一笔赚钱的生意以后的表情。他轻轻地说：“四年了……”

冬妮的眼泪忽然干了。她握着那块湿手帕，在坐垫上挺直了身子，气冲冲地说：“四年……哼！四年里他也不过有时候晚上陪我坐坐，看看报纸罢了……”

“上帝送给你们一个孩子……”参议有些感动地说。

“是的，爸爸……我非常爱伊瑞卡……虽然格仑利希老说我不爱孩子……我永远也不能和这个孩子分开，我跟您说……至于格仑利希——不是这样的！……格仑利希——不是这样的！……而且现在他又破产了！……啊，爸爸，要是您打算把我和伊瑞卡接回家去……我很愿意！现在您知道是怎么回事了！”

参议又紧紧闭住嘴唇，他非常满意。虽然主要的一点还需要碰一下，但是从冬妮所表现的毅然决然的情形看，他就是这样做也不会有很大风险了。

“从刚才这些话来看，”他说，“有一件事你似乎一点也没有想到。你一点也没想到求人帮忙……而且就是求我帮助。刚才我已经向你表示过了，我在你面前并不是一点内疚也没有的，如果……如果你希望……等待着……我插手进来……挽回这次破产，尽我所能地偿还你丈夫的欠债，维持住他的买卖……”

他紧张地盯着她，她面部的表情使他很满意。她脸上是失望的神色。

“需要多少钱呢？”她问。

“问题不在这里，孩子……需要数目很大，很大一笔钱！”布登勃洛克参议点了几下头，仿佛是仅仅想一想这笔钱，那重量已经压得他东摇西晃了。

“我也不应该向你隐瞒，”他接着说，“咱们的公司在这以前已经受了很大的损失，再支付这样一笔款将会使它元气大亏，恐怕它就很难……很难再恢复过来了。我说这些话决不是……”

他没有把话说完。冬妮跳了起来，甚至向后退了几步，她手里还握着那块绦子边的湿手绢，大声说：“好了！够了！千万别这样做！”

她甚至表现出一副英雄气概。“公司”这个词了结了一切。非常可能，这个词甚至一度战胜了她对格仑利希先生的厌恶。

“您不要这样做，爸爸！”她非常激动地说，“您自己也想破产吗？够了！决不能这样！”

正在这一刻，走廊的门犹犹豫豫地开了一道缝，格仑利希先生走了进来。

约翰·布登勃洛克站起来，他的姿势好像在说：解决了。

第八章

格仑利希先生的脸红一块白一块，然而他对自己的衣着仍然一丝不苟。他穿的是同样的黑色带褶的规规矩矩的燕尾服，同样的豌豆色裤子，正和他第一次到孟街拜访的服装一样。他萎靡不振地站在那里，眼睛看着地板，声音细弱无力地说："岳父……"

参议冷冷地弯了弯腰，接着用一个有力的动作整理了一下领带。

"谢谢您到我们这里来。"格仑利希先生接着说。

"这是我的责任，我的朋友，"参议回答说，"只是我怕在你这件事上，这是我唯一一件力所能及的事了。"

他的女婿迅疾地瞥了他一眼，站立的姿势更加颓唐了。

"我听说，"参议继续说，"您那位银行家凯塞梅耶先生正在等着我们……您准备在哪里进行这场谈判呢？我听您的吩咐……"

"请您随我来，好吗？"格仑利希先生含糊不清地咕噜着。

布登勃洛克参议在他女儿前额上吻了一下说："到上面去看你的孩子吧，安冬妮！"

他转身跟随格仑利希先生穿过饭厅向起居间走去，格仑利希时而走在他前面，时而走在他后面，一路替他掀门帘。

凯塞梅耶先生正在窗边站着，他向后转身的时候，头上细软的花白头发蓬松地掉下来，软软地垂到头盖骨上。

“银行家凯塞梅耶先生……商业家布登勃洛克参议，我的岳父……”格仑利希先生严肃而谦虚地给两人介绍。参议的面孔丝毫表情也没有。凯塞梅耶先生垂着两臂鞠了个躬，把两颗黄色的犬齿抵在上嘴唇上说：“您的仆人，参议先生！不胜荣幸之至！”

“请您原谅，让您久等了，凯塞梅耶。”格仑利希先生说。他对于这两位客人同样殷勤客气。

“咱们就谈正事吧？”参议说，一面向左右望了望，似乎在寻找什么……格仑利希抢着回答说：“请两位这边来……”

当他们走进吸烟室的时候，凯塞梅耶先生兴致勃勃地说：“旅途还愉快吧，参议先生？……啊哈，赶上下雨了？不错，真是最坏的季节啦，气候恶劣，道路泥泞！要是下一点霜，下一点雪嘛……偏偏没有！只是下雨，泥泞！讨厌极了……”

参议想，这真是一个怪人。

这间小屋子的壁纸印着深色花纹，屋子中央摆着一张绷了绿台布的大方桌。这时外面的雨越来越大了，屋子里非常暗，格仑利希先生一进屋就把桌上银烛台上的三支蜡烛点起来。盖着各家公司章印的淡蓝色的商业函件和污损的、有些地方已经撕破的单据，写着不同的日期和签字，摊满在绿台布上。此外桌上还有一本厚厚的总账簿和削好了的鹅毛笔尖、铅笔以及闪亮的铜制墨水壶和沙粉盒。

格仑利希先生招呼客人的神情和姿势十分肃穆、周到而慎重，仿佛客人是在参加一次葬礼。

“亲爱的岳父，请您坐在靠背椅上吧，”他柔声细气地说，“凯塞梅耶先生，您坐在这边好不好？……”

最后大家都就了座。银行家坐在主人的对面，而参议则坐在桌子横侧的一把靠背椅里。椅子的靠背几乎抵着走廊门。

凯塞梅耶先生身子向前倾着，耷拉着嘴唇，从背心上的一团乱绳索中解下一只夹鼻眼镜，耸着鼻梁，张着嘴把眼镜卡上。接着他搔了搔自己剪短了的胡须，发出一阵嚓啦嚓啦的刺耳声音。他把胳臂往膝头上一支，对着桌上的函件颔了颔首，快活地喊了一句：“啊哈！一部伤心史全在这里啦！”

“请允许我更详细地了解一下这些情况。”参议一边说，一边去拿账簿。忽然间格仑利希先生伸出两只手，伸出两只青筋突起的长手笼住桌面（他的手显然在抖动着），声音激动地喊：“等一等！请等一等，岳父！啊，请您让我先解释一下！……是的，您什么都会看到，什么也逃不过您的眼睛……可是请您相信我的话，您看到的是一个命运坎坷的人的处境，而不是他犯了什么罪！岳父，请您把我看作这样一个人，他不懈地和命运战斗，然而却被命运打倒了！在这个意义上……”

“我会看清楚的，我的朋友，我会看清楚的！”参议显然有些不耐烦地说。格仑利希先生把他的手抽回来，把一切付诸命运。

经过了很长的一段静默，静默得令人害怕。在颤抖的烛光中三位先生紧靠着坐在一起，四周被黑暗的墙壁包围着。除了参议翻弄函件时的沙沙声以外，任何响动也没有。只有外面的雨声一直淅淅沥沥地响着。

凯塞梅耶先生已经把他两手的大拇指插进背心的袖口里，正在用其余的几个手指在肩头上练习弹钢琴，带着说不出的愉快神情瞧瞧这个，望望那个。格仑利希先生身子不靠椅背地坐着，手摆在桌子上，目光黯淡地凝视着前方，时不时提心吊胆地斜着瞟他岳父一眼。参议正在翻看账簿，用指甲一项一项地指画着款数，比较日期，一面用铅笔记下一些很小的、几乎无法辨认的数码。现在他已经“了解到情况”了，他的紧张的面孔流露出惊惶的神色……最后他把自己的左手放在格仑利希先生的胳臂上，感动地说：“您真是不幸！”

“岳父……”格仑利希叫了一声。从这位值得怜悯的人的面颊上流下了两颗大泪珠，一直流进他的金黄色鬓须里。凯塞梅耶先生怀着极大兴趣瞧着这两滴眼泪怎样向下流；他甚至微微欠起身子，向前探出去，咧着嘴，目不转睛地盯着对方的脸。布登勃洛克非常替格仑利希难过。他自己遭受的那场事已经使他心肠软了，他心头这时涌起无限哀怜之情。但是转瞬间他就克制住了自己的这种感情。

“这怎么可能呢？”他悲惨地摇了摇头……“只是短短的几年工夫！”

“这还不容易吗！”凯塞梅耶先生兴致勃勃地回答说，“四年里一个人完全可以弄得一败涂地！只要想一想，不久以前，不来梅的卫斯特法尔兄弟还是多么欢蹦乱跳，就可以明白了。”

参议眯缝着眼睛看着他，实际上他却什么都没看到，什么都没听清楚。他一点儿也没有把现在真正盘踞在脑子里的想法说出来。他正在狐疑地、百思莫解地问自己，为什么这一切单单在这时候发生啊？格仑利希在两三年以前就很可能陷入今天的境地了；这是一眼就可以看出来的事。然而他却源源不断地得到贷款，他从银行借钱，从殷实的门户如博克议员和古德斯蒂克尔参议等处为自己企业一次又一次地通融款项，他开出的票据一直像现金一样畅通无阻。为什么单单在这时候，单单在现在——约翰·布登勃洛克公司的老板非常清楚，他所谓的“这时候”指的是什么时期——突然发生了总崩溃，各方面不谋而合的同时撤回信贷，不顾一切情面，不顾商业上最起码的道德对格仑利希发动了一次围剿？如果参议没有想到，在格仑利希跟自己的女儿结婚以后，他这位女婿也沾了布登勃洛克公司的声誉昭著的光的话，那他也未免太天真了。然而格仑利希的信用难道只是百分之百、不折不扣地依赖着参议吗？难道格仑利希本人是一个什么也不算的人吗？那么参议过去打听来的消息，查看过的账簿又是怎么一回事呢？……不管是什么情形吧，在这件事情上他决定一点忙也不再帮的想法却比以前更为坚定了。谁也免不了打错算盘！显然格仑利希很懂得做作，使人相信他和约翰·布登勃洛克关系亲密。这种可能已经流传很广的可怕的误解必须彻底澄清。要让这个凯塞梅耶也大吃一惊！这个小丑到底有没有良心？从他左一次右一次借给早已应该破产的格仑利希钱，而又勒索越来越苛刻的利钱这件事来看，清楚极了。他猜测到约翰·布登勃洛克不会使自己的女婿跌倒，因而正恬不知耻地独自一人投这个机……

“这倒无关紧要，”参议冷冷地说，“我们谈正经事吧。如果让我以商人的身份发表意见的话，那我不得不说，这种情况固然表示了当事人时运不佳，但也十足表示了他咎由自取。”

“岳父……”格仑利希先生结结巴巴地说。

“您这种称呼我听着很刺耳！”参议迅速、严峻地打断了他的话。接着他把脸向银行家那边稍微转了转，说道，“您向格仑利希先生追索的欠款是六万马克，先生……”

“加上未付清的旧欠款和归入本金中的利息一共是六万八千七百五十五马克又十五先令。”凯塞梅耶先生洋洋自得地回答。

“很好……您无论在什么情形下也不肯多等待一些时候了吗？”

凯塞梅耶先生没有说话，只是哈哈大笑起来。他咧着嘴笑得上气不接下气。然而从他的笑声里却听不出什么讥嘲的味道，相反地，他笑得很善良，甚至看着参议的脸，仿佛想请他一同大笑一场似的。

约翰·布登勃洛克的深陷的小眼睛变得暗淡起来，眼睛的四周忽然出现了一道红圈，一直泛到颧骨上。他提出这个问题只是为了走一走形式。他很知道，仅只是这一家债权人同意延期，对于整个局势仍然不能有所改变。然而这个人用以驳斥他的请求的这种方式却使他痛苦、羞愧得无地自容。他一挥胳臂把面前摆的东西一下子远远推开，啪的一声把铅笔扔在桌面上，说道：“那么我也把话说清楚，我不想再和这件事有任何牵扯了。”

"啊哈！"凯塞梅耶先生一边喊，一边在半空中摇晃着胳臂……"这句话说得干脆，这句话说得有劲头。参议先生办事的方法真利落！一点口舌不费就把一切解决了！真是老手！"

约翰·布登勃洛克连一眼也不瞧他。

"我帮助不了您，我的朋友，"他冷静地对格仑利希先生说，"事情已经到了这个地步，只好任其发展了……我对这件事实在无能为力。您必须沉着镇定，从上帝那里寻求安慰和力量。我认为我们这场谈话到此可以结束了。"

突然之间凯塞梅耶先生的面孔呈现出一副严肃的表情，样子非常奇怪；他立刻向格仑利希先生颔首，鼓动他说话。格仑利希一动不动地坐在那里拼命地绞手，弄得指关节不断发出轻轻的响声。

"岳父……参议先生……"他声音颤颤抖抖地说，"您不会……您不会甘心让我失败破产的！请您听我说！我的亏损一共不过十二万马克……您有力量救我！您是个有钱的人！随便您把这笔钱当作什么都可以……当作最后一次析产，当作您女儿继承的一部分遗产，当作一笔生利的贷款……我要好好干……您知道，我是一个活跃、机警的人……"

"我没有什么话好说了。"参议说。

"请允许我问一句……您难道没有这种力量吗？"凯塞梅耶先生问道，一面皱着鼻子从夹鼻眼镜后面打量着参议，"我要请参议先生考虑一下……现在正好是一个天赐良机，可以显示一下约翰·布登勃洛克公司的力量……"

"请您不必为我们公司的信誉操心吧。为了证实我的支付能力，我犯不上随手把钱扔在水沟里……”

“笑话，笑话！啊——啊哈，‘水沟’，诚然太滑稽了！但是参议先生不认为，令婿如果破产，会使您自己的信用也罩上……蒙上一层……不利的阴影吗？……”

“我只能再提醒您一次，我在商业界的信誉完全是我个人的事。”参议说。

格仑利希一筹莫展地看着他的银行家的脸，又开始说：“岳父……我求求您，请您想一想您做的是什么！……难道这只关系着我一个人吗？唉，我……就让我毁灭吧！可是您的女儿，我的妻子，我经过这样热烈追求才得到的妻子……还有我们的孩子，我们两人的无辜的孩子……让她们也受苦！不，岳父，这我受不了！我宁可用自己的手把生命了结……请您相信我说的是实话！愿上天饶恕您犯的罪！”

约翰·布登勃洛克靠在椅子上，脸色苍白，心突突地跳着。这是这个人第二次用感情向他猛攻，这个人表露感情的样子看上去丝毫也没有做作。正像那一次他把自己女儿从特拉夫门德寄来的信告诉格仑利希时那样，他不得不再次饱聆令人不寒而栗的恫吓，他这一代人的对人类感情的狂热崇敬又一次贯穿他的全身，虽然，这种崇敬和他的冷静的讲求实际的商业精神是永远格格不入的。然而这种侵袭持续了不过一秒钟。十二万马克……他心里重复了一遍，立刻沉着坚定地说：“安冬妮是我的女儿。我知道怎样保护她，不使她无辜受累。”

“您这是什么意思……”格仑利希先生问道，他的神情逐渐呆痴起来……

“您会知道的……”参议回答说，“现在我没有什么话好说了。”他站起身来，用力把椅子往地上一蹾，转身向房门走去。

格仑利希先生一声不出地僵坐在那里，一副丧魂落魄的样子，他的两边嘴角瑟瑟地抖动，却吐不出一个字来。相反地，当参议这样不顾一切毅然行动以后，凯塞梅耶先生的愉快兴致却又回来了……一点不错，他的愉快兴致又占了上风，而且超越出一切尺度，变得肆无忌惮起来！夹鼻眼镜从他高耸起的鼻梁上滑下来，孤零零地龇着两只黄犬牙的小嘴张得快要咧开似的。他的两只小红手在空中划动着，头上的细发飘摆，环绕着一圈白色颊须的面孔因为高兴过度而扭曲变形，呈现出辰砂颜色。

“啊——啊哈！”他高声大叫，喊得嗓子都裂了，“这真是滑稽至极，滑稽透顶！可是参议先生，您要把这样一位最惹人心疼的稀世奇珍的女婿埋到坟墓里，我劝您还是仔细考虑一下的好……这样灵活机警的材料在上帝创造的可爱的广大人世间可寻不到第二份儿！啊哈！早在四年之前，刀口已经搁在我们喉咙上一次了……绳索已经套在脖子上了……可是那时交易所里忽然传嚷开他跟布登勃洛克小姐订婚的消息，虽然当时订婚的事还没有一点影子……敬佩之至！喏——咳，真让人佩服得五体投地……”

“凯塞梅耶！”格仑利希先生尖叫了一声，两手痉挛地挥动了一下，好像在推拒一个鬼怪，接着便跑到屋子的一个角落里，颓然坐在一把椅子里，用两手捂着脸，头垂得低低的，胡子尖一直碰到大腿上。他甚至把膝盖向上抽动了两次。

“这件事我们到底是怎样干的？”凯塞梅耶先生继续往下说，“我们用的是什么法子把这个小姑娘连同八万马克骗到手的？噢——吆！这件事办得妥妥帖帖！连六分之一的‘灵活和机警’也用不了就把事都办妥帖了！把一份整理得漂漂亮亮、干干净净的账簿往救命恩人岳父大人面前一放……可惜的只是这些账簿和残酷的事实并不符合……因为残酷的事实是，四分之三的陪嫁费已经抵作欠债了！”

参议站在门旁边，手握着门柄，脸变得煞白。沿着他的脊梁骨直往外冒冷气。难道他在这间烛光摇曳的小屋子里与之打交道的是一个骗子手和一个恶毒到疯狂地步的猴子吗？

“先生，您的话让我厌恶，”他自己也不太有信心地说，“特别是因为这里面也牵涉到我，您这种血口喷人的疯话就更让我厌恶……并不是因为我轻率鲁莽而葬送了我女儿的幸福。我曾经从可靠的方面了解过我女婿的情况……其余的都是老天爷的意旨。”

他转过身去，不想再听下去了。他打开房门。可是凯塞梅耶先生却从后面喊过来：“啊——哈！了解过情况吗？从谁那儿？从博克那儿吗？从古德斯蒂克尔那儿吗？从彼得逊那儿吗？从马斯曼和蒂姆公司那儿吗？告诉您，这些人都是事中人！事中人！这些人都同婚事有利害关系。他们为能促成婚事而保住自己的借款正乐得心花怒放呢。……”

参议砰的一声把身后的门关上。

第 九 章

冬妮认为手脚不老实的那个女厨子多拉，正在饭厅忙着做什么事。

“请格仑利希太太下来一趟。”参议吩咐道。

“准备好吧，孩子。”冬妮一下来，他就对她说。他跟着她向客厅走去。“赶快把一切准备好，伊瑞卡也要立刻穿戴好……我们进城去……我们在旅馆住一夜，明天动身回家。”

“是的，爸爸。”冬妮说。她的面孔通红，一副张皇失措的样子。她的两只手慌乱地、没有目的地在身旁摸索了一阵，自己也不知道，该从哪里下手准备。她对于目前发生的事还不能信以为真。

“我应该带什么走，爸爸？”她又胆怯又焦急地问，“所有的都带吗？所有的衣服？带一只还是两只箱子？……格仑利希真破产了吗？……噢，上帝！……那么我还能带走我的首饰吗？……爸爸，用人也都打发走……可是我没有钱打发他们……格仑利希本来应该在这一两天给我家庭开支钱……”

“没有关系，孩子，这些事这里自然会有人管的。只拣那些非用不可的东西带上……带一只箱子……一只小的。你的东西以后会有人送来的。快一点，听见没有？我们已经……”

正在这个时候，门帘从中间一分，格仑利希先生走进客厅来。他踉踉跄跄地走进来，张着两只胳臂，头向一边歪着，那姿势似乎在说：“我在这里！要是你忍心，就把我杀了吧！”他急急忙忙地向自己妻子走去，双膝一屈跪在她脚跟前。他的神情非常可怜。他的金黄色的鬓须已经乱成一团，礼服满是皱纹，领带歪到一边，领口敞着，脑门上冒着汗珠。

“安冬妮……”他说，“看看我……你有没有怜悯心？……你听我说……你面前的这个人是一个毁灭了的人，陷入绝境的人，如果……是的，如果你厌弃了他的爱情，这个人就要因为痛苦而丧命！我现在匍匐在你脚下……你忍心对我说‘我讨厌你，我要离开你’吗？”

冬妮哭了起来。正如当初在风景厅里的情形一样。她又看到这张因为恐惧而变了形的脸，这对直勾勾地望着她的乞求的眼睛。她又一次既惊慌又感动地看到，这种恐惧和乞求完全是真实的，一丝虚伪的成分也没有。

“你站起来，格仑利希，”她呜咽着说，“请你站起来吧！”她想拉着他肩膀把他扶起来。她不知道自己还该说些什么，便一筹莫展地向她父亲望去。参议抓住她的手，朝着自己的女婿弯了弯腰，拉着她向走廊门走去。

“你走吗？”格仑利希先生喊道，从地上跳起来。

“我已经跟您说过了，”参议说道，“我不能眼看着我的清白无辜的女儿遭受不幸而撒手不管。我愿意再补说一句，您一定也不忍心这样。不，先生，您已经把我女儿的财产糟蹋完了。您要感谢造物主，他让这个孩子有一颗这么纯洁、这么善良的心，让她这样毫无嫌弃之情地离开您！再见吧！”

这时格仑利希先生完全失掉理智了。他本来可以说一些暂时分别、希望她再回来和他重新生活之类的话，这样他也许还能有得到遗产的希望。但是这时他的思考力、他的灵活和机敏都不知道跑到哪里去了。他本来也可以拿起放在玻璃镜架上的那只摔不坏的大铜盘，然而他却拿起身边的一只绘着花的一摔就碎的瓷瓶扔在地上，把它摔得一片片的……

“哈！好！好！”他喊道，“去你的吧！你以为我在为你哭丧吗，你这笨鹅？才不是呢，你弄错了，我的最亲爱的！我只是为了你的钱才跟你结婚，可是因为你的钱太不够了，你尽管回家去好了！我已经厌烦你了……厌烦了……厌烦了……”

参议领着他的女儿走出去，一句话也没说。可是他马上又转进来，走到格仑利希先生身旁。这时格仑利希正站在窗前凝视外面的细雨。参议轻轻地触了他肩膀一下，带着警告意味地低声说：“请您克制一点！向上帝祷告吧！”

第 十 章

自从格仑利希太太带着她的小女儿迁回孟街老宅以后，这所大房子很久很久笼罩着一种低沉气氛。一家人走路都蹑着脚尖，谁也不愿意谈到“那件事”…… 只有这出戏的主角本人是个例外。她和别人相反，非常喜欢谈论它，而且谈得津津有味。

冬妮和伊瑞卡搬到三楼的一间房子里，当年老布登勃洛克夫妇在世时，这间房子本来是由冬妮父母住的。冬妮看到她爸爸并没想到替她单雇一个女用人，未免有些失望。他用温和的话语向她解释，现在最适合她的莫过于暂时放弃城中的社交活动，因为从情理上看，她在这次上帝用以考验她的灾难中固然毫无过错，然而作为一个离了婚的妇人，她的身份却限定她只能离群索居。这场谈话确实曾使冬妮沉思了半小时之久，然而冬妮秉赋一种奇妙的才能，不论任何新环境，她都能以欢欣的态度应付裕如。不久她就热爱上自己扮演的这个无辜受难的少妇角色了。她穿着一身黑，像一个少女似的把自己美丽光滑的金灰色头发平分两半，虽然缺少外出交际的机会，然而在家里却也能得到补偿;她的严峻的、不平常的处境使她成为一个极其重要的人物，她常常乐此不疲地和人谈论自己对于婚姻，对于格仑利希先生以及对于生活、命运等一般问题的看法。

并不是每个人都乐于倾听她的宏论的。譬如说，参议夫人虽然认为自己丈夫的这一措施正确，尽了做父亲的义务，然而每逢冬妮一开始说这件事，她总是把自己的美丽的素手轻轻一摆说："Assez，[1] 我的孩子。我不愿意听这件事。"

克拉拉才十二岁，听不懂这些事，而克罗蒂尔德又笨得要命。"噢，冬妮，多么让人伤心！"这是她能够拖长声音、满怀惊奇地表达出来的全部话语。然而另一方面，冬妮却找到永格曼小姐这样一位全神贯注的倾听者。永格曼小姐已经三十五岁了，她现在很有资格吹嘘自己说，她的头发是在上流人家中当差而灰白的。"不用害怕，小冬妮，我的孩子，"她说，"你还年轻，你还可以再结一次婚。"此外她把全部精力用在教育小伊瑞卡上。她非常喜爱这件工作，她给她说十五年前参议的孩子听过的那些轶闻故事，特别喜欢说马利安卫德的一个叔父的事，这个人是因为"伤心"害呃逆症死的。

然而冬妮最喜欢的谈话对象却是她的父亲，而且冬妮和他谈话的次数也最多，有时是在午饭后，有时是在清晨第一次早餐桌上。她和父亲的关系一下子变得非常亲密起来，远非昔日可比。在这以前，她对于父亲在城中享有的权势，对他虔诚的、一丝不苟的勤奋和才能，表示敬畏之心多而恩爱情谊少，可是那次在她家客厅

① 法文：够了。

里的一场对话他却向她展露了人性的一面。他跟她作了一次严肃的推心置腹的谈话，把最后抉择权交到她的手里。他，这样一位永远不犯错误的人，居然带着几分谦卑向她承认，自己有些愧对她。凡此种种，都使冬妮又骄傲又感动。我们可以很有把握地说，她自己从来不会想到父亲有愧于她的事；然而他既然这样说了，她也就这样相信了，而她对他的感情也因此更加亲密、更加温存了。讲到参议自己，他并没有改变自己的看法，他相信自己应该加倍爱护他的女儿以补偿命运对她的不公。

约翰·布登勃洛克个人并没采取任何措施对付他这位骗子手女婿。冬妮和冬妮的母亲固然从几次谈话中已经知道，格仑利希先生为了弄到那八万马克用了什么不诚实的手段，然而参议却非常谨慎，没有叫这件事传扬出去，更没有想到提起诉讼。他觉得自己作为一个商人荣誉已经受了严重的损害，他上了这样一个大当，实在是个耻辱，然而他却只愿一声不吭地独自和这一耻辱搏斗。

虽然如此，格仑利希先生的破产宣布后——顺便说一声，这次破产连累了汉堡不少商号受到颇为可观的损失——参议立刻毅然决然办理起离婚手续来。冬妮认为自己在这件离婚案里扮演了一件真正讼案中的核心人物，充满了难以描述的光荣显耀的感觉。

“父亲，”她说，在进行这种谈话的时候她从来不叫参议“爸爸”，“父亲，我们的事进行得怎么样了？你想一切都很顺利吗？条律非常清楚，我已经仔细研究过了！‘凡丈夫无力扶养家庭……’他们一定能看到这一点。如果有儿子，将由格仑利希留养……”

又有一次她说："父亲，关于我们结婚那几年的事我又想了许多。那几年我非常想住在城里，可是这个人却坚决反对，哼，原来是因为这个！他一直不肯叫我进城交际，拜访客人，原来也是为了这个！在城里要比在爱姆斯比脱危险更大，住在城里他的真情实况就可能被我探听出来……真是一个大骗子！"

"我们不应该下这个断语，孩子。"参议回答说。

最后在离婚判决了以后，她又一本正经地说："您把它登记在家庭记事簿里了吗，父亲？还没有吗？噢，那么让我来写吧……请您把书桌的钥匙给我。"

于是她在四年前亲笔写的几行字后面又骄傲地用心添写上："这次婚姻于1850年2月经过法律程序宣布解除。"

她放下笔，沉思了一会儿。

"父亲，"她说，"我很清楚，这件事在我们家史上是一个污点。我已经想了很多。这种情形就如同这本书上有了一块墨水斑迹一样。可是您放心吧……怎样把那污点再擦去是我的事！我还年轻……您不认为我还相当漂亮吗？虽然史笃特太太第一次看见我的时候，曾经对我说：'哎呀，老天，您真见老了，格仑利希太太！'可是我不能一辈子老像四年前那种笨鹅的样子啊……日月催人老……总而言之，我还会结婚的！您看着吧，再寻一门好亲事会把一切抵补过来。您说是吗？"

"这件事握在上帝的手里，孩子。可是现在绝对不应该谈论这种事。"

从这一时期起冬妮常常喜欢说"生活就是这样……"这句话，

说到“生活”这个词的时候，她总是把眼睛一瞪，做一个既美丽又严肃的眼神，样子似乎在说：她把生活和命运看得多么透啊……

托马斯在这一年的8月里从帕乌回来了。餐厅里饭桌的席位比以前增多了，冬妮也有了一位新的倾吐心事的对象了。她爱她这位哥哥，也很尊敬他，当初在从特拉夫门德回家的路上他就了解过她的痛苦，同情过她，另外，冬妮也全心把他看作未来的公司经理和一家之长。

“是的，是的，”他说，“我们两人什么都经历过了，冬妮……”说着他把眉毛一扬，把口中的俄国纸烟从一个嘴角换到另一个嘴角上。他脑子里想的也许是那个生着马来人面型的鲜花店的小姑娘。这个女孩子不久以前和她老板的儿子结了婚，现在已经把渔夫巷的鲜花店接过手来了。

托马斯·布登勃洛克虽然还有一些苍白，却是一个仪表堂堂的人物。仿佛最近几年来他已经受完了最完美的陶冶和教育。他的头发在两边耳朵上梳了两个小蓬，上须蓄的是法国式样，两梢捻得尖尖的，用火剪烫得朝天翘着。他的躯干粗矮，肩膀比较宽，这一切使他的风度几乎有些像军人。然而说实在的，他的体质并不很好；在他那窄小的太阳穴上，在头发宛如两个小弯折回去的地方，青筋很明显地暴露着；他又很容易害寒热病，好心肠的格拉包夫医生费尽心血也没有给他治好。至于他身体的个别部分，比方说下颚啊，鼻子啊……特别是两只手（多么典型的布登勃洛克家的手），都长得更酷肖故世的祖父了！

他说法文夹着西班牙语的口音，他对某些专门写讽刺、辛辣文章的近代作家的偏爱能使任何人都大吃一惊……全城人里面，只有那位阴郁的经纪人高什先生是他的唯一知音；他的父亲对他的这种嗜好曾经严厉地斥责过。

虽然如此，参议的眼睛里却仍然流露着对自己长子的骄傲和喜悦。托马斯回家不久，参议就又激动又喜悦地欢迎他重新作为公司的合作者。此外参议自己现在对于公司的事也越来越满意了，特别是从这一年年底克罗格老太太去世以后。

这位老太太的故世，大家都淡然处之；她的年纪实在太老了，最后只是一个人孤寂地生活着。她到上帝那里去了，而布登勃洛克家则得到了一笔巨款，大约十万泰勒，这使公司的经营资本大为增加。这正是大家盼望已久的事。

克罗格老太太的去世还有一件后果。参议的内兄尤斯图斯由于商业屡次失意，早已心灰意懒，这次一把遗产拿到手，立刻就清理债务宣布告退。这位纨绔儿尤斯图斯·克罗格——近代骑士的惯会享受的儿子——并不是一个幸运儿。由于他的轻浮善变，大手大脚，他在商业界一直没能建立一个坚实稳固的地位。双亲遗留下的产业他在没有到手以前已经亏空了一大部分，现在他的长子亚寇伯又叫他一次又一次感到焦虑。

据说这位年轻人在汉堡这个大城市里结交了一群浮华浪荡的朋友，几年来给父亲糟蹋了很难弥补的大笔款项，而当克罗格参议拒绝供给他花销的时候，参议的妻子，一个优柔懦弱的女人，却把钱一笔一笔地暗中寄给这个浪子。这样在这一对夫妻间出现了一些不愉快的阴影。最后，这一切发展到最高峰，几乎在格仑利希停止支付的同时，在亚寇伯·克罗格工作的达尔贝克公司的所在地汉堡也发生了一件不愉快的事……发生了一件不体面的骗案……大家对这件事都闭口不谈，也没有人问过尤斯图斯·克罗格。但是不久就传说亚寇伯在纽约谋到一个位置，马上要远渡重洋了。在他动身以前，人们又在家乡看到过他一次。他这次回来一定是为了在父亲寄给他的旅费以外再从母亲手里弄到些钱。他是一个衣着华丽的年轻人，气色却很不健康。

长话短说，事情最后弄到尤斯图斯参议开口闭口只说“我的儿子”，仿佛他只有一个子嗣似的……他指的是尤尔根。他的这个儿子虽然没有犯过错儿，然而脑筋却似乎过于迟钝，勉勉强强地在中学毕业以后，又在耶拿待了一个时期学习法律。他显然学习得既无兴趣，又没有成效。

约翰·布登勃洛克对自己妻子家的这种日趋凋零的迹象非常痛心，因而也更担心起自己儿女的前途来。他把自己的全部希望寄托在勤奋老成的长子身上，这是很有道理的。讲到克利斯蒂安，李查德逊先生来信曾经这样说：这个年轻人虽然在学习英语上表现出无比的才能，但在商业事务上却常常缺少足够的兴趣。此外他又耽溺于这个大都会一些娱乐活动中，例如戏剧等。克利斯蒂安在自己写来的信中表示他非常向往旅行，热切请求家里允许他接受在“那边”谋到的一个位置。他所谓的“那边”指的是南美洲，也许就是智利。“这都是冒险精神在作祟。”参议说，回信叫他暂时在李查德逊先生那里再待一年（这是第四年），再丰富一下自己的商业知识。以后父子间还有几封书信来往，讨论他的计划。1851

年夏天克利斯蒂安·布登勃洛克终于搭船到瓦尔帕莱索[1]去了，他已经在那里找到一个位置。他是直接从英国启程的，事前没有回家来。

两个儿子的情形大致就是这样。讲到冬妮，参议非常满意地看到她以何等的坚决和自信卫护她在城里的地位，卫护作为布登勃洛克家族一名成员的地位……一个离婚的女人要看人家多少幸灾乐祸的面孔，要受多少偏见的讥诮，这一点不用说也想象得到。

“哼！”她说。她刚刚散步回来，面孔红扑扑的，一进风景厅的门就把帽子往沙发上一摔……“这个摩仑多尔夫（要不就是这个哈根施特罗姆，这个西姆灵格，这个玉尔新，这个家伙）！您猜怎么着，妈妈！她不向我打招呼……她连招呼也不打！她等着我先招呼她！您说有这个道理没有？我在布来特大街昂着头从她旁边走过去，狠狠地盯着她的脸……”

“你做得太过火了，冬妮……不应该这样，做什么事都应该有个分寸，为什么你就不能先招呼摩仑多尔夫太太一下呢？你们的年纪一般大，她现在是结了婚的女人，正像你从前那样……”

“我决不先招呼她，妈妈！这种贱女人！”

“Assez，亲爱的！你怎么说这种粗话……”

“噢，真叫人气破肚皮！”

她有时想，哈根施特罗姆这一家人现在也许认为更有理由看不起她了，特别是当这些人想到他们这一族人时运如何昌盛的时

---

[1] 瓦尔帕莱索：智利的一个商港，19 世纪这里主要受英国资本的控制。

候；这种思想更使冬妮滋长了对这些暴发户的仇恨。老亨利希是在1851年开春死的，以后他的儿子亥尔曼——就是那个拿柠檬蛋糕换耳光的亥尔曼——就和施特伦克合作继续经营着生意兴隆的出口买卖。不到一年，他和胡诺斯参议的女儿结了婚。胡诺斯参议是全城最阔的人，他做木材生意赚了大钱，给他三个儿子每人留下二百万财产。亥尔曼的兄弟莫里茨虽然肺部不健康，在大学学习却非常出色，现在已经在城里定居，从事律师职业。一般人都认为他头脑清晰，机警狡诈，甚至对文学艺术也通达一二，因此事务很快就腾达起来。他的外表没有西姆灵格一姓人的那些特征，面孔焦黄，牙齿生得尖尖的，很不整齐。

甚至在本家里面冬妮也必须小心维护着自己的尊严。高特霍尔德伯父自从在生意上歇手以后，只是无所事事地在他的一所简陋的住宅里踱来踱去。他总是穿着一条肥腿裤子，迈着两条短腿，一边不住地从一只铁皮盒子里往外拣止咳糖片吃（他非常喜欢吃甜食）……随着年纪增长，他对于那位受父亲宠爱的异母兄弟的愤激之情也逐渐平和下来，转为乐天知命的态度。然而在自己的三个尚未出嫁的女儿面前，他对冬妮这场不幸的婚事却仍然不免流露出一些暗中称快的神色。讲到他的那位母姓施推威英的老婆和他的三位千金小姐（这三个人已经是二十六、二十七、二十八岁的老小姐了），他们对这位叔伯姐妹的不幸遭遇和这件离婚案件却表现出高度兴趣，远比她们当初对冬妮订婚和结婚的兴趣大。自从克罗格老太太故世以后，每星期三的“儿童日”就移到孟街举行了。每逢这种亲友集会的日子，冬妮都很要费些力气招架一番。

“哎呀，老天，你这可怜的人！”菲菲装出一副悲天悯人的样子说。她是三姐妹中年纪最轻的一个，生得短矮粗圆，说话时唾沫飞溅，每说一个字身体就摇晃一下，样子非常滑稽。“已经判决了吗？这么一说，你又恢复老样子了？”

“唉，正相反，”亨利叶特说，她跟她的大姐一样生得瘦长、枯干，“冬妮现在的处境可比没结婚时惨得多呢。”

“我也是这样说，”弗利德利克附和说，“与其这样，真还不如根本不结婚呢。”

“噢，不能这样说，亲爱的弗利德利克！”冬妮说，她把头向后一扬，思忖一句既有分量又富机智的反驳，“你这样说可说错了！不管怎么说，我对生活比从前认识得更清楚了。你知道，我不再是过去那种笨鹅了！再说，比起很多根本没结过婚的人，我再次结婚的机会反倒更多一些呢。”

“是这样吗？”三姐妹异口同声说……他们把 sh 念成 s 的声音，这样语调就显得更带刺儿，更带着不能置信的味儿了。

塞色密·卫希布洛特却非常善良，非常有心眼，她对这件事一个字也不提。冬妮有时候到米伦布林克七号那所小红房子去拜访这位旧日的老师。这里一直还住着一群年轻的女孩子，虽然这所寄宿学校已经逐渐过时了。有时这位精明的老小姐也被邀请到孟街来，吃一餐鹿肉或者一餐填鹅。这时候她就踮起脚尖来，感动地、有些夸张地在冬妮前额上咂地吻一下。至于她那位懵懂无知的姐姐，凯泰尔逊太太，最近耳朵很快地变得越来越聋了。关于冬妮的事，她几乎可以说一点没听到。她那种在不合时宜的场合傻乎乎地诉苦似的大笑的毛病比从前更厉害了，弄得塞色密不得不接二连三地拍着桌子喊“耐利”。

年复一年地过去，布登勃洛克参议的女儿离婚的事在城里人和家里人身上留的印象渐渐淡薄下去。连冬妮自己也只是在看到小伊瑞卡一天天长大、身体越来越结实，脸上这一点那一点和本迪可思·格仑利希有不少相似的地方时，才偶尔想起那件不幸的婚事。她又穿起漂亮的衣服，把脑门上的头发烫得鬈鬈的，又和过去一样在相识的人中间拜访走动。

每年夏季，她有机会离开城市一段时间，从心里感到高兴……参议的健康状况需要他到各地作较长时间的休养。

“你们不知道什么叫年纪老了啊！”他说，“我的裤子上沾了一块咖啡斑，我只是用凉水擦了擦，马上就会犯极厉害的风湿痛……从前我什么事不敢做啊？”此外他有时也犯眩晕症。

他们到札兹布伦去，到爱姆斯和巴登－巴登去，到吉兴根去。从那里他们做了一次又有兴趣又开眼界的旅行，经过纽伦堡到慕尼黑，穿过萨尔茨堡近郊和伊施尔到了维也纳，然后经过布拉格、德累斯顿、柏林回到家里……虽然格仑利希太太因为最近害起神经性消化不良症，在各个浴场都不得不严格遵守医疗程序，她却觉得这几次旅行是最称自己心愿的耳目一新的壮举。她一点也不隐瞒，在家里确实待得有些厌腻了。

“噢，老天，您是懂得什么叫生活的，父亲！”她说，一边沉思地望着天花板……“当然啰，我也懂得了生活……可是正因为如此，我才觉得老是这样像块死木头似的坐在家里前途真有点暗淡。希望您不要认为我这是不喜欢跟您在一起，爸爸…… 要是我真这样忘恩负义，那真应该挨一顿揍了！然而，要是讲起生活来，您知道……”

但是最使她厌烦的还是父亲这所宽阔的老宅子越来越充满宗教气息。随着参议身体的衰老病弱，他的宗教热诚也与日俱增，而参议夫人自从上了岁数以后，也开始对宗教信仰发生兴趣。饭前祈祷在布登勃洛克家本来一向就实行的，最近却又新立了个规矩，一早一晚，家里人连同用人都要集合到早餐厅里，静听一家之主亲口读一两段《圣经》。此外牧师和教士到孟街来拜访的事也一年多似一年，因为孟街上的这所显赫的宅第在路德派和革新派人士中，在国内外教会中，多年来就以好客闻名——顺便说一句，在这里人们也可以称心地大嚼一顿——祖国各地时常有一些穿着黑衣服、长发披拂的人到这里来小住几日……他们蛮有把握可以谈一谈拯救灵魂的话，吃几餐滋养身体的饭食，临了还能为他们的神圣事业募化一小笔款子。本城的牧师更经常是布登勃洛克府上的座上客……

汤姆非常机警懂事，他脸上连一丝笑容也不露，可是冬妮却肆无忌惮地开玩笑。只要被她抓到机会，她总要把这些神圣的人物嘲弄一番。

有时候，遇见参议夫人头痛什么的，管理家务安排菜单的事就落在冬妮头上。有一天恰巧一位外地教士来做客，这人饭量之大，在全家都被引为笑谈。冬妮恶作剧地派了一道油脂汤。这是一道别具风格的本地菜，是用酸白菜和午餐所有的菜煮在一起的大杂烩——火腿啦，土豆啦，酸李子啦，烤梨啦，菜花啦，豌豆啦，绿豆啦，萝卜啦，无所不有，另外还加上果子汁。这种菜除了自小吃惯的人，无论是谁也难以下咽。

“味道不错吧？您喜欢吃吗，牧师先生？”冬妮一再问……“不喜欢？哎呀，老天爷，谁能想到这件事！”说着她做了个鬼脸，把舌尖在上唇前面吐了吐，正像她每次想出或者做出一件顽皮事的样子。

这位胖胖的先生突然把调羹放下，天真地说：“我等着吃下道菜吧。”

“不错，还有一点尾食。”参议夫人急忙说……因为在“大杂烩”以后还有别的菜是一件不可思议的事。结果下面虽然还有一道苹果冻作馅的炸饼，这位上了当的牧师却不得不空着肚子离开饭桌。冬妮低着头哧哧地笑个不停，汤姆竭力忍着笑，一条眉毛挑得老高……

又有一次冬妮正和女厨子史廷娜站在过道里谈家务，这时由康斯特塔来的马蒂阿斯牧师从外面回来。这位牧师这次已经在布登勃洛克家待了几天了。特林娜一听见门铃声，立刻脚步蹒跚地（她还没有脱去乡下人走路的习惯）跑去开门。也许牧师这时想对她说一句亲切的话，同时考察考察她的诚心，便和颜悦色地问她说：“你爱不爱主？”……说不定他还想给她点什么呢，如果她承认忠于救世主的话。

“啊，牧师先生……”特林娜忸怩不安地说，她的眼睛瞪得很大，脸色绯红，“您指的是哪个，老主人还是少主人？”

格仑利希太太在餐桌上少不得把这个故事大声宣讲一番，弄得参议太太也忍不住噗嗤一声笑起来。她笑的样子纯粹是克罗格家人的样子。

参议自然要严肃恼怒地低头望着面前的盘子。

“这是个误会……”马蒂阿斯牧师困窘地说。

第十一章

下面这件事发生在1855年夏末的一个星期日下午。布登勃洛克一家人坐在风景厅里等着参议在楼下换衣服，他们和吉斯登麦克一家约好一起消磨这一天假日，到城外一处游艺园去散步。除了克拉拉和克罗蒂尔德以外（这两个人每星期日下午要到一位朋友家缝袜子捐助黑人孩子），一家人都预备在游艺园里喝喝咖啡，如果天气好的话，还打算在小河里荡一荡小舟……

“爸爸真要把人急疯了，”冬妮说，爱用厉害字眼是她的老习惯，“他能不能有一回准时收拾好？每次他都是在写字台前坐了又坐，坐了又坐，不是要办完这个，就是要办好那个……天老爷，也许这些事真是那么重要，这我可不知道……虽然我不相信，他把笔早搁下那么一刻钟，咱们就得宣告破产。好吧，等十分钟过去，他老人家忽然想起约会来了，于是急急忙忙往楼上跑，两级楼梯并作一步迈，虽然他自己也知道，这样跑上楼来一定要头晕心跳……每次来客人，每次出行之前都得演这么一出！难道他就不能先把时间腾出来吗？难道他就不能及时把工作搁下，慢慢走下来吗？简直没道理。如果我的丈夫这样，我就要好好跟他说说，妈妈……”

她穿着当时流行的闪光缎料子衣服，坐在参议夫人身旁沙发上。参议夫人穿的是一件比较厚的凸花灰缎衣服，镶着黑绦子边，头上戴着绦子和绢网织成的软帽，下巴底下用一个蝴蝶结系住帽子的飘带一直垂到胸前。她的梳得很光滑的头发仍旧保持着原来的发红的金色。她的两只手肤色白嫩，淡青的血管在手上若隐若现，手中抱着一只手提包。汤姆仰靠在她身边的一张安乐椅上吸纸烟，克拉拉和克罗蒂尔德在窗户旁边面对面坐着。可怜的克罗蒂尔德每天吸取这样好、这样丰富的滋养，却丝毫不见效果，这真是一件不可理解的事。她越来越瘦，就是她身上的一件丝毫也谈不上式样的黑衣服也掩盖不住这个事实。在她的一张消瘦、平板、灰暗的脸上，在她的平滑的灰土颜色的头发下面，生着一个蒜头鼻子；她的鼻梁虽然还算挺直，但是上面却满布细孔……

“你们想，不会下雨吗？”克拉拉说。这个小姑娘有一个毛病，问人家问题的时候从来不把声音提高，而且总是眼神严厉地定睛望着人家的面孔。她穿的衣服是棕色的，只缀着一副白色的小翻领和两只白色袖头。她坐得笔挺，两手交叠在膝头上。在这一家人中，用人最畏惧的是她；最近一早一晚家里的祈祷也由她主持，因为参议每次朗诵都引起头部不适。

“你今天晚上戴你的新头巾吗，冬妮？”她又问，“雨会把它淋坏的。太可惜了。我认为你们最好改个日子再出去……”

“不成，”汤姆说，“吉斯登麦克家也要去。没有关系……气压表是突然降下去的……只不过是一阵暴雨，一阵子就过去……

下不长的。爸爸还没有准备好，我们可以静心坐一会，等着雨下过去。”

参议夫人仿佛在推拒什么似地把手一抬，“你想会有暴风雨吗，汤姆！你知道我最怕这个了。”

“没什么，”汤姆说，“今天早晨我在码头上和克鲁特船长谈过。对于天气的事他百无一失。只是一场暴雨，连强一点的风都没有。”

这一年9月的第二周带来了姗姗来迟的闷热。由于整天刮东南风，暑热比7月还要厉害。一片暗蓝的异样的天空悬在屋顶上，远在天边的地方发出淡白色，宛如沙漠上的太空一样。日落以后，狭窄的街巷里的房屋和人行道都像炉灶一样发出郁闷的热气。今天风向忽然转变，刮起西风来了，气压表突然降了下去……还有一大片天空是蓝色的，但是灰蓝色的浓云却已经像羽毛褥子似地慢慢地涌上来。

汤姆补充说：“我认为这场雨下得非常适时。假如咱们在这种空气里走路，一定会弄得疲惫不堪。这种闷热是反常的。这种天气我在帕乌没有遇见过……”

正说到这里，伊达·永格曼领着小伊瑞卡走进屋子来了。小伊瑞卡套在一件硬绷绷的、发散着肥皂和淀粉气味的新浆洗过的印花布衣服里，看去像个小滑稽人。她的眼睛和绯红的面颊活像格仑利希先生，可是上嘴唇却像冬妮。

善良的伊达头发已经全灰了，甚至可以说花白了，虽然她年纪才刚四十出头。这是她一族人的特征，她的一位死于噎食症的叔父也是三十岁就白了头发。伊达的两只棕色小眼睛仍然像从前那样灵活……奕奕有神，流露着忠诚的神色。她在布登勃洛克家已经待了二十年。她骄傲地看到，在这个家庭里自己已经是一个不能缺少的人了。她管理厨房和食物储藏室，掌管洗衣服的柜子和装瓷器家具的柜橱。她给小伊瑞卡朗诵书籍，给她缝洋囡囡的衣服，跟她一起做功课。中午的时候带着一包奶油面包把她从学校接出来到“磨坊堤”去散步。不论哪位太太见着参议夫人或是她的女儿都说：“亲爱的，您家的这位保姆多么得力啊！天哪，我告诉您，这样的人简直用金子也换不来啊！二十年！……她就是过了六十岁也还会这么健壮的！身子真是结实……看看那对眼睛，多么忠实！我真羡慕您，亲爱的！”可是伊达·永格曼也很知道矜持。她懂得自己的身份。有时在“磨坊堤”上一个普通人家的侍女领着孩子坐在她坐的那条板凳上，搭讪着跟她说话，这时永格曼小姐就要说：“小伊瑞卡，这里风大。”说罢立刻离开这里。

冬妮把她的小女儿拉到自己身边，在她的玫瑰色的小脸蛋儿上吻了一下，参议夫人也笑着向她伸出手来，虽然她那笑容有些心不在焉的样子……她这时正担心地望着室外越来越阴沉的天空。她右手的手指神经质地敲着沙发垫，一双明亮的眼睛游移不定地望着侧面的窗户。

伊瑞卡在外祖母身边坐下，伊达腰板挺直地坐在一把矮椅的前沿上，开始织毛线。大家就这样闷声不响地坐了一会儿，等着参议。空气很沉闷。外面最后一块蓝天被遮盖住了，蓝灰色的天空沉重地、膨胀着低垂下来。屋内的各种颜色都黯淡下去，壁毯上风景画的色彩、家具和帏幔上的金黄都黯然失色，冬妮的绸缎衣服不再闪亮了，人们的眼睛也失去了光泽。刚才还在圣玛利教堂树梢中间嬉戏、把黯淡的街头尘土卷扬起来的西风，这时也平静下来。霎时间大地上万籁俱寂。

这一瞬是突然降临的…… 一切都无声无息，令人感到恐怖的寂静。空气的郁闷似乎增加了一倍，大气气压仿佛在一秒钟内突然增加了许多，人们头脑昏沉，心脏窒息，呼吸不能顺畅…… 一只燕子低低掠过下面的街道，羽翼几乎触着了路面…… 而这种无可逃避的压力，这种紧张，这种全身都感受到的与时俱增的压抑也确实变得难忍难挨了，如果它仅仅再延长短短的一刹那，如果不是在它迅疾地达到顶点之后立刻就松弛、缓和下来的话…… 不知在什么地方无声地出现了一个小漏洞，人们似乎马上就寻得出那漏洞的所在。…… 几乎与此同时，一场大雨倾盆落下来，预先几乎连一滴雨点也没有预示，沟道就顿时水流滚滚，变成一片汪洋……

托马斯由于多年害病，已经学会注意自己神经的反应了，在这气候反常的几秒钟里他弯下腰，拂了一下头，把嘴里的纸烟扔掉。他环顾了一下在座的人，看一看别人是不是也感觉到或者注意到同样的事。他好像觉得母亲也有些异样；别的人却似乎一无所觉。这时参议夫人正望着外面密密的雨点，圣玛利教堂已经完全被雨帘遮蔽住了。她叹了口气说：“感谢上帝。”

“好了，”汤姆说，“两分钟内天气就凉快了。一会儿外面雨珠都挂在树上，我们可以到阳台上去喝咖啡。蒂尔达，把窗户打开。”

嘈杂的雨声立刻冲进屋子里来。外面是震耳欲聋的喧嚣。到处是砰砰訇訇，噼噼啪啪，淅淅沥沥的声音，到处泡沫飞溅。风又刮起来了，在浓密的雨幕中任情逞威，一会儿把它撕断，一会儿又把它前推后荡。空气果然一分钟比一分钟凉爽起来。

突然利娜冲了进来。侍女利娜匆匆跑过圆柱大厅，一头闯进屋子里来。伊达·永格曼禁不住用斥责的语调喊道："老天，你这是做什么？"

利娜的没有表情的蓝眼睛睁得大大的，牙床动了半天也没有说出一个字来……

"啊，参议夫人，啊，快点去……哎呀，老天爷，吓死我了！……"

"好了，"冬妮说，"她又把什么打碎了！一定是好瓷器，妈妈，瞧您使唤的人……"

可是这个女孩子却惊慌失色地喊道："啊，不是，格仑利希太太……那倒好了……是主人，我正给他拿靴子，参议先生坐在椅子上就不能说话了，只是一个劲儿地胁气①。我知道，事情不对了，参议先生的脸都黄了……"

"快去请格拉包夫！"托马斯一边喊，一边向门外跑去。

"我的上帝！噢，我的上帝！"参议夫人喊道，两手捂着脸，也向外边跑去。

"去请格拉包夫……坐马车去……马上！"冬妮气也喘不过来地说。

大家一窝蜂地跑下楼梯，穿过早餐室向卧室跑去。

可是约翰·布登勃洛克已经溘然长逝了。

---

① 利娜说的是高地德语"Kiemen"，指费力地喘气。

第五部

Fünfter Teil

第 一 章

“晚安，尤斯图斯，”参议夫人说，“近来好吗？请坐吧。”

克罗格参议温存地轻轻拥抱了她一下，又和当时正在餐厅里的外甥女握过手。克罗格参议这时年纪已经五十四五岁，除了唇上留着短须以外，又蓄起一圈浓密的鬓须，只把下巴露在外面。他的鬓须已经完全灰白，宽阔的粉红色的头盖骨上稀疏的头发梳得一丝不乱。他穿着一件非常考究的燕尾服，胳膊上戴着很宽的一道黑纱。

“你知道最新的消息吗，贝西？”他问，“是的，冬妮，这个消息你一定特别感兴趣。痛快地说吧，我们布格门外那块产业已经出手了……卖给了什么人？不是卖给一个人，是卖给两个，地基要平分开，房子也要拆开，中间横着截上一道栅栏。以后商人本狄恩在右边，商人索润逊在左边，就要各自盖起一座狗窝来……有什么办法呢，愿上帝保佑吧。”

“真没听说过，”格仑利希太太说，把手一叉，放在膝头上，仰起脸来看着天花板……“外祖父的产业！好，这座产业算是毁了。它的魅力就在宽阔疏朗……认真讲起来，真有些宽阔得过分，但是它所以高贵不俗也正在这里。那宽敞的大花园 …… 一直伸展到特拉夫河岸 …… 那隐藏在花园深处的房子，还有那马车道和栗树林荫路 …… 现在要分成两半了。本狄恩要站在一边门口抽烟斗，索润逊要站在另一边。可不是，尤斯图斯舅舅，我也只能说句‘愿上帝保佑吧’，再也没有什么人有这种身份气魄可以住整所宅子了。外祖父没有看到这件事，真是他的运气。”

当时空气里还笼罩着沉重而严肃的居丧气氛，冬妮虽然满腔怒火，也不敢用更厉害、更激昂的词句发泄出来。这一天参议已经去世两周了，是开读参议遗嘱的日子，时间定在下午五点三十分。参议夫人把她的哥哥请到孟街来，为了让他和托马斯以及公司的经理马尔库斯先生一起讨论死者对遗产的安排分配。冬妮事先就表示一定要参加这次家庭会议。她说，她有责任参与公司和家庭的事务。她努力使这次聚会带上隆重的气氛，使之成为一次家庭会议。她把窗帘全部掩上，在那层蒙着绿绒、桌面全部拉开的餐桌上本来点着两盏石蜡油灯，她却嫌不够，又把一只镀金的大烛台上所有蜡烛都点亮。此外她还把一大摞纸和几支削尖的铅笔摆在每个人位子前面，虽然谁也想不出这些纸笔究竟有什么用场。

黑衣服给她的身段平添了不少少妇的窈窕。最近一个时期参议已经成为她心中非常亲近的一个人了，这次他的亡故给她带来的悲痛或许比给任何人带来的都大，就在这一天她还因为想念参议痛哭过两次。虽然如此，在这次隆重的小型家庭会议上她将扮演个要角这件事却使她的美丽的面颊罩上一层红晕，使她的双眼闪烁发光，使她的举动变得又庄重又兴奋 …… 但是另一方面，参议夫人却被恐惧和悲痛，被一千种居丧和葬礼的繁文缛节弄得心力交瘁。她那围在一圈黑绦子帽带里边的面孔显得更加苍白，一双淡蓝色的眼睛也暗淡无光，只有光滑的金红色头发仍然寻找不出一根白发……这仍然是巴黎染发药水的功效呢，还是已经悄悄换上了假发？这件事只有永格曼小姐一个人知道，而这件事永格曼小姐不论对家中哪位太太都是守口如瓶的。

三个人坐在餐桌的一端，等着托马斯和马尔库斯先生从办公室回来。墙上白色的神像栩栩如生地凸显在天蓝色的背景上。

参议夫人开口说："是这么回事，亲爱的尤斯图斯……我让人把你请来……简单地说，是为了克拉拉的事。我亲爱的让去世了，为这个孩子选择监护人的责任不得不落到我的头上，她需要有三年的监护人……我知道你不喜欢招揽闲事，你对自己的妻子和两个孩子的职责已经够多的了……"

"我只有一个孩子，贝西。"

"算了，算了，尤斯图斯，我们应该有基督教精神，应该有怜悯心，像《圣经》上所说的：我们要宽恕欠我们债的人。想一想我们在天之父吧。"

她的哥哥有一些吃惊地看着她。在这以前，这些话只能从去世的参议口里听到……

"不谈这个吧！"她接着说下去，"这个职务不会给你带来多少麻烦的……所以我想求你接受这个监护人的职务。"

"很高兴，贝西，真的，我很愿意做这件事。能不能见见要我保护的人。这个好孩子，有点过于严肃了……"

克拉拉被叫进来。她穿着一身黑，面色苍白，步履迟缓地走进来。她的举动又悲苦又拘谨。自从父亲去世以后，她一直把自己关在屋子里，几乎一刻不停地做祷告。她的两只黑色眼睛直勾勾的，痛苦和对上苍的畏惧似乎使她痴呆了。

尤斯图斯舅舅一向是很殷勤的，他抢上前去一步，几乎是俯着身子和她握了手。接着又对她说了几句宽慰的话。当她用自己的几乎麻木的嘴唇从参议夫人那里受了一吻以后，便转身走出房去。

“你的那个乖孩子尤尔根怎么样啊？”参议夫人重新打开话头，“他在威斯玛尔生活得好吗？”

“很好，”尤斯图斯·克罗格回答说。他耸了一下肩膀重又坐下。“我相信，他这回算找到个合适的位置了。他是个好孩子，贝西，是个老实孩子；可是…… 自从两次考试失败以后，对他说来，自然最好还是…… 他对法律也没有什么兴趣，目前威斯玛尔邮局的差事很说得过去…… 我听说，你们的克利斯蒂安要回来了，是吗？”

“不错，尤斯图斯，他快要回来了，愿上帝保佑他一路平安！唉，真是天涯海角！虽然让死后第二天我就给他写了信，这封信现在也到不了他的手。就是他接着信，也还要坐两个月的海船。但是他这次非回来不可，我一定得见到他。虽然汤姆说，他说什么也不同意克利斯蒂安辞掉瓦尔帕莱索的位置…… 可是请你替我想想：我差不多已经八年没有见到他了！而且又是在这样的境况里！不，在这种艰辛的日子里，我一定要他们都在我身边…… 这对做母亲的来说是非常自然的要求……”

“当然，当然。”克罗格参议附和着说，因为她说着说着已经眼泪盈眶了。

“现在托马斯也同意了，”她继续说道，“克利斯蒂安在什么地方能比在他父亲留下的买卖里、在汤姆的商号里更受重视呢？他可以留在这里，在这里做事……唉，我总是提心吊胆，怕那里的气候对他身体有害……”

这时候托马斯·布登勃洛克陪着马尔库斯走进大厅里来。弗利德利希·威廉·马尔库斯多年来一直是故世的参议的全权代理，他身材颀长，穿着一件棕色的长尾礼服，戴着黑纱。他说话的声音很低，吞吞吐吐，又有一些结巴，每说一个字都要考虑很久。说话的时候他不是伸直了左手食指和中指，慢吞吞地梳理他那乱蓬蓬的几乎把嘴也遮盖起来的棕红色胡须，就是不停地搓手，一双滚圆的棕色眼睛茫然地向四处转动，给人一种冥顽不灵和心不在焉的印象，实际上他却是全神贯注在这件事情上。

托马斯·布登勃洛克这样年轻已经做了这家大商号的老板，在脸色和举止上未免都流露出一种身居显要的神气；但是他的脸色仍然是苍白的，两只手，除了一只手指上戴着祖传的镶绿宝石的大印章戒指在闪亮外，也像黑衣袖下面的衬衫袖头一样白。这是一种冷冰冰的苍白，让人一看就知道这双手完全是冰冷干枯的。修得异常整洁的椭圆的手指甲略微泛着一些青色。这双手在某些时刻，在某些类似痉挛的不自觉的手势中，表达的是一种畏缩的、敏感的、柔弱的和惊惧的自我克制，这一点在布登勃洛克上几代人的手上是找不出来的，而且和他们的手型也不符合。他们的手虽说也相当纤秀，却比较宽大，没有失去平民的样子…… 汤姆进屋后做的第一件事是打开通向风景厅的折门，好让那边的暖气通进大厅来。风景厅里的炉火在锻铁栏杆后面熊熊地烧得很旺。

之后他和克罗格参议握了握手，就在桌子旁边对着马尔库斯的一个位子上坐下来。他发现冬妮也在座，不觉显出惊异的神色，挑着眉毛望了她一眼。他本来想说什么，可是冬妮那种把头一扬、把下巴向后一抽的样子，却使他把要说的话吞了回去。

“怎么，现在还不能称呼你‘参议先生’吗？”尤斯图斯·克罗格问道，“看来荷兰人要求你做他们的代表这一希望是落空了，我的老朋友？”

“是的，尤斯图斯舅舅。我认为这样最好…… 你看，我本来可以立刻继承父亲的参议头衔的，连同许许多多别的职务一起；但是第一，我觉得自己年纪还小…… 第二，我跟高特霍尔德伯父一说，他非常高兴，马上就接受了。”

“你很知情达理，孩子。很精明…… 这是十足的绅士风度。”

“马尔库斯先生，”参议夫人说，“我的亲爱的马尔库斯先生！”说着她把手向他伸过去，手掌向上一翻。马尔库斯先生动作有些迟缓地握住她的手，眼睛里虽然流露着感激的神色，却照例向旁边侧视着。“您知道，请您来是为了什么事，我知道您是不会拒绝的。先夫在他的遗嘱里曾经表示，希望您在他去世以后不要自视为外人，希望您能以股东的身份继续在公司里发挥您的才干，替公司做事……”

“当然，这还用说，参议太太，”马尔库斯先生说，“承你们看得起我，给我这样重要的职位，我对这种荣幸没齿难忘。说实在的，我能给公司尽的力量真是微乎其微。上帝可以做证，我对于您和令公子赏给我的这个位置，除了满怀感激接受以外，没有第二句话可说。”

“很好，马尔库斯先生，我们衷心感谢您欣然接受了这副重担。这个职责也许不是我所能胜任的。”托马斯不假思索地脱口说道，一边把手伸向桌子对面的这位股东。因为对这件事两人早已取得默契，现在只不过走一下形式而已。

“俗话说：不是冤家不聚头……你们俩可要把这句话推翻了！”克罗格参议说，“现在咱们来研究研究财务情况吧。话先说在头里，我关心的只是我的保护人的陪嫁费，其余的我都管不着。你这里有没有遗嘱的副本，贝西？你呢，汤姆，你有没有个粗略的算计？”

“都在我脑子里呢。”汤姆说，他一边来回移动桌子上的一支金笔，一边向后仰靠着椅背，遥望着风景厅，给大家分析情况……

事实是，参议遗留下的财产比任何人所能想象的还要多一些。大女儿的妆奁自然是全部牺牲了，1851年公司由于不来梅倒闭风潮所受的损失也是个沉重打击。此外1845年和今年（1855年）的动荡和战乱又使公司损失不赀。然而另一方面布登勃洛克家继承克罗格的一笔四十万马克的遗产，虽然尤斯图斯事先挥霍了许多，实际到手的也达到三十万马克。约翰·布登勃洛克生前虽然像每个商人似的不断诉苦，然而十五年中毕竟还赚了三万泰勒，抵补了一部分损失。这样，全部财产，除了不动产不计算以外，一共大约有七十五万马克。

托马斯本人对于公司的营业情况不能不说了如指掌，然而父亲生前仍然没有让他知道资产的总数。如果说在宣布这个数目的时候，参议夫人表现的是平静的谦虚，冬妮的目光却直勾勾的，带着一副浑然莫解的逗人爱的矜持。她无法掩饰满脸的担忧和困惑，仿佛在问：这是不是很大一笔数字？非常大吗？我们还算是富有的人家吗？…… 马尔库斯先生仿佛漠不关心地、慢吞吞地搓着手，而克罗格参议显然听得有些不耐烦。托马斯自己在宣布这个数字时，则是满怀着自豪的情绪，那自傲使他紧张、激动，以致他的神情看上去几乎有些抑郁不乐。

"我们早就应该达到百万的数字了！"他的两手微微颤抖着，显然正在抑制着内心的激动……"祖父在最顺手的时候手里已经有了九十万资本……从那时候起一家又付出多少心血，获得多大成功，做了多少笔得意的买卖！再加上母亲的陪嫁和继承的遗产！唉，可惜的是另一方面又是接二连三的破散！……我的上帝，我知道这是事情发展的自然规律。我要请你们原谅，现在我完全是站在公司的立场说话，不是站在家庭的立场……这么多笔陪嫁费，左一次右一次地付给高特霍尔德和法兰克福的款子，公司不得不一次又一次支付几十万……这还是公司的主人只有两位兄妹继承人……好吧，不说啦，我们可有的是事情要做呢，马尔库斯！"

一刹那间，他的眼光里强烈地闪耀着对行动、胜利和权利的追求以及想要征服幸福的野心。他觉得所有的人都有所希冀地注视着他，看他能不能发扬公司和这一古老家庭的声誉，或者至少保持着旧有的威望。在证券交易所里他就常常看到别人斜睨着他，上下打量他，那是一些老商人的快活的、怀疑的、多少带一些嘲笑的目光，那目光似乎在问：“这个担子你担得起吗，孩子？”我担得起！他暗中答道……

弗利德利希·威廉·马尔库斯专心致志地继续搓手，尤斯图斯·克罗格说：“喂，冷静些，汤姆老朋友！时代不同了，现在不是你祖父给普鲁士军队批发粮食的时代了。”

接着开始了一场细致的谈话，对遗嘱里大小事情的安排都仔细讨论过，每个人都发了言。克罗格参议的兴致特别好，他不断称呼托马斯为“大权在握的亲王殿下”。“根据传统的规矩，货库应该随着王位走。”他说。

此外大家自然一致认为，一切资财应该尽量集中起来，伊丽莎白·布登勃洛克太太在原则上被认为是总继承人，全部财产仍然都留在买卖里。马尔库斯先生声明，作为一位股东，他将拿出十二万马克来扩大流动资本。托马斯准备加进五万马克作为他个人投资，克利斯蒂安也暂定这个数目，如果他也愿意自己有所建树的话。当念到遗嘱中下面这一条时，尤斯图斯·克罗格表现得特别热心：“关于我亲爱的小女克拉拉的陪嫁费一事，我交留我的爱妻决定其数字。”“十万怎么样？”他建议道，说着他把身体向后一靠，一条腿搭在另一条上，用两只手向上捻他的灰色的短胡须。最后大家把这笔款项定为八万马克。

“如果我的亲爱的长女冬妮再次结婚，”遗嘱接着写道，“由于她第一次结婚已得到八万马克，这次陪嫁费将以不超过一点七万泰勒为度……”冬妮做了个又优美又激动的姿势，两臂向前一挥，把袖子撸了撸。她一面望着天花板，一面叫喊道：“格仑利希……哼！”那声音听上去像一声战斗的呐喊，像一声短促的号角声。“您知道不知道，这个人是怎么回事，马尔库斯先生？”她问道，“有一天下午风和日暖，我们正坐在花园里……凉亭前边……您知道，马尔库斯先生，就是我们的那座凉亭。好！突然来了个什么人？一个留着金黄色鬓须的人……这个骗子！……”

“算了，”托马斯说，“我们以后再谈格仑利希先生的事，好不好？”

“好，好。可是你总也承认这一点的，汤姆，你是个聪明人，就是说，生活中的事情不是每一件都是公正、善良的，虽然不久以前我还是个脑子单纯的人，可是我的经历已经让我了解到这一点了……”

“是的……”汤姆说。他们继续谈下去，谈到一些零碎的东西，参议在遗嘱里对于那本厚大的传家的《圣经》，对于他的钻石纽扣以及另外许多物品的分配都做了一些指示，他们把这些指示都研究了一番……这一天尤斯图斯·克罗格和马尔库斯先生是在这个家庭里吃的晚饭。

第 二 章

1856年2月初，离家八年的克利斯蒂安·布登勃洛克终于回到故乡来了。他是从汉堡乘邮车回来的，穿着一套富于热带风光的黄色大格衣服，带回来一只剑鱼的长喙和一根粗大的甘蔗。他一半神思不属、一半困窘地迎接了参议夫人的拥抱。

就是第二天早晨一家人到城门外的墓地去的时候，他也仍然保持着这样一副神情。他们到墓地去是为了在参议墓前献一只花圈。一家人并排站在被积雪封盖的小径上，站在一块巨大的石板前面，石板中间镌着家庭纹章，四边是在这里长眠的人的名字……他们面前还有一根直竖的大理石十字架，插在一片树叶落尽的小丛林的边缘。这一天除了留在“负义”农庄看顾自己生病的父亲的克罗蒂尔德以外，一家人都来了。

冬妮把花圈放在石板上父亲的名字上面，这几个金色字母镌痕犹新，接着她不顾墓前的积雪跪在地上，低声祈祷起来。她的黑色头纱在风中飘摆，肥大的外衣蓬松地摊在身体一边，构成一幅美丽的画面。只有上帝一人知道，在她这样娇美的姿势里隐藏着多少苦痛和宗教感，隐藏着一个美丽妇女的多少自尊自负。托马斯当时的情绪并没有使他深思到这一点。但是克利斯蒂安却从侧面凝视着自己的妹妹，脸上交织着嘲弄和忧惧的神情，好似在说："你能这样装到底吗？你站起来的时候难道不感到难为情吗？多么尴尬的局面！"冬妮站起身的时候，觉察到他这种目光，然而她一点也没有难为情。她把头向后一扬，整理了一下头巾和外衣，便沉稳地、倨傲地转身走开，这显然使克利斯蒂安松了一口气。

如果说去世的参议因为热爱上帝和钉在十字架上的人子，成为家族中第一个产生不同寻常，也不符合市民气质的复杂情感，并且沉湎其中的人，那么他的两个儿子似乎就是布登勃洛克家族中最先被天真而随意地表露这类感情吓倒的人。托马斯对于父亲逝世的悲痛远比对祖父的逝世为大，这一点倒是无可怀疑的。然而他却从来没有跪在坟墓前边，从来没有像他妹妹冬妮那样伏在餐桌上像小孩似的抽抽噎噎地啼哭。他不能像格仑利希太太那样，在烤肉和尾食的中间，和着眼泪，用一些伟大的字眼颂扬起故世的父亲的为人和禀性，他觉得这样做是一件非常难堪的事。他不惯于这种感情的迸发，尽管哀痛但从不失仪，只会黯然不语，忧郁地垂下头来……当别的人谁也没有提起或想到死者的时候，他脸上的表情一点没有改变，眼眶里却突然充满盈盈泪水。

克利斯蒂安的情况又与他不同。当他妹妹这样天真、幼稚地感情迸发的时候，他几乎也不能维持自己的常态；他把头低伏在盘子上，似乎一刻也忍受不下去，马上就要偷偷躲开。有好几次他甚至低声、痛苦不堪地打断她："天哪……冬妮……"他的大鼻子耸起无数小皱纹。

是的，每当谈话转到亡人身上，他就流露出不安和困窘不堪的神色，看来他似乎不但对这种以粗陋方式来发泄低沉严肃的感情怀着畏惧，尽量躲避，就是对这种感情本身也很害怕，避之惟恐不及。

还没有人看到他为父亲去世淌过一滴眼泪。如果把这一切都归之于他的长期离家，理由似嫌不够。最奇怪的是，他本来是不喜欢这种谈话的，现在却常常把他妹妹冬妮拉到一边没人的地方，听她绘声绘影地述说父亲去世那天下午的情形，因为格仑利希太太是最善于述说往事的。

“他的脸色焦黄吗？”这是他第五次问这个问题了……“那个侍女冲进屋子里的时候，她向你们喊什么？……他的脸色完全变黄了吗？……死前一句话也没说出来吗？……侍女说什么？……他嘴里还发出什么声音来？‘喔……喔’的声音？”他沉默住，沉默了很长一段时间，他的一双深陷的小圆眼睛若有所思地在屋子里东瞧瞧，西看看。“可怕啊。”他忽然喊了一声，可以看到，当他站起身的时候，打了个寒战。他在屋中踱来踱去，目光始终惶惑不安，带着冥想的神色。冬妮觉察到，每逢她为悼念亡父痛哭失声的时候，她这位哥哥不知出于哪种原因总是羞涩得无地自容，可是他却偏偏喜欢摆出一副令人可怖的沉思的面孔，大声模仿亡人临死前的叫声（这是他费了莫大力气才从侍女利娜那里问到的），这真使冬妮惊奇不已……

克利斯蒂安并没有比年幼时变得更漂亮。他的脸色憔悴、苍白。脸皮生得紧绷绷的，一只鹰钩大鼻子又瘦又尖地挺在两边的颧骨中间，头发已经明显地稀疏起来。他的脖子又细又长，两条细瘦的腿向外弓着……此外，旅居伦敦的一段日子似乎在他身上留下一层不能磨灭的影响，再加上他在瓦尔帕莱索主要也是和英国人来往，所以他的整个仪表都带着些英国派头，这对他倒也很合适。不论是他那剪裁得舒适合体的衣服式样，还是结实耐穿的羊毛料子，不论是他的宽大坚实、制作精致的皮靴，还是他那棕红色的浓密胡须遮住嘴巴的嘲讽神气——什么都带着些英国味。甚至他的一双手——他的手因久处热带变得非常白皙，充满毛孔，指甲剪得又圆又短，非常洁净，甚至这一双手也给人以英国绅士的印象。

“你说说，”他突然问道，“你有过这种感觉吗？……这是很难描述的……有时候一个人被一口硬东西噎住了，弄得他整个脊背从上到下地剧痛起来……”这样说着，他的鼻子又皱满了小皱纹。

“有过，”冬妮说，“这是很平常的事。有时忙着喝水……”

“是吗！”他感到不满足地反问道，“不，不，我怕咱们俩想的不是一回事。”他的脸上浮现出一种不安的严肃神情。

他是家中第一个排遣掉愁绪、重新恢复开朗心情的人。他过去那种模仿马齐路斯·施藤格先生的才能现在仍然没有忘掉，他仍然能学着施藤格的语调讲上个把钟头。吃饭的时候他打听戏院的消息，有没有好戏班子，演的是什么戏……

“我不知道，”汤姆说，为了掩盖心中的烦躁感，故意把语调装得极端冷淡，“我现在没有心情注意这些事。”

克利斯蒂安一点也没有听出他的口气来，他开始谈起看戏的事："我简直无法形容我多么喜欢看戏！我一听到'戏'这个词就感到非常幸福……我不知道你们里面有谁熟悉这种感情，哪怕只是对着幕布呢，我也能一动不动地坐着看几个钟头……那种喜悦的心情就跟我们小时候走进这间屋子里来领圣诞节礼物时候的心情一样……不用别的，只要听一听乐队调整乐器的声音就够了。我情愿只为听听这种声音而进一次戏院！……我特别喜欢看的是爱情场面……有些女角演到用手捧住爱人的头的时候，演得那么奇妙……讲到演员……我在伦敦和在瓦尔帕莱索和演员们很有些接触。开始的时候，我对于能在日常生活中跟他们一起谈话，很引以为荣。在戏院里我注意看他们的每一个动作……真是有趣！一个角色说完了最后一句台词，泰然自若地转过身去，缓缓地，从从容容地走向后台，虽然他也知道，全场的目光都在盯着他的脊背……他们怎么能做到这个地步！……从前我老是渴望，有朝一日能到幕后边去一次——是的，现在呢，可以这样说，后台对我已经像在家里一样熟悉了。你们想象一下吧……在一座上演轻歌剧的戏院里——这是在伦敦，一天晚上，幕布已经升起来，可是我还站在舞台上呢……我正在和瓦特克鲁斯小姐说话……一位非常漂亮的小姐！……好了！突然间，全体观众摆在你面前了……我的老天，我简直说不上我是怎样从舞台上跳下来的了！"

围桌而坐的一圈人中只有格仑利希太太笑起来，那笑声显得非常孤单；然而克利斯蒂安左右看了看，仍旧讲下去。他谈到英国咖啡馆里的歌女，谈到一位戴着假发扑了白粉的女郎，这个女人用一根长手杖敲着地板走出台来，唱了一支叫什么“That’s Maria”[①]的歌……“马利亚，你们知道不知道，马利亚是一个最坏的人……假如有个女人做了一件极端罪恶的事，人们会说‘That’s Maria’！马利亚是一个最坏的人，你们知道，是一个道德败坏的人……”说到最后一句话时，他摆出一副厌恶的脸色，鼻子一皱，手指拳屈着举起右手来。

“Assez，克利斯蒂安！”参议夫人说，“我们对这个并不感兴趣。”

但是克利斯蒂安的目光茫然地从她身上越过去，即使没有她阻拦也不预备说下去了。从他的深陷的小圆眼睛游移不定的神情来看，显然他正陷入一种不宁的沉思里，或许就是沉思马利亚和道德败坏吧。

突然他开口说：“奇怪，有时候我咽不下东西去。不，这没有什么好笑的；我认为这是非常严重的事。当我脑子里掠过这样的思想：我可能咽不下东西了吧，我真的就咽不下去了。一口食物已经吃到里面了，可是这里，喉咙啊，肌肉啊……却都干脆拒不接受了……它们不服从意志的指挥了，你们知道。是的，事实是，我没有平常那种要往下咽的勇气了。”

冬妮失声喊出来：“克利斯蒂安！我的老天，你说的是什么蠢话！你连咽东西的勇气也没有了……不要这样，你不要把自己说得这么可笑了！……你跟我们说的是一些什么稀奇古怪的

① 英文：那就是马利亚。

话啊……”

托马斯沉默不语。但是参议夫人却插口说：“这都是神经的缘故，克利斯蒂安，是的，你这次回家真是再好也没有了；要是不回来，那边的气候还会使你的病加剧呢。”

饭后他坐在摆在餐厅里的那架小风琴前面，模仿钢琴家演奏的样子。他装腔作势地把头发向后一甩，搓一搓手，抬头环顾了一下听众，然后，没有声音地——他没有踏动风箱，因为他根本不会弹奏，他和布登勃洛克家中的大多数人一样，一点音乐才能也没有——郑重其事地俯着腰，乱按了一通低音键盘，算是奏了几段疯狂的曲子，最后把身体向后一靠，心驰神往地仰望着天花板，好像打了个胜仗似的用两手砰的一声关上琴盖……甚至克拉拉也忍不住笑起来。他幻想自己真的演奏了一场，充满了热情和自我欺骗，充满了乖僻的好诙谐的英美人性格中的那种使人无法不发笑的滑稽。他这样做作一点也不会引起别人不愉快的感觉，因为他做得那么自然，那么信心十足。

“我常常去听音乐演奏，”他说，“我非常喜欢看那些人拨弄乐器！……真的，做一个艺术家多么美妙啊！”

说着他又表演起来。但是突然间他停了下来，他的神情一下子变得严肃了，这个表情来得那么突然，仿佛一副假面具从他的面上掉了下来似的。他站起身，用手梳理了一下稀疏的头发，坐到另一个位子上。随后他一直沉默不语，情绪非常恶劣，他的眼睛惶惑不安，从他脸上的表情看，仿佛他正在倾听一个神秘恐怖的声音。

“…… 有时候我觉得克利斯蒂安的举止有些奇怪，”格仑利希太太一天晚上对他的另一位哥哥托马斯说，这时屋中只有他们两个人，“他喜欢怎样说话呢？我觉得，他总欢喜过分渲染一些细节 …… 我不知道这么说对不对。他看问题的角度也总是和旁人完全不同，是不是？……”

“是的，”汤姆说，“我很明白你的意思，冬妮。克利斯蒂安做事很欠审慎 …… 我很难把自己的意思恰当地说出来。他缺少些什么，缺少一般人称作均衡、称作心灵平静的东西。一方面他在别人言行失检闹出笑话的时候不能保持冷静 …… 他不懂得怎样掩饰过去，他一点也不会，相反地，他这时会完全失去应有的沉着冷静。另一方面，他也能在另一种情形下失掉控制自己的力量，那就是当他自己滔滔不绝地说一些最不讨人喜欢的话，恨不得把他的最隐秘的心事和盘托出的时候，常常使人哭笑不得。这和一个人发烧谵妄有什么两样呢？一个说谵语的人同样也是语无伦次 …… 唉，事情非常简单，克利斯蒂安过于关心自己了，过于关心自己内心的事情了。有时候，一阵癫狂上来，他就要把内心的这种最细琐最深沉的东西揭出来，说给别人听 …… 一个头脑健全的人是不屑注意自己内心这种细琐的感觉的，他根本不想去知道，原因很简单，这些事他羞于说出口。把这些话说给别人听，这真需要厚脸皮才行，冬妮！…… 你知道，除了克利斯蒂安以外，别人也可能说自己喜欢看戏，但是人家用的是另外一种语气，只是随便一谈。简单一句话，人家说得更有节度。可是克利斯蒂安是怎么样说呢？他那种语气给人的印象是：看，我对戏剧的酷爱是不是与众不同、是不是非常值得一谈呢？他拼命在选词择字上下功夫，装出一副样子，仿佛他为了要表达某种极端微妙、隐秘和奇特的思想正在绞尽脑汁似的……"

"我要告诉你一件事，"沉默了一会儿他继续说下去，把手中的烟蒂扔到锻铁栏杆后面的壁炉里去，"因为我自己过去也有过这种倾向，所以我有时候思索，为什么一个人要又担心、又好奇地做这些无益的自我探索呢？但是我觉察到，这只会使我精神分散，懒于行动，使我心旌摇荡……但是对我来说，首要的是坚忍不拔的精神和心灵的宁静。如果说对自己产生兴趣，对自己的感情深入地观察，世界上倒也不是完全没有人应该这样做。但那是什么人呢？那是诗人，诗人们有资格优先探索自己的生活，用明确美丽的话语把它表达出来，以丰富别人的精神世界。可是我们呢？我们只是一些普通的商人，我们的自我观察是毫不足道的。我们最多也不过只能说说乐队调整乐器的声音使我们心舒气畅啦，我们有时不敢咽东西啦等等而已……唉，去他的吧，我们最好还是坐下来，像我们的祖先上代那样，在事业上做出点儿成绩来吧……"

"不错，汤姆，你把我的心里话说出来了。我一想到，哈根施特罗姆这一家人越来越摆架子……*摆臭架子*，你知道……母亲不喜欢听这个词，可是我还是觉得，这是最恰当的词。他们也许认为，除了他们一家子以外，城里就再也没有高贵的人家了？哼，我真想笑，我真想大笑一场……"

第 三 章

自从这位兄弟回家以后,“约翰·布登勃洛克公司”老板的察看的目光常常在他身上长久徘徊。最初几天他观察自己兄弟的时候,总是装出一副漫不经心的样子,竭力不使别人注意。几天以后,在他的平静的声色不动的脸上虽然看不出有什么结论,他的好奇心却似乎已经满足了,主意似乎已经打定了。和家里人在一起的时候,他用淡漠的语气和他谈一些无足轻重的事情,遇到克利斯蒂安表演什么的时候,他也和别人一样显得很开心……

过了七八天,他对他说:“这么一说,我们要在一起共事了,年轻人?……据我所知,你已经同意了妈妈的主张,是不是?……喏,你已经知道,马尔库斯也入了股份,按照他投资的数目,如今他也算是一位股东了。我想,作为我的兄弟,你可以把他从前的位置,经理的位置接过来……做公司代表,这是对外讲……至于你具体的工作,我还不知道你在商业方面的知识如今达到什么程度。我猜想,直到现在你恐怕游荡得多了一点,对不对?……不管怎么样,做英文文牍对你总算最合适了……可是我还要求你一件事,亲爱的。你既然是东家的兄弟,比起一般职工来地位自然要优越得多…… 但是我想我用不着嘱咐你，你最好是以平等的地位恪尽职守来慑服别人，千万不要滥用自己的特权，让行动有失检点。这就是说，你也应该遵守上下班的时间和公司的制度，你觉得怎么样？……”

接着他又谈到薪金的事，提出了一个数目，克利斯蒂安没有怎么思索就接受了。克利斯蒂安的脸色显得有些窘迫，精神不太集中，显然他一心盼望迅速把这桩事了结，他并不太关心自己的利益得失。

第二天托马斯把他领到办公室去，这样克利斯蒂安就开始为这家老公司服务了……

参议死后，公司的业务并没有受到什么影响，一直踏踏实实地开展下去。但是不久人们就注意到，自从托马斯·布登勃洛克把缰绳揽到手中以后，公司便出现了一种活泼、进取的精神，时不时地采取一些大胆行动。老主人在世时，所谓公司的信誉只不过是一个空洞的概念、一个理论、一个装饰品，如今却有意识地在尽量加以利用…… 交易所里的先生们常常彼此点头说：“布登勃洛克家一定要赚大钱了。”他们认为托马斯把正直的弗利德利希·威廉·马尔库斯先生像个铅球似的坠在脚底下是非常有道理的。马尔库斯先生的影响在公司的业务上是一股保守势力。他用两根手指慢条斯理地抚摩着上须，把各种文具和永远摆在自己桌上的一杯水安放得有条不紊，对于任何一件事总是带着一副心不在焉的神情上下左右地打量个够。此外他还有一个习惯，在上班的时间内总要五六次跑出院子，走进洗衣室里把头放在水龙头下面冲洗以振作精神。

“这两个人真是相辅相成。”几家大公司的老板彼此谈论说。也许胡诺斯参议就这样对吉斯登麦克参议说，而在水手和仓库工人中间，在一些小户人家里便也照样学舌，因为这位年轻的布登勃洛克能否把买卖干起来，全城人都很关心……甚至铸钟街的史笃特先生也对他那位和上流社会有来往的老婆说：“这两个人在一起可以取长补短，你信我的话没错！”

讲到在业务上拿权的人，那自然还是这位年轻的股东。只要从他善于应付雇员、船长、仓库里的工头、车夫以及码头工人这件事来看，便足以证实这一点。他能够极其自然地用他们的语言说话，同时又和他们保持着一个无从逾越的距离……但是假如马尔库斯先生用土话对某一个憨直的工人说：“你摸清楚我的意思了没有？”大家听了就觉得那么不自然，坐在他的办公桌对面的那位股东就忍不住大笑起来，这么一来全办公室就会哄堂大笑。

托马斯·布登勃洛克一心想保持并发扬这家老公司多年建立起的声誉，他喜欢在每一场为取得这一胜利的日常战斗里亲自出马，因为他很清楚，许多笔好生意都是靠着他胸有成竹的文雅举止，靠着他讨人喜欢的殷勤态度，靠着他圆通的手腕才做成功的。

“一个商人不应该老坐在办公室里！”他对“吉斯登麦克父子公司”的施台凡·吉斯登麦克说。施台凡是他昔日的同学，一向把他奉若神明。他说的每一句话施台凡都牢记在心里，以便以后再把它当作自己的意见传播给别人。“做生意也需要个性，我的浅见如此。我不相信，巨大的成功能从办公室里得到……至少这种成功引不起我的兴趣。只靠坐在办公桌前打算盘是不会得到成功的……我总想亲眼观察事务的发展，亲自动口、亲自动手指挥……用我的意志、我的才能、我的幸福……不论你叫它什么都好，用我的这些东西直接影响它，控制它。可惜商业界这种事必躬亲的风气已经逐渐不时兴了。时代前进了，可是我觉得它把好东西遗落到后面了……交通越来越发达了，市价行情越来越容易探听到……投机冒险的范围缩小了，随之利润也减少了……是的，老一代人不是这种情形。拿我的祖父说吧……他以普鲁士军队粮食商的身份乘一辆四匹马的马车到德国南方去，这位老先生戴着白粉蓬蓬的假发，穿着短筒的舞鞋，到处施展自己的魔力，卖弄技能，赚的钱不计其数，吉斯登麦克——唉，我真怕越往后商人的生活越枯燥无味了呢……”

他常常这样发牢骚，因此他最喜欢的莫过于亲自做成的生意了。譬如说他在同家里人散步的时候，偶然走进一家磨坊，和那个受宠若惊的磨坊主闲聊，聊得很对劲，轻而易举就谈妥了一笔好买卖。……这种本领他的另一位股东朋友是学不来的。

……讲到克利斯蒂安，他在开始一段日子里似乎真的很热心、很愉快地把全副精力投入事业里。一点不错，仿佛在商业活动里他感到特别舒畅、感到其乐融融。接连很多天，他似乎连吃饭也很有胃口。他吸着短烟斗，肩膀在他的那件英国式的常礼服里摆得端端正正，表现出一派舒适愉快的样子。每天早晨他和托马斯前后脚到下边的办公室去，在马尔库斯先生旁边，斜对着他哥哥的一个转椅上坐下来——他和公司的两位股东一样也有一张转椅。

他首先翻看一遍报纸，舒舒服服地把清早的一支纸烟吸完。接着便从办公桌下面的柜橱里拿出一瓶白兰地酒来，伸一个懒腰，活动一下筋骨，口里“哪”地叫了一声，让舌头在牙齿中间转一下，接着便开始兴致勃勃地做起事来。他的英文文牍写得非常熟练、有力。正如同他说英文一样，他写英文也同样流畅，毫不费力地一挥而就。

在家里人中间，他仍然免不了像往常那样把自己的心绪说给别人听。

“商人真是一个美丽的、使人充满幸福之感的职业！”他说，“规矩、朴实、勤俭、愉快 …… 我生来就适宜做商人！作为家庭中的一员，你们知道 …… 简单地说，我的日子从来没有过得像现在这样舒服。早晨朝气蓬勃地走进办公室，看看报纸，抽一支烟，想想这个，想想那个，喝一口白兰地，再做一点点工作。于是吃午饭的时间到了，跟家里人一起吃过饭，休息一会儿，然后再上班去 …… 有时要写些东西，摆在你面前的是最好的、洁白平滑的公司信笺，一支好钢笔 …… 尺子，裁纸刀，印章，一切都是上等货色，有条不紊 …… 人们就用这些器具按部就班地办起事来，一件接着一件，直到最后把一切都办妥当了。明天又是新的一天。回家吃晚饭的时候，一个人从心眼里感到满足 …… 四肢都感到满足 …… 两只手也感到满足 ……”

“老天，克利斯蒂安！”冬妮喊道，“你又说一些可笑的话了！两只手也感到满足 ……”

“可不是！一点儿也不假！你不相信吗！我的意思是 ……”

他开始热心地解释起来，竭力想把自己的意思说明白，“你可以把拳头攥起来，你知道 …… 你不能攥得很紧，因为你刚工作完，浑身都疲倦无力。可是你的手心不是潮湿的，它不会使你气闷发躁 …… 它非常舒适，非常熨帖。你的心里不由得就产生一种快乐知足的感觉 …… 你可以一动不动地坐下去，一点也不心烦 ……”

大家都默不作声。过了一会托马斯竭力掩藏着自己的反感，装作一副无所谓的样子说：“我觉得，工作并不是为了 ……” 但是他没有说下去，他没有引证克利斯蒂安的话。“至少我工作是为了另外的目标。” 他补充说。

可是克利斯蒂安并没有把他这句话听进去，他的眼光游移不定，他又在沉思另外一件事。果然没有过多久，他就说起瓦尔帕莱索的一件故事来，一件谋杀案，这是他亲眼看见的。“就在这个时候那个家伙把刀子拔出来 ——” 这类故事克利斯蒂安装了满满一肚子，每次他说这类故事的时候，格仑利希太太总是听得津津有味，而参议夫人、克拉拉和克罗蒂尔德则吓得毛骨悚然，永格曼小姐和伊瑞卡也是张着嘴、屏气凝神地倾听着，只有托马斯不知什么缘故一点也不感到兴趣。他总是说几句冷淡的讥嘲的话，不论他的语气还是他的表情都使人一望而知，他认为克利斯蒂安是在夸大其词、自我吹嘘 …… 事实上并不是这么回事，只不过克利斯蒂安把故事说得有声有色罢了。托马斯是不喜欢听他弟弟吹嘘曾经到远方游历过，比自己的见闻更广呢？ 还是他对于这类玩弄刀枪的故事，对这类混乱和统治着异乡的暴力的颂歌感到厌恶呢？不管怎么样吧，有一点是肯定的，那就是克利斯蒂安一点也不注意自己哥哥的这种冷淡态度；他全副精神都投到故事叙述上，根本顾不到注意故事在别人身上所起的效果，不论是正面的还是反面的。他一把故事说完，就若有所思、心不在焉地东张西望。

如果说，日子长了，布登勃洛克两兄弟的关系处得并不好，克利斯蒂安却一点也没有想到对他的哥哥流露什么怨恨情绪，或者甚至心怀不满；他不想表示什么意见，下什么断语，或者说一句贬损的话。他一声不吭地承认着他哥哥的优越地位，承认他比自己更严肃，更有能力，更有才干，承认他应该享受更大的尊严。他认为这一切都是理所当然的事，丝毫不容怀疑。然而也正是这种无限的、无可奈何的、无条件的顺从激怒了托马斯，因为克利斯蒂安无论遇到任何事都是不动心机地听凭托马斯做主，以致他给人的印象，反而像一点也不看重托马斯的优越、才能、严肃和他的尊严地位似的。

他似乎一点也没有觉察到，这位公司的主人虽然口里不说，心里却越来越不喜欢他了……而克利斯蒂安的工作热情自从第一个星期过去以后，特别是在第二个星期以后显著地降低，也更使托马斯感到自己有理由憎恨他。讲到克利斯蒂安工作热情减退这件事，首先就表现在他工作前的准备事项逐渐拖长上：看报啊，早餐后吸一支纸烟啊，喝一杯啤酒啊，这些事开始的时候本来被看作工作前的一种雅致的艺术，一点富于趣味的享受，可是后来这些事情所占的时间却越来越长，终于延长到一整个上午。接着又很自然地发展到克利斯蒂安开始不受上班时间的约束了，每天早晨他衔着纸烟，姗姗来迟，中午他到俱乐部吃午饭，回来得很晚，甚至根本不回来了……

这个俱乐部的会员主要是一些单身商人。在二楼的一所餐饮店里设有一些舒适的单间房屋，人们可以在这里吃饭，无拘无束地谈天，这些谈话常常并不是完全无伤大雅的，因为这里还设有赌盘赌具。会员中也有一些像克罗格参议和彼得·多尔曼这样，虽然已经娶妻育子但是行为比较佻荡的人。警察局长克瑞梅在这里被称为“喷水唧筒队长”。这是吉塞克博士、消防队长的儿子安德利阿斯·吉塞克给他起的绰号。吉塞克是克利斯蒂安的老同学，现在已经在城里开业做律师了。虽然他被公认为一个放荡的花花公子，克利斯蒂安却一见面就和他恢复了旧日的友情。

克利斯蒂安，或者像大家更喜欢叫的那样——克利山，早在过去就和这些人多少有些认识，有的更是他的老朋友，因为这里大多数人都是已经故世的马齐路斯·施藤格的学生。因此，克利斯蒂安一到这里就受到这些人热烈欢迎。尽管不论是商人，还是医生、律师，没有谁认为他的才智有什么出众之处，但是他那使大家消遣解闷的本领却得到众人普遍承认。而且他在这里的表演确实也做得最出色，故事也说得最动人。他在钢琴前边模仿音乐家，他模仿英国和大西洋彼岸的演员和歌剧演员，他用最无伤大雅、妙趣横生的话语叙述他在不同的地方闹的一些爱情故事——因为谁也不怀疑，克利斯蒂安·布登勃洛克是一个花花公子——他报告他在海船上、火车上，在圣·保利，在怀特柴佩尔，在原始森林里经历过的一些冒险……滔滔不绝地说着，说得有声有色，非常引人入胜。他的声音拖得比较长，有一些凄婉的意味，他像是英国幽默家那样又诙谐又天真。他讲了一个故事，说一条狗怎样被装到箱子里从瓦尔帕莱索寄到旧金山去，而且这是一条癞狗。天知道，他讲这个故事有什么用意，然而这个故事一经他的嘴说出来便显得非常滑稽。当四周的人没有一个不笑得前仰后合的时候，他却坐在那里，脸上罩着一层难以解释的又惶惑又严肃的神情，一条细瘦的罗圈腿搭在另一条腿上面，深陷的小圆眼睛若有所思地游移四顾 …… 他的这种表情，连同他那高翘的弯鼻子、细瘦的长脖颈以及稀疏的金红色的头发给人一种印象，仿佛大家笑的不是别的，而是他本人，他自己成为众人的笑柄 …… 然而他却没有这样想。

在家里，他特别喜欢说的是他在瓦尔帕莱索的办公室，那里的酷热的气候和一个名叫琼尼 · 桑德施托姆的年轻的伦敦人，一个游手好闲的非常有趣的家伙。关于这个人，他说："该死的，我就从来没有看见他做过事。"虽然如此，这个人却仍然是一个非常能干的商人。他说："天气这么热！ 喏，老板走进办公室来了 …… 我们八个人像苍蝇似的横七竖八地躺着抽纸烟，这样至少可以驱逐蚊子。见他的鬼！ '好啊，' 老板说，'你们不干活吗，诸位先生？！' …… 'No, Sir,' [1] 琼尼 · 桑德施托姆说，'您这不是看见了吗，Sir。' 说着我们一齐把烟往他脸上喷。见他的鬼！"

"为什么你一个劲说 '见他的鬼' 啊？"托马斯恼怒地问。然而他恼怒的并不是这个。实际上他认为克利斯蒂安之所以这样津津

---

① 英文：不，先生。

有味地说这个人的故事，是因为可以借题发挥，公开地对工作表示讥讽和轻蔑。

一到这时候母亲就故意把话题引到别处去。

“世界上有很多丑事，”布登勃洛克参议夫人暗自思忖道，“连亲兄弟也会互相嫉恨、鄙视；虽然听起来非常可怕，实际上却的确有这种事。最好是不谈这个，装糊涂，不要太认真。”

第四章

5月里发生了一件事。这一年已经六十岁的高特霍尔德伯父——高特霍尔德·布登勃洛克参议在一个愁惨的夜晚，忽然害心脏痉挛症，痛苦地死在他的母姓施推威英的妻子怀抱里了。

这位可怜的约瑟芬太太的儿子，比起安冬内特太太生的他的几个更得宠的弟妹来，一辈子过的是失意的日子，但是他早已学会了安贫乐道。到了晚年，特别是在他侄子把尼德兰的参议爵衔让给他以后，他一天到晚只是从铁皮盒子里捡止咳糖吃，内心里的愤懑早已涣然消释了。如果说有人心里还挟着旧嫌，虽然不能明确地表示出来，却一直耿耿于怀的话，那不是别人，那是他家的几位妇女：不仅是他的那个好性子的、头脑简单的妻子，就是他的三个老闺女，看见了参议夫人、安冬妮或是托马斯，眼睛里也免不了要迸出嫉恨的火星。

每个星期四，在按照传统举办“儿童日”这一天，一到下午四点，人们就都聚会在孟街的大屋子里，准备在那里吃饭，然后一起度过这个晚上——有时候克罗格参议或者塞色密·卫希布洛特带着她的那个懵懂无知的姐姐也来参加——住在布来特街的布登勃洛克家的几个妇女特别喜欢把话题引到冬妮前一次的婚事上，引逗格仑利希太太说几句愤激的话，好彼此交换几眼犀利的目光……要不然她们就做一般的议论，说染头发是多么令人不齿的爱慕虚荣的表现，或者过分关心地打听参议夫人的侄儿亚寇伯·克罗格的近况。忠厚老实的可怜的克罗蒂尔德是唯一一个自觉比她们还卑下一等的人，但是就连克罗蒂尔德也免不了受她们讥笑。而且这讥笑同克罗蒂尔德从汤姆或者冬妮那里受到的又各有不同。这位寄人篱下的少女平常有时也受到汤姆或冬妮的嘲笑，但是他们的嘲笑是不伤人的，这位少女也早已习惯摆出个吃惊的笑脸接受。此外，这几位女人也拿克拉拉的严肃和迷信开玩笑。不久他们又发现克利斯蒂安和托马斯处得不怎么好。感谢上帝，他们根本用不着注意克利斯蒂安，因为他是个傻瓜，是个可笑的人。讲到托马斯本人，在这人身上简直无懈可击，而且这个人对待她们又是那么一副宽恕的、沉着的态度，仿佛在说：我了解你们，我可怜你们……所以她们对待他也只是敬畏中略带一些嫉恨。余下的只有小伊瑞卡一个人了。她虽然面颊通红，照顾得也很好，但是以她的年纪来说，却不能不令人担忧：她发育得不十分好。菲菲一看到她就摇头晃脑、嘴角滴着口涎说，这个孩子长得和那个骗子格仑利希简直一模一样。这句话她说了又说，总是挂在嘴边上。

现在她们正和自己的母亲一起围着父亲的灵床哀哀哭泣着，虽然她们觉得，甚至父亲的逝世多少也是孟街亲族的过错，但是她们仍然派人给那面送了信。

午夜里，孟街的门铃在过道里响起来了。这一天克利斯蒂安回来得很晚，身体又不太舒服，结果只有托马斯一个人顶着雨去了。

他来得正是时候，赶上看到这位老人临终前最后一阵痉挛。他抱着胳膊长久地在死人的屋子里站着，望着被子下面那个短小的躯体，望着那已经没有生气的面孔和白色的颊须，那张面孔上的线条看去还那么温和……

“你生活得并不很得意，高特霍尔德伯父，”他想，“你学会让步和适应世俗，学得太晚了……然而这是必要的……如果我跟你一样，我也早在几年前就和一个女店员结婚了……只是为了维持体统啊！……你所希望的是不是就是你过的这种日子呢？你曾经是执拗的，而且你过去一定相信，这种执拗含着某些理想成分，实际上在你的精神里却很少有振作的力量，很少幻想，也很少理想，而正是这种理想才能使一个人怀着较之秘密的爱情更甜蜜、更幸福、更令人心醉的狂喜去珍摄、维持、保护一项抽象的财富，那就是家庭古老的名声和公司的声誉，才能使你为发扬光大这种声誉而奋斗。虽然你曾经很勇敢，在恋爱和结婚方面，违抗了你父亲的严命，但是你并没有诗人的感情。你也没有野心，高特霍尔德伯父。自然啰，所谓古老的名声只不过是一个市民的名字，所谓维护它，也只不过是使粮食生意繁荣起来，使自己在一个小天地里受到别人尊敬爱戴、掌握权势罢了……你当初是不是这样想：我要和我所爱的姓施推威英的女人结婚，我不考虑现实的障碍，因为这些顾虑是琐屑的、世俗的。……唉，我们已经算是有教养、见识较广的人了，我们能够很清楚地认识到，我们名利心活动的范围，如果从外边、从上面看的话，确实是小得可怜的。然而世界上一切都是相对的，高特霍尔德伯父！你难道不知道，一个人哪怕在一座小城里也可以成为一个伟大的人物吗？难道不知道，一个人甚至在波罗的海边上一个小商镇里也能成为恺撒吗？自然啰，这就需要一点幻想，需要一点理想主义……而你却恰好缺少这个，不管你自己把自己看作是什么样的人。”

托马斯·布登勃洛克转过身去。他走到窗户前边，背着手，在那聪慧的脸上浮现着一丝笑容，望着对面哥特式市政大厦的正面，这座灯光暗淡的建筑物正笼罩在雨雾里。

托马斯在自己的父亲死后本来有权立即继承尼德兰皇室参议的职爵，这个头衔这次自然又转到他的头上，这使冬妮·格仑利希感到无比骄傲。那个绘着狮子、纹章和王冠的半圆形的盾牌重新又出现在孟街大门上，又钉在两个拉丁词“Dominus providebit”的下面。

这件事刚一办妥，年轻的参议就在这一年的6月里踏上旅途。他为生意的事要到阿姆斯特丹去。这次他要在外面耽搁多久，连他自己也说不清。

第五章

一个人常常因为自己亲人的亡故而更皈依上帝，因此，布登勃洛克参议夫人在丈夫去世以后，常常念叨一些从前人们不易在她嘴里听到的宗教气息浓厚的话，并没有人感到奇怪。

但是人们不久便看出来，这并不是一种暂时的迹象。参议在世的最后几年，参议夫人因为自己也日趋衰老，本来已经逐渐同情起自己丈夫的宗教倾向来；现在她更想全部承受丈夫笃信上帝的宇宙观，用以纪念亡人。这件事全城人很快便都知道了。

她努力使自己这所大房子笼罩在死者的精神里，笼罩在一层并不排斥高尚的欢畅愉快之情的，温和的，基督教的严肃气氛中。早晚的祷告仍然继续下去，而且时间更加延长了。家人都聚集在餐厅，仆人则站在圆柱大厅里，听着参议夫人或者克拉拉从那本传世的大字《圣经》里朗读一段经文，接着参议夫人弹风琴，大家随着琴声唱一两首赞美诗。有时读的不是《圣经》，而是一本黑皮金边的布道小册子——什么《小宝库》呀，《圣诗篇》呀，《庄严的时间》呀，《晨钟》呀，《进香者的长杖》呀，等等。这些书有一个共同的特点，就是充满了对于带给世人幸福的小耶稣过于深情的、几乎令人产生反感的赞颂。而这种书家里到处充斥着。

克利斯蒂安不常参加这种祷告，托马斯有一次也对这种演习提出抗议，虽然他的话说得非常婉转，而且像是半开玩笑的样子，但他的意见仍是温和而又严肃地被驳斥回去了。讲到格仑利希太太，非常遗憾，她在这种场合里常常有失体统。一天早晨——正好这一天有一位头一次在布登勃洛克家做客的牧师——大家要随着一支庄严的、虔敬的调子唱这样的歌词：

我真是具臭皮囊啊，
是个肢体残缺的罪人，
我天天沉耽在邪癖里，
罪恶侵蚀着我的胸膛。
主啊，不要让我在罪恶里彷徨，
快把我接回你的天堂，
你只当我是一条癞狗，
扔给我根骨头，把我牵走！

唱到这里，格仑利希太太从心坎里感到一阵恶心，把手里的书往下一扔，三步并作两步地跑出客厅去。

但是参议夫人对自己的要求远比对她的孩子多。譬如说，她举办了一个主日学校。每到星期日下午便有一群小女孩，一群小学生，来拉孟街的门铃，什么住在城墙边上的斯丁·渥斯呀，住在铸钟街的米克·史笃特呀，住在特拉夫河畔，要不就是住在小格罗佩儿坑或者英格威什的菲克·斯努特呀，一个个把淡黄色的头发都用水梳得光滑油亮，摇摇摆摆地从过道向花园里一间光线充足的房子走去。这间房子本来是办公室，但是已经很久没有使用了。现在里面摆上一排排板凳，布登勃洛克参议夫人穿着黑缎子衣服，面孔白皙、端庄，头上戴着一顶更洁白的镶绦子边的软帽，坐在对面一张小桌子后边，桌子上放着一杯糖水，和孩子们进行一点钟教义问答。

此外她又组织了一个“耶路撒冷晚会”，甚至要克拉拉、克罗蒂尔德和冬妮都必须参加，不管她们本人是否愿意。每星期一次，有二十来个女人围坐在餐厅里一张大桌子四周，桌子上点着蜡烛和灯。从年纪来看，这些女人都应该去天国里寻找一个好位置了。她们喝茶，喝果子露，吃可口的奶油面包和布丁，彼此朗诵一些圣诗和宗教论文，一边做着针线活，这些活计到年终将拿到市场上出售，盈余的钱都捐助给耶路撒冷的教会。

参加这一宗教团体的太太们主要是和参议夫人同一社会地位的人，例如朗哈尔斯议员夫人、摩仑多尔夫参议夫人、吉斯登麦克老参议夫人，都是这一团体的成员。但是另外也有一些更喜爱世俗生活的太太，如科本太太之流，却喜欢对她们的朋友贝西大肆嘲笑。除了这些人以外，本城的几位牧师的妻子，新寡的娘家姓施推威英的布登勃洛克参议夫人，以及塞色密·卫希布洛特连同她的懵懂无知的姐姐也是成员。然而在耶稣面前是没有等级身份之别的，因此一些家境比较贫寒、装束比较奇特的人物也参加了“耶路撒冷晚会”。譬如说这里面就有一个以笃信上帝和搜集毛织样本闻名的瘦小皱瘪的老太婆，住在圣灵医院，名字叫希墨尔比格尔[①]，在这一族人中只剩下她一个了……她哀伤地称自己为最后一个天国之民，一边说一边把织针挑进软帽子里搔头皮。

然而更引人注意的却是另外两个会员，一对孪生姊妹，两个奇怪的老处女。她俩总是戴着十八世纪样式的牧羊女的帽子，穿着已经褪色多年的衣服，手牵着手在城里东奔西走，忙着做善事。她们姓盖尔哈特，自称是保尔·盖尔哈特[②]的直系后裔。也有人说，她们并不这么贫穷，然而她们过的日子却苦不堪言，她们把一切东西都施舍给穷人……“亲爱的，”有时候布登勃洛克参议夫人实在看不过去她们这副寒酸相，不由自主地说，“上帝是看人心眼好坏的，这我知道，可是你们俩对自己的衣服也未免太不讲究了，一个人总应该注意一下自己啊……”然而她俩对待这位高贵的夫人却正像寒微的人对待渴求灵魂得救的富人那样，怀着宽恕、怜悯的心情，自觉精神已胜人一筹。当她俩带着这种表情亲吻她们的高贵的朋友前额的时候，这位阔妇人仍然不忍拒绝她们。她们俩一点也不愚蠢，在她们的干瘪丑陋有如鹦鹉般的小脑袋上生着一对炯炯有神的棕色眼睛。这两人总是半闭着眼皮，带着一副温和而睿智的奇异目光观察着世界……她们心里满装着奇怪的、秘密的知识。她们知道，当我们最后的时辰来临时，所有先我们而去的亲人都会高唱极乐的歌曲来接我们。她们说“主”这个词的时候，带着最早的基督徒脱口而出的坚信语气，仿佛她们曾听见

---

① 希墨尔比格尔：原文是 Himmelsbürger，即“天国之民”的意思。

② 保尔·盖尔哈特（Paul Gerhardt，1607—1676）：路德派神学家。

上帝亲口对她们说过“再过一会，你们就会看见我”这句话。她们对内心的灵光，对预感，对精神感应都有一套奇妙的理论……因为她们俩中的一个，名叫丽亚的，虽是个聋子，别人无论在说什么，她却都能知道。

因为丽亚·盖尔哈特是聋子，所以在“耶路撒冷晚会”上朗读的总是她，而且几位太太也一致认为她念得既悦耳又动人。她从自己的手提包里拿出一本古旧的书来，这本书不成比例地长而窄，书前面印着一张铜版像，她的一位面孔团团的祖先的遗容。她把书用两手捧起来，开始朗读，为了使自己也能听到一些，便故意使声音颤抖着，好似大风被封闭在烟囱里似的：

如果撒旦愿意把我吞噬……

天啊！冬妮·格仑利希想，是哪个撒旦愿意吞噬你啊！但是她什么也没有说，只顾埋头吃她的布丁，一面暗自思索，她是不是有一天也要变得跟这两位盖尔哈特太太同样丑陋。

她并不快乐。她觉得无聊，她讨厌这些自从参议去世以后到她家走动得更勤的神父和牧师。而且，按照冬妮的看法，这些人在她家里不但太拿权，而且拿的钱也太多了。后一点本来是托马斯的事，可是托马斯对这件事却一言不发，常常发牢骚的倒是他这位妹妹，抱怨说这些人长篇大套地祷告，又像蝗虫似的嚼他们的家。

她从心里恨这些穿黑衣服的先生。她已经是一个成熟的妇女，不再像过去那样愚昧了。她知道生活是怎么回事，她发觉自己不能相信这些人都是圣洁无瑕的人。“母亲！”她说，“唉，天啊，我知道一个人不应该说邻居的坏话。可是有一件事我非说不可，而且您如果没有从生活里认清这一点，我是会觉得很奇怪的。我要说的是，并不是每一个穿着长道袍、满嘴里‘主啊，主啊’的人都是没有污点的人！”

托马斯的妹妹这样理直气壮地提出了一条真理，可是托马斯本人对这件事究竟抱的是什么态度，这一点一直没有人知道。至于克利斯蒂安，他却什么意见也没有。他所做的事，只限于皱着鼻子观察这些人，以后好在俱乐部里或在家里做模仿表演……

不管怎么说，冬妮最厌烦这些吃宗教饭的客人，这一点是事实。有一天竟发生了这样一件事：一个名叫姚纳坦的传教士——这个人在叙利亚和阿拉伯待过，生着一对惯会挑人毛病的大眼睛，像两个肉口袋模样下垂的腮帮子——走到她的面前，阴郁地毫不留情地逼迫她说，她这样把前额上的发绺卷烫起来，是否合乎基督的真正谦卑精神。唉，他是没领教过冬妮·格仑利希口齿如何尖酸刻薄的。她沉默了一会儿，看得出来，她正在绞尽脑汁。果然她马上想出了回答对方的话：“牧师先生，我请求你关心关心自己的鬈发吧！”……她微微耸着肩膀，仰着头而又竭力使下巴贴着胸膛，在一阵衣衫窸窣声中向外走去——姚纳坦牧师头顶正中的头发非常稀，不错，简直可以说他是个秃顶！

又有一次她获得一个更大的胜利。这次是特利什克，从柏林来的“眼泪汪汪的”特利什克。他所以有这个绰号，是因为每个星期日他传道传到一个适当地方总要淌眼泪…… 且说这位眼泪汪汪的特利什克生着白脸膛、红眼睛、马似的牙床，已经在布登勃洛克家住了八九天了。每天他只干两桩事：跟可怜的克罗蒂尔德比饭量和主持祈祷。在这一段日子里他渐渐对冬妮倾心起来…… 不是爱她的不朽的灵魂，而是爱她的娇美的上嘴唇、她的茂密的头发、她的美丽的眼睛和她的丰腴身躯！这位上帝的侍仆虽然在柏林有妻子和一群孩子，却仍然不顾廉耻地通过仆人安东在三楼格仑利希太太的卧室里撂下一封信，这封信是从《圣经》上摘录的小句子和柔情的逢迎话语的奇妙混合品…… 她睡觉的时候发现了这封信，念了一遍以后，马上步履坚定地走到楼下参议夫人的卧室里，在烛光下她大大方方地把这位拯救人们灵魂的牧师的信大声给她母亲念了一遍，弄得眼泪汪汪的特利什克以后永远也登不了这个门了。

“他们都是这样的人！”格仑利希太太说，“哼！他们都是这样的人！唉，老天，我从前是只笨鹅，是个傻瓜，妈妈，可是生活使我不敢再信任人了，他们大部分是无赖…… 一点也不假。格仑利希——”她耸着肩膀，眼睛望着空中喊出这个名字来，那声音像一声尖锐的号角，像一声战斗的呐喊！

第六章

西威尔特·蒂布修斯生得身材瘦小，大头颅，蓄着稀疏的金黄色的长络腮胡子，从中一分两半，为了方便的缘故他常常把他的长胡须稍向两边肩膀后一披。他的溜圆的头盖骨上盖着无数羊毛般的小鬈发。他的耳朵很大，引人注目，耳朵边向里卷着，上端非常尖，活像狐狸耳朵。他的鼻子像一个小扁纽扣似的贴在脸上，颧骨凸出，灰色的眼睛平时总是眯缝着，混混沌沌地看人，在某些时刻却能出奇地扩展开，越睁越大，眼球仿佛眼看着就要掉出来似的……

这就是生在里加[①]的蒂布修斯牧师。他在德国中部布了几年道，现在在回乡的路上经过这里，他在故乡已经谋得一个传道的位子。他带着一位曾在孟街尝过小牛头煮的代甲鱼汤和葱汁火腿的同僚给他开的介绍信，到这里拜谒参议夫人。参议夫人挽留他在这里做几天客，结果他就在楼下走廊边的一间专门接待客人的宽大房间里住下了。

他在这里逗留的日子超过了原来的规定。已经过了八天了，

---

① 今为拉脱维亚首都。

他还有这一处那一处名胜要参观，什么圣玛利教堂的死的舞蹈和使徒钟呀，市政大厦呀，船员之家呀，或者是钟楼上带活动眼睛的太阳呀，等等。过了十天了，他三番五次地提到动身的事，然而只要别人稍微一挽留，便又住下来。

比起姚纳坦先生和眼泪汪汪的特利什克来，他是一个更好的人。他一点也不留心安冬妮太太额上的鬈发，也没有给她写过信。然而对于克拉拉，冬妮的那位端庄的小妹妹，这位先生却非常注意。在克拉拉面前，在她讲话或者走近的时候，他的眼睛就出奇地扩展开，越睁越大，眼球仿佛随时都会掉出来……而且他差不多整天都厮守在她身边，跟她谈宗教的事呀，谈家常呀，要不就念东西给她听……他的声音又尖又高，带着他家乡波罗的海边上的可笑的颤巍巍的口音。

他来的第一天就说："请允许我大胆说一句，参议太太，您的女儿克拉拉真是上帝赐给您的一件无价之宝啊。这个孩子太好了！"

"您说得对。"参议夫人回答说。然而他接二连三地重复这句话，这就使得她不得不把自己的清澈的蓝眼睛扫过去，仔细把他观察一番，而且也逗引他比较详细地介绍一下他自己的身世、经济情况和前途的发展。原来他出身于一个商人家庭，母亲已经去世，他是独生子。他的父亲因为年老已经告退，靠着一笔丰厚的资产过活，这笔财产将来有一天是要传到蒂布修斯牧师手里的。此外他目前的职业也保证他有一笔为数不小的收入。

讲到克拉拉·布登勃洛克，这一年她已经十九岁了。黑黑的头发梳得一丝不乱，棕色的眼睛严肃又带着一些梦幻的色彩，鼻梁微微勾着，嘴巴总是闭得紧紧的，高高的个子，生得很是窈窕。总起来说，她已经成长为一个神情严峻、有着自己独特风韵的美丽少女了。在家里，她跟那个可怜的、同她一样虔诚的克罗蒂尔德最要好；克罗蒂尔德最近死了父亲，她一心想不久能“安顿下来”，就是说，带着父亲留给她的一点钱财和家具，在公寓里安一份家…… 自然了，从克罗蒂尔德的那种驯顺忍耐和为了吃饭而不得不卑躬屈膝的神情来讲，克拉拉和她没有一点共同之处。相反地，克拉拉在和仆役说话时，甚至在和她的哥哥姐姐以及她母亲谈话时，语调天生地非常威严。她的声音低沉，似乎只会降低以表示决定，不会抬高表示征询，永远带着发号施令的性质。有时候她的声调听来那么生硬、不耐烦、傲慢——这种情形是常常有的，譬如说，在她害头痛病的日子里。

早在参议逝世给家中罩上一层悲哀气氛以前，她在交际场合中，不管是在家里或是在地位相同的朋友家里，就总摆出一副凛然难犯的傲慢派头…… 参议夫人望着她，心里也很明白，尽管陪嫁费很多，治家也很能干，替她找个对象是很难的。在她四周那些不信上帝、嗜酒如命、寻欢作乐的商人中没有人愿意应命，只有传教士或许愿意站在这位性格严肃、笃信上帝的小姐身旁。因为参议夫人心里早就打了这样的主意，所以蒂布修斯牧师的轻微暗示便受到她热情而有节制的欢迎。

而这件事果然像预期的那样毫厘不差地发展下去。在7月里一个温暖晴朗的下午，一家人出外远足。参议夫人、安冬妮、克利斯蒂安、克拉拉、克罗蒂尔德、伊瑞卡·格仑利希和永格曼小姐——在这一群人中间夹着一个蒂布修斯牧师——浩浩荡荡地出了城门，预备到远处乡间一家小旅馆，在露天里坐在木头桌子旁边吃草莓、喝牛奶或者杨梅冻，吃过晚餐以后再到一座大果园里去玩。这座果园种着各色各样的浓荫匝地的果树、醋栗、刺莓矮林，也有芦笋和马铃薯菜田，迤逦一片，一直伸展到河畔。

西威尔特·蒂布修斯和克拉拉·布登勃洛克有意落在众人后面。蒂布修斯站在克拉拉身边身材比她矮了许多，他把阔檐草帽从他的大脑袋上摘下来，胡须分开甩在肩膀后面，眼睛睁得很大，时不时地用一块手帕擦拭脑门上的汗珠，一面柔声细语地跟她做了一番很长的谈话。在谈话进行中两个人都站住了，克拉拉用严肃而平静的声音答应了一声“好的”。

回来以后，参议夫人有一些疲倦、燥热，独自一人坐在风景厅里，蒂布修斯牧师这时走进来，在她身旁坐下。屋子外面正笼罩着星期日午后的令人沉思的宁静。夏天落日的光辉射进来，照在他身上。他开始跟参议夫人又低声谈了很长的一阵话。他把话谈完了以后，参议夫人说：“好了，我亲爱的牧师先生……您的求婚很中我做母亲的心意，而且我可以向您保证，在您这一方面，也选中了一个好姑娘。谁想得到，您这次进我家做了几天客竟得到这样大的福分呢！……今天我还不能做最后决定，这件事我应该先写信告诉我的儿子，告诉参议。您也知道，他现在正在外国。您明天就要回里加去，到您的工作岗位上。我默祝您一路平安，我们也打算不久到海边去住几个星期……您很快就会接到我的回信，愿上帝保佑，让我们再平安地会面吧。”

第七章

亲爱的母亲！

刚才收到您的信，获悉一切。关于信中提到的那件事，承您征求我的同意，使我非常感激，因此我立即给您写这封复信。这件事我当然万分同意，不但同意，而且我还要表示衷心的祝贺，因为我深知您和克拉拉的选择一定是很有见识的。蒂布修斯这一有名的姓氏我是听说过的，我相信，爸爸跟他家的老人在商业上一定有过来往。不论怎么说，克拉拉将来的环境是很愉快的，而且牧师夫人的身份也非常适合她的性格。

您是说蒂布修斯已经动身到里加去，要在8月间再来看望他的新娘吗？好啦，到了那个时候，咱们孟街可真要热闹起来啦，要比你们预先想的还热闹，因为你们不会知道，为什么克拉拉小姐订婚的事使我这样又惊又喜，也不会知道，那时候是怎样一次快乐的聚会。是的，亲爱的母亲，如果我今天愿意把我对克拉拉的幸福婚姻的庄严同意从阿姆斯特丹寄往波罗的海的话，我是有一个条件的，我希望在您的回信中也能得到您对于同样性质的一件事表示同意。假如我能看到你们读这封信时的面孔，能看到您的面孔，特别是我们勇敢的冬妮的面孔，我情愿出三块金币！可是还是让我先把事情说清楚吧。

我住的一所整洁的小旅馆坐落在城里，面对运河，风景优美，而且离证券交易所很近。我这次来办的几件事（建立一个很可宝贵的新关系，您知道，这样的事我是喜欢亲自处理的），从一开始就进展得非常顺利。因为在我做学徒的时代对这个城市就很熟悉，所以这次到这里以后虽然正赶上到海滨避暑季节，仍然有不少人家请我做客。我参加过凡·亨克多姆斯和摩仑斯两家举行的小型晚会，在我到这里的第三天就不得不换上盛装，参加我从前的老板凡·戴尔·凯伦先生的宴会。这本来不是举办宴会的时节，他显然是为了招待我才这样做的。在宴会上我遇见了……你们有没有兴趣猜一猜？遇见了阿尔诺德逊小姐，盖尔达·阿尔诺德逊，冬妮从前的同学。阿尔诺德逊和她的父亲，一位大商人，同时也是一位更伟大的提琴演奏家，连同他的一位已出嫁的女儿和姑爷也都应邀赴宴。

我记得很清楚，盖尔达——请允许我只叫她的名字——在少女时代，在她还在米伦布林克的卫希布洛特小姐那里求学的时代，便给了我一个强烈的、不能磨灭的印象。现在我又看到她了：她长得更高、更丰满、更美丽，不论在身体方面或是精神方面都发育得更完美了……请允许我不来描写她本人吧，也许我会说得太过火了，反正你们不久就会亲眼看到她的。

你们可以想象得到，在饭桌上有的是话题可谈，但是我们刚吃过第一道菜便丢开了那些轶事旧闻，转入一些更严肃、更吸引人的事情上。在音乐方面我不是她的对手，因为很遗憾，我们布登勃洛克一家人对这方面知道得太少了。但是谈到荷兰的绘画，我却比较在行，在文学方面我们也谈得非常投机。

时间真是有如飞逝。吃过饭后我被介绍给阿尔诺德逊老先生，他对我的态度特别热情。之后在客厅里，他演奏了好几段乐曲，盖尔达也表演了。她表演时那姿态实在美极了，虽然我对于提琴演奏一窍不通，但是我知道，她懂得怎么使她的乐器（一把真正的斯特拉狄瓦利[①]）发出优美的宛如歌唱一般的声音，感动得听众几乎流出眼泪来。

次日我到比登刊街去拜访阿尔诺德逊家。首先接待我的是一个给盖尔达做伴的年纪较长的妇人，她和我讲法文。过了一会儿盖尔达就出来了，我们又像头一天似的谈了一个来钟头的话。只是这一次我俩又亲近了一层，而且两人都想更多地相互了解、认识。我们谈到了您，妈妈，谈到了冬妮，也谈到咱们那个可爱的古老的城镇以及我的工作等等……

就在这一天我已经打定主意：不是这个姑娘，便谁都不要，不是现在便永远不娶！以后在我的朋友凡·斯文德林的花园茶话会上我又遇见她一次，阿尔诺德逊又请我参加过一次小

① 这里指的是斯特拉狄瓦利制作的提琴。

型的音乐会，在这次晚会上我试探地把我的意思对这位小姐表示了一下，结果受到她的鼓励……五天以前的一个上午，我到阿尔诺德逊先生那里去，请求他允许我向他的女儿求婚。他在自己的私人办公室里接见了我。“我亲爱的参议，”他说，“我是非常欢迎您的，虽然对我这个老鳏夫来说，我的女儿离开我会使我非常痛苦。但是她本人怎么样呢？她曾经表示过不结婚。她这个决心从来没有动摇过。也许您的运气好吧？”当我告诉他，盖尔达小姐实际上已经鼓励了我，使我抱有希望，他不禁大吃一惊。

他让她把这件事好好考虑几天，我相信他出于私心甚至还劝阻过她。但是一切都无效，她已经选中了我，到昨天下午，我们的订婚便算办妥了。

不，亲爱的母亲，我现在不要求您写回信来给这件事祝福，因为我后天就动身离开此地。但是我已经得到阿尔诺德逊一家人的诺言，他们——父亲、盖尔达，以及她的出嫁的姐姐——将在8月里来拜访我们。到那时候您一定会承认，她真是最适合于我的人了。我想，您不会因为盖尔达仅比我小四岁而有所反对吧！您一定从来没有想过，我会从摩仑多尔夫—朗哈尔斯、吉斯登麦克—哈根施特罗姆这一群人里边带回家一个小丫头来吧。

讲到“陪嫁”的问题……唉，我现在几乎就担起心来，一旦陪嫁费传扬出去，施台凡·吉斯登麦克和亥尔曼·哈根施特罗姆也好，彼得·多尔曼和尤斯图斯舅舅也好，全城的人都会对我侧目而视的，因为我的未来的岳父原来是位百万富翁啊……天啊，人们对这事要说些什么呢？我们身上原来有很多矛盾的地方，可以这样解释，也可以那样解释。我对于盖尔达·阿尔诺德逊从心坎里敬爱，但是我决不想为了辨别清楚，她的陪嫁是否也促进我对她的感情，促进了多少而去挖掘我的思想深处。关于陪嫁的事我在认识她的当天就听见有人在窃窃私语。我爱她，但是我娶来她，我们的公司同时将能获得一大笔资金这件事也确实使我更为幸福，更为骄傲。

亲爱的母亲，这封信我就写到这里，既然再过几天我们就能当面谈论我的幸福，这封信已经写得太长了。祝您在温泉生活愉快，身体疗养得好，并求您代我向家里所有人衷心问候。

您的恭顺的爱子托

阿姆斯特丹，

1856年7月30日

亥特·哈斯耶旅馆

第八章

事实上，这一年盛夏布登勃洛克家确实过得又热闹又富于节日气氛。

7月底托马斯回到孟街来，他也像城里别的几位经商的绅士一样，到家人避暑的海滨去了几次。而克利斯蒂安则更是完全给自己放了假。他抱怨说，自己的左腿常常犯痛，因为格拉包夫医生对他的病束手无策，这就更使克利斯蒂安疑神疑鬼起来……

“并不是痛……不是真正的痛。”他一面愁眉苦脸地解释，一面用手上下摩挲着这条腿，皱着鼻子，眼光游移不定，“这是酸痛，整条腿酸痛难熬，一刻也不停……连带着左半边身子，心脏所在的这半边都不好过……奇怪……我觉得这病很奇怪！您想这是怎么回事，汤姆……”

“可不是，可不是……”汤姆说，“你现在就休息休息，多洗洗海水浴吧……”

于是克利斯蒂安往海边走去，去给那里的浴客讲故事，弄得海滨笑声喧天。要不然他就到海滨旅馆里和彼得·多尔曼、尤斯图斯舅舅、吉塞克博士及另外几位汉堡来的纨绔子弟玩轮盘赌。

和过去到特拉夫门德来一样，布登勃洛克参议和冬妮又到海滨街拜访了施瓦尔茨考甫老夫妇。“您好啊，格仑利希太太！”总领港高兴得说起德国北部的家乡话来，“喏，多少日子啦？咱们还是多久以前见的面啊，那可是好时候啊！……我们的莫尔顿早就在布列斯芬行医了，听说业务忙得很呢，这个调皮的孩子……”施瓦尔茨考甫太太东奔西跑地忙着煮咖啡，他们又像从前那样在满布花草的阳台上吃晚饭……不同的只是，现在每个人都比从前老了十岁，莫尔顿和梅达（她嫁了哈尔可鲁格的村长）也远在他乡。总领港须发皆白，耳朵也聋了。他已经告老退休，他的妻子用网子拢起来的头发也已斑白，而格仑利希太太也不再是从前的笨鹅了，她已经认识了生活，虽然这并不妨碍她美滋滋地吃蜂窝蜜。她边吃边称赞道：“这是道地的天然产物；这东西是值得一吃的。”

然而到了8月初，布登勃洛克一家也和大多数人家一样回到城里来。接着，那个隆重的时刻到来了，蒂布修斯从俄国，阿尔诺德逊从荷兰几乎同时到达，他们都要在孟街住相当长的时间。

参议第一次领着他的未婚妻走进风景厅给他母亲引见的时候，是一个非常动人的场面。参议夫人张着胳臂，头微微向一边偏着，迎上前来。盖尔达步履翩翩地走在淡色的地毯上，又大方又端庄。她的身材很高，体格丰满，暗红色的头发非常丰密，棕色的眼睛隔得比较近，而且罩着一层隐隐的青影，牙齿洁白，笑时闪闪发亮，鼻梁挺直，嘴型天生给人一种高贵的感觉。这一切给这个二十七岁的少女一副高贵不俗、别致而又迷人的姿容。她的脸庞白皙，带着一些高傲的神情，但是当参议夫人充满柔情地用两手捧着她的头，在她那白璧无瑕的前额上亲吻时，她却把头低了下来……“是的，我欢迎你到我家来，到我的家庭中来，你是我的一个美丽的可爱的女儿，我为你祝福，”参议夫人说，“你会使他幸福的……你现在就已经使他非常幸福了，这一点难道我还看不出来吗？”说着她用右手把托马斯拉到自己身边，也吻了他一下。

除了祖父在世的时代，这所大房子大概从来没有这么快活、这么热闹过。它轻松愉快地接纳了所有的客人。只有蒂布修斯由于拘谨挑选了后厢房弹子室旁边一间房子住下，其余的人，阿尔诺德逊先生——一个将近六十岁的性格活跃、机敏的人，蓄着灰色尖胡须，一举一动都流露出旺盛的精力，他的大女儿——一个面有病容的女人，他的女婿——一个喜爱享乐的人，一到这里就由克利斯蒂安领着在城里各处和俱乐部里游荡，连同盖尔达都分住在一楼圆柱大厅旁边的几间空房里。

安冬妮·格仑利希看到家中只有西威尔特·蒂布修斯是唯一一位牧师，非常高兴……高兴得无法形容！她满心敬佩的这位哥哥订了婚，选中的对象又是她的老朋友盖尔达。这桩姻缘给他们家庭的名誉和公司增添了荣耀，她听人窃窃谈论着三十万马克的陪嫁，城里的人、别的人家，特别是哈根施特罗姆对这事如何看法……这一切都使她心花怒放，她没有一刻不在狂喜中。她一次又一次满怀热忱地拥抱她这位未过门的嫂子，每点钟至少要拥抱三次……

“噢，盖尔达！”她喊道，“我喜欢你，你知道，我一直就非常喜欢你！我知道，我叫你受不了，你打从前就讨厌我，但是……”

“你说的是什么话，冬妮！”阿尔诺德逊小姐说，“我怎么会讨厌你呢？我倒要问问你，你究竟做了什么对不起我的事？”

不知是出于什么原因，或许只是由于过度的快乐和没话找话说吧，冬妮却一口咬定，盖尔达一向是讨厌她的，而她这方面呢——她的眼泪涌上眼眶——却总是以爱酬答对方的厌恨。接着她把托马斯拉到一边，对他说：“你做得非常好，汤姆，噢，老天，你这件事办得太漂亮了！可惜父亲没赶上看见——真太遗憾了，你知道！是的，这回可把许多事都补偿过来了，连我不愿意再提到名字的那个人的事情也在内……”这时候她忽然想到，把盖尔达拖到一间空屋子里，把自己和本迪可思·格仑利希的婚事原原本本毫无遗漏地讲给盖尔达听。她又跟盖尔达谈了半天她们的求学时代，夜里怎样谈天，谈梅克伦堡的阿姆嘉德·封·席令和慕尼黑的伊娃·尤威尔斯……对于西威尔特·蒂布修斯和克拉拉订婚的事她几乎丝毫也不理会，但是这两位倒也毫不介意。他俩常常是手拉手静静地坐着，低声严肃地谈论光明的未来。

因为布登勃洛克家的服孝期还没有满，所以两对年轻人的订婚仪式都只是在家中举办。虽然如此，盖尔达·阿尔诺德逊的名字还是立刻在城里哄传开。一点不错，盖尔达这个人成为街谈巷议的材料，不论是在交易所也好，俱乐部也好，戏院也好，或是交际场合也好……“顶尖儿。”一些纨绔子弟都啧啧称赞说，因为这是流传的一句最时兴的汉堡话，凡是谈到精选的上等东西，不论是贴了商标的红葡萄酒，是雪茄烟，是宴席，还是一家有支付能力的公司，都是“顶尖儿”。浮华子弟虽是这样说，但是在一些规矩老实的市民中间，也很有些人不以为然地摇头。“古怪……”他们品评说，“这种打扮，这样的头发，这种姿态，这种相貌……看着叫人觉得有点古怪。”商人索润逊这样说：“她身上带着一种说不出来叫什么的劲头……”说着他一扭头，眉头一皱，正像在交易所里别人建议跟他做一笔颇有问题的交易时他做出的姿态。然而布登勃洛克参议本人就是这股劲头。托马斯·布登勃洛克自己便有些骄矜……有些……与众不同：和他的上辈人有些不同。大家都知道，特别是布匹商人本狄恩知道得最清楚，不但他的全部最时兴的上等衣料——他的衣服多得数不过来，大衣、外衣、帽子、背心、裤子、领带——就连他的内衣也都是在汉堡特制的。人们甚至还知道，每天他都换衬衫，有时一天换两次，他的手帕和拿破仑三世式样的上须都洒着香水。他这样做并不是为了公司，也不是因为自己身为公司代表——“约翰·布登勃洛克”公司是不需要这些东西的——而只是为了他个人倾心于优雅高贵的习尚……或者不管你叫它作什么都可以！再譬如他常常在最不需要卖弄文墨的场合，在谈生意或讨论市政的时候，在自己的讲话里引证海涅或者别的诗人的几句话……这次这个女人也是属于同一性质……一点不错，就是在布登勃洛克参议本人身上也有一些“说不出来叫什么的劲头”——自然当别人说这些话的时候，都是怀着极大敬意的，因为首先这个家庭便是一个非常值得尊敬的家庭。公司稳若磐石，经理又是一个既能干又可亲的人物，他对这个城市很有感情，以后一定还会替本城做不少好事……这次又鬼精灵地配了这么一门好婚姻，十万泰勒的陪嫁，这岂是一桩小事……

但同时…… 在女人里面也很有些人认为盖尔达·阿尔诺德逊无非是“装腔作势”；我们这里应该指出“装腔作势”确实是一个非常厉害的判决呢。

但是也有人第一次在街上看到托马斯·布登勃洛克的未婚妻便倾慕得神魂颠倒，这就是经纪人高什。“啊！”他在俱乐部或者“船员之家”里高声赞叹说，手里高擎着酒杯，阴沉的面容扭曲着做了个滑稽相，“诸位，多么迷人魂魄的女人！赫拉和阿芙洛狄忒，布伦希德和梅露新娜[1]，集四人之美貌于一身…… 啊，生活真是奇妙啊！”他总要这样添加说。“船员之家”的屋子天花板上悬着帆船模型和鱼类标本，地上摆着沉重的雕花板凳。在板凳上坐着啜酒的市民们没有一个人体会得到，盖尔达·阿尔诺德逊的出现在经纪人高什的安分知命的、除了猎奇便别无所好的生活里是一件什么样的大事。

前面已经说过，这次订婚不准备大肆铺张，但是正因为如此，孟街的小型聚会却反而使人得以从容不迫地彼此畅谈。西威尔特·蒂布修斯拉着克拉拉的手，给大家讲他的父母，他的青年时期和他未来的计划。阿尔诺德逊一家人谈自己的家系，原来他们一族人世居德累斯顿，只有他们这一支移居到荷兰去。接着格仑利希太太要了摆在风景厅里的书桌钥匙，神情严肃地抱来记载家

① 赫拉（Hēra）是希腊神话中最高的女神；阿芙洛狄忒（Aphrodite）是希腊神话中的爱神；布伦希德（Brünhilde）是德国古代史诗《尼伯龙根之歌》里的一位女王；梅露新娜（Melusine）是许多德、法民间传说中的水仙，四人都是著名的美女。

庭大事的纸夹，最近的两桩事托马斯也早已记载在里面了。她开始郑重其事地报告起布登勃洛克一族人的历史来，从那位境遇已经非常富裕的罗斯托克的裁缝讲起；她又给大家念了一些别人写来的祝诗：

你俩缔结了百世良缘，
一个勤劳，一个贞洁修美，
一个生着乌尔冈般能干的双手，
一个生有维纳斯的绝色容颜……

念到这里她瞟了汤姆和盖尔达一眼，用舌头舔了舔上嘴唇。为了尊重历史的真实性，她自然也没有放过某一个人侵入她家的一段史实；这个人的名字她本来是不屑说出的……

星期日下午四点钟来的是一些熟客。尤斯图斯·克罗格带着他的瘦弱的妻子。尤斯图斯和他妻子的关系接近破裂，因为这位太太在他们那个被剥夺了继承权的浪子亚寇伯跑到美洲以后仍然不断给他寄钱去……她从日用开支中一点点地节省下来，弄得自己和她的老头子差不多只靠荞麦粥过日子，这样的女人你拿她有什么办法？来的还有布来特街的布登勃洛克太太和三位千金。她们为了不昧着良心说假话，总要告诉别人伊瑞卡·格仑利希仍然没见出息，她越长越像她那个骗子父亲了。她们又说，参议的未婚妻头发式样太炫耀了……此外塞色密·卫希布洛特也来了，她踮起脚尖在盖尔达的脑门上“啧”地吻了一下，充满感情地说：“祝你幸福，亲爱的孩子！”

之后阿尔诺德逊先生在食桌上举杯为两对新人祝贺，饶有风趣地讲了一段话，当大家端起咖啡来的时候，他像是吉卜赛人似的演奏了一段提琴，演奏时感情迸发，充满热情，技术非常熟练……盖尔达这时也拿起自己那把从来不离身的斯特拉狄瓦利，用甜美的琴声给他伴奏了两段。他们又去风景厅里风琴前边非常美妙地表演了二重奏。多少年以前，参议的祖父也曾经在这同一个地方用笛子吹过优美的小调呢。

“美极了！”冬妮说，她仰在自己的靠背椅上——“噢，天啊，简直太美妙了！”接着，她眼睛望着天空，严肃、庄重、声调缓慢地抒发自己激动、真实的感情说，“你们知道生活是怎么回事……并不是每个人都禀赋这种才干的！拿我说吧，上天就没有赐给我这种才能，虽然我在夜晚也常常祈求过……我是一只鹅，是一只笨鹅……是的，盖尔达，让我对你说……我比你虚长几岁，我懂得了生活……你是这样一个得天独厚的人，你真应该每天跪下感谢造物主……”

“……得天独厚吗？”盖尔达笑着说，露出她的洁白美丽的牙齿。

过了一会大家都坐在一起，一边吃加酒的果子冻，一边商谈最近应该办的事情。大家决定，本月底或者下月初西威尔特·蒂布修斯和阿尔诺德逊一家便都各回各的故乡去。一过圣诞节，克拉拉的婚礼就在圆柱大厅里隆重举行。至于托马斯的婚礼则约定在阿姆斯特丹举办，如果健康情况许可的话，参议夫人也准备参加。但日期则必须推迟到明年开春，因为两场婚事中间必须让大家休息一段时间。托马斯虽然表示不赞成，大家还是这样决定下来了。“就这样吧！”参议夫人把手放在他的胳臂上，“西威尔特有prévenir[①]！”

牧师和他的新娘不准备做蜜月旅行。但是盖尔达和托马斯则商量好要经过意大利北部旅行到佛罗伦萨去。他们计划在外面待两个月，这期间安冬妮和贵堡街的一个室内装饰匠雅可伯斯共同着手把坐落在布来特街的一所美丽的小房子布置好。这所房子是一个单身汉的产业，因为这个人要迁居到汉堡去，托马斯现在已和他着手谈判购置这处产业的事了。啊，冬妮一定会把房子布置得叫人可心可意的！“你们会有一所既漂亮又雅致的房子！”她说，这一点大家都不怀疑。

克利斯蒂安翘着大鼻子、弯着一双罗圈腿，在屋子里东走走，西走走，他眼睛看到的是两对新人手拉着手儿坐着，听到的除了结婚、陪嫁，就是蜜月旅行。他感到一阵酸痛，感到自己的左腿一阵阵酸痛。他用一对深陷的小圆眼睛严肃不安地望着大家，脸上显出沉思的样子。最后，他装着马齐路斯·施藤格的声调对他的叔伯妹妹——那个干瘦、苍老、一声不响地坐在一群快乐的人中、永远也吃不够的克罗蒂尔德说：“喏，蒂尔达，咱们俩也结婚吧——自然，我的意思是说……各人结各人的！”

① 法文：优先权。

第九章

大约在七个月之后，布登勃洛克参议带着他的夫人从意大利回来了。布来特街上还盖着3月的积雪，一天下午五点钟光景，一辆马车停在这一家朴素的、新漆过的楼房前面。两三个儿童和大人站住脚，为了要看一眼从车上下来的人。安冬妮·格仑利希太太站在门口，为了她的布置筹备工作洋洋得意，她身后站着两个侍女，戴着白帽子，裸露着胳臂，穿着带条的肥大的袍子。这是她专门为她的嫂子选雇的，现在她们也出来迎接主人。

盖尔达和托马斯穿着皮大衣，刚从装满箱笼的马车上下来，因为干活和兴奋而脸色通红的安冬妮三步并作两步地跳下台阶来拥抱他们，把他们拖到过道里边去。

“你们可回来了！你们可回来了！你们两个幸福的人，跑了这么远的路！你们看见这所房子了吗，这所带圆柱的房子？……盖尔达，你比从前更漂亮了，来，让我吻你一下……不，也要吻一下嘴……这样！你好吗，汤姆！是的，你也要得到一个吻。马尔库斯说了，你们出门在外的日子，咱们这儿什么都进行得非常顺利。母亲在孟街等着你们呢；可是你们还是先休息一下吧……

你们要喝茶吗？要不先洗个澡？什么都预备好了。你们没有什么可抱怨的。雅可伯斯非常卖力，我也是能出多少力气就出了多少力气……”

他们一起走进外室，让侍女和车夫往屋子里搬行李。冬妮说：“楼下这一层房子你们暂时不大用得着……我是说暂时。”她重复了一句，一面伸出舌头来在上唇前舐了舐，“这里很漂亮，”——说着她打开大门右边的一扇门——“窗户前边是常春藤……朴素的木器家具……橡木的……那边，走廊那一端有一间比较大的屋子。这里右边是厨房和放食物的屋子……咱们上楼去吧，啊，我要把所有的东西都指给你们看！”

他们踏着宽大的深红色地毯，沿着一条舒适的楼梯走上去。楼上，一扇玻璃屏门后边是一条不太宽的走廊，通向餐厅。餐厅里正中摆着一张沉重的大圆桌，桌上茶炊沸滚，壁上糊着暗红的锦缎似的墙纸，沿墙摆着胡桃木雕花椅子，苇子编的坐垫和一架庞大的食器橱，此外还有一间墙壁遮着灰色帷幔的舒适的起居间，里面套着一间小客厅，中间用帷幕隔开。小客厅里摆着包着绿条绒的躺椅，还有一扇向外面凸出去的窗户。然而这一层楼的四分之一的面积却被一间有三个窗户的大客厅占去。他们从这里穿过去，走进卧室。

卧室位于走廊右首，室内挂着大花的帐幔，摆着两张桃花心木做的床。但是冬妮却径直向屋子后边一扇暗门走去，一扭门柄，露出一座盘旋楼梯来。这座楼梯弯弯曲曲地一直通到地下室，通到浴室和侍女住的屋子。

“这里真好。我要在这里歇一会。”盖尔达一面说，一面倒在床前的一张靠背椅上，叹了一口气。

参议俯下身去，在她的额角上吻了一下，“累了吗？真是的，我倒也想换身干净衣服……”

“我去看茶煮好了没有，”格仑利希太太说，“我在餐厅里等着你们……”于是她向餐厅走去。

当托马斯回来的时候，茶已经热气腾腾地倒在迈仙瓷制的杯子里面了。“我来了，”他说，“盖尔达还要休息半个钟头。她有点头疼。一会儿我们到孟街去……一切都很好吗，我们亲爱的冬妮！母亲、伊瑞卡、克利斯蒂安都好吗？……可是首先我们得衷心地感谢你，”说着他做了一个充满感情的姿势，“我和盖尔达，你为我们操了这么大的心，你这好心肠的人！你把这些事办得多么漂亮、多么周到啊。除了我的妻子要在窗前摆两盆棕榈，我还要搜寻几张油画之外，什么东西都不缺了……现在该你谈谈了！你过得怎么样，这些日子你都做什么了？”

他替他的妹妹拉过一把椅子来，一边听她说话，一边慢慢地啜茶、吃一片饼干。

“哎，汤姆，”她回答说，“我有什么事好做呢？我的生活已经过去了……”

“你胡说，冬妮！你又谈什么生活……但是整天待在家里的确很烦闷，是不是？”

“是的，汤姆，我实在闷得不得了。有时候我闷得实在想大哭一场。替你们布置这所房子倒给了我很大乐趣。你不会知道，你们回家使我多么快乐……但是我在家里并不愉快，也许这样想是罪恶，那就请上帝宽恕我吧。我现在已经是三十岁的人了，但是这还不是跟那些最后的天国子民，跟盖尔哈特太太们，或者跟母亲的那些专门以吃寡妇产业为生的黑衣绅士结成莫逆之交的年纪……我不相信这些人，汤姆，他们是披着羊皮的狼……是一些居心叵测的人……不错，我们都是有缺陷的人，心中有罪，但是，这些人装成一副悲天悯人的样子把我当作走入迷途的人看的时候，我禁不住当面嘲笑他们一通。我一向认为，人和人都是平等的，在我们和亲爱的上帝之间不需要一个中间阶层。我的政治见解你是知道的。我希望，公民对于国家……"

"这么一说，你有些寂寞，是不是？"托马斯为了不使她谈到题外去，叮问了她一句，"可是你不是有伊瑞卡吗？"

"是的，汤姆，我非常爱这个孩子，虽然也有人说我天生是不喜欢小孩的……可是，你知道……我对你是无话不谈的，我是个实心眼的女人，心里有什么就说什么，我不会玩弄词藻……"

"这是你的优点，冬妮。"

"简单地说，悲哀之处在于，我一见这孩子就想到格仑利希……就是布来特街的几位本家也说这孩子长得太像他了……而且，这孩子一在我身前，我就禁不住想：'你已经有了一个大女儿，你是一个老太婆了，你的生活已经过去了。过去曾经有几年你还称得起在生活着，可是现在尽管你活到七十岁八十岁，你也不过只能坐在这里听丽亚·盖尔哈特朗诵罢了。'这种想法多么让人忧伤，汤姆，一想到这个我就觉得嗓子里堵着一个疙瘩，气也透不过来。可是你知道，我觉得我还这么年轻，还在念念不忘，想重新踏进生活里去……最后我还要说，不只在家里，就是在城里任何地方我也觉得不自在，因为我对自己的处境不是茫然无知，我不是笨鹅，我什么都看得一清二楚，这一点你要相信我。我是一个离了婚的女人，我理应感觉到这个，这是显而易见的事。你可以相信我说的是实话，每逢我想到咱们家的名声虽然不是由于自己的过错却蒙受到这个污点的时候，我的心就非常沉重。尽管你做了很多出色的事，尽管你赚了很多钱，成为全城的首要人物，人们还是要说：'哼……这个人的妹妹是个离了婚的女人。'譬如说，哈根施特罗姆家的姑娘，玉尔新·摩仑多尔夫见了我就从来不打招呼……当然，她是只笨鹅！可是别的人家也是一样……虽然如此，我还不放弃希望，汤姆，我还相信一切都会好转！我还年轻……我不是还有几分姿色吗？陪嫁妈妈再给不了我很多，然而总也是一笔相当的数目。如果我再结婚呢？坦白地说吧，汤姆，这是我念念不忘的愿望！结了婚就什么都好了，污点也去掉了……噢，天哪，如果能有一个和咱们门第相当的人家，我能够再建立起一个家庭——你认为这些事是不是完全是我的空想？"

"不，冬妮！完全不是空想！我自己也常常这样计算。但是我觉得，首先你需要到外面走走，把精神振作一下，换一换环境……"

"一点不错！"她热心地答应说，"现在我必须给你讲一个小故事。"

托马斯非常欢迎她这个提议，身子不觉往后靠了靠。他已经在吸第二支纸烟了。这时暮色已经悄然降下来。

“是这么回事，当你们不在家这段时间，我差点找到一个职业，在利物浦一家人家里当女伴！你也许对这种做法很气愤吧？……是不是有一些不很体面？……是的，是的，也许不很体面。但是我的迫切愿望就是走出去……简单地说，我的事情并没有成功。我给那位太太寄去一张相片，她说不能聘请我，因为我长得太漂亮啦；她家里有一个大儿子。您长得太美了，她信里写道……哈，我从来没有像听这句话时这么喜欢过。”

两个人都哈哈大笑起来。

“可是现在我另外有一个打算，”冬妮接着说，“我接到一个邀请，伊娃·尤威尔斯请我到慕尼黑去……是的，她现在已经成为尼德包尔太太了，她的丈夫是一家酿酒厂厂长。她叫我去拜访她，我想我很可以利用一下这个机会。当然喽，伊瑞卡不能跟我去。我要把她送到塞色密·卫希布洛特的寄宿学校去。她在那里会得到妥善的照顾。你有什么反对的意见吗？”

“完全同意。无论如何你需要换一个新环境。”

“是的，正是这样！”她感激地说，“可是现在该你谈谈了，汤姆！一直听我在唠唠叨叨地说我自己的事，我真是自私。现在你说说吧。噢，天啊，你是多么幸福啊！”

“是的，冬妮！”他用深信的口气说。出现了片刻的沉默。他把嘴里的一口烟吹过桌面，接着说下去，“首先我非常高兴，自己结了婚，又建立了家庭。你是知道我的，我不适宜于做单身汉。单身汉的生活总有些孤独和浪荡的气味，而我却有自己的抱负，这你是知道的。我认为我的事业，不论从商业上讲，或者——说句半开玩笑的话——从政治上讲，都已经到了尽头了……但是一个人只有做了一家之主，做了父亲才能得到别人真正的信任。然而过去我真可以说是千钧一发，冬妮……我有一点太挑剔了。在很长一段时期内我认为不可能在世界上寻到可意的人。然而盖尔达的出现决定了大局。我立刻看到，她是唯一的人，天造地设……虽然我也知道，城里有很多人对于我这种眼光很不以为然。她是一个奇妙的人，这种人世上是少见的。自然啰，她和你很不相同，冬妮。你性格很单纯，也很自然……简单地说，我的妹妹是一个更热情活泼的人，"他忽然把声调降低，继续说，"盖尔达自然也有她的热情——在她演奏提琴时，就可以看出这一点来；但是有的时候可以说她有一些冷漠……简单地说，我们不能用普通的尺度衡量她。她天生是艺术家的气质，她这个人有自己的特点，又神秘，又迷人。"

"不错，不错。"冬妮说。她很严肃地注意听着他哥哥说的这些话。屋里已经昏黑了，但是他们并没有想到点灯。

这时走廊的门开了，在他们的面前，在朦胧的暮色里出现了一个修长的身形，雪白的凸纹布的便服蓬松地低垂到地面上。深红色的厚密的头发围着白皙的面孔，两只棕色的眼睛离得不太远，眼眶里罩着一层青圈。

这是盖尔达，未来的布登勃洛克的母亲。

第六部

Sechster Teil

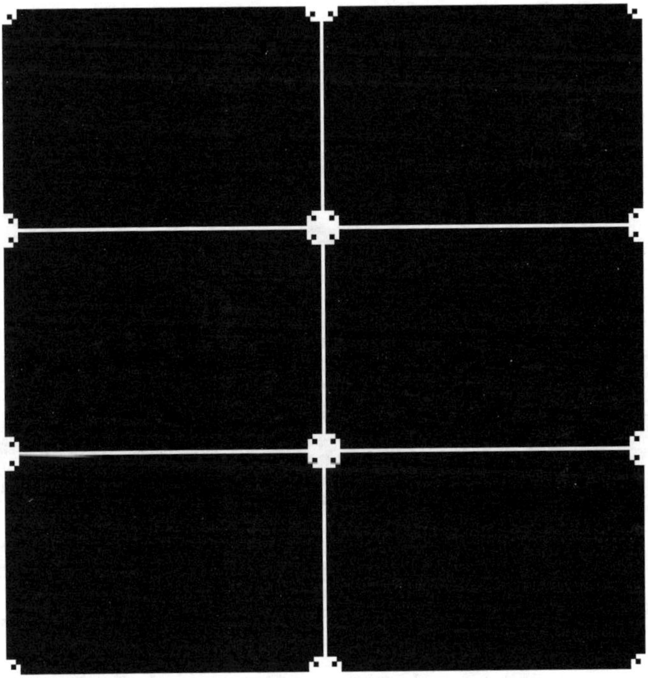

第一章

托马斯·布登勃洛克几乎总是自个儿在自家漂亮的餐厅里吃第一顿早餐，因为他的妻子午前经常头痛、精神不振，总要很晚才走出卧室。吃过早餐，参议立刻到孟街去——公司的办公地点一直设在那里，在中层楼里和他的母亲、克利斯蒂安以及伊达·永格曼一起吃第二道早饭。直到下午四点吃午饭时才能见得到盖尔达。

老屋的楼下一层由于商业活动倒还一直保持着活力和生气，但是楼上现在却空荡荡的，不胜其凄凉清冷。小伊瑞卡已经由卫希布洛特小姐收纳做了寄宿生，可怜的克罗蒂尔德带着自己的四五件家具在一个中学教员的寡妇，一位克罗色敏茨女博士那里找到了便宜的寄宿处。甚至连老仆人安东也因为少主人更需要他，已经离开这里到那边新居去了。有时克利斯蒂安一上俱乐部，下午四点钟圆桌旁边就只孤零零地剩下老参议夫人和永格曼小姐两个人。圆桌四周的加板自然一块也用不着支起来，在悬着一幅又一幅神像的空旷的大餐厅里，这张圆桌显得异常渺小。

自从约翰·布登勃洛克参议死后，孟街的社交生活也消沉下去，除了偶尔有些神父、牧师之流的人物来拜访以外，老参议夫人只有在星期四能看到一些亲友，此外再也见不到别的什么客人了。但是另一方面她的儿子和新媳妇却已经举办过一次宴会了。这次宴会办得很有排场：餐厅和起居间都摆上宴席，特别请了厨师和临时工人，预备了吉斯登麦克厂造的酒。宴会从五点钟开始，直到深夜十一点还听得到人们的喧哗笑语。朗哈尔斯、哈根施特罗姆、胡诺斯、吉斯登麦克、鄂威尔狄克、摩仑多尔夫几家人，商人和学者，结了婚的夫妇和单身汉，都是这天的座上客。饭后大家玩惠斯特牌，听了几曲音乐表演。这次宴会在证券交易所一直被谈论了一星期之久，备受赞赏。这一次宴会证明，年轻的参议夫人确实是一位交际场中的能手 …… 当天晚上，屋子里还燃着烧残的蜡烛，桌椅凌乱，空气里残留着美酒佳肴、香水、咖啡、雪茄、女人身上和餐桌上摆着的香花交织成的浓重香气。这时只剩下参议夫妇俩，托马斯握住他妻子的手对她说："太好了，盖尔达！ 我们没有什么要脸红的。这种事很重要 …… 我不喜欢办舞会，让一些年轻人在这儿乱跳乱蹦，再说地方也不够。但是成家立业的人在我们这儿会感受到乐趣的。这样的宴会固然花钱多一点 …… 但是花得有价值。"

"你说得对，"她回答道，一边整理了一下胸前的花边，她的洁白的胸脯隐约从花边底下透出，像大理石似的晶莹，"我也喜欢宴会，不喜欢舞会。宴会特别能给人一种舒适的感觉 …… 我今天下午玩了一会儿乐器，当时有一种特别的感觉 …… 现在我的脑子好像已经死了，就是有闪电打进来，我觉得我也不会改变脸色。"

这一天十一点半参议在母亲身边坐下吃早餐的时候，她给他念了下面这封信：

亲爱的妈妈：

我一定要请您原谅，我已经到这里八天了，一直还没有写信，实在太不像话了。这里要看的东西太多，忙得我一点工夫也没有——这些事我下边再谈。首先我必须要问，你们这些亲人，您、汤姆、盖尔达、伊瑞卡、克利斯蒂安、克罗蒂尔德和伊达身体都好吗？这是我最关心的一件事。啊，这些天我看了多少东西啊！绘画展览馆呀，雕塑品陈列馆呀，皇家酿酒厂呀，皇家剧院呀，教堂呀，以及许许多多的东西。这一切留待我以后口头告诉你们吧，不然就是把我累死也写不完。我们还乘马车到伊萨尔峡谷去了一次，明天准备到屋尔姆湖远足。日程就是这样一天一天地安排下去。伊娃对我很好，尼德包尔先生，那位酿酒厂经理，也是一个和蔼可亲的人。我们住在城内一座非常美丽的广场旁边，广场正中有一口井，就像咱们家市场上的井一样。我们住的房子离议会大楼非常近，我从来没有看见过这么美丽的房子！这所建筑物从上到下绘着五彩缤纷的图画，什么屠龙的圣乔治呀，穿着盛装、佩着纹章的巴伐利亚的老诸侯呀，你们想一想吧！

是的，我非常喜欢慕尼黑。这里的空气很富于强健神经的作用，我的胃病现在一点也不犯了。我很喜欢喝啤酒，喝得很多，特别是因为这里的水不很清洁。但是对这里的膳食我还不很习惯。这里蔬菜吃得太少，面粉则太多，譬如说在汤汁里吧，真叫人头痛。这里的人不懂得吃真正的烤小牛肉，因为肉铺的人总是把肉切得乱七八糟。此外我在这里也吃不到鱼。整天喝啤酒就黄瓜和马铃薯凉拌菜，真是荒谬透顶，我的胃已经咕噜噜地提出抗议了。

当然，你们也会想到，人们初到一个新环境总要使自己习惯一大堆新事物的，我到这里就如同到了外国似的。使用的是不同的钱币，跟普通人、跟用人说话彼此了解也有困难，对他们说来我的话太快，对我说来他们的话叽里咕噜一点也听不清 —— 此外这里还有天主教。我恨他们，你们知道，我看不起这种教……

参议听到这里笑了起来，他手里还拿着一块涂着香草奶酪的面包，仰靠到沙发上。

“看你，汤姆，你笑什么？”他的母亲说，用中指在桌布上敲了两下。“她能这样坚持她父亲的信仰，鄙视基督新教以外的那些花言巧语，我是非常高兴的。我知道，你在法国和意大利日子久了，对于他们天主教会也有些同情起来。然而这不是你的宗教情感，汤姆，这是另外一种东西，我知道是什么。我们虽然讲究宽恕，但是在这些事情上嬉戏的态度和任性都是非常有罪的。我一定要祈求上帝，让他随着你们年龄的增长使你们在这方面也懂得严肃起来。使你和盖尔达，因为我知道她也是属于那些信仰不坚定者之列的。我想你听了做母亲的这番话，不会生气吧。”

她接着念下去：

井泉上边立着一座圣母像，我从窗户里就可以看到。常常有人来给她献花圈，一些普通老百姓带着玫瑰花的花环跪着祈祷，那景象真动人。虽然书里面写的是：回到你的小屋去。街上常常有僧侣走过，他们总是摆出一副道貌岸然的样子。可是您决想不到有这样的事！昨天有一个地位很高的教会中的人坐着马车经过戏院街，也许是一位大主教，一位年高有德的人——不管是什么人吧，这辆马车从我身边走过的时候，这位先生竟从窗户里向我狠狠地盯了两眼，那眼色活像一个近卫军少尉的一样！您知道，母亲，我一向就不把您那些传教士、神父之类的朋友看在眼里，可是跟这位教会里的浪荡王爷比起来，那位眼泪汪汪的特利什克真不啻小巫见大巫了。

"这是什么话！"老参议夫人吃惊地喊起来。

"真是咱们的冬妮！"参议说。

"怎么，汤姆？"

"喏，她多半是先逗弄了他一下……试试他是怎样的人。我是知道冬妮的！反正被盯了两眼会使她非常开心的……也许这就是那位老先生的本意。"

对这个问题老参议夫人没有仔细研究，她接着念下去：

前天尼德包尔先生举行了一次晚宴，有意思极了。虽然人家的谈话我有时跟不上去，我觉得他们的语调有时 équivoque[1]，他们甚至请了一个宫廷的歌剧演员来唱了几首歌，还有一个年轻的艺术家求我，他要给我画一张画像，但是我拒绝了，我觉得不太合适。我最感兴趣的是跟一个姓佩尔曼内德的先生的谈话——你们过去听过有人姓这个姓吗——他是一个经营忽布[2]的商人，一个讨人喜欢的有趣的人，已经过了中年，却还是独身。吃饭的时候他和我同席，饭后我也大半跟他在一起，因为在所有这些来客中他是唯一的新教徒，而且他虽说是慕尼黑人，老家却在纽伦堡。他一再对我说，我们的公司他久已闻名，他说这话时语气极为恭敬。汤姆，你可以想到我当时多么高兴。他又详细地打听了咱们家的情形，我们兄弟姐妹几个，以及诸如此类的事。甚至连伊瑞卡和格仑利希的事他也问到了。他常常到尼德包尔家来，明天到屋尔姆湖远足他也可能参加。

下次再谈吧，亲爱的妈妈，我不能再写下去了。如果生活得健康愉快，像您常常说的那样，我还要在这里待三四个星期，以后我就可以亲口给你们讲慕尼黑的事了，在信里我真不知道从哪下笔。但是我可以说，我非常喜欢这里，只是需要训练一个会做像样汤汁的女厨子。您知道，我已经是个老婆子了，我的好日子已经过去，我在世界上没有什么可期望的了。但是如果，譬如说伊瑞卡以后能够健康幸福地在这

---

① 法文：模棱两可。

② 忽布，即啤酒花，是使啤酒带苦味的一种原料。

里结婚，我绝对不反对……

念到这里参议禁不住又把早餐搁下，笑着靠到沙发上。

“她真是个妙人儿，母亲！她要是说假话，简直找不出第二份儿来！我最佩服她这一点。她简直不会装假，她装假的本领还差着十万八千里呢……”

“是的，汤姆，”老参议夫人说，“她是个好孩子，她应该得到幸福的。”

接着她把信读完了：

……

慕尼黑，1857年4月2日

玛丽安广场5号

第 二 章

4月底格仑利希太太又回到娘家来了。虽然她经历了一段不平常的生活，现在一切又恢复了老样子，她又要参加祈祷，又要在“耶路撒冷晚会”上听丽亚·盖尔哈特朗诵，她的心情却显然非常愉快，满怀希望。

她是从布痕回来的，这一天她的那个做参议的哥哥到车站去接她，跟她一起乘马车回来。马车一走进霍尔斯登城门，参议就禁不住恭维她说，家里的人除了克罗蒂尔德以外，她实在是最漂亮的一个。“噢，天啊，我恨你，汤姆，”她回答说，“你为什么要这样挖苦一个老婆子呢……”

但是参议说的确实是实情：格仑利希太太的确出色地保持住了她的风韵。她的金灰色头发非常茂密，她在头边梳起两个蓬，然后从两只娇小的耳朵上面拢到脑后，用一只贝母梳子在头顶高高绾起一个髻子；她的灰蓝色眼睛仍然闪露着温柔的目光；此外，她的美丽的上唇，她的美丽的鸭蛋脸和柔嫩的肤色，这一切给人的印象是，她还是一个二十三四岁的女人，谁也不会想到她已经年满三十了。她戴着一副非常精致的金吊耳环，这种耳环在祖母一代就非常时兴，只不过式样略有不同罢了。暗色的薄绸衣服，缎子翻领和平绦子肩饰，松松的腰身，使她的胸部望去丰满而柔和，极富魅力。

正像我们前面说过的那样，她的心情很好。逢到星期四，当布登勃洛克参议、布来特街的几个本家女眷、克罗格参议、克罗蒂尔德、塞色密·卫希布洛特带着伊瑞卡，大家一起来吃饭的时候，她就有声有色地谈起慕尼黑来，谈那里的啤酒，谈通心粉，谈那个要给她画像的艺术家，谈留给她印象最深的宫廷马车。她有时也顺便提到佩尔曼内德先生，而如果遇到菲菲·布登勃洛克说出下面这样的话，像什么这样的旅行惬意固然惬意，却不会带来什么实际结果，这时格仑利希太太就摆出一副严肃的样子，不理睬她，向后仰着头，却又尽力把下巴贴到胸脯上……

此外她又新添了一种习惯，每逢门铃在过道里响起的时候，她就急急忙忙跑到楼梯口去看来的人是谁……这是什么意思呢？这件事大概只有伊达·永格曼——冬妮小时的保姆和多年的挚友——一个人知道。永格曼常常对她说："小冬妮，我的孩子，他早晚会来的。他不会存心做傻瓜的……"

家里人也都感谢冬妮给家庭带来了欢快的气氛，说实话，家中的空气这时确实非常需要活跃一下了。原因是，随着时日的推移，公司主人和他的兄弟之间的关系不但没改善，反而可悲地日渐恶化下去。两兄弟的母亲，老参议夫人，忧心忡忡地看着事态发展，为了居中调停，不知呕了多少心血……她虽然一再规劝克利斯蒂安应该更正规地上班，克利斯蒂安却只是心不在焉地以沉默代替回答。有时他的哥哥也这样责备他，这时他的态度就变得严肃不安，显出一副心事重重、羞愧难当的样子。他并不为自己辩解，而且接连几天，在办理英文书信方面确实表现了更多的热忱。但是在哥哥这方面，却越来越发展起一种对兄弟的恼怒和鄙视。尽管克利斯蒂安对哥哥的指责并不辩解，只是沉思地、目光惶惑不安地表示接受，哥哥的恼怒和鄙视却依然不能为之稍减。

托马斯的繁忙业务和他的神经状态不允许他怀着同情，或至少平心静气地倾听克利斯蒂安详细描述自己变化多端的病症，在他母亲和妹妹面前他甚至厌恶地称这些病症为“令人厌恶的自我观察的愚蠢结果”。

克利斯蒂安的腿疼病，那种捉摸不定的酸疼，因为采用了种种外部治疗，已经有一个时期不犯了。但是在饭桌上吞咽不下食物的现象却仍旧常常发生，而且最近又加上了呼吸困难，染上哮喘病。一连几个星期克利斯蒂安一直认为这是肺病，总是皱着鼻子不厌其详地把病况和病历叙述给家人听。格拉包夫医生被请来问计。他肯定地说，心和肺都运动得正常有力，他把偶然呼吸困难的现象归之于某一部分肌肉的一时怠惰。为了使呼吸畅快，他首先建议用扇子，以后又开了个绿色粉末的药方，用时把药末点着，把烟吸进去。克利斯蒂安整天离不开这把扇子，就是在办公室里也挥个不停。当公司主人制止他的时候，他就回答说，在瓦尔帕莱索，因为天气炎热每个办事员都有一把扇子：“琼尼·桑德施托姆……我的天老爷啊！”又有一次，也是在办公室里，开始时他坐立不安地在椅子上扭动了半天，接着竟把药末掏出来，弄得满屋乌烟瘴气，臭气熏人，很多人禁不住咳嗽起来，马尔库斯先生甚至脸色都变白了……这一次引起了公开的冲突、激烈的争执，如果不是老参议夫人又一次把事情平息下去，为两人开解的话，兄弟俩马上就会闹决裂的……

然而不愉快的事情不止这一件。参议对克利斯蒂安外面的生活，对克利斯蒂安常常跟他的老同学、律师吉塞克博士一起的所作所为也是抱着反感的。克利斯蒂安不是一个伪君子，他不懂得假装正经。他知道得非常清楚，在自己的故乡，虽然那些令人起敬的从事商业的市民摆着无可指责的、道貌岸然的面孔在马路上走来走去，手杖橐橐地敲着人行道，可是这座港口和贸易的小城在道德上远不是没有瑕疵的。人们为了弥补在办公室坐椅上度过的劳累的时日，不仅是狂饮大嚼一顿就算了……但是人们用了一张规矩方正的袍子把这些弥补的方法掩盖起来。如果说布登勃洛克参议的第一条戒律就是“保住脸面”，那么在这方面他真是深得本城人的处世之道了。吉塞克律师是那些善于适应商人生活方式的学者之一，而且任何人一眼就可以看出他也是一个纨绔子弟。但是，正如同其他惯会享乐的人一样，他懂得怎样维持一副正人君子的面孔，怎样避免丢丑，在政治和职业方面保持无可非议的好名声。最近他和胡诺斯小姐订婚的消息刚刚宣布。这也就是说，他爬上了第一流社会，得到了一笔可观的陪嫁。他对于本城的事务抱着非常浓厚的兴趣。人们说，他正在觊觎议会中的位置，而且进一步对于老市长鄂威尔狄克博士的宝座也怀着勃勃野心。

然而他的朋友克利斯蒂安·布登勃洛克，这位曾经有一次迈着坚定的步伐走向梅耶－德·拉·格兰日小姐，献给她一个花篮并且对她说“噢，小姐，您演得太妙了”的人——这位克利斯蒂安，却由于他的性格和长期在外流浪发展成一个过于天真的、无所顾忌的纨绔子弟，在爱情上也和在别的事情上一样，不愿意约束自己的感情，不懂得言行谨慎、维持体面。譬如说，他和夏季戏院里的一个无名的女演员的事，便成为全城谈笑的材料。那个惯和上流社会来往的铸钟街的史笃特太太便对每一个喜欢听闲话的太太说，又有人在大街上看见克利山和蒂渥利的女人在一起了。

但是即使是这件事也并没有触犯众怒……这里的人们憨直而多疑，他们不愿意把道德上的愤慨郑重其事地显示出来。克利斯蒂安·布登勃洛克，以及和他情形类似的彼得·多尔曼参议——他因为自己的买卖一蹶不振也是这样坦率行事——被看作是给大家寻开心的人，而且是绅士们集会时不能缺少的人物。但是大家也并不把他们看得如何重要，在谈论比较严肃的事情时他们就不算数了。全城的人，不论是在俱乐部，在交易所，在码头，大家只叫他们“克利山”和“彼得”，这件事也很能说明问题。而一些怀着恶意的人，例如哈根施特罗姆家的人，笑话的则不是克利山说的故事和笑话，而是克利山本人。

克利斯蒂安并没有理会这一点，或者充其量只不过像他平常那样，只是惶惑不安地沉思一刻便让事情过去了。然而他的哥哥，布登勃洛克参议却看得很清楚。他知道克利斯蒂安正暴露给自家仇人一个下手进攻的弱点，而且……这样的弱点本来已经比比皆是了。布登勃洛克和鄂威尔狄克两家的关系已经很疏远了，而且恐怕将来老市长去世以后，原有的关系就不起作用了。克罗格家的威望也一落千丈，目前处处都不再出头，而且他家的那个浪子的丑事也闹得满城风雨……已故世的高特霍尔德伯父的门户不当的婚姻也不是一件光彩的事……参议的妹妹虽然并不是完全没有再嫁的希望，但现在却是一个离了婚的女人。而今他的兄弟又是这样一个笑柄。他的小丑般的行动只供那些有作为的绅士作茶余酒后的谈资，无论是善意的也罢，恶意的也罢。此外他又到处举债，每一季度结尾，当他手中没钱的时候，他就毫不在乎地让吉塞克代为偿付……这也是一件非常使公司丢脸的事。

托马斯对于自己兄弟的厌恶鄙视之情，在家庭中任何一件琐碎的事上都表现出来，而克利斯蒂安对这种感情却只是沉思地、冷淡地承受着。譬如说，大家谈到了布登勃洛克家过去的历史，从克利斯蒂安当时的情绪看，他可能是要充满感情和热爱地认真谈论一番他的故乡和祖先，尽管这种情绪和他平日行径也许不太符合。但是参议立刻就出来冷言冷语地说两句话，把克利斯蒂安的谈话打断。他不能忍受这件事。他这样看不起这位兄弟，甚至不允许他爱自己所爱的东西。如果克利斯蒂安用的是马齐路斯·施藤格的方言谈这些事，也许他倒能听下去。再譬如说，他读了一本书，随便一本什么历史书，印象很深，非常感动地把它称赞了一番。克利斯蒂安是一个缺乏创见的人，他自己是发现不了这本书的，但是他很容易接受别人意见，受别人影响，于是在他听了自己哥哥这番赞扬之后，也会去读这本书，由于事先形成了某种见解之后，他也发现这本书非常之好，就尽情地把自己的感受说了出来……可是以后怎么样呢？以后这本书对于托马斯就算毁了。再谈到这本书时，他表现的是一种冷冷淡淡、漠不关心。他装作好像没有怎么读过它，而只是让他兄弟一个人去欣赏它……

第 三 章

布登勃洛克参议从“和谐”俱乐部回到孟街来。这是一个绅士们组织的读书俱乐部，他吃过第二顿早餐后刚在那边消磨了一个钟头。他从后门走进院子，匆匆地转到花园侧面去，穿过连接着前后两个院子、夹在两堵长满青苔的高墙中间的一条石子路，穿过门道，大声向厨房探问他的兄弟是否在家，又让人家等他兄弟回来以后立刻告诉他。然后他穿过办公室——办公室的人看见他都更深地埋头在面前的账本上——走进自己的私人办公室。他把帽子和手杖扔在一边，穿上工作服，走到窗子旁边的面对着马尔库斯的位子上。在他的淡淡的眉毛中间刻着两条皱纹。一支快要吸完的俄国烟的烟头不安地从一边嘴角移到另一边嘴角。他拿纸、拿文具的动作都是那么急促、慌张，弄得马尔库斯先生不停地用两根手指来回抚弄自己的上须，目不转睛地打量着这位股东。一些年轻的人都扬起眉毛来看着他。东家生气了。

过了大约半个钟头，在这段时间里只听见笔尖的沙沙声和马尔库斯先生的小心的咳嗽声，参议从绿色的窗帘望过去，看见克利斯蒂安抽着纸烟从街那面走过来。他正从俱乐部回来，他在那里吃过早饭，玩了一会儿牌。他的帽子稍微向一边歪着，手里挥摆着一根黄色手杖。这根手杖也是从“那边”带来的，手杖头是一个乌木雕刻的修女半身像。显然他的身体很健康，情绪也非常高。他一边哼着一首什么歌，一边踱进办公室，对屋子里的人说了句“早上好，诸位先生”，虽然这时已经是明朗的春日下午了。他向自己的位子走去，为了“做一点点工作”。但是参议这时站起来，眼睛并不看他，仿佛是漫不在意地对他说：“啊 …… 我跟你说两句话！”

克利斯蒂安跟在他身后。他们迅速地走过门道。托马斯把手背在背后，克利斯蒂安不由自主地也做着同一姿势，把一只大鼻子向他的哥哥耸着。在他的英国式的下垂的赭色上须上面，在凹陷的两腮中间，他的弯钩鼻子显得瘦骨伶仃地翘出来。当他俩走过院子以后，托马斯说：“你陪我去花园里走几步吧，我的朋友。”

“好。”克利斯蒂安回答说。接着又沉默了半晌，两个人在最外边一条路上，经过凉亭的罗可可式的正面，从左边起绕着花园踱起步来，这时正是初发蓓蕾的季节。最后参议叹了一口气，大声说：“我刚才非常生气，因为你的行为。”

“我的 ……”

“是的。有人在‘和谐’俱乐部里告诉我一句话，这句话是你昨天晚上在俱乐部里甩出来的。你这句话说得这样鲁莽，这样不知轻重，我简直找不到词儿 …… 你的愚蠢行为当场就让你丢了丑。有人立刻驳斥了你。你还记得这件事吗？”

“啊 …… 现在我知道你说的是什么了 —— 是谁告诉你的？”

“谁告诉也一样 —— 多尔曼 —— 自然，他说话的声音是让那些还不怎么知道这件事情的人也拿它当个笑话听 ……”

“不错，汤姆，我一定要跟你说 …… 哈根施特罗姆真是不知廉耻！”

“你还以为别人 …… 可是这是 …… 听我告诉你！”参议大声说，他掌心向上，伸出两只胳臂，激动地来回摇晃着，头向一边偏着，“当着这样一群人的面，这里面既有商人，也有学者，你却让每个人听见你说这样的话：认真研究起来，哪个买卖人都是骗子 …… 可是你自己就是一个商人，就在一家公司里工作，这家公司正用一切力量保持着它的诚实无欺、无懈可击的名誉 ……”

“我的老天爷，托马斯，我是在说玩笑话啊！…… 虽然 …… 当真讲起来 ……”克利斯蒂安添加说，皱着鼻子，头微微向前探着 …… 他保持着这样的姿势走了几步。

“玩笑，玩笑！”参议喊道，“我想我是懂得什么叫玩笑的，可是你也看到了，别人怎么样了解你的开玩笑的话！‘可是我就非常尊重我的职业。’这是亥尔曼 · 哈根施特罗姆回答你的话 …… 而你却坐在那里，一副游手好闲的样儿，对于自己的职业一点也不尊重 ……”

“啊，汤姆，我求求你，你这是怎么说话！我请你相信我的话，他把大家的情绪完全破坏了。大家都哈哈大笑，明明都认为我说得有道理。突然这位哈根施特罗姆先生坐在那儿，带着一脑门的正经说。可是我 …… 这个笨蛋。我真替他害臊。昨天晚上躺在床上我还琢磨了半天这件事，当时我有一种奇怪的感觉 …… 我不知道，你有没有过这种感觉……”

“别无聊了，我求求你，别无聊了！”参议打断了他的话，由于恼怒全身瑟瑟地颤抖。“我同意你的话，他的答话也许不符合当时的气氛，也许表示他这人没有趣味。但是在你说话以前，姑且确认一下你说这种话有必要吧，至少也要选择一下对象吧，免得这样愚蠢地让别人收拾啊！哈根施特罗姆利用这个机会，打了我们……是的，不只打你一个人，打了我们一个耳光。你知道，他的答话是什么意思吗？意思是：您这种看法是在令兄布登勃洛克先生的办公室里得到的吗？他是这个意思啊，你这蠢驴！”

“什么……蠢驴……”克利斯蒂安说，他的脸色变得迷惑不解起来……

“最后你还应该知道，你不只是属于你一个人的，”参议继续说，“虽然如此，如果你只是自己闹笑话，我会听其自然的……你哪一天不闹笑话！”他喊起来，他的脸色煞白，他的头发留作两个蓬向后梳起来，掩着下面的窄窄的额角，这时额角上也青筋直露。一条淡眉毛向上挑起来，甚至他的直翘的上须尖也气得瑟瑟抖动。他的手向旁边一摆，仿佛是把自己的话掷在克利斯蒂安脚前的石子路上似的，“你闹的那些风流事，你的小丑举止，你的病以及你的治病的方法，这一切都使你成为一个大笑话……”

“噢，托马斯，”克利斯蒂安说，神情严肃地摇着头，伸出一根食指来，样子显得有些笨拙，“讲到这件事，你是不太了解我的，你知道……事情是这样……一个人必须让自己的良心平静……我不知道，你了解不了解这一点……格拉包夫替我开了一个治疗颈部肌肉的药方……很好！如果我不用他的药，如果我把药扔在一边，我心里就不宁静，一点依靠也没有，我就恐惧得要命，感觉不舒适，咽不下东西去。但是如果我用了药，我就觉得自己已经尽了责任，就觉得身体正常了。这样我的良心安适了，我平静、满足了，咽东西也就没问题了。我想，这还不是他的药起的作用。你知道……但是事情是这样，一种想象，如果我了解得正确的话，只有通过另一种想象，一种与之相反的想象，才能解除……我不知道，你是否了解这一点……”

“不错，啊，不错！”参议喊道，两只手捧了一会儿头，“你就这样做吧！随着你的想法做吧！但是不要谈论它！不要唠唠叨叨地说它！不要拿你那莫须有的小事来搅扰别人！你这样一天到晚喋喋不休地胡扯，让人笑话死你了！可是我告诉你，我再重复一遍：如果你只是自己出丑，我是没有闲心管的。但是我禁止，你听见没有？我禁止你把公司牵连进去，像你昨天晚上做的那样！”

克利斯蒂安没有回答，只是用手慢吞吞地捋着自己的稀疏的、褐色的头发，脸色严肃、慌乱，眼睛若有所思地游移不定。无疑，他脑子里想的仍然是他刚才说的那些话。一阵沉默。托马斯一语不发，痛苦绝望地踱来踱去。

“你说，所有的商人都是骗子，”他重新开口道，“好！你是厌烦了你的职业了吧？后悔做商人了吧？你当初求得父亲的同意……”

“是的，汤姆，”克利斯蒂安沉思地说，“我真后悔没有去念书，在大学里一定很有意思……高兴去就去，完全凭自己喜欢，坐下听听课，就好像在戏院里……”

“好像在戏院里……哼，我看对你最合适的地方莫过于在演杂技的咖啡馆里当小丑了……我不是开玩笑！我诚心诚意地认为，这是你内心的愿望！”参议断言说。克利斯蒂安一点也不辩驳，他只是茫然向空中凝视着。

“而你竟厚着脸说这种话，你不了解……一点也不了解什么是工作。你整天就知道进戏院、游荡、装疯卖傻。你装了一肚子情绪、感触、故事，你就跟这些东西打交道，视为珍宝，研究来，研究去，你能够恬不知耻地胡扯这些事情……”

“是的，汤姆，”克利斯蒂安有一些抑郁地说，又用右手摸了一下头顶，“这是实话，你说得一点不错。这就是咱们两人的不同之处，你知道。你也喜欢看戏，而且从前，这是我们两人私下说的，你从前也有过一些风流事，有一个时期你也特别喜欢读小说、诗歌这类的东西……可是你一直懂得把这一切跟正常的工作，跟严肃的生活很好地结合起来……我却不能，你知道。我完完全全被另外那些东西，那些无益的东西占据住了，对于正经事反而没有精力了……我不知道，你不了解我……”

“噢，你也看到这一点了吗？”托马斯喊道，他站住不动，两臂在胸前一叉，“你怯怯懦懦地承认了这一点，却仍然按照老样子办事！难道你是一条狗吗，克利斯蒂安？！老天在上，一个人到底还有自尊心啊！如果一个人自己也找不到言词为他的生活辩护，他怎么还能继续这种生活呢？可是你就是这样的人！你就是这种本性！如果你能看清楚一件事，能了解它、描述它……不成，我的耐性已经到了极限了，克利斯蒂安！”参议猛地向后退了一步，把手平伸出去，急遽地一挥，“到此为止吧，我跟你说！你照样拿你的薪水，可是永远也不要上班了……这我一点也不生气。你还是到一边去胡闹去吧，像你一向做的那样。可是不论你到什么地方，你连累了我们，连累了我们一家人！你是一个赘瘤，是生在我们家庭身上的一块烂肉！你是本城的祸患，如果这个家是我自己的，我就要把你赶出去，从大门赶出去！”他大声喊道，一面愤怒地朝着花园、院子、宽阔的甬道用力一挥胳臂……他已经控制不住自己了。长期压抑在胸中的怒火一下子迸发出来……

“你这是怎么啦，托马斯！”克利斯蒂安说道。他的心头这时也涌上一股怒气，虽然他那发怒的样子显得颇为可笑。他站在那里，姿势正像每一个长着罗圈腿的人那样，身子佝偻着，头、肚子和膝盖向前凸出来，样子有点像一个大问号。他把一双深陷的小圆眼睛尽量睁大，好像他父亲发怒时的神情，眼睛周围罩上一个红圈，一直红到颧骨上。“你这是怎么对我说话！”他说，“我做了什么对不起你的事了！我自己会走，用不着你来赶我。呸！”他又从心坎里斥责了一句，伴随着这个词他急遽地把手向前一抓，仿佛在捕一只苍蝇似的。

出人意料，托马斯听了他的话并没有生更大的气。相反地，他一声不响地把头低下来，慢吞吞地继续围着花园走动起来。仿佛他终于能把他的弟弟激怒，使他说出激烈的反对话，提出抗议，自己就心满意足了，已经非常舒适了。

“你可以相信我的话，”他平静地说，一面又把手背在背后，“这场谈话真使我很难过，克利斯蒂安，然而我们早晚需要这样谈一次。在一个家庭里闹这样的事是可怕的，可是我们一定要把心里的话都说出来…… 我们现在可以平心静气地把事情谈一谈，年轻人。如果我看得不错的话，你不喜欢你如今的位置，是不是？……”

“不喜欢，汤姆，你看得不错。你知道，开始的时候我非常满意…… 我觉得我在这里比在外人的商号里好。但是我缺少的是独立，我想…… 当我看到你坐在那里工作的时候，我一直羡慕你，因为对你说来，那算不了什么工作。你工作并不是出于必要，作为主人和东家，你可以让别人替你工作，你只要算算账，管理着别人就成了，你没有什么事情好做…… 这是很不同的……”

“好，克利斯蒂安，为什么你早不告诉我这个话啊？你完全有自由可以使自己独立或者成为一个独立者。你知道，父亲在他的遗产里留给你我每人一笔五万马克的现款；只要你有正当可靠的用途，我随时准备支付给你。在汉堡或者任何一个城市有很多牢靠但是缺少资金的买卖，需要别人投资，你可以以股东的身份参加这些商号…… 咱们每人把这件事再考虑一下，同时也找机会跟母亲谈谈。我现在还有点事要做，你在这几天里也可以把英文文牍办完，走吧……”

“比方说，汉堡有一家 H.C.F. 布尔梅斯特公司，你觉得怎么样？”走到门道上的时候他问道，“是一家进出口公司…… 我认识这个人。我相信，这样的机会他听见一定不会放过……”

这是1857年5月底的事。6月初克利斯蒂安已经动身经过布痕到汉堡去了…… 对于俱乐部，对于市剧院，对于“蒂渥利”以及本城全体喜好轻松玩乐的人，这是一个重大损失。全体纨绔子弟，其中包括吉塞克博士和彼得·多尔曼都到车站给他送行，送给他鲜花，甚至纸烟，大家笑得前仰后合，无疑这时他们想起来克利斯蒂安给他们说的那些故事了。最后律师吉塞克博士在全体的欢呼声中替克利斯蒂安在外衣上戴上一枚金纸做的纪念章。这枚纪念章是从码头附近一处人家拿来的，那是一个小旅馆，夜间门口悬着一盏红灯，是一处人们可以不拘形迹的玩乐场所，那里面总是笑语喧天 …… 这枚纪念章如今颁给即将离别的克利山·布登勃洛克，是为了纪念他出色的功绩。

第四章

大门的门铃响了，格仑利希太太按照她的新习惯出现在楼梯口上，从白漆栏杆后面向门道望下去。大门刚打开，她猛地把身子向前一探，马上又弹回来，接着一只手拿手帕掩着嘴，另一只手提着裙子，俯着一点身子，急急忙忙地跑上去…… 在通向三楼的楼梯上和永格曼小姐正碰个满怀。她上气不接下气地低声对永格曼小姐说了几句话，伊达又惊又喜地回答了一句什么波兰话，那声音像是："麦包舍扣哈内！"①

这时候老布登勃洛克参议夫人正坐在风景厅里用两支大竹针织一件披肩，也许是头巾等类的物件。这是午前十一点钟的事。

忽然侍女从圆柱大厅走过来，敲了敲玻璃门，脚步蹒跚地递给老参议夫人一张名片。老参议夫人拿起名片来，摆弄了一下眼镜（她做活的时候总戴着眼镜），便念起来。随后她抬头看了那侍女的红脸蛋一眼，又念了一遍，重新望着那侍女。最后她和气地，却坚决地问道："这是怎么回事，亲爱的？这是什么意思，我

① 模仿波兰文的声音，意思是："我的亲爱的上帝！"

问你？”

名片上印着“X. 诺普公司”。但是 X 和诺普两字都用蓝铅笔画去了，只剩下“公司”两个字。

“呀，参议夫人，”那个女孩子说，“来了一位先生，可是他不会德国话，怪里怪气的……”

“请人家进来。”老参议夫人说，因为她现在明白了，求见的是这个“公司”。侍女走了。一会儿玻璃门又开了，走进来一个矮壮的人，在屋内阴暗的背面站了一刻，拖长声音说了一句什么，听上去大概是：“我很荣幸……”①

“您好！”老参议夫人说，“您走近来一点好吗？”说着她用手轻轻地拉着沙发垫子，把身子欠起一些来，因为她还不知道，是不是应该完全站起来……

“我很冒昧……”这位先生又用他那悦耳的唱歌似的调子拖长声音回答。他恭恭敬敬地鞠了个躬，向前走了两步，又重新站住，用眼睛向四周打量，仿佛在寻找什么——也许是寻找一个坐处，也许是寻找放帽子和手杖的地方，因为他把两件东西都带进来了。那根手杖上的弯曲的兽角，样子像是只巨爪，足有一尺半长。

来人大概四十岁，四肢嫌短，肥胖，穿着件棕色粗呢的敞襟外衣，一件淡色的花背心，掩住微微凸起的肚皮，背心上一条金表链系着一堆珠宝饰物——兽角、驼骨、银子和珊瑚做的各种各样的小零碎玩意儿。裤子的颜色灰不灰、绿不绿，裤腿很短，料子非常

---

① 来的是佩尔曼内德先生，以下他说的话都是慕尼黑方言。

僵硬，裤脚像个圆筒似的、一点褶皱也没有地罩在又短又肥的靴勒上。他的脑袋滚圆，鼻子扁阔，头发凌乱，再加上他那淡黄色的像流苏似的稀稀朗朗地垂在嘴上的上须，这就使他的头颅颇有些像海豹。和上须相反，这位客人下嘴唇和下颚之间的三角须却蓬乱地翘起来。他的两颊肉特别多，鼓蓬蓬的，挤得眼睛成了两条淡蓝色的细缝，眼角两边形成一捧皱纹。这就使得这张肿胀的面孔看去既凶恶又令人感动地善良老实，没有主意。在他的小下巴颏底下，脖颈陡直地插在小白领带里面，他的气瘰脖是戴不得硬领的。总起来看，他的面孔的下半部、脖颈、后脑勺、面颊和鼻子，一切都生得软囊囊的不成形，分不清彼此的界限 …… 他脸上的皮肤由于这种肿胀显得过分绷紧，个别地方，譬如说在耳垂和鼻翼上，显出一块块红斑 …… 他用一只又白又小的胖手拿着手杖，另一只手拿着一顶绿色蒂罗尔式帽子，上面装饰着一根羚羊须。

老参议夫人已经把眼镜摘下来，身子却依然支着沙发垫，保持着半站半坐的姿势。

“您有什么事找我？”她客气而明确地问道。

这时来客下了决心，毅然把帽子和手杖放在风琴盖上，腾出两只手来满意地搓了搓，用自己的一对淡蓝的、肿胀的小眼睛彬彬有礼地望着老参议夫人，开口说：“我请求夫人原谅我那张名片，我手下一时没有别的。我的名字叫佩尔曼内德 —— 阿罗伊斯·佩尔曼内德，从慕尼黑来。也许夫人已经从小姐嘴里听说过我的名字了 ——”

这几句话他声音说得很大，语调粗重，他那本地话听起来磕磕巴巴，时时突然把前后音连在一起，但是他的眯缝着的小眼睛却一直闪烁着亲密的光辉，仿佛在说："咱们彼此很了解啊……"

现在老参议夫人完全站起身来，而且歪着头、伸着手臂向来人走过去……

"佩尔曼内德先生！是您吗？当然，我的女儿跟我们谈到过您。我知道，为了使她在慕尼黑那段日子过得愉快舒适，您出了多么大的力……您现在可光临我们这个城市了。"

"可不是，您没想到吧！"佩尔曼内德先生说。在老参议夫人用了个优美的姿势指了指身边一把靠背椅以后，他就趁势坐下来，一面用双手安逸地揉搓自己短而圆的大腿……

"您说什么？"老参议夫人问道。

"可不是，您很奇怪吧！"佩尔曼内德回答说，这一回停止搓膝盖了。

"好极了！"老参议夫人仍旧茫然不解地说，一面将两手放在膝头上，装作满足的样子向后靠去。然而这被佩尔曼内德先生看出来了。他向前俯着身躯，用手在空中画了个圈子——天知道他为什么这么做——费尽力气想把话说明白："夫人没有料到吗？"

"是的，是的，亲爱的佩尔曼内德先生，实在是这样！"老参议夫人回答说，很高兴这回她居然听懂了。谈话又中断了。为了不使沉默继续下去，佩尔曼内德先生叹了一口气，又用他的土话说了一句："真不赖。"①

---

① 这是佩尔曼内德先生不断用巴伐利亚方言说的一句口头语。

“啊……您说什么？”老参议夫人问道，她的明亮的眼睛向一边侧过去……

“真不赖！”这回佩尔曼内德先生提高了嗓门粗声粗气地重复了一遍。

“好极了。”老参议夫人附和着他说。这样，谈话又停顿了。

“亲爱的先生，请问，”过了一会儿她说，“您到这么远的地方来有什么贵干？从慕尼黑到这儿路程实在不近……”

“买卖儿上的事，夫人，”佩尔曼内德先生说，一面又把他的短手在空中来回一摆，“跟瓦尔克米勒酿酒厂做一件小买卖！”

“噢，对啦，您是经营忽布生意的，亲爱的佩尔曼内德先生！诺普公司，对不对？请您相信我的话，我的儿子常常谈起您的公司。他很称赞你们。”老参议夫人恭维地说。但是佩尔曼内德先生却不听她的恭维。“没有什么。不要提这个了。啊，喏，主要的是，我早就有这个心愿，要来拜望您，并且再和格仑利希太太会一会面！为了这件事也就顾不得路程远近了。”

“谢谢您的好意，”老参议夫人亲热地说，又把手伸给他，尽量向外翻着手掌，“我就叫人去通知我女儿！”她添加道，站起身来，向悬在玻璃门旁边的绣花的拉铃带子走去。

“呀，天老爷，我真是高兴极了！”佩尔曼内德先生喊起来，连身体带坐椅一齐向门那边转过去。

老参议夫人吩咐侍女说：“请格仑利希太太到下边来，亲爱的。”

然后她走回沙发这边，佩尔曼内德先生这时又连同椅子一齐转回来。

“我真是高兴极了……”他心不在焉地又重复了一句，眼睛却在打量着地毯、书桌上摆的色佛尔瓷的墨水壶和室内的家具。以后他又连着说了几次他那口头语，“真不赖……真不赖！”他不停地搓膝盖，连续地叹气。直到格仑利希太太露面以前，时间差不多就被他这些动作占去了。

她无疑已经打扮了一下，换上一件浅颜色的罩衫，梳了梳头发。她的面庞比平时更加鲜艳、美丽。她不断用舌尖涂润两边口角……

她刚走进门，佩尔曼内德先生马上跳起来向她走去，热情溢于言表。他全身的每一部分都动起来。他抓住她的两只手，摇撼着喊道：“啊，格仑利希太太！啊，上帝赐福给你！啊，这一向过得好吗？在家里做了些什么事？哎呀，天老爷，我真高兴死了！还有时间想起慕尼黑城和我们那地方的山吗？咱们那次可玩得痛快啊，不是吗？！天老爷，咱们又在一起啦！那时谁想得到……”

冬妮也非常快活地向他问好，随手拉过来一张椅子，开始跟他谈起慕尼黑那一段日子来……这时谈话毫无阻碍地进行下去，老参议夫人在一旁听着，时不时向佩尔曼内德先生点点头，表示她的同情和支持，或者把他的这一句那一句话译成书面德语，每一次翻译成功了，就很满意地往沙发上一靠。

佩尔曼内德先生必须再给安冬妮太太解释一回他到这里来的理由，然而他故意把跟酿酒厂交涉的这件“买卖儿”说成是一件无足轻重的小事，给人一种印象，仿佛他根本用不着到这地方来似的。然而在另一方面，他却很有兴趣地打听有关老参议夫人的二女儿以及她的两个儿子的事，对于克拉拉和克利斯蒂安离家一事连声表示遗憾，因为他早就有这样的心愿，要认识一下家里的每一个成员……

关于他在这里停留的期限他并没有说出准确的日子，然而当参议夫人说："我的儿子马上就要回来吃早饭，佩尔曼内德先生，请您赏光跟我们一起吃吧……"老参议夫人的话还没有说完，他立刻欣然接受，好像他正在等待着这个邀请似的。

参议回来了。他发现早餐室里没有人，连办公服也顾不得脱，便连忙走上来，准备先吃一点儿点心。他显得很疲乏，心事重重……然而他一看到这位戴着大表链、穿粗呢夹克的生客和风琴上面的带羚羊须的帽子，便立刻精神抖擞地昂起头来。客人的名字刚一介绍——他早已不止一次听格仑利希太太说起过这个名字——他立刻瞥了妹妹一眼，接着便用极其殷勤的态度向佩尔曼内德先生打招呼……他并没有坐下。他们立刻走到下面中层楼去，永格曼小姐已经在那边摆好了桌子，茶炊也嘶嘶地响起来——这是一个道地的茶炊，是蒂布修斯夫妻俩的礼品。

"你们这里丰富极了！"佩尔曼内德先生坐下，看了一眼桌上的冷盘，禁不住称赞说。在谈话中，他常常极不合礼规地称呼对方，但是自己却神色坦然，毫不理会。

"这可不是慕尼黑的皇家啤酒，佩尔曼内德先生，然而比起我们本地酿的酒来，总还可以入口。"参议给他斟了一杯泛着泡沫的黑啤酒，参议本人最近也很喜欢喝这种酒。

“多谢，我邻座的先生！”佩尔曼内德先生嘴里咀嚼着东西说，一点也没有注意永格曼小姐向他投来的吃惊的目光。然而他对于黑啤酒表现得非常拘泥，老参议夫人不得不让人又拿上一瓶红酒来。这次看得出他变得活泼起来，开始和格仑利希太太聊天。由于肚子的缘故，他坐得离桌子相当远，叉着两条腿，一只短胳臂连同肥胖的小白手顺着椅子背垂下来，生着海豹胡须的圆脑袋微微向一边歪着，脸上带着又厌烦又惬意的神情，细眯眯的眼睛和善地一瞅一瞅，听着冬妮的谈话。

因为他从来没有吃鳐鱼的经验，冬妮便一边用优美的动作替他切鳐鱼，一边畅快地跟他谈论自己对生活的这个那个看法……

“噢，老天，生活里一切美好的东西这么快地消逝过去，多么令人伤心啊，佩尔曼内德先生！”她这句话指的是慕尼黑的那一段日子。她把刀叉放下一会儿，面容严肃地仰望着天花板。此外她又时不时地吐出两句巴伐利亚方言，虽然她对这种尝试很无天分，听上去非常可笑……

正在吃饭的时候有人敲门，办公室的一个练习生拿进来一封电报。参议一边读电报，一边用手指捋着长须尖。虽然旁人看得很清楚，他的脑子完全被这封急电占据住，他却仍旧能够从容不迫地发问：“买卖怎么样啊，佩尔曼内德先生？……”

“好吧。”接着他立刻对练习生说，这个年轻人退了出去。

“哎呀，我邻座的先生！”佩尔曼内德先生回答说，把脸向参议这边转来，因为他的脖颈肥短僵直，因此动作也非常笨拙。他把另一只手臂顺着椅背耷拉下来。“有什么话说啊，简直糟糕透顶！

慕尼黑，您知道，”——他每次说他故乡的名字，发音都含混不清，别人只能顺着他的言语去猜——“慕尼黑不是做买卖的城市……那地方每人要的是安静的生活和两升啤酒……吃饭的时候谁也不看电报，没有这种习惯。你们这里又是一种风气，天老爷！……谢谢，我再喝一杯……这酒真不赖！我的伙伴诺普黑夜白天想把买卖儿搬到纽伦堡去，因为他们那里有一处证券交易所，商业空气也活跃……可是我不愿意离开慕尼黑……说什么也不离开——真是见他的鬼！……您知道，我们那里竞争很凶，凶极了……出口生意也可怜得很……甚至有人打俄罗斯的主意，想在那边设个分号，把买卖儿搞起来。”

突然间他又急速地瞟了参议一眼，说道：“话又说回来……我也没有什么可抱怨的，我邻座的先生！买卖还算过得去！我们合资经营的酿酒厂很赚钱，尼德包尔就是那儿的经理，您知道。本来是个小买卖儿，可是我们弄到了一笔贷款，拿到一笔现钱……按四分利计算的抵押贷款……把旧厂房扩充了……现在买卖已经做起来了，销路不错，每年都有红利，很不赖了！”佩尔曼内德先生结束了他的这一段话，辞谢了纸烟和雪茄，请求主人允许他抽烟斗。他从口袋里掏出一支长牛角烟嘴的烟斗，在烟雾弥漫中跟参议谈起生意经来，接着话头一转，又谈到政治，谈起巴伐利亚跟普鲁士的关系，马克西米连国王与拿破仑皇帝①……在这场谈话中从佩尔曼内德先生的嘴里不断地蹦出一些别人完全听不懂

① 指当时法国皇帝拿破仑三世。

的词句，每逢话势一停，他便毫无缘由地用感叹词把空隙填起来，像什么“天老爷”“真没听说过”“真不赖”之类的话……

永格曼小姐常常惊奇得嘴里含着一口食物忘了咀嚼，只顾圆睁着一双明亮的眼睛望着来客。每次这样做的时候她都要把刀和叉笔直地竖在桌上，轻轻地来回摇摆着。这所房子还从来没有听见过这种语调，从来没有闻到过这种刺鼻的烟草味；这种让人看着刺目的不拘形迹的举止，对于这所宅子说来也是陌生的……老参议夫人非常关心地打听了一下人少力微的福音教会在声势浩大的天主教徒中所受的迫害，因为听不懂对方的答话，只好茫然莫解地赔着笑脸。冬妮吃着饭渐渐显出有些心神不安的样子。但是参议的兴致却非常高，甚至请他母亲再拿出一瓶红酒来，并且邀请佩尔曼内德先生到布来特街他的家里去做客——他的妻子会非常高兴的……

这位忽布商人整整坐了三个钟头才准备告辞。他把烟斗磕干净，酒杯喝干，又嘟囔了一句什么“真不赖”，这才站起身来。

“打扰您了，太太……上帝赐福给您，格仑利希太太……上帝赐福给您，布登勃洛克先生……”听了这种粗俗的告辞话，伊达·永格曼不由得打了个寒战，脸色也变了……“您好，小姐……”他临走时竟说了一声“您好”。

老参议夫人和他的儿子交换了个眼色……佩尔曼内德先生表示他要回到特拉夫河岸的一个小旅馆去，他一下车就在那里落了脚……

“我女儿的慕尼黑朋友，夫妻俩离这里都很远，”老太太走到佩尔曼内德先生前边对他说，“我们一时找不到机会回报他们的热情招待。但是您现在既然已经光临我们这个地方，而且要住一段日子，如果您肯赏光住在舍下的话…… 我们衷心欢迎您……”

她把手伸了过去。看啊！佩尔曼内德先生毫不犹豫地握住她的手，正像刚才他答应在这里吃早饭一样，这一次又立刻欣然接受了这一邀请。他吻过两位太太的手——那接吻的姿势颇为可笑——从风景厅里取来帽子和手杖，再一次表示他马上让人把箱子送过来，他本人在四点钟办完了事以后便回到这里来。这以后参议把他送下楼去。走到门口他又一次转回头，充满感情地摇着头说：“我这样说，请不要见怪，我邻座的先生！令妹真是一个招人爱的妞儿！上帝赐福给您！”直到他走到很远的地方，仍然可看到他在摇头。

参议觉得无论如何必须再到楼上去看看母亲和妹妹。伊达·永格曼已经抱着被单跑来跑去忙着布置走廊上的一间屋子了。

老参议夫人仍然坐在早餐桌旁，一双清亮的眼睛盯着天花板上的一个斑点，白嫩的手指轻轻地敲着桌布。冬妮坐在窗户旁边，交叠着手臂，眼睛既不向右看，又不向左看，而是神色端庄，甚至可以说是严肃地向前凝望着。沉默笼罩着屋子。

“怎么样？”托马斯问道，他在门里边站住，从一个画着马车的烟盒里取出一支纸烟来…… 他的肩膀笑得上下颠动。

“这个人倒还讨人喜欢。”老参议夫人说了句不关痛痒的话。

“我也是这种意见！”接着参议迅速转到冬妮面前，做了个滑稽但极有礼貌的姿势，仿佛他也在恭恭敬敬地征询她的意见。然而冬妮却默不作声，她只是神色凛然地向前凝视着。

“可是我觉得他嘴里应该去掉那些咒骂的话，汤姆，”老参议夫人有些不赞同地说，“如果我听得不错的话，他似乎没有断过‘见他的鬼’。”

“噢，这没有什么，母亲，他这样说并没有什么恶意……”

“也许他的举止还有些过于不拘形式，汤姆，你说呢？”

“是的，正是这样。这是德国南部人的特色。”参议说，把口中的一口烟慢慢地吐在屋子里，向母亲笑了笑，又偷偷地望了一眼冬妮。老参议夫人一点儿也没有觉察到。

“你今天和盖尔达来这里吃饭，是不是，汤姆？答应我来吧。”

“当然啰，母亲，我们很高兴来。说实话，我还期待着这位客人的访问会给我很多快乐呢。你不也是这样吗？这次总算有一位不同于你那些神父牧师的客人了……”

“各人有各人的兴趣，汤姆。”

“自然啰！我要走了……顺便说一句，”他一手握着门柄说，“他对你的印象可真不错，冬妮！不，我不是开玩笑！你知道，他刚才在楼下叫你什么？招人爱的妞儿——他就是这么说来着……”

格仑利希太太听到这里转过身来，高声说：“谢谢你把这句话告诉我，汤姆……他当然没有拦阻你，不叫你把这话传出来。虽然如此，我还是不知道，你这样做是否合适。但是有一点我是知道的，而且我也愿意把它说出来，在生活里重要的不是一件事是怎么说的、怎么表达出来的，而是这件事在心里是怎样想的、怎样感觉的。如果你在讥讽佩尔曼内德先生的谈吐 …… 你觉得他可笑 ……”

“你说谁？冬妮，我心里可一点也没有这个意思！你为什么这么激动 ……”

“好了！”老参议夫人说，向他的儿子投去一个严肃的、乞求的目光，意思是说：不要跟她过不去了！

“喏，不要生气，冬妮！”他说，“我没想惹恼你。好了，我现在就去吩咐粮栈的人把箱子弄过来 …… 再见吧！”

第五章

佩尔曼内德先生搬进孟街来的第二天，他在托马斯·布登勃洛克的新宅和他们夫妇一同吃饭。第三天是星期四，他认识了尤斯图斯·克罗格和他的妻子，认识了布来特街布登勃洛克家的太太和三位小姐，他们认为他滑稽得厉害——他们把厉害说成“列害”——认识了塞色密·卫希布洛特，塞色密对他的态度相当严峻，也认识了可怜的克罗蒂尔德和小伊瑞卡，他把一包糖果递到伊瑞卡手里……

他的情绪老是那么好。虽然每隔一会儿就重重地叹一口气，然而他的叹气却只是出自过度舒适，并不说明其他问题。他抽烟斗，用他一口奇怪的乡音说话，表现了惊人的持久静坐能力。每次饭后，他就用最舒服的姿势在自己的位子上一坐，抽烟、喝茶、谈天。虽然他给这个老家庭增添了一种完全新奇的陌生情调，虽然他本人仿佛给这所宅子带来一种不协调的东西，他却不曾搅扰这里任何根深蒂固的老习惯。他一次不漏地参加早晚祈祷，求得主人的允许旁听了一次老参议夫人办的主日学校，甚至有一次“耶路撒冷晚会”他也在大厅里露了一回面，为了让人把他介绍给那些太太。

自然，当丽亚·盖尔哈特一开始朗诵，他便仓皇失措地逃开了。

不久全城就都知道有这样一个人了。一些上流人家都在好奇地谈论布登勃洛克家这位从巴伐利亚来的客人。然而他和别的家庭以及交易所还都没有关系；由于当时季节的缘故，大部分人都准备到海滨去避暑，所以参议并没有把佩尔曼内德先生介绍到社交界去。讲到参议本人，他却很热心地跟客人周旋。虽然他在商务和市政上事情很多，却总是挤出时间带着客人到城里各处游览，参观所有的中古时代的古迹，什么教堂呀，城门呀，喷泉呀，市场呀，市议会呀，船员之家呀，等等。他想尽各种方法招待客人，把他介绍给交易所里自己的挚友……当他的母亲老参议夫人偶尔感谢他这种自我牺牲精神的时候，他只是冷冷地说：“唉，母亲，做这点事又算得了什么……”

老参议夫人并没有回答他这句话。她甚至连笑也没有笑，眼皮也没有抬。她只是把自己一双清澈的眼睛向斜侧里望去，又转换了一个话题……

她对佩尔曼内德先生保持着始终如一的又诚恳又亲切的态度，而她的女儿却一点也不是这样。这位经营忽布的商人已经在这里过了两个“儿童日”了——虽然在他到这里的第三天或是第四天就有意无意地表示跟本地酿酒厂的交涉已经办妥，一个多星期却又渐渐过去了。在两次这样的星期四聚会上，每逢佩尔曼内德先生说话，或者做一个什么动作的时候，格仑利希太太常常要用慌乱羞怯的眼光望一眼家里人，望一眼尤斯图斯舅舅，望一眼她的几位叔伯姐妹或者是托马斯。这时她的脸涨得通红，常常好几分钟僵直地、一语不发地坐在那里，甚至离开屋子……

三楼上格仑利希太太卧室里的两扇窗户全都开着，绿色窗帘在6月夜晚的熏风中轻轻飘摆。在带帐幔的大床旁边的一张小几上摆着一只玻璃缸，里面盛着半缸水，水上面浮着一层油，油里点着许多小灯芯，使这间大屋子笼罩在静谧、柔和的光辉里，朦朦胧胧地照出屋子里罩着灰布套的直腿扶手椅。格仑利希太太正躺在床上。她的美丽的头埋在一只镶着宽绦子边的柔软枕头里，双臂交叠在鸭绒被上。然而她的眼睛却因为想的事情太多而无法闭上。一只长躯体的大飞蛾无声地急遽不停地围着灯火抖动翅膀，她的目光随着这只飞蛾缓缓转动……床边的墙上，在两块中古时代城市风光的铜版画中间，用镜框镶着一条《圣经》上的格言："让主指引你的道路。"但是当一个人在午夜里睁着眼睛躺着，想要决定自己的终身大事，却不知道何去何从，又无从问计于人的时候，这句格言又能给人什么安慰呢？

室内静悄悄的，只有壁钟滴滴答答的声音，和偶尔从隔壁屋子（这间屋子和冬妮的卧室中间只隔着一层帐幔）传来永格曼小姐咳嗽的声音。那边灯还点得雪亮。那个忠实的普鲁士女人这时还笔直地坐在活动桌面的小桌前，在挂灯下面给小伊瑞卡补袜子。此外，人们还可以听到小伊瑞卡的深沉、恬静的呼吸声。这时因为塞色密·卫希布洛特学校放暑假，这孩子也就回来住在孟街家里。

格仑利希太太叹了一口气，把上半身欠起一些来，用手托住头。

“伊达？”她压着喉咙招呼道，“你还没有睡，还在补衣服吗？”

“啊，啊，小冬妮，我的孩子，”伊达的声音从隔壁传过来，“睡觉吧，你明天还要早起，你要睡眠不足的。”

“好吧，伊达……你明天早晨六点钟叫醒我好吗？”

“六点三十分就够早的了，我的孩子。马车八点钟才来。你把觉睡足了，明天准又漂亮，又有精神……”

“唉，我还一点没有合眼睛呢！”

“哎呀，小冬妮，这可不对。你准备明天在施瓦尔道显出萎靡不振的样子吗？喝七口水，向右边侧着躺着，数一千下……”

“唉，伊达，请你过来一下！我睡不着，我告诉你，我老是想心事，想得头都痛了……你来摸摸，我想我也许发烧了，胃病也犯了；要不也许是贫血的缘故，我太阳穴上的血管都胀了起来，突突地跳，胀得很痛。当然，血管胀是胀，头上的血还是不够……”

听见一阵椅子的挪动声，接着伊达·永格曼的骨骼强大、精神充沛的身躯，穿着一件简单、旧式样的棕色衣服，出现在帐幔中间。

“哎呀，小冬妮，发烧了吗？让我摸摸，我的孩子……咱们用冷手巾敷敷吧……”

说着，她迈着像男人似的坚定的大步走到柜橱前边，取出一条手帕，在水盆里浸了一下，又回到床前边，小心翼翼地贴在冬妮的前额上，接着用双手把它抚平了。

“谢谢，伊达，真舒服……唉，你在这儿坐一会儿，我的好伊达，这儿，床边上。你看，我老是在想明天的事……我怎么办呢？脑袋都想晕了。”

伊达在她身边坐下来，又把针和撑在袜子架上的袜子拿在手中。她的光滑的、灰色的头顶低垂着，一双从不知疲倦的明亮的棕色眼睛紧盯着针迹，开口说：“你想，他会提出来吗，明天？”

“一定的，伊达！没有什么可怀疑的，他不会错过这个机会。克拉拉是什么情形？也是在这样一次郊游里……你知道，我自然也可以躲过去。我可以老跟别人在一起，不让他接近我……可是那样事情就算完了！他后天就走了，他已经说过，如果明天没有什么结果，他也不会再待下去了……无论如何，这件事明天要有个决定……可是如果他提出来，我怎样说呢，伊达？你从来没有结过婚，所以你根本不了解生活。可是你是一个诚实的女人，你今年已经四十二岁了，你有自己的理解力。你能不能替我出个主意？我需要别人给我出主意……”

伊达·永格曼把手里的袜子放在怀里。

“可不是，冬妮，这件事我也想了很多很多。可是我发现，不能给你出什么主意，我的孩子。他不跟你或者你母亲提出这件事，是不会离开这里的。如果你不愿意这件事，你也早已经把他打发走了……”

“你说得对，伊达；可是我不能一直这样做，反正早晚是这么回事！但是另一方面我自己又老在想：我还能退回来，还不算迟！我就这样躺在这里，自己折磨着自己……”

“你喜欢他吗，小冬妮，你说老实话！”

“是的，伊达，如果否认这一点，那我就是说谎话。他长得并不漂亮，可是在生活里这一点倒无关紧要。他是个善良的人，不会做坏事，这一点你可以相信我。我一想到格仑利希……哎呀，老天爷！格仑利希老是说自己精明强干，可是他却极其狡猾地掩盖住自己奸诈的本性……佩尔曼内德可不是这样的人，你看得出来的。我只能说，他为人过于随便，过于贪图安逸。当然，这也是缺点，因为照这种样子下去他决不会发财致富，他有点倾向于一切任其自然，马马虎虎。像他们那地方的人说的那样……他们那里的人都是这样子，我要说的就是这个，伊达，问题也就在这里。在慕尼黑，他混在自己一群人中间，混在跟他一样说话、一样行事的人中间，我就很喜欢他，觉得他很洒脱，很诚恳，也很亲切。而且我也发现这是双方面的。他可能把我看成是一位阔妇人，比我实际的情况还要阔，这也有关系，你知道，母亲是不能给我很多钱的……可是我相信这一点对于他并没有很大影响。他并不想要一笔数目非常大的钱……够了……我要说什么来着，伊达？”

“在慕尼黑，不错。可是在这儿呢，小冬妮？”

“在这儿呀，伊达！你知道我要说的是什么。在这儿他完全脱离了他的本乡本土，这里一切都是另一副样子，这里的人更严肃，名利心更重，怎么说呢，更矜持……在这儿我常常禁不住替他害臊，不错，我一点不向你隐瞒，伊达，我是个老实人，我替他害羞，虽然这也许是我的短处！你知道……他在谈话的时候，有很多次该说第四格‘我’的时候，他脱口就说第三格。他们那里的人就是这样，伊达，甚至最有教养的人，碰上心情好的时候也这样说，谁也不觉得刺耳，谁也不觉得奇怪。可是在咱们这里，母亲就斜着眼睛看他，汤姆就皱起眉毛来，尤斯图斯舅舅浑身一颤，而且像克罗格家人那样差点噗嗤一声笑出来，菲菲·布登勃洛克或者弗利德利克或者亨利叶特就要向她们的母亲丢个眼色。每逢这个时候我就臊得了不得，恨不得跑出屋子去，这时候我就想，我决不可能跟他结婚……”

“这是哪里的话，小冬妮！你将来是跟他住在慕尼黑啊！”

“你说得对，伊达。可是订婚礼呢？订婚礼要在这儿举行的。请你想想，如果我因为他的举止粗俗，而必须在全家面前，在吉斯登麦克和摩仑多尔夫这些人面前永远羞得抬不起头来的话……唉，格仑利希比他要文雅得多，可是他的心却是黑的，正像施藤格先生常常说的那样……伊达，我的头晕得很，请你给我换条手巾。”

“反正迟早是这么一回事，”她叹了口气接过手巾来，又重复了一句，“现在也好，将来也好，最主要的是，我需要再结一次婚，不能再以一个离过婚的女人的身份在这里混日子了……唉，伊达，这些天我老是回想过去的事，回想格仑利希初次到这里来，回想他跟我演的那幕戏——一幕丑剧，伊达——我又想到特拉夫门德，想到施瓦尔茨考甫一家人……”她说得很慢，眼光带着梦幻的神情在伊瑞卡的袜子的补缀地方停了一刻，“想到订婚、爱姆斯比脱和我们的家——那真称得上富丽堂皇，伊达，当我想到我的那些睡衣……跟佩尔曼内德一起，我不会再有那些东西了。你知道，生活教会我们越来越懂得谦虚。我又想到克拉森医生，想到这个孩子，想到那个银行家凯塞梅耶……最后，那出收场戏——那真是可怕，你简直无从想象，当一个人一生中有过这样可怕的

经历时 …… 可是佩尔曼内德是不会干出那种肮脏的把戏来的，这一点他倒是叫人信得过。讲到做买卖，我们也可以相信他，我确实相信他跟诺普在尼德包尔酿酒厂很能赚点钱。如果我做了他的妻子，你会看见的，伊达，我一定设法让他的事业心更重些，使他的成就更大一些，多努一点儿力，为我和我们所有的人增光。他一旦和布登勃洛克家族结了亲，他就承担了这样的责任！”

她把手交叠在脑袋下面，仰望着屋顶。

“不错，自从我答应格仑利希的求婚，已经整整过了十年了 …… 十年了！现在我又走到这一步，又要答应另一个人的求婚了。你知道，伊达，生活是非常严肃的一件事！…… 不同的只是那时候这是一桩大事，家里的人没有一个不折磨我、逼迫我答应那件事，而今天却谁都很平静，认为我答应这场亲事是一件自然而然的事。你必须知道，伊达，这次我和阿罗伊斯订婚 —— 我现在已经叫这人阿罗伊斯，是因为反正迟早是这么一回事 —— 一点儿也没有值得高兴、值得庆贺的地方。它和我的幸福毫无关系。我这第二次结婚只是为了老老实实地默默消除我第一次婚事的错误罢了。为了不玷污家庭的名声，这是我的义务。母亲这样想，汤姆也这样想 ……”

“你说到哪里去了，小冬妮！如果你不喜欢他，如果他不能使你幸福 ……”

“伊达，我已经认识了生活，我不再是笨鹅，什么我都看得一清二楚。母亲 …… 母亲倒是不会坚持这件事的，凡是遇到不可靠的事，她总是说一声‘算了’就避过去。可是汤姆，汤姆却希望把这件事办成。汤姆是怎么样的人，你当我还不知道！你知道汤姆是什么想法？他的想法是：只要不是绝对配不上，随便哪个人都可以。因为这次重要的不在于办一门出色的亲事，只要能再结一次婚，把上一次的不幸弥补过来就成了。他的想法就是这样。佩尔曼内德一到这里，汤姆早已暗地里去打听有关他的生意上的情况了，这是千真万确的事。等到打听的结果还令人满意，这件事在他那里便成了定局……汤姆是个政治家，他知道他要做的是什么。是谁把克利斯蒂安赶出去的？……这个字眼也许太厉害了，可是事实确是这样啊，伊达。为什么他要这样做？因为克利斯蒂安叫公司和家庭出了丑。在他的眼里，我也是同样的情形，伊达。倒不是因为我做了什么事，说了什么话，只是因为我住在家里，我作为一个离了婚的女人在娘家闲住着。他希望这件事能告一段落，他这种想法是有他的道理的，我对他的爱戴倒并不因为这件事而有所减少，而且我希望他对我也是这样。说实话，这几年来我也一直想重新走进生活里去，因为——也许我不应该说这种话，我在母亲这里住着确实也感到烦闷，我刚刚三十岁出头，我觉得自己还年轻。人同人是不一样的，伊达，你三十岁的时候头发已经灰了，这是因为你们一家人血缘的关系，你的那个死于噎食症的普拉尔叔叔……”

这一夜她还发表了不少诸如此类的议论，时不时插上一句“反正迟早是这么回事”。最后她安安静静地酣睡了五个小时。

第六章

城市上空笼罩着大雾，但是这一天清早八点钟就亲自把一辆没有门窗的带篷大马车赶到孟街来的约翰尼斯街马车行的老板朗盖特先生却说："用不了一个钟头，老爷儿就会露头。"这句话听了使大家都放下心来。

老参议夫人、安冬妮、佩尔曼内德先生、伊瑞卡以及伊达·永格曼一起吃了早饭，收拾整齐，先后聚集在门道里，等待着盖尔达和汤姆。格仑利希太太穿一件乳黄色衣服，下巴底下系着一根缎子领带。虽然头一天夜里睡眠不足，看上去却容光焕发。她内心的疑惧彷徨似乎都已经烟消云散，因为当她一面从容地扣着手套上的纽扣一面和客人谈话时，她的脸色显得恬静而安详，几乎可以说带着欢乐的神情……她又恢复了过去一度她很熟悉的心绪。她感觉到自己的重要性，也感觉到她将要做的是一个意义非常重大的抉择。她意识到这样一天又将来到，她又要郑重严肃地把自己的名字登记在家庭大事簿里。她的脑子里装满这些想法，心脏更激剧地跳动起来。头一天夜里她在睡梦里又看到家庭大事簿里面的一页纸，她将在这页纸上登录她第二次结婚的事……这件事将要抹去簿子里另一处的污点。她这时紧张地等待着汤姆的出现，那时她就要意味深长地点头招呼他……

参议同他的夫人来得比较晚一点，因为年轻的参议夫人不习惯这么早就梳洗化妆。参议的精神很好，穿着一套浅棕色小格子衣服，领口很大，露出里面的白背心边。当他看到冬妮的难以模拟的骄矜的面容以后，眼睛里不禁露出笑意。但是盖尔达却一点也没显露假日郊游的情绪，这或许是她没有睡够早觉的缘故。她生得很美，但是她的那种病态的、神秘的美和她小姑的健康美正好形成奇异的对照。她的衣服是浓郁的紫丁香颜色，和她的茂密的头发的深红色配在一起，非常触目，也衬托得她的皮肤更为白皙。她的生得比较近的两只棕色眼睛罩着一圈青圈，今天那青圈显得更暗更深……她冷冷地把头伸给她的婆婆，让她在前额上吻了一下，几乎可以说是带着讥诮的神情把手伸给佩尔曼内德先生。当格仑利希太太看到她时，拍着手大声喊："噢，上帝啊，你今天多么漂亮，盖尔达……"她听了也只不过神情淡漠地笑了笑。

她非常不喜欢像今天这样兴师动众的活动，特别是在夏天，更甚的是在星期日。她的住房大部分挂着帐幔，光线朦胧。她自己深居简出，因为她怕阳光，怕灰尘，怕节日盛装起来的小市民，怕闻咖啡、啤酒和烟草气味……在这世界里她最讨厌的莫过于燥热和混乱。这次为了使慕尼黑来的客人游览一下城郊风光，到施瓦尔道和"巨人丛林"的远足安排好以后，有一天她漫不经心地对托马斯说："你知道，亲爱的，我生来就只能过安静的日常生活……像我这样的人是不适于兴奋、变动的环境的。你们这次免了我，好不好……”

如果在这些事情上她没有足够的把握能得到丈夫同意的话，当初她是不会跟他结婚的。

“当然啰，你说得很对，盖尔达。一个人所以对这些事情感到兴趣，主要是由于他的幻想力……虽然如此，遇到这种场合，一个人还是要参加，因为谁也不愿意显得乖僻，不管对于别人或是对于自己。这点虚荣心是每个人都有的，我想你也是有的，对吗？不然，别人就会觉得你孤高，或者有什么不如意的事，你的威信就要降低。此外，还有一点，亲爱的盖尔达……我们都有理由对佩尔曼内德先生献一点殷勤。我相信，这个形势你是看得透亮的。有一件事正在发展着，如果让它半途而废，那可真太可惜，太可惜了。”

“亲爱的，我看不出来要我参加有什么意义……可是这没有什么要紧。既然你愿意，我就去吧。就让我们也领略一下这种乐趣吧。”

“我真是非常感激你。”

大家走到街门……太阳这时果真从晨雾后边探出头来；圣玛利教堂的钟声叮叮当当地响着，使人感觉到这是个星期天。空气里充满了鸟儿的啁啾声。马车夫摘下帽子来，老参议夫人带着主人体贴下人的和蔼（这种和蔼常常使托马斯感到有些难堪）非常热心地点头回答说：“早上好，朋友！”接着对大家说，“快上车吧，诸位！现在正是该做早祷的时候，可是今天我们要到上帝创造的美丽的大自然去赞美他，您说对吗，佩尔曼内德先生？”

“您说得对，参议夫人。”

于是人们一个接一个地登上两边的铁踏脚板，从马车后面的一扇窄门爬到这辆可以容下十个人的大马车里，在带靠垫的软椅上安顿好。马车的靠垫上蒙着蓝白条布[①]，这无疑是为了向佩尔曼内德先生表示敬意。车门砰的一声关上，朗盖特先生吧嗒一下舌头，用含混的声音“吼——嘘”地吆喝了一声，把几匹体强力壮的棕色大马的缰绳绷紧，马车就沿着孟街驶下去。顺着特拉夫河走了一段路，穿过霍尔斯登城门，以后再向右转，马车开始沿着施瓦尔道大路辘辘地奔驰……

田野、草地、树丛、农舍……人们在那越来越高、越来越薄、颜色也变得越来越蓝的晨雾里寻找时时可以听到正在鸣啭的百灵鸟。当马车走过庄稼地的时候，嘴里含着纸烟的托马斯总要注意地看看四周，指点给佩尔曼内德先生看。忽布商人仿佛又恢复了童年本性，他把自己那顶带羚羊须的绿色帽子歪戴在一边，用他的又白又宽的手掌玩弄那支大牛角柄手杖，想把它摆平。他甚至想用下巴托住它，这手绝技虽然屡次失败，却博得小伊瑞卡大声喝彩。他嘴里不断重复着这样的话：“虽然这不是登楚格峰[②]，可是咱们还是要爬一点山，痛痛快快玩一阵，热闹一番。您说，是不是，格仑利希太太？”

接着他就热情洋溢地说起背着背囊、拿着登山手杖爬山的事来。他这一番叙述受到老参议夫人好几次称赞：“真了不起！”以

---

① 蓝白相间是巴伐利亚国旗的颜色。

② 楚格峰是德国境内最高峰。

后，不知哪阵心血来潮，他对克利斯蒂安的不在大为惋惜起来。他听说过，克利斯蒂安是一个非常风趣的人。

“这要看在什么情况下了，”参议说，“可是在今天这样的场合没有人能代替他，这倒是真的。我们一会儿吃大虾，佩尔曼内德先生！”他兴致勃勃地喊道，“吃大虾和波罗的海的螃蟹。您在我母亲那里已经尝过一两次了，可是我们的那位老朋友狄克曼，‘巨人丛林’饭店的老板，永远弄得到最好的。还有姜汁饼，这个地方的姜汁饼也非常有名！不过也许名声还没有传到伊萨河那边吧？总之，您自己会看到的。”

格仑利希太太让马车停了两三次，在路边采罂粟花和矢车菊。每次停车佩尔曼内德先生都发誓赌咒愿意帮助她去采花，然而由于他对上下车有一些发怵，到底还是没有这样做。

伊瑞卡每看见一只乌鸦飞起来，都高兴得手舞足蹈。伊达·永格曼今天和往常一样，虽然毫无下雨的可能，却仍然带着一把雨伞，外加一件长大的雨衣。她像一位真正的好保姆一样，不只是表面，而且从内心里分担了孩子的感情。她跟孩子一同欢欣，不知顾忌地大声嬉笑，那笑声听上去有点像马嘶，以致那跟她处得不长的盖尔达一再向她投去冷淡和惊奇的目光……

他们已经到了奥尔登堡，前边，山毛榉林已经在望了。一会儿，马车从林中驶过，穿过一座有一口汲水井的小市场，就又走到旷野上。等到马车驶过一座小桥（这座桥架在一条名叫奥的小河上）以后，终于在“巨人丛林”饭店前面停下来。这座饭店是个单层建筑，面对一块空地，空地上有几块草坪、砂石路和乡村风味的花圃。

空地的另一端，森林像一座罗马圆形剧场似的一层层升起来。一层和另一层之间有简陋的台阶连着，而所谓台阶只不过是一些露出地面的树根和凸出的石块。在每层台子上，树林中间，都摆着漆着白漆的桌椅板凳。

布登勃洛克并不是第一批客人。两三个吃得又白又胖的侍女和一个穿着一件油腻腻的燕尾服的伙计已经跑上跑下，忙着往台子上端送冷菜、柠檬水、牛奶和啤酒了。甚至靠最外边的桌子也被带着一群孩子的一家家游客占据了。

饭店老板狄克曼先生戴着一顶黄色绣花小帽，卷着衬衫袖口，为了照顾这些先生太太下车亲自走到马车门的前边来。当朗盖特把车赶到一边卸车的当儿，老参议夫人说："老板，我们先散一会儿步，等过个把钟头再用早饭。请您到时候把饭开到上边去……但是不要太高，我想就在第二层吧……"

"您卖点力气吧，狄克曼，"参议补充说，"我们这里有一位特别讲究吃喝的客人呢……"

佩尔曼内德先生抗议说："没有的事！一杯啤酒和一块奶酪……"

只是狄克曼先生不懂他的话，只顾滔滔不绝地报起菜名来："今天什么都齐全，参议先生……大虾，螃蟹，各种香肠，各种干酪，各种熏鱼，鳗鱼，鲑鱼，鲟鱼……"

"好，狄克曼，您看着办吧。另外请您给我们准备六杯牛奶跟一升啤酒，我没有弄错吧，佩尔曼内德先生……"

"一份啤酒，六份牛奶……您要哪种牛奶，参议先生，甜牛奶、牛奶浆、酸牛奶，还是奶酪……”

“甜牛奶和牛奶浆一样一半，狄克曼。一个钟头以后。”

于是他们走过空场去。

“我们先去看看水源，佩尔曼内德先生，”托马斯说，“水源，就是说奥河发源的地方。奥河是一条小河，施瓦尔道就在它的岸边，在古老的中古时代，我们住的城市本来也是傍着它修建的，后来不幸毁于火灾——当时的建筑都不是什么永久性建筑，您知道——以后才又靠着特拉夫河重建起来。另外，一提起这条小河的名字，还让我想起孩提时代戏弄人的游戏。小时候我们常常掐着别人的胳臂问：施瓦尔道的河叫什么名字，别人一痛自然‘噢’的一声叫了出来，他正好回答对了……看哪！”他在离台阶十步远的地方，忽然打住自己的话。“他们走在我们前边了，摩仑多尔夫和哈根施特罗姆两家子。”

一点儿不错，在前面第三层林荫下的平台上，这两家攀了亲家的人，几位最主要成员一个不漏地正围着两张拼拢的桌子坐着，一面饕餮大嚼，一面高谈阔论。摩仑多尔夫老议员坐在主位，这是一位蓄着稀疏、尖尖的白鬓须的、面无血色的老先生，正被糖尿病折磨着。他的娘家姓朗哈尔斯的老伴，手里玩弄着一具长柄的望远镜，斑白的头发照例蓬乱地随随便便地盘在头上。这一对老人的儿子奥古斯特也在那里，这是一个金发白皮肤的青年，一副富家公子气派；奥古斯特的妻子玉尔新是哈根施特罗姆家的姑娘，身材矮小，活泼，一对黑眼睛又亮又大，一副钻石耳环几乎和眼睛一般大，她坐在她的两个弟兄亥尔曼和莫里茨中间。亥尔曼·哈根施特罗姆因为生活优裕已经发胖，人们传说他早晨一睁眼就先要吃鹅肝馅饼。他蓄着黄里透红的短橛橛的络腮胡须，鼻子生得和母亲一样，平贴在上嘴唇上面，扁得出奇。莫里茨博士生得胸部窄小，肤色焦黄，话说得高兴的时候就露出稀疏的尖牙齿来。兄弟俩的身边各自坐着自己的夫人，因为这时那位法学家也已经结婚多年了。法学家的夫人是一位汉堡小姐，姓普特法尔肯，生得一头奶油颜色的头发，面孔冷冰冰的没有感情，仿佛是英国人的相貌，然而五官极其端正，异常美丽。哈根施特罗姆博士是以美术鉴赏家闻名的，如果他娶了个丑八怪做媳妇，这于他的名声是有损的。除了上面说的这些人以外，座上还有亥尔曼·哈根施特罗姆的小女儿，莫里茨·哈根施特罗姆的小儿子，两个小孩都穿得一身雪白。这两个孩子差不多可以算是订过婚了，因为胡诺斯·哈根施特罗姆家的财产是不允许分散掉的。这些人都在吃火腿煎蛋。

当布登勃洛克一家人从离这一群人不远的地方走过去的时候，两伙人相互打了招呼。托马斯把帽子一抬，嘴唇动了动，似乎在说一句什么客套话；盖尔达冷冷地、客客气气地弯了弯腰。只有佩尔曼内德先生因为爬坡而非常兴奋，率直天真地把绿色帽子一挥，兴致勃勃地大声招呼说："诸位早上好！"——马上看到摩仑多尔夫参议太太拿起望远镜来……讲到冬妮，她像往常一样，肩膀耸得高高的，扬着头，却又竭力把下巴贴到胸脯上。她仿佛从无法攀登的高峰上向下打招呼一样，就是说，她的目光直从玉尔新·摩仑多尔夫的非常讲究的阔边帽子上望过去……就在这一分钟，她终于下定决心，无论如何不再改变主意了……

“谢天谢地，我们要再过一个钟头才吃早饭，汤姆你知道，我真不喜欢让这位玉尔新看着吃东西……你注意她怎么样打招呼了吗？她简直连头都没点。她那顶帽子啊，虽然我的眼光一点不能作为标准，我也敢说，简直粗俗到家啦……”

“哈，说到帽子，我倒是外行。可是说起对人打招呼，你的傲慢程度也不在她以下，亲爱的。你还是别生气吧，生气会使脸生皱纹的。”

“生气，汤姆？我才不呢！如果这些人认为他们高人一等，那真是让人笑掉大牙。我倒想问一问，这位玉尔新究竟哪一点比我强，她只不过没嫁个骗子而嫁了个傻瓜罢了；如果她处在我的地位，我们倒要看看，她怎么样另找一个……”

“照你的说法，你又要找到一个了？”

“找到一个傻瓜吗，托马斯？”

“总比骗子不知要好多少了。”

“用不着是骗子，也用不着是傻瓜。可是现在还是别谈这件事吧。”

“对了。我们落在后面了。佩尔曼内德先生爬山真轻捷……”

林荫小路已经变得平坦了，又走了没有多少路，他们就到“水源”了。这是一个富有浪漫情调的幽静美丽的地方，一座木桥横跨在一个水潭上，带裂罅的石坡上长着枝叶披拂的大树，树根都暴露在地面上。老参议夫人带来一只可以折叠的银杯，他们便用这只银杯从水源下一个小石潭里汲取泉水，大家都饮了一点这里的含铁质的矿泉水，清凉一下头脑。饮泉水的时候佩尔曼内德先生还突然想到要献个小殷勤，一定坚持格仑利希太太先啜一口才肯接过这杯水来。他乐不可支，嘴中接二连三地说："简直太好了！"他集中精力非常周到地应酬每一个人，一会儿跟老参议夫人和托马斯谈，一会儿跟盖尔达和冬妮谈，甚至跟小伊瑞卡他也有话说……盖尔达本来一直为燥热所苦，只是一声不吭，现出焦躁不安的神情，这时也显得有精神了。当人们很快又回到饭店，在第二层平台上一张摆满了食品的桌旁坐下以后，她甚至首先开口，用很亲切的言词对佩尔曼内德先生即将起程一事表示惋惜：现在大家刚刚熟悉一点，因为语言不通而产生的误解或隔膜也显然减少了，可是佩尔曼内德先生却要走了……她差点要说出来，她已经听见她的女友和小姑冬妮两三次非常成功地学舌慕尼黑方言"上苍保佑"了……

佩尔曼内德先生对于动身一事并没有做肯定性的答复，他目前的全部精力都放在大谈堆满餐桌的珍馐美味上，这些食品他在多瑙河彼岸并不是天天都能吃到的。

大家不慌不忙地吃光了一切好东西。小伊瑞卡在这里最感兴趣的是做餐巾用的丝光纸，这比家里用的大块亚麻布餐巾不知漂亮多少，她在取得侍役的同意后甚至把好几张装进口袋里留作纪念。吃过饭后，佩尔曼内德先生就着啤酒吸了许多支深黑色的雪茄，参议照例吸着纸烟，这一家人陪着客人又坐了很久，谈了很多话。值得注意的是：谁也没有再谈起佩尔曼内德先生动身的事了，将来的事大家根本只字不提。相反地，他们所谈的尽是一些往事和最近几年的政局。老参议夫人说了几个从她故世的丈夫那里听来的关于1848年革命的轶闻，佩尔曼内德先生听了笑得直不起腰来。这以后，他自己也说了一些慕尼黑革命和罗拉·蒙台兹[①]的故事，格仑利希太太对于罗拉的故事特别感兴趣。午饭后的时间就这样慢慢消磨过去了。过了大约一小时，当伊瑞卡跟着伊达从一次远征回来，两颊绯红，带来一大抱雏菊、碎米荠和野草，并且又想起来要买回姜汁饼的事时，一家人便站起身来，准备到林子下面兜一个圈子…… 自然，在前一天当东道主的老参议夫人首先会了账；她付出来的是一枚颇有分量的金币。

在饭店前面他们吩咐马车夫在一个钟头内备好马车，以便回到城里，在晚餐前仍然能休息一会，接着就向林中几所湫隘的小房子走去。他们走得很慢，因为阳光这时正直射在尘土蒙蒙的路上。

一过奥河桥，一行人自然而然地分散开来，以后大家一直保持着这个队形：走在最前面的是永格曼小姐，她的步子最大，紧傍着那跳跳蹦蹦地追寻粉蝶的伊瑞卡，一点也不知道疲倦；接着是老参议夫人、托马斯和盖尔达，三个人走在一起；最后，中间隔着一段距离，是格仑利希太太和佩尔曼内德先生。前面最热闹，因为伊瑞卡这个小姑娘一路嬉笑个不停，而伊达也永远用她那有如马嘶的好心肠的笑声附和着她。走在中间的三个人都沉默着，盖尔达因为灰尘，又陷入焦灼抑郁的情绪里，老参议夫人和她的儿子

---

① 罗拉·蒙台兹（Lola Montez，1818—1861）：当时国际上一个臭名远扬的女骗子，巴伐利亚国王路易一世的情妇，在这次革命中被百姓驱逐出境。

也都各自沉思着什么事，后面也很沉静……然而只是表面如此，因为实际上冬妮和这位巴伐利亚来的客人正低声倾谈着——他们谈什么呢？谈的是格仑利希先生……

佩尔曼内德先生说，伊瑞卡是一个招人爱的漂亮孩子，可是长得却一点也不像妈妈，这是个恰中肯綮的批评。冬妮回答说：“她的长相和她父亲一模一样，然而这对她倒不是什么遗憾的事，因为从外表看来，格仑利希是个绅士，蓄着金黄色的鬓须，式样是独创的，以后我从来没有再看见过这种式样……”

虽然冬妮住在慕尼黑尼德包尔家的时候已经相当详细地告诉过他那次婚事，他这时却要求冬妮再一次把一切原原本本地说给他听。他不厌其详地打听那次破产的详情，一面又担心又同情地眨着眼睛。

“他不是个好人，佩尔曼内德先生，不然父亲不会把我从他那儿领走的，您可以相信我的话。世界上不是每个人都有一副好心肠的，我虽然年轻，十年来可以说一直过着独居的日子，然而生活却叫我认清楚这一点。他不是好人，他的银行家凯塞梅耶比他还坏，而且蠢得像条狗。我的意思决不是说，我把自己看成是个天使，一点过错也没有……您不要误会我的意思！格仑利希眼睛里好像没有我，偶尔他坐在旁边也是自己看报。他欺骗我，老把我一个人扔在爱姆斯比脱家里，因为他怕我在城里会探听到他陷进了什么样的泥坑……但我也是个懦弱的女人，我有自己的缺点，我知道我当时的行事很多是不对的。譬如说我的轻率、好挥霍，我的那些睡衣都给他招来不少烦恼和焦虑……但是我这里还要添补一句：我也有宽恕自己的理由，那就是，当我结婚的时候，我还是个孩子，是只笨鹅，傻东西。举个例子吧，说出来您也许不相信，在我订婚前不久，我还不知道四年前关于大学和报刊的联邦法律曾被修改过。原本是很好的法律！…… 唉，这真是一件可悲的事，佩尔曼内德先生，一个人只能生活一次，不能再重新开始一次；如果能过第二回，一个人看事物可要聪明多了 ……”

她沉默了，专心致志地低头望着路；她很巧妙地递给他一个话头，因为任何人一听这话就会想到：虽然开始一次完全新的生活是不可能的，但再结一次婚，重新过一回美好的日子，这种机会仍然存在着。佩尔曼内德先生却把这个机会错过去了，他只是一个劲地用激烈的言词责骂格仑利希先生，弄得他的小圆下巴颏上的一撮胡子直竖起来。

“这个流氓，混蛋！ 哪天这个狗东西要是碰在我的手里，我会给他点厉害看看 ……”

“嗳，佩尔曼内德先生！ 您千万不要这样。我们应该宽恕人，不念旧恶。上帝说，复仇是我的事 …… 您可以问问我母亲是不是有这句话。上帝不准许这样 …… 我不知道现在格仑利希在哪儿，他的境遇如何，但是我仍然祝他一切顺利，虽然他也许不配我的祝福 ……”

他们已经走到村子里面，站在一所小房子前面，房子里是一家面包店。几乎自己也没有察觉到，他们的脚步已经停了下来。他们望着伊瑞卡、伊达、老参议夫人、托马斯和盖尔达弯着腰走进这家店铺的可笑的小矮门里面，然而他们的目光是呆痴的，视而不见，虽然望着又似乎没有看到什么：他们深深地沉湎在自己的谈话里，不过直到现在他们谈的只不过是一些无用的蠢话。

他们身旁是一道栅栏，沿着栅栏是一个窄长花坛，长着几株木樨草。格仑利希太太低着头非常热心地用遮阳伞的伞尖挖掘花坛里松软的黑土，她的头晒得很热。佩尔曼内德先生的带羚羊须的小绿色帽已经滑到脑门上，紧靠着她身边站着，不时用自己的手杖参加她的掘土工作。他也把头垂下来，但是他的一双淡蓝色的眼睛这时已经变得炯炯有神，甚至有一些红肿，他就用这双眼睛从下面向上瞟着她。他的这双眼睛里流露着倾慕、忧郁和期待相交织的神色，他的像穗子似的悬在嘴上的小胡子同样带着这种神情。

"也许现在，"他说，"您对于结婚的事有了戒心，永远不想再试一次了吧……是不是这样，格仑利希太太……"

"多么笨！"她暗自想，"莫非还要我公开承认？……"她回答说："是的，亲爱的佩尔曼内德先生，我坦白向您承认，让我再一次答应一个人的终身大事，确实不是一件容易的事，因为我已经受过了教训。您知道，做这样的决定是怎样一件命运攸关的大事……而且这还需要有确实把握，知道对方真是一个诚实、高贵、心肠好的人……"

这时他才提出问题来，问她是不是把他当作这样一个人。她回答这个问题说："是的，佩尔曼内德先生，我是把您看成这样一个人的。"

接着两人又低声简单地谈了几句，订立了婚约，佩尔曼内德先生得到允许，回家以后向老参议夫人和托马斯商谈这件事……

等到其余的人提着几大口袋姜汁饼重新走到外面来以后，参议故意让自己的目光从他们的头顶上望过去，因为两个人这时都非常窘：佩尔曼内德先生并不想掩饰自己的窘态，冬妮则板起面孔，装出一副庄严矜持的神色。

因为天空这时被阴云遮盖住，雨点开始落下来，所以大家急急忙忙地走回马车里。

冬妮猜得一点不错，佩尔曼内德先生一到这里，她的哥哥就着手打听他的经济情况。打听的结果是：X.诺普公司规模不大，但买卖非常牢靠。这家公司在和以尼德包尔为经理的股份制酿酒厂的合作中，赢利很多。将来如果加上冬妮的一点七万泰勒，佩尔曼内德先生虽然不能奢侈挥霍，却足能舒舒服服地过安适日子。这件事他已告诉了老参议夫人。就在订婚的这天晚上，老参议夫人、佩尔曼内德先生、安冬妮和托马斯在风景厅里仔细商谈了一次。所有的问题都很顺利地解决了，甚至连小伊瑞卡的前途也安排好了。伊瑞卡也将住到慕尼黑去，这本是冬妮的愿望，但是她的未婚夫也很感动地同意了这个做法。

两天以后，这个忽布商人动身走了——不然诺普公司就要吵得一塌糊涂了。但是7月里格仑利希太太又和他在他的故乡见了面。汤姆和盖尔达这次也跟她一起去，以后他俩又陪她到克劳茨浴场住了四五个星期，而老参议夫人则带着伊瑞卡和永格曼到波罗的海海滨度过了夏天。这两对儿停在慕尼黑的时候，曾经找了个机会一起去看了一下坐落在考芬格街，离尼德包尔家非常近的一所房子。这所房子佩尔曼内德先生打算买下来，其中一大部分他预备将来出租。这是一座样式很古怪的老房子，一进门就有一座窄窄的楼梯笔直地通到二楼，既没有转弯，也没有歇脚的平台，好像一条天梯似的。到了二楼，人们才能顺着廊子两边回到临街的房间里……

8月中旬冬妮回到家里，准备用几个星期置备嫁妆。虽然她第一次结婚时的东西还留下很多，但是必须重新购置一些新的。她从汉堡定制了很多东西，有一天甚至买了一件睡衣……自然啰，这次用以镶边的不是天鹅绒，而是普通的带子。

这一年暮秋，佩尔曼内德先生又回到孟街来。他们不预备再把这件事拖下去了……

讲到这次婚礼，一切都是按照冬妮的愿望进行的，和她想象中的一丝不差。这次婚礼并没有大肆铺张。“咱们不用摆排场，”参议说，“你这是第二次结婚，很简单，我们就好比你从来没有离过婚似的。”只发出很少几张通知，但是哈根施特罗姆家的姑娘玉尔新·摩仑多尔夫却也得到了一张，这是格仑利希太太特意安排的。他们不想做蜜月旅行，因为佩尔曼内德先生不喜欢这种奔波，而冬妮也是刚刚避暑回来，觉得到慕尼黑那次旅途已经相当劳累了。此外这次婚礼不是在家里圆柱大厅，而是在圣玛利教堂举行的，参加的只是少数几位家人和近亲。冬妮头上戴着橙花，而不是桃金娘，神态非常高贵。科灵牧师在祝祷词里仍然大谈其戒酒，用的字眼也还是那么厉害，只不过声音没有以前响亮罢了。

克利斯蒂安从汉堡赶了回来。他的衣着华美，气色虽然有些病恹恹的，但是仍然满脸带笑。他告诉人们说，他和布尔梅斯特合营的买卖一帆风顺，克罗蒂尔德和他也许要在那边结婚——当然是说：各自找各自的对象。他去教堂去得非常晚，因为他首先到俱乐部转了一圈。尤斯图斯舅舅对这件婚事非常感动，他又表现了往常那种慷慨本色，送给新婚夫妇一只非常精美的、沉重的大银盘……他和自己的老婆在家里差不多快要挨饿了，因为这个禀性柔弱的母亲仍然像往常一样用生活费替她那位被逐出家门的浪子亚寇伯还债。人们谣传，亚寇伯现在正待在巴黎——布来特街布登勃洛克家的几位小姐发表意见说："看吧，希望这次不要再中途散伙了。"使人不愉快的是，大家都怀疑，她们是不是真心希望这样……塞色密·卫希布洛特踮起脚尖，在她的学生、如今已是佩尔曼内德太太的前额啧地吻了一下，又用她那由于满心热诚而特别加重的母音祝贺说："祝你幸福，我的好孩子！"

第七章

早晨八点钟，布登勃洛克参议下了床，从暗门后边一座盘旋楼梯走进地下室，洗过澡。当他重新把睡衣披上以后，马上就研究起社会大事来。因为每天到这时候，理发师兼市民代表会的代表温采尔先生就端着一盆从厨房打来的热水，拿着理发用具走进浴室来。温采尔先生生着一双红通通的手、一张聪明的面孔。当布登勃洛克参议扬着头坐在一张大靠背椅上，而温采尔先生开始打肥皂沫的时候，两人几乎总要谈些什么。这场谈话通常都是以夜间休息得怎样和天气如何开始，接着话题一转，谈到世界大事，然后又转到本市新闻，最后以商业和家庭等切身问题结束……这场谈话把刮脸的程序拖得很长，因为每逢参议说话的时候，温采尔先生就不得不把剃刀从他的脸上暂时挪开。

“睡得好吗，参议先生？”

“谢谢你，温采尔。今天天气好吗？”

“下霜，不大，带着点雪，参议先生。在雅各教堂前面孩子们又弄了一条滑冰道，十米长，害得我从市长那里出来的时候差点没跌一跤，这些小鬼头！”

“看报了吗？”

“《公报》和《汉堡新闻》，是的。除了奥尔新尼炸弹案[①]以外没有别的…… 真可怕，就发生在去歌剧院的路上…… 很大一群人呢……”

“喏，这没有什么重大的意义，我想。这和人民没有什么关系，唯一的效果只不过是使警察的任务加重，报纸受的压力增加一倍而已。他也在戒备着…… 可不是，据说总是惶恐不安，这一定是事实，因为他为了保持自己宝座，不得不接连不断地想办法。可是虽然如此，我还是尊敬他。从过去的事看，他不是个傻瓜，像永格曼小姐说的那样。举例说吧，他那粮食贷金和减价售粮的事真叫我从心里起敬。他无疑为人民做了一些事……”

“是的，不久之前吉斯登麦克先生也这样说过。”

“是施台凡吗？昨天我跟他谈过这件事呢。”

“普鲁士的腓特烈·威廉的情况非常糟[②]，参议先生，事情不会再拖下去了。人们传说，公爵[③]就要摄政了……”

“噢，这种事如何发展，我们倒应该注意看着。他现在已经表现出是个有自由思想的人物了，这位威廉，而且他对于宪法一定不会像他哥哥那样怀着隐秘的厌恨…… 只不过是忧郁在耗损着他的精力罢了，这个可怜的人…… 哥本哈根有什么新闻

---

① 意大利革命家费利策·奥尔新尼（Félice Orsini，1819—1858），1858 年谋杀拿破仑三世未遂，所投炸弹炸死十人，受伤一百五十人。被判死刑。

② 指的是普鲁士国王腓特烈·威廉四世（Friedrich Wilhelm Ⅳ，1795—1861），这时他已神经错乱，他是德国 1848 年革命的刽子手。

③ 指的是普鲁士威廉公爵（1797—1888），以后登基为德皇威廉一世。

没有？”

“什么也没有，参议先生。他们不愿意，同盟[①]已经宣布，荷尔斯泰因和劳恩布格的总宪法[②]是违法的……可是他们北边就是不愿意撤销……”

“可不是，真是没听说过，温采尔。他们逼着联邦会议采取行动，假如联邦会议能够更机敏点的话……唉，这些丹麦人！我清清楚楚地记得我很小的时候唱的一首赞美诗，开首的一句是：‘主啊，给我，也给一切对尘世淡泊的人……’当时我不懂什么叫‘尘世’，心里总是把‘淡泊的人’想成‘丹麦人’，独自纳闷，为什么主要特别给丹麦人什么东西呢……

“您留神我那里破了一块，温采尔，您笑了……是的，再譬如说我们现在这条直通汉堡的铁路吧！在外交上不知道打过多少交道了，还不知要费多少力气……”

“是的，参议先生。最愚蠢的是，反对这件事的是阿尔通纳－基尔铁路公司。说穿了，也就是整个荷尔斯泰因都反对这件事。不久之前咱们的市长鄂威尔狄克也这样说过。他们特别害怕基尔繁荣起来……”

“当然啰，温采尔。这条沟通波罗的海和北海的新交通线……您会看到的，阿尔通纳－基尔公司一定要千方百计从中破坏。他

---

① 指的是在维也纳会议基础上成立的德意志同盟。参加的有三十四个日耳曼邦和四个自由市。1866年解散。

② 当时劳恩布格属于丹麦，而荷尔斯泰因则加入德意志同盟，虽然如此，这两个小国却有一部共同的宪法。

们可能另外修建一条铁路进行竞争：东荷尔斯泰因，新明斯特，诺宜城，这决不是不可能的事。可是我们不能让人家吓倒，我们一定要有一条直通汉堡的铁路。”

“参议先生对这件事很热心。”

“是的 …… 只要在我能力范围之内，只要我这微薄的势力还能产生一点作用 …… 我对我们的铁路政策很感兴趣，这是我们家的传统，我父亲在1851年就参加了布痕铁路董事会，我二十三岁的时候也当选为董事，说不定也是为了这个缘故，只是我一直没有做出一点成绩来 ……”

“噢，参议先生，照您这么一说，那时的市民代表会 ……”

“是的，这样我多少留给别人一个印象，至少人家都知道我的心意是好的。您知道，我的父亲、祖父、曾祖父这样给我铺平了道路，我真是感激万分，而且他们生前在我们城里所获得的信任、爱戴，也都轻易地落到我的头上，不然的话，我怎么能像现在这样活动自如呢 …… 譬如说，我父亲在1848年以后、50年代初为了我们的邮政改革曾经尽了多么大的力量！ 温采尔，您知道，他在市民代表会里怎样竭力主张把汉堡驿车和邮政联合起来，1850年在市议院 —— 当时议院办事只是一味不负责任地拖拉 —— 又怎样一再倡议实现了参加德奥邮政联盟的事。如果说我们现在寄信的邮资比较低，有了印刷品纸封的邮递，有了邮票、信箱，能够与柏林和特拉夫门德通电报，家父的功劳决不比别人小。如果不是他和另外一些人一再敦促议院，我们在邮政制度方面永远得落在丹麦和土仑－塔克西斯[1]后面。所以现在我在这件事情上发表什么意见，人们总是乐于倾听……”

“参议说的话一点也不假，上帝看得到。讲到汉堡铁路，两三天以前市长鄂威尔狄克博士还对我说过：如果我们事情办得顺利，能在汉堡购置一块地皮做车站地基的话，我们一定把布登勃洛克参议派去办这件事，布登勃洛克参议比许多别的律师都顶用……他就是这么说的……”

“喏，他真是过奖了，温采尔。请您在下巴颏上再涂一点肥皂，那里要刮得干净一点。

“不错，长话短说，我们必须行动起来！我倒不是反对鄂威尔狄克，我是说，他已经上了年纪了。如果我是市长的话，一切都会进行得快一点。现在已经开始安装煤气照明了，那倒霉的煤油灯连同那些铁链子终于要销声匿迹了，我对这件事感到的快慰真是难以用语言表达。我自认在这件改革上也多少尽了一点绵薄之力……唉，要做的事还有多少啊！您知道，温采尔，时代在变化，在新时代面前我们有无数要尽的义务。当我回忆起自己的童年时代……喏，那时候我们这里是什么样子，您比我知道得更清楚。街上没有人行道，镶路的石板缝里长着一尺高的野草，房子带着延伸到街心的前屋、空地和板凳……我们这些中世纪的建筑物因为历年添建而变得奇形怪状，最后逐渐坍塌倾圮，因为我们这里

---

① 1516年贵族弗朗茨·封·塔克西斯（Franz von Taxis）建立起维也纳至布鲁塞尔间的第一条正式邮路。以后土仑－塔克西斯这一家族一直垄断着德国、尼德兰的邮政特权，一直到19世纪中叶。人们称其为土仑－塔克西斯邮政。

个人虽然有钱，没有人吃不上饭，可是政府却一文不名，一切都这样敷衍拖拉下去，像我的那位妹夫佩尔曼内德说的那样，谁也想不到修缮保管。那时候真是知足常乐的时代，我祖父的一位知己朋友，让·雅克·霍甫斯台德——您知道不知道这个人？他到处游游荡荡，从法文翻译一些下流的小诗……但是时代不能永远这样下去；很多情况已经改变了，以后还要有更多的改变……我们的居民已经不是三点七万，而是五万多了，这您是知道的，而且我们城市的性质也正在改变。我们添了新建筑物，郊区扩展开，铺设了整齐的马路，过去伟大时代的那些值得纪念的建筑也可以恢复旧观……然而这还只不过是外表的变化。最重要的还摆在我们前面，我亲爱的温采尔，这里我又谈到先父的 Ceterum censeo①，谈到关税同盟了，温采尔，我们一定要加入关税同盟，这一点已经不成其为问题了。如果我为促成这件事奋斗的话，你们一定都要助我一臂之力……请你相信我的话，我虽然身为商人，却比外交家知道得更清楚，如果怕这件事情损害了独立和自由，那真是太滑稽了。加入了关税同盟，像梅克伦堡和石勒苏益格－荷尔斯泰因那样，内地的大门就都为我们打开了。在我们不能像过去那样完完全全控制到北方去的交通的今天，这对我们更是一件求之不得的事……好了……请把手巾给我，温采尔。”参议结束了这场谈话。之后两个人又交换了一两句关于黑麦当前的行情——黑

① 罗马政治家卡托（Marcus Porcius Cato，公元前 234—公元前 149）在他的演讲词后必定要重复说：“Ceterum censeo Carthaginem esse delendam.”（此外，我主张一定要毁灭迦太基城）。这里引用这句话的前两个字表示一种政治上的呼吁。

麦目前停留在五十五泰勒上，而且还有下降的趋势——也许又提了一下城里某家人的什么事，后来温采尔先生就从地下室走出去，把他的闪亮的盛肥皂沫的杯子倒在街头的石块路面上，而参议也从旋转楼梯回到上面卧室里。盖尔达这时已经醒了，他在盖尔达的前额上吻了一下以后，就开始穿衣服。

每天早晨和这位思想活跃的理发师的这场长谈构成参议一天工作的序幕，以后他就无比紧张地活动起来，想问题呀，写东西呀，计算呀，到这里或那里走走呀，他一天的时间被各种事务填得满而又满……由于他足迹广、见识多，也由于兴趣广泛，托马斯·布登勃洛克在他周围的一群人中头脑最不受小市民思想限制，无疑是头一个感觉到自己的活动范围狭小局限的人。但是在这个城市外面，在他祖国的辽阔的地域上，紧随着革命年代给社会生活带来的一阵繁荣之后而来的是一个萎靡不振、死气沉沉的倒退的时代，过于荒芜空洞，活跃的思想无法找到可以依存寄托的东西。然而托马斯·布登勃洛克非常聪明，他把“人类一切活动只具有象征意义”这句格言当作自己的座右铭，并且把他所有的意志、才能、热情和主要的精力都用在他的小小的社会事业上，用在他继承来的名誉和公司上。他在本市从事市政建设的一群人中已经成为名列前茅的人物；他野心勃勃，想在这个小世界做出伟大的事业，取得权力，但是他很聪明，他既懂得认真地看待自己的野心，也懂得对它加以嘲笑。

安东伺候他在饭厅用过早餐以后，他立即穿戴整齐动身到孟街的办公室去。他在那里最多不过停留一个小时，写两三封急信，拟几件电报稿，发出这样或者那样一个指示，稍稍推动一下这一商业机构的主动轮，然后就把监督业务进行的责任交给马尔库斯先生，全凭后者谨慎周到的斜睨目光督察一切。

他出席会议和各种集会，发表演说，在市场的哥特式拱道下的证券交易所耽搁一会儿，到码头、仓库察看一下，和自己公司的几艘船只的船长讨论一些问题……一天中除了跟老参议夫人匆匆地吃一餐早饭，跟盖尔达吃午饭以及午饭后拿一张报，衔着一支纸烟在沙发上休息半个钟头，他的紧张活动稍微被打断一下以外，他要做许许多多的事情，一直忙到天黑。譬如说，他自己生意上的事，海关的事，税务的事，以及建筑铁路，邮政，救济穷人等等，真是说也说不尽。甚至在某些本来与他相隔甚远的领域里，某些照理应属于学者专家的活动领域里，他也具有很深的理会，特别是财政方面的事务，他在这方面早就显示出自己卓越的才华了……

对于社交活动参议同样也很注意，不使有所忽略。虽然在这方面他很难准时赴约，常常是在最后一秒钟，在他的夫人已经打扮整齐在下面马车里等候了半小时之后，他才出现，嘴里一面说“对不起，盖尔达，事情脱不开身……”一面匆匆穿上晚礼服。但是一到目的地，一到宴会、舞会或者晚会上，他却懂得对一切都表现出活生生的兴趣，懂得使自己成为一个最有人缘的健谈的人……而在招待客人方面，他和他妻子同别的富贵人家相比，也毫不逊色。他家的厨房、酒窖被认为是“顶尖儿”的，他自己被看作是一位殷勤、懂礼、体贴入微的主人，他举杯祝贺时的致辞最有风趣，一般的祝酒词很难望其项背。但是当他和盖尔达一起时，他们度过的却是安静的夜晚：他吸着纸烟，或者听她演奏提琴，或者跟她一起看书，看她选的一本德国、法国或者俄国的小说……

他就这样为追求成名致富孜孜不倦地工作着，他的名望在本城人中也与日俱增。虽然克利斯蒂安创业和冬妮第二次结婚，都从他公司里抽出一部分资金，公司这几年的营业却还是很兴旺。但是另一方面他也并不是完全没有忧虑，有时候烦恼的事会接连几个钟头挫伤他的勇气，损害他的富有弹力的精神，使他的情绪抑郁不畅。

譬如在汉堡的克利斯蒂安就是他的一个包袱。1858年春天跟克利斯蒂安合伙的股东布尔梅斯特先生因为中风突然去世了。他的继承人从公司里把死者的投资提走了，参议力劝他的兄弟不要用自己的资本独立往下经营，因为他很清楚，在资金锐减的情况下，继续支撑一家门面已经铺开的商业是多么困难。但是克利斯蒂安却坚持要独自继续经营，他把H.C.F.布尔梅斯特公司的资产和债务全部继承过来……将来忧心的事还多着呢。

此外还有参议在里加的妹妹克拉拉……她和蒂布修斯牧师结婚以后，一直没有生育，这倒也罢了，反正克拉拉·布登勃洛克自己也从来没有希望有孩子，而且她无疑一点儿做母亲的才能也没有。但是从她自己和她丈夫的来信看来，她的健康却没有什么转机，她从少女时候起有时候就害头痛病，现在已经变成周期性的了，而且其痛苦到了难以忍受的地步。

这都是令人忧虑不安的事。但是还有第三件，就在自己家中。那就是，布登勃洛克这一姓是否后继有人至今仍不敢肯定。盖尔达对于这个问题总是不屑谈论，淡然处之，而且淡漠到使人猜想她是否心存嫌恶的地步。托马斯对自己的苦闷也矢口不谈，只有老参议夫人引为己责地把格拉包夫医生扯到一边说："大夫，咱们说句私房话，该想个什么办法了，是不是？克劳茨的山地空气也好，格吕克斯堡或是特拉夫门德的海滨空气也好，似乎都没有什么效果。您想该怎么做……"格拉包夫知道自己温和的老药方"膳食谨慎：吃一点儿鸽子肉和一点儿法国面包"这次也不会有很大效力，便开了个新药方：到庇尔荣山和施朗根浴场去……

这是参议忧虑的三件事。至于冬妮呢？可怜的冬妮呀！

第八章

她写道:“我要是说肉丸子，她就不懂，因为他们这里叫‘小肉团’;她有时说‘硬花甘蓝’，我想无论是谁也想不到她说的是花椰菜;要是我说‘煎马铃薯’，她就不住嘴地喊:‘啥？ 啥？’……非要我改口说‘炸马铃薯’不可，因为他们这里就是这样叫，‘啥’是什么的意思。这已经是第二个人了。第一个名字叫卡蒂，已经被我打发走，因为这个人很粗鲁，至少我觉得如此。我现在慢慢地看出来，可能是我弄错了，因为这里的人对人说话的态度，究竟是客气还是粗鲁无礼，是一件很难判断的事。现在这个人叫芭贝塔（这里人叫芭贝特），外貌很讨人喜欢，生有一些南方人的特征:黑头发、黑眼睛，牙齿也很让人羡慕。这种长相的人在慕尼黑这里是非常多的，她人也听话，已经学会了按照我的指点做几样我们的家乡菜了。譬如说，昨天她就做了一道加葡萄干的酸模菜。可是这盘菜却给我惹来一场麻烦，佩尔曼内德因为这盘菜跟我大发脾气（虽然他已经用叉子把葡萄干都挑出来了），整个下午不跟我说话，只是一个人唠叨着。我可以告诉您，母亲，生活并不是一件轻松愉快的事啊！”

可惜的是，使冬妮的生活痛苦不堪的并不只是“小肉团”和酸模菜……蜜月还没有过完她就受到一次打击，遇到一件没有料到的、突如其来的、简直叫人无法理解的事，这件事几乎把她生活的乐趣一扫而光，而且她再也不能恢复欢乐的情绪了。事情的经过是这样的：

佩尔曼内德夫妇在慕尼黑定居了几个星期之后，布登勃洛克才把他妹妹根据父亲的遗嘱应得的陪嫁费五万一千马克——一点七万泰勒，从资金里抽出来。这笔款项在折成金币之后，终于平平安安到了佩尔曼内德先生手里。佩尔曼内德先生把它存放到一个安全的能生息的地方。但是在这件事办完以后，他竟若无其事地、老着脸皮对他妻子说：“冬内尔，”——他叫她冬内尔——“冬内尔，我知足了。再多我们也用不着了。过去我已经卖够了命，从今以后我要歇歇手，过个安静日子了，老天爷。咱们把下边两层房子租出去，剩下的房子还可以住得挺舒服，吃上顿猪肉，咱们用不着讲究排场……晚上我可以到皇家酿酒厂去喝两杯。我不想挥金如土，不想死命抓钱，我就想享受一点安乐。从明天起我就把一切事情结清，专靠利钱过日子了！”

“佩尔曼内德！”她大声喊道，这是她第一次用叫格仑利希的名字时的那种奇怪的喉音叫佩尔曼内德。可是这位却只回答说：“去你的，别多嘴！”于是两个人争吵起来，虽然才新婚燕尔，这场口角却这么严重，这么激烈，一个家庭的幸福就这样被永远断送了……他是这场口角的胜利者。她的激烈反对在他追求安乐的欲望前粉碎了，结果佩尔曼内德先生还是把他投在忽布业中的资本提了出来，而诺普先生也就把他片子上的股份公司用蓝笔涂去……冬妮的丈夫每天晚上要到皇家酒店去，在一张固定的桌子上喝三升啤酒，跟几位朋友玩纸牌。现在他也和这些朋友中的大多数人一样，只把自己的活动限于以房东的资格涨房租和安分守己地剪息票的工作中了。

这件事佩尔曼内德太太在给老参议夫人的信中简单地提了一下，但是从给她哥哥的信里，人们却很清楚地看出她的痛苦……可怜的冬妮！她最提心吊胆的事也远没有这件事这么严重啊！事前她虽然看到，佩尔曼内德先生一点也没有她第一个丈夫表现出的那种活动力，但是她仍然对他抱着希望，而且在订婚前夕，她还对永格曼小姐谈论过她的这种希望。佩尔曼内德竟会这样完全辜负了她的期待，这样一点儿也不看重和布登勃洛克家姑娘结婚所承担的责任，这是出乎她的意料的……

她不得不克制着自己，而且从她的来信中，家中人也看到，她如何在命运前低下了头。她相当单调地跟她的丈夫，跟伊瑞卡过日子；伊瑞卡每天上学，她主持家务，跟楼下的几家房客客气地来往着，此外就是圣玛利广场的尼德包尔家了。有时候她也到宫廷剧院去看戏，陪她去的是她的女友伊娃，因为佩尔曼内德先生不喜欢这类消遣。佩尔曼内德先生虽然在他可爱的慕尼黑住了四十多年，却从来不知道绘画陈列馆内部是什么样子。

日子一天又一天地过去……自从佩尔曼内德先生拿到陪嫁费马上就退休那一天起，冬妮对于这次新生活也感觉不到真正的乐趣了。她不再有任何希望。她永远也不能报告给家里人一件成就，一件事业上的新进展。直到她生命终了那一天，生活再也不会有什么变化了，每天都将和现在一模一样，虽然没有忧虑，然而却处处受限制，毫无“高贵”的事情。她的心里像压着一副重担。从她的来信可以很清楚地看出来，正是因为这种低沉的情绪使她不能习惯于南部德国的环境。在一些细琐的事情上自然还过得去。譬如说，她已经学会了跟侍女、跟送货的人交谈，学会了用小肉团代替肉丸子，当她丈夫把果子汤叫作刷锅水以后，她再也不给她的丈夫做果子汤了。但是从大处看，她在这个新地方一直是个陌生人。这里招待一位布登勃洛克家的姑娘竟丝毫也没有与众不同的地方，这对她说来是一个无时不在的屈辱。有时她在信里诉说，一个泥水匠一只手端着一杯啤酒，另一只手倒拿着一个红萝卜，怎样在街上招呼她说：“几点钟了，邻居太太？”虽然她写这件事用的是诙谐的语气，可是从字里行间却看得出她如何愤懑，而且我们也可以想象得到她当时的样子，怎样把头一扬，不但不回答人家，而且根本不屑于看一眼问话的人……但是使她感到陌生，感到受人冷淡的倒也不单单是由于别人这种不重礼貌，不拘形式。问题是，她并没有深入到慕尼黑的生活与活动里去，却已经被慕尼黑的空气包围起来。这是一种住满了终日无所事事的艺术家和市民们的大城市的空气，一种略带着些道德败坏的空气，而她的心情却常常不允许她以幽默的态度把这种空气吸进去。

日子一天又一天过去……最终展露了一线幸福的曙光，而且这正是布来特街和孟街的人求之不得的幸福，这就是：1859年过了没有多久，冬妮第二次要做母亲的希望已经成为确凿不移的事了。

在她的信里欢乐的情绪跃然纸上，长久没有读到的那些恣意的、幼稚的、煞有介事的词句又复比比皆是。老参议夫人现在除了夏天到外地去避一避暑，已经不喜欢旅行了，而且就是避暑也差不多只限于到波罗的海海滨去，因此她对于这次不能到女儿那里去，感到是一件憾事，但是她在信里却替她祈求上帝保佑。老夫人虽然不能去，汤姆和盖尔达却写信说他们要去参加孩子的洗礼。而冬妮的脑子里也充满了各种计划，准备“高贵不俗”地款待一下娘家的人……可怜的冬妮！可惜这次款待竟落得凄惨无比，而她幻想中的用花朵、糖果和巧克力点缀的，作为一次迷人的小小节日的洗礼也竟成为画饼——因为婴儿，一个女孩儿，刚刚出世就夭折了。她只活了短短的一刻钟，在这一刻钟内，大夫虽然用尽力气想使这个细弱的小生命维持下去，但终究没能成功。

布登勃洛克参议和他的妻子到慕尼黑的时候，发现冬妮本人也还没有脱离危险。她卧在床上，情况比第一次严重得多。她本来就已经常常害神经性的胃弱症，这次更差不多一连几天完全不能摄取食物。可是最后她还是渐渐痊愈了。在她的娘家人动身的时候，她的健康情况已经不用担心，但是在另一方面却很有值得担忧的地方，因为他们很清楚地看到，特别是参议的观察力很敏锐，这件事更没有逃过他的眼睛：即使是佩尔曼内德夫妇这次共同经历的灾难，也无法再使这对伉俪感情融洽起来了。

佩尔曼内德先生的软心肠是没有什么可以指责的……他从心里感到悲痛，看着这个停止了呼吸的婴孩，一颗又一颗大泪珠从他红肿的小眼睛里挤出来，顺着他的鼓蓬蓬的面颊流到带穗的胡须上。他一再唉声叹气地说：“唉，真是罪孽！真是罪孽！”但是据冬妮观察，他的安逸生活并没有受到很长时间的干扰，他晚上在皇家酒店消磨的钟点不久就使他忘却了苦恼，在他那句“唉，真是罪孽”的口头禅里也就包含着他的宿命观点。他就是在这种安适、乐天、发一点牢骚又带一些麻木不仁的宿命观点里继续悠悠荡荡地混日子。

但是冬妮的信从那时候起却一直没有断绝悲观和诉苦的语调……“唉，母亲，”她写道，“我受了多少罪啊！最初是格仑利希破产的事，后来又是佩尔曼内德退休，又是孩子的死。我有什么罪过要遭到这么多不幸啊！”

参议在家里一读到这样的表白，就忍不住微笑起来，因为尽管这些话里隐藏着那么多痛苦，他在字里行间却可以读到冬妮的几乎令人发笑的骄傲感。而且他很清楚，冬妮·布登勃洛克不论是格仑利希太太也好，是佩尔曼内德太太也好，一直没有脱掉孩子的心态。她对自己一切成年人的经历最初几乎不相信其为真实，而后却又以孩子式的认真、孩子式的煞有介事，特别是以孩子式的反抗来承受。

她不了解自己有什么罪过要受这么多苦，因为她虽然嘲笑她母亲的虔诚，自己却也是充满了这种思想，笃信世上有所谓因果报应……可怜的冬妮！她的第二个女儿的夭折既不是她受到的最后一次，也不是最残酷的一次打击……

1859年年尾，发生了一件可怕的事……

第 九 章

这是11月尾的一天，一个寒冷的秋日，天空里雾气很浓，大有下雪的意思，地面上也有大团雾气在滚动，不过阳光仍然时不时地穿射过来。在这个海港城市里常常有这种天气：尖锐的西北风厉声呼啸着兜过教堂的厚墙角，人们动不动就会害上肺炎，这一天恰好就是这种天气。

将近中午，托马斯·布登勃洛克走进早餐室来，发现他母亲鼻梁上架着一副眼镜，正俯在桌上的一片纸上。

“汤姆，”她说，眼睛望着他，双手把纸拿向一边，仿佛踌躇着不愿意递给他似的，“不要吃惊……一件不愉快的事……我也不了解……这是从柏林发出来的……一定发生了什么事……”

“给我吧！”他干巴巴地说。他的脸色变得雪白，咬了咬牙，太阳穴上筋脉突现了一会儿。他伸出手的那个姿势仿佛是下了莫大决心似的，似乎在说：“不愉快也罢，就快点给我吧，不要给我做准备工作了！”

他站着读纸上的几行字，挑起一条淡淡的眉毛，一边用手指慢慢地捻着自己上须的长须尖。这是一份电报，上面写着：“请勿惊惶。我和伊瑞卡立即回去。一切都完了。你们的不幸的安冬妮。”

“立即……立即，”他有些气恼地说，望着老参议夫人，急速地把头摇了摇，“什么叫立即……”

“她不过是用这么一个词儿罢了，汤姆，这没有什么意思。她的意思或许是乘最近一班车什么的……”

“为什么从柏林来？她在柏林做什么？她是怎么到柏林的？”

“我不知道，汤姆，我也想不透；这封急电是十分钟之前刚到的。可是我想一定是出了什么事，我们等着看是什么事吧。但愿上帝保佑，一切都平安无事。你坐下吃饭吧，孩子。”

他坐下，机械地斟了一大玻璃杯黑啤酒。

“一切都完了。”他重复了一句电报上的话，“底下又写‘安冬妮’——孩子气……”

接着他一语不发地吃饭和喝酒。

过了一会儿，老参议夫人开口说：“会不会是和佩尔曼内德有关系，汤姆？”

他没有抬头，只耸了耸肩膀。

临走的时候，他用手握着门柄说：“是的，母亲，我们得等着她。可能她不愿深更半夜地闯回来，那么就是明天白天的事了。到时候请派人给我送个信儿……”

老参议夫人一个时辰又一个时辰地等着。这一夜她休息得很不好，隔一会儿就摇铃招呼伊达·永格曼过来（永格曼现在睡在中层隔楼的最后一间屋子里，紧挨着老参议夫人），叫她给自己预备糖水。甚至上了床以后，她还拿着针线活在床上笔直地坐了很长一段时间。第二天上午也是在这样提心吊胆的紧张心情中熬过去的。吃第二餐早餐的时候，参议宣布说，如果冬妮来，也只能坐从布痕来的车子，要在下午三点三十三分才能到。到了下午这个时候，老参议夫人坐在风景厅里靠窗户的一个位子上，想读一本书消磨时光。她拿的是一本黑皮的书，封面上印着一枝烫金的棕榈树枝。

这一天和昨天一样：寒冷、雾气和冷风，在闪闪发亮的铸铁栏杆后面炉火已经噼噼啪啪地点燃起来。老太太一听到车轮声音，就禁不住打了个冷战，急忙向外看去。到了四点钟，她差不多不大理会外面的动静、差不多已经把她女儿忘却的时候，楼下起了一阵骚动…… 她急急忙忙把上半身转向窗户，用手巾擦去窗玻璃上的水汽：果然有一辆出租马车停在下面，人已经顺着楼梯上来了。

她两手握住椅子扶手，想站起来，但是她想了想，又重新坐下去，只是把头向着女儿来的那面略微转过一些，摆出一副几乎可以说是冷淡的面孔。伊瑞卡由伊达·永格曼握着手，在玻璃门旁站住，冬妮却飞快地几乎是扑进屋子来的。

佩尔曼内德太太穿着一件皮斗篷，戴着一顶带面罩的长形皮帽子。她看上去脸色苍白、疲劳不堪，眼睛通红，嘴唇像从前那样抖动着，冬妮小时候每次啼哭的时候都是这样子。她抬起胳膊来，但是又颓然放下，双膝一屈便跪在母亲脚前，把脸埋在老太太衣服的褶皱里呜呜咽咽地哭起来。这一切给人的印象是：仿佛她就是这样一口气从慕尼黑径直跑了来，现在终于逃奔到目的地，人是得救了，但也精疲力竭地倒在地上。老参议夫人沉默了一刻。

“冬妮！”她用温和的责备语气说，一面小心谨慎地拔出佩尔曼内德太太用来簪住帽子的一根大别针，把她的帽子放在窗台上，然后两只手亲切地、抚慰地抚弄着女儿浓密的淡亚麻色头发……

“怎么回事，孩子……出了什么事了？”

但是她必须非常有耐性地等着，因为又过了很久，她这个问题才得到回答。

“母亲，”佩尔曼内德太太声音嘶哑地说，“妈妈！”但是她只叫了两声就又停住了。

老参议夫人抬起头向玻璃门那边望过去，一边用一只手搂着自己女儿，一边把另一只手向她的外孙女伸过去。这个小女孩把食指搁在嘴唇上，正不知所措地在那边站着。

“来，孩子，到这里来，对我说一句‘你好’。你长大了，你的样子又活泼、又健康，我们得感谢上帝。你今年几岁了，伊瑞卡？”

“十三岁，姥姥……”

“天哪！一个大姑娘了……”

她从冬妮的额头上方吻了这个小女孩一下，接着又说：“跟伊达上楼去吧，孩子，我们一会儿就吃饭了。现在妈妈要跟我谈一点事，你知道。”

屋子里只剩下她们母女俩。

“喏，我的亲爱的冬妮！你还没有哭够吗？如果上帝要让我们受一次考验，我们就应该平心静气地忍受着。背起你的十字架，像福音书上告诉我们的那样……可是你是不是也想先到上面去休息一下，定一定神，然后再下来找我啊？我们的好人儿永格曼已经把你的屋子布置好了…… 我谢谢你拍来的电报。当然啰，我们都吓了一跳……”她的话被打断了，因为这时从她的衣褶里传来冬妮的颤抖的、嘶哑的声音：“他是个下流坯子…… 是个下流坯……下流……”

佩尔曼内德太太除了这个厉害的字眼以外再也说不出什么话了。这句话好像盘踞住她的整个脑子。她更深地把头埋在老参议夫人的怀里，伸在椅子旁边的一只手甚至紧紧握起拳头来。

“你说的是你丈夫吗，孩子？”过了一会儿老夫人问道，“我知道，我不应该这么想，可是我实在想不到另外什么人，冬妮。是不是佩尔曼内德做了对不起你的事？你是不是生他的气了？”

“芭贝塔……”佩尔曼内德太太迸出一声来，“芭贝塔……”

“芭贝塔？”老参议夫人询问地重复了一声。接着她仰靠在椅背上，一双明亮的眼睛向窗户外面瞟过去。她不知道这是怎么一回事。两人都沉默着，只听到冬妮逐渐变得稀疏的啜泣声。

“冬妮，”过了一会儿老参议夫人说，“现在我看得出来，你确实受了一肚子委屈…… 你来倾诉是事出有因的…… 但是你用得着这样暴风雨式地发泄你的不平吗？用得着这么老远从慕尼黑跑来吗？而且还带着伊瑞卡？你知道，这样会使某些人，会使那些不如我们通情达理的人产生一种错觉，仿佛你再也不想回到你丈夫那儿去似的……”

“我就是不想回去了！…… 再也不回去了！……”佩尔曼内德太太喊道。她猛地把头一抬，满脸怒容地望着母亲的脸，眼睛里含着两汪泪水，随即又把脸突然藏在母亲的衣服褶皱里。老参议夫人似乎并没有听到她这声叫喊。

“可是现在，”她把嗓音提高了接着说，慢吞吞地把头从一边摆到另一边，“可是现在，你既然回来了，这样也好，你可以慢慢地把心头的积郁舒散一下，把一切都告诉我，以后我们再看，怎样根据友爱、宽恕、互相体贴的精神把这件事挽救过来。”

“永远也不会！”冬妮又说道，“永远也不会了！”接着她就开始说起她的故事来，虽然人们不能每个字都听清楚，一则因为她把话说到老参议夫人的衣服褶皱里面去，二则她的叙述又时断时续，不时为愤怒的呼叫所打断，但是简单说来，发生的是下面这样一件事，这一点倒还听得清楚。

本月24日和25日之间的深夜里，佩尔曼内德太太从一阵很不踏实的睡眠中惊醒过来，这一天白天她本来就害胃神经痛，睡得非常晚。她被吵醒的缘故，是前面楼梯上不断传来窸窸窣窣的声响，想遮掩又没遮掩住的神秘的嘈杂声。在这些声音里可以分辨得出有楼板的轧轧声，有咳嗽中夹着的哧哧笑声，有压低了嗓门的抗拒的话语，另外还夹着一种非常特别的哼唧和呻吟声……这究竟是什么样的声响，人们一听就可以听出来。佩尔曼内德太太刚听到这个声音时，虽然还带着蒙眬睡意，却已经完全知道它是什么意思了。她感觉到头上的血液立刻退去，嗡的一声冲进心里；她的心蜷缩起来，沉重地、令人透不过气地跳动起来。她像昏迷麻痹了一般一动不动地在枕头上躺了足有一分钟，残酷的一分钟。可是以后因为这种无耻的噪声并没有沉静下去，她就两手哆哆嗦嗦地点上了灯，带着满腔的绝望、愤怒和憎恶下了床，把门拉开，拿着灯，穿着拖鞋赶到前面楼梯附近的地方。楼梯就是前文提到过的那条从大门直通到二楼上的笔直的天梯。走到这架天梯的上层，她刚才在卧室里听见的那种不容误解的声响，脑子里所幻想的一幅图画便逼真地呈现在她眼前……这是一幅肉搏的画面，是一幅女厨子芭贝塔和佩尔曼内德先生伤风败俗的角力图。女厨子手里拿着一串钥匙和一支蜡烛（虽然夜已经很深，她一定还在屋子里的什么地方干活），身子左扭右摆，正在努力抗拒。而主人呢，帽子扣在后脑勺上，搂抱着她，一再试图把自己海豹式的胡髭贴在她脸上，而且有那么几次居然也还做成了……安冬妮一出现，芭贝塔喊了一句什么“耶稣，马丽亚和约瑟夫”！佩尔曼内德先生也同样重复了一句“耶稣，马丽亚和约瑟夫”以后，便松开了她。女厨子马上就跑得无影无踪，只剩下佩尔曼内德先生耷拉着胳臂、耷拉着头、耷拉着胡子立在自己老婆面前，嘟嘟囔囔地说一些毫无意义的话：“糟透了！……我的老天爷！……”当他壮着胆子把眼皮抬起来的时候，她已经不在面前了。在卧室里他又找到她，她正半躺半坐地倒在床上，抽抽噎噎地泣不成声，嘴里一再念叨着“丑事、丑事”。起先他松软无力地倚着门站着，接着肩膀向前一弹，好像要用胳臂肘顶她的肋骨，让她高兴起来似的，嘴里说：“别生气了！算了吧，冬内尔！你知道，今天晚上是拉木索尔·弗兰茨尔庆祝命名日，我们都灌得太多了一点……”但是他在屋子里散布的刺鼻的酒精味，把她的兴奋状态刺激到顶点。她不再啜泣了，她已经不再脆弱，不再怯懦了。她的脾气一发不可收拾，又因为她的无限的悲观绝望，使得她把自己对丈夫的满腔厌恶、愤恨，对他的整个为人和举止的鄙视、不屑全部倾倒到他脸上…… 佩尔曼内德先生忍受不下去了，他的头发起热来，因为他为了庆祝他的朋友拉木索尔不但喝了许多啤酒，而且喝了香槟。他也还了口，很粗野地还了口，两人争执起来，这回比那一次佩尔曼内德先生退休时的争吵更厉害。安冬妮把她的衣服收拾起来，准备到起居间去…… 但是临了，他又向她背后甩过来一句话，这句话她不愿意重复，她说不出口来，一句话…… 一句话……

这一切就是佩尔曼内德太太倾吐到她母亲衣服褶皱里的自白的主要内容。至于那句话，那句使她在那个可怕的夜晚从内心深处冒出一股冷气的话，她却一直没有说出来。她不能重复它，噢，天哪，她不能重复它，她说，虽然老参议夫人一点儿没有逼迫她。当冬妮诉说这件事情的时候，老参议夫人只是一边向下望着她的美丽的、淡亚麻色头发，一边缓慢地、沉思地点着头，几乎觉察不出来地点着头。

"不错，不错，"她说，"你说给我听的真是让人寒心的事，冬妮。这一切我都很能了解，我的可怜的孩子，因为我不只是你的妈妈，而且我跟你一样，也是个女人…… 我现在已经知道，你的痛苦的确是有根据的。我知道你丈夫怎样一时糊涂，忘记了你给他带来的好处……"

"是一时糊涂？！"冬妮大声说。她跳了起来，向后退了两步，急忙把眼泪擦干，"你是说一时糊涂，妈妈？！ 我和我们这个姓氏带给他的好处，他已经忘了…… 不，他从开始就不知道！ 一个一把老婆的陪嫁费拿到手就退休的人！ 一个没有志向、没有欲望、没有目标的人！一个血管里没有血，只有黏稠的麦芽啤酒和忽布啤酒的人……不错，这一点我确信无疑！……而且这个人竟会干出这样的下流事，跟芭贝塔勾勾搭搭，如果我指出他的卑鄙无耻，也用一句话回骂他……用一句……”

她又谈到这句话，谈到这句她说不出口的话。但是突然间她向前走了一步，开口说，声音也骤然变得安详、温和，表现出极大的兴趣："多么可爱啊！你从哪儿弄来的，妈妈？”

她用下巴指了指一个小盒子，一个用麦秆编的小筐，一只精致的小架子，系着缎带，老参议夫人最近一直用它装针线活计。

“我买的，”老夫人回答说，“我很需要这么一个针线筐。”

“真雅致！”冬妮说，一面歪着头尽情打量着这只架子。老参议夫人的目光也停在这个器皿上，然而她只是视而不见地沉思着另外的事。

“好吧，我的亲爱的冬妮，”最后她说，又把手向她女儿那面伸过去，“不管事情怎么样，反正你已经来了，我衷心地欢迎你，我的孩子。等我们心绪平静以后，我们可以从容讨论这一切……到你的屋子去脱衣服，舒舒服服地休息一下……伊达？！”她提高声音向餐厅那边喊道，“亲爱的，请你让人替佩尔曼内德太太和伊瑞卡准备吃饭的餐具！”

第十章

冬妮一吃过饭，立刻就回到自己的卧室，因为吃饭的时候她从母亲的话语里证实了自己的推测，托马斯果然已经知道她要回来的事……她似乎不太热心和他会面。

下午六点钟左右参议来了。他先到风景厅里跟他的母亲交谈了好半晌。

“她怎么样？”他问，“她表示什么态度？”

“唉，汤姆，我怕她已经死了心了……天哪，她受的刺激很深……另外就是那句话……唉，要是我能知道他说的到底是一句什么话……”

“我去看看她。”

“去吧，汤姆。可是你敲门要手轻一些，不要吓着她。还有，你要平静些，听见了没有？她的神经很紧张。差不多没有吃什么东西……你知道，她又犯了胃病……你跟她说话时不要急躁。”

他顺着楼梯匆匆上到三楼，像平常一样一步跨两级阶梯。一路上他一直捻着上须想心事。但是当他开始敲门时，他的脸色又变得明朗起来，他决定尽可能用诙谐洒脱的态度对待这件事。

在一声痛苦不堪的“请进”声之后，他打开了门，发现佩尔曼内德太太穿戴整齐地躺在床上，床帐向后揭开，背后垫着一床鸭绒被，床旁边一张小几上摆着一小瓶治胃疼的药水。她稍微向外一转身，用胳臂把头支起来，看着他做了一个苦笑的面孔。参议深深鞠了个躬，一面张着两臂，行了个极其隆重的大礼。

“夫人…… 能够拜见您这位从都城来的贵人，真是荣幸……”

“吻我一下，汤姆，”她说，一面欠起身来把她的面颊递过去，接着又颓然倒下，“你好，我的好朋友？我看你还是我们那次在慕尼黑见面的样子，一点也没有改变。”

“喏，这里关着窗帘，你的判断可不准，亲爱的。可是无论如何你也不应该当着面把我的恭维话抢走，你知道，这本来是应该我向你说的话……”

他一边握着她的手，一边拉过一把椅子，在她身边坐下。

“我不知道已经说过多少次，你跟盖尔达……”

“看我这人，汤姆！…… 盖尔达好吗？”

“还用说，自然很好！有克罗色敏茨太太照顾着她，她饿不着。当然这并不妨碍她每逢星期四在这里拼命大嚼一顿，好像要把一个星期的饮食都预支了似的……”

她非常愉快地大笑起来——这是很久以来没有的事了。但是忽然间她停止了笑声，叹了口气问道：“公司的情况怎么样啊？”

“啊…… 凑合着吧。反正得知足。”

“噢，感谢上帝，至少这里一切都还像个样！唉，我一点也没有高高兴兴地闲聊的心情……”

“多可惜！无论怎么样，一个人也要保持幽默感啊！”

“不成，我是不会有的了，汤姆。你一切都知道了吧？”

“一切都知道了……”他重复了一句，松开她的手，把椅子猛然向后一推，“我的上帝，听你说的这个话！‘一切’！什么事不能被‘一切’这个词埋葬啊？‘我的爱情啊，我的痛苦，一切我都付与你’，是不是？不，你听我说……”

她沉默不语。她用非常惊讶、受了很大委屈的眼光瞟了他一眼。

“是的，我早已料到你会有这种脸相，”他说，“因为没有这种脸相你就不会到这里来了。可是我的亲爱的冬妮，请你允许我以同等程度的轻松来看待这件事，正像你用那么多的严肃来看待它一样。虽然我的轻松和你的严肃也许都有些过分。但是无论如何，这样我们就可以取人之长，补己之短……”

“过分严肃，托马斯，你是说我过分严肃吗？”

“是的。看在上帝分上，我们还是不要把它演成一出悲剧吧！让我们说话沉住气，不要开口就是‘一切都完了’，闭口就是‘你们的不幸的安冬妮’！你要把我的话听明白了，冬妮。你知道得很清楚，对你回家来这件事谁也没有比我更感到高兴的。我早就希望你能回家看看，不要跟你丈夫一起，而是你独自回来。这样我们可以一家人团聚一下。可是，你现在回来了，这个样子回来了，原谅我说话太直，你干的并不是一件聪明事啊，孩子！……不错……你让我把话说完！佩尔曼内德做的事的的确确很不成体统，而且你相信我的话，我一定让他认识到他的行为……”

“托马斯，他干的是什么事，我已经让他认识到了，”她打断了他的话，一面从床上坐了起来，把一只手放在胸前，“而且我还可以告诉你，我不只让他‘认识到’而已。但是依我看，再跟这个人讲理实在是多余的！”说到这里她又卧在床上，严峻地定睛望着天花板。

他俯着身子，好像被她这句话的重量压着似的。他微笑着看着自己的膝盖。

“喏，那么我就不给他写什么措词尖锐的信了，一切听从你的吩咐。这毕竟是你的事，只要你把他的头脑教训清楚，也就足够了。再说，你是他的妻子，这也是你的本分。仔细研究起来，他倒也不无值得宽恕的地方。朋友庆祝命名日，他回家的时候仍然带着节日的情绪，兴致过于高昂，于是就犯了个小错，做了件越轨的事……”

“托马斯，”她说，“我不明白你的话。我不明白你说话的这种语气！你……你有你的一套原则……但是你没看见他！没看见他怎样喝得醉醺醺地抱住她，没看见他那副样子……”

“我想象得出来，样子一定很滑稽。然而问题正在这里，冬妮，你看不出这件事多么滑稽，这当然是你的胃病在作祟。你的丈夫暴露他的弱点的时候被你抓住了，你也看到他的样子有一点可笑……可是你不应该气得这么凶。相反地，你应该把它看成一件惹人发笑的事，借机会发现他的人性，更进一步去了解他……我跟你说清楚，我不是让你一笑置之，用沉默去纵容他这种行为，不是这样的。而今你一怒出走了，给他个厉害看，也许有点过分，也许这个惩罚太严厉了——他这个时候在家里坐着该多么丧气啊！然而，归根结底他还是罪有应得。我对你的请求只有一点，你对待这个问题不要太感情冲动，应该多从策略和影响方面着眼……这是我们自己说话，我才这么说。我要告诉你一件事，随便哪一对夫妻双方都不是平等的，总有一方面在……在道德上占上风……你懂得我的话吧！冬妮！你的丈夫做了一件荒唐事，这一点没有人怀疑。他污辱了自己，做了一件令人发笑的事……我说令人发笑，是因为他做的事并不是什么罪大恶极的事，不值得把它看得太严重……总而言之，他的品格已经不是白璧无瑕，你这方面就占了决定性的上风。如果你善于利用它的话，那你一定会得到幸福。如果你在……就假定说两个星期吧——不错，我至少要留你住这么久——假定你在两个星期以后回去，你就会看到……"

"我不想回慕尼黑去了，托马斯。"

"你说什么？"他问道，他的面孔拉长了，一只手放在耳朵上，身子向前探过去……

她正仰面躺着，后脑勺埋在枕头里，下巴带着几分冷峻的神情向前伸着。"*永远也不回去了。*"她说，接着就大声叹了一口气，干咳起来。她咳嗽得很慢，很能表达她的重重心事。干咳最近已开始成为她的一种神经性的习惯了，这和她的胃病也许不无关系——两人都沉默了一会儿。

"冬妮，"他突然开口说，一边站起身来，手掌着实地拍了椅背一下，"你不要再把这件事闹得满城风雨吧！……"

她斜睨了他一眼，知道他这时脸色变得苍白，太阳穴上的筋脉也都暴露出来。她不能再保持原来的姿势了。她也转动了身子，而且为了掩盖自己对托马斯的恐惧，开始放大喉咙发起脾气来。她挺起身子，把脚伸到床下边，两颊通红，眉头紧皱，摇着头，挥动着手臂，大声发作起来："闹得满城风雨吗，托马斯……别人作践了我，往我脸上吐唾沫，你还命令我遮遮掩掩吗？这样做你当兄长的脸上光彩吗？……不错，我一定要问问你。当然，顾全脸面啊，圆滑周到啊，这都是好事情！但是这在生活中要有个限度。汤姆，要知道，我也很了解生活，并不比你差，如果一味地害怕闹事，到了一定程度，那就是懦弱了。真奇怪，这些话会需要像我这样一只蠢鹅，一个傻东西讲给你听……是的，我就是这样一个人，我很有自知之明。佩尔曼内德从来没有爱过我，因为我老了，我是丑老婆子，很可能是这样，而芭贝塔大概要比我漂亮多了。但是，难道他因为这一点就有权利不尊重我的出身，不尊重我所受的教育和我的感情吗？汤姆，你是没有看见他那种放肆的样子。没有看见的人当然什么也不能了解，因为他当时那种令人作呕的样子我实在不能用言语形容。还有，当我拿起我的东西离开屋子，想到起居间沙发上去睡觉的时候，他还追着我喊了一句话。你也没听到他在我背后，在你亲妹妹后面喊的那句话……是的！我清清楚楚听到他在背后喊了一句话……一句话……一句话……痛快地告诉你吧，托马斯，就是这句话使我，逼得我连夜打上行李，一清早就叫醒了伊瑞卡离开那个家。我不能留在一个嘴里吐出这种字眼的人跟前，而且，正像我刚才说过的那样，我永远也不能回到这样一个人身边…… 不然我真成了个廉耻丧尽的女人了，一点自尊心，一点骨气也没有了！”

“请你把这句该死的话说给我听听，可不可以？”

“永远也不能，托马斯！我永远也不让这个词儿玷污我的嘴唇！我知道，在这个家里我对你，对我自己的职责是什么……”

“这么一说，我们没有什么好谈的了！”

“也许是吧！而且我希望以后我们也别再谈这件事了……”

“你要怎么办呢？要离婚吗？”

“我要，汤姆。我已经下了决心了。我觉得不论对我自己，对我的孩子，或者对你们大家来说，我都只有这一条路。”

“喏，真是胡说。”他冷冷地说，用脚跟一转身子，从她身旁走开，好像通盘事情就此都已解决了似的，“离婚是双方的事，我的孩子，如果你认为佩尔曼内德也会欣然同意，这倒是个滑稽的想法……”

“你以为他会为了我的一点七万泰勒就反对吗？可是格仑利希当初又何尝甘心乐意，还不是我们逼着他做的。办法是有的，我可以去找吉塞克博士，他是克利斯蒂安的朋友，他会帮助我的……当然了，这次情况有所不同，我知道你要说什么。那次是丈夫无力扶养，不错，你可以看出来，对于这些事我已经很内行了，可是你还把我看成一个第一次闹离婚的人！……然而这也没有什么要紧，汤姆。也许真应了你的话，这事办起来很棘手，不能成功，这也不是不可能。然而结果还是一样，我决不会改变主意。如果那样，就让他拿着那点钱吧——在生活里有的是比金钱更崇高的东西！不管怎样，他是休想再见我的面了。”

说到这里她又干咳起来。她已经下了床，在一张安乐椅上坐下来。她用一只胳膊肘倚着扶手，下巴深深埋在手里，下嘴唇几乎是握在四个弯屈的手指里。她就这样上身向一边侧着，一双兴奋、红肿的眼睛怔怔地望着窗外。

参议在屋里走来走去，不时叹一口气，摇一摇头，耸一下肩膀。最后他扭着两只手站在她面前。

“你是一个孩子，冬妮！”他畏缩地带着乞怜的神情说，“你说的每一句话都是孩子话！我求求你，你能不能答应我用成人的眼光考虑考虑这件事，哪怕是一分钟呢？！难道你看不出来，从你的言行举止来看，倒好像你受到了什么天大的委屈，好像你的丈夫残忍地欺骗了你，在大庭广众下把你大肆污辱了一番？！可是你应该好好想想，这种事并没有发生啊！在考芬格街你们家天梯上发生的这件蠢事没有一个活人知道！如果你静悄悄地回到佩尔曼内德身边去，你一点也没有给你自己、给我们丢脸。自然，你回去的时候不妨摆出一副傲慢不逊的面孔……正相反，如果你不这样做，这才丢我们的脸呢，因为这样你就把一件无足轻重的小事闹大了，闹得满城风雨、尽人皆知了。”

她把下巴从手里拿开，凝视着他的脸。

“不要说了，托马斯。现在该让我说说了。你听着。怎么，只有事情闹大了，传到别人的耳朵里以后才能算是耻辱和丑事吗？这可不然。暗地里啮咬一个人的灵魂、侵蚀着一个人的自尊心的耻辱才更可怕呢！难道我们布登勃洛克家的人只求外表‘出类拔萃’，像这里人说的那样，而在家中四壁之内却因此尽可以含羞忍辱吗？汤姆，我真奇怪你这种想法！想象一下，如果父亲还活着，他怎么处理这件事，你应该按照他老人家的意思定主意！不，纯洁和坦白是我们行事的原则……你随时可以把你的账簿给任何一个人看，对他们说：看吧……我们别的人也都应该这个样子。我知道，上帝把我创造成怎样一个人。我一点也不害怕！玉尔新·摩仑多尔夫如果从我旁边走过而不向我打招呼，尽管让她这样做去好了！菲菲·布登勃洛克星期四坐在这里也许会幸灾乐祸地摇头叹息说：‘真不幸，这已经是第二回了！当然，两回毛病都是出在男人那方面！’她们如果愿意这样说就尽管让她们说去好了！我才不计较这些事，托马斯，一点也不计较。我只知道我做了一件我认为应该做的事。但是如果因为怕玉尔新·摩仑多尔夫和菲菲·布登勃洛克讥诮就一任自己受一个没有文化教养的人用从啤酒馆学来的下流话辱骂，就得跟他永远住在这样一个野蛮的城市，要知道住在那里一个人就得学会看惯那次天梯上边演出的那幕戏，就得听惯天梯上说的那些话，就得学会忘掉自己，忘掉自己的出身、自己所受的教育，总而言之，只是为了装得又幸福又知足的样子，就得背弃自己的一切……以我来看，这才叫丢人现眼，这才叫恬不知耻呢……”

她突然停住了，又把下巴托在手掌里，定睛凝望着玻璃窗。他站在她面前，用一条腿支持住身子，手插在裤兜里。他的眼睛虽然停在她身上，却并没有看见她。他正在沉思着什么，慢慢地来回摆着头。

“冬妮，”他说，“你说的是心里话，我早已经想到了，但是在你最后的几句话里你自己把真情泄露了。问题不在你嫁的人。问题在于你的那个地方。毛病也没有出在天梯上上演的那出丑剧，而是所有的事加在一起。你不能适应那里的环境。你老实承认吧！”

“你说对了，托马斯！”她喊道。她甚至跳起来，伸出手，几乎触到他的脸上。她的脸涨得通红。她就这样摆着一副战斗的姿势，一只手握着椅子，另一只手挥舞着，发表了一篇演说，滔滔不绝地发表了一篇热烈、激动的演说。参议吃惊地望着她。她几乎没有停下来喘一口气，她的话像连珠炮似的迸出来。是的，她找到了言词，她把这几年心中的积郁完全发泄出来。她的话没有经过组织，有些紊乱，但她还是都表达出来了。这是一次大爆发，一次真实感情的绝望的泛滥。从她口里迸发出来的东西，没有人能加以辩驳，仿佛它们是粗暴的自然力，与之抗衡几乎是徒然的……

“你说得对，托马斯！你再说一遍！啊，我明明白白地对你说吧，我已经不是傻瓜了，我懂得我从生活里能得到什么。当我看到生活中的一切并不都是很干净的时候，我也不会吓得目瞪口呆了。我领教过眼泪汪汪的特利什克，我跟格仑利希结过婚，也知道我们城里这个地方的花花公子是些什么人物。我可以告诉你，我不再是一个没开过窍的乡下人了。如果只是孤零零的芭贝塔这一件事，我不会被赶到这里来的，你可以相信我的话。问题在于，再加上这件事，碗里的水就溢出来了，托马斯……不用很多，因为碗本来就是满的……早就满了……早就齐到碗沿了！只要几滴就能让它溢出来，哪里再经得住这桩事，哪里经得住再让我知道，就是在这方面佩尔曼内德也靠不住，这就把事情推到极端了，这就把木桶的底子打掉，让我立即下定决心，从慕尼黑走出来。其实，说老实话，这个决心我很久以前，很久以前就已经下定了。因为我不能在那边生活下去，我在上帝和一切神祇面前发誓，我不能再住下去了！我的不幸究竟到什么程度，你是不知道的，托马斯。因为就是你去看我那次，我也什么都没让你看出来。我是一个机警的妇女，我不愿意向别人诉苦，惹人家讨厌，我不是一个心里存不住事、嘴没有遮拦的人，我一向更偏于深藏不露。但是，汤姆，我已经受够了苦，受够了我自己的苦，受够了我整个性格的苦。我好像一株植物，请你允许我打这么个比喻，一枝花，被移到陌生的土壤上去……也许你觉得这个比喻不妥帖，因为我是一个丑陋的女人……但是我确实觉得没有哪个地方比那里对我更为陌生了，我宁愿到土耳其去！噢，我们这里的人从来不适宜移居出去的！我们就应该待在我们的海湾里，老老实实地吃自己的面包……你们有时候嘲笑我对贵族身份的偏爱……是的，最近几年我常常想到几句话，这是很久以前一个人，一个很聪明的人对我说的：'您同情贵族阶级……'那个人说，'让我告诉您为什么，好不好？因为您自己就是一个贵族！您的父亲是一位阔老爷，您是一位公主。在您同我们这些人中间隔着一道深渊，我们是不属于您这一统治阶层的……'是的，汤姆，我们感觉到自己是贵族，感觉到我们与别人之间有一段距离，什么地方别人不认识我们，不懂得尊重我们，我们就不应该企图在那里生活，因为我们在这样一个地方只能受到别人的屈辱，而别人也只会觉得我们骄傲，骄傲到可笑的程度。是的 —— 所有的人都觉得我骄傲得令人发笑。别人没有当面对我说过，但是我自己却无时无刻不感觉到，而且为这件事痛苦不堪。哼，在那样一个地方，人们用刀子吃蛋糕，公爵说德国话语法也有错误，如果一位先生给一位女士把扇子拾起来，人家就觉得这是个求爱的举动。在这样一个地方是很容易被人看作傲慢不逊的，汤姆！习惯于当地的环境吗？不成，跟那些没有尊严、道德、雄心，没有高贵感和严肃精神的人在一起，跟那些懒懒散散，既无礼貌又不整洁的人在一起，跟那些既懒惰又轻浮，既愚笨又肤浅的人在一起 …… 跟那些人在一起我是不能习惯那地方的水土的，而且就是将来也永远习惯不了。这就像我一辈子永远改不了是你的妹妹一样。这件事伊娃·尤威尔斯办到了 …… 很好！然而尤威尔斯并不是布登勃洛克家里的人，再说她又嫁了一个多少还像样子的丈夫。可是我是什么情形呢？托马斯，你不妨回忆一下，从开头想一想！我是从这里，从这个家出去的，这个家受人尊重，家里的人都勤勤恳恳，有明确的目标，而我嫁的佩尔曼内德却是一个拿到我的陪嫁费立刻就退休的人 …… 哼，这就是他的本性，这就是这个人的特点，可是从这一点上看这还算是唯一一件可喜的事情呢。以后怎么样呢？一个婴儿要出世了！我多么高兴啊！它可以把我的苦恼一笔勾销！可是发生了什么事呢？孩子死了，夭折了。这倒不是佩尔曼内德的过错，我一点也不怪罪他。他已经尽了自己的力量，甚至有两三天没有到酒馆去，这是实情。但是这并没有使事情的性质有所改变，托马斯，它并没有使我更幸福一些。这你是可以想象到的，我忍受过来了，并没有发怨言。我很孤单，不被人了解，被看作孤僻骄傲。但是我对自己说：你已经把终身许给他了。他有一些迟钝、懒惰，他辜负了你的希望，但他是善良的，心地是纯洁的。可是以后偏偏我又遇到这件事，让我看到他最令人厌恶的面目。这时我才知道：他也跟别人一样，多么不了解我，多么不懂得尊重我。他在我背后骂的那句话，就是在你那些仓库工人里面，也没有谁肯用它去骂一条狗！这时我看出来，没有什么牵系着我了，如果我再留下去，那真是恬不知耻了。我到了这里以后，当我坐马车从车站走过霍尔斯登大街的时候，搬运夫尼尔森从旁边走过，他摘下帽子来，深深鞠了一躬，我也给他还了一个礼：我一点也没有骄傲，正像父亲向人打招呼那样……一擎手。我现在回来了。汤姆，你就是驾上一打马，也不能把我拉回慕尼黑去。明天我就去找吉塞克——”

这就是冬妮发表的一席演讲。说完了以后，她精疲力竭地倒在椅子上，重新又把下巴埋在手掌里，凝视着窗玻璃。

参议惊骇莫名，痴呆呆地，几乎可以说是大为震动地站在冬妮面前，一句话也说不出来。过了一会，他才深吸了一口气，双臂往上一抬，等抬到肩膀一般高的时候，又复陡然落下，拍打在大腿上。

“好吧，那就没有什么办法了！”他轻声说，慢慢地用脚后跟把身子转过去，向房门走去。

她仍然用他刚走进来时的那种表情望着他，绷着脸，痛苦不堪。

“汤姆？”她问道，“你生我的气吗？”

他用一只手握住椭圆形的门柄，另一只手疲倦地一挥，“啊，不，一点也不。”

她向他伸出手去，头斜搁在肩膀上。

“你到这里来，汤姆……你的妹妹的命不好。她没有遇到过如意的事……目前她找不到一个人站在她一边……”

他走回来，握住她的手。然而他的态度带着几分冷漠、疲惫；他站在她的一边，眼睛并没有望着她。

突然间，她的上嘴唇开始颤抖起来。

“你现在只好一个人挣扎了，”她说，“克利斯蒂安没有多大指望，而今我也完了……我的财产也都完了……我再也不能有什么作为了……是的，你们现在只能给我一碗闲饭吃吧，我这没有用的苦老婆子。我本来想能助你一臂之力，汤姆，我没有想到我会失败得这么惨！我们布登勃洛克一家人能不能维持住我们的声名、地位，从今以后只有你自个儿奋力支撑了……愿上帝扶助你。”

两颗清澈的、孩子般的大泪珠从她的面颊上滚下来，她脸上的皮肤已经开始显露出衰老的痕迹了。

第十一章

冬妮并没有闲着，她立刻为自己的事奔走起来。参议为了让她能平静、镇定下来，能改变一下自己的心境，暂时只要求她一件事：不要慌乱，不要出家门，她和伊瑞卡都不要出家门。一切都可能好转……暂时不要弄得满城人都知道。星期四定期的聚会被撤销了。

但是在佩尔曼内德太太回家第二天她就亲笔给律师吉塞克博士写了一封信，把他请到孟街来。她在二楼走廊上中间一间屋子里亲自接待他。她让人把这间屋子生上火，又不知为了什么目的，她在一张大桌子上摆了墨水瓶和一大沓对开的白纸，后者是从下面办公室拿上来的。他们各自坐在一张靠背椅上……

“吉塞克博士！”她说，她两臂交叠，仰望着天花板，“不论从您的为人或者从您的职业来说，您都是一个懂得生活的人！”接着她就把芭贝塔的事和在卧室里发生的事原原本本地告诉了他。吉塞克博士听完以后向她解释说，他感到很遗憾，不论是天梯上发生的那件不幸的事，或是她受到的辱骂（她始终不肯说出佩尔曼内德骂的到底是什么话），都不能构成充足的离婚理由。

“好，”她说，“谢谢您。”

接着她让吉塞克博士先给她讲解了一下法律上各项可以构成离婚的理由，又做了一个有关妆奁陪嫁等问题的更长的报告，这些她都全神贯注、津津有味地听完了。最后，她郑重其事地向吉塞克致了谢意，便暂时把他打发走了。

她走到楼下，在参议的私人办公室里见到托马斯。

“托马斯，”她说，“我求你现在立刻给那个人写一封信……我不愿意提他的名字。关于我那笔钱的问题，我已经打听清楚了。听听他的意见吧。反正他是不用想见我的面了。如果他同意通过法律办理离婚手续呢，那很好，那么我们就请他提交清算，归还我的 dos[①]。如果他拒绝呢，我们也不必气馁，因为你知道，汤姆，从法律观点来看，佩尔曼内德固然是我的产权所有人——这一点我们倒是可以承认——但是感谢上帝，我仍然有权提出我的产权要求……”

参议背着手走来走去，神经质地耸动着肩膀，因为冬妮说“dos”这个词时的那副脸色，简直骄傲得不可形容。

他没有时间。他的事务非常繁忙。她应该忍耐一下，应该把这件事再仔细考虑几十次。他首先要到汉堡去一次，明天就要动身，去和克利斯蒂安进行一桩不愉快的谈判。克利斯蒂安写信来要求支援，要求从老参议夫人的未来的遗产中抽出一笔钱来救一救急。他的买卖非常惨淡，但是他虽然不断闹亏空，却仍然在酒馆、马戏团和戏院里花天酒地地享受。从目前已经知道的负债情况来看（这

① 法文：陪嫁费。

些债都是他靠着家庭的声名借到的），他的生活水平已经远远超过他的经济能力。孟街的人，俱乐部的人，甚至全城的人都知道这件事该谁负责。那是一个女性、一个名叫阿林娜·普乌格尔的单身女人。阿林娜有两个美丽的孩子，在汉堡的大商人中不只克利斯蒂安一个人跟她保持密切而代价昂贵的关系……

总而言之，除了冬妮的离婚要求以外，还有别的烦心事。汉堡之行是一件迫不及待的事。此外佩尔曼内德也很有可能首先出头提起这件事……

参议动身走了，他回来的时候情绪抑郁，怒火中烧。由于慕尼黑方面还没有任何消息来，他看到自己必须走头一步。他写了一封信，写了一封纯属事务性的信，口气冷淡，而且带着相当的傲慢：安冬妮在和佩尔曼内德同居中感到极度失望，这是不容否认的事实……暂且撇开细节琐事不谈，只从大处来看，她在这场婚姻中也是找不到她所预期的幸福的……她希望解除这种婚约，这一点一个能理智思考问题的人一定能理解……她不想回到慕尼黑去，态度很坚决……现在的问题是，佩尔曼内德对这件事的态度如何……

在紧张地等待几天后，佩尔曼内德先生的回信来了。

他的回答大大出乎所有人的意料，无论吉塞克博士也好，老参议夫人也好，托马斯也好，甚至安冬妮本人也好，事先都没有预料到：他直截了当地同意了女方离婚的要求。

他来信说，他对发生的事衷心感到遗憾，但是他尊重安冬妮的愿望。因为他看得很清楚：她同他两人“永远也不能相合”。如果他曾经带给她痛苦的岁月，那么他希望她能忘掉这些日子，能宽恕他…… 因为他也许再也见不到她和伊瑞卡了。他预祝她和孩子永远平安幸福…… 阿罗伊斯·佩尔曼内德 —— 他在信后附笔中明确提出，立刻退还陪嫁费。他没有这笔钱也完全可以过不操心的日子。他不需要容缓日期筹措款项，因为他没有等待结清的业务，那所房子就是他的事业，他可以立即拿出现钱来。冬妮几乎有一点惭愧，而且她第一次感到，佩尔曼内德先生这样不看重钱财还是值得赞许的。

现在吉塞克博士又重新把这件事拿到手里。他和男方建立了联系，商谈离婚的理由，最后确定："双方感情破裂，难以继续维持夫妻关系。"这一案件就这样开始审理了 —— 冬妮的第二次离婚案。她非常认真，以内行的眼光热心注视着这件案子的进展。她整天谈论这件事，走到哪，说到哪，弄得参议好几次忍不住恼怒起来。最初她不能了解，参议为什么这样厌烦。她一脑子都是"孳息""进益""附带条件""妆奁权""人证物证"等法律名词儿，这些词儿她动不动就扬着头，耸着肩膀，又神气又流利地脱口而出。有一次在和吉塞克博士讨论问题时，吉塞克谈到的一段话留给她的印象最深，这段话谈的是"妆奁中如有珠宝，可抵作陪嫁费之一部分，但在婚约解除时，必须退还女方"。关于这项根本不存在的珠宝她逢人必说。伊达·永格曼、尤斯图斯舅舅、可怜的克罗蒂尔德、布来特街的布登勃洛克三姐妹都知道这件事。关于布来特街的三姐妹，这里要说一下，当她们知道了这次离婚的事以后，立刻把手揣在怀里，面面相觑，又惊又喜，一句话也说不出：上天有眼，离婚的事果然被她们料中了……冬妮自然也告诉了苔瑞斯·卫希布洛特（伊瑞卡·格仑利希现在又在她那里上学了）这件珠宝的事。甚至还告诉了那个老实的凯泰尔逊太太，可惜凯泰尔逊太太因为种种原因丝毫也听不懂……

离婚正式宣判，法律上生效的日子终于来了。这一天冬妮办完了最后一件必要的手续，从托马斯那儿要来家庭大事簿，亲自把这件事填写进去……现在要做的只是习惯于既成的事态了。

她很勇敢地做了这件事。布登勃洛克三姐妹的像小刀子一样的挖苦话她只当作耳边风，一副傲然的神色依旧丝毫不变。她在街上遇见哈根施特罗姆和摩仑多尔夫两家人，摆着刺骨冰冷的面孔从他们头顶上望过去。她放弃了一切社交活动。这些社交活动，这里可以说明一下，几年来早已不在孟街老家举行，而转到她哥哥的新宅那边去了。她有的只是家中几个亲人：老参议夫人、托马斯、盖尔达，有的只是伊达·永格曼、塞色密·卫希布洛特——她视若慈母般的一位朋友——和伊瑞卡。她孜孜不倦地精心照看着伊瑞卡如何能受到"高贵"的教育，说不定她的最后的一个隐秘的希望也是放在伊瑞卡的前途上……她就这样生活着，而时间也就这样消逝过去。

以后，一直没有查明通过什么方式，家里某几个人居然知道了那句致命的"话"，就是佩尔曼内德先生那天夜晚脱口骂出来的那句话。他骂的究竟是什么呢？——"滚到地狱去吧，你这臭娘儿们！"

冬妮的第二次婚姻就这样结束了。

布登勃洛克一家

一个家庭的没落 / 下

Verfall einer Familie

BUDDENBROOKS

人民文学出版社

第七部

Siebenter Teil

第一章

洗礼宴 …… 布来特街办洗礼宴了！

佩尔曼内德太太那次怀着第二个婴儿时梦想的种种排场这次一应俱全。餐厅里，侍女们正在桌子前边往一杯杯滚开的巧克力茶里加奶油。这些杯子密密匝匝地摆在一只贝壳形、镀金柄的大圆茶盘里。为了不搅扰前边大厅里正在举行的仪式，侍女们都轻手轻脚，竭力不使杯碗发出磕碰的声音 …… 仆人安东这时正在把一块像座小山似的大蛋糕切开，而永格曼小姐则往银盘子里摆糖果和鲜花。她一边工作一边侧着头审视，两只小手指向外翘着 ……

再过一会儿，当主人和来宾在起居间和客厅里坐定以后，这些美点就要端上来。但愿这些东西足够客人享用，因为今天聚会的亲友委实不少。今天这“亲友”两字是比较广义的，虽然还不能说是最广义的。为什么这么说呢？因为通过鄂威尔狄克家，布登勃洛克跟吉斯登麦克也有亲属关系，而通过吉斯登麦克家，又跟摩仑多尔夫沾点亲。这样推下去，就永远没有尽头了 …… 但是鄂威尔狄克家还是派来了代表，来的是这一家的老主人，八十多岁

的卡斯帕尔·鄂威尔狄克博士，现任市长。

鄂威尔狄克市长是坐马车来的。他拄着弯柄手杖，另一只手臂由托马斯·布登勃洛克搀扶着，走上了楼梯。他的出席更增加了这次喜宴的隆重性……而且，不容怀疑，这次喜事也确实值得隆重庆祝！

在那边大厅里，在一张铺着台布、摆着鲜花、临时改作祭坛的小桌后面，一位穿着黑色法衣、配着磨盘一样大的新浆洗过的雪白硬领的年轻牧师正在祈祷；而在小桌前面，一个高大魁梧、营养良好、身穿金红两色衣服的女人正用她那膨脝饱满的粗胳臂抱着一个几乎淹没在花边和缎子花结里的小东西……这一家人的继承人！一个传宗接代的人！一位布登勃洛克！我们了解不了解这意味着什么呢？

当喜讯刚从布来特街传到孟街来的时候，当人们第一次悄悄吐出那暗示的话语时，我们了解不了解人们那时的喜不自禁的心情？我们了解不了解佩尔曼内德太太听到这个消息时带着何等无言的狂喜拥抱住她的母亲、她的哥哥，又怎样比较小心地拥抱住她的嫂嫂？而现在，随着春天到来，随着1861年的春天到来，“他”终于出世了，他正在接受神圣的洗礼，他，这么多希望早已寄托在他身上，人们早已谈论着他，期待着、渴盼着他。为了他，人们一直在乞求上帝，一直在折磨着格拉包夫医生……而今他终于降世了，虽然看去毫无惊人动众之处。

他的两只小手玩弄着保姆腰上的金穗子，小脑袋包在镶着淡蓝缎带的织花软帽里，正歪躺在枕头上，毫不介意地把后脑勺对着

牧师，一双小眼睛好像很老于世故似的一闪一闪地望着大厅，望着大厅里的亲友。他的上眼皮上生着长长的睫毛，在这对眼睛里，父亲瞳子的淡蓝色和母亲眸子的棕黄色结合成一种淡淡的、随着光线而变化的无从确定的金棕色。鼻梁两旁的眼窝很深，罩着一圈青影。这就过早地给这张小面孔 —— 虽然还很难称之为面孔 —— 平添了一些表现性格特点的东西，这对于一个刚出世四周的婴儿是颇不合适的。但是上帝一定会保佑，不使那特征成为任何不幸的征兆。母亲的相貌也是这样，而她的命运不是一直很好吗？不管怎么说，这条小生命活下来了，而且是个男孩子，这正是四个星期以前使这一家人欣喜若狂的理由。

这条小生命活下来了，可是当初很可能是另外一种情况。参议永远也忘不了四个星期前那位好心肠的格拉包夫医生在离开产房时握着他的手对他说的话："感谢上帝吧，亲爱的朋友，差一点 ……" 参议没敢问，差一点就怎么了。这个一家人盼望了这么多年才出世的小生命 —— 他出生的时候连哭声也没有 —— 竟差一点像安冬妮的第二个孩子一样夭折。这个思想一冒头，参议就万分恐惧地把它压回去 …… 但是他知道，四个星期前的一个时刻，对于母亲和婴儿都是生死关头，他不禁幸福而温柔地向盖尔达俯下身去。盖尔达这时正靠在他前边、老参议夫人身旁的一张安乐椅上，两腿交叠在一只天鹅绒垫子上，脚上穿着漆皮鞋。

她的脸色仍然多么苍白啊！这样雪白的皮肤配着浓密的深红色的头发和神秘的眼睛 —— 那眼睛仿佛带着某种半掩的讥讽凝视着传道士，这种美丽又是多么富于奇异的情调啊！讲道的是安德

利亚斯·普灵斯亥姆，pastor marianus[①] 自从老科灵暴病死去以后，他虽然很年轻却已经升为总牧师了。他高抬着下巴，两手虔诚地交叠在下巴底下。他生着短短的金黄色鬈发，颧骨突出，面孔刮得干干净净，脸上的表情时而严肃激昂，时而明澈恬静，倒有些像在做戏。他自幼生长在弗兰哥尼亚，那地方的人几乎清一色信奉天主教，只有他多年来一直是一个路德派小教会的信徒。为了努力使语音纯粹、语调动人，他的地方口音变成为一种非常奇怪的发音：母音不是读得长而闷，就是生涩短促，而子音 r 则总是贴着牙龈卷出来。

他赞美上帝，有时把声音放得又轻又低，有时又高大响亮，声震四座，全家人都在倾听着。佩尔曼内德太太故意摆出一副庄重严肃的神情，用以掩住心中的喜悦和骄傲，伊瑞卡·格仑利希这时十五岁，已经长成一个结实的少女了。她梳着辫子，面颊和父亲的一样，泛着玫瑰红。克利斯蒂安是当天早晨从汉堡赶来的，一对深陷的眼睛骨碌碌地东瞧瞧、西望望 …… 蒂布修斯牧师夫妇不辞旅途颠簸，也长途跋涉从里加赶来，出席这次洗礼宴。西威尔特·蒂布修斯把自己两绺稀疏的长发分披在两边肩膀上，一对灰色的小眼睛时不时瞪得出奇地大，越瞪越大，眼珠凸得仿佛随时会掉出来似的 …… 还有克拉拉，阴郁、严肃，不断用一只手摸头，她仍然在害头痛 …… 这一对夫妻还给布登勃洛克家带来一件非常贵重的礼品：一只后脚立地、张着血盆大口的棕熊标本。这只

① 拉丁文：圣玛利教堂的牧师。

巨熊是牧师的一位亲戚在俄国内地某处打死的。现在这只熊摆放在楼下进门的地方，两只前爪托着一只盛名片的盘子。

克罗格家的尤尔根这时正回家省亲，就是那个在罗斯托克邮政局任职的人。他是一个衣着朴素，沉默寡言的人。至于亚寇伯的行踪，除了他的母亲以外，没有第二个人知道。这位老太太本是鄂威尔狄克家的姑娘，秉性柔弱，为了给她这个被剥夺了继承权的儿子寄钱，甚至不惜偷偷把家中的银器卖掉 …… 布登勃洛克的几位本家小姐也来登门祝贺，她们对这件喜事都万分高兴，但是这并未妨碍菲菲发表意见说，这个孩子看来不很结实。她这句评语得到她母亲 —— 姓施推威英的老参议夫人、弗利德利克以及亨利叶特的一致同意，虽然她们对这个事实也很表示遗憾。至于可怜的克罗蒂尔德则仍如往昔一样灰黑、瘦削、饥肠辘辘，生得一副苦相。普灵斯亥姆牧师的讲话以及对蛋糕和巧克力茶的欲望使她非常感动 …… 不属于本家或亲戚之列也到场祝贺的有弗利德利希・威廉・马尔库斯先生和塞色密・卫希布洛特两个人。

这时牧师把话头转向两位教父，向他们宣讲他们的职责。尤斯图斯・克罗格是两位教父之一 …… 布登勃洛克参议最初不愿意请他。“我们还是不要挑唆起这个老头做蠢事吧！”他说，“为了他那个宝贝儿子，每天他都跟老伴吵得一塌糊涂，他那点家当眼看就挥霍尽了，因为苦恼，他甚至连整洁的外表也顾不上了！可是你们以为他会怎样？只要我们请他做教父，他就一定会送给孩子一整套金器皿，而且连回礼都不接受！”话是这么说了，可是当尤斯图斯舅舅一听说准备请谁做教父的消息 —— 当时想请的是斯台

凡·吉斯登麦克，参议的一位朋友 —— 马上大发脾气，结果大家还是请他来担当这个职务。他送的金器皿并不是加厚的，这一点倒叫托马斯·布登勃洛克心安一些。

第二位教父是谁呢？这就是那位白发苍苍、德高望重的老头儿，市长鄂威尔狄克博士。他系着高领，穿着软料子的黑外衣，从后面一个衣袋里露出一条红手帕的角儿。他坐在一张最舒适的靠背椅上，身子俯在曲柄手杖上。这是一件大事，一个胜利！很多人简直想不出，这件事怎么可能发生。老天爷，这门亲戚是从哪里算起的呢？布登勃洛克一家人一定是生拉活扯才把这位老头儿拖进来的…… 一点不错，这果然是个计策，是参议和佩尔曼内德太太共同做的圈套。原来当初确知母子都平安的时候，在大家的第一阵喜悦里，只是把它当作个开玩笑的话。"是个男孩子，冬妮 —— 得请市长来当教父啊！"参议信口喊道。可是冬妮却把这句话当了真，而且认真地着手办起来。后来，参议把这件事考虑过以后，也同意试着做一做。这样，他们就去怂恿尤斯图斯舅舅，让尤斯图斯舅舅派他妻子到自己娘家嫂子 —— 木材商鄂威尔狄克的妻子那儿去，而这位娘家嫂子事前又在她的老公公面前打点了几句话。以后，托马斯·布登勃洛克毕恭毕敬地亲自登门拜访了这位政府的首脑，这件事终于办妥了……

保姆把小孩的帽子打开一点，牧师从面前摆着的金面银底的盘子里蘸了两三滴水，小心翼翼地洒在小布登勃洛克的稀稀拉拉的头发上，又慢吞吞地、一板一眼地读出他起的名字：尤斯图斯·约翰·卡斯帕尔。接着是一个简短的祈祷，然后亲友们逐一走过来，

在这个一声不响、麻木冷淡的小东西的脑门上印上祝福的吻……苔瑞斯·卫希布洛特走在最后面，轮到她的时候，保姆不得不把孩子往低处放了放，而塞色密也好像心怀感激地又特别多吻了一下，啧、啧的两声响，中间夹着一句话："你这个乖孩子！"

三分钟以后所有的人都三五成群地聚集在客厅和起居室里，甜食开始传递开来。连普灵斯亥姆牧师也坐在那里，开始啜饮热巧克力茶里的冷奶油了。他穿着一件长及脚面的法衣，戴着硬领，衣襟下面露出两只擦得光泽闪闪的大肥靴子。他和别人闲谈的时候脸色安详清澈，同他演讲的样子迥然不同，因此留给别人的印象也特别深刻。他的每一个动作都清清楚楚地表示出：看哪，我也可以把牧师的身份抛掉，做一个愉快和气的世俗人！不错，他是个精明伶俐、平易近人的人。他跟老参议夫人谈话的时候语调温存委婉，和托马斯以及盖尔达谈话就一变而为一个处世有方的人，随随便便地做着手势。和佩尔曼内德太太谈话的时候他用的又是亲密、戏谑、欢欣愉快的语调……有时候，当他想起自己身份的时候，他就把两手交叠在膝上，头向后一仰，皱起眉头，拉长了面孔。笑的时候他总是咬紧了牙关，断断续续地往里抽气。

忽然间走廊里起了一阵骚动，传来仆役们的哄笑声，一位奇怪的贺客出现在门口。来的是格罗勃雷本。格罗勃雷本的尖鼻子上，一年四季总挂着一条稀鼻涕，摇摇欲坠，却又从来不落下来。他是参议的粮栈工人，但是他的东家又给他指定了一项副业，叫他擦皮鞋。每天一清早他就来到布来特街，拿起摆在门口的靴鞋，在门道里一只一只地擦拭。遇有喜庆典礼的时候，他总是穿上节

日服装，带着鲜花，登门祝贺。他用哼哼唧唧的油滑声音念一段祝词，鼻尖上那条清鼻涕也跟着摇来摆去，念完以后别人总给他一点儿钱作谢礼。然而他可不是为了这个才来的！

他穿的是一件黑礼服 —— 那是参议穿过的一件旧衣服，脚下却是一双涂好鞋油的高筒皮靴，颈上系着一条蓝颜色的羊毛围巾。他的一只干瘦通红的手里擎着一大束已经有些开谢了的褪色的玫瑰花，花瓣儿不断飘飘摇摇地落到地毯上。他的一双小红眼睛一眨一眨地向周围张望，可是看来什么也没有看见 …… 他一进门就站住，把花束擎在面前，马上讲起话来。他每说一个词老参议夫人就加以鼓励地向他点点头，而且时不时地插一两句安慰他的话。参议则一直望着他，挑着一条淡淡的眉毛。另外也有些人，譬如佩尔曼内德太太，则用手帕捂着嘴。

“诸位老爷，诸位太太，我是个穷人，可是我的心也是肉做的。布登勃洛克参议老爷对我的好处说也说不完，如今碰到主人家里这样的大喜事，我也是从心眼里高兴。我现在来就是为了向参议老爷、参议太太和诸位高亲贵友贺个喜，盼望这个孩子长得结结实实的，不管从天理还是从人性上讲，都得这样。因为像布登勃洛克参议这样的好主人可真是百里挑不出一个。他是个大善人，老天爷一定会报答他的 ……”

“好哇，格罗勃雷本！你说得很不错！谢谢你的吉利话，格罗勃雷本！你拿这束玫瑰花来做什么啊？”

可是格罗勃雷本的话还没有讲完，他拼命把自己哼哼唧唧的声音提高，盖住参议的声音。

“…… 老天爷会报答他这一切善行的，我说，报答他和他的一家贵人。将来有一天，等我们都站到上帝的宝座前面，我这么说是因为早晚有一天我们都要进坟墓，穷人也好，阔人也好，这是老天爷的主意，是他打的算盘。有的人有一口漆得油光瓦亮的杉木大棺材，有的人只有一口薄板匣子，反正我们都得埋到土里去，土里来的土里去 ……”

“得了，格罗勃雷本！我们今天是洗礼宴，你少说这一套吧 ……”

“这里我拿来几朵花。”格罗勃雷本结束了他的演说。

“谢谢你，格罗勃雷本！你太费心了！何必破费这么多啊，朋友！这样的演讲我也是很长时间没听到了 …… 喏，把这个拿去！痛痛快快地去玩一天吧！”参议拍了拍他的肩膀，随手递给他一个泰勒。

“把这个也拿去吧，好人！”老参议夫人说，“告诉我，你喜爱救世主吗？”

“我从心里爱他，老太太，一点也不假 ……”于是格罗勃雷本又从她手里拿过去一个泰勒，接着又从佩尔曼内德太太那里拿走一个。这以后，他右脚向后一撤，鞠了个躬，退了出去。至于他拿来的玫瑰，除了那些已经落在地毯上的以外，他神思恍惚地又随手带走了 ……

这时市长起身告辞，参议一直把他送上马车。这对其他的客人说来，是个应当告辞的信号，因为盖尔达 · 布登勃洛克还需要静养。屋子里逐渐安静下来。还没有走的只剩下老参议夫人、冬妮、

伊瑞卡和永格曼小姐了。

“哦，伊达，”参议说，“我在想——母亲也同意这样做——我们小时候你都看护过，等小约翰长大一点的时候……现在虽然有保姆，可是以后总需要一个照料他的人，到那时候你愿意不愿意搬到我们这边来呢？”

“当然，当然，参议先生，如果你的太太也愿意的话……”

盖尔达对这样安排也很满意，于是这个建议马上就采纳了。

临走的时候，已经到了门口，佩尔曼内德太太又重新回过身来。她走到她哥哥跟前，在他面颊上一边吻了一下，对他说：“今天真太好了，汤姆，我非常幸福，这种感觉我已经好多年没有了！谢天谢地，我们布登勃洛克家的好光景还在前面呢。谁要是认为我们的家运已经走到头，他可是错到家了！现在有了小约翰，我们还叫他约翰，多么美，我就觉得仿佛我又开始了新生活似的！”

第 二 章

克利斯蒂安·布登勃洛克，汉堡 H.C.F. 布尔梅斯特股份公司的主人，手里拿着他的时髦的灰帽子和一根顶上刻着半身修女像的黄色手杖，走进他哥哥的起居室。汤姆和盖尔达这时正坐在一起看书。这是举办洗礼宴那一天晚上九点三十分左右的事。

“晚安，”克利斯蒂安说，“啊，托马斯，我有一件刻不容缓的事要跟你谈谈 …… 对不起，盖尔达 …… 很紧急，托马斯。”

他们走到黑暗的餐厅里，参议把墙上的一盏瓦斯灯点起来，打量着自己的兄弟。他猜到不会有什么好事情。除了克利斯蒂安刚回到家里来，他跟自己兄弟打过招呼以外，直到现在他还没有机会跟他谈过。但是在这一天晚上的宴会上他曾经留心观察过他，而且发现他异乎寻常地严肃、慌乱。另外在普灵斯亥姆牧师讲道的时候，他不知道为什么还离开了客厅几分钟 …… 自从克利斯蒂安为了弥补亏空，有一天在汉堡从他手里接过来预支的一万马克遗产以后，托马斯就没有再给他写过一行字。“你要是再这样下去，”参议当时对他说，“你的钱很快就会折腾完。讲到我个人，我希望将来你少挡我的路。这几年来你一直滥用我对你的手足之情 ……”

他现在来做什么呢？一定出了什么紧急的事儿……

“什么事？”参议问道。

“我维持不下去了。”克利斯蒂安回答说，一边在一张围着餐桌摆着的高背椅子上斜着身子坐下来，把帽子和手杖放在瘦骨嶙峋的膝盖上。

“我可不可以问一声，你究竟在什么事上维持不下去了？你到我这里来有什么打算？”参议说，他一直没坐下。

“我维持不下去了。”克利斯蒂安重复说，悼惑不安、神情严肃地来回晃着头，一对深陷的小眼睛东张西望。这一年他才三十三岁，然而他的相貌却比实际年龄苍老得多。他的黄里泛红的头发已经非常稀疏，整个头盖骨差不多都露在外面。颧骨突出在两边深陷的面颊上边，中间却昂然挺翘着一只没有肉的、瘦削的弯钩大鼻子……

“如果只是这个倒也罢了，”他接着说，一边把手在自己的左半身从上到下地移动着，却又没触着身体……“这不是疼，这是酸疼，你知道，一刻不停地酸疼，摸不着准确的地方。在汉堡的时候，德罗格米勒大夫对我说，这半边身子的神经太短了……你想象一下，我这半边身子所有的神经都不够尺寸！多么奇怪的事……有时候我觉得这边身子早晚要痉挛，或者麻木不仁，非害一辈子半身不遂不可……你是想象不出来的……没有一天晚上我能够睡安稳觉。我猛地惊醒过来，因为我的心忽然停止跳动了，我吓得出了一身冷汗……在我睡着以前，这种情形不是发生一次，而是十次。我不知道，你有没有过这种情形……让我仔细给你讲讲……

是这样的 ……”

“算了吧，”参议冷冷地说，“我想你不是为了告诉我这件事才到我这儿来的吧？”

“不是，托马斯，如果只是这件事那倒好了。可惜不只是这一件！是生意上的事 …… 我维持不下去了。”

“怎么，生意又不顺当了吗？”参议若无其事地说，甚至连语调也没有提高。他只是声色不动地这么问了一句，一边以冷漠、厌倦的神色从侧面望着他的兄弟。

“不是，托马斯。说老实话，现在反正都一样了，我的生意从来就没有顺当过，你不是不知道，就是上次你给我那一万马克也没有什么裨益 …… 那笔钱只不过救了一下急，没有让我马上就歇业而已。事实是 …… 拿到那笔钱以后，我马上又赔了钱，赔在咖啡上 …… 由于安特卫普破产的事 …… 这是实情。从那时候起我什么生意也没有做，只是袖手旁观。可是一个人总得生活呀 …… 所以现在又有了票据和债务 …… 五千泰勒 …… 唉，你是不知道我陷得多么深！再加上这折磨人的病 ……”

“哦，你只是袖手旁观吗？”参议失声喊道。这时候他已经控制不住自己了，“你把小车子陷在泥塘里，自己却到一旁去享乐！你以为我不知道你过的是什么日子吗？整天在戏院、马戏团和俱乐部里和下流女人厮混 ……”

“啊，你说的是阿林娜 …… 是的，你对这件事是不够了解的，而我之所以不幸，也许正因为我过于了解这些事。如果你说我在这件事上破费的钱太多，这倒被你说着了。而且以后我还得费不

少钱，我要告诉你一件事 …… 这是咱们兄弟俩说话 …… 第三个孩子，半年前生的一个小女孩 …… 那是我的。”

“你这蠢驴！”

“不要这么说，托马斯。你即便生气，也要公平对待她，对待 …… 为什么孩子就不能是我的呢？ 至于说到阿林娜，她一点也不下贱，你不能用这类话骂她。她决不是那种随便哪个男人都跟的女人，为了我她就跟霍尔姆参议决裂了，其实霍尔姆的钱比我多得多。她对我就是这样有情义 …… 不，托马斯，你一点也不了解她是怎样一个绝妙的人儿！ 她是健康的 …… 那样健康 ……”克利斯蒂安又重复了一句，一边说一边拳着手指，手背向外地遮在脸前边，正像他过去一说到“That’s Maria”和伦敦的伤风败俗的事情时所做的手势一样，“你应该在她笑的时候看一看她的牙齿！ 我走遍了大半个地球也没看过这样的牙齿，在瓦尔帕莱索找不出来，在伦敦也找不出来 …… 我永远也忘不了我和她初次相逢的那个晚上 …… 那是在乌利希饭店吃牡蛎的餐室 …… 那时候她还跟霍尔姆参议在一起呢，可是我跟她说了点什么，对她略施温柔 …… 以后，当我得到她的时候 …… 嗬，托马斯！ 那种感觉可跟你做了一笔好生意的感觉完全不同 …… 你不喜欢听这些事，我已经从你脸上的表情看出来了，反正这件事也到了尾声了。我就要跟她分手了，虽然因为这个孩子，我还不得不跟她保持着某种联系 …… 你知道，我要在汉堡把一切欠债还清，然后把生意结束。我现在维持不下去了。我已经跟母亲谈过，她愿意把另外五千泰勒也先给我，这样我就可以把事情料理清楚。我想你也会同意我这样做，

因为听别人简单说一句‘克利斯蒂安·布登勃洛克清理了债务出国去了’，总比听人说别的话好得多 …… 总比说我破产好得多，我想你的看法也是这样的。我打算再回到伦敦去，托马斯，在伦敦找个位置。我这人一点不适合独立工作，这一点我看得越来越清楚。不适合负这么大的责任 …… 当一名职员，晚上就可以逍遥自在地回家去 …… 再说我也喜欢伦敦的生活 …… 你赞成不赞成我这样做？”

在整个这场剖白中，参议一直背朝着他兄弟，双手插在裤袋里，一只脚在地上画图形。

“好，你就去伦敦吧。”他只简单地回答了一句，就把兄弟扔在背后，独自走回起居室。他甚至没有回过头来望一眼。

但是克利斯蒂安却跟在他身后。他向独自坐在那边看书的盖尔达走去，向她伸出手。

“晚安，盖尔达。啊，盖尔达，我不久就要到伦敦去了。人们这样随便被命运抛来抛去，真是奇怪。现在我又要走进那茫然不可知里，走进这样一个大城市，那里，走不了三步路就会遇到一桩冒险的事，那里人们遇到的新奇事可多着呢。真是奇怪 …… 你有过这种感觉吗？这里，就在胃旁边 …… 真奇怪 ……”

第 三 章

杰姆斯·摩仑多尔夫，最老的一位商人议员，死得非常离奇，也非常可怕。这位害糖尿病的老头儿已经完全失掉摄卫自己的本能。晚年他酷嗜点心和蛋糕，一点儿也不知道节制。同时给摩仑多尔夫家做顾问医生的格拉包夫医生虽然竭力抗议，而忧心忡忡的家人也半请求半强制地把老人的甜点心撤销，可是这位老议员做出了什么事呢？虽然神经上已经成了半残废，他居然在一条陋巷里，在小格罗波街，安琪儿斯维克街，要不也许是莫格维什巷租到一间屋子，营造了一处真正的洞窟，每天偷偷摸摸地溜进去狂吃蛋糕……人们也就是在这里发现了这位灵魂已经出壳的老人，嘴里还塞满了嚼碎一半的甜点心。另外，在衣服上和一张破烂的小桌上也满是点心渣子。没等慢性病把他的身体掏空，中风便猝然夺去了他的生命。

对于老人死时这种令人作呕的丑态，这一家人尽力隐瞒着不使外人知道，然而事情还是很快地在城里传播开，成了街谈巷议的话题。不论是交易所，是俱乐部，是“和谐”餐馆，是商号的办公室，是市民议会，还是在哪家举办的舞会、宴会和晚会，到处都

谈论着这件事，因为这件事发生在2月——1862年2月，正是社交生活最活跃的季节。甚至在布登勃洛克家的“耶路撒冷晚会”上，当丽亚·盖尔哈特的朗诵稍一住声，老参议夫人的女友们也悄悄地谈起摩仑多尔夫议员暴死的事。甚至当主日学校的小女孩儿满心敬畏地走在布登勃洛克家的大门道上时，也在嘀嘀咕咕地说这件事。讲到铸钟街的史笃特先生跟他那位和上流社会有来往的老婆，两人更是不厌其详地谈说这件事。

但是人们的兴趣不能长久地停留在死人身上。这位老议员逝世的消息刚一传来，一个重大的问题马上就出现了……等到泥土把死者盖上以后，更是只剩下这一个问题盘踞住每个人的脑子了：谁继承他的议员职位？

大家的心情多么紧张啊！暗中的活动又多么频繁！如果是一个外地人到这里来观光中世纪古迹和城郊的秀丽风景，他当然什么也看不出来。可是在这一切表面底下隐藏着怎样的奔忙角逐，怎样的兴奋不安啊！种种立论坚实、不容置疑的意见彼此交锋，最初是喧哗争吵，各不相让，其后又互相切磋，慢慢地融会贯通起来。人们的热情被激发起来了。虚荣和野心正在蓄势待发，掩埋起来的希望又复蠢蠢欲动，昂起头来，但是也要再次遭受幻灭。住在面包房巷的老商人库尔茨每次选举总是只得三四张选票，这次在选举的一天又是心惊胆战地坐在家里等人来喊名字，然而这次他又落选了。他以后仍然要摆出一副正直和怡然自得的面孔到外边散步，用手杖嗒嗒地敲着人行道。他一辈子也当不上议员，直到躺到坟墓里，他将要抱恨终身……

当布登勃洛克一家人在星期四团聚的时候谈论到杰姆斯·摩仑多尔夫暴卒的事情，佩尔曼内德太太在表示了几句惋惜的话以后，开始用舌尖舐了舐上嘴唇，又狡猾地盯了她哥哥一眼。这两个动作不幸被布登勃洛克三姐妹看在眼里，她们马上彼此交换了个极其尖刻的眼色，接着又仿佛受了一道命令似的，一齐把眼睛和嘴唇紧闭了一秒钟。参议对于他妹妹的狡谲的笑容也微笑了一下作为回答，接着就把谈话转到其他话题上。他知道冬妮脑子里沾沾自喜地想着的事，也正是全城人谈论着的那件事……

有的名字一提出来就被否决掉。也有一些名字提出来以后荣获了审查资格。面包房巷的兴宁·库尔茨年纪太大了，无论如何需要的是新生力量。木材商胡诺斯参议的几百万家私在天平上虽然占了很大分量，可惜碍于宪法上的规定没有当选议员的资格，因为他的一个哥哥已经是议会的一员了。在候选人的名单上能站得住脚的有酒商爱德华·吉斯登麦克参议和亥尔曼·哈根施特罗姆参议。此外还有一个名字从一开始便不断听人提起，这就是托马斯·布登勃洛克。选举日益逼近，人们看得越清楚，他和亥尔曼·哈根施特罗姆是两个最有希望当选的人。

毫无疑问，亥尔曼·哈根施特罗姆有自己的一群拥护者和崇拜者。他热心公众事业，施特伦克和哈根施特罗姆公司腾达发展的惊人速度，参议本人的奢华的生活方式，他的豪华住宅，他早餐吃的鹅肝馅饼，凡此种种，对他的声势都不无助长之功。这位商人身材伟岸，略有一些肥胖，浅红色的络腮胡子剪得短短的，鼻子稍有一些扁平地贴在上嘴唇上。他的祖父还是一个默默无闻

的小人物，连他自己也不清楚祖父的生平。父亲由于娶了一个富有的，然而身份可疑的女人，在社交界几乎还没有立足之地，而他自己却仰仗着和胡诺斯家，和摩仑多尔夫家攀了亲，挤到本城五六家名门望族的行列里。他的姓氏居然能和这些高贵的门第并列，他本人也无可争辩地成了一个令人起敬的显赫人物。亥尔曼性格中新奇的地方，同时也是他吸引人的地方，是他的自由和宽容的本性。也正是这一点使他和一般人不同，使他在许多人心目中居于领导地位。他那种轻易大方的赚钱和挥霍的方式，和他的一些同僚商人的勤俭谨慎、循规蹈矩的工作方法很不相同。他有自己的立脚点，不受传统桎梏约束，也不懂得遵奉旧习。他住的不是那种祖传的老式住房，面积宽阔得近乎浪费，巨大的石板过道穿过白漆油刷的回廊。他的坐落在桑德街 —— 布来特街向南延伸过去的一条街 —— 的住宅是一所新房子，并不拘泥于传统的笨拙式样。房屋的正面粗粗地上了一道油漆，朴素简单，房间大小的比例切合实际，家具设备华丽阔绰而又舒适。不久以前他还借着在家里举办一次盛大晚会的机会，请来一位在市剧院演唱的歌剧女演员。饭后他请这位演员给客人们 —— 这里面也有他的一个爱好艺术、颇有文艺才能的兄弟，一位法学士 —— 唱了几首歌曲，事后给了这位女士很大一笔酬金。如果在市民代表会里有人提议拿出相当一笔款项来修缮维护中世纪的古迹，亥尔曼决不是赞成这种建议的人。但是另一方面，他却是第一个，是全城居民里第一个在自己的住宅和办公室里安置上煤气照明设备的人，这是无可争辩的事实。如果说哈根施特罗姆参议也遵奉什么传统，那就

是从他的父亲，老亨利希·哈根施特罗姆那里继承下来的自由、进步、善于容忍和没有成见的思想方法，人们对他的崇拜也正建筑在这上面。

托马斯·布登勃洛克的威信建筑在另外一些东西上。人们尊敬他不只因为他本人值得尊敬，而且也因为留在他身上的他父亲、祖父和曾祖父的还没被人遗忘的性格。抛开他自己在商业和社会活动上的成就不谈，他还代表着一个已有百年历史的商人家庭的光荣传统。当然啰，他维护、体现这一传统时的那种优美大方、令人心悦诚服的风度也许是最重要的东西。最使他出人头地的是，即使在一般有学问的同事中，他也显得受过非常良好的正规教育。不论他出现在什么地方，他的这种表现不但为他赢得了人们的尊崇，也使人感到他有些与众不同……

星期日在布登勃洛克家，由于参议本人也在场，大家对于即将举行的选举常常只是简单地提一下，态度也都很冷淡。在谈到这件事时，老参议夫人总是缄默地把一双明亮的眼睛向两旁瞟去。只有佩尔曼内德太太不能克制自己，时时要显耀一下她对于宪法的惊人知识。宪法上有关议员选举的每条条款，她都已经研究得非常透彻，正像一年前她对离婚法也曾经下过苦功夫一样。她向大家谈选举室、选民和选票，反复考虑每一种可能发生的结果。她背诵选民在投票前应做的庄严誓词，背得滚瓜烂熟，给大家解释什么叫“公开评论”：根据宪法，所谓“公开评论”就是各选举室对候选名单上的名字公开讨论。此外她还表示非常希望在“公开评论”亥尔曼·哈根施特罗姆的性格时也能参加。一秒钟以后，她又

俯着头数起她哥哥的盛蜜饯盘子里的李子核来："选得上 —— 选不上 —— 选得上 —— 选不上 —— 选得上！"说到最后一个字她很快用叉子尖把缺少的一个李子核从旁边一个盘子里挑过来 …… 吃过饭以后，她无论如何也忍不住了，便拉着参议的胳臂把他拖到一边，拖到窗户前边来。

"哎呀，上帝！要是你能当上，汤姆 …… 要是我们家的纹章也能挂在市议会的武器库里 …… 我就要高兴死了！我会高兴地倒在地上，马上死去，你看着吧！"

"真的吗，亲爱的冬妮！我求求你，你还是克制着自己一点，严肃着点吧！你平常不是很会端架子吗？难道我也要像兴宁・库尔茨那样到处奔走吗？咱们家没有'议员'也很有地位了 …… 不论是这样还是那样，我看你还是活下去的好。"

上面谈过的那种激动、商谈、意见的交锋仍然有增无减。彼得・多尔曼参议，那个买卖除了剩下一个空字号什么都亏空干净，而且把他的一个二十七岁女儿的遗产完全吃了进去的纨绔子也参加到这场竞争里来。他应邀赴托马斯・布登勃洛克家的宴会，同样也应邀赴亥尔曼・哈根施特罗姆举办的宴会，而且无论在谁家的宴会上他都用轰隆隆的大粗嗓门称呼东道主为"议员先生"。塞吉斯门德・高什像个咆哮的怒狮一样到处游荡，对于任何一个不愿意投布登勃洛克参议选票的人，他连话都不想多说，就要马上把人家掐死。

"布登勃洛克参议，诸位先生 …… 哈，多么伟大的人！想当初在1848年，布登勃洛克参议的父亲一句话就平息了一群暴乱者

的怒火，那时我也站在他老人家身边 …… 如果世界上还有正义的话，他的父亲，他父亲的父亲早就应该当选为议员了 ……”

但是如果仔细推究起来，使高什先生的内心燃起烈火来的与其说是布登勃洛克参议本人，倒不如说是参议的年轻夫人，阿尔诺德逊家的姑娘。这个经纪人从来没有跟她谈过一句话。他不属于那些富商之列，没有坐在这些人的餐桌上吃过饭，也没有跟这些人互相拜访过。但是，正像我们前面提到过的那样，盖尔达·布登勃洛克刚一出现在这座城市，这位阴郁的、目光总在追求奇异事物的经纪人便立刻发现她了。凭着自己的永无差错的本能他立刻看出来，这个女人注定会给他自己平淡的生活添加一些内容。虽然这时他多半连她的名字还不知道，但已经把自己的灵魂和身体全部献出来，甘心做她的奴隶了。没有人把他介绍给她，但是从这一天起，他的思想无时不围着这位神经质的、极端拘谨的女郎盘旋，正像老虎围着驯兽人旋转一样。有时在街上偶然相遇，他迎着她把自己的耶稣教徒的帽子一摘，几乎把她吓一跳。这时他那阴沉的脸色、奸诈而卑屈的姿势，也同样是老虎对驯兽人的那一套 …… 这个平凡的世界不可能给他机会为这个女人做出什么凶残可怖的事来，如果有这种机会，他，这个驼着背的、阴沉、冷漠地裹在斗篷里的人，会以什么样的魔鬼似的硬心肠欣然应命啊！这个世界的令人厌倦的风俗习惯不允许他通过杀人、犯罪、血腥的阴谋把这个女人高捧到宝座之上。没有什么事可以为她做，有的只是在议会里为她的受人热烈尊崇的丈夫投一票，或者将来有一天，把罗贝·德·维加的全部戏剧的翻译献给她而已！

第四章

根据宪法规定，议会中的空缺需要在四周内补上新的人选。自从杰姆斯·摩仑多尔夫逝世到现在已经过了三个星期，选举的日子终于到了。这一天是2月末的一个化雪的日子。

中午一点钟左右，布来特街市政厅前面挤满了人。这座建筑物的正面是用镂空的玻璃砖砌的，屋顶上耸立着大大小小的尖塔楼，指向灰白色的天空，带有遮阳顶的台阶建筑在延伸出来的石柱上，从大厅前边的尖拱门里可以看到市场和市场上的喷泉……街头的积雪在人群的践踏下虽然已经化为污水，但是人们仍然就地站着，他们除了有时互相看一眼外，一直伸着脖子凝视着正前方。因为就在他们面前，在大门后边的议会厅里，由议院和市民代表会的代表组成的选举委员会这时正坐在围成半圆形的十四把椅子上，等待着选举室的提名。

时间已经拖得很长了。选举室里的辩论似乎仍然不肯休止，斗争似乎非常尖锐，直到现在仍然提不出一个大家一致同意的名字交给选举委员会，不然市长马上就会宣布某人当选了……真是怪事！没有人知道，谣言是从哪来的，如何而起的，但是谣言的

确从大门里传到街头，而且向四面传播开。是不是市政厅两个传达中年纪大的那一个——那个永远称自己为“人民公仆”的卡斯佩尔森先生——站在门里边，咬着牙，眼睛向一旁侧着，把他打听来的消息从嘴角里传到外面来的呢？大家都说，三个选举室都已经把候选人提交到选举委员会里，只是每一个选举室提出的是一个不同的名字：哈根施特罗姆、布登勃洛克、吉斯登麦克！上帝保佑吧，但愿通过秘密投票的方式能有一个人获得绝对多数选票！那些没有穿暖和套鞋的人已经禁不住寒冷踏起步、跺起脚来，他们的脚已经快冻僵了。

在这里站着等候消息的人来自各个阶层。有的是脖子上刺着花纹的水手，两手叉在又宽又低的裤袋里；有的是穿着黑色闪光亚麻布工作衫和短裤的粮栈挑夫，一脸忠厚老实的样子；马车夫们从他们那堆得高高的粮袋上爬下来，手里握着鞭子，也在等着选举结果；侍女们系着围巾、围裙，穿着带条的肥衣服，小白帽顶在后脑勺上，赤裸的胳臂挎着弯柄的篮子；也有穿草鞋的卖鱼妇和卖菜妇；甚至还有几个在花圃工作的姑娘，戴着荷兰式的软帽，穿着短上衣，带褶皱的白色长袖从绣花马甲里蓬蓬松松地伸出来……人群中自然也有一些有地位的市民，附近的商店主啦，在自己父兄的店里或者在长辈朋友的店里当学徒的年轻商人啦，等等。前者连帽子也没戴就溜达出来，彼此交换着意见，后者则都穿戴得整整齐齐……另外也有一些背着背包或者挟着书包的小学生……

在两个蓄着尖翘的水手胡子、口里嚼着烟草的工人后面站着一个女人。她正兴奋地左右摆着头，为了从面前两个宏伟身躯的

肩膀空隙里看到正面的市政厅。她穿着一件棕色皮领子的长外衣，用两手从里面握着，她的面孔完全被一块棕色的厚面纱盖住。她脚下的橡皮靴子不停地在雪水里踏动……

“老天，你们掌柜的库尔茨先生这次还是选不上。”一个工人对另外一个说。

“可不是，你这个傻子，他怎么能选得上。他们现在只选出来三个人，哈根施特罗姆、吉斯登麦克和布登勃洛克。”

“不错，现在的问题是，三个人里面谁能压倒另外两个。”

“不错，你说说谁压得倒谁吧。”

“让我说吗？我想，他们会选出哈根施特罗姆。”

“算了吧，你别假精灵了……别胡扯了。”

接着他把嘴里的烟草吐在脚前面，因为这时人很挤，他无法用抛物线啐出去。他用两手把裤子往腰带上提了提，接着说：“哈根施特罗姆？哈根施特罗姆是个大饭桶，胖得连用鼻子吸气都不成了……不成，要是我们库尔茨掌柜没有什么希望，那我倒是赞成布登勃洛克。他是个精明人……”

“不错，就算你说得对，可是哈根施特罗姆更有钱啊……”

“这跟有钱有什么关系。问题不在这里。”

“可是布登勃洛克老是打扮得让人眼睛发花，白衬衫袖头，丝领带，打蜡的胡子……你看见过他走路没有？老是像个小鸟似的一跳一蹦的……”

“哼，你这傻瓜，这碍着选举什么事了。”

“听说他有个妹妹，已经离过两回婚啦！”

穿晚礼服的女士打了个冷战……

“哼，听说是有这么回事。可是详情到底怎么样，咱们也说不清，再说这种事也不能让参议负责。”

“一点不错，怎么能让他负责！”戴面纱的女人思忖道，掩在衣服下面的两只手使劲绞着，“一点不错！噢，谢天谢地！”

“再说，”那个拥护布登勃洛克的人添加道，“再说咱们的市长鄂威尔狄克不是还给人家的孩子做教父吗？这才是件有分量的事呢！你好好想想吧……”

“一点不错，”那位女士暗中回答，“谢天谢地，这件事也起了作用了！”她打了个哆嗦。又有一个谣言从里面放出来，从人群里辗转向后传来，一直传到她的耳朵里。普选没有得出什么结果。爱德华·吉斯登麦克因为票数最少名字已经被画掉。哈根施特罗姆和布登勃洛克两人的斗争却仍然胜负未分。一个公民一本正经地向大家宣布，如果票数仍然相等，就要选出一个“五人委员会”投票表决……

突然间大门附近有一个声音喊道：“海涅·吉哈斯当选了！”

所谓吉哈斯者是个永远没有清醒时候的醉鬼，每天推着辆手推车穿大街卖热面包。大家都哄笑起来，踮着脚尖，为了要看一眼是谁说的这句俏皮话。就是那个戴面纱的女人也禁不住神经质地嘻嘻笑起来，她的肩膀耸动了一刻，可是马上做了个动作，意思是说：这难道是开玩笑的时间吗？……只见她不耐烦地重振精神，又聚精会神地从两个工人间的空隙中向市政厅凝神望去。可是就在这一刻她的两只手垂了下来，晚礼服敞露着，她站在那里

耷拉着肩膀，显出一副无精打采、丧魂失魄的样子。

哈根施特罗姆！——这消息传到这里没有人知道是怎么来的。它好像是从地底下冒上来，或者是从天上降下来的，在一刹那间传遍各处。谁也没有争辩。事情就这样决定了。哈根施特罗姆——不错，不错，到底是这个人了。再没有什么可盼望的了。戴面纱的那个女人早就应当料到这个结局。生活里的事总是这样的。现在除了回家去没有别的什么要做的了。她觉得自己的眼泪一个劲往上涌……

这一情况持续了还没有一秒钟，忽然整个人群起了一阵骚动，人群从前边向后倒退过来，前面的人倚在后边人身上。与此同时，前面市政厅的大门口有一个鲜红的东西一闪……这是市政厅的两个传达，卡斯佩尔森和乌尔菲德的红袍子。这两人穿着节日盛装，三角帽，白色的马裤，带黄翻沿的长筒马靴，佩着装饰用的宝剑，并排走出来，从后退让路的人群中穿行过来。

这两人走路的样子就像他们是命运的化身一样：严肃、缄默、一语不发、目不斜视、眼皮一直向下垂着……选举的结果已经通知给他们，他们正摆出一副铁面无私的神色按照这一结果朝给他们规定的方向走去。可是他们不是向桑德街那面走去，而是向右转，向布来特街那一面！

戴面纱的女人不敢相信自己的眼睛了。但是她四周的人看到的跟她看见的也一样。人群前拥后挤地跟在市政厅传达后面向同一方向走："咳，咳，是布登勃洛克，不是哈根施特罗姆！"……这时各种身份的绅士们也兴奋地交谈着从大门里走出来。他们转

了个弯，步履若飞地向布来特街走去，大家都争着做第一个贺客。

这时那位女人把外衣揪紧，连忙拔脚飞跑。她跑得简直失去了一个大家闺秀的风度。她的面纱落了下来，露出一副涨红的面孔，然而她丝毫也不去计较这个。虽然她的一只镶着皮边的套鞋不断噼噼啪啪地打着雪水，拼命地绊她的脚，她还是赶到所有人前面。她第一个到了面包房巷转角的那所房子，仿佛失了火、遭了抢似的拼命拉门铃。她向开门的侍女大喊：“他们来了，卡特琳，他们来了！”她三步并作两步地跳上台阶，闯进起居室去。她的哥哥这时正在这间屋子里，他的面色确实有一些苍白。看到自己的妹妹，他把报纸放在一边，对她做了一个略似推拒的手势…… 她一下子拥抱住他，嘴里说了又说：“他们来了，汤姆，他们来了！你选上了，亥尔曼·哈根施特罗姆落选了！”

这一天是星期五。第二天布登勃洛克议员已经站在市政府会议厅已故的杰姆斯·摩仑多尔夫的席位前面，在聚集于大厅里的市长老和市委员会的代表面前举行宣誓礼。誓词是：“我忠诚勤恳地履行我的职责，尽一切力量谋求本市福利。我要忠于国家宪法，真心为公众服务，在行使自己的职权和参加各种选举时，既不能权衡个人利益，也不能顾虑亲友情面。我要遵守国家的一切法律，对于任何人，不论贫富，都必须主持公道。对于一切需要保密的事件我要保守秘密，更不应该泄露命令我保守秘密的事。上帝扶持我！”

第五章

我们的愿望和行动是基于我们神经系统的某些需求而产生的，这种需求很难用言词精确说出来。譬如说吧，我们称之为托马斯·布登勃洛克的“虚荣心”的那些事——他对于自己仪表的刻意修饰，他对衣着的奢侈追求，实际上根本是另一回事。仔细推究起来，这只不过是一个活动家力求自己从头到脚永远保持着能适合自己身份的规矩整饬而已。但是他自己和别人对于他的才能和精力的要求却有增无减，私事和公务成堆地压在他头上。在市政会一次分配职务的会议上，税务管理这项重责摊到他身上。以后铁路、关税和别的一些国家要务也接踵而至，都要占据他一部分精力。自从当选以后，他主持召开了无数次管理监督委员会的会议，在这些会议上，为了不伤害一些长者的敏感自尊，一方面他要做得像是尊重他们的多年经验，另一方面又要把实权操在自己手中，这就需要他使出自己的全部机敏、灵活和交际手腕来。如果有人已经注意到一件令人惊异的事，他的“虚荣”在这一段时间内显著地增长起来，也就是说，他的一些要求，像消除疲劳呀，颐养精神呀，为了振奋精神一天更换几次衣服呀等等，越来越频繁

起来。这就意味着：托马斯·布登勃洛克虽然刚刚三十七岁，精力却已锐减，身体很快地衰竭下去……

每逢格拉包夫医生要求他更多休息的时候，他就回答，“噢，亲爱的医生，我还没有到这个日子呢！”他的意思是说，将来有一天，在达到某种境况后，那时功成名就，他或许要舒适地享受一番，但是在这以前他还有无数的事情要做，可是事实上他几乎不相信会达到这样的境况。总有一股力量推着他前进，使他没有片刻宁静。甚至当他表面上似乎在休息的时候，譬如说在吃过饭以后拿起报纸的时候，看来他正在专心一意地慢慢捻着胡子尖，但是在他那苍白的太阳穴上青筋凸露，他的脑子里仍然萦回着一千个意念。而且他总是认真地苦心思索着，不论他想的是商业上的一起计谋，一篇演讲词，还是实现一个久已盘算的计划：立即把全部内衣更换成新的，这样至少暂时不必再为这件事记挂分神了。

如果这种购置或者更换用品的事常常能使他的精神得到某种暂时的满足和宁静，他对于这种开支是毫不吝啬的，因为这一年他的生意特别好，好得只有他祖父活着的时候才比得上。这家公司的名声不但在本城，就是在外地也叫得很响，而他个人在社会上的威望也与日俱增。所有的人都承认他的干练与才华，当然，有的人是怀着妒意，有的人则是敬佩叹服。但是他自己则一直在徒劳地追逐一种安闲的、井然有序的工作方法，因为他觉得自己总是无可挽救地落在自己层出不穷的幻想和计划后面。

如果我们了解这一点，我们对1863年夏天布登勃洛克议员奔走计划建造一所宽敞的新房子这件事，也就决不能认为是他的骄

傲恣情了。幸福的人是那些能享清福的人。而他那片刻也不能安宁的本性却逼着他为这件事情奔波。自然啰，别的一些公民又要把他的这件壮举归结为“虚荣心”的表现了。事实上也很难找到另外一个解释。盖一所新房子，彻底改换一下生活的外貌，一次大清理，大迁移，安置一处新家，把一切陈旧、多余的东西，一切陈年累月遗留下来的渣滓彻底清除干净，甚至当他想象这些事情的时候都产生一种清洁、新鲜、洁白无瑕、耳目一新的感觉，使他平添了无限力量……而这些东西他也许确实非常需要，因为他正竭尽全力要实现这一计划，他甚至已经物色好一块地皮了。

这块地地基相当大，坐落在渔夫巷的下端。这里有一所古老破旧的房子出售，房主是一个老态龙钟的老处女，一个被人遗忘的古老家族唯一残存在世的人。这所房子本来由她一个人孤苦伶仃地住着，但是不久以前她也死了。议员就想在这里盖起自己的新住宅。当他到码头去经过这里时，他常常细心打量这块地方。这里，四邻都是体面人家，一些很整齐的带三角山墙的市民住房；这里面最寒酸的要算对面一所房子：一座湫隘的楼房，底层是一家小鲜花店。

他全心投入这件事情里面。他做了一个大概的预算，虽然计算出的这笔款项已经颇为可观，他发现自己筹办这笔钱还是饶有余力的。可是他忽然又想，这一切也许只不过是他的不合实际的奇想而已，他的脸色不由得变得煞白。而且他自己也承认，现在这所房子对于自己一家人，对于他的妻子、孩子和仆人已经绰绰有余了。然而最后还是他的半意识的需求占了上风，为了使自己这一

计划从外部得到支持和嘉许，他首先把这件事透露给自己的妹妹。

“告诉我，冬妮，你对这件事是什么看法？这里通向浴室的螺旋梯虽然挺好玩，可是从根本上讲，这所房子倒和一只火柴盒子差不多。太拿不出手去啦，你说是不是？现在我当了议员，这可以说都归功于你……一句话，你说我该不该换一所房子……”

哎呀，上帝啊，在佩尔曼内德太太的心目中什么东西他不应该有啊！她认真地怀着无限兴奋和欣羡。她把两臂在胸脯上交叉着，肩膀略微耸起，头往上扬起，在屋里踱来踱去。

“你应该这么做，汤姆！哎呀老天，你太应该这么做了！谁也没有反对的理由，再说你又娶了这位阿尔诺德逊家的姑娘，陪嫁费就有十万泰勒……你对我真太好了，能先跟我商量这件事，我非常骄傲！……既然决心要做，就要把它弄得高贵不俗，这就是我的意见……”

“是的，我也是这个意见。在这件事上我想多少破费点钱，想让乌格特承办这项工程。我很高兴，能够先和你一起看一看图样。乌格特的艺术眼光很高。”

托马斯找到的第二个支持人是盖尔达，她对这个计划大加赞赏。虽然搬家时的纷扰混乱决不是什么愉快的事，可是她觉得能有一间在音响方面配有特别装置的大音乐室却是一件非常幸福的事。讲到老参议夫人，她立刻把建造新屋的事看作是最近家中一连串福运的自然结果，她只有心满意足地感谢造物主。自从家里添了传宗接代的人，参议又当选为议员以后，她比从前更加不掩饰自己做母亲的骄傲了。她最近动不动就说：“我的儿子，议员。”

这句话布来特街的三位布登勃洛克家的姑娘听着特别刺耳。

这三个年纪一天老似一天的小姐在托马斯的飞黄腾达的生活外表上实在寻不出什么阴影。星期四把可怜的克罗蒂尔德嘲弄一番，给她们的乐趣也并不大。至于克利斯蒂安，他已经通过过去的老上司李查德逊先生的介绍在伦敦谋到一个位置，最近却打了个电报来，又提出一个任性胡闹的要求，要和普乌格尔小姐结婚，这件事自然遭到老参议夫人的严词拒绝……总之，克利斯蒂安已经堕落成亚寇伯·克罗格一流的人了，像他这样的人已经不值一提。这三位老小姐只好在老参议夫人和佩尔曼内德太太的弱点上取得些补偿。譬如说，她们把话题转到发型上，老参议夫人竟能若无其事地说，“她的”头发样式最简单……可是每一个上帝赋予了理智的人都知道，三位布登勃洛克小姐知道得尤其清楚，老夫人软帽底下的永不褪色的黄里透红的头发早已不能算作“她的”头发了。但是更值得一做的是把冬妮堂妹挑弄起来，让她谈谈那些曾经在她的生活历史上留下可憎的痕迹的人，譬如说，眼泪汪汪的特利什克呀，格仑利希呀，佩尔曼内德呀，哈根施特罗姆一家子呀等等……冬妮火气一上来，就耸起肩膀，像吹一只小铜喇叭似的把这些名字吐到空中来，构成一串短促刺耳的声音。可是在高特霍尔德伯父的几个女儿的耳朵里，这些声音却无比悦耳。

此外她们也不想隐瞒——再说她们也毫无代为掩饰的义务——小约翰学走路和学说话都出奇地慢。这一点她们说的倒是实情，大家都承认。当汉诺——这是布登勃洛克议员夫人给他们的儿子起的小名——能够把家里不论哪个人的名字相当正确地叫

出来的时候，单单说不清弗利德利克、亨利叶特和菲菲这三个名字。讲到走路，如今他虽然已经十五个月，没人扶着却还迈不开步。也就是在这个时候，三位布登勃洛克小姐悲观地摇着头宣布，这个孩子一辈子要做个瘫子和哑巴了。

后来她们虽然不得不承认她们这一悲惨的预言是个失误，然而谁也不否认，汉诺的发育确实有些迟缓。还在襁褓中，他就必须和病魔做斗争，一家人都经常为他提心吊胆。他来到世界上的时候虚弱得不会啼哭，洗礼举行不久，他害了三天的小儿吐泻症。他的小心房本来是别人费尽力气才使它跳动起来的，这次虽然只病了三天，却差一点又永远静止下去。可是他还是活下来了，善良的格拉包夫医生现在正无微不至地护理着他，为了给他开列营养食品不惜呕尽心血，以便帮助他平安渡过生牙齿这一危险关头。但是最初几个白尖尖刚刚穿出他的牙床，抽搐症便接踵而来，而且以后越来越厉害，有几次声势委实来得吓人。后来又到了这个地步，老医生又只能一语不发地握着父母的手……孩子躺在床上，气若游丝，从那罩在黑圈里的眼睛的凝固眼神来看，显然孩子的脑子生了病，眼看着已经没有什么指望了。

然而汉诺的力气又恢复了一些，眼睛也开始看得见东西了。虽然这场死里逃生的大病延缓了说话和走路的发育过程，但是暂时总不至于有什么危险了。

汉诺生得细胳膊细腿，按他的年纪说，个子比较高。他的浅棕色的、柔软异常的头发在这一时期开始以非常的速度生长出来，不知不觉地变成波浪形，垂在他那带褶子的围嘴式罩衣的小肩膀上。

布登勃洛克一家人的相貌特征这时也清清楚楚地在他身上显露出来。首先就是他生具一双布登勃洛克家特有的手：宽阔，略微嫌短，手指非常秀美。他的鼻子和父亲的以及曾祖父的鼻子完全一样，只是鼻翼好像更为纤秀一些，就是将来也不会改变模样。可是他的整个下半部面型，尖尖的，瘦瘦的，却既不是布登勃洛克家也不是克罗格家的样子，这是他从母亲那一面继承过来的。他的嘴更是和母亲的毕肖，从很小的时候起——甚至从这时候起他就喜欢紧闭着嘴唇，显出一副痛苦和惶恐的神情……这种神情越到后来和他那罩着一圈淡蓝阴影的独特的金棕色眼睛益加协调……

父亲向他投去的目光总是怀着克制着的柔情，母亲细心地照料着他的衣着摄护，安冬妮姑母为他祈祷，老参议夫人和尤斯图斯舅爷送给他玩具骑兵和陀螺——他就在父亲的目光下，母亲的照管下，姑母的祈祷中，玩着老参议夫人和舅爷馈赠的玩具开始自己的生活。当他乘的那辆漂亮的小马车出现在街头的时候，行人都有所希冀地、满怀兴趣地向他望去。讲到那位神气活现的保姆迭霍太太，虽然直到现在一直是她照看着小汉诺，可是家里人早已决定，一迁到新房子，就让伊达·永格曼来代替她的工作，老参议夫人那时再另外找一个助手……

布登勃洛克议员实现了他的计划。购买渔夫巷那块地并没有费什么周折，至于出卖布来特街这所旧宅的事，经纪人高什一听到信马上扮上一副险恶作难的面容把它承担过来。没过几天，这所房子就被施台凡·吉斯登麦克买去了。他家里人口不断增长，他和他兄弟合伙经营的红酒生意也非常赚钱。乌格特先生承担了

建造新居的事，不久以后，他画的一张清清楚楚的图纸已经摊在星期四团聚的一家人面前，供大家欣赏这所未来建筑物的正面了。这是一座雄伟的粗坯建筑，雕刻着女神像的柱子托着房屋的凸出部分，上面还有一个平台。克罗蒂尔德拖长了声音一团和气地评论这个平台说，下午人们很可以在上面喝咖啡……议员还计划把自己公司的办公地也迁到渔夫巷去。这样一来，孟街老宅楼下的房屋就空出来了。但是这事情也很快安排妥当，原来本市的火灾保险公司已经同意把这些房子租下来，作为办公室了。

秋天来了，灰色的老墙已经拆成一堆瓦砾，及至冬天降临又复失去它的威力以后，托马斯·布登勃洛克的新居已经巍然伫立在宽阔的地下室上面。城里面再没有什么事情比布登勃洛克盖新房的事更为人津津乐道了！真是“顶尖儿”的建筑，方圆几十里也找不出更漂亮的住宅！汉堡能有比这个更漂亮的房子吗？……可是钱也一定花得没有边儿，老参议绝对不会这么大手大脚的……至于左邻右舍的人，那些住在带三角山墙住宅里的市民，都守在窗户后边，津津有味地望着这边工人们怎样在脚手架上工作，他们看见房子一天一天地盖起来，心中有说不出的快乐，大家都暗暗算计着什么时候举行房屋上梁典礼。

上梁典礼终于到了，举行这一典礼的时候按照习俗一个小细节也没有遗漏。平台上面一位泥瓦匠老工头讲了几句话，讲完以后把一只香槟酒瓶子从肩膀上甩过去，彩旗中间一只用玫瑰花、绿树叶和各色叶子编织的庞大的花环随着风沉甸甸地摇来荡去。之后全体工人被招待到附近一家酒馆里，举行庆功宴。工人们坐在

几张长桌两旁，桌上摆着啤酒、夹肉面包和雪茄烟。布登勃洛克议员带着妻子和小儿子（后者由迭霍太太抱在怀里），从这间矮屋的长条桌子中间穿行了一周，对工人们向他欢呼致敬表示感谢。

到了外面，汉诺又被放回到他的车里面，而托马斯则和盖尔达走到马路对面去，为了再看一眼建筑物的红色的正面以及白色石块雕成的女神像柱。再走过去两步路就是一家小鲜花店，一扇窄门，狭小寒酸的橱窗里面，一块绿玻璃板上并排摆着几盆球茎植物。伊威尔逊，这家小花店的店主这时正和他妻子站在店铺前面。伊威尔逊是一个魁梧健壮的汉子，金黄头发，穿着羊毛夹克；和他比起来，他的妻子显得异常憔悴疲弱，生着欧洲南部面型，黝黑的脸皮。她一只手拉着一个四五岁的孩子，另一只手慢慢地来回推拉着一辆小车，小车里面睡着一个更小的孩子。一眼就看出来，她不久就又要分娩了。

伊威尔逊非常笨拙地深深鞠了个躬，他的妻子一直没有停止前后拉动手中的小车，她只是用她那漆黑的、细长的眼睛沉静而注意地打量着议员夫人。议员夫人这时正挽着自己丈夫的胳臂向她那边走来。

托马斯在他们面前站住，用手杖指了指上面的花环。

“您做得真漂亮，伊威尔逊！”

“这不干我的事儿，议员先生。是我老婆的手艺。”

“啊！”议员只惊呼了一声。他急忙把头一转，在伊威尔逊太太的面孔上打量了一刻，他的目光明亮、坚定而亲切。接着，他没有再说什么话，只客气地挥了挥手，就离开他们。

第六章

7月初的一个星期日——这时布登勃洛克议员迁入新居大约四个星期了——已经是傍晚时分，佩尔曼内德太太突然出现在哥哥的新房子里。她走过前面一条阴凉的石板铺地的前廊，廊子上装饰着雕塑家托瓦尔森①风格的浮雕，廊子右面有一扇门通向办公室。她在风门前拉了一下门铃——只要有人在厨房里按一下橡皮球，门便会自动开开——走进宽阔的前厅里，这里楼梯下面摆着蒂布修斯送来的那头棕熊标本。佩尔曼内德太太在前厅从仆人安东那里打听到议员还在工作。

“好吧，”她说，“谢谢你，安东，我自己去找他。”

但是她经过办公室的房门时并没有进去，而是向右走了几步，走到一座巨大的楼梯下面。这楼梯延伸到二楼就有铸铁栏杆拦住，到了三楼就变成一座金黄与雪白交相辉映的大理石柱游廊。在令人目眩的高高的天窗上悬着金光闪闪的巨大枝形灯架……“真是高贵！”佩尔曼内德太太望着里面宽阔、灿烂的华丽气象，心满意

---

① 贝泰尔·托瓦尔森（Bertel Thorvaldsen）：丹麦雕塑家，属新古典主义学派。

足地低声自语道。对她说来，这象征着布登勃洛克家的权力、光辉和胜利。这时她忽然想起来，她是来传达一个悲哀的消息的，于是她慢慢向办公室的房门走去。

屋里只有托马斯一个人；他坐在靠窗户的位子上，正在写信。他抬起头，一条淡淡的眉毛向上一挑，向他的妹妹伸出手去。

“晚安，冬妮。你带来什么好消息了？”

“哎呀，不是什么好消息，汤姆！…… 啊，你的楼梯简直太宏伟了！…… 你怎么坐在这黑灯影里写字啊？”

“啊 …… 一封急信。怎么，没有什么好消息吗？咱们还是到花园里去转转吧，外面舒服多了。来吧。”

当他们走在过道上的时候，从二楼传来小提琴柔板的颤音。

“你听！”佩尔曼内德太太说，站了一刻 ……“盖尔达拉琴呢。多么美啊！啊，上帝，这个女人 …… 真是个仙子！汉诺怎么样，汤姆？”

“他正跟永格曼吃晚饭呢。真糟糕，直到现在他走路还是走不好 ……”

“早晚会学会的，汤姆，早晚会学会的！你们对伊达还满意吧？”

“噢，我们对她怎么会不满意呢 ……”

他们走过房屋后面的一条石板铺路的过道，把厨房抛在右面身后边，穿过一个玻璃门，再走下两级台阶，便到了外面一座花香扑鼻的可爱的花园里。

“有什么事？”议员问道。

花园里温暖而静谧。花坛修剪得整齐有致；傍晚的空气里弥漫着花坛散发出的香气。一座由高大的堇色鸢尾花环绕着的喷泉把亮晶晶的水柱射向昏黑的天空，水花拍溅的声音细碎平和。空中最初出现的几颗小星已经开始闪烁发光了。花园深处，一座阶梯夹在两个方尖柱石碑中间，台阶通向一个铺着碎石子的高台，台子上是一座木头凉亭，低垂的天幕底下摆着几把乘凉用的椅子。左边有一道墙把这边的地基和邻居的花园隔开；右边是邻房的山墙，齐着山墙的高度立着一个大木架，这是准备将来常春藤长起来时的攀架。在悬空的台阶两旁和凉亭附近种着几丛茶藨子和醋栗，但是园子里却只有一棵大树，一棵皮上生满硬结的胡桃树立在左边墙根前。

“是这么回事，”当兄妹俩沿着砂石路缓缓地绕到花园前部的时候，佩尔曼内德太太才吞吞吐吐地回答说，“蒂布修斯写信说……”

“克拉拉？！”托马斯问道，“不要转弯抹角了，你就痛痛快快地说出来吧！”

“好吧，汤姆，她病倒了，情况很糟，据医生诊断，恐怕是结核……脑结核……这个词儿真可怕，我简直不敢说它。你看，这是她丈夫给我写的信。这里还有一封是写给母亲的。他说，这里面写的是同样的事，我们应该先做一点准备工作再把信交给她。另外这里还有一封，也是给母亲的，是克拉拉亲手用铅笔写的，看得出她连笔都拿不稳了。蒂布修斯说，她写这封信的时候说，这是她最后写的几行字了，悲惨的是，她一点求生的欲望也没有。她本来就一直向往着天国……”佩尔曼内德太太说完了这些话，

擦了擦自己的眼睛。

议员一声不响地和她并排走着，手背在背后，低垂着头。

“你一句话也不说，汤姆 …… 你这样很对。有什么可说的呢？为什么赶到这个时候，偏偏是克利斯蒂安在汉堡也病倒的时候 ……”

佩尔曼内德太太说的是实情。克利斯蒂安身体左半部的酸痛最近一个时期在伦敦变得这么厉害，已经发展成真正的疼痛，弄得他把自己的一些小毛病都忘在脑后了。他一点办法也没有。他给母亲写了一封信，说他一定要回家，让她来照顾。他把伦敦的职务辞了，启程回来。但是一到汉堡他就病倒了，据医生诊断他是风湿性关节痛。克利斯蒂安被人从旅馆里送进医院，在目前的情况下不可能继续旅程了。他现在只有躺在医院里，让护士听他口述替他一封又一封地写些凄凄惨惨的信 ……

“是的，”议员低声回答说，“真像是祸不单行。”

她把胳臂在他的肩头上放了一会儿。

“可是你一定不要气馁，汤姆！离绝望还远着呢！你需要的是鼓起勇气来 ……”

“是的，上帝看得到，我是需要勇气的！”

“为什么，汤姆？…… 告诉我，前天，星期四，你为什么整个下午一语不发，我能不能知道这是为什么？”

“唉 …… 买卖上的事，孩子。我有一批数目不小的裸麦卖得有些失利 …… 喏，简单地说吧，我不得不把一大批麦子很赔钱地出了手。”

“噢，这种事也免不了，汤姆！今天买卖做亏空了，明天你也许又赚回来。要是让这种事把自己的情绪弄得低落下来……”

“你说错了，冬妮，”他说，摇了摇头，“我的情绪并不是因为受到挫败才降到零度以下的。恰恰相反。我的心情一别扭，准发生不如意的事。”

“可是，你的心情到底是怎么回事呢？！”她惊诧莫解地问道，“谁都认为，你是理应心情畅快的，汤姆！克拉拉还活着……靠上帝保佑，她的病会有起色的！此外还有什么呢？我们现在正在你的花园里散步，花香扑鼻。那边是你的房子，华丽得宛如梦境一样；亥尔曼·哈根施特罗姆的住宅和这所房子比起来，简直是村居茅舍！这一切都是你亲手创建的……”

“是的，冬妮，简直太漂亮了。而且我还要说，也太新了，新得有些令人心神不安。我之所以心情恶劣，对一切事物失掉兴致，其根本原因也许正在这里。本来我对这一切抱着莫大的欢欣，但是这种事先的喜悦，像在任何情形下一样，也就是一件事最美的一部分，因为好事总是姗姗来迟，总要很晚很晚才能做好，到那时候，一个人早已失去欢乐的心情了……”

“失去欢乐的心情了，汤姆！怎么，像你这么年轻？”

“一个人是年轻还是年老，这要看他自己的感觉而定。当人们期待着的一件好东西到来的时候，它往往来得既迟缓又艰难，而且它还附带着各种各样的令人急不得恼不得的细琐麻烦的事，一切人们在幻想里没有估计到的现实的灰尘。这些事激怒你……刺激你……”

“是的，是的 …… 可是你说一个人是年轻还是年老，要看各人的感觉，汤姆 ——”

“是的，冬妮。这也许很快就会过去 …… 只是情绪的一时低潮。自然是这么回事。可是在这段时期里我觉得自己比实际的年龄要老得多。在商业上我有很多忧心的事，在布痕铁路监察理事会里哈根施特罗姆参议昨天把我批驳得体无完肤，差一点让我当场出丑 …… 我觉得，从前我从来没有经历过这种事。我觉得，有些什么东西开始从我这里滑脱了，好像我不能照从前那样把这种说不上是什么的东西紧握在手中似的 …… 我们所谓的成功究竟是什么呢？是一种神秘的、形容不出的力量，是游刃有余、从容不迫，是意识到只是由于本身的存在就能对身旁事物的运行施加一种压力 …… 是相信生活处处适合我的利益 …… 幸福和成功都在我们这一边。我们一定要把握住它，紧紧地、一点也不放松地把握住。只要这里面有些什么开始松懈、弛缓、疲沓起来，那时我们周围的一切就会立刻自由行动，什么都要反抗、背叛我们，都要脱离我们的控制 …… 那时候一件事又一件事接踵而来，一次挫折紧接着另一次败北，一个人也就完了。最近几天我常常想到一句土耳其的谚语，我不记得是在什么地方读到的了：‘房子盖好以后，死神就要来了。’喏，来的倒并不一定是死神。可是说不定是衰败 …… 落势 …… 结束的开端 …… 你知道，冬妮，”他把一只胳臂伸进他妹妹的腋下，接着说，声音变得更轻，“我们给汉诺施洗礼的那天，你还记得吗？那时候你对我说：‘我觉得，现在又要开始一个新时代了！’至今我清清楚楚地记得这句话。当时仿佛被你说对了，不

久就遇到选举议员，我的运气不错，这里又平地盖起这所房子来。可是议员和房子只不过是表面现象，此外我还知道一些你还没有想到的事，这是从生活和历史上得来的。我知道，常常只是在实际上一切都又重新走下坡路的时候，幸福和兴盛，一些表面的、可以望得到、摸得着的标志和征候，才开始露面。这些外部的征兆需要一定的时间才来到，正像我们看到那上边有一颗明亮异常的星星，可是我们却说不准，它是否已经暗淡下去，或者甚至已经熄灭了一样……”

他沉默了。他们无言地走了一刻，在寂静中只能听到喷泉的飞溅声和风儿在胡桃树顶上的喋喋絮语。佩尔曼内德太太非常沉重地叹了一口气，听去好像一声呻吟。

“你说得多么凄惨啊，汤姆！我从来没有听你说过这么凄惨的话！可是你把心里的话说出来，这也很好，把这些事从思想里排除出去，你就可以轻松一些。”

“是的，冬妮，这件事我一定得尽量去做。现在你把克拉拉和牧师的两封附信交给我吧。这件事交给我去办，明天早晨由我去和母亲说，这样对你也许好些。可怜的母亲。但是如果是结核的话，那么我们也无能为力了。”

第七章

“您连问都没有问我一声？！您一点也没有把我放在眼里？！”

“我做的是我不得不做的事。”

“您做的是一个头脑昏乱、没有理智的人做的事。”

“理智在这世界上并不是最高的标准！”

“咳，不要说这些不着边际的空话了！……问题在于简单得无以复加的公道正义，而您却令人气愤地完全忽略了这种公道正义。”

“让我告诉你一声，我的孩子，你这种说话的语调也完全忽略了你应该对我表示的尊重。”

“我要回答您说，我的亲爱的母亲，我从来也没有忘记过对您的这种尊重。但是一旦我代替了故世的父亲站在一家之主的地位上谈公司和家庭的大事时，我做儿子的身份也就立刻改变了！”

“我求你别再说下去了，托马斯！”

“啊，不！我还要说下去，直到您了解到您这种无比的愚蠢和软弱为止！”

“我是在处理自己的财产，我爱怎样处理就怎样处理！”

“您这种随便处理应该受到正当理智的限制！”

“我从来没有想到，你会这样给我难堪！”

“我也从来没有想到过，您会这样给我当头一棒……”

“汤姆！……你听我说，汤姆！”这时佩尔曼内德太太忍不住用惊慌的声音插嘴说。这时她坐在风景厅里的窗户前面，绞着两只手，他的哥哥又激动又恼怒地在屋子里踱来踱去，而老参议夫人则坐在沙发上，因为气愤和痛苦瘫作一团，一只手支着沙发垫，另一只手敲着桌子以加重语势。三个人都为克拉拉穿着丧服（克拉拉已经不在人世了），三个人都脸色煞白，激动得不能自持……

是怎么一回事呢？一件可怕的、令人胆寒的事，当事人都认为这是一件难以置信的骇人听闻的事！一次口角，一次母子之间的激烈争吵。

这是8月里的事，发生在一个郁热的下午。距离议员把西威尔特和克拉拉·蒂布修斯夫妇的两封信谨慎小心地交给他母亲那一天才刚刚过了十天，另一件更困难的任务又落在他的头上——他需要把死讯通知给母亲。这以后，他到里加去参加了葬礼，回来的时候他的妹夫蒂布修斯和他结伴回来。蒂布修斯在他亡妻的家里住了几天，又到汉堡的医院里探望了一次克利斯蒂安……现在在这位牧师回家两天以后，老参议夫人才半吞半吐地泄露给她儿子一件事……

“这是十二点七五万马克现金啊！”他喊道，紧握两手，在自己脸前摇撼着，“如果只是陪嫁费的话，倒也没有什么！虽然没有孩子，就让他留着那八万块钱吧！可是这是遗产啊！让他去继承克拉拉的遗产！您连问我也没有问！您太不把我放在眼

里了！……”

“托马斯，看在基督的面上，你说话要公平些！难道我还有什么别的办法吗？我能怎样？！……她，那个离开了人世到上帝那儿去的人，临死以前在床上给我写了一封信……用铅笔……哆哆嗦嗦地……‘母亲，’她写道，‘我们在这个世界上再也见不了面了，我很清楚地感觉到，这是我写的最后几行字……趁我最后脑子清醒的一刻，我要给您写这封信，替我丈夫说两句话……上帝没有赐给我们孩子，但是请您把我可能得到的一些东西（这是假设我活在世上的日子比您更长时才能得到的），在您有一天随我而去的时候，转给我的丈夫吧！这样在他有生之年也就能过个舒服日子了！母亲，这是我最后的请求……一个行将就木的人的请求……您不会拒绝我吧……’不，托马斯，我没有拒绝她，我不能这样做！我打了个电报给她，让她了无挂虑地瞑了目……”老参议夫人放声大哭起来。

“可是您连一个字也没有跟我提！什么都是瞒着我做出来的！您一点也不把我放在眼里！”议员又重复了一遍。

“是的，我没有说，托马斯！因为我觉得，无论如何我要答应我这个将死的孩子的最后一个要求……而我也明白，你要是知道了，一定会设法阻拦的！”

“是的，上帝知道，我会这样做的！”

“可是你没有这种权利，因为我的三个孩子都是和我站在一起的！”

“噢，我倒觉得，我的意见比这两位小姐和一个头脑不健全的

傻子的意见更有分量些……”

“你谈到你的弟妹的时候也这么不友爱，正像你对我的粗暴无礼一样！”

“克拉拉是个虔诚而无知的女人，母亲！冬妮是个孩子——再说直到刚才她同样也是什么都不知道，不然她也早就把这件事揭出来了。你说对不对，冬妮？至于克利斯蒂安，不错，他曾经取得克利斯蒂安的同意，这个蒂布修斯……谁料得到他会做出这样的事？！……您难道不知道，还不了解，这个滑头滑脑的牧师是怎么样一个人吗？他是一个骗子，是个图谋别人遗产的骗子……”

“做女婿的都是坏蛋。”佩尔曼内德太太用低沉的声音评论说。

“是个图谋遗产的骗子手！他做的是什么事？他跑到汉堡去，坐在克利斯蒂安的床边上，花言巧语说了一通，于是克利斯蒂安说：是的，是的，蒂布修斯。上帝保佑您。您知道我这左半边身子是怎样酸疼吗？哼，愚蠢和奸诈联合起来跟我作对！”讲到这里，议员气冲冲地倚着壁炉前的铸铁栏杆，两臂交叠起来压在前额上。

这次的事本来是不值得他这样大发雷霆的。是的，无论是谁都还从来没有看见过他像今天这样盛怒过，这决不是十二点七五万马克引起来的。事实是，他在过去几个月里在商业上和市务工作上本来已经遭遇到一连串的挫败和打击，他的敏感的神经本来已经激怒起来，如今又碰到这件事，他认为这也是那一连串的挫败和打击之一……一切都不顺利！一切都和他的心愿背道而驰！难道事情已经发展到这种地步，连在家里面遇到这种百不逢一的重大事件，别人也一样不把他放在眼里？……甚至一个里加的牧

师都能在他背后要诡计欺弄他？…… 他本来是有力量制止这种诡计实现的，可是他的力量竟没有机会施展，这些事情没等他参加就办完了！可是他觉得，从前没有发生过这种事，从前人们不敢这样做！这是他对自己的幸福、自己的权力和自己前途的信心遭受到的一个新打击 …… 在刚才这幕戏里，他在母亲和妹妹面前显露出来的只不过是他心中的软弱和绝望而已。

佩尔曼内德太太站了起来，抱住他。

“汤姆，”她说，“你不要太激动了，平一平气吧！难道事情真的这么糟吗？你会气出病来的！蒂布修斯不会活多久的 …… 他死了以后，这笔遗产还不是又回到咱们家里？再说，如果你愿意的话，事情还是可以改变的！是不是还可以改变，妈妈？”

老参议夫人只是用啜泣代替回答。

“改变不了 …… 唉，改变不了啦！”议员说，他重新振作起来，挥了一下手，表示不同意，“事情是怎样就是怎样啦。你们想，我要到法院去跟自己的母亲打官司吗？我还想把家庭内部的事宣扬出去吗？随它怎样发展去吧。”他结束了自己的话，无精打采地向玻璃门走去。等到他走到门前边，又站了一会儿。

“只是你们不要认为，咱们家的处境非常顺利就好了，”他压低了声音说，“冬妮弄掉了八万马克 …… 克利斯蒂安除了挥霍完了自己一部分财产五万马克以外，已经在动用另外预支的三万 …… 而且他还要花费更多的钱，因为他现在一点收入也没有，又需要在鄂文医院治病 …… 现在不但克拉拉的陪嫁费一去无踪，而且她应该继承的全部财产什么时候能再拿回来也遥遥无期 …… 再加上

生意清淡，正好从我盖房子花掉十多万马克的那天起，生意就一蹶不振⋯⋯不好啊，一个演出刚才这幕活剧的家庭，你还能盼望它有什么起色吗？相信我的话吧！至少相信我说的这句话：如果父亲还在世的话，如果他还跟我们在一起的话，他一定会合起掌来为我们所有的人祈求上帝恩典的。”

第八章

战争①和战争喧嚣，驻扎军队和纷扰忙乱！普鲁士军官在布登勃洛克议员新居二楼的拼花地板上踩来踏去，吻着女主人的手；克利斯蒂安（这时他已经从鄂文医院回来了）带着他们到俱乐部去。而在孟街老宅里，塞维琳小姐，老参议夫人新雇的女管家李克新·塞维琳则和侍女们一起把一大摞褥子拖到花园的凉亭里去，那里住满了士兵。

到处是纷扰、混乱、惶恐不安！一队士兵刚开出城门去，另一队马上又开进来。城里大街小巷到处充塞着士兵，他们吃东西、睡觉，把市民的耳朵里灌满了鼓声、号声和口号声，然后又开走了。人们欢迎了王储。军队过个没完没了。以后一切又平静下来，人们重又提心吊胆地等待着。

到了秋末冬初，队伍凯旋，又驻扎了一个时期，随后，在市民的欢呼声中回家去了，大家都透了一口气——和平来了。短促

① 指德国与丹麦因争夺石勒苏益格－荷尔斯泰因地区于1864年爆发的一场战争。

的、孕育着重大事件的1865年的和平。①

在两次战争中间，小约翰始终不受影响、安安静静地玩自己的游戏。他穿着肥大的带围兜衣服，柔软的鬈发披拂着，游戏的地点有时在花园里喷泉旁边，有时在特别用栏杆为他围起来的和三楼前厅隔开的一块小阳台上。他玩的是一个四岁半的孩子通常玩的那些游戏。这些游戏究竟有什么深意，有何吸引人之处，这已经不是一个成年人所能了解的了，而且它需要的东西也不多——三五块石子、一块木头，或者再在木头上戴上一朵蒲公英做头盔，仅仅如此而已。但是最主要的是那个幸福年龄的没有受过破坏，也没有受过恫吓的纯洁、强烈、热情、天真的幻想。在这样的年龄，生活还没有撞疼我们，责任感和悔恨也还都不敢损伤我们，那时我们还敢于看，敢于听，敢于笑，敢于惊讶，也敢于做梦，然而另一方面世界却还不曾向我们提出什么要求……那时我们非常愿意与之亲热的人还没有用他们的焦急不耐来折磨我们，逼迫我们及早显示出能够担当某些职务的标记和证明……唉，时光飞逝，没有多久，这一切就会像巨石似的加在我们头上，我们就要受压迫，受折磨，一会儿被拉长，一会儿又被挤短，直到我们完全被毁灭为止……

正当汉诺做游戏的时候，发生了巨大的事件。战火燃烧起来，胜利谁属，一时摇摆不定。最后决定下来了，汉诺·布登勃洛克的故乡这次很聪明，站在普鲁士这一边。它带着几分心满意足望

① 普鲁士与奥地利于1865年签订加施泰因条约，确定荷尔斯泰因与施莱斯威两地的归属权。

着那富庶的城市法兰克福，后者因为轻信了奥地利，不得不付出相当的代价：它不再是自由市了。

但是6月里，停战前不多几天，由于法兰克福市一家大公司的破产，却连累了约翰·布登勃洛克家一下子损失了大约两万泰勒的一笔巨款！

第八部

Achter Teil

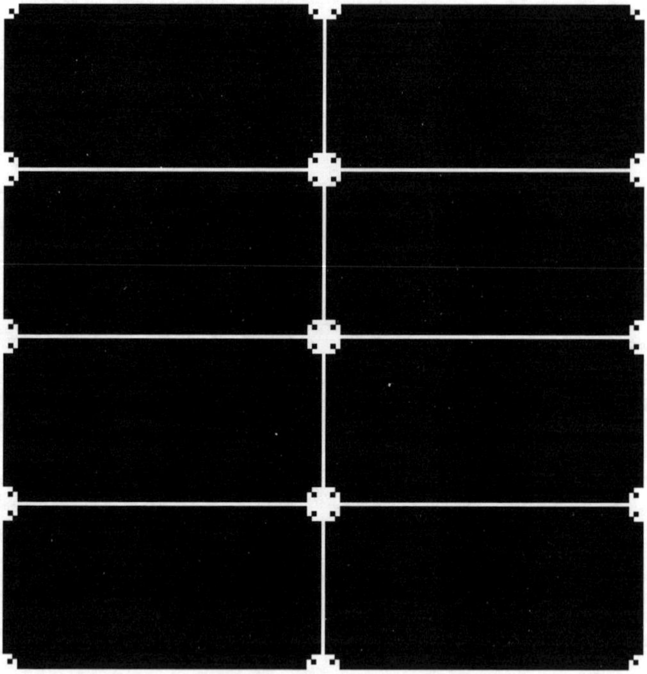

第一章

胡果·威恩申克先生最近荣任了本市火灾保险公司的经理。他的燕尾服扣子总是紧紧扣着，下嘴唇微微向下垂着，上嘴唇上头蓄着一条窄窄的、漆黑的上须，胡须尖一直插到两边嘴角里，颇有男子汉的威严气概。当他从前边的办公室去后边的办公室，走过孟街老宅过道的时候，他的步伐沉着而稳健。走路的时候，他总喜欢把两只拳头挺在身前，胳膊肘在身子两旁轻轻摇撼着，这一切给人的印象是：他是一个精力旺盛、处境优裕、颇有威仪的男子。

另一方面这时年满二十岁的伊瑞卡·格仑利希也已经长成一个高大丰满的妙龄姑娘，肤色鲜润，健壮美丽。有时她偶然从楼上下来或者正要上去，凑巧和威恩申克先生碰上——这种偶然的机会是不少的——这位经理就把礼帽摘下来，露出他那鬓角虽已开始灰白，而头顶却仍旧乌黑的短发，把裹在燕尾服里的身子扭动一下，用他大胆地左右扫视的棕色眼睛向少女投以惊叹、钦羡的眼光，作为问候……伊瑞卡一碰见这事马上就要跑开，坐在一个没人看到的窗台上，由于困窘和混乱哭上个把钟头。

格仑利希小姐是在苔瑞斯·卫希布洛特的教育和监护下长大

的，她的思路也狭隘有限。她哭的是威恩申克先生的大礼帽，他看见自己的时候那种把眉毛一扬又复落下的样子，他的高贵威严的姿势和他的平摆着的拳头。但是她的母亲佩尔曼内德太太看得却比她更远。

几年来佩尔曼内德太太一直为她女儿的前途忧虑，因为伊瑞卡和别的到了结婚年龄的姑娘相比，有很多不利的地方。佩尔曼内德太太不仅和社交界没有交际来往，而且跟他们处于敌对地位。她总觉得在上流社会里别人因为她离过两次婚而有些看不起她，这几乎已经是她的成见了。有的时候别人也许只不过是冷漠，她看到的却是轻蔑和仇恨。譬如拿亥尔曼·哈根施特罗姆参议作例子吧，他在街上本来是可以向佩尔曼内德太太打招呼的，因为亥尔曼是一个头脑开明、心地忠厚的人，虽然很有钱，但这只是使他的性格更开朗，更亲切，而佩尔曼内德太太见了他却总是扬起头瞪着他那副“鹅肝饼似的面孔”（用她自己的字眼说，她对这张面孔“恨之入骨”）从他身旁走过去。这样即使亥尔曼有意打招呼，也不啻受到严禁了。母亲的这种行为害得连女儿伊瑞卡也远远隔绝在他议员舅父的交际圈子之外，她从不参加舞会，也没有机会结识男友。

然而安冬妮最迫切的愿望就是在女儿身上实现自己 —— 做母亲的所没能满足的希望，让她结一门既幸福又有实利的亲事，能够光耀门楣，叫别人忘记母亲的悲惨命运。她的这个心愿，特别是在她 —— 用她自己的话说 —— “惨遭挫败”以后来得特别迫切。最近因为她哥哥总是郁郁寡欢，冬妮特别想做出一件什么得意之

举来证明家运并未衰败，他们决未陷入穷途末路 …… 她第二次结婚的陪嫁费，佩尔曼内德先生那么大方慷慨地退回来的那一点七万泰勒，她已经给伊瑞卡准备好。安冬妮的眼光锐利，不愧是此中老手，一发觉女儿和保险公司经理之间的微妙关系，立刻就开始向上苍祈祷，吁请威恩申克先生能成为她家的座上客。

威恩申克先生没有辜负她的期望。他出现在二楼上，受到三位太太小姐 —— 外祖母、母亲和女儿的热情款待。他和她们谈了十分钟话，答应在下午喝咖啡的时间再来拜访，那时大家可以无拘无束地好好谈谈话。

这件事也办到了，他们彼此做了一番了解。经理原籍是西利西亚人，他的老父在故乡仍然健在；他的家庭似乎不应该成为考虑的对象，因为胡果 · 威恩申克毋宁说是一个白手起家的人。他的举止也带着这一种人惯有的那副骄矜自负的神气 —— 并不是天赋的、有把握的，而是带着几分夸大的、几分不信任的矜持。他的举止并不是无可指摘的，他的谈吐非常笨拙。此外他那带着些寒酸相的礼服有的地方已经磨得发亮，扣着黑玻璃袖扣的白袖头也并不干净整齐。他左手的中指因为受到某种伤害指甲完全干瘪了，变得乌黑 …… 总之，他的外貌并不太讨人喜欢，然而这却不影响胡果 · 威恩申克成为一个年薪一点二万马克、精力饱满、勤奋、令人起敬的人，而且在伊瑞卡的眼中他甚至还是个美男子呢。

佩尔曼内德太太很快就观察清楚，把当前的形势做了估计。她坦率地把自己的意见一五一十地告诉了老参议夫人和议员。很明显，在这件事上双方的利益不仅吻合，而且还可以互相补充。此外，

威恩申克经理和伊瑞卡一样和社交界没有任何联系，这两人可以相互扶持，真是天造地设的一对。经理年近四十，顶发已经开始斑白了，不论就他的地位或者经济情况说，都应该成家了；如果他有这个意思的话，那么他和伊瑞卡·格仑利希的结合还可以给他一个台阶，步入本城一个第一流人家的家庭，这对他职业晋升和地位巩固都是有利无弊的。讲到伊瑞卡的幸福，至少佩尔曼内德太太有一点可以保证，她的女儿这次决不会步自己后尘。胡果·威恩申克没有一点儿和佩尔曼内德先生相似之处；他和本迪可思·格仑利希也不相同，因为他是一个有固定收入、有坚实地位的高级职员，当然，这样的人也并不乏发展前途。

总而言之，两方面都怀着莫大的善意。威恩申克经理的午后访问来得越来越勤，到了1月——1867年1月——他终于用简单、直率的口吻和并不太温柔的话语向伊瑞卡·格仑利希提出求婚。

从这时候起他就是这个家庭的一员了，他开始参加“儿童日”，受到新娘家属的殷勤招待。无疑他一定立刻就感觉出来，他在这些人中间有些格格不入，但是他掩饰着这种感情，摆出一副更豪放的姿态；而另一方面老参议夫人、尤斯图斯舅父、布登勃洛克议员——只有布来特街的三位布登勃洛克老小姐不是这样——对于这位勤奋的办公室职员、这位交际场上的生手也处处迁就照顾。

确实也需要迁就照顾。有时大家正在饭厅里团团坐在餐桌四周，经理对于伊瑞卡的面颊和胳臂突然表示过度的亲昵，或者他和别人攀谈的时候，高声向人家打听，橘子果酱是不是面制食品——他把“面制食品”这四个字念得特别顿挫有力——要么他就发表

自己的意见说，《罗密欧与朱丽叶》是席勒的一部作品 …… 他说得又干脆又肯定，一边若无其事地搓着手，上半身斜靠在椅子的扶手上 …… 这时饭桌上就会突然降临一阵寂静。为了驱散这种寂静，大家不得不说一句插科打诨的话，或者另换一个新话题。

他和议员最谈得来，议员无论是谈政治或是谈商业都知道怎样驾驭这场谈话，不使发生任何差错。最没有办法的是他和盖尔达·布登勃洛克的关系。这位太太的个性拒人于千里之外，他简直无法找到任何一个能谈上两分钟的话题。他知道盖尔达会拉提琴，而且这件事给他的印象很深，于是每逢星期四会面的时候，总要问一句半开玩笑的话：“您的小提琴好吗？”—— 但是议员夫人在第三次听到这个问题以后就没有再做任何回答。

至于克利斯蒂安，则总是皱着鼻子打量着他这位新亲戚，以便在第二天对他的言谈举止做一番详尽的模仿。老约翰·布登勃洛克参议这个二儿子已经在鄂文医院治好了风湿性关节痛，但是四肢却留下关节僵硬的病根。另外他左半身的周期性酸痛症 —— 据说这是由半边身体的筋脉太短所致 —— 以及他常常犯的一些别的病症，像什么呼吸不畅呀，咀嚼食物困难呀，心跳不正常呀，麻痹征象或者至少是害怕出现麻痹的征象呀等却并没有治好。他的外表也决不像是一个四十还没出头的人。他的头已经完全秃了顶，只有后脑勺上和头盖骨两边还留着不多的稀稀疏疏的发红的头发，他的带着严肃不安、左右扫视的一双小圆眼睛比以往更深地陷在眼眶里。大鹰钩鼻子比以往任何时候都更高大、更显眼地凸出在苍白下陷的面颊中间，悬在黄中透红的浓密的上须上面 …… 他那坚固

讲究的英国料子的裤子松软地罩在两条弯曲、瘦削的细腿外面。

自从回到家里以后，他跟从前一样住在母亲家二楼走廊边的一间屋子里，然而他在俱乐部的时间却比在孟街的时间多得多，因为在家里他的生活并不很舒服。自伊达·永格曼离开以后，李克新·塞维琳便接替她管理家务，做了老参议夫人的管家。李克新是一个二十七岁的茁壮的乡下女人，脸蛋又红又圆，厚嘴唇，看待事物也完全用乡下人的眼光。既然一家之主议员先生对他都是抬着眼睛视而不见，她对这位整天无所事事、专门以讲故事为职业的先生，这位有时行为滑稽，有时又病恹恹的人物，自然也就用不着过分尊重。她对他的一些需求干脆就置之不理。“呀，布登勃洛克先生！”她会说，“我没有时间顾到您的事啊！”于是克利斯蒂安皱着鼻子瞪着她，好像要说：你一点也不害臊吗？接着就僵直着两条腿走开了。

“你以为什么时候我都有蜡烛使唤吗？”他对冬妮说，“我很少有蜡烛……常常在上床的时候不得不用火柴照亮……”要么他就宣布说——因为他母亲给他的零用钱太少了——“困难的日子啊！……是的，从前一切都不是这样的！你知道如今是什么样子吗？……如今我常常不得不跟别人借五先令买牙粉！”

“克利斯蒂安！”佩尔曼内德太太喊道，“多么不体面！用火柴照亮！借五先令！你可别说这个了！”她又激动又愤怒，感到自己的最神圣的感情受了侮辱，然而她的这番话并不能改变克利斯蒂安的处境……

这五先令买牙粉的钱克利斯蒂安是从他的老朋友安德利亚

斯·吉塞克，民法和刑法博士那里借来的。克利斯蒂安能结识这样一位朋友是他的运气，很能抬高他的身价，因为吉塞克律师这位花花公子，懂得怎么样维持自己的显赫地位。去年冬天，当卡斯帕尔·鄂威尔狄克长眠不醒、朗哈尔斯博士攀上了他的位子以后，吉塞克又当选为议员。然而他的生活方式却并没有因此而受影响。人们都知道，他自从和一位胡诺斯小姐结了婚，除了在城里有一所宽大的住宅以外，在圣·葛尔特路德郊区还有一所掩映在浓荫里的舒适小别墅，这里面孤孤单单地住着一个还在妙龄、姿色艳美的出身不明的女人。大门上几个镀金的字母闪闪发光，写的是“吉西姗娜”，这所安静的小房子在城里也就以这个名字闻名。人们在说这个名字的时候，常常喜欢把“姗”字读得轻飘飘的，而“娜”字又故意读得很沉浊。克利斯蒂安·布登勃洛克，作为吉塞克议员的密友，也得到了出入“吉西姗娜”的权利。他在这里也像在汉堡阿林娜·普乌格尔太太那儿或者在伦敦、在瓦尔帕莱索以及地球上许许多多地方类似的场合一样，施展同样手段而大获成功。他“说了几段故事”，“略示一点温柔”，于是现在出入这所小绿房子的频繁也不减于吉塞克议员了。他这样做吉塞克博士是否知道，或者是否同意，这是个疑问。但是有一件事是肯定的，吉塞克必须从给妻子的花销中拿出大量金钱才能在“吉西姗娜”买来的情趣，克利斯蒂安·布登勃洛克却能不费分文同样享受得到。

胡果·威恩申克经理和伊瑞卡·格仑利希订婚不久，就建议这位舅父进保险公司工作，克利斯蒂安也确实为保险公司会计处做了两个星期的事。可惜的是，两个星期以后，不但他左半边身

体酸痛症又复发作，而且其他一些叫不出名称的病痛也都加剧了。此外又因为经理是个脾气暴躁得不近人情的上司，常常因为一点点失误竟毫不客气地叫他舅父“笨蛋”…… 克利斯蒂安不得不又放弃了这个位置。

讲到佩尔曼内德太太，她最近是很幸福的，她的欢畅情绪从挂在她口边的一些警句里也可以听得出来。譬如，她最近就常常喜欢说，人生在世，总也有时来运转的时候。确实也是这样，最近几个星期她又重新容光焕发起来，手脚不闲，满脑子的主意和计划，又张罗房子，又忙于置办嫁妆，这一切又使她清清楚楚地回忆起自己当年初次订婚的情形来了。她不禁觉得年纪也轻了，希望和精力也无限增加了。不论是她的仪容还是她的举动，处女时代的秀美的奕奕精神都恢复了许多。是的，某一次“耶路撒冷晚会”的整个气氛竟被她的放肆无忌的快乐破坏无遗，害得丽亚·盖尔哈特不得不把她祖上遗传的那本老书放下来，用一个聋子的猜忌的大眼睛向大厅四周茫然张望着。

伊瑞卡不应该和母亲分开。在得到经理同意后，不，也可以说在他的请求下，安冬妮决定随着女儿住（至少暂时如此），这样她可以帮助没有经验的女儿操持家务 …… 使她内心洋溢起美妙感觉的也正是这件事。地球上仿佛从来没有存在过本迪可思·格仑利希，也从来没有过阿罗伊斯·佩尔曼内德，她一生经历过的失败、绝望、痛苦仿佛都已经烟消云散，如今她又能满怀希望地再一次从头开始了。虽然她也提醒伊瑞卡，叫伊瑞卡感谢上帝赐给了她最美满的姻缘。而她自己，她这位做母亲的，却因为责任和理

智不得不牺牲掉自己真挚的初恋。虽然她用那由于喜悦而微微颤抖着的手将和经理的名字一起登在家庭记事簿里的是伊瑞卡的名字 …… 然而她，她自己，冬妮 · 布登勃洛克才是真正的新娘。用内行的手摸试窗帷和地毯的是她，在木器店和服装店里穿出穿进的是她，再一次看定一所华贵的住宅而做主租赁下来的也是她！她这次又能离开娘家这所虔诚、空旷的老房子，不再当一个寄人篱下的弃妇了；她又可以扬起头来开始一次新生活了，又有资格引起人们普遍注意，为家庭增光了 …… 一点也不错，难道这是一场梦吗？竟连睡衣也出现在眼前了：两件睡衣，给她自己和伊瑞卡准备的，用的是柔软的丝料，长大曳地的后摆，密密地缀着一圈圈的天鹅绒环带，从领口一直缝到下面的底边！

时间一星期一星期地过去了，伊瑞卡 · 格仑利希深闺独处的日子眼看着就要结束了。一对新人只拜访了不多几家人，因为经理是个秉性严肃、不善交际、正经做事的人，即使有闲暇，也只打算在温暖的家庭里度过 …… 订婚宴是在渔夫巷新房子的大厅里举办的，参加的人除了托马斯、盖尔达、新婚夫妇和三位布登勃洛克老小姐 —— 弗利德利克、亨利叶特、菲菲以外，只有议员的几位挚友。这场宴席又由于经理不停手地拍打伊瑞卡的裸露在外面的脖颈弄得大家困窘不堪 …… 婚礼一天比一天近了。

圆柱大厅正像当初格仑利希太太头戴桃金娘时一样，又一次作为婚礼的舞台。铸钟街的史笃特太太，就是那个惯和上流社会交往的女人，这次又来帮助新娘摆弄白缎子礼服上的褶皱，帮助插戴花朵。布登勃洛克议员和克利斯蒂安的朋友吉塞克议员分别

担当正副伴郎，伊瑞卡过去在膳宿学校时的两个同学做伴娘。胡果·威恩申克经理打扮得庄严而威武，在走向临时搭起的祭坛的路上，只踩了一次伊瑞卡的曳地的长头纱。普灵斯亥姆牧师双臂交叠在下巴底下，像往常一样，摆出全副既神圣又和蔼的样子主持了婚礼仪式。总之，一切都进行得非常隆重，合乎礼节。当戒指交换过，在一片沉静中，一个沉浊和一个清脆的声音——虽然两个声音都有一些嘶哑——都说出一声“是的”以后，佩尔曼内德太太看到现在，回想起过去，瞻望未来，百感交集，不觉失声呜咽出来（仍然是儿时的那种不经过头脑的、毫不遮掩的啼哭），三位布登勃洛克小姐（菲菲为了参加今天的典礼在夹鼻眼镜上特别配上一条金链）像往常遇到这种情形一样带着些酸味地窃笑起来……卫希布洛特小姐这一天也来了。苔瑞斯·卫希布洛特最近几年里比从前身体紧缩得更小了，她的细瘦的脖颈上戴着一枚椭圆形别针，上面镶着她母亲的肖像。塞色密为了掩藏内心深处的激动，故意装出非常镇定的样子说：“祝你幸福，我的好孩子！”

接着，大厅里摆起了华丽丰盛的结婚酒宴，大厅四周绘制在蓝壁毯上的白色神像跟过去一样静静地向下俯瞰着。宴席将近尾声的时候，一对新人离席而去，准备到几个大城市做一次蜜月旅行……这时是4月中旬。以后两个星期，佩尔曼内德太太在室内装饰匠雅可伯斯的帮助下完成一件大杰作：把面包房中巷一所楼房的宽阔的二楼租下来，布置得华贵精美，房间里摆满鲜花，准备迎接旅行归来的新婚夫妇。

冬妮·布登勃洛克的第三次结婚就这样开始了。

不错，只有这样说才最恰当。有一次星期四团聚，威恩申克夫妇没有来，议员本人就这样说过，而佩尔曼内德太太听了也颇为得意。事实上，威恩申克一家所有操心的事都由她肩负起来，但是她也享受到快乐和骄傲的酬劳。有一天，她和哈根施特罗姆家的姑娘，玉尔新·摩仑多尔夫参议夫人偶然在街头相遇，她摆出这样一种胜利者和挑战的神色望着后者的脸，摩仑多尔夫太太竟被这种脸色震慑住，不由得先向她打起招呼来…… 有时亲友们来看新居，她陪着客人在屋里走动的时候，流露在她面容上和姿势上的骄傲和快乐甚至变成庄严肃穆的神色，而伊瑞卡·威恩申克站在一旁，倒好像也是一个叹赏不止的客人似的。

睡衣的长后摆在身后地上拖着，略微耸着一些肩膀，头向后仰着，胳臂上挎着缀着缎子飘带的钥匙筐（她特别醉心于缎子飘带），安冬妮给客人指点家具、窗帷、透明的瓷器和经理买来的几张大油画。这几张油画画的不是静物食品，就是裸体女人，因为胡果·威恩申克只能鉴赏这个。冬妮的一举一动都似乎在告诉别人：看啊，我在这一生中到底又一次挣扎起来了。这些东西跟在格仑利希那儿的一样华贵，至于和佩尔曼内德家比起来，那就更华贵得多啦！

老参议夫人来了，穿着灰黑条纹的绸衣服，随身飘散着一股淡淡的刺蕊草香水味。她用她那明亮、安详的目光在每件东西上瞟了一眼，虽然没有说赞美话，然而神色却显露出称许满意之意。议员带着妻子和小儿子来了。他和盖尔达对冬妮的得意和骄傲开了几句玩笑，费了很大劲才拦住她没用葡萄干面包和红酒把他们的爱子汉诺撑死…… 布登勃洛克家三位老小姐来了，她们异口同

声地说，一切都美丽极了，像她们这样过惯俭朴生活的姑娘可不愿意住在这样的房子里 …… 可怜的克罗蒂尔德来了，她黝黑、瘦削，像往常一样好脾气。她由着别人逗弄了一番，喝了四杯咖啡，用她那一团和气的拖长了的声音对样样东西称赞了一通 …… 有时候，当俱乐部里没有人的时候，克利斯蒂安也到这里来几趟。他每次来都要喝一小杯甜烧酒，告诉别人说，他不久就要替一家制造香槟白兰地酒的公司做代理商了 —— 他对这个行业很内行，而且这是一件既愉快又不费力的工作，自己可以当家做主，只要时不时在笔记簿上记上几条，反掌之间就能赚三十泰勒。说完了这番话，他从佩尔曼内德太太这里借了四十先令，为了买一个花篮献给市剧院首席女演员。接着，不知道由于何种思想联系，他一下子想到“玛利亚”，开始讲起伦敦的“罪恶”来。他谈起一条癞狗的故事，这条癞狗被人装进箱子里从瓦尔帕莱索运到旧金山。这时他已经谈上劲头来，谈得有声有色，滑稽突兀，即使听众是一整厅的人，也会被他的故事吸引住的。

他谈得兴高采烈，运用各种语言。他说英文，说西班牙文，说北德的方言，说汉堡土话，叙述智利的短刀党和怀特沙佩尔的扒手。他看一眼他的一本写满滑稽小曲的册子，就开始说唱起来。他的表情精细入微，手势谐趣风生。他唱的是：

有一天我游游荡荡
一个人在街上闲逛，
忽然一眼看到

前面走着个姑娘；
她的身段儿窈窕
垫裙是法国式样，
一顶瓦盆帽子顶在头上。
我对她说："我的好姑娘，
您长得多么漂亮，
能不能让我挽着您的臂膀？"
她突地把身子一扭
瞪了我一眼，说：
"滚回家里去吧，你这小流氓！"

这支歌刚刚唱完，他立刻又谈起林茨马戏团的表演来。他从头到尾模仿一个英国小丑儿怎样入场；看了他的模仿表演，一个人会想象自己正坐在马戏表演台前边，似乎听得见帐篷外面惯有的那种喧嚣叫嚷，有人喊"给我开开门"！也有人和马夫争吵。接着他又用声调土俗、含混、英德文混杂的话说了一串故事。有一个故事讲的是一个人睡觉吞了一只老鼠，去请兽医看病，兽医劝他再吞一只猫。另一个是关于"我的硬朗的老奶奶"的故事。这个故事说一个老奶奶到火车站去，路上遇见各色各样的惊险事，最后火车从"硬朗的老奶奶"的鼻子前边开走了……说到这里克利斯蒂安喊了一声"奏乐"，中断了自己的故事。然而并没有音乐应声而起，他好像如梦方醒似的，自己也露出一脸惊讶的样子……

突然之间，他沉默了，面容也变了，动作也松弛下来。他的深

陷的小圆眼睛开始不安地东张西望，一边用手摩挲着左半边身体，仿佛是他身体内部发生了什么奇怪的变化，他正静静地倾听着似的……他又喝了一小杯甜酒，精神振作起来一点。他又开始讲一个故事，可是刚讲到一半就陡然中止了，抑郁沮丧地告别而去。

佩尔曼内德太太最近特别喜欢笑，对于克利斯蒂安刚才的一番表演感到莫大兴趣。她兴致勃勃地把自己哥哥陪到楼梯口上。“再见，代理商先生！”她说，“再见，行吟诗人！猎艳能手！老傻瓜！有工夫再来吧！”她望着他的背影放声大笑了一通，就回到自己屋子里去了。

可是克利斯蒂安·布登勃洛克并没有还口，他正陷入沉思里，根本没有听见她的话。他正在想：是的，我得到“吉西姗娜”那儿待一会儿。于是他歪戴着帽子，拄着拐棍，僵直、缓慢、跛着腿走下了楼梯。

第 二 章

1868年春天的一个晚上，十点钟左右，佩尔曼内德太太出现在渔夫巷新宅的二楼上。布登勃洛克议员正一个人坐在起居室里。这间屋子摆着用橄榄绿格子布蒙面的家具，屋子中央天花板上悬着大煤气灯，下面是一张圆桌，议员就坐在这张桌子旁边。他面前摊着一份《柏林交易所消息报》，自己正微微俯着身子读这份报纸。他左手的食指和中指间夹着一支纸烟，一只金夹鼻眼镜夹在鼻子上；最近一段时期他在工作的时候已经不得不戴眼镜了。听见他妹妹的脚步声从餐厅那边走过来，他把眼镜摘下来，定睛望着暗处，直到冬妮的身影在帷幔中间、灯影里显现出来。

“噢，是你啊。晚安。已经从珀彭腊德回来了吗？你的朋友们都好吗？”

“晚安，汤姆！谢谢你，阿姆嘉德很好……你一个人在这里吗？”

“对了，你来得正好。今天晚上我一个人孤孤单单地吃晚饭，活像罗马教皇；永格曼小姐不算数，她每隔一会儿就要跳起来一次，跑到楼上去看汉诺……盖尔达到俱乐部去了。克利斯蒂安把她接

了去听塔玛佑演奏提琴……”

“怪事！我也说一句母亲的口头语。——不错，汤姆，最近我发现盖尔达和克利斯蒂安相处得很好。”

“我也是。自从他这次回家住下来后，盖尔达开始对他产生了兴趣。甚至当他描绘他那些毛病的时候，她也不厌其烦地听着……天哪，我想他很能叫她开心。前两天盖尔达还对我说：‘他不像个市民，托马斯！比你更不像！’……”

“市民……市民，汤姆？！哈，依我看来，在这个广阔的世界上没有比你更好的市民啦……”

“也许是。可是她说的不是这个意思！……把衣服脱脱吧，孩子。你的脸色好极了。乡间的空气一定对你很有好处吧？”

“对我太好了！”她一面说，一面把面纱和缝着淡紫色飘带的风帽搁在一边，神气凛然地坐在桌子旁边一张靠背椅上，“胃病也好，失眠也好，在这短短的一段时间里都好多了。新鲜的牛奶，香肠，火腿……一个人就像头小牛似的上膘，像庄稼一样茁壮。还有那新鲜蜂蜜，汤姆，我一向认为蜂蜜是最好的滋补品，它是纯粹的自然产物！这才真是值得一吃的东西呢！阿姆嘉德居然还记得求学时代的老朋友，把我请去，真是个好人。封·梅布姆先生也同样殷勤好客……他们夫妻非常恳切地请我再多住几个礼拜，可是你知道，我不在家伊瑞卡真弄不转家里那点事，尤其是现在，小伊利莎白又出世了……”

“对了，我还忘了问，小孩儿怎么样啊？”

“谢谢你，汤姆，很不错；刚满四个月的孩子，从她的月数看，

长得蛮好，虽然弗利德利克、亨利叶特和菲菲都说她活不了……”

“威恩申克呢？他当了爸爸怎么样？我只有在星期四才见得到他……”

“噢，他还跟从前一样！你知道，他是个守本分的勤奋人，从某些方面说，甚至称得起是个模范丈夫，因为他厌恶酒馆，下了班就径直从办公室走回家来，把他的闲暇时间都消磨在我们身边。但是也有一件事，汤姆——我私下里可以坦白告诉你：他永远要求伊瑞卡欢蹦乱跳，跟他聊天，开玩笑。他说，当他做完一天事，筋疲力尽、情绪抑郁地回到家里以后，他愿意要自己的妻子快快活活地陪他玩一玩，让他开开心，叫他心情畅快一下。他说，女人生在世界上就是做这个用的。”

“蠢人！”议员喃喃地说。

“什么？……糟糕的是，伊瑞卡常常闷闷不乐。这一定是我传给她的，汤姆。她有时候很严肃，沉默不语，闷头思索着什么，这时候他就骂她，大发脾气，用的字眼，说实话，真不能说文雅。他常常让人家看到，他不是出身于高贵门第，也没有受过一般人所谓的良好教育。是的，我不想跟你隐瞒，就是在我动身到珀彭腊德前不几天，他还因为汤做咸了把汤盘的盖子在地上摔碎了……”

“多么有趣的事！”

“不，正相反。但是我们不能因此就说他不好。说实话，我们谁没有一些缺点？像他这样一个勤俭、能干的老实人……可不应该说他的坏话……不，汤姆，外表粗鲁、心地良善，这种人在世界上并不能算最坏的人。我刚从那儿回来的那家人，我要告诉你，

境遇可悲惨得多呢。有一次，阿姆嘉德趁没有人的时候曾经跟我痛哭过……”

“你是说——封·梅布姆先生？……”

“是的，汤姆，我正要说这件事。你看，我们坐在这儿好像说闲话，实际上我今天晚上是为了一件正经事，一件要紧事才来的。”

“是吗？封·梅布姆先生出了什么事了？”

“拉尔夫·封·梅布姆是一位和蔼可亲的人，托马斯。可他是一个浪荡子弟，是个赌鬼。他在罗斯托克也赌，在瓦尔纳门德也赌，欠下的债像海滩上的沙子一样多。如果一个人只在珀彭腊德住两个星期，他是不会相信这件事的。住房非常华丽，四周一片兴隆景象，牛奶呀，香肠呀，火腿呀，什么也不缺。住在这样一个庄园里，一个人对真实的经济情况常常是无法衡量的……一句话！汤姆，他们的实际境况已经衰败到家，这是阿姆嘉德一边令人心碎地啜泣着，一边亲口对我说的。”

“惨啊，惨啊！”

“这还用说。可是问题还不在这里。后来我才发现，他们把我请了去原来并不是毫无自己的打算的。”

“这话怎么讲？”

“我这就要告诉你，汤姆。封·梅布姆先生需要钱，他需要立刻就拿到相当数目的一笔款子，因为他知道他妻子和我是老相识，而我又是你的妹妹，所以这次急得没有办法就求妻子出面，而他妻子又求我出面……你懂不懂？”

议员用右手的指尖来回梳理了两次头发，做了个愁苦的脸相。

“我想我是懂的，”他说，“你所说的正经事或者要紧事似乎是想以珀彭腊德的收成为抵押支借一笔钱，如果我没猜错的话。可是我想这次你们，你和你的两位朋友，找错人了。第一，我还从没有跟封·梅布姆先生做过生意，再说这种建立关系的方式又颇为特殊。其次我们这家人，不论是曾祖父、祖父、父亲还是我，虽然偶然也向乡间贷过款，但是那需要借钱的人老实可靠，要么他的人品好，要么他有别的条件……可是根据你在两分钟以前所形容的，封·梅布姆先生的人格和经济条件都很难被认为老实可靠……”

“你猜错了，汤姆。我听你把话说完，可是你猜错了。这笔款封·梅布姆不是预支，他需要三点五万马克……”

“老天爷！”

“三点五万马克，两星期内要偿清。刀子搁在他脖子上，把话说得明白些：他现在马上就要找个买主卖掉。”

“还在麦秆上就卖吗？哎呀，这个可怜的家伙！”议员一边用手在桌面上玩弄着夹鼻眼镜，一边摇了摇头，“可是这对我们的买卖说来，倒是一件很稀有的事，”他说，“我只听说过黑森有这种事，那里不小的一部分地主被犹太人抓在手心里……谁知道这位可怜的封·梅布姆先生又落在哪个高利贷者的魔掌里啊……”

“你说什么，犹太高利贷者？”佩尔曼内德太太不胜惊讶地喊道……“可是我们谈的是你啊，汤姆，谈的是你！”

托马斯·布登勃洛克把眼镜往桌子上一扔，弄得眼镜在报纸上滑动了一段才停住。他猛地把身子一扭，整个上半身转向他的妹妹。

“谈的是 —— 我？”只看见他的嘴唇动了动，却没发出什么声音来。接着他又大声添加说，“快去睡觉吧，冬妮！你太疲倦啦。”

“是的，汤姆，每逢晚上咱们正开始玩得起劲的时候，伊达·永格曼对咱们说的就是这句话。可是我向你保证，我从来也没有像现在这么清醒，这么有精神。我冒着夜晚和雾气到你这儿来，是为了把阿姆嘉德 —— 间接地也就是把拉尔夫·封·梅布姆的提议转达给你 ……”

“哦，我可是把这个提议归之于你的天真不懂事和梅布姆的无计可施。”

“天真？无计可施？我不懂你的话，托马斯。可惜得很，我一点也不了解你这是什么意思！人家提供给你一个好机会，既做了一件好事，又成交一笔非常有利的生意 ……”

“哎呀，我的亲爱的，别说这种愚蠢到家的话了吧！”议员喊道，不耐烦地把身子往后一仰，“原谅我这么说，你这种混沌无知真逼得人冒火！难道你就不了解，你这是劝我做一件极端有失身份、极端肮脏的勾当吗？难道我要浑水摸鱼？残酷地剥削别人？利用这个地主窘急的情况发一笔横财？逼着他用低一半的价钱把全年收成卖给我，从中牟取暴利？”

“哎呀，你是这样看这个问题的，”佩尔曼内德太太胆寒地、沉思地说。但是她马上又提起精神接着说下去，“可是用不着，完全用不着从这方面看这个问题，汤姆！为什么说逼他呢？是他来求你的啊。他等着钱用，他愿意依靠朋友的交情把这件事解决，不声不响，不让事情张扬出去。正因为这个他才想起咱们来，才把

我请过去！”

“总之一句话，他把我，把我们公司的性质看错了。我们有我们的传统。一百年来我们从来没有做过这样的买卖，我也不想开这个头，干这种勾当。”

“自然啰，汤姆，公司有它的传统，谁对这些传统也得尊重。而且父亲如果在世，自然也不会这么做，这一点是用不着多谈的…… 可是我虽然很笨，我却看得出来，你不是和父亲一路的人，而且自从你把买卖接过手来以后，作风跟父亲在世时就大不相同了。你这些年来所做的事，有很多是他不肯做的。这是因为你年轻，你有干大事业的头脑。但是我总是害怕最近一段时期你被几次不如意的事吓得丧胆了…… 如果说你现在办事不如从前那么顺利成功，原因就在于你过于谨慎畏缩，过于安分守己，眼看着一本万利的好机会从手底下滑过去了……”

“哎呀，我求你别再说下去了，我的好孩子，你简直把我激怒了！”议员用犀利的语气说，来回扭动身躯，“咱们说点别的好不好？”

“是的，你被激怒了，托马斯，我看得出来。从一开始你就冒火，可是我所以说下去正因为这个，正是为了向你证明，你觉得受了侮辱是不对的。如果我问自己一句，为什么你被激怒了，那我只能说，这是因为你还不是这么从心坎里不喜欢干这号买卖。我虽然是个懵懂无知的女人，可是我从自己的阅历，从别人的身上却得到一条经验：只有当一个人不能非常坚决地拒绝人家的建议，只有当他内心跃跃欲试的时候，这个建议才使他那么激动、冒火。”

“你说得很妙。”议员说，一口把纸烟的纸嘴咬断，沉默不语。

“很妙吗？哼，不，这只是生活教给我的一个最简单的经验而已。可是这暂且不去谈它，汤姆。我不想和你争辩。难道在这种事上我有力量说服你吗？不能，我没有这种知识。我只是一个笨人……可惜啊……算了吧，怎么说都成。还是说那件事——我觉得很有趣。一方面我为梅布姆夫妻担惊、发愁，另一方面我又为你高兴。我一个人想：最近一段日子汤姆老是闷闷不乐。以前他还诉苦，现在他索性连苦也不诉了。他这里那里做蚀了钱，年景不好，偏偏在这个时候，我靠上帝恩典境况刚刚有点起色、生活稍微有点幸福。接着我自己又想了：这是替他安排的一件事、一次良机、一步鸿运。这回他可以把许多亏空都补偿过来，而且还可以叫别人看到，约翰·布登勃洛克公司就是今天也并没有完全走背运。如果你接受了这个建议，那么我这个做牵手的也将感到非常骄傲，因为你知道，能做一些事光耀咱们家名声，一向是我的梦想和迫切的愿望。……够了……这个问题说到这里为止——我恼怒的是，梅布姆迟早必须卖掉青庄稼，如果他在城里张望一下的话，汤姆，他马上就找得到买主……马上就找得到……这个人就是亥尔曼·哈根施特罗姆，哼，这个滑头鬼……”

“噢，对了，这个人会不会把这笔买卖推出去，倒是值得怀疑的事。”议员语含辛辣地说，而佩尔曼内德太太也接连回答了三句：“你看得到的，你看得到的，你看得到的！”

突然之间，托马斯·布登勃洛克又摇起头来，嫌恶地笑了笑道：

“真是无聊 …… 我们这里一本正经地谈论着 —— 至少你是这样 —— 一件完全靠不住的事，一点影子也没有的事！如果我没记错的话，我好像根本还没问过你，我们谈的究竟是什么，封·梅布姆先生要卖的究竟是什么 …… 我对于珀彭腊德一点也不熟悉 ……”

“噢，你自然应该亲自去看一下！”她热心地说，“从咱们这里到罗斯托克去没有多少路，一到罗斯托克就算到了珀彭腊德了。他要卖什么？珀彭腊德是很大的一个农庄，每年收成一千多口袋麦子，这一点我准知道。但是详细的情况我就不清楚了。稞麦、燕麦、大麦各收成多少？是不是每种打五百袋？是多还是少？我都不知道。但是我敢说，一切都非常好，只是我不能告诉你数字，汤姆，我是只笨鹅。你自然该去看看 ……”

两人沉默了半晌。

“好吧，不值得再对这个问题多费唇舌了。”议员简单干脆地说，拿起夹鼻眼镜装在背心口袋里，把外衣的扣子扣好，站起来，开始在屋中来回地踱起步来。他的动作迅速有力，又很随便，存心摆出一副摒弃一切沉思犹豫的姿态。

过了一会儿他又在桌子旁边站住，身子朝着他妹妹那方俯下一些，弯着食指轻轻敲着桌面，开口说：“我现在给你说个故事，亲爱的冬妮，这个故事会说明，我对这件事所持的态度。我很知道，一般地说你对贵族很敬慕。我也知道你特别敬慕梅克伦堡的贵族。所以我求你耐心地听着，如果在我的故事里对这些地主中的某一位有些不很起敬的话 …… 你知道，在这些人里面有那么一两位，本

人虽然非常需要商人的帮助——正像这位封·梅布姆先生需要他们一样，却又不怎么太尊敬商人。这些人在和商人打交道的时候，过于强调了——当然，在一定程度上也该承认——生产者对中间商人的优越性。总而言之，他们看待商人的目光和看待那些穿胡同的犹太小贩差不多：明明知道要吃很大的亏，但还是得把旧衣服出让给他们。我觉得很荣幸，在我和这些绅士打交道的时候，还没有给他们造成一个道德败坏的盘剥者的印象。相反地，我在他们之中倒发现了一些算盘远比我打得更精的商人。有一次我遇到这么一个人，为了使我的社会地位跟他的更接近一些，我不得不小小地给他一点颜色看……这个人是大包根多尔夫的地主，你一定听说过，过去有一个时期我和他打过不少交道：施特雷利茨伯爵，一个头脑非常封建的人，一只眼睛戴着方形镜片……我不懂，眼镜片怎么会没把脸皮割破……他穿着长统翻口漆皮靴，拿着金柄的马鞭子。他有个习惯，总喜欢半张着嘴、半眯缝着眼睛，以盛气凌人的样子不屑地打量我……我第一次去拜访他很值得一提。在我到他那儿去以前，我们通过几次信；我到了以后，由仆人通报后就被让进他的工作室。施特雷利茨伯爵正在写字台前坐着。我向他行了个礼，他只从安乐椅上略微欠了欠身作为回答，把一封信的最后几行写完，然后才转向我，跟我谈他的货物。他的眼光一直高高地从我头上望过去。我靠在沙发桌上，交叠着胳臂和腿，津津有味地欣赏着。我站着谈了五分钟话。又过了五分钟我在桌沿上坐下来，在空中摇摆着一条腿。我们的谈判继续下去。十五分钟之后他像施了恩似的挥了挥手，对我说：‘您坐下来谈谈，好

吗？’——‘什么？’我说，‘别客气了！我早就坐下了。’”

“你真这样说了吗？真的吗？”佩尔曼内德太太乐不可支地喊道……刚才的一切她差不多立刻都忘记了，她的脑子里目前完全被这个故事占据了，“你早就坐下了！简直太妙了！……”

“是的，让我告诉你，这个伯爵从这一刻起态度整个改变了，以后我再去，他又和我握手，又请我坐……以后我们的关系搞得很好。为什么我要给你说这件事呢？就是为了问问你：当梅布姆先生跟我谈判这项买卖的时候，我有没有这种勇气、这种权利、这种内在的信心也这样教训封·梅布姆一下，如果他……他也忘了请我落座的话……”

佩尔曼内德太太没有回答。“好吧，”过了一会她说，站起身来，“也许你是对的，汤姆，正像我刚才说过的那样，我不想强迫你。什么该做，什么不该做，你自己一定知道，这就算了。只要你相信，我是怀着善意来谈这件事的就好了……好了！晚安，汤姆！……啊，不，再等一会。我还要先吻一下小汉诺，好同伊达打个招呼……以后我再看你一下……”

说着她走出了这间屋子。

第 三 章

她从楼梯走上三楼，不到右边小阳台去，而是沿着游廊上金白色的栏杆向前走，穿过一间前堂。前堂通向走廊的门开着。走廊的左边有一扇门通向议员的更衣室。另外还有一扇门在走廊尽头，她轻轻扭动了一下这扇门的门柄，走进里面的屋子去。

这是一间宽敞异常的屋子，窗户上遮着带褶皱的大花窗帷。四壁显得有些光秃，除了永格曼小姐床头上悬着的一个巨大的黑镜框里镶着一幅雕版画（画的是吉阿扣谟·梅耶比尔①被围在他创作的歌剧中的角色间）以外，只有几个黄头发、红衣裳的英国五彩小纸人用大头针插在淡色的壁纸上。伊达·永格曼正坐在屋子中央一张活动桌面的大桌前给汉诺补袜子。这个忠心耿耿的普鲁士女人这一年已经五十出头了，虽然她的头发很早就开始发灰，但是她那光洁的头顶至今仍然只是黑灰相间，并没有斑白。她那笔挺的身躯仍然强壮、矍铄，她的棕色的眼睛仍然那么明亮、奕奕有神，毫无倦怠之色，正如同二十年前一样。

---

① 吉阿扣谟·梅耶比尔（Giacomo Meyerbeer，1791—1864）：德国作曲家，作有《阿非利加的少女》等十余部歌剧。

“你好，伊达，我的好人儿！”佩尔曼内德太太说，她虽然压低了嗓音，但是却掩不住满心的高兴。刚才她哥哥讲的那个小故事使她的情绪非常好，非常愉快，“你好，老婆子？”

“哎，哎，小冬妮，你说什么，孩子——老婆子？这么晚你还到这儿来？”

“啊，我来找我哥哥……谈一件生意上的事，不能耽搁……可惜没谈好……他睡了吗？”她说，一边用下巴向一张小床点了一下。小床靠着左边的墙放着，挂着绿帐的床头紧靠着通向布登勃洛克议员夫妇的一扇高门……

“嘘，”伊达说，“是的，他睡着了。”于是佩尔曼内德太太蹑着脚走到小床前边，小心翼翼地把帐子打开个缝，俯身窥视正在睡觉的小侄儿的面庞。

小约翰·布登勃洛克仰卧在床上，但是围在浅棕色的长头发里的小脸蛋却向一边侧着，鼻子为枕头堵着，发出轻微的鼾声。他的一只胳臂压在胸上，另一只顺在身旁，平摆在鸭绒被上，因为睡衣的袖子又肥又大，手指都被遮盖住。虽然如此，我们仍然能看到他的蜷曲的手指时不时地微微抖动一下。他的半张着的小嘴唇也时而轻微地嚅动着，仿佛在努力发出一个什么声音。每隔一会，这一张小脸蛋就现出一副痛苦的神情。痛苦的神情总是从下面开始，逐渐传布上去，先是小下巴轻轻一哆嗦，小嘴角跟着抽搐起来，接着小鼻翼轻轻颤抖，最后窄窄的脑门上的肌肉也都皱缩起来……他的睫毛很长，但是仍然遮不住罩在眼窝上的一层淡蓝的阴影。

“他在做梦呢。”佩尔曼内德太太怜惜地说。接着她俯在孩子身上，小心翼翼地在他温暖的脸蛋上吻了一下。她把床帐轻轻整理好以后，又回到桌子旁边。伊达在昏黄的灯光下把另一只袜子绷在袜板上，正在查看破洞，动手补缀。

“你在缝袜子吗，伊达。我总是看见你做这种事！”

“是的，是的，冬妮 …… 自从这个孩子上学以后，他把什么都穿破了。”

“他不是一个很安静、很温文的小孩吗？”

“是啊，是啊 …… 可是虽然如此 ……”

“他喜欢上学吗？”

“不，不喜欢，小冬妮！他倒非常喜欢继续跟着我念书。而且我也很希望这样，我的孩子。你知道，学校里的先生不是像我这样从小看着他长大的，他们教他的时候不知道该怎么样对待他 …… 这个孩子不太能集中注意力，他很快就会疲倦 ……”

“可怜的孩子！他挨过打吗？”

“那可没有！亲爱的上帝 …… 他们还不至于这么硬心肠！只要这孩子用他那双眼睛一看人 ……”

“第一次去是什么情形？哭了吗？”

“是的，他哭了。他哭得那么轻 …… 几乎听不出声音来，仿佛在独自儿啜泣 …… 以后他又拉住你哥哥的外衣，一次又一次地求他，说要待在家里 ……”

“啊，是我哥哥亲自带他去的吗？…… 是的，我告诉你，伊达，这真是个沉重的时刻啊。啊，我还清清楚楚记得当初我上学的情

形，就好像是昨天的事一样。我拼命号叫 …… 我告诉你实话，我像是条用链子拴着的小狗一样拼命号叫，我当时心头感觉沉重得要命。为什么呢？因为我一向在家里过得那么舒服，就像汉诺一样。我立刻就发现，凡是大户人家出身的子弟都哭，而别的孩子们则完全不拿上学当回事，只是瞪着我们傻笑 …… 老天！他怎么啦，伊达 ——？！”

这时从小床上发出的一声叫喊打断了她的谈话。她的一个手势仅做了一半便中止住，马上惊慌失措地向小床那边跑去。这是一声惊惧的喊声，但是转眼间又传来第二声，第三声，第四声喊叫 …… 一声比一声痛苦，惊惧 ……“噢！噢！噢！”这是一连串愤怒、绝望、由于恐怖而声音嘶哑的抗议，是对梦中出现的或者发生的什么恐怖非常的事物发出的 …… 转眼间小约翰已经笔直地站在床上，嘴里嘟哝着一些模糊不清的话，一双奇异的金棕色的眼睛瞪得圆圆的；他并没有看见这现实世界，他凝视着的是另外一个完全不同的世界 ……

“没有什么，”伊达说，“这是 pavor[①]。哎，哎，有时候比这次还要厉害呢。”说着她不慌不忙地把针线活放在一边，迈着沉重的大步子走到汉诺跟前，一面低声说一些抚慰的话，一面把他重新放倒，盖上被子。

“啊，原来是 pavor……”佩尔曼内德太太重复地说，“他会醒吗？”

---

① 拉丁文：梦魇。

汉诺的眼睛虽然睁得大大的，仍然凝视着什么，他的嘴唇虽然继续嚅动着，然而他并没有醒……

“什么？啊……啊……我们别再唠叨了……你说什么啊？”伊达问。佩尔曼内德太太也凑到跟前来听这个小孩子在不安地嘟哝些什么。

“我……走进……小花园……”汉诺含混不清地说，“给我的……小葱……浇壶水……”

“他在背诗呢，”伊达·永格曼摇着头说，“好了，好了！好好睡吧，孩子！……”

“站着个……小矮人儿……噗噗地打……喷嚏……”汉诺接着说，呻吟了一下。忽然他的面容改变了，眼睛半闭起来，头在枕头上来回滚动，继续痛苦地轻声念叨：

> 月亮亮光光，
> 小孩儿泪汪汪，
> 等那钟敲十二下，
> 上帝救我免灾殃……

念完了这几句他深深地叹了口气，泪珠从他的睫毛后面挤出来，慢慢地流过他的面颊……这时他醒转过来。他抱住了伊达，眼睛满含着眼泪向四面看了[illegible]痛地叫了一句“冬妮姑姑”。他似乎平静了下来，身体[illegible]一下，便静静地睡下去。

“奇怪！”当[illegible]在桌边坐下来以后，佩尔曼内德太太开口

说，“他背的是什么诗，伊达？”

“这是他的教科书上的，”永格曼小姐回答说，“这里面印有《男孩的奇异号角》，很怪的一些故事 …… 这两天他刚刚学完这课，他谈了很多关于那个小矮人的事。你听说过这个矮人吗？…… 真是可怕极了。这个驼背的小人到处都去，打碎锅子，吃掉糖酱，偷走木柴，让人家的纺轮不转，嘲弄人 …… 最后还有，他也求人替他祈祷！ 正是这样，他已经深深地印入这孩子的脑子里。他成天到晚地想这个故事。你知道他说什么？ 他说了两三回这样的话：‘是不是，伊达，他做这些事不是为了作恶，不是为了作恶 …… 他是因为心里愁得慌才这样做，可是做完了以后却更愁得慌了 …… 要是我们替他祈祷，他就用不着再做这些事了。’今天晚上他母亲去参加音乐会以前，来看他上床，他还问母亲说，他可不可以替驼背小矮人祷告 ……”

“他真替他祷告了吗？”

“没有祷告出声来，但是很可能他已经暗暗做了 …… 可是关于另外一首诗，名字叫《乳母的钟》的，他却从来没有说过。他只是一提这首诗就哭 …… 这个孩子动不动就哭，而且一哭起来就很久也不停 ……”

“这首诗有什么悲哀的地方吗？”

“我怎么知道？…… 汉诺只能背诵开头的地方，就是刚才他在睡梦里呜咽的地方，以后再也背不下去了 …… 另外还有一部分讲到一个马车夫，三点钟就得从稻草上爬起来，他也是每念必哭 ……”

佩尔曼内德太太感动地笑起来，但是接着脸色就变得严肃起来。

“可是我告诉你，伊达，这不好。他这么多愁善感，我认为不是好事情。马车夫三点钟起来 —— 哎呀，我的老天爷，正因为这样他才是马车夫啊！依我看 —— 这孩子 —— 把什么事都看得太认真，把什么事都搁在心上 …… 这会损耗他精神的，我告诉你。你们应该把这件事认真地跟格拉包夫医生谈谈 …… 可是话又说回来了，”她把双臂在胸前 叉，头歪在一边，烦闷地用足尖敲着地板，接着说，“格拉包夫老了。即使撇开这点不谈吧，他虽然心肠好，为人正直，善良 …… 然而谈起他的医术来，我是不很信服他的，伊达。上帝原谅我，如果我说得不对。譬如拿汉诺的神经不安说吧，他做噩梦，从梦中惊跳起来 …… 格拉包夫什么都知道，可是他能做的是什么呢？他只不过告诉我们这是什么病症，说一个拉丁名词 Pavor nocturnus[①] 而已 …… 是的，亲爱的上帝，这倒也能叫人长知识 …… 不是的，他没有什么才能；他只不过是个和善的人，是个家庭良友罢了。一个有作为的人不是这种样子的，有为的人年轻时就已经崭露头角。格拉包夫也经历过1848年，他那时还是年轻人。可是你想，他当时曾经激动过吗？曾经为自由和正义、为推翻特权和独裁而血液沸腾过吗？不错，他是个学者，可是我敢说，他对于当时那个荒谬透顶的有关大学和报刊的联邦法是无动于衷的。他从来没有做过什么激昂的手势，从来没有一

---

① 拉丁文：梦魇症。

丝越轨的行动 …… 他永远摆着一副笑嘻嘻的长脸，永远给病人开鸽子肉和法国面包的食谱，如果病情严重的时候，再加上一调羹蜀葵汁 …… 晚安，伊达 …… 哎呀，不都是他这样的人，我相信一定有和他完全不同的医生！…… 可惜，我没有看见盖尔达 …… 好了，谢谢你，走廊上还有灯，晚安。”

当佩尔曼内德太太向外走，经过餐厅的时候，她扭开餐厅的门，向起居室里探了探头，为了向她的哥哥告别。这时候她看见这几间屋子灯火辉煌，托马斯正背着手在里面走来走去。

第四章

当屋中只剩下议员一个人的时候，他又在桌子旁边原来的位子上坐下来，掏出夹鼻眼镜，打算继续读报纸。但是他只读了两分钟，眼睛便从报纸上抬起来，从对面窗帷的空隙处望出去。很久很久他一直凝视着黑暗的客厅，身体保持着原来的姿势。

当他独自一个人的时候，他的面相改变得多么叫人不能认识啊！他的嘴角和两颊的肌肉一向绷得紧紧的，对于他的坚定的意志唯命是从，如今却松弛了，变得软绵绵的；他的一副久已是勉强做作出来的警觉、谨慎、和蔼而精神饱满的面容像是一个假面具似的突然从脸上落下来，代替它的是疲惫不堪的愁苦之色；眼睛带着忧郁、迟钝的神情凝视着一件东西，却又什么也没看见；他的眼圈渐渐泛红，终于被泪水模糊起来——他没有勇气再欺骗自己了，那些在他头脑里此起彼伏、纷乱、沉重的种种思想，他只抓住其中最令人痛苦不堪的一个：托马斯·布登勃洛克虽然才四十二岁，却已经是一个精力枯竭的人了。

他长叹了一口气，用手慢慢地抚摩着前额和眼睛，机械地点了一支纸烟，虽然他知道，这只能残害他的身体；他还是继续从缭

绕的烟雾中望着黑暗…… 他脸上愁苦松弛的线条和他刻意修饰过的，几乎像军人般的一丝不乱的须发构成什么样的对比啊！他的唇须捻得很长，洒过香水，从下巴到两边面颊剃得光滑滑的，一根胡子楂也没有；头发经过一番煞费苦心的梳理，尽量把后顶稀疏的地方遮掩起来，在柔嫩的太阳穴上面向上梳着两个小蓬，留出中间一条窄窄的发缝。两边耳朵上并不是照过去式样蓄着长长发卷，而是剪得短短的，使人看不出这里已经发灰的地方…… 他自己也感觉到这种对比，而且他也知道，他那灵活的、富有弹力的动作和他的苍白的脸色之不调和是逃不过城里任何一个人的眼睛的。

这并不是说，作为一个重要的、不可缺少的人物，他在外面的威势有所减退。市长朗哈尔斯博士曾经用更响亮的声音引证过前任市长鄂威尔狄克的一句话：布登勃洛克议员是市长的左右手。这句话不但议员的朋友们津津乐道，就是那些怀有妒意的人也无法否认。然而另一方面约翰·布登勃洛克公司的业务不如从前，这也似乎是尽人皆知的事，甚至铸钟街的史笃特先生中午和他老婆一起喝肉汤的时候，也以这件事为话题…… 托马斯·布登勃洛克真是为之心碎。

然而这种论调之所以产生，他自己是应该负最大责任的。他是一个富有的人，他遭受的几次损失，即使是1866年最沉重的一次，也没有使公司蒙受大风险。自然啰，他仍然像过去一样宴会请客，酒席上的菜肴也一道不缺，正如客人们所希冀的一样。虽然如此，他却总是认为他的时运已经一去不复返了。他这种想法与其说是以客观事实为依据，毋宁说是建造在他内心冥想出来的

事物上，而且正是这种想法使他变得疑忌百出，情绪沮丧。他从来没有把钱抓得这么紧，在日常生活中从来没有这样锱铢必较地注意节缩。他对建造这所倾家荡产的新宅的事几乎咒骂了一百次，认为这只给他带来了厄运。夏季旅行放弃了，海滨和山区的休憩为市内小花园的散步所代替。他和自己的妻子以及小汉诺一起吃的几顿饭也由于他一再严厉叮嘱而变得极其简单，简单得和那镶着壁板的宽阔餐厅连同高大豪华的天花板、华美的橡木家具相比，简直有些可笑。很久以来，只有星期天才有尾食。…… 虽然他的衣着仍然和从前一样精美，但是家里的老用人安东却已经在厨房里对人说，议员现在每两天才换一次衬衫，因为好内衣经不住总下水洗 …… 此外，安东还知道一件事，他知道自己不久就要被解雇了。盖尔达反对这样做。这样一所大房子只用三个仆人是照管不过来的。可是盖尔达的话没起作用，虽然这么多年托马斯·布登勃洛克到议会去总是由安东替他赶车。临了，这位老用人还是被用一笔数目适当的款子打发走了。

这些措施是和议员商业上的清淡萧条的节拍一致的。年轻的托马斯·布登勃洛克一度使企业大为活跃的朝气蓬勃精神已经丝毫也找不到了，而另一位投资不多的股东弗利德利希·威廉·马尔库斯先生一向就丝毫不起作用，无论从才能或是从性格说，都缺少主动精神。

随着年岁的增加，这位马尔库斯先生的迂腐习气也有增无减，最后几乎成为怪癖了。他每次切雪茄，把雪茄头扔到钱包里就需要磨蹭一刻钟，因为他总是一边切雪茄，一边抓弄胡须，嗽清嗓子，

斜着眼睛谨慎地左右盼顾。晚上，煤气灯把办公室的每个角落照得雪亮，而他却仍然要把一支硬脂蜡烛点上，放在办公桌上。每过半个钟头他就要起来一次到水龙头前边浇一次头。一天早晨不知是谁粗心遗漏在办公桌下面一只空麻袋，他把这只麻袋当成一只猫，要把它赶走，那大声嘘喝的样子惹得全屋的人捧腹大笑……不成了，他已经不是一个能打消另一位伙伴目前这种消沉情绪、使生意重新振兴起来的人了。有时候议员目光疲惫地凝视着黑暗的大厅——正像现在这样——脑子里盘算着最近一个时期约翰·布登勃洛克公司不惜降低身份所做的一些微不足道的小生意，可怜的小算盘，他不觉为一阵羞耻、激愤和绝望的情绪攫住。

然而，难道这样不好吗？就是厄运也是有尽头的，他想。当厄运当头的时候，安分守己等待时机，暗中积蓄力量，难道这不是聪明的行为吗？为什么冬妮现在要向他提出这个建议，把他从这种聪明的乐天知命的状态中惊醒过来，让他充满了疑虑惶惑？难道时间已经到了吗？难道这是个信号？他是不是应该打起精神，站起来，奋力一击？刚才他已经拒绝了冬妮的合理要求，他的语调非常坚决，然而这件事真的完结了吗？好像并不是这样，他不是还坐在这里苦苦思索吗？“只有一个人感到自己无力抗拒诱惑时，他对别人的建议才这样激怒。”……冬妮倒是个机灵鬼！

他是怎么回答她的呢？根据他的记忆，他曾经说了一些故作惊人之语：“肮脏的勾当……浑水摸鱼……残酷的剥削……殴打一个没有抵抗力的人……牟取暴利……”好极了！只是一个人禁不住要问，这件事用得着这么厉害的字眼吗？亥尔曼·哈根施

特罗姆参议一定不会寻找这些字眼，而且也不会找到它们。托马斯·布登勃洛克究竟是一个有魄力、敢于行动的商人呢，还是一个优柔寡断、思虑重重的人呢？

是的，这的确是个问题：很久以来，自从他开始考虑问题以来，这就是个问题。生活是艰辛而冷酷无情的，商业生活也就是全部复杂生活的一个缩影。托马斯·布登勃洛克在这个艰辛的现实生活中是不是也像他的祖先一样脚跟扎得很稳啊？很久以来，他就常常看到一些事实，引起他对这一点发生怀疑！从年轻的时候起，面对无情的生活，他就需要常常使自己的感情就范……学习以严酷处世，也学习忍受严酷而不以为严酷，学习把人世的严酷当作自然事理。难道他永远也学不会这件事吗？

他想起了1866年惨变留给他的印象以及当时完全把他压倒的那种无法形容的痛苦感觉。他损失了一大笔钱……啊，当然还不是经受不起的损失！但是这是他第一次亲身感觉到、彻底感觉到商业生活的残酷无情；在这种生活中一切善良、温柔、友爱的感情都隐藏在那压倒一切的阴冷、粗暴的自卫的天性下。在这种生活里，一个人蒙受了不幸，在朋友中，在至亲好友中引起的不是同情、怜悯，而是“怀疑”——冷酷的、唯恐牵累自己的“怀疑”。难道这一点他以前就不知道吗？难道他还应该为之大吃一惊吗？然而当时他竟愤怒得夜里不能安寝，生活的这种可耻又可厌的冷酷无情仿佛给他留下无法医治的创伤，使他又厌恶又恼恨。过后，在他的心境转好、情绪坚定了以后，他对于这一时期自己的脆弱感到非常羞愧。

这是多么愚蠢的行为啊！他这种脆弱的感情多么可笑啊！他怎么可能产生这种感情呢？还要再问自己一句：他是个实际的商人呢，还是个懦弱的梦幻者？

唉，这个问题他问过自己又岂止一千遍！当他坚强、有信心的时候，他就这么回答；心灵疲倦的时候，就那么回答。可是因为他是一个聪明而诚实的人，所以最后他还是不得不承认事实：他是一个二者兼而有之的人。

一生中他始终以一个活动家的姿态出现在别人面前。然而，即使我们承认他是这样一个人吧——难道这不像他乐于引用的歌德的一句格言所说的——这只是由于他在“强自做作”吗？如果说他过去也成功过……这只能归功于反射作用在他身上引起的一阵热情和激奋而已，难道不是这种情形吗？而他现在跌倒了，他的精力仿佛枯竭了——愿上帝保佑，希望这只是暂时现象——难道这不是他内心的不正常的、损耗精力的冲突和无法保持精神平衡的必然结果吗？……他的父亲、祖父、曾祖父会不会买珀彭腊德的没有收割的粮食，这一点倒是无关紧要！但是他们都是实际的人，他们都比他更充实，更坚强，更直率，也更自然，这正是问题的症结……

一种极度的彷徨不安攫住他，他感到自己需要动作，需要空间和光亮。他把椅子推到后面去，走到客厅里，把悬在屋子正中长台上的许多煤气灯点起来。他站在那里，一边慢慢地、痉挛地捻动上须尖，一边茫然环顾这间华丽的大厅。这间客厅连同起居间构成这所房子的正面，客厅里摆着的是浅色的、波浪形扶手和靠背

的家具，此外还有一架三角大钢琴，钢琴上面放着盖尔达的提琴盒子，旁边是一只满摆着乐谱的小书架和一只刻工精细的乐谱架，门上边浮雕着玩弄乐器的小天使，这一切使这间屋子看去颇像一间音乐厅。凸出的窗户里边摆着棕榈树。

布登勃洛克一动不动地站了两三分钟。然后他振了振精神，回到起居间，走进餐厅，把这里的灯也点着了。他走到食橱前边，喝了杯水，也许是为了镇定一下情绪，也许只是为了找件事做。喝过水以后，他背着手，急匆匆地继续往里面走。吸烟室里摆的是深色家具，镶着壁板。他机械地打开装纸烟的柜橱，立刻又把它关上，然后又把牌桌上的一只小橡木箱的盖子揭开，这里面装的是纸牌、记分簿和类似的玩意儿。他随手抓起一把骨制筹码，让它们从指头缝里哗啦啦地滚下去，接着他把盖子一关，又继续向前走。

吸烟室隔壁是一间安着彩色小玻璃窗的小屋子。屋子里只摆着几张可以拼凑起来的轻便的小茶几，茶几上放着一只装甜酒的箱子。从这里出去可以进入铺着嵌花地板的大客厅。大厅的四扇大窗户悬着葡萄红的窗帷，窗外是花园。这间大客厅的宽度又是和这所房子的一边相等。客厅里摆着几张低矮的大沙发，面子也是窗帷的红色，此外还有几张高背椅，端端正正地靠墙摆着。一座壁炉，栏杆后面摆着假煤，盖着闪光的金黄色的纸条，远远望去仿佛煤块正在燃烧。镜子前的大理石壁炉架上放着两只巨大的瓷花瓶……

这一排屋子这里那里都点着煤气灯，仿佛宴会刚过，最后一

个客人刚刚离开似的。议员从大厅的一端走到另一端，接着在对着小屋的一扇窗户前站住，向花园外面望去。

月亮高高悬在空中，掩在羊毛似的云彩中间，显得很小。月光下，在胡桃树的伸展出去的树枝下边，喷泉在寂静中发出淅淅沥沥的喷溅声。托马斯向遮断了自己视线的凉亭望去，向那闪着白光的小平台连同上面两座方尖柱碑望去，向整齐有致的砂石路、新翻过泥土的整洁的花圃和草坛望去……但是整个这一幅有条不紊的精致匀称的画面一点也没有使他心绪平静，相反地，倒更加刺痛了他，激怒了他。他用手握住窗户的把手，把前额靠住它，他的狂乱的思绪重又痛苦地奔驰起来。

他将怎么办呢？他想起刚才和他妹妹说过的一句话，这句话刚一说出口，他就觉出它是那样多余而暗自恼恨不已。刚才在他谈到施特雷利茨伯爵，谈到地主的时候，他清清楚楚地表示自己的意见说：生产者的社会地位显然比中间商人的更为优越。这句话符合实际情况吗？哎呀，老天，其实符合还是不符合实际情况，这倒一点关系也没有。问题在于，为什么偏偏是他把这种思想表达出来呢？为什么他要思索这个问题？或者再问一句，他怎么会想到这个问题的？难道他能向他的父亲、祖父或者是随便城中某一个人解释，他怎么会沉湎于这个想法、怎么会说出这个想法吗？一个人如果对自己的职业坚信无疑，如果不心怀二志，他的心里就只知道有这个职业，只承认这个职业，也只尊重这个职业……

忽然他觉得头脑一阵发热，血液蓦地涌上脸来。他的脸变得通红：他又想起更早的一件事来。他想到有一次他和他的兄弟克利

斯蒂安在孟街老宅的花园里踱步，两个人发生一场争执，一场非常令人痛心的激烈争吵，这在当时是屡见不鲜的事。…… 克利斯蒂安一向出言轻率，使人丢尽脸面，这次又在大庭广众下说出一句毫无分寸的话，惹得兄长怒火上冲，再也无法抑制自己，而和弟弟激烈争辩起来。克利斯蒂安当时说的是：仔细推究起来，哪个商人都是骗子手 …… 这有什么呢？从本质上来看，这句无聊的蠢话和他刚才跟自己妹妹说的那些话又有多大差别呢？可是当时他竟大发雷霆，气冲冲地大兴问罪之师 …… 可是这个狡猾的小冬妮却怎么说呢？“谁激怒，谁不过是 ……”

“不妙！”议员忽然大声说。他一下子仰起头，放开窗柄，倒退了一大步，继续高声说，“不能这样下去啦！”接着，为了摆脱掉刚才他独语时引起的一种不愉快的感觉，他清了清喉咙，转过身去，垂着头，背着手，在这些屋子里迅速地踱来踱去。

“不能这样下去啦！”他重复道，“一定要结束这一切。我在浪费时间，我陷入了泥沼，我会比克利斯蒂安变得更蠢！”他对于自己的情况并不是茫然无知，这是一件多么值得感谢的事！如何纠正自己，这权力就握在他自己手中！要不顾一切地改！…… 让我们研究一下 …… 研究一下 …… 人家刚才提出来的一笔买卖到底是怎么回事？收获物 …… 珀彭腊德还没有收割下来的庄稼？“我要做这笔买卖！”他激昂地低声说，甚至在空中摆了一下手臂，“我要做这笔买卖！”

这是不是人们所谓的“千载难逢的良机”呢？是不是一个好机会可以使资本，就假定是四万马克的资本吧，转手就增值一倍呢

（一倍也许太多了点，就姑且这么说吧）？不错，这是老天给的一个启示，一次示意，叫你振作起来！这只是个开端，只是迈出的第一步。而做这件事所冒的全部风险也只不过是摆脱自己道义上的自责而已。这件事如果做得成功，那么他就算又振作起来，又恢复了勇气，内心又有了百折不挠的意志，可以紧紧地钳住幸福和权势……

对不起，施特伦克·哈根施特罗姆公司捞不着这笔油水啦！当地另外一家公司，由于朋友的关系在这笔买卖上着了先鞭！……的确如此，私人情谊这次成了决定性因素。这不是不动脑筋只按照老套子就能办成的一笔普普通通的买卖。因为冬妮从中介绍，这件事毋宁说带有一些私人事务的性质，因而也必须谨慎从事。哎呀，亥尔曼·哈根施特罗姆可不是办这件事的人！……托马斯是个商人，他这次利用的是风云变幻的经济形势，以后在他脱手的时候他一定也知道怎样利用商机的！另一方面他这次又是给那处于困境中的地主效了劳，由于冬妮和封·梅布姆夫人的友谊关系，替人家效效劳是他义不容辞的事。那么就写信吧……今天晚上就写——不用带公司衔记的公用信笺，而用印着“布登勃洛克议员”字样的私人来往信笺。措词要尽量委婉，询问一下一两天后登门造访是否合适。虽然如此，这还是一件棘手的事，仿佛是在非常光滑的地面上行走，必须步履谨慎……可是这倒更合他的脾胃！

他的步子越来越快，呼吸也越来越急促。他坐了一会儿，马上又跳起来继续在几间屋子里巡行。他又把这一切从头想了一遍，他想到马尔库斯先生，想到亥尔曼·哈根施特罗姆，想到克利斯

蒂安和冬妮，他仿佛看到了珀彭腊德的成熟了的金黄色庄稼在风中摇摆，他幻想着公司在做了这笔买卖以后一帆风顺地繁荣起来，他恼怒地摒弃了一切顾虑，挥了挥手说：“我一定要做！”

佩尔曼内德太太打开通向餐厅的门向里面喊了一声：“再见！”他却神思不属地答应了一句。克利斯蒂安在大门口向盖尔达告别以后，盖尔达一个人走进屋子来，在她那双奇异的棕色眼睛（这双眼睛生得很近）里闪着神秘的光辉。每次她听了音乐眼神总是这样。议员机械地停下来，机械地向她询问西班牙提琴家演出的情形，最后对她说，他马上也就要上床休息了。

但是他并没有去休息，他继续在屋子里走来走去。他想到一袋一袋的小麦、稞麦、燕麦和大麦，这些粮袋将要把“狮子”“鲸鱼”“橡树”和“菩提树”等几个堆栈的顶楼填满，他考虑他应该讨什么价钱——自然啰，价钱决不应该不合情理……他在午夜时分轻轻走到楼下办公室去，在马尔库斯先生的硬脂蜡烛下面，一口气给珀彭腊德的封·梅布姆先生写了一封信。写过以后，他又头脑灼热昏涨地读了一遍，他觉得这是他一生中写得最圆通最得体的一封信。

这是5月27日夜间的事，第二天他用轻松幽默的语调向他的妹妹宣布，他已经从各方面考虑过这件事，他不能干脆给封·梅布姆先生一个钉子碰，把人家甩到骗子的手里。当月30日他启程到罗斯托克，从那里雇了一辆马车到乡间。

以后几天他的情绪高到极点，他的步伐轻快而有弹力，面容和蔼亲切。他嘲弄克罗蒂尔德，对克利斯蒂安的言行举止发出衷

心的欢笑，和冬妮开玩笑，星期日和汉诺在三楼露台上足足玩了一个钟头，帮助小儿子把小粮食口袋搬到一座红砖色的小粮仓上，一面又模仿着搬运工人的拖得长长的深沉的吆喝声……6月3日他在市民委员会会议上做了一个关于世界上最枯燥无味之物——某种捐税问题——的最生动、最风趣的演讲，这篇演讲听众一致给予好评，而反对他的哈根施特罗姆参议则成为大家嘲笑的目标。

第五章

是由于议员的疏忽呢，还是他有意如此呢 —— 不管怎样吧，若不是佩尔曼内德太太提醒的话，一件大事差一点便被它悄悄溜掉了。佩尔曼内德太太一向是家庭大事簿的一位最忠实、最热心的读者，这次这件事也是她向大家宣布的：根据记录，1768年7月7日是公司成立的日子，公司成立一百周年纪念日就在眼前了。

当冬妮用激动的声音把这件大事告诉托马斯的时候，托马斯似乎有一种被人不愉快地触动的感觉。前一时期他的那种高涨的情绪并没有持续多久，很快地就又变得沉默了，而且比任何时候都沉默得厉害。往往工作正做到一半他就离开办公室，蓦地为一阵烦躁不安的情绪攫住，在花园里蹀躞徘徊。但是在踱步中，他又时而站住，仿佛被什么挡住或者被谁喊住，叹着气，用手捂住眼睛。他什么也不说，从不谈自己的心事 …… 有谁可以说呢？马尔库斯先生一听到他的伙友告诉他珀彭腊德这笔生意，有生以来第一次发了一顿脾气 —— 这倒是一幅奇景 —— 而且声明，他决不参与这件事，对这件事也不负任何责任。但是对于他妹妹佩尔曼内德太太，托马斯却多少透露了一点消息。在一次星期四团聚

以后，大家已经走到街上，临分手的时候佩尔曼内德太太隐约提到和珀彭腊德做的那笔买卖，托马斯把她的手一握，低声匆匆地说了一句：“唉，冬妮，我真愿意已经把它脱手了！”话还没说完，他就把身子一转，很快走开了，剩下安冬妮一人茫然若失地站在那里……从那突然的握手中流露出掩饰不住的悲观绝望，从那迅疾的耳语中可以觉察到久已郁积在胸中的恐怖……可是当冬妮以后又找到个机会引他谈论这件事的时候，他却讳莫如深。他对自己在那一刹那间暴露出来的脆弱感情羞愧难当，同时他对于自己独力担负这个事业而又力不胜任，也感到万分痛苦……

他只是厌烦地、迟迟地说：“唉，我的亲爱的，我看我们还是把它忽略过去就算了。”

“忽略过去，汤姆？这不可能！简直不能想象！你认为你能把这件事遮掩住吗？你认为全城的人都记不住这一天的重大意义吗？”

“我不是说我们能这样做，我是说，我希望能静悄悄地度过这一天。如果一个人对现在和将来心满意足的话，庆祝一下过去倒是件有趣的事。……当一个人感觉得到自己和自己的祖先志同道合，自己是在秉承他们的意旨办事，这时纪念自己祖先才是一件愉快的事……假如这个纪念日赶上个好光景的话……总而言之，我没有什么兴趣庆祝这个节日。”

“你不应该这么说，汤姆。你也不是真这么想。你自己很清楚，如果约翰·布登勃洛克公司一百周年纪念日就这么无声无息地过去，这将是一件多么丢脸的事！你现在只不过有一点心烦气躁，

而且我也知道这是为什么…… 虽然说实话，你的烦躁是一点道理也没有的…… 但是等那天一来，你就会又高兴又感动，像我们大家一样……”

她说得对，这一天不可能默默无闻地度过。不久以后，在报纸上就刊出了一条启事，详细记叙了这家声誉昭著的老商号的历史，同时也预告即将到来的百年纪念日。实际上，即使没有这篇启事，风气敦厚的商业界也是不会忘记这一天的。至于在亲友中，首先谈到这件事的是星期四来参加团聚的尤斯图斯·克罗格。而佩尔曼内德太太则照管了另外一件事：尾食一撤走，那只装着家族记录文件的令人肃然起敬的大皮夹子就庄严地摊在桌上，让所有在座的人熟悉一下公司的创办人，汉诺的高祖父，第一个约翰·布登勃洛克的生平历史，作为庆祝这个纪念日的准备工作。他什么时候出过紫癍，什么时候染上了真性天花，什么时候从三楼上摔到烘焙房上，什么时候害热病，神经几乎濒于错乱，这一切冬妮都以类乎举行宗教仪式的虔诚笃敬读给大家听。读完这些以后，她意犹未尽，又继续向前翻，找到16世纪最早的一位留有记载的布登勃洛克，那位在格拉堡当了市参议员的远祖，又找到那位在罗斯托克的裁缝师傅，这个人据记载家境“非常宽裕”—— 这几个字下面画了线 —— 而且连活的带死的，生了一大堆孩子……“真是个了不起的人！”冬妮赞叹道，接着又开始读起那些已经撕碎、变黄的老书札和节日祝词来……

正如大家预期的一样，温采尔先生是7月7日早晨第一位贺客。

“议员先生，百年纪念啊！”他一边手中熟练地挥舞着刮须刀和磨刀的皮带，一边道贺说，“我敢说，这一百年里头，我几乎有五十年一直伺候贵府修面，您府上许许多多事情我都经历过，怎么能不是这样呢？每天早晨和老板第一个见面的都是我……您家故世的参议老爷也是早晨最健谈，他常常问我：‘温采尔，您认为稞麦怎么样？您看我是脱手呢，还是再等一等？还可以看涨吗？……’”

“不错，温采尔，我也是这样。我简直想象不出我这里这些事怎能没有您。我对您说过不止一次了，干您这个行业确实有很多吸引人的地方。您早晨一个圈子兜完了，就会比任何一个人知道的事都多，因为那时您的剃刀差不多在每个大宅第的老板脸上绕过，您已经知道了他们每个人的情绪。这真是一件有趣的事，谁都会羡慕您这个职业的。”

“您说的是真情实况，议员先生。讲到议员先生自己的情绪，请容我斗胆说一句……议员先生今天早晨脸色又有一点苍白？”

“是吗？不错，我有点头痛，而且我看短时还好不了。我想今天这一天我是安闲不下来的。”

“我也是这样想，议员先生。全城都关切这件事，非常关切这件事。议员先生一会儿可以往窗户外边看一看：一片旗海！下面渔夫巷口停泊的‘屋伦威尔’和‘弗利德利克·鄂威尔狄克’两条船把所有的旗子都挂出来了……”

“哦，您快着一点吧，温采尔，我没有时间耽搁了。”

议员今天并没有像往日那样先穿上办公服，而是在淡色的裤子

上立刻穿了一件敞胸的黑礼服，露着里面的白色凸纹背心。上午就短不了有贺客来。他又向镜子里望了一眼，用火钳烫了烫上须，就轻轻地叹了口气离开这间屋子。周旋应酬开始了……如果这一天已经过去了多好啊！他能不能有短短的一小会儿不受人打扰，有短短的一会儿松弛一下他脸上的肌肉？可是不成，整天他都要应酬客人，也就是说，他需要既圆滑又神气地答对一百个人的祝贺，应该根据不同对象四处寻找分寸不同的词句，恭敬的，严肃的，和蔼的，嘲讽的，诙谐的，宽厚的，亲切的……从下午到深夜在市政厅地下室酒店内设宴招待……

他说自己头痛并不是实话。他只不过是疲倦而已。一夜的休憩，只赢得晨间神经片刻的安宁，转瞬间，他又觉得自己的心灵压上那莫名的愁闷……为什么他要说谎呢？倒仿佛是，每次身体不舒适都要使他心怀歉疚似的！为什么要这样，为什么要这样？……然而他现在没有时间思索这个。

他走进餐室的时候，盖尔达兴致勃勃地迎着他走来。她为了招待客人也已经穿戴整齐。她穿着一件苏格兰料子的闪光裙子、一件白色衬衫、一件薄薄的绸子做的佐阿夫式①小外套，颜色就是她那茂密头发的那种深红色。她微笑着，露出一口宽宽的匀整的牙齿，颜色比她美丽的脸庞还要白净。她的眼睛，她那一双生得比较近的、谜样的棕色眼睛，这一天也流露出盈盈笑意。

“我已经起床几个钟头了，你从这件事就可以看到，我的祝贺

---

① 佐阿夫式是法国侵驻阿尔及利亚的步兵所穿的一种非洲服装式样。

是多热烈了。”

“真是的！一百周年对你也是这么一件了不起的大事吗？”

“最了不起的事了！…… 但是也许，只是这种节日的情绪 …… 多么美妙的一天！譬如说这个吧，”她指了指早餐桌，桌面上摆着用花园采来的鲜花编织的花环，“这是永格曼小姐的手艺 …… 但是你如果认为现在就可以喝早茶，那就错了。全家人都正在客厅里等着你，准备给你献礼呢，而且我也有一小份儿 …… 你听我说，托马斯，今天咱们家一定贺客盈门，这当然只是个开始。开始的时候我会勉力支持着，可是晌午我一定要躲一躲。气压计虽然落了一点，可是天空还是蓝得出奇 —— 映着这些旗帜倒非常好看。你没看见全城都旗帜招展吗 —— 可是一会儿准会热得要命 …… 过去吧。你的早餐一定得等一等。你今天本来应该早起一点，现在只好空着肚子去迎受第一场激动了！”

老参议夫人、克利斯蒂安、克罗蒂尔德、伊达·永格曼、佩尔曼内德太太和汉诺都聚集在客厅里，佩尔曼内德太太和汉诺吃力地扶着准备好的礼物，一块大纪念牌 …… 老参议夫人非常激动地抱住他的长子。

“我亲爱的孩子，今天是个好日子 …… 好日子 ……”她说了一遍又说一遍，“我们应该永远赞美主的仁慈 …… 赞美主赐给我们的一切恩典 ……”她感动得落下眼泪来。

议员被母亲搂抱在怀中，心中不由得一阵发软。仿佛他内部某种东西已经溶解，离他而去。他的嘴唇抖动着，内心充满了一种怯懦的欲求：他要永远依在母亲的怀中，贴在她的胸上，笼罩在

那从她柔软绸衣上散发出来的淡淡的香水味里；他要闭着眼，什么也不再看，什么也不再说 …… 他吻了她一下，挺直了身躯，接着把手伸给他的兄弟。后者带着一副困窘的、神思不属的面容和他握了握手，每逢喜庆节日他总是这样子的。克罗蒂尔德照例拖长了声音一团和气地说了一句什么道贺的话。至于永格曼小姐，她只是深深地鞠了一躬，一只手抚弄着自己平平的胸脯上挂着的一条银表链。

“到这边来，汤姆，”佩尔曼内德太太说，声音有些发抖，“我们扶不住了，汉诺和我。”由于汉诺的胳臂没有什么力气，实际上差不多只是她一个人扶着那块纪念牌。她使出十分力气，精神又非常兴奋，所以样子像是一个如痴如醉的女殉道徒。她的眼睛潮润，面颊绯红，一面用舌尖舔着上嘴唇，显出一副又仿佛是力弱不禁，又仿佛是故作顽皮的神情 ……

“来了，来了！”议员说，“这是什么呀？来，放手吧，让我们把它靠起来。”他把这块牌子倚着钢琴旁边的墙壁竖起来，站在它前边，这时全家人已经从四面把他簇拥在中心。

雕花的大核桃木镜框镶着约翰 · 布登勃洛克公司四位主人的画像，上面配着玻璃，下面用金字写着名字和年月。这里有一幅按照老油画描绘下来的公司创办人约翰 · 布登勃洛克的画像，这是一位身材颀长、神情肃穆的老人，紧闭着双唇，摆在大绉花胸巾上的一张脸看去既严厉又坚毅；这里有让 · 雅克 · 霍甫斯台德的朋友约翰 · 布登勃洛克的满面笑容、生得丰颐阔腮的容颜；这里也有约翰 · 布登勃洛克参议，下巴支在僵挺的硬领上，大嘴四周满布

皱纹，鹰钩鼻子，正用一对充满宗教热诚的眼睛炯炯有神地盯着观看这幅肖像的人；最后是托马斯·布登勃洛克，画的是他比较年轻的时代……四幅肖像各自用金色的麦穗图案环绕起来，画像下面同样用金色字母醒目地写着年代：1768—1868。但是在四幅肖像的最上面还有一句格言，这是模仿那位把这句遗训传给后代的祖先的笔迹，用高大粗黑的字体写出的。格言是："我的孩子，白日精心于事务，但勿做有愧于良心之事，俾夜间能坦然就寝。"

议员背着手，对着这几幅肖像端详了很久。

"不错，不错，"最后他带着些开玩笑的口气说，"夜里能睡个安稳觉，的确是件好事情……"接着他转身对大家说，他这时又变得严肃起来，虽然他的话只是匆匆地一说即过，"我衷心地感谢大家！这是一件非常美丽也非常有意义的礼物！……你们说，咱们把它挂在哪里？挂在我的办公室里好吗？"

"对了，汤姆，挂在你的办公室的书桌上面！"佩尔曼内德太太回答说，抱住她的哥哥。接着她把他拉到窗户前面，指着窗外让他看。

在夏日的蔚蓝色晴空下家家户户都招展着两色旗——整个一条渔夫巷，从布来特街一直到下面的码头。码头上，"屋伦威尔"和"弗利德利克·鄂威尔狄克"为了向东家祝贺，更是旌旗招展。

"全城都是这样！"佩尔曼内德太太说，她的声音有些颤抖……"我已经到街上去走了一圈，汤姆。连哈根施特罗姆家也悬出旗子来了！哼，他们不这样不成……不然我就把他们的窗户砸碎……"

他笑了笑，她又把他拖回到屋子中间，让他站在桌子旁边。

“这里是贺电，汤姆 …… 自然啰，这只是外地亲友拍来的最初几封私人贺电。商业字号的都送到办公室去了 ……”

他们打开几封电报：从汉堡拍来的，从法兰克福拍来的，阿尔诺德逊先生跟他的家里人从阿姆斯特丹拍来的，尤尔根·克罗格从威斯玛尔拍来的 …… 突然，佩尔曼内德太太的脸唰的一下变得绯红。

“他还不失为一个好人。”她说，把自己拆开的一封电报推到她哥哥跟前。这封电报上的签名是：佩尔曼内德。

“时间来不及了，”议员说，把自己怀表的弹簧盖按开，“我要喝点茶去。你们跟我一起去好吗？再过一会儿家里人来人往就安静不下来了 ……”

伊达·永格曼这时向议员的妻子做了个手势，于是盖尔达又叫住议员说：

“再等一会，托马斯 …… 你知道，汉诺马上就去补习功课了 …… 他想给你朗诵一首诗 …… 过来，汉诺。你就当跟前没有人似的，不要慌！”

小约翰在假期里 ——7月正好放暑假 —— 要补习算术，为的是使他这门功课跟得上班。在圣·葛尔特路德郊区的一个什么地方，一间气味不很好的炎热的小屋子里，正有一位红胡子、脏指甲的先生等着他，跟他一起练习那要命的九九表。但是首先要做的是给爸爸朗诵一首诗，这首诗是他和伊达在三楼露台上费尽心思才学会的 ……

他靠着钢琴站着，身上穿着哥本哈根水手服，亚麻布宽领，白色领圈，下面露着水手式的大领结。他的细瘦的腿儿交叉着，头和上半身稍微向一边侧着点，那姿势显得又羞怯又秀美，虽然他自己对于后一点毫无察觉。他的长头发在两三个星期前刚刚剪短，因为在学校里，不但他的同学，连他的老师也拿这件事取笑他。虽然如此，他的头上仍然覆满茂密的柔软的鬈发，而且那头发一直掩住他的额角和细嫩的脑门。他的眼皮垂着，棕色的纤长的睫毛遮在蓝眼圈上，紧闭着的嘴唇稍微有一些扭曲。

他知道得很清楚将要发生什么事。他一定会哭出来，而这首诗也会因为哭泣而不能背完。他的心会紧缩着，正如同星期日在圣玛利教堂里听费尔先生在管风琴上奏出动人肺腑的庄严调子时一样……他一定会哭出来的，正像过去每次一样，当别人要求他表演什么，考他什么，或者测验他的本领和聪明时一样——爸爸就特别喜欢这样做。假如妈妈不说兴奋呀什么的多么好啊！妈妈本意在鼓励他，但是他觉得这样一说反而更糟了。他们都站在旁边瞧着他，他们提心吊胆地等待着，他随时会哭出来……有没有可能，不哭呢？他抬起眼睫毛来寻找伊达的眼睛，伊达一边揪弄着胸前的银表链，一边用满脸愁苦的忠厚样子向他点着头。他心中产生了一种不能克制的欲望，要趴到她身上，让她把自己领走；他唯一希望听到的是她那使人心安的低沉的声音，听她说：不要慌，孩子，不用朗诵了……

“好吧，孩子，开始吧。”议员简单地说。他在桌子旁边的一张靠椅上坐下来等待，脸上一丝笑容也没有——脸比往日这种场合

绷得更紧。他挑起一条眉毛，用考察的，甚至可说是冷冷的目光严峻地打量着小汉诺的身姿。

汉诺挺直了身子，用手抚摩了一下钢琴的光泽闪闪的木盖，目光怯怯地扫了一圈四周的人，从奶奶和冬妮姑姑眼睛里射出的温存的目光里得到了一点勇气，于是他用生硬的、低低的声音背诵："《牧童的主日颂歌》…… 作者，乌兰德。"

"唉，不是这个样子，孩子！"议员喊道，"不要靠在钢琴上，不要把手搭在肚子上 …… 身子要站直！话要说得响！这是第一件事。到这边来，站在帐幔中间！头抬起来 …… 胳臂自然地垂下来 ……"

汉诺站到起居室的门槛前边，胳臂耷拉下来。他听话地抬起头来，可是眼睫毛却低低地垂着，使人一点也望不见他的眼睛。说不定那里面早已是两汪眼泪了。

这一天是主日，

他开始朗诵，声音非常低。因此父亲插进来的话，声音也就显得特别响："一个人开始朗诵，首先要向听众鞠躬，孩子！声音也要响得多。再从头来一遍：《牧童的主日颂歌》……"

这太残酷了，而且议员自己也知道，这样一来他就把孩子所余无几的一点镇定剥夺尽了。然而孩子是不应该被人一吓就失掉常态的！孩子应该学会坚毅，学会有男子气概 ……"《牧童的主日颂歌》……"他又重复了一遍，虽然意在鼓励，却依然板着面孔 ……

但是汉诺却已经弄得丧魂失魄。他的头低垂到胸脯上，他那从深蓝色水手服的窄袖口里（袖口上还绣着一只锚）伸出来的一只纤小的右手痉挛地扯着绣花锦缎的帐幔。这只手白森森地没有血色，隐约看到青色血管。

我孤寂地站在空旷的田野，

他又勉强说了一句，但是下面的一句便再也背不出来了。这首诗的凄凉情调已经攫住他，他感到自己万分悲苦可怜，因此什么声音也发不出来，一任泪水从眼角里涌出来。突然间他又想起过去某些夜晚的情形来，他渴望着自己再一次回到那样一个夜晚：他有一点不舒服，因为脖颈痛，要不就是发一点烧在床上躺着，伊达走过来给他水喝，充满温情地把另一块湿手巾放在他额上……他身子一歪，把头伏在拉着帐幔的胳臂上，呜呜咽咽地哭起来。

“唉，哭不是一件好玩的事！”议员厉声厉色地说，生气地站起来，“你为什么哭？你在今天这样的日子还是拿不起劲头来做一件使我高兴的事，这件事本身倒是值得一哭。你是个小姑娘吗？你要是老这样下去，将来可怎么办？将来你也有在大庭广众说话的时候，你也打算老这样哭天抹泪吗？……”

不，我永远不在大庭广众前说话，汉诺苦恼绝望地暗自想道。

“今天你把这件事好好想一想。”议员结束了他的训诫。当伊达·永格曼还跪在她一手带大的小孩前边给他擦眼泪，一半谴责一半温柔地抚慰他的时候，议员已经走到餐厅里去了。

当他匆匆吃早餐的时候，老参议夫人、冬妮、克罗蒂尔德和克利斯蒂安都一一跟他告了别。他们今天要跟克罗格、威恩申克两家人以及布登勃洛克三姐妹一起在盖尔达这里吃午饭，而议员不管自己愿意不愿意都必须出席市政厅地下室酒馆里举办的宴会，以尽主人之谊。虽然如此，他也不想在那里耽搁过久，他希望晚间仍然能和家人在一起。

他在那张摆着花环的桌子上从托杯里喝了杯热茶，匆忙吃了一个鸡蛋，又在楼梯口吸了两口纸烟。虽然是盛暑时分，格罗勃雷本脖子上却仍然围着一条毛围巾。他的左胳膊伸在一只靴筒里，右手拿着一只擦鞋刷子，鼻尖上坠着一滴长鼻涕，从花园小路上走到前厅来。他从楼梯下面摆着那只前爪擎着名片盘子的棕熊那里迎到主人跟前……

“恭喜恭喜，议员先生……有的人有钱有势，有的人穷得一个子儿没有……”

“好了，好了，格罗勃雷本，你说得对！”议员塞在他那拿着刷子的手里一枚硬币，然后穿过前厅，走进紧挨着前厅的一间专为接待客人用的办公室去。办公室里，会计员，一个高身材、眼神忠实的人迎着他走来，用文绉绉的词藻代表全体职工向他祝贺。议员简单地答谢了两句，就走到窗户前边自己的座位上。但是他刚刚看了一下放在桌上的报纸，拆开几封来信，已经有人敲起门来。第一批贺客已经登门祝贺来了。

这是堆栈工人派来的一个代表团，六个大汉子，像六头大熊似的砰砰咚咚地闯进来，嘴角向下垂着，显出无比的忠诚朴实，

手里各自摇着一顶帽子。为首的一个把嘴里咀嚼烟草的黄汁子吐到地板上，提了提裤子，又兴奋又紧张地说起“一百周年”和“几百年、几千年”这些贺词来 …… 在议员答应本周给他们一大笔犒劳之后，就把这一批人打发走了。

以后来的是几个税吏，代表本区税局向主人致贺。他们辞别以后，刚刚走到门口就遇到另一批贺客：“屋伦威尔”和“弗利德利克·鄂威尔狄克”两艘货船上派来的水手，由两名舵手率领着。这两艘轮船同是属于航运公司的，目前正好停泊在本地码头上。之后又来了搬运粮食的工人，他们穿着黑色的褂子，短裤，戴着圆礼帽。这期间也不断有市民来祝贺，譬如说，铸钟街的史笃特裁缝师傅，就在羊毛衫上套着一件黑礼服来了。也偶尔有邻居来祝贺，例如花店的老板伊威尔逊。一个白胡须的老信差，戴着耳环，眼睛老是泪水汪汪的。这是一个怪老头，议员平日在街上遇到他，碰上情绪好的时候，总称呼他“邮政局长”。这个人一进门就喊：“我可不是为那件事来的，议员先生，我可不是为那件事来的！虽然我听人谈，今天谁来道贺也没有空着手回去 …… 我可不是为这个 ……”虽然如此，他还是连连道着谢拿走了他的赏钱 …… 贺客仿佛永远也接待不完。十点三十分左右，侍女来通知说，议员夫人也开始在客厅里款待第一批客人了。

托马斯·布登勃洛克走出办公室，匆匆走上楼梯。走到客厅门口，他略微停了一会儿，对着镜子整理了一下领带，闻了闻手帕上的香水味。他的脸色苍白，虽然这时全身都浸在汗水里，他的手脚却是冰冷的。只是办公室里的一番应酬差不多已经弄得他

精疲力竭了……他叹了一口气后走了进去，准备在这间充满阳光的屋子里欢迎胡诺斯参议，一位大木材商人，家财五百万的富翁，胡诺斯夫人，小姐，以及胡诺斯小姐的丈夫，议员吉塞克博士。这些贵宾刚从特拉夫门德回来，他们和许多第一流家庭一样都是到海滨去避暑的，这次只是为了要向布登勃洛克家祝贺才赶回来。

大家在波浪形的明亮的靠背椅上坐了还没有三分钟，已故的市长的儿子，鄂威尔狄克参议带着夫人（她是吉斯登麦克家的姑娘）就进来了；胡诺斯参议刚刚告别，他的兄弟又走进来。这个人虽然比哥哥少一百万的财富，却多一个议员的头衔。

从这时候起，一场繁忙的送往迎来就开始了。门楣上装饰着演奏音乐的小爱神浮雕像的白色大门几乎没有一分钟关得住。人们坐在客厅里面始终望得到外面阳光从天窗直泻下来的楼梯间和楼梯本身，客人们一分钟也不停地在这条楼梯上走上走下。但是一则由于客厅非常宽敞，二则客人又东一簇西一簇地聚在一起谈话，所以来的人远比走的人为多。不久以后侍女们就索性把客厅的门敞开，不像刚才那样开开关关，而客人们一部分也就延伸到嵌木地板的走廊上来。到处是嗡嗡嘤嘤、唧唧喳喳的谈笑声，到处是握手、鞠躬、玩笑的话语和哄堂大笑。这种笑声在楼梯间的四柱之间直升上去，又从天花板上，从天窗玻璃上发出回音来。布登勃洛克议员一会儿在楼梯口上，一会儿在屋里凸出的窗户前面答谢客人的贺词。他有时只是严肃、客气地说两句含糊之词，有时又真挚诚恳地高喊几声。市长朗哈尔斯博士是一位蛮有威仪的矮胖身材的人，他的剃得光光的下巴缩在白领带里，蓄着灰白的短鬓

须，目光像是外交家一样略带疲惫之色。他受到所有在场的人欢迎。酒商爱德华·吉斯登麦克参议偕同他的母姓摩仑多尔夫的夫人以及他的弟弟兼伙友施台凡、弟妇——一位身体异常健壮、出身于地主家庭的女儿——也来了。施台凡·吉斯登麦克是布登勃洛克议员一位好友，他对议员非常倾倒。做了寡妇的摩仑多尔夫议员夫人高坐在客厅正中的沙发上，她的儿子奥古斯特·摩仑多尔夫参议和妻子——哈根施特罗姆家的玉尔新小姐——刚刚向主人祝贺完毕，正混在人群里跟相识的人打招呼。亥尔曼·哈根施特罗姆把他那痴胖的身躯斜倚在楼梯栏杆上，扁平的鼻子在淡红的胡须中费力地吸着气，正和议员兼警察局长克瑞梅博士谈天。后者一张微笑的、略显狡猾的面孔四周环生着一圈棕灰相间的络腮胡子。检察官莫里茨·哈根施特罗姆博士带着他的漂亮妻子——汉堡一家姓普特法尔肯的姑娘——也来了，这位博士笑起来的时候总是露出带缺缝的尖牙齿。有一分钟大家看到格拉包夫老医生怎样用双手握住布登勃洛克议员的右手，但是转瞬间他又被建筑师乌格特挤到一边去。普灵斯亥姆牧师张着两只胳膊，容光焕发地跑上楼梯来。他今天穿的是便服，只有从他袍子的长度才可以约略看出他的庄严身份。此外弗利德利希·威廉·马尔库斯自然也来了。那些议会、市民委员会、商务总会等团体派来的代表则一律穿着黑礼服。——已经十一点半了，天气暑热蒸人，女主人在一刻钟前已经回到自己的房间里去……

忽然间楼下大门里边响起一阵杂沓的脚步声，听去像许多人一下子走进前厅里似的，同时又发出一声嘹亮的叫嚷，响彻全屋……

所有的人都拥到栏杆旁边；走廊里、客厅门前边、餐厅和吸烟室里都挤满了人，个个争先恐后地向下看。楼下，一队拿着乐器的乐师 —— 人数在十五至二十之间 —— 已经排好队，担任指挥的是一个戴着棕色假发、蓄着水手式的灰胡须、每次大声说话就露出一嘴黄色假牙的人 …… 发生什么事了？ 原来是彼得 · 多尔曼参议率领着市剧院乐队走进房子来了！ 转瞬间他已经凯旋般地登上楼梯，手里摇晃着一沓节目单！

于是为庆祝布登勃洛克公司一百周年纪念的祝贺乐曲演奏开始了。可惜的是从音响效果上讲这是一个完全不适于演奏音乐的地方，音符搅成一团，和音彼此淹没，变得毫无意义；吹低音大喇叭的是一个胖子，吹的时候脸上的表情仿佛在拼命，只是这个低音大喇叭的吱吱轧轧的声音就把一切乐器都盖住了。祝贺乐曲开始是一首颂歌《大家都感谢主》，接着是奥芬巴哈的《美丽的海仑娜》变奏曲，再下去是许多首民歌的混合连奏 …… 节目可以说相当丰富。

多尔曼这次想出的主意真妙！ 大家都向他道贺，现在在音乐会没有结束以前，谁都不想离开了。客人们在客厅里和走廊上或坐或站，一边听音乐一边闲谈 ……

托马斯 · 布登勃洛克和施台凡 · 吉斯登麦克，议员吉塞克博士，建筑师乌格特一起站在楼梯的另一边，通向吸烟室的门外，这里离三楼楼梯不远。他靠着墙站着，只在别人谈话中偶尔插入一两句话，其余的时候他一直默默不语地茫然向栏杆外边凝视着。天气的燠热有增无减，但是现在也蛮有下雨的可能，因为根据从

天窗上一阵阵掠过的暗影来判断，天空一定满布阴云了。一点也不错，暗影越来越多，一块接着一块掠过去，楼梯间这种明灭不定、变幻不已的光亮最后竟弄得人们的眼睛也酸痛起来。楼下镀金的器皿、枝形灯架和黄铜的器皿，一时光泽尽失，转瞬间又复辉煌夺目 …… 只有一次阴影停滞的时间分外长。同时人们听到有什么硬东西敲击着天窗的玻璃，发出五六响稀稀疏疏的细脆的噼啪声，一定是落雹子了。过了一会儿整所房子又是从上到下阳光灿烂。

人们的情绪有时处在这样一种抑郁的状态中：在正常情况下只能使我们发一阵脾气或者刺激我们产生一种健康的愤怒的情绪，这时竟会变成一种郁闷无言的哀愁，重重地压在我们的心上 …… 托马斯现在正是处在这种愁闷中。小约翰的行为以及家中这种节日气氛在他心中唤起的感觉都使他郁郁寡欢，但是最使他愁闷的还是他几经努力却依然不能产生某些欢快的感觉。很多次他试图振作起来，一扫愁容。他告诉自己说，这是伟大的一天，他应该有饱满欢畅的心情。但是虽然乐器的轰响、客人的笑语喧哗以及这么多人的面孔正在震撼着他的神经，再加上他又回忆起过去，回忆起他的父亲，因而时时有一种酸楚的感触，然而在他精神中占上风的却是一种可笑的痛苦的感觉。他觉得四周一切事物无一不是又令人发笑，又使人痛苦，那被低劣的音响歪曲了的音乐，那喋喋不休地谈论着行情和酒筵的庸俗的客人 …… 这种感慨和厌恶掺和在一起，就使得他的情绪变得极为沮丧抑郁。

十二点十五分左右，在市剧院乐队演奏的节目接近尾声的时候，发生了一件小事。这件事一点也没有妨碍或者破坏笼罩一切

的节日欢乐气氛，只是迫使主人不得不暂时离开人们一会儿，因为商业上有一件急事需要处理。事情是这样的：正好在音乐暂时停下的时候，办公室的一个最小的学徒走上楼梯来。当着这样多客人，他显得困窘不堪。他本来就是一个发育不全的驼背，这时他把一张羞得通红的脸比平时更低地缩在肩膀里面，为了故作镇静，一只出奇瘦长的胳臂拼命前后甩动着，另外一只胳臂向前伸着，手里托着一张折叠的纸——一份电报。他一边往上走一边偷偷地东张西望，找寻自己的老板。当他找到了托马斯以后，就开始从人丛中挤过去，一面向那些挡住路的客人喃喃地道歉。

实际上他的羞涩完全是多余的，因为没有一个人注意他。客人们在继续谈话，连看也不看他一眼，只是略微移动一下身子给他腾出道儿来。而当他鞠了一个躬把电报递到布登勃洛克议员手中，后者拿到电报离开了吉斯登麦克、吉塞克和乌格特，跟他走到一边预备去读的时候，仍然几乎没有人留心这件事。虽然今天接到的电报大多数都是贺电，但是不论在什么情况下，在办公时间内收到的急电还是必须立刻送来。

在通向三楼楼梯口的地方，游廊拐了一个弯，沿着客厅的侧面延伸下去，直通到仆人使用的后楼梯，这里还有客厅的一扇旁门。对着三楼楼梯口是一扇从厨房往上送菜的升降机的门，旁边靠墙摆着一张比较大的桌子，侍女平常总是在这里擦拭银器。议员就站在这里，背对着那个驼背学徒，把电报打开。

忽然他的眼睛睁得那么大，不论是谁都要大吃一惊。看，他痉挛地、急促地倒咽了一口气，咽得那么急，弄得喉咙发干、连声

咳嗽起来。

他想说："这样倒好。"但是他身后的嘈杂声音却把他的语声掩盖住，"这样倒好。"他又说了一句。只有前面几个字听得出声音来，最后一个字只成了一声耳语。

因为议员既不动也不转身，甚至连一个手势也不给，那个驼背学徒只好踌躇地调换着两条腿站了一会儿，然后怪模怪样地鞠了个躬，从后楼梯走下去。

布登勃洛克议员仍然在桌子旁边站着，握着电报稿的两只手松软无力地垂下来。他一面仍然像刚才那样半张着嘴，迅急而费力地一口又一口地吸气，一面前后摇摆着上半身，同时又像中了风似的，失去理智地不断摇着头。"这一点雹子 …… 这一点雹子 ……"他颠颠倒倒地说。但是过了一会儿他的呼吸逐渐均匀了，安静了，身体的摇摆缓和了；他的半闭的眼睛罩上一层疲倦的，几乎可以说是失神的表情。他沉重地点着头，转过身去。

他打开大厅的门，走进去。他垂着头，步伐迟缓地走过这间大厅光滑如镜的地板，在屋子最里面的一扇窗前一张深紫色沙发上坐下来。这里既安静又凉爽。可以听得到花园里喷泉的淙淙声。一只苍蝇嗡嗡地飞撞着窗玻璃，前厅里的嘈杂只能隐隐约约地传进来。

他无力地把头靠在坐垫上，闭上眼睛。"这样倒好，这样倒好。"他低声自语道，过了一会他又长叹了一口气，仿佛已经平定、宽心了似的，又重复了一句，"这样非常好！"

他放松了身躯，面容宁静地躺了五分钟，然后坐起来，折起

电报，插到上衣胸前的口袋里，站起身，预备回到客人中间。

但是就在这一分钟他又不胜厌恶地呻吟了一声，重新倒在沙发上。那音乐……那音乐又开始了，一阵怪诞的喧嚣，模仿的是快马奔驰的声响，由鼓和铙钹打出拍子，但是其余的乐器或由于过缓，或由于太急，总是合不上节拍。这是愚蠢无知、刺激神经、令人无法忍受的一团混乱，咯咯吱吱、轰轰隆隆、咿咿呀呀，中间还夹着短横笛的几声刺耳的尖鸣。

第六章

“噢，巴赫，塞巴斯提安·巴赫，亲爱的夫人！”圣玛利教堂的管风琴师爱德蒙·费尔喊道。这时他正激动地在客厅里走来走去，而盖尔达则微笑着，用手托着头，坐在钢琴前面。小汉诺也在这里，他坐在一张大靠背椅上，双手抱着膝盖，全神贯注地听着……“当然啰……正像您所说的，和声学所以战胜了对位法应该归功于巴赫……巴赫创造了现代和声学，这一点毋庸多说。但是他是怎样创造的呢？难道还用我给您解释吗？不正是通过不断地发展对位法吗？这一点您知道得跟我一样清楚。可是推动这一发展的原理是什么呢？是和声学吗？不是的！绝对不是！是对位法啊，尊贵的夫人！是对位法！请问，纯粹的和声试验会把我们带到什么地方去？只要我有一口气在，我就要劝告您，不要做这种单纯的和声试验！”

他对这种谈话热情很高，而且一任自己的感情奔放，因为他在这间客厅里就好像在家里一样没有拘束。每个星期三下午，他那微微耸着肩膀的魁梧高大的身躯套着一件后摆长及膝部的咖啡色燕尾服，就出现在客厅门槛上。在等待着他的合奏的伴侣时，

他照例充满爱抚地打开贝西斯坦因钢琴，整理一下雕花书阁上的乐谱本，以优美的姿势轻轻地试奏一会儿，脑袋一会儿摆在这边肩膀上，一会儿摆在另一边上，现出一副心满意足的样子。

他的头发非常繁密，一头深红色间杂着灰白色的乱蓬蓬的浓密小发卷，使他的头望去显得硕大无朋。虽然如此，这一个脑袋摆在他那长长的脖颈上倒也自由自在。他的喉结非常大，凸露在短短的翻领外边。他的和头发一样颜色的上须并不烫卷，而是蓬松地翘着，比他的小扁鼻子更加显眼……他的一双棕色的圆眼睛炯炯有神，但是一演奏起音乐来，那目光就涂上一层梦幻的色彩，会从一件东西一直看过去，停在事物的那一面。这双眼睛下面的皮肤有一些肿胀，像两只小口袋……这一副相貌并不惊人，但是却显出灵活机敏的聪明相。他的眼皮常常半闭着，嘴唇虽然不分开，然而那剃得干净的下巴却常常是松弛地耷拉着，显得他缺乏坚强的意志，这就使他的嘴也带上一副柔弱、迟钝、心智闭塞、神思不属的神情，这种表情我们在一个酣睡者的脸上常常会看到……

但是与他外表的这种柔弱形成强烈对比的，却是表现在他性格上的那种极端的严厉和端正。爱德蒙·费尔是个非常知名的管风琴演奏家，而且他在对位法上的渊博知识更是名闻遐迩。他出版的一本论教堂音乐的书在好几个音乐学院都被推荐为自学参考材料，而他写的几首赋格曲和改编的几首合唱曲，只要有用管风琴演奏赞美歌曲的地方就经常能听到。他的这些作品以及他星期日在圣玛利教堂中的一些即兴演奏都是完美无缺、无懈可击的，都充满了庄严乐体的崇高精神和严峻的逻辑性。这些作品的本质与

世俗之美毫无共同处，因此它们所表达的也不能打动一般俗人的感情。这些音乐所表达的，或者说，在这些音乐里高奏凯歌的，是已经发展成为宗教苦行的技巧，是已经成为一种绝对神圣的东西，它本身已经成为目的物的娴熟的技巧。爱德蒙·费尔轻视在音乐上只求和谐悦耳，谈到美丽的旋律也总是露出满脸不屑的样子。但是说起来也很奇怪，他却并不是一个枯燥无味的干巴巴的人。“巴勒斯特利那！”① 他会摆出一副凛然可畏的面孔，一本正经地宣布这个名字。但是顷刻之间，当他在乐器上奏出几支古老的艺术作品时，他的面孔就浮现出一种温柔、沉醉、梦幻的表情，他的目光凝视着一处遥远的地方，仿佛一切事物的终极意义都存在于目前弹奏的这支曲子上了……音乐家的目光就是这样的，看来是朦胧的、空虚的，因为它停留在一块遥远的国土上，一块比我们的语言概念和思维逻辑更深远、更纯粹、更严谨的逻辑的国土。

他的手生得又大又柔软，看去好像没有骨头似的，手背上满布雀斑。他说话的声音低而且闷，仿佛食管中卡住一小块什么东西。当盖尔达·布登勃洛克掀开门帘，从起居室走进来的时候，他就用这种低沉的声音问候她：“您的仆人，尊贵的夫人！”

他从靠椅上稍微把身体欠起一些来，低着头，毕恭毕敬地握住盖尔达向他伸过来的手，一面用自己的左手在钢琴上干净利落地弹出了一声五度音。于是盖尔达拿起她的斯特拉狄瓦利提琴，很快地、非常熟练地把琴弦对好。

① 巴勒斯特利那（Giovanni Pierluigi da Palestrina，1525—1594）：意大利教堂音乐作曲家。

“还是巴赫的G小调协奏曲吧，费尔先生。我觉得上次整个柔板还奏得不很好……”

于是这位管风琴师弹奏起来，但是几乎每次都要发生这样一件事：头几声和音刚刚奏出，走廊的门就慢慢地、小心翼翼地从外边打开，接着小汉诺蹑手蹑脚地溜进来，从屋子当中的地毯上走过去，坐到一张靠椅上。他用两手把膝盖一抱，接着就一声不出地倾听起来：他既听音乐，也听大人谈话。

“哦，汉诺，你又偷偷地听音乐来了？”盖尔达在休息的时候问道，一双罩着一圈暗影的眼睛也向他那面掠过去，她的这双眼睛因为刚才的演奏而泛着湿润的闪光……

于是他就站起来，默默地向费尔先生鞠一个躬，伸过手去。费尔先生这时总要爱抚地、温柔地摩挲几下汉诺的浅黄色头发。他那头发软软地贴在脑门和额角上，样子非常招人爱。

“你尽管听吧，孩子！”他的语调温和，但很有力。汉诺有一些羞怯地望了望这位管风琴师说话时上下蠕动的大喉结，于是赶忙轻轻地回到自己座位上，好像他等着音乐和谈话的继续已经等得不耐烦了似的。

他们奏了海顿的一个乐章，几页莫扎特的作品和贝多芬的一支奏鸣曲。但是这以后，在盖尔达挟着提琴寻找新乐谱的时候，却发生了一件不平常的事。费尔先生，圣玛利教堂的管风琴师，爱德蒙·费尔本来在随便信手弹奏着什么，忽然一转而弹起一个非常奇特的调子来，他那蒙眬的目光里也闪耀起一种类似羞怯的幸福的光辉……从他的指间流出来的最初只是沉闷的嗡鸣，继而绽

开，升扬起，变成歌唱的声音。这歌声起初非常轻盈，但是不久就昂扬起来，而且越来越清晰，越来越有力，最后在完美的旋律重复中变成一支庄严雄伟的古老的进行曲 …… 升高，扩展，又转变了一步 …… 在主题分解的时候，提琴也以响亮的声音加进去了。这是《名歌手》的序曲。

盖尔达 · 布登勃洛克是新音乐的热情拥护者。而费尔先生则是一个激烈得无以复加的反对派，最初盖尔达认为毫无希望把他争取过来。

当她第一次把《特利斯坦和伊佐尔德》中的几段钢琴曲放在乐谱架上，求他弹奏的时候，他弹了二十五小节以后就跳了起来，带着满脸深恶痛绝的样子，在钢琴和窗户之间大步走来走去。

“我不弹这个，夫人，虽然我是您的最忠实的仆人，可是我不能弹这个曲子！ 这不是音乐 …… 请您相信我的话 …… 我自认还多少懂得一点音乐！ 这是乱七八糟的一团！ 这是蛊惑人心，是亵渎上帝，是神经错乱！ 这是一团电光闪闪的发散着香水气味的浓雾！ 这是一切艺术道德的终结！ 我不能弹奏这个！”说了这一段话以后，他把身子往靠椅上一摔，又继续弹奏了二十五小节。他的喉结上下滚动着，一边咽唾沫，一边干咳嗽。这以后，他把钢琴盖子一关，喊着说：

“呸！ 够了，我的老天爷，我可受不了啦！ 请您原谅我，最尊贵的夫人，我坦白跟您说 …… 几年来我一直拿着您的钱，您用报酬来雇我伺候您 …… 我是境遇不佳的人。可是如果您非让我伺候您这种低劣的东西，我就要辞职不干了 …… 您看看那个孩子，

坐在那张椅子上的那个小孩！他悄没声地溜进来也是为了要听音乐！您就忍心使他的精神染上这种毒素吗？”

他虽然摆出这种愤怒的姿势，盖尔达还是劝说他，使他一步一步地习惯于这种音乐，逐渐把他争取过来。

“费尔，”她说，“您要公道点，不要发急。他这种独出心裁地对和声的运用把您弄迷糊了……您觉得和他这个音乐比起来，贝多芬显得纯净、清晰而自然……但是您也该想一想，贝多芬也曾经使他的一些按照传统形式教育出来的同时代人惊慌失措过……而巴赫自己呢，天哪，人家不是也责备过他缺乏和谐的音调和清晰的节拍吗？……您刚才谈道德……但是您所说的艺术道德究竟是什么呢？如果我没了解错的话，是不是一切和享乐主义相反的东西就是你所说的艺术道德呢？如果我说得对的话，这种东西这里也是有的，并不比巴赫的音乐少。而且比巴赫更壮丽、更明确、更深沉。您相信我的话吧，费尔，这种音乐对您的本性说来并不像您想象的那么陌生！”

“简直是骗术、是诡辩——原谅我这么说。”费尔先生喃喃地说。但是盖尔达的话还是说对了：从本质上讲这种音乐并不像他最初想的那么陌生。虽然他始终没有完全和《特利斯坦》和解，但是他还是遵从了盖尔达的恳求，把《伊佐尔德之死》改编成提琴钢琴合奏，而且表现出很高的才能。最初是《名歌手》中的某几段得到了他的称许……接着他身不由己地越来越对这种艺术感到喜爱。这一点他并不对别人说，相反地他自己几乎为此大吃一惊，而且一谈起来，他总是嘟嘟囔囔地否认。但是这以后，在一些古老的

音乐大师已经取得公平对待以后，盖尔达已经用不着再催促他，他便自己运用起复杂的指法，脸上带着一种羞怯的、几乎可以说是夹有几分愠怒的幸福神情，弹起奔涌沸腾的主导主题来。在弹奏完以后，有时或许要争论一下这种音乐风格和庄严的乐曲的关系。有一天费尔先生宣布说，虽然他个人对这个题目兴趣并不大，他还是认为有必要在他的论教堂音乐一书的后面加上一章《论理查德·瓦格纳在教堂及民间音乐中对古调的运用》。

汉诺像平常一样一动不动地坐在那里，两只小胳臂抱着膝盖。他用舌头舔着一个臼齿，因此弄得小嘴扭曲着。他睁着大眼睛，目不转睛地瞧着他母亲和费尔先生。他谛听着他们的演奏和他们的谈话。就这样，他刚刚在生活旅途上迈出了最初几步，就已经发现音乐是一件特别严肃、重要、意义深刻的东西了。大人们的谈话，他只是偶尔听懂一两个字，而他们演奏的音乐也大部分远远超过他幼稚的理解程度。然而他还是一次又一次地走来，还是一动不动地坐在他的位子上，一听就是几个钟头，丝毫也没有厌烦之感。这只能说是信仰、爱恋和无上的崇敬在督促着他这样做了。

他刚刚七岁，就开始试图把某些印象特别深刻的连贯的音响用自己的手指在大钢琴上重奏出来。他的母亲面露笑容地看着他默默地、热心地把一些音串联起来，替他改正错误，告诉他为什么当某一和弦转为另一和弦时，某个音符一定不能缺少。而他的听觉也证明，他母亲告诉他的话是非常对的。

盖尔达在让他这样弹弄了一段时间以后，就决定让自己的儿子学钢琴了。

“我看，他不适宜于练习独奏，”她对费尔先生说，“这样我倒很高兴，因为独奏也有它不利的一面。我这里暂且不谈独奏者对于伴奏的依赖性，虽然在某些场合下独奏的好坏与伴奏是息息相关的。譬如说，我要是没有您…… 但是这里有这样一种危险，那就是演奏者多少总要追求技巧的炫弄…… 这种例子我知道得很多。我坦白对您说，我认为对于一个独奏家说起来，高度技巧仅仅是音乐生活的第一步。由于全神贯注在高音部、风格以及音色上，因此复调音乐在脑子里只成为一种非常模糊、非常一般的东西，对于一些天分不高的人说来，这很容易就会断送了他们对和声的感觉以及对和声的记忆，这种缺陷以后是颇难弥补的。我很喜欢我的提琴，而且也有一点造诣，可是在我心目中钢琴还是处于更高的地位…… 我的意思是说：把钢琴作为一个能够概括最丰富、最多种多样的音响结构的手段，把它当作重新表现音乐的无与伦比的优秀手段，练习纯熟，对我说来也就是更密切、更清晰、更广博地和音乐沟通了…… 您听我说，费尔，我很希望您能马上亲自担任这个孩子的教师，希望您不要推辞！我知道除了您以外，城里还有两三个人收学生 —— 我听说是女教师。可是她们只不过是钢琴教师…… 您知道我的意思吧…… 学会一种乐器并不重要，更重要的倒是要了解一点音乐，您说对不对？…… 我全靠着您啦。您对音乐一向是比较严肃的。而且您会看到，您教他一定会很有成绩的。他的手是布登勃洛克家的传统的手…… 布登勃洛克家的人都能弹到九度或者十度 —— 但是他们家还从来没有人看到这一点。”她笑着结束了她的话，而费尔也表示同意来给汉诺上课。

从这一天起他每星期一下午到这里来一次。当他给汉诺上课的时候，盖尔达则坐在起居室。他并不照一般的方法上课，因为他觉得，如果他只教一点钢琴，未免有负于这个孩子这种沉默而激奋的热情。刚刚教完了最基础的知识以后，他立刻就开始用简单易解的形式讲起理论课来，教给他的学生和声学的基本原理。而汉诺居然也能了解，因为在学习这些理论时，人们只不过是把他已经知道的东西加以证实而已。

只要可能，费尔先生总是尽量照顾这个孩子的如饥似渴的进取之心。他害怕物质的重担会赘住孩子的翱翔的幻想力，会妨碍他洋溢的天才，便想尽办法减轻这种负担。在练习音阶时他并不严格要求孩子的指法一定要非常熟练，或者至少他并不把熟练看作这一练习的目的。他所树立的而且也能迅速达到的目标，毋宁说是使汉诺对各种音调有一个清楚深入的概括了解，使他对各个音调彼此间的关联有一个深刻的认识，这样不久以后就可以使汉诺对各种可能的音响配合一目了然，对钢琴的键盘能直觉地熟练掌握，而这种才能以后会进一步引导汉诺即兴演奏和作曲……这个小学生一向听惯了庄严乐曲，因之他对这种音乐也就特别恋慕，费尔先生对汉诺精神上的这种渴求体贴备至。为了不冲淡汉诺倾向于深沉和庄严的情绪，他不让汉诺练习平凡的小曲。他让他弹奏众赞歌，在没有讲清楚规律以前，他不让他从一个和弦转到另一和弦。

盖尔达一边织毛线或者看书，一边听着门那边课程的进行。

“您这样做远远超过我的期望了，”她有一次对费尔先生说，

“可是您是不是走得太快了一点？是不是太往前奔了？我觉得您用的方法真是富于创造性……有时候他的确已经开始尝试做一点小东西了。可是如果他配不上您这种方法，如果他的才能不够，他就什么也学不到了……”

“他是配得上的，”费尔先生点着头说，“有时候我留心观察他的眼睛……那里面有那么多东西，可是他的嘴始终紧紧闭着。将来在他的一生中，他也许把嘴闭得更紧，他一定要有一种表达的方法……”

她望着他，望着这位戴着红棕色假发的体格魁梧的音乐师，望着他眼睛下面的小眼袋，他的蓬松的大胡子和大喉结——之后她把手伸给他，说：“谢谢您，费尔。谢谢您这番好意。您对他能做多少事，我们现在真是估计不出来。”

而汉诺对这位老师的感激，对于他的倾慕也真是无以复加。这个虽然课外请人补习，但在学校里却仍然毫无理解希望的痴呆呆坐在九九表前面的小学生，一坐在钢琴前面，不论费尔先生对他说什么，他都能理解。他不但理解，而且立刻就能掌握。只有很早就听熟了的东西，人们才能像他这样掌握得快。在汉诺的眼睛里，这位穿着燕尾服的爱德蒙·费尔是一位天使，每个星期一下午到来，把自己抱在怀里，把自己从每天的痛苦中解救出来，引导到一个温柔、甜蜜、庄严而又能给人无限慰藉的音响的国度里……

有时候钢琴课是在费尔先生的家里上的，这是一所带三角屋顶的古老空旷的大房子，房子里有很多幽森的过道和角隅，只有管风琴乐师独自和一个管家妇住在这里。星期天，到圣玛利教堂

做礼拜的时候，小布登勃洛克有时候得到允许可以到上面管风琴旁边去，这和坐在下面，跟别人杂坐在一起是多么不同的感觉啊！高高地在众人之上，甚至比站在教坛上的普灵斯亥姆牧师还高，两个人坐在那沉重轰鸣的声浪里。而且这声浪是他们两人共同发出来的，受他俩的共同控制，因为老师有时候也准许汉诺帮助他操纵一下音栓。想想看，汉诺这时是多么骄傲，多么喜不自禁啊！可是等到合唱伴奏的音乐尾声结束，等费尔先生的手指慢吞吞地离开了键盘，空中只剩下低沉的基音还轻轻地、庄严地回荡的时候——当普灵斯亥姆牧师有意地让寂静在教堂内笼罩片刻，然后又开始让他那抑扬顿挫的声音从布道坛的回音板下面传出来以后，费尔先生十次有八次要随随便便地嘲弄一番他那布道的样子：对普灵斯亥姆牧师的装腔作势的弗兰克语，对他那拖得长长的、有时低沉、有时尖锐的元音，对他那叹气，他那从阴郁到开朗的面部表情的陡然转变大加嘲笑。这时汉诺也会心花怒放地轻轻地笑起来，他们俩虽然没有交换眼色，没有明白地谈出来，意见却是一致的：牧师的讲道只不过是一场愚蠢的胡扯，而真正的礼拜毋宁说是牧师和会众只认为为增加虔诚气氛而添加的那种辅助手段——音乐。

是的，在下面礼拜堂中坐着的那些议员、参议、市民以及他们的家属对他的音乐成就并不了解多少，这正是费尔先生旦夕忧闷的事。也因为这个，他很愿意让他的小学生坐在自己身边，这样至少有一个人让他能一边演奏一边轻声述说，他刚才奏的是一段特别难的东西。他正在做最微妙的技巧表演。他奏了一回“反向模仿”，作了一段旋律，这段旋律可以正着念，也可以反着念，接

着又在这段旋律的基础上“倒影进行”地演奏了一支赋格曲。他把这一切奏完了以后，满面愁容地把双手往怀内一揣。“没有人听得出来。”他绝望地摇着头说。接着，当普灵斯亥姆牧师传起道来的时候，他又在汉诺耳朵底下说：“这是一段倒影进行的模仿，约翰。你还不知道，这是什么 …… 这是对一个主题的从后向前的模仿，从最后一个音符到第一个音符 …… 弹起来相当难。以后你就会知道，在典雅音乐中的所谓模仿是什么 …… 至于倒影进行，我将来也不想让你学这么难的东西 …… 用不着学这个。但是如果有人告诉你这些东西只是技巧游戏，没有什么音乐价值，你可不要相信他们的话。你在任何时代伟大作曲家的作品中都找得到倒影进行。只有那些没有热情的人和平凡的人出于高傲对这种练习才不屑一顾。对音乐家说来，这是耻辱啊！你要记住我这句话，约翰。”

1869年4月15日，在他八周岁生日的时候，汉诺在全家面前跟他母亲合奏了他自己写的一支短小的幻想曲。这支简单的旋律是他自己想出来的，他觉得很有意思，又加了一点工。自然啰，当他把这个曲子弹给费尔先生听了以后，费尔先生对好几处又进行了一番严格的批评。

“这是一个什么样的戏剧性的结尾啊，约翰！这和其余的太不相称了。开头一切都很好，可是这里你为什么从大调突然降到带低三度音的四级四六和弦呢？我倒想知道一下。这简直是在耍把戏。而且你这里还使用颤音。不知道你是从什么地方窃取来的 …… 这是从哪儿学来的呢？啊，我知道了。有时候我给你母亲弹奏某些东西的时候，你一直用心听着 …… 把结尾部改一改吧，孩子，

这样就是一支非常干净利落的小品了。”

但正是这个小调和弦和这个结尾部，汉诺看得比什么都重要，而且他母亲对这点也感到非常有趣，因此这两处还是没有修改。她拿起提琴来拉高音部，全曲汉诺只是简单地反复弹着这一个旋律，而她则用急促的三十二分音符进行种种变奏。听起来非常华丽。汉诺感到莫名的快慰，吻起她来。这样他们在4月15日给全家进行了演出。

老参议夫人、佩尔曼内德太太、克利斯蒂安、克罗蒂尔德、克罗格参议夫妇、威恩申克经理夫妇、布来特街的三位布登勃洛克小姐，以及卫希布洛特小姐，这一天为了庆祝汉诺生日，四点钟在议员和议员夫人家吃过午饭。现在大家坐在客厅里凝神倾听着。他们的目光或者望着那穿一身水手服、坐在钢琴前面的小汉诺，或者望着盖尔达的艳美而奇异的风姿。盖尔达首先在G弦上拉了一段绚烂的表情丰富的乐段，接着，以无懈可击的纯熟技巧奏了一个华彩的结尾乐段，宛如泡沫迸溅、珍珠滚落的小飞泉。她手中弓弦的银柄在灯光中闪烁耀眼。

汉诺由于兴奋而脸色发白，刚才吃饭的时候他几乎什么东西都没能吃下，现在则专心致志地演奏他的作品。啊，这次演奏还有两分钟就要结束了，然而他的整个心灵都投在作品里面，四周的一切都置诸脑后。从性质上讲，这一段优美的旋律与其说是以节奏鲜明突出，不如说是以声调和谐见长，而那原始的、天真幼稚的音乐素材，以及焙制、发展这一素材的庞大、热情和几乎可以说是过于精美的表现手法则构成了一个奇异的对比。汉诺向前倾着头，伸着颈

子，用力弹出每一个主导音符。他坐在圈手椅的最前沿，踩动两个踏板，企图给每个新和弦渲染上感情色彩。事实上，每当小汉诺制造一个效果时 —— 即使只有他一个人感觉到的时候，这个效果也更多属于感情的，而不属于感伤的性质。每一个异常简单的和谐的节拍都被他运用沉重、迟缓的加强手法而赋予一种神秘沉重的色彩。每一个和弦，每一个新的和声，每一个转变点，他都运用突然的、压抑的音响而制造一种使人惊愕不安的效果。在弹奏时他扬着眉，挺着上半身，前后摇撼着 …… 现在弹到结尾部了，弹到汉诺最喜爱的那一部分了，这里他用一种童稚的奋扬法把全曲引上了最高峰。在提琴的圆珠滚落、流水淙淙的声音中，E 小调和弦用柔弱的力度像银铃般清脆地震动着 …… 接着这声音增强了，扩展开，慢慢地越来越膨胀，汉诺开始用强音引进那不协和的 C 的高半音，又回到这个曲子的基调上来。当提琴又响亮又流畅地环绕着 C 的高半音鸣奏着的时候，他又用尽一切力量把这一不协和音的强度提高，一直提到最强的力度。他迟迟不肯把这一不协和音分解，很久、很久地让他自己和听众继续玩赏着。将要是什么样的分解呢？将要是怎样一种使人神痴心醉地回入 B 大调的还原呢？啊，那将是一种至高无上的幸福，将是一种无比甜美的喜悦，是平和！是极乐！是天国！…… 还不要完 …… 还不要完！还要犹豫一刻，延宕一刻，还要一分钟的紧张，一定要使那紧张程度到了不能忍受的地步再缓弛才来得更为甘美 …… 让人在这如饥似渴的恋慕中，在全副心灵的贪求中最后再忍受一分钟煎熬吧！让意志再克制一分钟，不要马上就给予满足和解决，让它在令人痉挛的紧张中最后再

受一分钟折磨吧！因为汉诺知道，当幸福到来的时候，也只是片刻就要消逝……汉诺的上半身慢慢地挺伸起来，他的眼睛瞪得非常大，他的紧闭的嘴唇颤抖着，他痉挛地用鼻孔吸着气……最后，幸福的感觉已经不能再延宕了。它来了，降落到他的身上，他不再躲闪了。他的肌肉松弛下来，脑袋精疲力竭地、软绵绵地垂到肩膀上，眼睛闭起来，嘴角上浮现出一丝哀伤的、几乎可以说是痛苦到无法形容的幸福的笑容。他踏动着弱音和延音踏板，他的颤音（这时他已经加上了低音伴奏）在提琴的一阵宛如窃窃私语，宛如淙淙流水，宛如波涛澎湃的急奏中，滑到B大调上，接着很快地一转而为强音，在一声响亮的突起中戛然终止。

这一次演奏在汉诺身上所产生的影响绝不是他的听众所能感受到的。譬如说，佩尔曼内德太太对于所有这些技巧的炫弄就毫无所知。但是那孩子脸上的笑容，他上半身的摇撼，他那可爱的小脑袋怎样在幸福中歪向一旁，这些她都看见了……而这一景象也确实触动了她的善感的灵魂。

“这孩子弹得多么好！啊，他弹得多么好！”她喊叫着，一边含着两汪眼泪向他跑过去，把他抱在怀里……“盖尔达，汤姆，他将来要成为一个莫扎特，成为一个梅耶比尔，成为一个……”她一时想不起另外一个有同等重要性的名字，就开始拼命地吻起她的侄儿，用来打断自己的话。汉诺坐在那里，双手放在膝头上，仍然一点力气也没有，眼睛现出迷惘的神情。

“够了，冬妮，够了！”议员低声说，“我求求你，你要往他的脑子里灌什么呀……”

第七章

托马斯·布登勃洛克内心里是不赞成小约翰的这种气质和这种发展的。

他过去曾经不顾一些惊慌失措的庸人的摇头抗议而把盖尔达·阿尔诺德逊娶回家来，因为那时他觉得自己性格坚强，不为人所左右，可以容许自己的这种更风雅的、不同凡俗的趣味表露出来，而不伤害他作为一个市民的聪明才干。然而如今他这个盼望这么久才得到的子嗣，这个在外表和形体上仍然具有这一家族那么多特点的继承人，竟然会完完全全秉承了母亲方面的气质。他本来希望这个孩子将来有一天会更顺利更豪迈地发扬他自己的终生事业，然而照目前的情况看来，这个孩子不但与他有责任在其中活动和生活的那种环境格格不入，甚至对他的父亲也很疏远冷淡。难道这一切竟要成为事实吗？

直到目前为止，盖尔达的提琴演奏和她那对为他所热爱着的奇异的眼型，她的浓密的深红色的头发以及她的整个奇异的风姿情调是一致的。对于托马斯来说，这也是她的令人迷恋之处，更增加了托马斯对她本人的倾倒。可是现在托马斯却不得不看到，这

种与他本性相背的对音乐的热爱，在这么童稚的年代就完完全全把他儿子抓到手中了。这种对音乐的热爱已经成为一种和他敌对的势力，阻挡在他和这个孩子中间了。而这个孩子，他本来是希望他成为一个真正的布登勃洛克，一个性格坚强，思想实际，对外界的物质、权力有强烈进取心的人。在目前这种令人困扰的环境里，这种敌对力量对布登勃洛克是个极大的威胁，仿佛竟要把他变成家中的一个陌生人似的。

盖尔达和盖尔达的朋友费尔先生沉湎于其中的音乐，他无法接近；盖尔达在一切有关艺术的事物上的那种孤高、苛刻的态度更是非常残忍地增加了他接近音乐的困难。

他从来也没有想到，对于他这一家人来说，音乐是这么一种完全陌生的东西，然而只有到现在他才有了这种感觉。他的祖父在闲暇的时候喜欢吹吹笛子，他自己无论在什么时候一听到优美的旋律，就感觉很悦耳，不论这个旋律是优雅的，是沉思凄凉的，还是活泼愉快的。但是他只要把自己这种对乐曲的爱好一说出口，盖尔达就要耸耸肩膀，带着一副怜悯的笑容说："你真是的，朋友！这样没有音乐价值的东西……"

他恨这个"音乐价值"，恨这个词，对他说来，这个词所包含的意义只是冷酷和傲慢。有时当着汉诺的面，他被迫进行某些抗辩。遇到这种情形，他曾经不止一次怒喊起来："啊，亲爱的，你动不动就谈'音乐价值'，我可觉得这只不过是件狂妄自大、淡而无味的东西！"

盖尔达反驳他说："托马斯，你永远不会理解，音乐作为一种

艺术你是任何时候也不会理解的。你虽然有智慧，却体会不到音乐作为一种艺术并不是茶余饭后的消遣品。在别的事物上你很容易就辨别出什么是庸俗的，独独在音乐上，你缺乏这种鉴别力……但是这种鉴别力偏偏又是了解艺术的准绳。你对音乐的趣味远不能与你对其他事物的需求和见解相比，只从这一件事上，就可以看出来你对音乐是多么外行。音乐里使你高兴的是什么呢？是某种庸俗无味的乐观主义的东西。如果这东西是写在一本书里的话，你一定会恼怒地或者讥诮地把这本书抛在墙角里了。希望还没有勃起就急急地得到实现……意愿刚刚崭露就迅速地、毫不费事地予以满足……这就是华美的旋律，可是世界上有什么事是这样的呢？……这只是空洞肤浅的理想主义罢了……”

他了解她，他懂得她说的话。但是在感觉上他不能跟着她这种思想走；他不能了解，为什么那些使他振奋，使他感动的优美旋律是空虚、浅薄的，而那些他听来是枯涩、混乱的反而具有最高的音乐价值。他仿佛站在一座庙宇门前，盖尔达毫不容情地拒绝他踏进这里的门槛……他痛苦地望着她和他们的孩子消失在里面。

他满怀忧虑地觉察到他和小儿子之间的鸿沟越来越深，但是他不让别人看到他的这种忧虑。他又怕人误会他在有意讨这孩子的欢心，觉得这对他是一种可怕的屈辱。一天里他能和孩子见面的余闲时间确实也非常少，只有吃饭前后的时间能跟这孩子谈上几句话，他的态度常是在殷勤关切中又带着几分不使孩子丧胆的严峻。“喂，小家伙，”他说，一面拍了两下孩子的后脑勺，随后坐在他的旁边，在自己的妻子的对面，“怎么样啦？干了些什么事？

念书啦？…… 钢琴也弹了？ 很好！ 可是也不要弹得太多，不然咱们对别的东西就没有兴趣了，等到复活节的时候，又要整天坐冷板凳了！”汉诺怎样对待他这一番表示亲热的话呢，怎样回答他呢？ 他紧张而焦灼地等待着，但是他脸上的肌肉却一丝也没有泄露内心中的这种忧虑。最后，当那个孩子只是用他那罩着一圈阴影的棕黄色大眼睛向他这边投射过来羞涩的一瞥，而且那目光甚至连他的脸也没射到，当汉诺只是一语不发地把头埋在盘子上的时候，他的心不由得痛苦地抽搐到一起。虽然如此，他仍然努力装出一副若无其事的样子。

如果对于孩子的这种羞怯笨拙也要担心，那未免太小题大做了。他做父亲的职责是要趁这片刻团聚的机会，趁吃饭中间一点空隙，譬如说，利用换餐具的时候，跟孩子谈几句话，考一考他，测验一下他对现实事物的一些常识 …… 咱们城有多少居民啊？ 有几条街从特拉夫河畔通到城市的上区啊？ 咱们家的几个粮栈都叫什么名字？ 答案要不假思索地脱口而出！—— 可是汉诺一声也不吭。并不是想跟父亲赌气，并不是有意让父亲伤心，只是这些事情，什么居民呀，街道呀，甚至粮栈，平常对他只是一点不关痛痒；一升格作为测验的题目，就引起他无限厌恶。在问这些问题以前，他也许本来非常活泼，也许还跟父亲随便在谈什么话，只要谈话稍微带有测验的性质，他的情绪就立刻降到冰点，一切抵抗能力整个化为乌有。他的眼睛潮润起来，小嘴挂上一副沮丧的神情，对父亲这种没有先见之明，心中又是苦恼又是怨恨。爸爸本来应该知道，这种试验没有什么好结果，只不过是使这一顿饭不欢而散

而已。他眼泪汪汪地低头看着眼前的盘子。伊达触了他一下，小声告诉他街道和粮栈的名字。可惜她只是白费心机，一点用也没有！她不了解他。其实这些名字他是知道的，至少一部分名字他知道得很清楚，而且要在一定的程度上满足一下爸爸的愿望也并不是难事。可是有一种难以抗拒的悲哀在阻挡着他这么做……这时从父亲那边传来了一句严厉的话，传来一记用叉子敲击插刀架的声音，把他吓得一哆嗦。他向母亲和伊达看了一眼，试图开口说话，可是头两个字就被啜泣声闷回去了：他说不下去。“算了！”议员生气地喊道，“别说了！我根本不想听了！你用不着回答了！你就这样做一辈子哑巴，做一辈子呆子吧！”于是这一顿饭大家都在沉默不语、郁郁不欢中吃完。

当议员想到汉诺热衷学习音乐而忧心忡忡的时候，他引以为据的就是汉诺的这种怯懦梦幻的性格，这种喜欢啼哭，这种毫无生气、毫无精力。

汉诺的身体一向非常娇嫩。特别是他的牙齿，一直是许多灾病、痛苦的根源。生长乳牙带来的高烧、抽风几乎断送了性命，以后他的牙龈动不动就发炎、长脓包，总要永格曼小姐等到了火候的时候用大头针挑开。现在到了换牙的时候，他受的罪比以往任何时候都大，那痛苦几乎不是汉诺所能忍受的。常常就是因为牙痛，害得他整夜整夜地睡不着觉，在昏沉中轻声呻吟、啜泣。从表面上看，他新长出来的牙跟他母亲的一样，美丽洁白，可是实际上它们非常脆弱、不结实，而且生得不整齐，前后交错。为了补救这一缺陷，小汉诺不得不让一个可怕的人打进他幼小的生活圈子里面

来：布瑞希特先生，在磨坊街开业的牙医生布瑞希特……

这个人的名字听上去就像那个使人不寒而栗的声响，像拔掉齿根时拉呀，锉呀，敲呀，从牙床上发出的那种吱吱啦啦的声音。当汉诺在布瑞希特的候诊室里，蜷缩在忠实的伊达·永格曼对面的一张靠椅里，一边闻着这间大屋子的刺鼻药味，一边看着画报，提心吊胆地等着牙医生站在手术室门前的一声既客气又可怕的“请”字的时候，这个声响足以使汉诺的那颗小小的心脏缩成一团……

但是这间候诊室也有一种吸引力，有一种奇怪的引起人兴趣的东西，那就是一只五彩羽毛的鹦鹉。这只鹦鹉生着一双恶毒的小眼睛，蹲在墙角的一只铜鸟笼里，不知道为什么起名叫约瑟夫斯。它总是用老太婆的怒吼的声音说：“请坐……马上就来……”虽然在当前的情形下，它这种话倒像是恶意的嘲讽，可是汉诺对于这只鸟却怀着一种又爱又怕的感情。一只鹦鹉，一只五彩羽毛的大鸟，名字叫约瑟夫斯，而且会说话！它不是一只从魔术林里，从伊达在家里常念的格林童话中的魔术林中逃出来的鸟吗？……此外还有布瑞希特先生开门时说的那一声“请”字，约瑟夫斯也不住嘴地模仿，而且声音那么情急迫切，弄得汉诺走进手术室，在窗前牙钻旁边的一张非常不舒适的大椅子上坐下来的时候，不知为什么仍然笑个不停。

讲到布瑞希特先生本人，他的一副尊容和约瑟夫斯也差不多：他那花白的上须上面同样钩着一只又硬又弯的鼻子，正如同鹦鹉喙一样。最糟糕的，甚至可以说最可怕的是：他非常神经质，由于

自己的职业而不得不使别人忍受的折磨，他自己却忍受不了。“我们一定得拔除，小姐。”他对伊达·永格曼小姐说，脸色发白。汉诺这时圆睁着大眼，浑身冒冷汗，既无力反抗，也无力逃走，心情就同被宣判死刑的囚犯一模一样。他眼睁睁地看着布瑞希特先生袖子里揣着钳子一步一步向自己走来，这时就会发现在这位牙医生的秃脑门上也冒着一滴滴汗珠，而且他的嘴也同样因为恐怖而扭曲着……当这一可厌的医疗程序过去以后，汉诺脸色煞白，浑身颤抖，眼睛里含着两汪眼泪，脸痛苦得变了形，把嘴里的血吐到他旁边的一只蓝盆里；布瑞希特也不得不在旁边坐下，一边揩拭脑门上的汗水，一边喝几口水……

人们告诉小约翰说，这个人做的是对他有好处的事，这样做就可以使他不受更多、更大的痛苦。但是当汉诺把布瑞希特先生让他受的这种痛苦和这种痛苦带给他的显著好处比较起来，前者显然比后者分量重得多，因此想来想去他只能把这些次到磨坊街看医生算作那些白受罪而丝毫无益的最最倒霉的事。为了给智齿腾地方，必须把刚生出来的四颗美丽、洁白、仍然完好无缺的臼齿移去；为了不使这孩子体力消耗太过，决定要进行四周。多么长的时间！这种无休止的折磨，简直无法忍受！头一次的刑罚弄得人精疲力竭，元气还没有恢复，下一次酷刑早又把恐怖的阴影投过来。当最后一颗牙齿拔掉以后，汉诺病倒了八天，这正是体力损耗太过的缘故。

牙病不但影响了他的心绪，也影响了他身上某些器官的机能。由于咀嚼不便，就引起了消化不良，进一步又引起了胃炎。胃病

又影响了心脏的正常搏动，汉诺有时心跳过快，有时相反地又跳动得不够。此外还有眩晕症，还有那有增无减的、格拉包夫医生称作 Pavor nocturnus 的奇怪的病症。没有一天夜里小汉诺不从梦中惊醒一两回，绞着手、惊骇莫名地喊叫救他、饶恕他这类的胡话。听起来就仿佛发生了一件极端恐怖的事，仿佛他被投在火堆里，或者别人要掐死他似的 …… 第二天清早，他什么都不记得了 —— 格拉包夫医生的治疗方法是每天晚上让他喝一杯覆盆子汁，可是这一点效用也没有。

汉诺所受的这些疾病的缠扰以及种种痛苦自然而然地使他在非常幼小的年龄就懂得了许多事理，使他变成一个人们通常称作为早熟的人。固然，或许是由于他生就的高雅的风格吧，这种早熟并不常常显露出来，而且即使显露出来，也并不醒目，但是有时它仍然以一种忧郁的高傲形式表现出来 …… 譬如当家里什么人或者是布来特街的布登勃洛克小姐问他："你怎么样啊，汉诺？"他只是无所谓地略微一噘嘴，那在蓝海军服的翻领遮盖下的肩膀一耸，这就是他的全部回答。

"你喜欢上学吗？"

"不喜欢。"汉诺满不在乎地坦白回答。这种坦白说明汉诺心中有更严肃的事情，对这种事他根本不屑于说谎。

"不喜欢？哎呀！可是一个人一定要学习啊 —— 一定要念书、写字、做算术 ……"

"以及诸如此类的事。"小汉诺把人家的话补充上。

不，他可不喜欢上这种老学校，不喜欢上这种有十字回廊和

哥特式屋顶教室的曾经附属于修道院的学校。他常常因病缺课，即使在课堂上也完全心不在焉，因为他不是在冥想某一和声联音，就是在思索他从母亲和费尔先生那里听来，但是还未弄清楚的某一乐曲的奇妙音律。这些事自然不能使他在学习上有什么进步。而对那些在低年级教课的助理教员和师范学校学生，由于他们出身低微、知识浅陋、衣着也不整饬，汉诺除了提心吊胆害怕惩罚以外，暗地里还怀着一种轻蔑的感觉。数学教师蒂特格先生，一位穿着满身油渍的黑外衣的小老头，早在已经故世的马齐路斯·施藤格时代就在校任教。这个人的眼睛斜得特别厉害，为了想矫正这一缺点他戴着一副仿佛船舱玻璃似的又圆又厚的大眼镜。这位蒂特格先生每次上课都警诫小约翰说他父亲当年学算术多用功、多聪明 …… 蒂特格先生咳嗽得非常厉害，总是把讲台上吐满了痰。

汉诺和他的小同学一般说来是非常疏远的，只有一层泛泛的关系，但是其中有一个人却从一开学起就和汉诺结下了亲密的友谊。这个孩子虽然出身于贵族家庭，外表却很邋遢，是一个姓摩仑名叫凯伊的伯爵。

这个孩子身材和汉诺差不多，穿的不是汉诺穿的那种丹麦水手服，而是一件褪了色的褴褛的衣裳，这里那里缺个纽扣，屁股上补着个大补丁。衣服的袖口非常短，两只手露在外面，手上好像沾满了泥土，永远是灰溜溜的颜色。但是这双手生得很小，特别纤秀，手指细长，指甲尖尖的。他的头和手很相配，头发虽然不梳理，也欠整洁，但是五官却生来无一不带着一个出身于高贵、纯净血统的人所具有的种种特征。他的棕黄色头发随随便便地从中

间一分，向后面掠去，露出石膏一样洁白的脑门，脑门下面是一双明亮的淡蓝色眼睛，眼光又深远又锐利。颧骨略微显高，鼻梁很窄，稍微弯着一些，鼻翼很娇嫩，整个这只鼻子和他的上唇稍稍上翘着的嘴一样，从这样小的年纪就已经显示出他的性格来了。

开学以前汉诺·布登勃洛克就有两三次瞥见过这个小伯爵。那是他和伊达从城门出去上北边散步的时候。在城外很远，几乎快到第一个村子的地方有一个小农庄，一个微不足道的农庄，连名字也没有。举目望去，人们看到的是一个粪堆、几只鸡、一个狗窝和一座寒酸的、和普通农舍相仿的建筑物，红色的屋顶一直斜搭到地面上。这就是农庄主人的住宅，凯伊的父亲艾伯哈尔德·摩仑伯爵就住在那里。

这位老伯爵是个怪人，他与世隔绝地住在自己的农庄里，以养鸡、养狗、种植蔬菜为业，很少抛头露面。他是个身材高大的人，穿着一双翻口长筒靴，一件绿色粗羊毛短上衣，光着头，生着像童话人物似的一大把灰白色长胡子。虽然一匹马也没有，手里却老是拿着一根马鞭，浓密的眉毛底下一只单眼镜深嵌在眼窝里。除了他和他的儿子以外，在这个国家里再也找不到第三位摩仑伯爵了。这个过去曾经富贵、兴旺、煊赫一时的家族丁口越来越衰微，已经快要绝宗断嗣了，活在世间的家族成员另外只有小凯伊的一位姑母。这个人和凯伊的父亲早已断绝了往来，她用一个标新立异的笔名写小说，发表在专供家庭阅读的刊物上。提起艾伯哈尔德伯爵，人们常常想起他的一件轶事来。当他迁居到城外这所小农庄去以后，曾经有很长的一段时间，为了避免小偷、乞丐

之流的骚扰，他在自己低矮的门上挂了一块牌子，上面写着：“本寓只住有摩仑伯爵一家。本宅无任何需要，不购买任何物品，也无任何钱物施赠。”直到这块牌子发生了作用，没有人再来打扰他以后，他才把牌子摘掉。

小凯伊自幼丧母——伯爵夫人早在生他的产褥中死去，家务现在由一个上了年纪的女仆操持——像一只没人管的小动物似的在鸡犬群里长大。汉诺·布登勃洛克最初看见他也是在这里——从远处，怯生生地看着他。他像一只小兔子似的在白菜地里跳来跳去，跟一群小狗滚成一团，在地上翻跟头，把母鸡吓得咯咯乱叫。

以后汉诺在教室里又看到了他，最初这位小伯爵的粗野外表一定还使汉诺感到羞怯畏缩。但是不久以后，出于他观察人的准确本能，他就胸有成竹地不再计较这人的邋遢外表，而是全神贯注在这人白净的前额、薄薄的嘴唇，和那带着一种愤怒神情冷冷地望着一切的细长的淡蓝色眼睛上——在所有的同学中，汉诺单单对这个伙伴产生了极深切的爱慕之情。虽然如此，由于他天性怯懦，并没有勇气首先提出交朋友的要求，如果不是小凯伊的冒失脾气，说不定两个人一直不会要好。一点不错，凯伊接近汉诺的那种热情和速度，最初甚至使小汉诺有一点惧怕。这个放任的小家伙以这样的火热、这样猛烈进攻的男子气概来讨另外那个沉静的、衣着华美的汉诺的欢心，弄得后者简直完全失去了抗拒能力。固然在功课上他对汉诺也帮不了什么忙，因为九九表对于他的野性难驯、海阔天空的思想正如同对小布登勃洛克的梦幻的、心不在焉的思想似的，同样是格格不入的。但是他却把自己的全部家私一件件地

都送给了汉诺，什么玻璃球呀，木陀螺呀，甚至还送给他一把弯曲的铅皮小手枪，虽然这是他的一件最宝贵的东西……休息的时候，他拉着汉诺的手给他讲自己的家，讲家里的小狗和母鸡。中午，虽然伊达·永格曼老是拿着一包奶油面包在校门外等着，准备带着她照管的人去散一会儿步，凯伊却永远要陪着他走很长的一段路，能走多远就走多远。正是在这个时候他知道了家里人管小布登勃洛克叫汉诺。从他知道这个亲昵的名字那一天起，他便再也不用别的名字招呼他的朋友了。

有一天他要求汉诺不到磨坊街去散步，而到他父亲的农庄上去看一看刚生下来的小豚鼠。这两个孩子提出这个要求，永格曼小姐最后也答应了。他们向伯爵的领地游荡去，参观了粪堆、菜园、鸡、狗和豚鼠，最后走进房子里。在一间低矮的、地板和房基一般平的长屋子里，艾伯哈尔德伯爵孤独而傲慢地坐在一张粗笨的桌前看书。看见了来客，他非常不客气地问他们来做什么……

从这以后，孩子们再也说不动伊达·永格曼做第二次访问了。她固执地主张，如果两个孩子想在一起的话，最好是凯伊到汉诺家里去。结果这位小伯爵有机会第一次走进他朋友家的豪华住宅里。他虽然带着无限惊异，却并不害羞。从这以后，他到汉诺家走动得越来越勤，只有在冬天大雪阻路的时候，为了下午不再走一段很长的回头路，他才不像平常那样到汉诺·布登勃洛克家消磨两三个钟头。

他们坐在三楼的宽敞的儿童室里一起做学校作业。他们需要解很长的算术题，要把石板的两面写满多种加减乘除的式子，最

后的答案是一个很简单的零——如果不是零，那么一定是什么地方出了差错，这就需要找了又找，直到把那个可恶的小野兽找出来，加以消灭为止；只希望这只野兽不要藏在最上面，不然的话，就差不多需要把整个一道题从头到尾再写一遍。做完了算术还要练习德语语法，要把比较级学习纯熟，干干净净整整齐齐地把练习题写下来，譬如什么“角质透明，玻璃更透明，空气最透明”等等。以后再把听写本子拿到手里，研究一些充满了陷阱和圈套、故意把人引入歧途的句子。等到这一切都做完以后，他们就把东西收拾起来，坐在窗台上，等着伊达给他们念故事书。

这个好人儿给他们念《卡特丽丝》《学习害怕》《古怪的姓》《莴苣》和《青蛙王子》等故事——她的声音很低，很有耐性，眼睛半闭着，因为这些故事她一生不知念过多少次，几乎都能背出来。虽然如此她还是用手指蘸着唾沫机械地一页又一页地翻着书。

但是这种消遣后来却产生了一件引人注意的事：在小凯伊的心里渐渐浮现、成长起一种欲望，他要把书合起来，自己说点什么。由于书中的故事他们渐渐地都听熟了，而且伊达有时候也要休息一会儿，所以凯伊这样做倒是非常受欢迎的。凯伊编的故事最初很短，也很简单，但是后来越来越离奇，越来越复杂，而且因为这些故事并不是纯粹出于幻想，而是和现实糅合起来的（他把现实蒙上一层荒诞怪异的光辉），所以听起来也就越能引人入胜……汉诺特别喜欢听的是一个魔术师的故事。这个魔术师很邪恶，但是本领高强。他把一个名字叫约瑟夫斯的英俊王子变成一只五色羽毛的鸟养在笼子里，又用他的邪恶的法术折磨所有的人。但是

在远处一个地方，一位身负重任的英雄已经成长起来了，不久他就要率领一支鸡、犬和豚鼠组成的大军，勇敢地前来讨伐，宝剑一挥，破除了魔术师的法术，把王子和所有的人，特别是汉诺·布登勃洛克拯救出来。当约瑟夫斯解脱了魔法以后，他还要回到他的国家里去做国王，那时汉诺和凯伊也都要做起大官来……

布登勃洛克议员走过儿童室，有时候也看到这两个朋友坐在一起。他并不反对这种来往，因为很容易看到，这两个孩子在一起彼此都有好处。汉诺会使凯伊变得温柔、驯顺、举止文雅，因为凯伊从心里喜欢汉诺，对他温存体贴，羡慕他生着一双雪白的手。因为汉诺，他也肯俯首帖耳听任永格曼小姐用刷子和肥皂修理自己的手。另一方面，当汉诺从小伯爵那里沾上一点活泼和野气，那正是一件求之不得的事。布登勃洛克议员很清楚地看到，汉诺一直受女人的护理，这对激励、发展他的大丈夫气概是不适宜的。

伊达·永格曼伺候布登勃洛克一家人已经三十多年了，她的忠实和舍己为人的精神实在是用金子也买不到的。汉诺的上一代人就受过她废寝忘食的照管、抚育，而汉诺更是一直被她捧在两只手掌里。她对汉诺体贴照顾得无微不至，把他爱得和偶像一样。她天真地、固执地相信汉诺在世界上处于一种绝对优越的、享有特权的地位，这种信仰甚至常常到了可笑的地步。只要什么事一牵涉汉诺的利益，她就一切脸皮都不顾了。那程度实在令人吃惊，有时甚至使人感到不愉快。譬如说，她带着他在糖果店买甜食，她总是一点不客气地把手伸到柜台里东挑西挑，最后给他找出一块最可心的糕点。可是钱她却不给——难道给汉诺吃东西，店主还

不感到增光吗？遇到橱窗前边围满了人的话，她总是用她的西普鲁士方言客气而坚决地让人家给她家小少爷腾出个地方来。是的，他在她的眼睛里是这样与众不同，她简直找不到另外一个孩子配得上接近他。至于说到小凯伊，那只是因为两个孩子的相互要好比她的不信任感更强，另外也许那孩子的伯爵头衔把她打动了。但是如果是在磨坊水坝散步，当他们在一张板凳上坐下来的时候，一遇到别的孩子随着伴护人走到他们跟前，永格曼小姐却总是几乎马上就站起来——不是说时间晚了，就是说风太大，总之，找一个借口，急急忙忙离开那里。这种种借口很可能引起小约翰的想象，认为世界上所有的孩子不是害瘰疬就是“流臭水”——只有他是个例外。他本来就缺乏接触陌生人的勇气，本来就扭捏局促，这件事对他这种脾气的改正显然没有什么好处。

这些细节小事布登勃洛克议员是不知道的，但是他却看到，他的儿子由于天性和外界的影响，目前绝不是朝着他所希望的方向发展。如果他能把这个孩子的教育接过手来，时时刻刻影响这孩子的气质，那该多么好啊！然而他没有做这件事的时间。他非常痛心地看到他偶然做过几次尝试，不但结果惨败，而且使父子的关系变得更为疏远，更加冷淡起来。他的脑子里浮现起一幅图画，他希望按照这幅图画来塑造他的孩子：这就是汉诺的曾祖父，他自己从儿时起脑子里就深深印着这个人——脑筋清楚、乐观、单纯、风趣，也有毅力……难道汉诺不能成为这样一个人吗？难道这是不可能的事吗？为什么不可能？……如果他能把对音乐的热情压抑下去，放弃掉就好了！音乐使这个孩子对现实生活陌生，对于

他的身体健康没有好处，把他的全部精神活动都吸引过去了。他那种梦幻的气质有时候不是简直成了懦弱无能吗？

一天下午，离吃晚饭大约还有三刻钟的光景（每天照例是四点钟吃午饭），汉诺一个人走下二楼来。他刚刚练习了一段时间的钢琴，现在在起居室里闲散着找不到事做。他半躺半坐地倒在卧椅上，手里玩弄着海军服的领结，目光漫无目的地四处游行，这时他看见一个敞开的皮夹放在他母亲精巧的核桃木书桌上——这是那个装着家中文件的皮夹。他把胳膊肘倚着卧椅的靠垫，用手支着下巴，从远处打量了一会儿这些东西。用不着说，爸爸今天吃完第二顿早餐以后，一定用过这些东西，因为没有用完就把它们放在那里。有些纸张夹在夹子里，另外几张零散地放在外面，用一支铜镇尺压着。那本用不同的纸订成的镶金边的大记事簿也敞开着。

汉诺懒洋洋地从卧椅上滑下来，走到写字台跟前。记事簿打开的地方正是他的许多祖先（最后还有他的父亲）用不同笔迹记录下布登勃洛克一族人家谱的一页，除了名字外，上面还写满了括弧、标题和记载得清清楚楚的年月。汉诺一条腿跪在卧椅上，用手掌平托着一头蓬松的浅棕色的头发，侧着头打量着这个本子。在他那副完全无动于衷的神色里流露出一分无所谓的挑剔和一分轻蔑的认真。他的另一只手玩弄着妈妈的一支乌木镶金的钢笔杆。他的眼睛扫过了纸上所有的男人和女人的名字。这些名字有的并排，有的上下排列着，有几个是用古老的笔体写的，笔画带着许多小钩和大弯。墨水有的已经褪色变黄，有的则浓得发黑，上面

还零零星星地沾着一些吸水的沙末 …… 在这一页纸的最下面，汉诺发现父亲的秀丽的草体字，在他父母的名字下面写着他自己的名字 —— 尤斯图斯·约翰·卡斯帕尔，1861年4月15日生。这个发现使他觉得相当有趣，他把身躯挺直了一些，仍然用懒洋洋的动作把镇尺和钢笔拿到手里，把镇尺在自己名字上放了一会儿，又用眼睛把所有这些乱糟糟的名字瞟了一下，接着就机械地、像做梦似的用钢笔在整张纸上斜着画了两条平行线。他画得既干净又美丽，上面的一条比下边的略重，正像人家让他用来装饰他的算术练习本那样。他做这个动作时面色平静，很细心，但是并没有想自己所做的是什么 …… 画完了以后他又把头歪在一边打量了一会儿，然后才离开这里。

吃过饭以后，议员把他叫到跟前，皱着眉毛厉声问他说：

“这是什么？ 这是怎么来的？ 是你干的吗？”

是不是他干的呢？ 这他倒要想一会儿才回答得出。过了一会儿他才怯怯懦懦地回答了一声“是”。

“这是什么意思？ 你这是怎么回事？ 说！ 你怎么这么胡闹？”议员大吼道，一面用手里松卷着的本子在汉诺的脸上打了一下。

小汉诺向后退了一步，一边用手摸着脸，一边嗫嚅道：“我以为 …… 我以为 …… 以后再用不着写什么了 ……”

第八章

最近一个时期，每逢星期四一家人在那些绘制在壁毯上的面含恬静笑容的神像下聚餐的时候，增添了一个非常严肃的新话题。这个话题在布来特街三位小姐的脸上引起的只是一副冷淡而拘谨的表情，但是佩尔曼内德太太一谈起这件事却总是激动得不能自制，这无论从她面容或者举止上都看得出来。她把头向后一仰，两只胳臂不是向前伸就是高举起来，现出满腔的恼怒、愤慨，从心坎里感受到激愤不平。她从这一件具体的事情谈到一般的情形，谈到所有的坏人，除了因为胃病而引起的干咳偶尔把话语打断以外，她一直用喉音（每逢怒气上冲的时候，她的嗓音就变粗起来）像喇叭似的吐出一串惹她厌恶的名字："眼泪汪汪的特利什克——""格仑利希——""佩尔曼内德——"……使人奇怪的是在这些名字后竟又添上了一个新的名字，她总是带着无法形容的轻蔑、厌恨喊出来。那就是"检察官——"

过了一会儿，当胡果·威恩申克经理走进大厅来（他因为事务繁忙，每次都要迟到），平摆着两只拳头，特别活泼地摇摆着他那裹在大礼服里的身躯，走上自己的位子，下嘴唇在窄窄的一条

上须下耷拉着，现出一副满不在乎的样子，这时谈话就沉默下来，饭桌马上被一种令人痛苦的沉默笼罩住，每次都需要议员出头来打破这个僵局。议员随随便便地，像谈一件买卖似的跟威恩申克经理打听那件事情现在怎么样。胡果·威恩申克回答说，事情很好，要多好有多好，顺利极了……接着他就高高兴兴地谈起别的事情来。他的情绪比往日任何时候都高，一双眼睛肆无忌惮地东张西望。虽然一次也没得到回答，他却不厌其烦地一而再，再而三地问盖尔达·布登勃洛克提琴拉得怎么样。他的话滔滔不绝，使人不愉快的只有一点，那就是他由于意兴飞扬很少斟酌自己的词句，因此常常讲出一些与这种场面不合的故事来。譬如说，他讲的一个故事是一个保姆因为害肠胃充气症而把人家托她看管的孩子的健康毁坏了。他模仿医生的口气，做出一副自认为滑稽的样子，喊道："谁在这儿放屁？是谁在这儿放屁？"听了这个故事，他的妻子脸涨得通红，老参议夫人、托马斯和盖尔达像木雕泥塑似的坐在自己的位子上，三位布登勃洛克小姐互相交换了能刺进对方肉里去的眼光，连李克新·塞维琳坐在桌子下端也现出一副受了侮辱的样子，最多只有克罗格老参议噗地笑了一声——可惜这些情形他从来注意不到，或者即使注意到，话也早已说出去了……

威恩申克经理究竟出了什么事呢？原来这位勤劳、严肃、体格健壮的人，这个虽然举止粗俗、不善交际，却恪尽职守、埋头工作的人竟然犯了重罪，而且据说不是一次，而是连续犯罪。不错，人家已经把他控告了，已经在法院起诉，告他多次进行不清楚的、触犯法律的商业活动。目前这件案子正在审理，结果如何还不得

而知！他犯的罪行究竟是什么呢？事情是这样的：在不同的地区都发生过损失相当严重的火灾，和这些受灾户订有契约的保险公司本来应该赔出数目巨大的款项。但是据说威恩申克经理在从他的代理人那里很快地接到有关受灾的密报以后，就有意识地进行欺骗，把这些受灾户转保到其他保险公司，嫁祸于人。现在这个案件已经转到检察官手里，转到检察官莫里茨·哈根施特罗姆的手里……

“托马斯，”老参议夫人有一次利用单独和她儿子在一起的机会问他说，“你对我说说……我一点也不明白。咱们对这件事该采取什么态度？”

他回答说：“是的，亲爱的母亲……该怎么对你说呢？当然，最好是说一切全没问题，可惜我还不能这样认为。但是如果说威恩申克真像某些人想的那样，犯了那样严重的罪行，我也认为不可能。在新式商业活动里有一种东西人们叫作商业‘惯例’……援用惯例，就是玩弄一种不是完全无可指摘的手腕，和并不完全合乎成文的法律，在商业界以外的人看来已经可以算作不诚实的举动，但是在商业界内部根据默契是可以被允许的。惯例和真正的诈骗之间的分界线非常难画……这且不去管它……如果威恩申克真的做了什么事，他干的事也绝不会比他的许多同行干的更恶劣，只不过是那些人漏了网而已。但是……我也不因为这一点就认为这件案子会有什么好结局。要是在一个大城市里，也许他会被宣判无罪，可是在咱们这里，什么事都由派系关系和个人好恶决定……这种情形他在寻找律师的时候是应该慎重地考虑

的。咱们城里简直没有出色的律师，没有口才又好、阅历又多、会办疑难大案的高明人士。然而咱们这儿的律师老爷也有他们的特点：他们勾结成一伙，由于共同利益，由于沾亲带故，再不也许是彼此请吃几回饭，大家沆瀣一气，相互包庇。按照我的看法，威恩申克如果是个聪明人，就应该找一个本地的律师，可是他偏偏不。他认为必须 —— 我说必须，就是说不管怎样他还是内心有鬼 —— 得从柏林请一位辩护律师来，一位布列斯劳尔博士。这个人是个大无赖，巧舌如簧，有名的讼棍。据说他曾经帮助多少个诈骗人的破产者逃过了牢狱之灾。这次这个人看在丰厚谢仪的分上一定也会照过去一样大施诡计 …… 可是这样做有没有用？我预料到，我们那些可敬的律师一定会把看家的本领使出来，打掉这个外地人的气焰，而且法官们凭了先入之见对于哈根施特罗姆博士的起诉一定也特别听得入耳 …… 此外，还该谈谈见证人。见证人怎么样呢？我看，威恩申克自己公司里的职员不见得会特别热心替他卖力气。他那副粗暴的外表 —— 这一点不但我们这些好心肠的人这么说，我想就是他自己也得承认 —— 不会替他维持多少朋友 …… 总起来说，妈妈，我觉得事情不怎么妙。如果出了不幸的事，对伊瑞卡来说自然是件憾事，可是我更感到痛心的是冬妮。她曾经说，哈根施特罗姆把这件案子拿到手里很得意，这句话说得有道理。这件事关系着我们所有的人，如果出了丑，我们大家都有份，因为威恩申克不管怎么说也是我们家的一员，跟我们同桌吃饭。讲到我自己，我是可以想办法脱身事外的。我知道我该怎样做。当着别人的面，我要把这件事当作一件完全与己无关的事，

连审讯的时候我也不去旁听 —— 虽然我倒很想去见识见识布列斯劳尔。此外，为了不使别人产生流言蜚语，说我想运用自己的势力，我还要装作一副漠不关心的样子。可是冬妮呢？ 我简直不愿意想，威恩申克如果被判了刑对她将是一件多么悲惨的事。她极力辩驳，说这是别人的恶意中伤，是出于嫉妒而施的阴谋，可是只要听听在她说这些话时流露出什么样的恐惧就够了 …… 她怕的是在她遭受了这么多次不幸以后，最后这一次光荣的位置，替她女儿操持家务的美差也将烟消云散。唉，您就注意看吧，以后事实越叫她对威恩申克的清白发生怀疑，她越要替威恩申克叫屈 …… 当然，他很可能是清白的，完全清白无罪的 …… 我们一定得等着看，母亲。此外，我们对待他，对待冬妮和伊瑞卡也要考虑得特别周到一些。可是我总觉得有些不妙 ……”

这一年的圣诞节就是在这种情况下一天天临近的。伊达替小约翰做了一个月份牌，在最后一张上画了一棵枞树，怀着激动心情的小约翰就靠着这个月份牌，一天又一天地算计着这个不同平常的日子到来。

节日就要到来的征兆越来越多了 …… 从降临节的第一个星期起在祖母的餐厅墙壁上就挂起一张和真人一般大的彩绘圣诞老人像。又有一天早晨汉诺发现他的被子、毯子和衣服上都撒满了金末。几天以后的一个下午，父亲躺在起居室的卧椅上看报，汉诺在读格罗克①作的《棕叶集》里一首题作《恩朵尔的巫婆》的诗，正

① 格罗克（Karl Gerok，1815—1890）：德国诗人和神学家。

在这时候，圣诞老人到这里“打听这里的小孩”来了。“老人”虽然每年都照例出现一次，但是每次来都免不了给人一种意外之感。“老人”穿着一件毛朝外的长皮袍子，袍子上撒着金屑和雪花，戴着同样装饰起的一顶皮帽子，脸上涂着灰，在他的一大捧雪白的胡须上和常人所没有的浓密的眉毛上缀着灿烂的金银线。“老人”被请进来。他拖曳着两条腿走进来，像每年一样，用沙哑的嗓子宣布说，这个口袋——在他左肩上的——是为会读祈祷词的好孩子预备的。口袋里装的是苹果和金核桃。另外一边的藤条——在他右肩上的——是为坏孩子预备的……这就是圣诞老人。自然，这并不是那个道道地地的圣诞老人，说不定他只是理发师傅温采尔反穿着爸爸的皮衣服。但是既然圣诞老人并不是一件纯属子虚乌有的事，很可能这个人就是了。于是汉诺像往年一样，小小的心脏扑通扑通地跳着，背起祈祷词来。他一口气背完，只是因为紧张过度，在中间换了几口气而中断一两回。接着他就得到允许把手伸进那只给好孩子预备的口袋里抓了一把，可是这只口袋老人走的时候，总是忘记带走……

节日就这样开始了。在圣诞节前学校还必须填发一张分数单，这一年爸爸看分数单这件事也顺顺利利地过去了……大客厅已经神秘地关起来，饭桌上已经摆出杏仁泥做的糖人和咖啡色的蛋糕，城里面已经是一片节日景象了。下过雪，天气变得非常寒冷，在那澄澈的、砭人肌肤的空气里从街头传来意大利人手摇风琴的流畅的或者是忧郁的调子。这些意大利人穿着丝绒上衣，蓄着黑胡子，是到这里来赶节的。商店的橱窗里陈列出争奇斗艳的圣诞节礼品。

围着市场中心的哥特式喷泉已经搭起圣诞节市场的五颜六色的游戏棚来。不论到什么地方去，都闻得见和陈列出售的枞树的清香交融在一起的节日气息。

最后，12月23日的夜晚终于来了。这天晚上，在渔夫巷家中的客厅里分送了礼物。参加这次赠礼的只有亲属中最亲近的几个人。这只是一个开始，一场序幕，一个开幕礼，因为隆重的圣诞夜照例是在老参议夫人那里庆祝。那时候全族人都要参加。所以在24日傍晚，所有参加星期四团聚的人都聚集到孟街的风景大厅里，而且除了这些人外又邀请了从威斯玛尔赶来的尤尔根·克罗格以及苔瑞斯·卫希布洛特和凯泰尔逊太太。

老太太这一天穿着灰黑条子的厚缎子衣服，红扑扑的面颊，兴奋的目光，全身散发着刺蕊草香水的柔香，一批又一批地迎接走进屋子来的客人。当她默默地和来客拥抱的时候，手臂上的金镯子就发出一阵轻轻敲击声。这一天晚上她虽然说话不多，却非常兴奋，全身微微地抖动着。“我的上帝，您有点发抖吧，母亲！”议员带着盖尔达和汉诺走进来的时候，这样对她说。“我想一切都会顺利度过的。”可是她吻了三个人以后，又轻轻地说，“愿耶稣基督保佑，愿我在天国里的让保佑！”

确实如此，故世的老参议当年建立起的一套庄严的庆祝规程现在也要毫厘不爽地执行；一定要使这一个夜晚的各项活动充满深沉的、肃静的、由衷的欢愉气氛。老参议夫人感到这是自己的责任，她一分钟也休息不下来，从这里走到那里，到处探看。圆柱大厅里圣玛利教堂唱诗班的孩子已经聚集起来；餐厅里，李克新·塞

维琳正给圣诞树和礼物盘进行最后的装饰和安排。她从餐厅出来，走到游廊，这里站着几个老人，个个带着一副羞涩、困窘的样子，他们是等着接受馈赠的穷人。这以后她又走回风景厅来，屋子里有些嘈杂，人们在随便地谈着话，但是只需要老参议夫人无言地把目光向四周一扫，一切嘈杂和谈话的声音立刻安静下来。屋子里变得这样静，连远处一架手摇风琴的声音都听得到。那琴声从不知何处的一条白雪皑皑的街头传来，柔细而清晰，听去就和八音钟的声音一样。这时屋子里或坐或站一共将近二十个人，但是却比教堂还安静。正像议员小声在他舅父尤斯图斯耳边说的一样，屋中的气氛使人感到有点像举行葬礼。

此外，这种气氛也绝不会为年轻人突然爆发出的笑语声所打破，这方面大家一点也不用担心。只要看一眼，就可以知道，所有聚在这里的人都达到喜怒哀乐的表露早已定型的年龄。这里有：托马斯·布登勃洛克议员，他的脸色苍白，相形之下，他面部的那种警觉有力的，甚至是幽默的表情都显得矫揉造作；他的妻子盖尔达，一动不动地靠在靠背椅上，她的美丽而苍白的脸向上仰望着，一双生得比较近、罩着一层青圈的眼睛奇异地泛着光辉，出神地凝视着枝形烛架的晶莹闪烁的玻璃柱；他的妹妹，佩尔曼内德太太；他的表兄弟，那个沉默寡言、衣着朴实的尤尔根·克罗格；他的三位堂姐妹，弗利德利克、亨利叶特和菲菲，在这三个人中，前两个人仿佛比过去变得更瘦、更高，后者却更矮更胖了，然而这三个人却有一个共同点，面部的表情永远不变，永远是一副冷峻尖刻的笑脸，她们对一切人、一切事都怀疑，都不以为然，仿佛在不

停地问:“真的吗? 我们可不信这个。”…… 最后，这里还有那可怜的、面色黑灰的克罗蒂尔德，她的全部思想也许都放在未来的一顿晚餐上了。所有这些人都已经年过四十，女主人、女主人的兄嫂以及瘦小枯干的苔瑞斯·卫希布洛特则早已六十出头，而高特霍尔德的未亡人，另一位布登勃洛克参议夫人和耳朵已经全聋的凯泰尔逊太太则已经是七十多岁的人了。

正当青春妙龄的只有伊瑞卡·威恩申克一个人。但是每当她那双酷肖格仑利希先生的淡蓝色眼睛向她丈夫那边瞟过去的时候 —— 她丈夫的那头发剪得短短的、鬓角已经灰白的头，在画着田园景色的壁毯前边、沙发旁边不断地映入她的眼帘 —— 人们就可以看到，她的饱满的胸脯呼吸急促，但却没有声息地膨胀起来 …… 商业惯例呀，账簿呀，证人呀，检察官呀，辩护律师呀，法官呀，这些混乱而可怕的思想一定在折磨着她。可是话又说回来了，屋子里哪个人又不为这种和节日气氛不相调和的思绪苦恼着呢? 佩尔曼内德太太的女婿已经被人控告了，大家眼前就坐着这个触犯法律、破坏社会秩序、违反商业道德的人，说不定这个人还要丢更大的脸，要去坐牢。大家朦胧中都意识到这一点，这就使整个集会笼罩着一层奇异而可怕的阴影。布登勃洛克一家人庆祝圣诞夜，中间却坐着一个罪犯! 佩尔曼内德太太仰靠在自己的靠背椅上，神色变得更为庄重、森严。布来特街的三位布登勃洛克小姐的笑容也比以前更增添了一分尖刻 ……

孩子们怎么样呢? 那个一线单传的传宗接代的人呢? 他是不是也感觉到这种不同平常的气氛有些森冷可怕呢? 小伊利莎白的

心情我们是无从知道的。这个小女孩穿着一件镶着大缎子边的小衣裳（人们一看就知道这是佩尔曼内德太太的格调），坐在保姆怀里，大拇指攥在拳头里，咂着舌头，两只略微有一点凸的眼睛愣愣地向前望着。有时候她尖声尖气地喊一声，保姆就立刻轻轻地把她摇一摇。另一个孩子——汉诺则安安静静地坐在他母亲脚下的一只矮凳上，像他母亲一样，也在仰望着枝形烛架的玻璃柱……

只有克利斯蒂安不在场！克利斯蒂安到哪儿去了？直到这时候大家才发现，屋子里还短少这个人。老参议夫人接二连三地把手从嘴角往鬓角上掠过去——这是她惯常爱做的一个手势——好像在把一绺散乱的头发整归原位，而且这动作一次比一次做得更慌乱……她急急忙忙吩咐了塞维琳小姐几句话，于是塞维琳从圣诗班的孩子们身边走过去，穿过圆柱大厅，穿过那些等待接受赠礼的穷人，走过游廊，在克利斯蒂安的房门上敲了敲。

克利斯蒂安马上就出来了。他拐着两条细瘦的罗圈腿（从害过风湿性关节炎后这双腿就有一点跛），一边用手擦着秃脑门，不慌不忙地走进风景大厅来。

“老天爷，”他喊着说，“我差点忘了！”

“你差点忘了……”他的母亲学他的话说，僵在那里……

“可不是，差点忘了今天是圣诞节了……我坐在屋里看书……看一本南美洲旅行的书……哎呀，圣诞节我可不知道过了多少次了……”他添加说。正当他想给大家长篇大套地说一段他在伦敦一家第五等的歌舞场过圣诞节的故事时，忽然屋中的肃穆气氛在他身上发生作用了，于是他皱着鼻子，踮着脚走到自己

的座位上。

“欢乐吧，你郇山的女儿！”唱诗班的孩子唱起来了。前一刻钟，这些孩子还在外边乱笑乱闹，以至议员不得不在门前边站了一会儿，才把他们镇服住。如今他们却唱得这么美妙。响亮的童音在比较低沉的管风琴的伴奏下，清脆、欢腾地飘扬起来，带着所有人的心升腾，使三位老处女的笑容也变得温和多了。歌声使老年人想到自己，回忆起自己的过去，也使中年人暂时忘却了自己的烦恼。

汉诺本来一直抱着双膝，这时他把手放开。他的脸变得煞白，手里抚弄着矮凳边上的穗子，舌头舔着一颗牙，嘴半张着，脸上的表情宛如呆痴了似的。每隔一些时间，他才觉出来要深吸一口气。因为空气里荡漾着的是这样美妙的歌声，像银铃一样的赞美歌，他的心不觉在一阵几乎使他痛苦的幸福中紧缩在一起。圣诞夜啊……从现在还紧闭着的高大的白漆双扇门门缝里飘出一阵阵的枞树香，引起他对里面的东西产生出无限美妙的想象，但是每年一次他总是把它们当作拿不到手的、人世少有的瑰宝似的等待着，小小的心脏兴奋得扑通扑通地跳着……里面为他准备的是什么呢？没有错，一定是他一心盼望着的东西。除非这件东西根本不可能得到而大人也事先就劝他打消这个念头以外，他拿到手的总是他希望着的东西。是一座戏院！一座木偶戏院。这座戏院马上就要冲进他的眼帘，马上就要把他召唤到自己跟前去。在他给奶奶的一张他希望得到的礼物单中，这件玩具列在最前面，而且下面特别用粗线条标出来。自从看过一场《费德丽奥》以后，一座

木偶戏院几乎是他梦寐以求的东西了。

不久以前，作为他到布瑞希特先生那里去治牙的奖赏，他第一次到市剧院去看了一场戏。他紧靠着母亲，坐在包厢里，屏神静息地全神贯注在《费德丽奥》的音乐和表演上。从这一次起他连睡梦中梦到的也都是歌剧的场面，对戏剧的深情笃爱，几乎弄得他废寝忘食。有时他在街上看见那些和他的克利斯蒂安叔叔一样的人，戏院的常年看客，像多尔曼参议呀，经纪人高什呀 …… 他说不出有多么羡慕。像他们那样差不多每天晚上都可以在戏院消磨掉，这种幸福怎能消受得了呢？如果他每星期能有一次在开演以前望一眼剧场，听一听乐器调音的声音，看一看那紧闭着的幕布，这该是多大的幸福啊！不论是煤气灯的煤气味也好，座位也好，音乐师也好，幕布也好 …… 戏院里没有一件东西他不喜欢。

他的木偶剧场大不大？宽不宽？幕是什么样的？一拿到手马上要在那上面剪一个小洞，市剧院的幕上面不是也有一个窥视孔吗？奶奶或者塞维琳小姐 —— 因为奶奶照管不了这么多的事 —— 能不能找到上演《费德丽奥》用的所有的布景啊？明天早晨他就找个清静的地方躲起来，一个人演出一次 …… 在幻想里他的角色好像已经唱起来了，因为在他脑子里音乐和剧院是紧紧联在一起的 ……

“尽情欢笑吧，耶路撒冷！”赞美诗已经唱到了尾声，按照赋格曲形式此起彼落的不同的声音唱到最后一个音节时平静而愉快地叠合为一。清脆的和弦沉静下来，深沉的宁静笼罩住圆柱大厅和风景厅。似乎是受到这种寂静的压抑，在座的人都把眼光垂下

来，只有威恩申克经理和佩尔曼内德太太不在此列：前者的一对眼睛仍然是肆无忌惮地东张西望，后者不时发出一两声干咳，这种干咳是不能为任何东西压抑住的。老参议夫人慢慢地走到桌子前边，坐在沙发上一家人的中间（顺便说一下，这张沙发已经不像过去那样孤零零摆着，现在已经移到桌子前面了）。她把桌上的灯移近了一些，把那本金边已经褪色的其大无比的《圣经》拿过来，戴上眼镜，解开系住书的两只皮扣子，翻到一处标着记号的地方。于是在她面前摊开了一面粗厚、发黄、印着特号字体的书页。她又喝了一口糖水以后，就开始念起这章记载圣诞的文字来。

她故意把这些她非常熟悉的词句读得很慢，读得简单有力、深入人心。她的声音在屋中的肃穆虔诚的气氛衬托下，显得既清晰又动人。“给世人以福音！”她读道。她刚刚停住，从圆柱大厅那面就传来了《寂静夜，神圣夜》的三重唱，于是风景大厅的人也都随着唱起来。他们唱得很小心，因为这里大多数人都没有音乐修养，时不时会听到有谁把音唱低了，完全唱走了调子……然而这却并没有破坏这支歌的感人力量……佩尔曼内德太太一边唱嘴唇一边抖动，因为在所有这些人中只有她的过去充满辛酸，只有她想在这神圣节日的一刻短促的平静中回忆一下过去，而这支歌恰恰是最能使这种人产生既甜蜜又痛苦的感触……凯泰尔逊太太低声吟泣着，虽然她的耳朵几乎什么也听不见。

这支歌唱完以后，老参议夫人站起来，一手拉着她的孙子约翰，一手拉住重孙女伊利莎白，向屋外走去。年长的人都跟在她后边，年轻一些的人走在最后。经过圆柱大厅的时候，仆人们和

等待领受馈赠的穷人也加入了这支队伍。这时大家齐声唱起《噢，枞树》这支歌来。克利斯蒂安叔叔走路时故意像个木偶人似的把腿甩得老高，又怪声怪气地把“噢，枞树”唱成“噢，松鼠”，引得孩子们哈哈大笑。就这样大家穿过完全敞开的高大的双扇折门，仿佛走进天国里去，人人眼花缭乱，面上浮着笑容。

整个大厅里飘散着烧焦了的枞树枝的香味，无数闪烁耀目的小火光把大厅照耀得如同白昼。绘制着白色诸神雕像的天蓝色壁毯更增加了这间屋子的光亮程度。在悬着紫色窗帷的两扇窗户中间摆着一株高大的枞树，树尖几乎碰着天花板。树上点缀着银线和一朵朵大白百合花，树梢上立着一个全身发光的天使，树底下有耶稣诞生的全副模型。这株枞树从上到下缀满小蜡烛，在屋中一片光海里仿佛是点点繁星。一张铺着白桌布的长案，一头靠着窗户，另一头差不多快要抵住房门。案上除了各种礼物以外，也摆着一串挂着糖果的小树，树枝上同样缀着许多小蜡烛。此外，墙上还悬着煤气灯，房屋四角摆着几只镀金烛架，也都点着粗大的蜡烛。一些长案上摆不下的大件礼物都并排摆在地上。两张小一点的桌子同样铺着白桌布，陈列着礼物和小枞树，摆在房门的两边：这是给下人和穷人准备的馈赠品。

这些灯光和这间面貌一新的老屋弄得大家有些眼花缭乱。他们首先唱着歌围着屋子走了一圈，看一看躺着蜡制的耶稣童身像的马槽，接着，在大家把屋中的东西看了个大概以后，就各自站在自己的位置上，静默下来。

汉诺迷迷糊糊地仿佛失了神一样。他一进门，一双如饥似渴

的眼睛早已发现了那座戏台 …… 戏台摆在桌上其他礼物中间，显得这么大，这么阔气，他在睡梦里也没敢想要这样漂亮的一个。可是他的位置换了，他站的地方正和去年的方向相反。这件事使得汉诺有些愕然，他甚至怀疑起来，这座美妙的戏台究竟是不是给他预备的。此外，戏台底下，地板上，还摆着另一件庞大的奇怪的东西，一件形状好像是五斗橱似的家具，这本来不在他希望得到的礼物单上 …… 难道这是给他的礼物吗?

“这边来，孩子，看看这个，”老参议夫人说，掀开这件东西的盖子，“我知道，你很喜欢弹赞美诗 …… 费尔先生会教你怎样弹 …… 弹的时候老得踏踏板 …… 有时候轻，有时候重 …… 手不要抬起来，只要这样一点点地换着手指就成了 ……”

原来这是一架风琴，一架小巧漂亮的风琴。琴身漆作棕色，两边各有一个金属柄，踏板是花的，还附有一只精巧的转椅。汉诺按了一个和弦 …… 立刻响起一声轻美的琴声，旁边的人不约而同地抬头向这边望过来。…… 汉诺抱住他的祖母。老太太也充满爱抚地把他抱了一下，然后把他放开。她还要去接受别人的感谢呢!

他向那座玩具戏院走去。风琴简直是一个令人目迷神眩的幻景，他现在还没有时间观赏它。当人们的胸际洋溢着过多的幸福时，他对于个别的事物简直无暇顾及，他需要把每件东西很快地浏览一遍以后，才能回过来对事物的整体加以考察 …… 噢，这里是提台词人的小箱，一只贝壳形的小箱，这只小箱后面就是那华丽壮观的金红两色的幕布。幕布已升了起来，舞台上正演出《费德丽奥》的最后一幕。可怜的罪犯合着手掌，唐 · 庞夹罗气势汹汹地

站在一边，穿着一件鼓膨膨的大袖口衣服。大臣全身穿着黑绒衣，步履匆忙地从后面赶来，为了把一切转化为欢乐的结局。这一切都跟市剧院演的一模一样，甚至还要美一些。在汉诺的耳朵旁边又响起来歌剧的终曲，欢乐大合唱的声音；他坐在风琴旁边，把他还记得的一段曲子弹了出来。但是他马上又站起来，去取那本他渴望已久的书，一本讲希腊神话的书。书是红颜色的，封面上印着一个金色的帕拉斯·雅典娜像。他从自己的盛着杏仁糖和姜汁饼的盘子里捡了几块糖吃，就开始玩弄起一些小东西来，什么文具呀，本子呀，等等。最后，他拿起一支钢笔来，这支钢笔杆上嵌着一只小玻璃泡，只要往眼睛上一放，就仿佛有谁施展魔法似的能看到一片瑞士田园风景，这时他把别的什么都忘在脑后了……

一会儿，塞维琳小姐和侍女到处走动，给大家送来了茶和饼干。汉诺一边用茶浸着饼干往嘴里放，一边抽空向四周望了望。人们有的站在长案前边，有的沿着长案走来走去，大家指点着礼物，互相品评，有说有笑。案上摆着各色各样的东西，瓷的、镍的、银的、金的、木头的、丝的、布的，无所不有。对称地嵌着杏仁和糖渍果皮的大姜汁蛋糕以及新出炉的、里面还松软的其大无比的杏仁泥面包，交叉着摆了一大长串。佩尔曼内德太太手制的和经她装饰过的几件礼品：一只手提包、一个花盆垫、一个脚垫，都镶着大缎子飘带。

时不时地有人走到小约翰的跟前，一边用胳臂搂住他的脖子，一边带着一副过分的、含有几分嘲弄的惊叹神情瞧一瞧他的礼物，这种神情在大人们欣赏孩子们的宝贝时常常会流露出来。只有克

利斯蒂安叔叔不懂得这种装腔作势，当他戴着一枚钻石戒指（这是他从他母亲那里得来的礼物）悠悠荡荡地走到侄儿身边，看见这座傀儡戏院的时候，他的喜悦和他侄儿的简直没有什么两样。

“哎呀，太有趣了！”他说，让幕布起落了几次，又退后一步，打量着舞台上的一幕戏。他的眼睛惶惑不安地在屋子里张望了一会儿，突然说：“这是你要的吗？——啊，原来是你自己要的。为什么要这个？你怎么会想起来这么个主意？你到戏院里去过了吗？……看过《费德丽奥》？不错，这出戏演得很好……你也要学一学，是不是？也要自己演一演？……喜欢到这种程度吗？……听我说，孩子，让我劝你一句话，对这种事你可千万不要太入迷……看戏之类的事……没有好处，你的叔叔不会骗你的。我一向也是对这种事太感兴趣，因此至今一事无成。我的一生走了不少歧路，你要知道……”

他教训他的侄儿这一番话的时候，态度非常认真、恳切，可是汉诺只是带着好奇的神情呆呆地望着他。接着，他又默默地把这座舞台仔细观察了一番。突然，他的一张大骨骼、瘦腮帮的脸泛出光彩，他把舞台上的一个小木偶向前一移，就用嘶哑、颤抖的声音唱起那段题名《啊，多么可怕的犯罪》的唱词来。接着他把风琴前的小椅子推在戏台前面，坐在上面，表演起这出歌剧来。他一面唱一面做手势、身段，一会儿模仿乐队指挥，一会儿又扮演剧中的角色。家里的人渐渐聚拢在他身后边。虽然也有人不以为然地摇摇头，但是大多数人都笑嘻嘻地欣赏着他的表演。汉诺更是心花怒放地直勾勾地望着自己叔叔。可是演了一会儿以后，克利斯蒂

安突然停了下来。他的脸上罩上一层不安的阴影。他用一只手摸了摸头顶，又从左半身摸下来，接着就皱起鼻子，愁眉苦脸地把身子向大家转过来。

“唉，你们看，又来了，”他说，“惩罚又来了。每次我刚寻点开心，它马上就治我一下。这简直不是病，你们知道，这是活活折磨人 …… 叫你急不得恼不得，因为这边的神经都太短了。”

可是家里人并不太把他的这番诉苦当一回事，正像他们也并不太看重他的表演一样。大家都漠不关心地散开了，几乎没有一个人搭理他。克利斯蒂安又独自在戏台前边默默地坐了半天，眼睛一眨一眨地看着这座舞台，露出一副满腔心事的样子。最后他站了起来。

“好啦，孩子，好好玩吧，”他抚摸着汉诺的头发说，“可是不要玩得太多了 …… 不要玩得把正经事忘了，听见了吗？我自己就做错了不少事 …… 我要到俱乐部去走一趟！”他转身对大人们说，“他们今天也要庆祝圣诞节。一会儿见。”他迈着一对罗圈腿从圆柱大厅走出去。

这一天大家由于午饭吃得比平日早，所以吃起饼干、喝起茶来胃口都很好。但是饼干还没吃完，马上又传递过来几只大玻璃盆，盆里面盛着一种黄颜色的稀糊，中间还有许多小颗粒。原来这是给大家当点心吃的一种用鸡蛋、碎杏仁和玫瑰香精调混做出的杏仁酪，味道香甜适口。但是这东西也有个缺点，只要多吃了一小羹匙，就会引起严重的胃病；虽然如此，大家谁也没有克制自己，甚至老参议夫人要求大家为晚饭“留点肚子”也不起什么作用。至于克罗

蒂尔德，更是大显神通。她一句话也不说，只是脸上带着感谢的神情一勺接着一勺地吃杏仁酪，简直把它当作了荞麦粥。除了杏仁酪之外，为了给大家提神，还有用玻璃杯盛着的带酒味的果冻，可以就着英国式的葡萄干蛋糕吃。渐渐地人们都带着自己的盘子走到风景大厅里去，围着桌子东一簇西一簇地坐下来。

客厅里只剩下汉诺一个人，他这是第一年有资格留在孟街吃晚饭。小伊利莎白·威恩申克已经被送回家了。女仆们和那些等着赈济的人也都分到了礼物，离开这里。伊达·永格曼正在圆柱大厅里跟李克新·塞维琳聊天，虽然伊达平常总把自己当作女教师，在后者面前永远保持着一条不能逾越的界限。大枞树上的灯火已经烧完了、熄灭了，马槽这时笼罩在黑影里，可是长案上小枞树上的蜡烛，零零落落地还有燃着的。这里那里一根树枝被蜡烛点着，毕毕剥剥地燃一阵，使屋子里香味更增浓了一些。一股微风吹动树枝，使系在树上的金银箔摇摇晃晃，发出一阵清脆的淅淅沥沥的声音。现在屋子里又恢复了以前的寂静，可以听到从远处街头穿过寒夜传过来的手摇风琴的微弱声音。

汉诺完全沉醉在这圣诞夜的香气和声响里。他一边用手托着头念那本神话书，一边机械地吃着杏仁糖、杏仁酪和葡萄干蛋糕，因为吃这些零食也是圣诞节的一个组成部分。由于胃部撑得太满而引起的一种胀闷和这一晚上的甜美的兴奋在他身上交织起来，形成一种既忧郁又幸福的感觉。他正在读宙斯为了取得诸神的领导权而经历的战斗，有时候他也听一会儿隔壁的谈话，那里人们正在不厌其详地谈论着克罗蒂尔德的将来。

这一天晚上在所有人里面，克罗蒂尔德是最幸福的一个人了，大家向她祝贺也好，对她揶揄也好，她一概用微笑来回答，她的一张灰暗的脸居然也扫净了平日的愁苦相，而且因为高兴和激动连话也说不完全了。原来克罗蒂尔德已经被“圣约翰修道院”收纳了。为这件事议员在管理委员会里暗中进行了一些活动，虽然也有些先生风言风语地说这是裙带之私。大家都在谈论这所值得称赞的慈善机构，说它和梅克伦堡、多贝尔廷和利勃尼兹几个地方的女修道院一样，专门抚恤本地一些孤老无依而又系出名门的老处女。贫苦的克罗蒂尔德今后总算有了一笔牢靠的养老金，虽然数目不多，然而以后每年还要增加，而且以后当她年老升到最高一级的时候，还可以在修道院里得到一间安静而舒适的屋子……

小约翰在大人那边待了一会儿，不久就又回到大厅来。这时大厅里已不像刚才那样灯火通明，也不像开始那样辉煌灿烂，反而使人产生一种窘迫拘束之感。这时大厅里现出另一种魅人的力量。这是一种完全新奇的乐趣，仿佛是在演出以后漫步在朦胧黯淡的舞台上探看一下幕后的秘密：走到近处看一看大枞树上的金蕊百合花，把圣婴诞生模型上的小人儿和小动物拿到手里玩弄一会儿，研究一下照亮伯利恒马厩上透明的小星星的蜡烛，掀开长案上的几乎垂到地上的桌布，看一看桌子底下的一堆堆纸盒子和包装纸。

风景大厅里的谈话这时也越来越索然寡味了。直到现在为止，大家怕破坏节日的气氛对那件极不愉快的事——威恩申克经理的诉讼案——始终避而不谈（虽然这件事没有一分钟离开过大家的

脑子），然而，仿佛是无法逃避似的，大家的话题慢慢地又转到这件事上来。胡果·威恩申克本人大发议论，故意做出非常活泼（甚至有些粗野）的神情和姿势。他向大家报告传讯证人的一些细节——只是因为过节这件事才暂时搁置起来——责骂会长菲兰德博士形迹昭著的偏心，把检察长哈根施特罗姆博士的嘲讽口吻大加讪笑、抨击了一通，因为哈根施特罗姆每次跟他或者跟他的辩护人说话时总是用这种嘲讽的口吻。他又告诉大家，布列斯劳尔已经非常巧妙地驳倒了几点对他不利的论据，而且向他保证，这件案子暂时决不会判决——议员这里那里提出个问题，只不过是出于礼貌。佩尔曼内德太太耸着肩膀坐在沙发上，不断地嘟哝着一些咒骂莫里茨·哈根施特罗姆的话。其余的人却都一声不响。他们十分沉默，弄得威恩申克经理也慢慢地闭住嘴。当时间在那边大厅小汉诺身边像在天堂一样飞快地过去的同时，这边风景大厅却笼罩在沉闷、抑郁、令人惊惧不安的寂静里。直到八点半，克利斯蒂安从俱乐部单身汉庆祝圣诞节的晚会上回来的时候，这种寂静仍然没有被打破。

克利斯蒂安嘴上衔着一段早已熄灭的半截烟，枯瘦的面颊泛着红色。他从大厅里走进来，一进风景厅就向大家喊："孩子们，大厅布置得太美了！威恩申克，我们今天真应该把布列斯劳尔邀了来，这种场面他一定没有经历过。"

老参议夫人斜着眼睛冷冷地瞪了他一眼，但是换来的却只是克利斯蒂安的一个惊诧的脸色。他不明白老参议夫人的用意，但仍然是那么满不在乎的样子——九点钟的时候，大家开始吃晚饭。

这一年同过去每年一样，晚餐仍然开在圆柱大厅里。老参议夫人诚心诚意地按照老规矩做过餐前祷告：

降临到我们这里做客吧，我主耶稣，
请把您给我们的面包赐个福。

接着，像过去每年过圣诞夜一样，她勉励了大家几句话，大意是提醒大家不要忘记那些不能像布登勃洛克家这样幸福欢度佳节的人…… 她的话讲完了以后，大家就开始心安理得地纷纷入座，准备享受这顿丰盛的晚餐。晚餐是以奶油鲤鱼和莱茵的陈葡萄酒开始的。

议员捡起几片鱼鳞放在钱包里，他相信这样在明年一年中他的钱会越花越多，可是克利斯蒂安却扫兴地说，这个法子并不顶事。克罗格参议更是用不着这个法子，因为他根本不用怕出什么风险，他剩下的那点钱早就不值得为之操心了。这位老先生尽量远远地避着自己妻子坐着，几年来他差不多一句话也不跟她说，因为老太太一直没有停止暗中寄钱去接济他们那个被剥夺了继承权的儿子亚寇伯。亚寇伯这几年始终在外面到处游荡，至于他究竟在哪儿，在伦敦，在巴黎，还是在美洲，只有他母亲一人说得清。上第二道菜的时候，大家谈到那些出门在外的人，当克罗格老先生看见那位软心肠的母亲擦眼泪的时候，不觉脸色阴沉地皱起眉头来。大家谈到那些在法兰克福和汉堡的人，也谈到里加的蒂布修斯牧师，并没有说他什么坏话。议员还暗中跟他妹妹冬妮为格仑

利希和佩尔曼内德两位先生的健康干了一杯 —— 这两个人从某种意义上讲到底也曾经是他们家中的成员啊！

用栗子、葡萄干和苹果填塞的火鸡得到大家普遍赞扬。他们又开始和往年的做一番比较，结果一致认为，这么多年以来只有今年的火鸡最大。随着火鸡一同上来的还有炸土豆、两种青菜、两种煮水果。这些东西都是用大圆盆盛着，而且从数量丰富这一点看，仿佛这些食品都不是尾食或者小餐，而是一道道能吃饱一家人的大菜。最后，大家又有机会喝到珍藏多年的摩仑多尔夫公司的陈葡萄酒。

小约翰坐在爸爸和妈妈两人中间正费力地把一块带馅的鸡脯往嘴里填。他没有蒂尔达姑姑那样大胃口，觉得自己有些疲倦，有些不舒服。他感到骄傲的只有一点，那就是他居然也和大人同桌吃饭了。他面前也铺着一块折叠得非常艺术的餐巾，餐巾上也摆着一块撒着罂粟粉的精美的小奶油面包，面前也摆着三只酒杯，不像过去那样只能从那只金高脚杯 —— 这是克罗格舅爷做教父时送他的礼物 —— 里喝酒 …… 只是过了一会儿，当尤斯图斯舅爷开始把一种像油似的黄色希腊酒斟到大家最小的酒杯里，红、白、棕三色的冰点心也端上来的时候，他的胃口又来了。虽然他的牙几乎疼得使他受不了，他还是吃了一块红色的，又吃了半块白色的，最后还尝了几口巧克力馅的棕色的，咬了几口方烙饼，喝了点甜酒。这时克利斯蒂安叔叔的谈锋已经上来，他也停止了吃喝，开始倾听大人的谈话。

克利斯蒂安谈的是俱乐部庆祝圣诞节的情形，据说，那里玩得很痛快。“我的老天爷！”他谈话的声调是他谈琼尼·桑德施托姆

的故事时用的调子，“这些家伙喝瑞典混合酒就跟灌白开水一样！”

“嗯。”老参议夫人哼了一句，垂下眼皮来。

可是他不管这一套。他的眼睛开始骨碌碌地乱转，脑子里的各种思想、回忆也蜂拥而来，这些事情仿佛影子似的一个又一个从他瘦削的脸上掠过去。

“你们中间有谁知道，”他问道，“喝多了瑞典酒是什么滋味吗？我不是说喝醉了，我说的是第二天才感觉出来的那种酒后余醺的滋味……那感觉又奇怪又不舒服……一点不错，又奇怪又不舒服。”

“好理由，真值得你大为描述一番。”议员说。

“够了，克利斯蒂安，我们对这件事一点也不感觉有趣。”老参议夫人说。

可是他好像没听见老参议夫人说的话。每到这个时候，别人说什么他也听不进去。他沉默了一会儿。突然间，那触动他的思想仿佛已经成熟了，可以用词语表达出来了。

“你走到哪儿，站到哪儿也觉得不舒服，”他开口说，皱着鼻子把脸转向他的哥哥，“头痛，恶心……当然啰，这种情形不单喝多了酒有。可是另外你还有一种‘黏腻’的感觉”——说到这里克利斯蒂安带着嫌恶的表情来回搓起手来——“你感觉全身黏腻，仿佛没有洗干净。你把手洗了还是不顶事。你觉得手心黏湿、龌龊，手指甲好像沾上什么油腻东西……你洗过澡，也不管用，全身好像都皱巴巴的不干净。浑身到处都让你起急、难受，让你觉着恶心……你也知道这种感觉，是不是，托马斯？”

“嗯，嗯！”议员答应着，不耐烦地挥了挥手。可是克利斯蒂安的这种不识分寸在一般人中实在少有，而且随着年岁增长越来越突出。他丝毫也感觉不到他的谈话全桌的人都听不入耳，而且在今天晚上这种场合非常不合适。他仍然不厌其详地继续描绘喝多了瑞典混合酒以后的反应，直到他认为已经把话都说尽了才渐渐闭住嘴。

在大家开始吃奶油和乳酪以前，老参议夫人又向大家讲了几句话。即使不是每件事情都照我们愚昧、肤浅的看法那样发展，她说，最后我们所能得到的幸福还是非常多，足以使我们的心灵充满对主的感谢。只是从这些年我们家祸福交替这一点来看，就知道主一天也没有把他的手从我们这里拿开，主始终在按着自己的深沉、智慧的意旨指引我们一家人的命运，我们决不应该对主的心意妄加臆测。现在我们应该满怀希望地一致为我们全家的幸福干杯，为我们全家的将来干杯，为将来，就是说在座的老人和比较年老的人早已在地下安息的时候……我们也要为孩子们干杯，老实说，今天实在是他们的节日……

因为威恩申克经理的小女儿已经回去了，在大人彼此碰杯的当儿，小约翰只好一个人围着桌子走了一圈，跟所有的人，上至祖母下至塞维琳，一一地碰过杯。当他走到自己父亲跟前的时候，议员一边用自己的酒杯挨近了这个孩子的酒杯，一边温柔地把他的下巴托起来，为了要看一看他的眼睛……但是他并没有看见孩子的目光；汉诺的金黄色长睫毛低低地垂着，一直垂到他眼睛底下的淡青色眼圈上。

苔瑞斯·卫希布洛特用两手抱住汉诺的头，在两边面颊上一边啧地吻了一下，接着又为他祝福说（她的语调那么恳切，上帝如果听见，一定不忍拒绝她的）：“祝你幸福，乖孩子！”

一个钟头以后，汉诺已经躺在他的床上了。他的床这时已经搬到靠着三楼游廊的一间前堂里，屋子左边挨着议员的更衣室。为了不使胃部受挤压，他仰面躺着。这一天晚上他往胃里装了这么多东西，胃一定还没有把这些东西安排好位置。他兴奋地看着伊达向他床边走来。伊达已经在自己屋里换上睡衣，手里端着一杯水，一边走一边在空中摇晃。他很快地把这杯苏打水喝下去，扮了个鬼脸，又躺在床上。

“我非得都吐掉才行，伊达。”

“别瞎说，汉诺。你只要好好地仰面躺着就成了……你现在该知道，谁刚才三番五次地对你摇头摆手，不让你多往肚子里吃来着？不听大人话的又是哪个孩子……”

“说不定我一会儿就好……伊达，什么时候把那些东西给我？”

“明天一清早，孩子。”

“让他们把那些东西拿进来！我马上就要！”

“好了，好了，汉诺，你还是应该先睡个小觉。”她吻了他一下，熄了灯，然后走出去。

屋里只剩下他一个人。他静静地躺在床上，听任苏打水在他胃里发挥作用（那是一种多么熨帖的感觉），而在他紧闭着的眼睛里，又出现了大厅的灯火辉煌的景象。他看见他的木偶舞台，看见他的风琴、他的神话书，他听见远处唱诗班的孩子又唱起《尽情

欢乐吧，耶路撒冷》那首歌来。一切都辉煌灿烂。他的头有一点发热，嗡嗡地响着，他的心受到翻腾的胃的排挤、牵累，跳得很厉害，缓慢而不规则。在这种不适、兴奋、郁闷、疲倦和幸福几种感觉交织的情况下，他躺在床上久久也不能入睡。

明天该是第三个圣诞夜了，大家要到苔瑞斯·卫希布洛特家里去庆祝，接受赠礼。他一想到这件事就跟看滑稽剧那样高兴。苔瑞斯·卫希布洛特从去年起已经完全放弃了办寄宿学校的事，所以米伦布林克那座小房子现在只有她和凯泰尔逊太太两人住，她住楼下，凯泰尔逊太太住楼上。她那残弱的小身体给她带来的病痛与日俱增，她知道自己的末日已经不远，但是她的善良的天性和笃信宗教的顺从精神却使她坦然接受了这一切。几年以来每次过圣诞节，她总认为这是自己一生中的最后一次，因此，每年在她那间热得过分的小屋子里过节时，她总是把自己最后一点力量都使出来，尽量使这个节日过得光彩。因为她没有力量买许多东西，所以每年总是从自己的一点家私里拿出一部分不需用的东西作为赠礼。凡是那些她没有也能凑合过去的东西她都摆在圣诞树底下：什么小玩意呀，镇纸呀，插针的小枕头呀，玻璃花瓶呀……此外还有从她全部藏书中挑拣出来的书，各种各样的形式和装帧的老书，什么《一个自我观察者的秘密日记》呀，赫贝尔①的《阿雷曼尼诗歌集》呀，克鲁马赫尔②的寓言呀……汉诺已经从她那儿

---

① 赫贝尔（Johann Peter Hebel，1760—1826）：德国作家。

② 克鲁马赫尔（Friedrich Adolph Krummacher，1767—1845）：德国寓言诗作家。

得到过一本袖珍版的《布雷斯·帕斯卡沉思录》①，这本书小得不用放大镜就不能念。

“必舍夫酒”多得喝也喝不完，此外塞色密家的姜汁饼也是非常香甜适口的。可是由于卫希布洛特小姐每年庆祝她最后一次圣诞节总是这样心无二用，又加上她两手抖个不停，所以没有一次晚上不发生点意外的事，出点不幸，闹一件小乱子，一方面把客人逗得哄堂大笑，一方面又更提高了女主人的无言的热情。不是碰倒了一壶“必舍夫酒”，把什么东西都沾上红色的甜汁儿，就是大家正走过去拿礼物时，点缀起来的圣诞树忽然从木头座上倒下来……汉诺快要蒙眬入睡时又想起去年闹的乱子，那是正到快要分礼物的时候。苔瑞斯·卫希布洛特刚刚读过《圣经》，她念得那么用力，把所有词的母音都念错了地方，接着她离开客人向房门那边退去，准备向客人们说几句话。她那驼着背的瘦小身躯站在门槛上，双手交叠在平平的胸脯前。她的软帽上的绿缎子飘带垂到窄小的肩膀上，在她头上面，门框上边，悬着一张用松树枝装饰起来的透明的字标，用小蜡烛照出几个词来：“光荣归于俯临一切的上帝！”于是塞色密谈起上帝的仁慈来。她也提到，这是她的最后一个圣诞节。最后她表示愿意用一个使徒的话来使大家快乐，说到这里她从头到脚都哆嗦起来，因为这句话太使她动情了。“欢乐吧！”她说，把头向旁边一歪，接着就用力摇晃起来，“我再说一次：‘欢乐吧！’”正在这个时候，她头上的字标忽然燃烧起来，

---

① 指法国著名哲学家及数学家布雷斯·帕斯卡（Blaise Pascal，1623—1662）的《哲学沉思录》。

松枝噼噼啪啪，火苗呜呜作响，卫希布洛特小姐尖叫了一声，一下子跳开去，躲过那兜头掉下来的火团，谁也没有想到她居然能跳得这么利落……

汉诺一想起这位老小姐跳的样子，就感到十分滑稽，把头埋在枕头里，神经质地咻咻地笑了好几分钟。

第九章

佩尔曼内德太太急匆匆从布来特街上走过来。她的神情步履显得有些萎靡颓唐，平日笼罩住她全身的那种骄矜神色，只有从她肩膀和头部还依稀能看出来一点。她在焦急、愁闷、极度匆忙中只能尽其所能地把残余的一点骄矜摆出来，正像一个吃了败仗的国王搜集些残兵败卒仓皇逃命一样……

哎呀，她的面容真是凄惨！她的圆圆的、微微噘起一点的上唇，平日本来是能增加她几分俏丽的，今天却抖动个不住；她的眼睛因为恐怖而瞪得很大，直勾勾地凝视着前方，仿佛也在急促地赶路……她的头发蓬乱地从风帽底下披散出来，脸色焦黄，正像每次害胃病时一样。

可不是，最近一段时候她的胃病闹得很厉害，在星期四团聚的日子一家人都看得出来她又在犯胃病。不论大家怎样设法躲避这块暗礁，谈话最后还是要搁浅在胡果·威恩申克案这块礁石上，佩尔曼内德太太本人就不由自主地把谈话引到这个方向去。每到这个时候她就非常激动地问，问天、问地、问一切人：莫里茨·哈根施特罗姆检察官夜间怎么居然还能睡安稳觉！她不明白，永远

也不会明白 …… 她越说情绪就越激动。“谢谢，我不吃。”她说，把所有的东西都从眼前推开。她耸着肩膀，扬着头，一个人孤零零地生闷气。这时除了啤酒以外，她什么东西也不吃，这还是她嫁到慕尼黑去那几年养成的习惯，只是一个劲地把巴伐利亚出的冷啤酒往空肚子里灌，可是她的胃神经却公开叛变，对她痛加报复。这餐饭临近尾声的时候她总要站起来，走到下面花园或者院子里，倚在伊达·永格曼或是李克新·塞维琳身上，猛地呕吐一阵。等她的胃把所有容纳的东西都排除出去以后，就开始痛苦地抽搐起来，而且一抽搐就是好几分钟。这时她虽然吐不出来什么东西，却还要干呕、痛苦很长一段时间。

这是1月里一个风雨交加的日子，时间在下午三点钟左右。当走到渔夫巷口的时候，佩尔曼内德太太拐了进去，匆匆走过一段下坡路，便进入她哥哥的院子。她慌慌张张地把门敲开，从过道里闯进哥哥的办公室里。她的目光掠过写字台一直射到窗户前边议员的老位子上，同时带着一种乞求的神情晃了晃头，托马斯·布登勃洛克不由得马上把手里的笔放下，迎着她走过来。

“什么事？”他问，皱起眉头来 ……

“我要打搅你一小会儿，托马斯 …… 有点要紧事，一点也耽误不得 ……”

他替她打开那扇通向他私人办公室的蒙着毛毯的门，等他妹妹走进来以后，随手又把门关紧，然后带着疑问的脸色望着她。

“汤姆，”她的声音在发抖，一双手在皮手筒里绞来绞去，“你一定得帮我们暂时垫一下 …… 这笔款子 …… 这笔保证金，我求

求你，你一定得替我们交…… 我们没有…… 我们上哪去找这二点五万马克现金去？…… 以后，你还可以全数拿回来…… 而且很快就会拿回来…… 你知道…… 就是那件事，简单地说，那件案子现在已经到了这个地步：要么是交出二点五万马克的保证金，要么是哈根施特罗姆立刻下拘票。威恩申克以名誉向你担保，他绝不离开这个地方……”

“真到了这个地步了吗？”议员说，摇了摇头。

“不是到了这地步，是硬被他们搞到这个地步的，这些坏蛋！……”佩尔曼内德太太气得浑身无力，长叹了一口气，一歪身倒在身边一张漆布椅上。“而且他们还要往下搞呢，汤姆，非要搞到头不可……”

“冬妮，”议员说，他在桃花心木写字台前边侧身坐下，一条腿搭在另一条腿上，用手支着头……“说真心话，你还相信他是清白无辜的吗？”

她呜咽了几声，然后绝望地低声说：“唉，我也不相信，汤姆…… 我怎么还能相信呢？我这人一生碰到过这么多倒霉的事，我从一开始就不太相信，虽然我一直努力说服自己，让我自己相信。你知道，生活已经给了我这么多教训，让我再相信谁清白无罪真是一件非常难、非常难的事…… 咳，我从很早就怀疑他是不是真有良心，这种怀疑使我非常痛苦，还有伊瑞卡本人…… 她也怀疑他…… 她曾经流着眼泪把心里话告诉我…… 由于他在家里的行为而对他有了怀疑，自然这事我们谁也没往外说…… 他的举动越来越粗野…… 他老是让伊瑞卡做出快乐的神情，替他驱愁解

闷，越来越厉害，伊瑞卡稍微一不高兴，他就摔家具。你可不知道，他每天深夜怎样把自己关起来弄他那些账单呢 …… 谁在外面一敲门，就听见他跳起来，大声喊：‘是谁？是谁？’ ……”

她沉默了一会儿，又接着说下去，声音比以前大了些，“可是就算他犯了罪吧，就算他做了那些事吧！他也不是为装入自己的私囊，而是为了公司。再说 …… 哎呀，上帝呀，在我们生活里总还有些事不能不考虑，汤姆！他既然和伊瑞卡结了婚，就得算咱们家的人 …… 就得算咱们自己人 …… 咱们总不能眼看着自己的人让人下到牢狱里去呀，我的老天！……”

他耸了耸肩膀。

“怎么，你耸肩膀，汤姆？难道你就情愿忍受着？这群恶棍这样欺侮人不算，你还任凭他们骑到脖子上来？不成，总要想点办法才成！不能让他们判刑！…… 市长不是一向把你当作他的一只臂膀吗？…… 上帝啊，难道议会不能立刻通过个赦免案吗？…… 我坦白跟你说 …… 在我找你来以前，我本想找克瑞梅去，打算不管怎样求他插一手，求他管管这件事 …… 他是警察局长 ……”

“唉，孩子，你这才是异想天开呢。”

“异想天开，汤姆？—— 伊瑞卡怎么办？小孩怎么办？”她说着把手拢起向上一举，做个恳求的姿势。接着她沉默了一会儿，重又把手臂垂下来；她的嘴撇开，下巴抽着，哆嗦起来，两颗大泪珠从她低垂的眼皮里滚出来。她又加了一句，声音非常低：“我又怎么办呢？”

“噢，冬妮，勇敢点！”她那种痛楚无望的样子打动了他，他

不觉把椅子移到她前面，摸着她的头发，安慰她说，“事情还没有走到绝路。他还没有被判罪。一切都可能好转。我先把保证金替你交出来，我自然没有拒绝你的意思。此外还有布列斯劳尔，他是个很有神通的人……”

她流着眼泪摇了摇头。

“不会的，汤姆，事情不会有好结果的，我不相信会好转。他们一定会判他罪，把他关起来，那时候伊瑞卡、孩子和我的苦日子就要来了。她的陪嫁费已经都花完了，都用在置办嫁妆、家具和油画上了……如果再卖掉，连原价的四分之一也收不回来……薪水月月被我们用尽……威恩申克一个子儿也没存下。我们又得搬回母亲家来，如果母亲答应的话，等着他放出来……可是那个时候情形还要糟，我们能上哪儿去呢？……我们只好坐在石头上。”她呜呜咽咽地说。

“坐在石头上？”

“可不是，这是个典故……一个比喻……唉，不会好的。我遇到的坎坷太多了……我真不知道，我造了什么孽……可是这却使我对一切都失去了希望。过去我跟格仑利希和佩尔曼内德结婚的那些遭遇，现在又轮到伊瑞卡身上了……可是这一次你什么都能看到，就发生在你身边，你可以自己判断一下:这是怎么回事，为什么发生的，怎么会落在一个人头上，谁有办法逃脱？汤姆，我求你回答一句，有没有办法逃脱？”她又重复了一句，眼泪汪汪地向着他点了点头，“我做什么事，什么事就不顺利，最后都要以灾祸收场……上帝知道，我本来的存心是多么好！……我一直真

诚地希望，在这一生中能有点成就，为家庭增一点光 …… 现在这一次又算完了。这最后一次 …… 结局依然是这样 ……”

她依在托马斯温柔地搂着她的一只胳臂上，哀哀地哭泣着，哭她一生的坎坷困顿，哭她最后的希望又归于破灭。一个星期以后胡果 · 威恩申克经理被判处了三年半的徒刑，而且立刻就锒铛入狱。在双方辩论的这一天，法庭旁听席上拥挤不堪，从柏林来的律师布列斯劳尔博士这一天作了一次非常出色的辩护，人们从来没听见过这样口若利簧的人。几个星期以后，经纪人塞吉斯门德 · 高什一谈起布列斯劳尔的善用讥讽，一谈起他的慷慨激昂和善于打动人心，还是赞不绝口。克利斯蒂安 · 布登勃洛克在听了这一天的辩护之后，在俱乐部里常常往桌子后边一站，面前摆着一沓报纸当作卷宗，惟妙惟肖地模仿起这位辩护律师来。另外他在家里还常常对人说，搞法律实在是一门非常好的职业，他真应该学法律 …… 甚至连那本人就是一位鉴赏家的检察官哈根施特罗姆私下也对人说，他非常欣赏布列斯劳尔的演说。只是这位名律师的才干并没有起什么作用，他的那些本地的同行还是拍了拍他的肩膀，和和气气告诉他，他们是不容许他在这里任意颠倒是非的 ……

经理被拘捕以后不得不进行一次拍卖。拍卖过后，本城的人逐渐把胡果 · 威恩申克这个人忘在脑后了。可是在星期日全家团聚的这一天，布来特街的小姐一遇到机会总要表白一下：她们第一次见面就从这个人的眼神看出来，他不够规矩，禀性有许多缺陷，将来一定得不了善果。只是由于种种顾虑，当时她们才将这些判断闷在心里没有说出来，现在看来，这些顾虑真有些多余了。

第九部

Neunter Teil

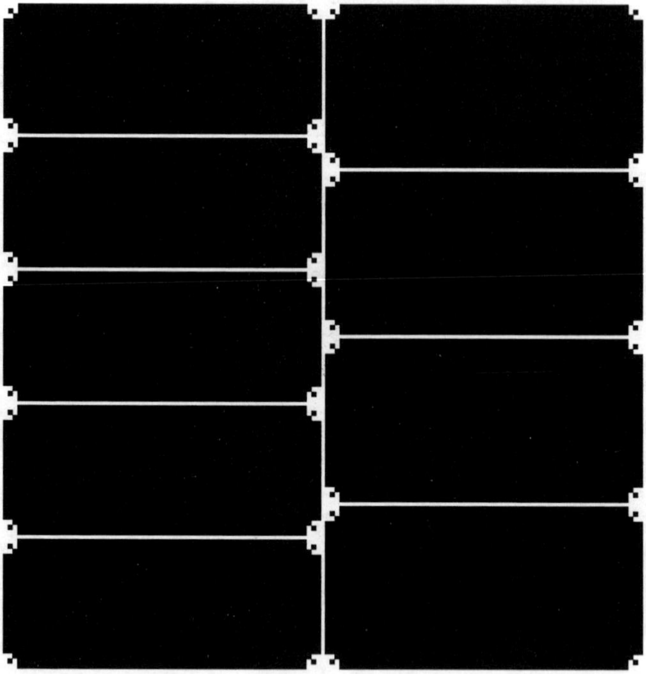

第一章

布登勃洛克议员跟在老医生格拉包夫和另一位年轻医生朗哈尔斯身后，从老参议夫人的寝室里走进早餐室，随手把门关上。朗哈尔斯医生就是本城朗哈尔斯家的人，开业行医才不过一年左右。

“对不起，两位先生，我再耽搁你们一小会儿。”议员说，领着他们走上楼，穿过游廊和圆柱大厅走进风景厅去。由于秋季的气候寒冷、潮湿，这间屋子已经生起火来。“你们一定了解我心里多么焦急 …… 请坐！ 如果可能的话，我还要请两位设法使我宽宽心。”

“哪里话，亲爱的议员先生！”格拉包夫医生回答说。他舒适地向后一靠，下巴缩在领子后边，双手握住帽子，把帽檐抵在胸口上。另一位朗哈尔斯医生，一位皮肤黝黑、身材粗矮的绅士则把礼帽放在身旁地毯上，一心观察着自己的一双小得出奇的、生满汗毛的手。这个人蓄着两撇尖胡须，短直的头发，眼神极美，脸上却带着自负的神色。“眼下还绝对用不着焦灼不安，您尽管放心吧 …… 以令堂大人的体质来说，有相当的抵抗力 …… 确实如此，几年来我一直给您府上做医药顾问，我深知老太太身体的抵抗力。就她的年岁而言，这种抵抗力实在惊人 …… 我敢这样对您说 ……”

“是的，照她这样年岁的人，真是 ……”议员不安地说，一面捻着自己的长须尖。

“我自然不是说，令堂大人明天就能下地走动了，”格拉包夫医生继续用他那温柔的语调说，“我想您自己也不会从病人那儿得到这种印象的，亲爱的议员先生。我们不否认，黏膜炎在最近二十四小时里情况有点恶化。昨天晚上我就认为病人的恶寒不是好现象，今天果然发展成腰痛，呼吸急促了。此外，也还有一点发烧，当然，一点也不严重，但是总得算有一点烧。最后还有一句话，亲爱的议员先生，我们对另外一点险兆也要有所估计，老太太的肺部也受到一些感染 ……”

“这么一说肺部也发炎了？”议员问道，目光从一个医生的脸转到另一个医生的脸上 ……

“不错 —— 是肺炎。”朗哈尔斯医生说，严肃地一本正经地向前俯了一下身。

“只不过右肺稍微有些发炎，”那位家庭顾问医生抢过来说，“我们一定会尽力，设法不使它扩大 ……”

“这么一说，还是有理由使人感到忧虑啊？”议员凝神屏息地坐在那里，目不转睛地看着对方的脸。

“忧虑吗？ 噢 …… 我们忧虑的应该是，正像我刚才说过的，如何把疾病局限在一处，使咳嗽减轻，用全力降低体温 …… 在这方面金鸡纳霜是会奏效的 …… 此外还有一件事，亲爱的议员先生 …… 您不应该让个别的征候吓倒，对不对？ 如果病人的气喘比现在更严重一点，如果夜间说谵语，或者明天要有点呕吐 …… 您

知道，就是吐黄水，也许夹着点血 …… 这都是自然的现象，都是在我们意料之中的正常现象。您要预先有所准备，还有那位全心服侍病人、令人敬佩的佩尔曼内德太太也应该有所准备 …… 顺便问一句，佩尔曼内德太太身体怎么样？ 我完全忘记问她的胃病最近怎么样了 ……”

“跟过去一样。我没听说有什么变化。现在对她的身体的忧虑自然也退居其次了 ……”

“当然，当然。对了 …… 我倒又想到一件事：令妹很需要休息，特别是在夜间，可是塞维琳小姐一个人大概又忙不过来 …… 请一位护士来怎么样，亲爱的议员先生？ 我们那里天主堂的护士团一向很承您关照 …… 要是她们的团员听说给您来帮忙，一定非常高兴。”

“您认为有这个需要吗？”

“我这只是作为建议。这些护士很会做事，实在是不可多得的人。她们又有经验，又体贴入微，对病人很能起抚慰的作用 …… 特别是这种病症，正像我刚才说的，带着许多讨厌的小征候 …… 好，让我再说一遍：您要把心放宽，对不对，议员先生？ 咱们看病情怎么发展再说 …… 今天晚上咱们再商量商量 ……”

“就这样办吧。”朗哈尔斯医生说，拿起自己的圆礼帽，跟老医生一齐站起来。可是议员仍然坐着没动，他的话还没有说完，他心里还有个问题，还想再探询一下 ……

“两位先生，”他说，“再说一句话 …… 我的兄弟神经不很健全，经受不住打击 …… 你们认为，我把母亲的病情通知他好呢，

还是先不通知他？也许该叫他……早一点回家来？”

“令弟克利斯蒂安不在城里吗？”

“不在，他到汉堡去了。去一段时期。据我所知，是为了商业上的一点事。”

格拉包夫医生看了他的同僚一眼，然后笑着摇摇议员的手说：“既然这样，咱们就让他安心做生意吧！为什么让他受一场虚惊呢？如果情况有什么变化，需要他回来，譬如说，为了安定病人的精神，或者是提高病人的情绪……反正我们时间还有的是……时间有的是……”

当主客一起穿过圆柱大厅和游廊向回走的时候，他们在楼梯的转角上又站了一会儿，谈了谈别的事，谈了谈政治，谈了谈刚刚结束的战争带来的动荡和变革……

“好哇，好时候要来了，对不对，议员先生？遍地黄金……到处人心振奋。”

议员含糊其词地答应了两句。他承认战争大大地活跃了和俄国进行的粮食贸易，谈到因为供应军粮燕麦进口的数量大为增加，但是他也说利润的分配是极不平均的……

医生们告辞出去，布登勃洛克议员转过身来，准备再到病人的屋子里看一看。他思索着格拉包夫刚才说的话……格拉包夫的话吞吞吐吐……给人的感觉是，他不敢说出一句明确肯定的话。“肺部发炎”是唯一一个意义明确的词儿，这个词儿经过朗哈尔斯医生转译成科学术语并不能使人更心安些。像老参议夫人这样的年纪害肺炎……只从两个医生双双走进走出这一点看，这件事就显得

非常严重。这全是格拉包夫一手安排的，他安排得很自然，几乎没有使人理会到。他对人说，他准备不久就退休，想让朗哈尔斯将来替自己在这些老主顾家行医，所以他现在就常常带着朗哈尔斯到处走动，而且把这件事看作一件乐趣……

当议员走进那光线朦胧的卧室里的时候，他的面容变得开朗，步伐也轻快起来。这是他的习惯，总喜欢用镇静和自信的表情把愁闷和疲倦之色掩盖起来。这样，在他拉开房门时，这副假面仿佛只受到意志的一声号令就自动罩在脸上了。

佩尔曼内德太太在一张帐幔挂起来的大床床沿上坐着，拉着母亲的手。老太太靠着枕头躺着，听见人声就把头向来人那边转去，用她那双淡蓝色的眼睛盯着来人的面孔。她的目光流露着强自克制的镇静，然而又咄咄逼人。由于她的目光是斜着射过来的，所以看上去还像暗怀着狡诈的心机。除了她苍白的肤色以及面颊因为发烧而泛着两片红色以外，她的面容丝毫也没有憔悴虚弱的病态。这位老太太对于自己的病情非常注意，比四周任何一个人都更注意，可是话又得说回来，病倒的人难道不正是她自己吗？她对于这场病心怀戒惧，因此不肯静静地躺下，听任病情自然发展下去……

“他们说什么了，托马斯？”她问道。她的声音坚定而兴奋，但随着就剧烈地咳嗽起来。她紧闭着嘴唇，想把咳嗽压回去，但还是抑制不住，不得不用手按住右半边身子。

“他们说，”议员等她这一阵咳嗽过去以后，一边抚摩着她的手，一边回答说……“他们说，咱们的好母亲过不了两天就可以

下地了。您现在还不能下地，这是因为这场讨厌的咳嗽使您的肺受了点伤害……还不能叫作肺炎，”他看他母亲的目光紧紧地逼着自己，赶忙添加了一句……“即使是肺炎，这也不是什么严重的事，有的是比肺炎更可怕的病呢！简单地说，肺部受了点刺激，两位大夫都这样说，他们的话大概是对的……塞维琳到哪里去了？”

“到药房去了。”佩尔曼内德太太说。

“你们看，她又到药房去啦。而你呢，冬妮，你好像随时都有入梦的可能。不成啊，不能这样下去啦，哪怕就是两三天的事呢……咱们得请一位护士来，你们以为如何？好吧，就这样，我马上派人到修女会护士团去打听一下，看她们有没有富余的人……”

“托马斯，”老参议夫人怕再引起咳嗽，这次说话的声调很小心，“让我对你说，你每次都是偏袒这些天主教会的修女，不理会基督教的修女，你这种做法可真使我们得罪不少人！你替前一种人弄到不少好处，对后一种人却什么事也没做。我告诉你，普灵斯亥姆牧师最近毫不掩饰地跟我抱怨过这件事……”

“他抱怨又有什么用？我一向认为天主教修女比新教修女忠实、热心，更富于自我牺牲精神。新教的修女可不是这样实在的人……简单地说吧，她们世俗、自私、庸俗……天主教修女不为世俗所牵累，因此我相信她们离天国也一定更近些。而且正因为她们欠着我的情，所以咱们最好是请她们来。汉诺那次抽风，还不是多亏李安德拉修女的看护，我真希望这次还碰上她有工夫……”

派来的果然是李安德拉修女。她把她的小手提包、斗篷和罩在

白帽外面的灰色头纱一声不响地放下以后，马上就开始履行自己的职务。她的言语和动作既和蔼又亲切；她腰带上悬着一挂念珠，一走动起来就发出轻微响声。她不分昼夜地伺候着这位娇惯坏了的、烦躁不堪的病人。当另一位护士来替换她让她回去睡一会觉的时候，她仿佛把这种必要的休息也看作自己的一个缺陷，因而总是万分抱歉地悄悄离开。

老参议夫人的病床一刻也离不开人。她的病况越不见起色，她就越把自己的思想和注意力全部放在疾病上。她对于这场病既怕又恨，而且毫不掩饰这种幼稚的憎恨的心情。这位过去交际场中的贵妇本来已经根深蒂固地习惯于生活中的一切享受，到了暮年却皈依了宗教，致力起慈善事业来 …… 这到底是什么原因呢？也许不仅是由于她对于亡夫忠贞，也出于一种模糊的本能驱使，叫她求上天宽恕她那过于强盛的生命力，让她死前减少一点痛苦吧！ 然而她是不能毫无痛苦地死去的。虽然她也经历过不少忧患、折磨，她的腰板却并没有弯屈，眼神依旧炯炯发光。她喜欢丰盛的菜肴，喜欢讲究的、有排场的衣着；在她周围发生或存在的不愉快事件，她不是装作看不见，就是有意掩饰过去；她只是心满意足地享受她的长子给家中带来的光荣和威望。如今这场病，这场肺炎却突然侵袭到她的挺拔的身躯上来，事先没有给她任何精神上的准备，使她能稍微减弱一些疾病的凶猛来势 …… 它完全没有那种蛀蚀一个人精力的长期病魔的缠困，没有那种使人渐渐对生活，对产生痛苦的环境感到厌倦而对另一个世界、另一种环境和那永久安息产生向往的病魔缠困 …… 老参议夫人晚年虽然笃信宗教，

却始终没有离开尘世的心意。她模模糊糊地想到，如果这场疾病是她一生中最后一次的话，那么最后的时辰一到，这场病就会以迅雷不及掩耳之势一下子摧毁她的抵抗力，对她的肉体痛加折磨，迫使她老老实实承认自己是个战败者。老夫人一想到这里不禁不寒而栗。

她不断地祷告，但是更多的是察看自己的病情，只要她神志清楚的时候，不是给自己诊脉量体温，就是跟咳嗽战斗……然而她的脉搏并不好，烧退了一点以后，又升得很高，使她从恶寒一转而为发高热、说谵语。此外她的咳嗽也越来越厉害，咳嗽得五脏六腑都疼痛不堪，而且痰中带血，呼吸喘急。这些病象之所以发生是因为她右肺上发炎的地方已经不只是肺尖一点，而是扩展到整个肺叶。左肺也有被感染的现象，朗哈尔斯医生看着自己的手指甲说，这是“肺样变”，格拉包夫医生对这种病象却一言不发……高烧一刻不停地侵蚀着病人。不久，胃部也开始失去机能。病人的体力一天弱似一天——虽然那过程是缓慢的，然而却是无可挽救的。

她对自己体力这样衰败非常注意，只要吃得下，总是努力把家里给她弄的一些滋补食品吃下去。该什么时候吃药，她比护士记得更清楚。她的全部精力都集中在自己的疾病上，以致除了医生以外，她几乎不跟别人谈话，或者至少可以说，只有跟医生谈话她才显得有兴趣。最初，医生还允许一些熟人来探病，比如说，“耶路撒冷晚会”的会员呀，平常有来往的一些上了年纪的太太呀，牧师太太等等，可是对这些人她都表现得一片冷淡，或者即使表

面热情，也看得出她的思想别有所属，而且所有这些人她都很快地就打发走。甚至家里人也很痛苦地感觉到老太太对待他们的那种冷漠神情，有时甚至冷漠到不爱搭理的程度，那样子仿佛在说："你们一点也不能帮助我。"甚至在她精神好一点的时候，汉诺来看她，她也只不过随便摸一下孩子的脸蛋，就转过脸去。从她的神情，人们看得出来她在想什么。她想的是："孩子啊，你们都很可爱，可是我——我大概活不长了！"可是对于两位医生，她却衷心欢迎，表现出一片热诚，不厌其详地跟他们讨论自己的病情……

一天，两位盖尔哈特老太太，就是保尔·盖尔哈特的两个后裔，到这里来了。她们照例披着斗篷，戴着盘子形状的帽子，手里还拿着粮食口袋，因为她们刚去给穷人施舍过。家里人不好意思拦阻这两个人来看望她们生病的朋友。她们看望老夫人的时候，恰好旁边没有别的人。只有天知道，她们在床旁边跟病人嘀咕了些什么。当她们走出去的时候，她们的眼神和面容显得比往常更清澈，更温和，更神秘莫测，而老参议夫人躺在里面，眼神和面容和走掉的两人也一模一样。她非常安静地躺在那里，气色平和，比任何时候都更加平和；她的呼吸虽然间隔很长，却很均匀。眼看着她一点一点地衰弱下去，佩尔曼内德太太在两位盖尔哈特小姐的后面咕噜了一句不好听的话，立刻派人去请大夫。两位大夫刚刚在门边露面，老参议夫人的样子立刻发生了剧烈的变化，令人吃惊的变化。她好像从梦中惊醒，浑身乱动，几乎挺立起来。一看到两位医生，一看到这两位医术并不高明的医生，老夫人立刻又从天国回到了尘世。她向他们伸出两臂，急忙开始说："欢迎你

们，两位先生！我现在是这样，今天一整天 ……”

然而她的两边肺都已发炎的事，早已是不能遮掩的事实了。

“是的，亲爱的议员先生，”格拉包夫医生拉住托马斯·布登勃洛克的两只手说，“我们没有能阻止住，现在已经蔓延到两个肺叶上了，您对这件事跟我们一样清楚。情形确实是相当严重，我不会用好听的话蒙骗您，不管病人是二十岁还是七十岁，从病情来看，都不容人不悬心。如果今天您再问我，要不要给令弟克利斯蒂安先生写封信，或者甚至给他去封电报，我想我是不会劝阻您的 …… 顺便问您一下，令弟近况怎么样？令弟真是位风趣的人，我很喜欢他的为人 …… 可是看在上帝的分上，亲爱的议员先生，您千万不要误会我刚才这一番话，而把事情想到太远的地方去！不要想马上就会出什么凶险 …… 哎呀，瞧我这个人，真是不会说话，怎么说出这个词来。可是虽然这么说，在这种情况下，也还是应该早日考虑一下将来万一的事情 …… 老太太这次生病，作为一个病人，我们对于她老人家非常满意。她处处跟我们合作，从没有让我们感到有棘手的地方 …… 绝不是我们说奉承话，像这样温顺的病人实在少有！所以希望还很大，亲爱的议员先生，希望还很大！我们尽可以把事情往好处想！”

然而在以后的几天中，家里人虽然都还怀着希望，那希望却显然是做作，而不是出自真心。病人的神情笑貌都改变了，变得那么陌生，完全不是她往日的样子了。从她的嘴里常常吐出几句奇怪的话来，他们简直不知道怎么回答。这些话仿佛切断了病人回到生活的道路，注定她将走向死亡。哪怕她是他们最亲爱的人呢，

他们也无力再让她站起来，重新回到他们中间来。因为即使他们有起死回生之力，她也只能像是一个从棺材里爬出来的人，随身带来的是一团阴森恐怖之气……

虽然她的一些器官受着顽强的意志支配，仍然在运动着，但是她身体即将衰竭解体的那些可怖的征象已经一一露头了。因为老参议夫人从害感冒卧床不起，已经躺了几个星期，她的全身生满了褥疮，封不了口，一天比一天严重。她一点觉也不睡，一来固然是因为受了疮痛、咳嗽和气促的搅扰，二来也因为她自己不睡，她总是极力保持着清醒状态。只有高热有时候才使她昏迷几分钟，然而即使在她清醒的时候，她也不断在和那些久已离开人世的人大声说话。一天黄昏的时候，她忽然高声说："好吧，亲爱的让，我来了！"她的声音虽然带着些恐怖，却很热切，而且仿佛就在回答一个站在她紧跟前的人似的。听了她这样回答，人们几乎要相信自己也听到去世已久的老参议呼唤她的声音了。

克利斯蒂安回到家里来了。他从汉堡赶回来，据他自己说，他去汉堡是为了办点事。他在老太太的病房里只待了一会儿就走出来。他一边转动着眼珠，一边擦着脑门说："太可怕了……太可怕了……我可受不了。"

普灵斯亥姆牧师也来了，他神情冷淡地扫了李安德拉修女一眼，就用抑扬顿挫的声音在老参议夫人的床前祷告起来。

以后几天，病人暂时好转了，这是回光返照。热度降低了，气力仿佛也恢复了，疼痛也减轻了，同时还说了几句令人产生希望的清醒话，这一切不禁使周围的人淌出喜悦的眼泪……

“孩子们，咱们会挽留住她的，你们看吧，咱们还是能挽留住她老人家的，”托马斯·布登勃洛克说，“今年咱们还会跟她一块儿过圣诞节，可是咱们一定不能让她像去年那样兴奋了……”

然而就是在第二天夜里，盖尔达和她的丈夫刚刚上床不久，佩尔曼内德太太就派人把他俩请到孟街去了。病人这时已经挣扎在生死之间。外面疾风卷着冷雨，唰唰地敲打着窗玻璃。

当议员和他的夫人走进屋子的时候，两位大夫也早已请来了。桌子上摆着两架枝形烛台，克利斯蒂安也被人从他的寝室里请下来，他背对着床坐着，弯着腰，两手支着脑门。大家在等着病人的兄弟——尤斯图斯·克罗格。已经派人请他去了。佩尔曼内德太太和伊瑞卡·威恩申克站在床脚低声啜泣。李安德拉修女和塞维琳小姐两个人却没有事可做，只是忧郁地望着病人的脸。

老参议夫人仰卧在床上，背后垫了一大摞枕头，两只手抖个不停，一刻不停地撕抓身上的被盖。这双手过去曾经那么美丽过，洁白的皮肤下隐露着缕缕青筋，如今却变得骨瘦如柴，灰败不堪。她的头上戴着一顶白色睡帽，每隔一定的时候就在枕头上变个方向，让人瞧着心慌意乱。她的嘴唇已经向里抽缩起来，每次带着很大的痛苦呼吸一次，就像吞东西似的一张一合。她的一双眼窝下陷的眼睛慌乱无主地瞧瞧这里，又瞧瞧那里，有时又仿佛怀着无限忌妒似的死死地盯住身旁的一个人。这些人穿得衣冠楚楚，能够自由地呼吸，生命是属于他们的，可是这些人对于面前这位将死的人却束手无策，他们唯一的牺牲也只不过是眼睁睁地看着这幅凄惨的图画而已。夜慢慢地过去，病人并没有什么变化。

“您看还能延续多久？”托马斯·布登勃洛克趁朗哈尔斯医生正在给病人打一种什么药针的时候，把格拉包夫医生拉到屋子后面去，低声问他。佩尔曼内德太太用手帕捂着嘴也凑到跟前来。

“很难说，亲爱的议员先生，”格拉包夫医生回答道，“病人可能在五分钟以后就咽气，也可能再拖几个钟头……我不敢说肯定的话。现在病人的肺部正在积水……我们叫作肺水肿……”

“我知道，”佩尔曼内德太太抢着说，一面用手帕捂着脸点了点头。泪珠从面颊上滚落下来，“常常是因为肺炎引起来的……肺叶里慢慢地聚集起一种流质，情形严重的话，病人的呼吸就被窒息住了……不错，我知道……”

议员把两手紧握在胸前，向病床那边望过去。

“唉，病人多么痛苦啊！”他低声说。

“不会的！”格拉包夫医生用同样低的声音说，但是声音里却带着无限的权威性，同时他的一副温和的长面孔也皱起许多皱纹来，增加了他语气的坚定性，“这是假象，请你们相信我的话，亲爱的朋友，这是假象……病人的神志已经不清楚了……你们看到的，绝大部分都是一种反射性的动作……请你们相信我的话……”

托马斯回答说：“但愿如此！”——但是即使是一个孩子，从老参议夫人的眼神里也可以看出来，她的知觉一点也没有失去，她什么都感觉得到……

大家都坐在自己的位子上……克罗格参议这时也来了，他也红着眼睛在床边坐下，身子向前倾着倚在他的拐杖上。

病人的动作更加忙乱了。她的已经被死亡攥到手里的身体从头顶到脚踵都充满了惊惧不安、难言的恐怖和痛苦以及无法逃脱的孤独绝望的感觉。她的一双仿佛在向人哀诉痛苦、乞求怜悯的眼睛随着脑袋的翻滚有时僵直地紧紧闭起来，有时又瞪得滚圆，连眼球上的红丝都突现出来。然而病人并未失去知觉。

三点钟敲过不久，克利斯蒂安站起身来，“我受不了。”说着他就一路扶着家具一跛一拐地走出门去。这时候伊瑞卡·威恩申克和塞维琳小姐多半是受了病人的单调的呻吟声的催眠作用，各自在椅子上进入了梦乡，面孔睡得红通通的。

四点钟左右，病人的情况更坏了。大家把她斜倚起来，不断地给她擦脑门上的汗。病人这时几乎已经不能呼吸了，她的恐怖也越来越厉害。“我要 …… 睡一会儿 ……”她吃力地说，“给我点药吃 ……”然而他们却一点也不想给她服什么安眠药品。

忽然间，她又开始像刚才那样地说谵语了，好像在回答一个大家都听不见的声音。“唉，让，马上就来了 ……”接着又说，“唉，亲爱的克拉拉，我来了 ……”

接着那挣扎又开始了 …… 还是在和死亡挣扎吗？ 不是的，她现在是为了要到死那边去在和生做斗争。“我要 ……”她喘着气说，“我不能 …… 睡一会儿！ …… 大夫，可怜可怜我！ 让我睡一会儿 ……”

这一句“可怜可怜我”使得佩尔曼内德太太放声痛哭起来，托马斯也用两手抱了一会儿头，低声呻吟起来。可是医生们是知道自己的责任的。无论在什么情形下，他们也要尽可能使病人多在

人世停留一会儿，虽然这时只要用一点麻醉药就会使病人的灵魂毫无抵抗地离开躯壳。医生在这个世界上的职责不是催人死亡，而是不惜一切代价留住病人的生命。此外，他们这样做也还有某些宗教和道德上的根据，他们在大学里很可能听人宣讲过这些理论，虽然目前他们并不一定就想到这些 …… 他们不但没有依照病人的话，相反地，却用各种针药加强病人心脏的跳动，而且好几次通过引病人作呕的办法暂时减轻病人一些痛苦。

到了五点钟，这种痛苦挣扎到了无以复加的地步。病人的身体痉挛地挺伸着，眼睛瞪得滚圆，伸着两臂，东摸西摸，好像要抓住点什么东西，要拉住什么人向她伸过来的手。她不住嘴地朝空中、朝四面八方回答那只有她自己才听得见的呼唤，好像这时那呼唤变得越来越勤，越来越急迫了。围在她四周的人这时的感觉是，仿佛不仅是她故世的丈夫和女儿，而且她的父母、公婆和许许多多先她而离开人世的人都来迎接她似的。她喊出一些生疏的名字，屋子里的人甚至不知道哪个死者是叫这个名字的。“唉！”她一边喊一边向四面摆头，“我就来 …… 立刻就来 …… 一小会儿 …… 哎哟 …… 我不能 …… 给我点药，大夫们 ……”

六点半钟病人安静了一会儿。但是只过了一会儿，她那被疾病折磨得变了形的苍老的面部突然抽搐了一阵，露出一丝带有恐怖的突然喜悦和一点令人战栗的阴沉而温柔的神色。她飞快地把手伸出去，同时带着无比的顺从和既恐怖又情深的无限柔顺，大声喊了一声 —— 她的喊声是那么慌急、短促，令人感觉到，在呼唤她的喊声和她的答语间只有一秒钟的间隔 ——“我来了！”她

离开了人世。

每个人都吓得一哆嗦。这是什么？是谁这样喊她，使她一刻也不迟疑地就跟了去？

有人把窗帘打开，熄了蜡烛。格拉包夫带着一脸温和的神色替死者合上眼皮。

秋天的苍白无力的曙光填满了屋子，每个人都有些发抖。李安德拉修女用一块布把穿衣镜遮起来。

第 二 章

通过打开的屋门可以看到佩尔曼内德太太正在老参议夫人逝世的屋子里祈祷。她一个人跪在床旁边的一把椅子跟前，孝服的下摆铺散在地上，两手紧扣着，摆在椅子座上，头低着，嘴里喃喃地念叨着什么 …… 她明明听到她的兄嫂走进早餐室里，听到他们犹犹豫豫地在屋子中间站住，等待她把祷告做完，然而她却并不因此而加快速度，直到祈祷词念完，她还干咳了两声，然后才庄严缓慢地整理一下衣服，站起身，向她的兄嫂走去。她走路的姿势雍容娴雅，一丝也不露窘迫的神色。

“托马斯，”她说，语调含着几分威严，“我看母亲使唤塞维琳这个人，真是把一条毒蛇揣在怀里。”

“怎么？”

“这个人要把我气死了。她简直能把人气得举止失常 …… 别人的心情正这么哀痛，她却做出这样卑鄙的事，破坏别人哀伤的情绪。你说，她怎么会做出这种事来？”

“究竟是怎么回事？”

“首先她这个人贪得无厌，到了难以容忍的地步。她打开衣橱

把母亲的绸缎衣服拿出来，往胳臂底下一夹，就要拿走。‘李克新，’我把她喊住，‘你把衣服拿到哪儿去？’——‘老太太答应过把这些衣服给我！’——‘亲爱的塞维琳！’我忍着一肚子气，好言好语地说给她听，她这种着急的行为实在有失体统。你猜我的话可生了效用？她不但把绸缎衣服拿走了，还拿走一包衬衣衬裤。我不能跟她厮打起来，不是吗？……而且不仅她一个人这样……还有那些下女……一筐子一筐子的衣服料子往外拿……这些人当着我的面就明目张胆地分赃，因为塞维琳手里拿着衣柜的钥匙。‘塞维琳小姐！’我说，‘请你把钥匙给我好吗！’你猜她怎么回答我？她竟一点不害臊地对我说，我没有权利吩咐她，她不是伺候我的，她不是我雇的，钥匙她要拿着，直到她离开这里的一天！”

“盛银器的柜子钥匙在你手里没有——那就好了，别的事随它去吧。一个家庭一旦解体了，这种事是免不了的，特别是最近这两年，家里本来已经就没有什么规矩体统可言了。我现在不想把这件事弄大。再说这些衣服也都糟透了……我们倒是可以看看，还剩下些什么。你有册子吗？在桌子上吗？好。咱们立刻就看一看。”

他们走进寝室去，安冬妮把死人脸上的一块白布揭开以后，他们在床前默默地站了一会儿。老参议夫人已经穿上了缎子寿衣，当天下午就要在大厅里入殓。这时离她咽气已经过去二十八个小时了。因为假牙没有了，所以她的嘴和两颊都陷下去，显得特别衰老，而下巴则见棱见角地向上翘着。当这三个人望着死者的幽然紧闭的眼皮，他们几乎认不出来这就是他们母亲的面孔。然而

从老太太的一顶节日戴的女帽下，却露出她那光滑的红棕色的假发，和生时毫无二致。这正是布来特街的三位小姐常取笑的那副假发 …… 死人的盖被上撒着花儿。

“最漂亮的花圈已经送来了，”佩尔曼内德太太低声说，“哪一家都有花圈送来 …… 哎呀，真像全世界人人都有份似的，我把它们都摆在游廊上。你们一会儿一定得看一看，盖尔达和汤姆。看着这些花圈又美丽又伤心。这么宽的缎子飘带 ……”

“大厅里布置得怎么样了？”议员问道。

“就要好了，汤姆。差不多已经布置好了。室内装饰匠雅可伯斯忙得手脚一刻也不停。还有那 ……”她啜泣了一会儿，“那寿材刚才也来了，你们现在该脱脱衣服了，亲爱的，”她一边说着一边非常小心地把那块白布拉回原处，“这里很冷，可是早餐室里已经有点暖气了 …… 让我来帮你一把，盖尔达，这么漂亮的斗篷一定得小心着点 …… 我能吻你一下吗？你知道，我是多么喜欢你，虽然你老是讨厌我 …… 不会的，我替你摘帽子，一定不会弄乱你的头发 …… 你那美丽的头发！母亲年轻的时候头发也跟你的一样。当然她从来没有像你这么漂亮，可是有一个时候，我那时已经出世了，她真称得上是个美人儿。可是现在呢 …… 还不是像你们的格罗勃雷本常常说的那样：到头来什么人都得回到土里去 —— 这话不是像他这样头脑简单的人说出来的 …… 啊，汤姆，这里有几本最重要的册子。”

这时他们已经回到旁边的一间屋子里，围着圆桌坐下。议员把登记什物的册子拿到手里，这些物件将来要分给几个亲属子

女……佩尔曼内德太太的眼睛一刻也没有离开她哥哥的脸，她的神色又紧张又兴奋。她心里正悬着一个难以启齿的问题，她的全部思想都在惊惧不安地盘算着这个问题，几小时以后这个问题一定得提出来讨论。

“我想，”议员开口说，“我们应该按老规矩办事，礼物应该归还原主，这样……”

他的妻子这时打断了他说的话，“对不起，让我插一句，托马斯，我觉得……克利斯蒂安……他在什么地方呢？”

“哎呀，老天，克利斯蒂安！”佩尔曼内德太太喊道，“我们把他忘了！”

“对了。”议员说，把手里的册子放下来。

“没有去叫他吗？”

于是佩尔曼内德太太走去拉铃。但是就在这一刹那克利斯蒂安已经自己把门打开，走了进来。他的脚步相当急促，门也并不是轻巧无声地关上的。他皱着眉头站在屋中，一双深陷的小圆眼睛并不看某个人，只是从左边转到右边，他的嘴在那密密的红色胡子下面不安地张开又闭上……他好像心气不平，在与人寻隙的样子。

“我听说你们在这儿，”他有些气恼地说，“如果你们是谈这件事，至少也应该通知我一声。”

“我们正要去通知你，”议员冷冷地说，“坐下吧。”

说话的时候，议员的目光却紧紧盯住克利斯蒂安衬衫上的白领扣。他自己身上的孝服任凭谁也挑不出一处不合规矩的地方：黑

色布料的外衣，雪白的衬衫，领子上系着黑色的大宽领结，胸口上黑扣子代替了他平日的金纽扣。克利斯蒂安一定也觉察到他哥哥的目光，因为当他拉过一把椅子坐下的时候，他用一只手摸着自己的胸脯说：“我知道，我戴的是白领扣。我还没腾出工夫去买黑的，或者更坦白地说，我有意疏忽过去。最近几年来我常常为了买牙粉而不得不跟人借五个先令，上床的时候只好靠着火柴照亮…… 我不知道，这是否完全是我的过错。再说，在这世界上要紧的也不是黑扣子。我不注意外表，我从来不认为外表有什么重要。”

他说话的时候盖尔达一直打量着他，听到这里不禁低声笑了笑。议员却说：“我倒要看一看你这最后的一句话能不能长久实行，亲爱的。”

“是吗？也许你知道得更清楚，托马斯。我只是说，我不看重这件事情。我过去经历的事太多了，和各种各样的人打过交道，也见识过各种各样的风俗习惯，我不能…… 再说我已经是个中年人，”他忽然把声音提高，“我已经四十三岁了，我是我自己的主人，我不允许别的人干涉我的私事。”

“我看你心里有什么事吧，朋友，”议员吃惊地说，“讲到纽扣，如果我记得不错的话，我并没有说一句话啊？你爱怎么戴孝就怎么戴孝，只是你不要认为用你这种合法的不拘小节就能把我打动了……”

“我一点也不想打动你……”

“汤姆…… 克利斯蒂安……”佩尔曼内德太太插进来说，“咱

们说话语气别这么激动好不好？……今天……在这里……旁边屋子就……你继续往下说吧，托马斯。礼物各归原主吗？这样做很对……”于是托马斯接着说下去。他先从大物件开始，把那些他自己房子里用得着的东西划归自己：餐厅里的大蜡烛吊台和门道里摆着的镂花的大衣箱等等。佩尔曼内德太太在这件事情上表现得特别热心，只要是未来的物主对某件东西稍微有一点踌躇，她就带着一副难以捉摸的表情说：“好，我愿意要这个……”从她脸上的神情来看，仿佛所有的人都应该感谢她这种慷慨的自我牺牲似的。这样，大部分家具都被她替自己、替她女儿和外孙女争到手里。

克利斯蒂安分到几件家具，一台座钟，还有那架风琴，他的样子显得非常满意。可是等到分配银器、床单和食具的时候，他流露出来的热心却几乎达到贪婪的程度，让所有的人都大吃一惊。

“我呢？我呢？”他慌不迭地问道，“你们不应该把我抛在脑后啊……”

“谁把你抛在脑后了？我已经给你……你听着啊，我已经把一整套茶具连同银托盘分给你了。至于那套节日用的镀金的食具只有我们家才用得着……”

“那套石榴子纹的家常用的我愿意要。”佩尔曼内德太太说。

“我呢？”克利斯蒂安满心愤慨地喊道。平常他有时也这样怒火上冲，这时他的两颊就陷得更深，脸上显出一副难以形容的神情，“我也要分一部分食具！我能分到多少羹匙和叉子？我看我简直什么东西也没分到！……”

“亲爱的，你要这些东西做什么啊？你拿去一点用也没有……这些东西最好是留给有家有室的人用……”

“哪怕作为一项纪念品呢，使我也常常想到母亲。”克利斯蒂安不服气地说。

“亲爱的朋友，”议员的语气显得很不耐烦，“我现在没有开玩笑的心情……可是听你刚才说的话，仿佛你为了纪念母亲，很想把一只汤盆摆在五屉橱上？你不要认为我们现在有意哄骗你，你在日用器皿上少拿一点，日后在另外的事情上会弥补过来。那些被单衬衣也是同样情形……”

“我不要钱，我要被单和食具。”

“可是，你要这些东西有什么用啊？”

克利斯蒂安回答了一句话，这句话使得盖尔达·布登勃洛克一下子把头转过来，用惊疑莫解的目光上下地打量起他来，也使得议员立刻从鼻子上摘下夹鼻眼镜，目不转睛地盯着他的脸，而佩尔曼内德太太更是叉起两手来。他说的是：“喏，简单地说吧，我早晚要结婚。”

这句话他说得很快，声音很低，随着这句话把手一挥，好像隔着桌子向他哥哥扔过去一个什么东西似的。接着他就向椅子后面一靠，脸色愁苦不堪，仿佛是受了欺侮，心神极端不宁的样子，眼神也彷徨不定。在很长的一段时间里大家都沉默不语。最后议员开口说：“说心里话，克利斯蒂安，你的这些计划未免来得迟了一些……当然，这是假定它们是切实可行的计划，而不是像你过去向母亲提出过的那种想入非非的计划……”

“我的看法仍旧跟从前一样。”克利斯蒂安说，眼睛仍然任何人也不看，脸上的表情也并没有改变。

“这不可能吧。难道你有意等着母亲去世，好……”

“我确实这么想过，是的。你仿佛认为，世界上所有的圆滑周到都被你一个人包下来了。”

“我不懂，你说话为什么用这种言词。可是你这种用心和安排却真是让人佩服。母亲刚去世一天你居然就表露出你的叛逆行为了……”

“这是因为咱们把话说到这里了。但是主要的是，因为我这样做再不会惹她生气了。现在反正她不会生气了，今天也好，一年后也一样……哎呀，上帝啊，母亲当初的想法也不一定对，那只是从她的观点看问题，托马斯。她活一天我就尊重一天她的看法。她是个老人了，是上一代的人，见解也与我们不同……”

“我要对你说，在这个问题上我和她老人家的见解完全一致。”

“那我就管不着了。”

“你应该管，朋友。”

克利斯蒂安向他的脸望去。

“不——”他喊道，“我管不着！我就跟你说吧，我不能管！……我该怎样做，我自己知道。我已经是大人了……”

“哎，你所说的‘是大人’也只是外表如此罢了！你一点也不知道，你该做什么……”

“知道！……第一，我的行为是一个正派人的行为……你不知道这件事的真相，托马斯！冬妮和盖尔达都坐在这里……这件

事我们不能深入地谈。可是我跟你说过，我有责任这么做。那个最小的孩子，小吉塞拉……”

“我不知道有什么小吉塞拉，而且也不想知道！我只知道，你是在受人愚弄。不管怎么说，对于这样一个人，对于你心里的这个女人，除了像你过去履行的那种义务以外，你是没有其他什么义务的……”

“女人，托马斯？女人？你把她想错了！阿林娜……”

“住口！”托马斯咆哮如雷地喊道。兄弟俩隔着一张桌子怒目相视。托马斯气得面色惨白，浑身发抖，克利斯蒂安的一双深陷的小眼睛瞪得滚圆，眼皮红润，嘴也因为愤怒而大大张开，双颊比平日更加凹陷，同时两边颧骨也泛上红斑……盖尔达带着讥笑的面容看看这个，又看看那个;冬妮搓着两手，哀求说:“汤姆……克利斯蒂安……母亲还没有入殓呢！”

“你简直一点廉耻也没有了，”议员接着说，“你怎么能……哼，你根本没有心肝，怎么能在这个地方，在这种环境里提这个名字！你的不识分寸简直到了反常的地步，简直是一种病态……”

“我不明白，为什么我不能提阿林娜的名字！”克利斯蒂安气得这样厉害，惹得盖尔达越来越注意地望着他，“我偏偏要提这个名字，要让你听一听，托马斯。我打算跟她结婚，因为我想有一个家，我向往着安宁和平静。而且我不允许——你听见我怎么说了？我不允许你干涉这件事！我有我的自由，我是我自己的主人……”

“你是傻瓜！等宣读遗嘱那一天你就会知道，你就是你自己的

怎么样一个主人了！事情是这样安排的，听我告诉你，母亲的遗产不能供你去挥霍，像你过去已经糟蹋掉三万马克那样。你余下的财产由我来管，除了每月的生活费你多一个子儿也拿不到——我向你发誓……”

“哼，你自己知道得最清楚，是谁挑拨母亲做出这种决定的。可是我奇怪的是，母亲没有把这个职责交给另外一个人，交给一个比你更对我亲近点，更有点手足之情的人……”克利斯蒂安这时胸中已经为怒火填满，他把从来没有说给人听的话都说了出来。他俯在桌子上，不停地把食指圈起来，敲着桌面；他胡须蓬乱，两眼通红地仰望着他的哥哥。而托马斯则笔挺地坐在那里，脸色惨白，半闭着眼皮向他俯视着。

“你的心对我只有冷淡、怨恨和蔑视，”克利斯蒂安继续说下去，他的声音又沉浊又嘶哑，“在我的记忆里，你对我永远是一片冰冷，弄得我一看到你就从心底里冒冷气……是的，你也许觉得我用这个词奇怪，可是我实际的感觉就是这样！……你嫌弃我，你一看我就露出一脸的厌恶，可是就是看我一眼在你也是稀有的事。你有什么权利这样做？你也是一个人，你也有你的短处啊！不错，在咱们两位老人眼里，你永远是一个宠儿。可是如果你对他们真的有我这样的孝心，你就会从他们那里得到一点基督徒的处世精神。即使你一点手足之情也没有，至少你也应该有一点基督徒的博爱精神吧。可是你的心却这样没有一点友爱，你一次也没有看过我……我在汉堡害风湿性关节炎躺下的时候，你一次也没有到医院来看我……”

“我有比看你的病更重要的事要考虑。再说我自己的健康……”

“你有什么，托马斯？你的健康好极了！如果你的身体也跟我一样，你绝不会像现在这样坐在这儿……”

“也许我的病比你的更厉害呢。”

“你？……你这话未免太过火了。冬妮，盖尔达！他说他的病比我更厉害！什么？你也因为风湿性关节炎在汉堡病得死去活来吗？！你也因为一点小别扭身体里边就痛得难忍难熬吗？！你身体左半边的神经也太短了吗？！这是医学界的权威给我断定的！你是不是有时候在黄昏的时候回到屋子里来，看见一个人坐在你的沙发上向你点头，可是实际上这个人却根本不存在？！……”

“克利斯蒂安！”佩尔曼内德太太失声喊道，“你说些什么！……我的上帝，你们俩究竟为什么吵嘴？听你们说的，倒仿佛是谁的病厉害谁就光荣似的！如果这样，那么盖尔达和我也有些话要说呢！……母亲还没有入殓呢……”

“你难道不明白，你这糊涂鬼，”托马斯·布登勃洛克激动地喊道，“所有这些听起来令人作呕的事都是你的堕落的结果吗？都是你游手好闲、自己胡思乱想的结果吗？！工作吧！不要再姑息、再培养你这种反常的情态了，不要再唠叨你的病了！……如果你变成个疯子，我老实跟你说，这不是不可能的，我一滴眼泪也不会为你流，因为这是你自己的过错，你一个人的过错……”

“可不是，就是我死了，你也不会掉眼泪的。”

“你并没有病得要死啊。”议员嫌恶地说。

“我并没有病得要死？好，就算我没有病得要死吧！咱们看

看谁先死吧！…… 工作！如果我工作不了呢？如果我不能老是做一件事呢？老天爷啊！我就是不能永远做一件事，我厌烦得要死！如果你过去能这样，现在也能这样，那么你就为自己高兴吧，但是你可千万别来判决别人，这不是什么美德 …… 上帝给了这个人力量，可是没有给那个人 …… 可是你就是这样的人，托马斯，”他继续说下去，脸形比以前更加扭曲，身子越来越向前俯，手指敲桌子也越敲越急，“你总是自以为是 …… 唉，看我说到哪去了，这不是我想说的话，不是我想用来责备你的 …… 可是我实在不知道，应该从何说起，而且即使我说得出来，那也不过是我一肚子冤屈的千分之一、万分之一！你在生活里已经有了地位，有一个受人尊敬的地位，于是你高踞人上，对于一切迷乱你精神、扰乱你心境安宁的东西 —— 哪怕仅只是一刹那呢，你都冷淡地蓄意推拒开，因为对你说来，最重要的就是心境安宁。可是让我对你说，托马斯，这并不是最重要的事，皇天在上，这不是主要的东西！你是个自私自利的人，一点不错，你就是这样的人！你骂人、发脾气、大发雷霆的时候，我还是喜爱你的。最坏的是你的沉默，是当别人对你说一件什么事以后，你忽然一声不吭，默然引退，又高傲又遥远地把一切责任从自己身上推开，让别人窘迫不堪地为自己的话去害臊 …… 你就是这样不懂得什么叫同情、友爱和谦虚 …… 咳！”他忽然喊了一声，两只胳臂在头后边摇晃了一阵，接着又分开向前边伸去，仿佛把一切东西都推开似的，“我对这些东西是多么厌烦啊！什么周到呀，圆滑呀，心境安宁呀，什么庄严呀，体统呀 …… 厌腻透了！……”最后这一声叫喊，感情是非常真实的，

是一声发自肺腑、含着那样强烈的嫌恶和厌倦的声音，因此，它确实也带有一些震慑人的力量。托马斯身子缩了一些，片刻哑然无言，神情疲倦地茫然向前俯视着。

“我已经变成现在这样一个人了，”最后托马斯开口说，声调里带着感伤，“因为我不愿意成为你这样的人。如果我内心里曾经躲避着你，这是因为我必须提防着你，因为你的本性，你的举止对我是危险的 …… 我说的是实话。”

停了一会儿，他又用短促有力的语调接着说：“我们的话离题太远了。你对我的性格发表了一篇演说 …… 虽然是乱七八糟的一篇，也许包含了一点真理。可是现在我们要谈的不是我，而是你。你盘算着要结婚，让我对你说，死了这条心吧，你的盘算是行不通的。首先一点，我以后能付给你的利息不会很多，一定会使你灰心 ……”

“阿林娜有一点积蓄。”

议员咽了口唾沫，竭力抑制住自己的感情。

“哼 …… 有一点积蓄。你想把母亲的遗产跟这个女人的存款搅混起来吗？”

“不错。我向往一个家，向往一个在病中能安慰我的人。再说我们两个很相配。我们俩都是有点残缺的人 ……”

“你也想把头几个孩子收养过来 …… 也就是说，给他们继承权吗？”

“当然。”

“这样在你死了以后，你的财产就要流入他们手里？”在议员

说这些话的时候，佩尔曼内德太太把一只手放在他的胳臂上，低声恳求道：“托马斯！…… 母亲还没有入殓呢？……”

“是的，”克利斯蒂安回答说，“这是理所当然的事。”

“喏，你不能这样做！”议员喊道，跳了起来。克利斯蒂安也站起来，走到椅子后边，用一只手抓住椅子，下巴抵在胸脯上 …… 又惊惧又恼怒地盯住他的哥哥。

“你不能这样做 ……”托马斯·布登勃洛克又喊了一声，他愤怒得几乎发狂，脸色惨白，全身抽搐、颤抖着。“只要我还活着，这件事就不能发生 …… 我向你立誓！…… 你小心着吧 …… 注意点吧 …… 咱们的钱因为运气不好，做事荒唐和被人耍卑鄙手腕，损失得已经够多的了，不允许你再把母亲财产的四分之一扔在这个女人和她的几个私生子身上！…… 特别是已经有四分之一被蒂布修斯哄骗去！…… 你已经给家里丢够了脸，你不能再让咱们家跟一个婊子做亲家，让她的孩子姓咱们的姓。我不许你这样做，你听见了没有？我不准许你！”他的声音震得屋子嗡嗡作响，佩尔曼内德太太呜咽着蜷缩在沙发的一个角落里。“而且我告诉你，你不要妄想破坏我的禁令！直到现在我还只是鄙视你，眼睛里没有你 …… 但是如果你逼得我忍无可忍的时候，那咱们倒要看看，吃亏的是谁！我再对你说一遍，你要小心点，我没有什么顾忌！我要让人宣布你神志不健全，让人把你关起来，我要使你毁灭！毁灭！你懂不懂？！……”

“我也告诉你 ……”克利斯蒂安也反唇相讥地说 …… 于是这一切变成你一言我一语的口角，一场空洞、不连贯的、可怜的争

吵，既没有一定的内容，又没有什么目的。每个人想到的都是怎样伤害对方的感情，怎样攻击对方的痛处。克利斯蒂安又回到他哥哥的性格方面来，从遥远的过去搜寻一些事例，一些不愉快的轶事来证明托马斯的自私自利。这些小事都是克利斯蒂安所不能忘记的，相反地，他总是怀着莫大的激愤反复地回想着。另一方面，议员也故意用一些言过其实的轻蔑和恐吓来回答他，这些话说出十分钟以后他自己也有些懊悔。盖尔达轻轻地用手支着头，用迷惘的目光望着他们俩，从脸上的表情完全判断不出她这时是什么感情。佩尔曼内德太太在悲痛绝望中不断地说："母亲还没有入殓呢……母亲还没有入殓呢……"

克利斯蒂安在答辩最后几句话的时候已经开始在屋子里走来走去，最后他退出了战场。

"好吧！咱们走着瞧吧！"他喊了一句就气冲冲地向门外走去。他的胡须蓬乱，眼睛通红，敞着外衣，手里攥着一块手帕。一走出屋子就砰的一声把门关上。

议员在顿时变得寂静的屋子里挺着身子继续站了一会儿，向他兄弟走出去的那边望着。然后他一语不发地坐下来，猛地一拉把册子拿到手里，用干巴巴的话语继续分配下去。当他把这件事做完以后，他仰靠在椅子上，捋着胡子尖，陷入沉思。

佩尔曼内德太太因为惊惧，心儿怦怦地跳着！那个问题，那个大问题不能再往后推了。一定要把它说出来，一定要让他回答……可是以他现在的情绪而论，他是否还顾得到孝心和仁慈呢？

“啊 …… 汤姆 ——”她先往自己的怀里望望，又怯懦地看了一下他的脸色，然后才开始说，“那些家具 …… 你自然把什么事都考虑到了 …… 分给我们的东西，我是说，分给伊瑞卡、小东西和我的 …… 都在这里 …… 在我们手下 …… 可是这所房子，这所房子怎么样？”她一边问，一边偷偷地绞着手。

议员没有立刻回答。他继续捻了一会儿胡子，愁惨地沉思了一会儿。接着他长叹了一口气，把身子坐直了。

“房子吗？”他说，“房子自然是咱们大家的，你、克利斯蒂安和我 …… 真滑稽，蒂布修斯牧师也有一份，他拿的是克拉拉的那份遗产。我一个人不能做出什么决定，需要你们大家的同意。可是事情非常清楚，越快卖掉越好。”说到最后一句话时，他把肩膀一耸。可是他的脸色也变了一下，仿佛他对于自己说的话也感到惊骇似的。

佩尔曼内德太太的头低低地垂下来，她的两手不再揉搓了，她的四肢都瘫软下来。

“需要我们同意！”沉默了一会儿她重复了一句，声调很悲哀，甚至带着几分辛辣。“亲爱的上帝，你知道得很清楚，汤姆，只要你认为对的，你一定要做，我们这些人迟早总得表示同意！……可是如果允许我们插一句嘴 …… 向你提出个请求的话，”她的声音几乎低得听不出，上嘴唇也开始抖动起来，“这所房子！母亲的房子！咱们祖遗的产业！咱们那么幸福地在里面住过！而今却要把它卖掉 ……”

议员又耸了耸肩膀。

“请你相信我的话，孩子，所有你要跟我说的也正是我感到良心不安的 …… 然而这并不是阻碍我们做这件事的理由，这只不过是我们的情绪。该怎样做，就得怎样做。我们有这么大的一块地皮 …… 用它干什么呢？多少年以来，从父亲故世的时候起，整个后厢房就已经开始倾塌了。弹子室让野猫搭了窝，走进屋子里，就有陷在地板下面的危险 …… 不错，如果我没有渔夫巷那座新宅子 …… 可是那座房子已经盖起来了，你说，那所房子怎么处置？难道把它卖了？你说说 …… 卖给谁？房子一出手，我原来投进去的钱，大概要损失一半。哎呀，冬妮，咱们的地皮不少了，简直多得用不完！那些堆栈，两所大房子！地皮的价格和流动资金总要构成一定的比例啊！不，要卖掉，要卖掉 ……”

可是他的话，佩尔曼内德太太并没有听进去。她蜷缩在椅子上，陷入沉思，泪水模糊地茫然向前望着。

“咱们的家！”她喃喃地说，“我还记得，别人给咱们温居的情形 …… 咱们只不过这么高。那时全家人都在。霍甫斯台德叔叔朗诵了一首诗 …… 那首诗就在文件夹里 …… 我背得出 …… 维纳斯 …… 风景厅！餐厅！一批又一批的贺客 ……”

“不错，冬妮，祖父置这座产业的时候，那些搬出去的人一定也这么想过。他们把钱花光了，必须迁出去，现在都死了，尸骨已化为尘土。天下没有不散的筵席。咱们家还没有沦落到过去拉登刊普家的地步，咱们向这所房子告别比他们的境况要好得多，这是咱们该引以为幸、该感谢上苍的事 ……”

啜泣，悲痛的长声啜泣，打断了他的话。佩尔曼内德太太一

任自己的悲伤发泄，甚至泪珠从面颊上淌下来也顾不得去擦；身子向前俯着，蜷缩成一团，一滴滴的热泪落在她的疲软地搁在膝头的手上，她也不去管。

“汤姆，”最后她说，她那时被呜咽窒息的声音带着一些儿令人感动的坚定，“你不知道，我现在是什么样的心情，你不知道。你的妹妹一辈子没有过过顺心的日子，受尽命运的捉弄。一切难以想象的厄运都落在我的头上 …… 我真不知道，我造了什么孽。可是这一切我都忍受过来了，汤姆，我并没有灰心丧气，不论是格仑利希那件事也好，是佩尔曼内德那件事也好，是威恩申克那件事也好。因为每一次老天爷让我的生活遭到破灭的时候，我总也没有走到绝路。我心里始终有一个地方，一个避风港，可以这么说吧，我生在那里，长在那里，现在我依然可以逃到那里躲避一切灾害 …… 甚至这次，一切都没有希望了，他们已经把威恩申克打入监狱，我还是对母亲说：‘母亲，我们可以搬回来吗？’‘好吧，孩子，来吧。’…… 咱们小时候，汤姆，玩打仗游戏的时候，也总是有一个‘家’，也总要划出一小块地方来，谁危急了，就可以跑到那个地方去，安安静静地休息一会儿，别人不许向这个地方进攻。母亲的房子，这所房子就是我生活中的‘家’，汤姆 …… 可是现在 …… 现在 …… 要卖掉 ……”

她把身子向后一靠，用手帕掩着脸，放声痛哭起来。

他把她的一只手拉过来，握在自己的手中。

“我知道，亲爱的冬妮，你说的这些心里话我都明白！可是让我们现在理智一点好不好？咱们那位善良的母亲已经去世了 ……

我们再也不能把她呼唤回来。现在怎么办呢？留着这所房子，把它当作一笔无法周转的资金，这是荒唐透顶的事……要不，咱们把它零零碎碎地租出去？……我知道让外人住进来，对你是一件很痛心的事，可是只要你看不见，那总比看着外人住在这儿好。你们一家人可以另外租一所漂亮的小房子，或者租一层楼，譬如说，在城门外……或者，你还是宁愿跟一大堆房客一起住在这里？……而且家你也还是有的，盖尔达和我，布来特街的本家，克罗格家，卫希布洛特小姐……我这里没有提克罗蒂尔德，因为我不知道，她跟我们家来往自己是不是觉得方便，她既然已经当了修女，就应该和别人疏远些……”

她叹了一口气，但那声音里已经隐含着笑意。她随即把头转过去，用手帕紧紧地捂住眼睛。从她那噘着嘴的愠怒的神情看，活像一个发脾气的孩子正在被大人逗弄要她破涕为笑的样子。但是过了一会儿她好像下了决心似的一下子把脸上的手帕拿开，把身体坐直，像平常每次想显示自己的尊严和骨气那样，一面把头向后扬着，一面又尽力把下巴抵在胸脯上。

“是的，汤姆，”她说，眨动着一双泪水模糊的眼睛，坚定而严肃地望着窗户，“我也愿意理智一些……我现在已经很理智了。你一定要原谅我……你也要原谅我，盖尔达……刚才我哭了这么一通。人常常会这样的……感情太脆弱了。然而这只是表面的现象，请你们相信我。你们知道得很清楚，生活总算把我磨炼出来了……是的，汤姆，我很明白你说的固定资本，这点脑子我还有。我只能再重复一句，凡是你认为对的，你就必须去做。你一

定要替我们打算，替我们做事，因为盖尔达和我都是女人，而克利斯蒂安呢……咳，上帝保佑他吧！……我们不能反对你，因为我们提出来的根本不是反对的理由，只是我们的情绪，这一点谁都看得很清楚。你打算把它卖给谁呢，汤姆？你想，很快地就能脱手吗？”

“啊，孩子，这我也很难说……迟早会卖出去……今天早晨我已经跟高什简单地谈了几句，就是那个老经纪人高什，他好像也有意替我们办这件事……”

“要是他肯出头，那可好极了。当然，塞吉斯门德·高什也并不是没有短处……听人说，他从事西班牙文翻译——我不记得那个诗人叫什么名字了。真是个怪人，你说是不是，汤姆？可是早年间他和咱们的父亲也是朋友。这个人很诚实，而且很通人情，这一点大家都知道。他一定能了解，咱们这回不是一项普通的买卖，不是随便卖一所房子……你准备要多少钱，汤姆？最少得十万马克，是不是？……”

“十万马克是最低的价钱了，汤姆！”当她的兄嫂已经走下台阶，她手里握着门柄还添补了一句。以后，只剩下她一个人了，她静静地站在屋子中间，胳臂垂着，两手在身前交叠着，掌心朝着地面。她瞪着眼睛向四周望了一圈，现出一副六神无主的样子。她那戴着一顶镶着黑缎带软帽的头不住地轻轻摇摆着，因为思绪重重，渐渐地向一边肩头歪过去、歪过去。

第 三 章

小约翰理应去拜别祖母的遗体，这是他父亲的安排，他自己虽然心里挺害怕，却没敢说一句违拗的话。在老参议夫人和死亡挣命的次日，议员在饭桌上和他的妻子谈起克利斯蒂安的行为，谈到他在病人最危急的时候竟溜出去睡觉，对他大加谴责；议员这番话是有意当着他儿子的面说的。“他的神经不好，托马斯。”盖尔达回答说。议员在看了汉诺一眼以后 —— 他有意让这孩子觉察到自己的目光 —— 几乎是声色俱厉地驳斥说，这件事绝不能原谅。母亲当时痛苦那么大，在她身旁的人甚至对自己的平安无恙这一点都要感到羞愧，怎么能那么怯懦，连当时凄惨的场面给自己带来的一点痛苦都想逃避呢？汉诺听了父亲的这一番话，决定对瞻仰祖母遗容的这件事不表示反对意见。

在出殡的前一天，当汉诺夹在父亲和母亲两人中间，从圆柱大厅走进这间大屋子的时候，他发现这间屋子完全变了样子了，正像去年圣诞节大家排队走进去那次模样大变似的。一盆盆高大的植物和巨大的银烛台交替着摆成一个半圆形。正面，在树叶的一片深绿的衬托下，一座雪白的托瓦尔森的耶稣雕像立在乌黑的

底座上。这座雕像原来是摆在外面游廊上的。墙上到处悬着黑纱，在风中轻轻摇摆，原来的天蓝色的壁毯和那一向笑瞰着一家人团坐聚餐的神像都被遮盖起来。小约翰夹在全身着孝的一些亲族当中，自己的水手服的袖子上也缠着一大块黑纱。屋子里摆着无数花束和花圈，一阵阵香气扑进鼻子里，与此同时，又偶尔可以闻到另外一股既陌生又有些熟悉的淡淡的香气，小约翰的神志被这两种香气弄得迷离恍惚，站在灵床前面怔怔地望着死者的躯体在白缎子里僵直地、森严地挺仰着……

这不是祖母。虽然那还是她惯常在节日戴的白缎子飘带的帽子，帽子下面露出来的也还是她的棕红色假发，可是，那尖尖的鼻子，那向里面抽缩着的嘴唇，那向上翘起来的下巴，那一望而知就是冰冷的、僵直的、焦黄的、透明的、交叠着的双手，都不是属于她的。这是一个从来没看见过的蜡制的假人。把这个假人这样打扮起来，陈列在这里真是有些可怕。他向风景厅那边望过去，仿佛真的祖母随时都会从那里边走出来似的。然而她并没有走出来，她已经死了。死神已经用这个蜡人把她永远换去了，她的眼皮和嘴唇闭得这么紧，这么难以令人亲近……

他站在那里，身子的重量都放在左腿上，右膝曲着，只用脚尖轻轻地点着地，一只手攥着胸前的水手结，另一只手松软无力地垂下来。他的头向一边歪着，淡黄色的鬈发直垂到额角上。在他的紧皱着的眉毛下面，一双棕黄色的、罩着一圈青影的眼睛带着嫌恶的思索的神情瞪视着死人的面部。他的呼吸很慢，仿佛不敢吸气似的，因为每吸一口气他都担心要嗅到那股即使是室内浓

郁的花香有时也遮掩不住的既陌生又熟悉的香味。这股香气每次一飘进他的鼻子，他的眉头就皱得更紧一些，嘴唇就要颤抖一会儿……最后他长叹了一口气，听去就像一声无泪的呜咽一样，佩尔曼内德太太不由得俯下身，吻了他一下，把他领出去。

议员夫妇、佩尔曼内德太太和伊瑞卡·威恩申克在风景厅接见全城来吊唁的客人，这个工作足足持续了好几个小时。在把客人都接见完以后，伊丽莎白·布登勃洛克的葬礼开始了。外地的亲戚从法兰克福和汉堡赶到这里来，接受孟街的最后一次殷勤的招待。客厅，风景厅，圆柱大厅和游廊，每个地方都挤满了前来吊唁的客人；圣玛利教堂的普灵斯亥姆牧师在一片烛光辉耀里，庄严地站在寿材前边做葬礼布道。他叉着两手，抵在下巴下面，一张刮得干干净净的面孔露在宽大的皱领上面，仰望着天空，脸部时而因狂热而变得阴郁，时而又变得一片温和明净。

他用抑扬顿挫的声音赞扬死者的种种美德，赞扬她的高尚、她的谦虚、她的乐观和虔诚、她的慈善心肠和温柔性格。他特别提到“耶路撒冷晚会”和“主日学校”，以雄辩的口才使死者富贵长寿的一生放出灿烂的光辉……最后，谈到“长眠”时，因为需要一个形容词，于是他也说了一下死者怎样“宁静地长眠不醒”。

佩尔曼内德太太很清楚，她这时对着全体吊唁的客人应该摆出庄严的姿态，拿出居丧主哀的神色。她跟自己的女儿伊瑞卡以及孙女伊丽莎白占据着最引人注目的地位，站在花圈遮盖着的棺材前边，紧挨着牧师，而托马斯、盖尔达、克利斯蒂安、克罗蒂尔德、小约翰，以及唯一有资格坐在椅子上的克罗格老参议，却如同

关系较远的亲族似的，处在不甚显著的地方。佩尔曼内德太太腰杆笔挺地站在那里，耸着肩膀，两手搭在一起，握着一块镶黑边的细麻布手帕。她对于自己能在这样一个不同平常的日子扮演主角这件事感到非常骄傲，骄傲得常常把她的悲痛的感觉完全挤掉，忘得干干净净。她意识到所有人的目光都集中在自己身上，因此自己的眼睛大部分时间低垂着，但是每隔一会儿也禁不住向云集的客人中扫一眼。她看到来宾中有哈根施特罗姆家的姑娘玉尔新·摩仑多尔夫和她的丈夫…… 可不是，这些人这次都得来，不管是摩仑多尔夫家的人也好，是吉斯登麦克家的人也好，是朗哈尔斯或者是鄂威尔狄克家的人也好！尽管冬妮·布登勃洛克遭遇过格仑利希的事，遭遇过佩尔曼内德的事，又遭遇过胡果·威恩申克的事，在她搬出这所祖传的老宅以前，他们这些人还要聚在这儿一次，向她表示吊唁和慰藉……

普灵斯亥姆的悼词还在滔滔不绝地讲下去，他故意去触动这场丧事在每人身上留下的伤口。他不厌其详地向每一个人解释，他们受到的是何等重大的损失，他懂得怎样使那些自己不会落泪的人淌眼泪，而那些被感动的人也确实感激他这种做法。当他谈到“耶路撒冷晚会”的时候，死者的所有那些年老的女友都泣不成声，只有凯泰尔逊太太是个例外，因为她什么也听不见。她只是带着聋子所惯有的那种痴呆的表情茫然向前望着。此外没有动容的也还有保尔·盖尔哈特的那两位后裔——盖尔哈特两姐妹。她俩手挽着手站在一个墙角，眼睛像平时一样清澈。这两个人对她们这位老朋友的死感到的只是高兴。不仅高兴，她们一定还会嫉妒她，

如果不是她们本性就不懂得忌妒和怨恨的话。

讲到卫希布洛特小姐，人们只看到她一个劲地用力擤鼻子，每次都发出一声轻脆的响声。但是布来特街的三位布登勃洛克小姐也没有哭，她们没有抹眼泪的习惯。她们的面容虽然比平日减少了一些辛辣，却流露出一种心平气和的满足神情。“死”到底是不偏不倚，最大公无私的……

以后，当普灵斯亥姆牧师的最后一声“阿门”消逝在空中以后，四个戴黑三角帽的杠夫走进屋子来。他们的脚步很轻，却走得非常快，以致他们的袍子在身后边张起一个鼓篷。他们一进屋就直奔到棺材前面。这四张专门给人家打杂的面孔谁都认识，每次第一流家庭举行宴会，他们总是被雇来端大盘子，人们也总能看到他们在游廊上举着大酒瓶往喉咙里灌摩仑多尔夫酒厂的红酒。此外，碰到第一流或者第二流人家办丧事，他们也是必不可少的人物，他们做这种事同样驾轻就熟。他们知道得很清楚，棺材这样被几个外人生生从亲族家人之中抬走，而且一去不复返，这是多么沉重的时刻，所以这件事必须办得麻利，办得不拖泥带水。几个轻快敏捷的动作，一点喧哗也没有，他们已经把棺材从灵架上抬到肩膀上，几乎谁都没有来得及意识到这一时刻的惨痛，那被花圈盖满的寿材就从圆柱大厅抬了出去，既不显得延宕，又不失于匆促。

太太们仪表端庄地围到佩尔曼内德太太和她的女儿四周来跟她们握手，而她们也垂着眼皮声音含混地说一些答谢的话。她们的话说得既不太多，也不太少，恰到好处；而一些男客，这时则都

准备着到外面去乘马车……

于是这长长的一行穿着黑色孝服的送葬行列缓缓蠕动起来了。他们穿过一条条潮湿的灰色街道，走出城门，沿着一条树叶已经落尽、受着冷雨冲打的林荫路缓缓前进，来到墓地。乐队在一丛树叶几乎落净的矮树后面奏起丧礼进行曲，人们跟在棺材后面，从松软的土路上走过去，走到一块矮林的边上。这里，一块顶着一架大砂石十字架的镌着粗黑的哥特字体的石碑标志着布登勃洛克家的祖茔……一块雕着家族纹章的石头墓盖躺在一个四周环着翠绿的黑洞洞的墓穴旁边。

地底下深处就是给新来的人准备的地方。最近几天议员亲自监督着把这个地盘扩大了一些，把几位布登勃洛克先人的尸骨向两边移开了一些。在哀乐的尾声里，棺材由绳子系着摇摇晃晃地向墓穴里面降下去，最后当棺材发出噗的一声轻响触到地面的时候，已戴上一副腕套的普灵斯亥姆牧师又讲起话来。他那训练有素的清晰、热情而虔诚的声音从墓穴上边传过来，飘散到凄凉冷静的秋空里去。最后他向穴坑里俯着身，呼唤着死者的全名，画了一个十字替她祝福。当他的话声停住，所有参加送葬的绅士都用戴着黑手套的手把礼帽摘下来默祷的时候，天空露出一线阳光来。雨已经停了，只有零星的雨珠还从树枝上和灌木上落下来；夹在这滴滴答答的雨珠声中的还有一两声小鸟的轻脆、短促的啁啾声，仿佛有所询问似的。

接着客人们一一地走到死者的两位儿子和一位兄弟面前，再一次和他们握手。

托马斯·布登勃洛克的深色厚呢料大衣上挂满了银色细雨珠，当客人们一一走过来的时候，他站在自己兄弟克利斯蒂安和舅父尤斯图斯两人的中间。最近一段日子他的身体稍微发胖了一点——这是在他珍重摄卫的身体上显出的唯一苍老迹象。在他那两撇上翘的胡须尖后面的面颊也比从前丰润了一些，只是他的肤色仍然是惨白的，没有血色，一片死灰。每一个客人伸过手来，他都稍微握一会儿，这时他的一双微微红肿的眼睛便带着疲倦的殷勤的神色凝望着对方的脸。

第四章

一个星期以后，在布登勃洛克议员专用的办公室里，写字台旁边的一张皮面转椅上坐着一个小老头。这个人胡子剃得干干净净，雪白的头发一直垂到前额和太阳穴上。他拱着后背，两手倚在自己手杖的白色弯柄上，兜翘的尖下巴搁在交叠着的两只手上，嘴唇不怀好意地紧紧抿着，嘴角下垂，一双眼睛又狡猾又讨嫌地盯着议员。看了这幅景象，谁都会觉得奇怪，为什么议员竟没有设法避开和这样一个人打交道呢？然而托马斯·布登勃洛克坐在椅子里，仰靠着身子，神色却是安然自在的，而且从他跟这个阴险狡诈的老头说话的语气听来，倒像是在和一个普通的善良市民谈话似的……约翰·布登勃洛克公司的老板和经纪人塞吉斯门德·高什两个人商量的是孟街上那所老房子的房价问题。

磋商费了很长的时间，因为高什先生出的价钱——二点八万泰勒，议员觉得太低了一些，而这位经纪人却指天誓日地说，再多加一个铜子儿都是只有疯子才干得出来的事。托马斯·布登勃洛克夸耀这所房子地点适中，地皮又大得出奇，而高什先生则一面虚张声势地指手画脚，一面咬牙切齿地压着嗓门发表演说，表示

他出这样的价钱已经是在冒倾家荡产的大风险了。他这场解释性的演说，从其感染力和生动性来看，几乎是在朗诵诗篇 …… 哼！他要是把这所房子再脱手，那得等到几时？谁肯要？要的人又肯出多少钱？需要这样地皮的主儿一百年里能遇得上几回？他的最尊贵的朋友和庇护人能不能向他担保，明天从布痕来的车就载来一位在印度发财还家的人，准备在布登勃洛克家的老屋安家落户？这所房子将要窝在他 —— 塞吉斯门德·高什的手里 …… 他弄到手里的将是一个累赘，那时候他就什么都完了，他没有时间再爬起来了，因为他的时辰已经到了，他的墓穴已经挖好了，已经挖好了墓穴 …… 因为他很迷醉于最后的一句话，于是他又添补了几句，什么瑟瑟发抖的鬼魂呀，噗噗地落在棺材盖上的土块呀等等。

然而议员仍然不能表示满意。他又谈到这块地皮具有种种可以分开的优点，谈到他对自己弟妹所负的责任，坚持非要三万泰勒的价款不可，然后他摆着一副烦躁和愉快交织的神色再一次倾听高什先生的针锋相对的反驳。高什先生的话差不多说了两个小时，在这两小时里，他把自己的全套作战本领都使了出来。他好像扮演一个两面的角色，扮演一个假仁假义的坏蛋。“咱们就一言为定吧，议员先生，我的年轻的恩主，八点四万马克 …… 这是我这个诚实的老头儿能出的最高价钱了！”他甜言蜜语地说，头歪在一边，那张老是挤眉弄眼做惯鬼脸的面孔摆出一副天真老实的笑容，一只白白的大手向前伸着，长长的指头微微颤抖着。然而这只不过是谎言和欺诈而已！即使是一个小孩子也看得透，在这张虚伪的假面后面，这个奸诈成性的无赖汉正在做什么样的丑笑 ……

最后托马斯·布登勃洛克宣称，关于价钱的问题他需要有一段时间考虑考虑，至少要跟他的弟妹们商量一下，才能决定是否接受二点八万泰勒这个房价，虽然看情况这个条件是很难成功的。他主动把谈话转到别的话题，打听起高什先生的生意和他的健康情况来。

高什先生很不如意，他姿势优美地一甩胳臂，竭力否认人们议论他称心如意这种说法。他已经到了风烛残年，正像他刚才所说的，他的墓穴都已经掘好了。每天晚上他喝热酒的时候，在酒杯举到嘴唇上以前，哪次也要把一杯酒泼洒大半杯。真是见鬼，他的胳臂竟哆嗦得这样厉害。可是咒骂又有什么用？……他的意志已经不能发号施令了……可是这就随它去吧！反正他这一辈子已经见识了不少东西了。世界上什么大事都没有逃过他的眼睛。革命和战争的惊涛骇浪他都经历过，而且，可以这样说吧，他的心也受过这些波浪的冲击……啊，想当年在那次有历史意义的市民代表大会上，他和议员的父亲约翰·布登勃洛克老参议肩并肩地站在一起，镇压住暴乱的群众，那是什么样的日子啊！真是令人惊心动魄啊……啊，他这一生是丰富的一生，他并没有白活，就是他的内心也并不贫乏。该死的，他是感觉过自己的力量的，有什么样的力量，就有什么样的理想——费尔巴哈这样说过。甚至到了今天，甚至现在……他的灵魂也不是空虚贫乏的，他的心仍然是年轻的，他的心从来没有失落，他永远不会失去对伟大事物的感受力。他的心将永远忠实地、热烈地把持着自己的理想……就是到棺材里他也不会放弃这些理想，绝不放弃！可是理想之所

以存在，难道是为了人们能达到它们、实现它们吗？绝不是的，正像天上的明星，可望而不可即……啊，希望啊，人生中最美好的东西应该是希望，而不是现实。L'espérance toute trompeuse qu'elle est，sert au moins à nous mener à la fin de la vie par un chemin agréable.① 这是拉·罗什福考② 说的话，这句话说得很俏皮，不是吗？……是的，他的高贵的朋友和恩主是不需要知道这类东西的！一个时运腾达、幸福光辉露在眉宇间的人，脑子里用不着记这些话。但是一个孤独地埋在生活底层、在黑暗中梦想的人，这些话却很需要！……

"您是幸福的，"他突然说道，一面把一只手放在议员的膝头上，用泪水模糊的眼睛仰望着他，"一点不错！不要否认这一点，否则您就犯了渎神的罪！您是幸福的！您把幸福抱持在胳臂里！您出去作战，用您的强有力的胳臂征服了它……用您的强有力的臂膀！"他改口说"臂膀"，因为不愿意连着说两次"胳臂"。他沉默了一会儿，议员的谦让推辞的话他并没有听进去，他只是带着阴郁、梦幻的脸色直勾勾地望着议员的脸。过了一会儿，他突然站起身来。

"我们在说闲话了，"他说，"我们本来是谈正经事的。时间宝贵，不要在踌躇不决中把时间浪费过去吧！您听我说……因为这是您……您懂得我的意思吗？因为……"高什先生仿佛又要进行

---

① 法文：尽管希望是多么虚幻，至少它能领导我们从一条愉快的道路走完人生的旅程。

② 拉·罗什福考（La Rochefoucauld，1613—1680）：法国作家。

一次长篇大论，然而他控制住自己，激动地、热情地把胳臂一挥，大声说：“二点九万泰勒 —— 八点七万马克作为令堂这座产业的房价！一言为定啦？……”

布登勃洛克议员接受了这个价钱。

不出所料，佩尔曼内德太太认为这个价钱少得不像话！除非有人能珍视她对这所老屋的种种追怀回忆，一次付清一百万马克的价款，她才能认为这是一桩公平交易 —— 如果不是这样，什么也别谈。但是她很快也就习惯于她哥哥告诉她的这个数目了，特别是她这时整个思想精力都被未来的种种计划所占据住了。

看到自己分到手的这么多好家具简直使她心花怒放，虽然最初还没有人想到把她从这所祖传的老屋撵出去，她自己却早已兴冲冲地到处奔走，忙着给自己和自己一家租赁新居了。离开老房子不会是一件愉快的事 …… 这是一定的，一想到这件事就使她热泪盈眶。但是另一方面将来的改换环境，的确也很有迷惑人的地方 …… 这不简直等于重新建一次家，第四次建家吗？她又一次审视新居，又一次和室内装饰匠雅可伯斯讨论问题，又到铺子里购买窗帘和地毯 …… 她的心激烈地跳动着，这位饱经生活磨难的老妇人的心在这些日子里确实比平常任何时候都跳动得厉害！

这样过了几个星期，四个星期，五个星期，六个星期。这一年的头一场雪已经降下来了。冬天来了，炉火噼噼啪啪地燃起来，布登勃洛克家的人开始忧愁地考虑着，这一年的圣诞节该怎样过 …… 这时突然发生了一件事，一件完全使大家愕然失措的富于戏剧性的事。事情的发展忽然引起一个值得每个人注意的转折。

出了这样一件事 …… 仿佛是平空降下来似的，弄得佩尔曼内德太太事情正做到一半就直挺挺地愣在那里！

“托马斯，”她说，“是我神经失常了，还是高什在发谵语！这简直是不可能的！太荒谬了，太不可思议了，太 ……”她的话说了一半就停住了，用两只手捂住太阳穴。可是议员只耸了耸肩膀。

“亲爱的孩子，事情还什么都没有决定呢！只是这种想法，这种可能性是存在的。而且你如果平心静气地思考一下，你就会觉得这并不是不可思议的事了。当然，有一点出人意料。高什第一次对我说的时候，我自己也倒退了一步。可要是说不可思议 ……难道这有什么行不通的吗？……”

“我死也不想看到这件事。”她说，在一把椅子上坐下来，一动也不动地待在那里。

发生了什么事呢 —— 只不过是房子已经找到了一个买主，或者也可以说，一个对这件事表示有兴趣、希望仔细看一看这所产业以便进一步进行磋商的人而已。这个人就是大商人兼葡萄牙帝国参议亥尔曼·哈根施特罗姆先生。

这个消息第一次传到佩尔曼内德太太耳朵里的时候，她好像麻木了，瘫痪了，好像迎头挨了一棒。她不能相信，也没有力量往深处想这个问题。但是现在这个问题已经越来越成为一件现实的事了，哈根施特罗姆已经站在孟街的门前，等着进来看房子了，她又振奋起来，仿佛灵魂又回到她的躯壳里似的。她抗议，拼命反对。她寻找一些最激烈、最尖锐的话，像火炬、像战斧一样左右挥舞。

“一定不能这么办，托马斯，只要我有一口气在，就不能这么办！就是卖一条狗，也要看看买主是什么人。而我们要卖的是母亲的房子！咱们家的房子！风景大厅！……”

“可是我倒要问问你，到底是什么阻碍着这件事？”

“到底是什么阻碍着这件事？慈悲的上帝，阻碍是什么？阻碍他的、阻碍着这个胖家伙的是几座高山，托马斯！是几座高山！可是他就是看不见！他毫不在意！他连一点感觉也没有，难道他是一头牲口吗？……自古以来哈根施特罗姆就是咱们家的仇人……老亨利希当年对咱们的祖父、咱们的父亲就玩弄过卑鄙的手段。如果说亥尔曼还没有让你吃过大亏，如果说他还没有对你下过什么毒手，那是因为他还没有找到机会……我们还是小孩儿的时候，我在大街上曾经打过他耳光，我当时有十足的理由。他的那个宝贝儿妹妹玉尔新为了这件事差点把我抓个稀烂。当然，这都是小孩子打架……倒也罢了！可是每次咱们家遇见倒霉的事，他们总是幸灾乐祸地看热闹，而我又差不多每次都是他们嘲弄的把柄……也许这是上帝的意旨……可是在生意上亥尔曼怎么样给你亏吃，他怎么样厚颜无耻地排挤你，这只有你自己知道得最清楚，汤姆，我在这件事上什么也说不出来。最后伊瑞卡配了一门好亲事，也弄得他们寝食不安，一定要千方百计把威恩申克经理从世界上弄掉，把他关起来才甘心。这都是她哥哥一手干的事，这只公猫，这个魔鬼检察官……现在他们竟有这么厚的脸皮……竟异想天开要来……”

“你听我说，冬妮，第一，咱们对这件事没有说话的份儿了，

咱们已经跟高什办妥手续，他愿意把房子卖给谁就卖给谁，这是他的权利。自然，我也同意你的意见，从这件事看来，命运好像有意在嘲弄咱们……”

“命运有意嘲弄咱们？汤姆，这是你的说法！我可把这看作耻辱，是一记清脆的大耳光，正是这样！……难道你就不想一想，这意味着什么吗？你是应该想一想的，托马斯。这意味着：布登勃洛克家完蛋了，永远也翻不了身了，他们迁了出去，让哈根施特罗姆一家子笑语喧哗地搬进来……不成，托马斯，我绝不演这出戏！这件可耻的事我一个手指头也不沾！让他来好了，要是他的脸皮真是那么厚，他就来看房子吧。反正我不招待他！我跟我的女儿和孙女坐在一间屋子里，把门从里一锁，不准他进来，我一定这么做。”

“你认为怎么合适一定会怎么做的，我的亲爱的，而且在未做以前，你也一定会考虑到，社会礼俗是不是还应该遵守。也许你认为，哈根施特罗姆参议会被你的行为深深地刺痛了吧！不会的，我的孩子，这一点你可想错了。他既不会因此高兴，也不会为这个着恼，这只不过会使他感到些惊讶，冷淡地、无所谓地感到些惊讶而已……问题在于，你把你对他的忌恨也硬要加到他身上，认为他对你，对我们也怀着同样的忌恨。这是个错误，冬妮！他并不恨你。为什么他要恨你呢？他对谁也没有仇恨，他现在正是一帆风顺踌躇满志的时候，因此他总是兴高采烈，无论对谁都是和和气气的，你相信这一点吧。我已经对你说过不止十次了，如果你在街上遇见他的时候，能够稍微克制自己一点，不那么杀气腾

腾、目中无人地眼睛望着半空，他一定会非常殷勤客气地向你打招呼。他对你的态度感到惊奇，他心境平和地，或许带着些嘲讽地惊讶上一两分钟，然而既然他没有做什么亏心事，他心灵的安宁自然也就不会被你的行动扰乱——你责备他的是什么呢？如果说他在做买卖上远远地跑在我前面，在社会活动方面有时候也把我排挤开，这也没有什么，这只不过说明他是一个比我更能干的商人，更有手腕的政治家而已……你这样气不平地冷笑是一点道理也没有的！回过来说到房子的事，那所老宅子对于咱们家早就没有什么实际的意义了，咱们家的重点已经逐渐地完全移到我这所房子来了……我说这个话，是为了多少使你心安一点。另一方面哈根施特罗姆为什么转这个念头，这也是一清二楚的事。这家人是个暴发户，人口比从前增多了，自从跟摩仑多尔夫家结了亲，不论从金钱或是从声望方面看都比得上第一流人家了。但是他们还缺少点什么，在外表上还短少一点东西，直到现在他们由于自己的优越感、由于还没有世俗偏见倒也不以为意……他们所缺少的就是所谓的光辉的历史，就是地位的合法化……现在他们有胃口追求这个了，他们搬到这样的一所房子里来也就是给自己创造一点这一类的东西……你等着瞧吧，哈根施特罗姆参议会尽可能地保留着这里的东西，对于任何一部分建筑他都不会拆改，甚至房门上面的格言'Dominus providebit'他也要保留着。虽然说一句公道话，施特伦克·哈根施特罗姆公司之所以能有今天这样的兴盛完全是他一手搞起来的，绝不是什么天意……"

"说得好，汤姆！居然从你嘴里也听到几句气愤不平的话，真

让我心里觉得舒服！这正是我要说的！天啊，如果我有你这样的脑筋，看我不给他个厉害看！可是你却只是……”

“你要知道，我的脑子对我也并没有帮什么忙。”

“我刚才正要说，你却只是这么心平气和地谈这件事，跟我解释哈根施特罗姆为什么这么行事，我简直不能理解你的心情怎么会这样平静……哎呀，不管你嘴里怎么说，你身体内也还是跟我一样有一颗心，我不能相信，你的内心也像你表现的这么平静！你为我的不平解释开脱……说不定也只是为了安慰自己罢了……”

“你太跋扈了，冬妮。对你来说，你应该注意的是我怎样‘做’，其他一切就完全是我自己的事了。”

“汤姆，我只求你再告诉我一件事：这一切是不是像一个颠三倒四的幻境？”

“很像！”

“像不像一场噩梦？”

“谁说不是呢！”

“像一出使人啼笑皆非的滑稽剧？”

“够了，够了！”

哈根施特罗姆参议果然到孟街来了。他是和高什先生一起来的。高什先生手里拿着耶稣教徒的帽子，弯着腰，带着一脸奸诈东张西望，跟在参议的后边，从为他们递上名片、打开玻璃门的侍女身旁走过去，一直走进风景厅里去……

亥尔曼·哈根施特罗姆穿着一件直垂到脚面的又厚又重的皮大衣，前襟敞着，露出里面黄绿色的英国料子的呢冬服，样子十

足是一位大人物，一位声势显赫的交易所中的要员。他胖得出奇，不但下巴是双的，而且整个下半部脸都已经变成两个了。这一点就是他蓄着的金黄色的络腮胡也掩盖不住。有时候他一耸上额或者一皱眉毛，他那头发剪得短短的头盖骨上的肉皮便也耸起许多皱襞。他的鼻子比过去更扁地贴在上嘴唇上，鼻孔埋在上须里，呼吸显得特别吃力，时不时地得求助于嘴，大吸一口气。而且每吸一口气，由于舌头渐渐地脱离上颚和咽喉，总要发出一声吧嗒的轻响。

佩尔曼内德太太一听见这熟悉的咂舌头的声音，脸就变了颜色。她的眼前立刻出现了一幅柠檬糕加松露肠和鹅肝饼的幻景，刹那间她那冷若冰霜的傲慢神气几乎都保持不住了……她的光滑的头发上戴着一顶丧帽，黑色的衣服剪裁得恰合身腰，裙子上一道道的褶边一直圈到半腰。她叉着胳臂、耸着肩膀坐在沙发上，在两位客人走进屋门以后，她还故作镇静地向她的哥哥，向议员（他不好意思让她一个人应付这尴尬的局面，所以仍然到这里来了）说了一句什么不相干的话。当议员向前迎了几步，到屋子中间和经纪人高什热烈地打招呼，又和哈根施特罗姆参议客气矜持地互相问候的时候，佩尔曼内德太太仍然坐着不动。这以后她才从容地站起来，向两位来宾略微俯了一下身，然后非常矜持地跟她哥哥一起请客人落座。她的眼皮一直耷拉着，显出一副无比冷漠的神气。

当主客都坐定以后，最初几分钟只是哈根施特罗姆参议和经纪人高什两个人在轮流讲话。高什先生装出一副令人作呕的装模作样的谦卑神气——谁都看得出来，在那谦卑的后面隐伏着什么

样的诡谲 —— 请求主人原谅他们的打搅，说哈根施特罗姆参议先生有意购买这所房子，所以很想来这里看一看 …… 接着哈根施特罗姆参议用另外的言词又把这番意思重新说了一遍，他的声音又一次使佩尔曼内德太太想起柠檬糕和鹅肝饼来。是的，能买下这所房子是参议的心愿，不论为他自己，还是为他家里的人，他都希望这个愿望能够实现。只是有一个条件，那就是如果高什先生不打算把买卖做得太狠的话，哈哈！…… 当然，他并不怀疑，这件事一定能办得皆大欢喜。

他的谈吐举止自然而大方，无拘无束，显示出他的交际手腕。这自然也不能不给佩尔曼内德太太某一种印象，特别是，他为了表示殷勤差不多每句话都是对着她说的。当他谈到要购买房子的种种理由时，他的语调听来甚至像在乞求对方谅解。“空间，需要更多的空间！”他说，“我们桑德街的那所房子 —— 你们也许不相信，亲爱的夫人和议员先生 …… 现在对我们来说实在太挤了，有时候简直都挤得转不开身。我可不是说请客，只是说我们自己家里人，胡诺斯家，摩仑多尔夫家，我兄弟莫里茨一家人 …… 大伙儿就挤得像沙丁鱼罐头似的。您看看，这就是为什么我们想找所宽敞房子的原因！”

他的语调甚至仿佛有些气恼，他的表情和手势似乎都在说：您这还不明白 …… 为什么我要受这个罪 …… 我也未免太傻了，我的经济能力，感谢上帝，本来是足以解决这个问题的 ……

“本来我想等一等，”他接着说，“想等着蔡尔琳和波布需要房子的时候。那时候再把我那所让给他们，自己去物色一所大一点

的，可是 …… 您知道，”说到这里他把语势停了停，“我的女儿蔡尔琳和我那个当检察官的兄弟的长子波布几年前就订婚了 …… 婚礼不会再拖延很久，最迟也不出两年 …… 他们还很年轻 —— 这倒也很好！ 总而言之，为什么我非要等着他们，把一个最好的机会白白错过呢？ 这实在太没有意义、太不聪明了 ……”

大家都同意他这一番分析，谈话暂时也就停留在这件家庭的私事、停留在这场未来的婚礼上，因为从经济观点上看非常有利的叔伯兄妹结亲在这个地方并不是什么稀罕的事，因此也就没有人表示反对。大家打听这对年轻人未来的计划，甚至连蜜月旅行也问到了 …… 他们打算到利维埃拉去，到尼斯去以及诸如此类的事。他们既然有兴致去，就让他们去好了，不是吗？…… 更小的几个孩子也成为话题，哈根施特罗姆参议谈到他们的时候，一方面露出一往情深、非常得意的样子，一方面又装作不屑一提，不断地耸肩膀。他自己有五个孩子，他的兄弟莫里茨有四个，儿女双全 …… 可不是，这些孩子都很健壮，谢谢您。他们怎么会不健壮呢，不是吗？ 总之一句话，他们都又结实又活泼，接着他又谈到家中不断添丁进口，房子窄小的问题 ……“是啊，这里的情况就不同了！ ”他说，“我从楼梯往上走的时候就看出来了。这所房子是一颗珍珠，的的确确是一颗珍珠，如果我拿这么两件大小悬殊的东西作的比喻可以成立的话，哈哈！…… 就拿这些壁毯说吧 …… 我坦白地跟您说，亲爱的夫人，我嘴里一直跟您谈话，我的眼睛可从来没有离开过这些壁毯。真是一间可爱的屋子，一点不错！ 我一想到 …… 您的一生一直是在这里度过的时候 ……”

“是的，但是中间也离开过几次。”佩尔曼内德太太用一种奇怪的喉音说，她常常喜欢用这种喉音说话。

“离开过几次 —— 不错。”哈根施特罗姆参议重复她的话说，献殷勤地赔了个笑脸。他望了一眼布登勃洛克议员和高什先生，看到这两个人正在说话，于是把自己的椅子向着佩尔曼内德太太坐的沙发这边移近了一些，身子也向她探过来，以致他那咻咻的鼻息声清清楚楚地传进她的耳朵里。为了礼貌的缘故她不能向后躲，无法避开他呼出来的热气，只能一动不动地坐着，尽量挺着腰板，垂着眼皮向下看着他。可是他却一点也没有觉察对方这种不自然、不舒适的姿势。

“您看，亲爱的夫人，”他说，“我记得，从前咱们好像也办过一次交涉。当然，那次我们交涉的是 …… 是什么？是一点吃的，糖果，是吗？…… 而现在却是整整一幢房子 ……”

“我不记得了。”佩尔曼内德太太说，脖子比以前更加僵直了，因为他的脸凑得那么近，简直近得不成体统，令人不能忍受 ……

“您不记得了？”

“说确切点，我是不记得什么糖果的事。我脑子里还留有一点影子的大概是柠檬糕加肥肠的事 —— 一份让人恶心的早点 …… 我不记得，这份点心是我的还是您的 …… 我们那时候还都是孩子 …… 可是今天这件房子的事却完全属于高什先生的职业范围 ……”

她向她的哥哥投去一个迅速的、感激的目光，因为这时布登勃洛克议员发现了她的窘境，已经替她解了围。他提议是不是客人

们可以先到各间屋子转一圈。客人们很愿意这样做，于是他们暂时向佩尔曼内德太太告别，并且表示希望过一会儿还能够再见到她…… 于是议员领着两位客人从餐厅里走出去。

他带着他们上楼，下楼，带着他们看三楼上的屋子以及二楼里靠着游廊的屋子，带着他们看楼下，连厨房和地下室也看到了。办公室他们没有进去，因为他们看房子的时候正是保险公司的办公时间。他们议论了几句保险公司新任的经理，哈根施特罗姆参议接连两次夸奖他是一个非常诚实的人，议员对他的赞语则保持沉默。

接着他们穿过那积雪半融的荒凉的花园，看了一眼园子里的凉亭，又回到前院（洗衣房就在这个院子里），从这里他们顺着夹在两边院墙中的一条窄窄的石板路走到后院的后厢房去。后院除了一棵栎树，一切都呈现出一片凋零破落的样子。庭院的石板缝里野草丛生，青苔侵阶，房子里楼梯已腐朽不堪，弹子室成了野猫的不出租费的住宅，他们的拜访使这些房客受了一场虚惊。他们只是开开门向里面看了一眼，这里的地板已经不牢靠了，他们并没有走进去。

哈根施特罗姆参议的话语减少了，显然他的脑子里正在忙着做种种盘算和考虑。“好了，好了——”他不停地说，显得无所谓的样子，那神情似乎在说，他如果当了房主，这一切一定要一改旧观。他又在和地面相平的硬灰地上站了一会儿，抬头看了看上面空着的谷仓，脸上仍然是刚才那副神情。“好了，好了——”他又念念叨叨地说，一面摇晃了一下屋子里的一副沉重的绞绳，这

副绞绳连同下面的长满铁锈的铁钩子悬在房子中央已经有很多年没人动过了。以后他就转身走出去。

“感谢得很，议员先生，真是麻烦您了，我看，我们大概都看完了。”他说。他匆匆地向回走去，一路上差不多没有怎么说话。甚至在两位客人回到风景厅来跟佩尔曼内德太太告别（这次他们并没有坐下），以及后来托马斯·布登勃洛克送他们走下楼梯，从过道走向大门，他的话也一直很少。但是当主客分手以后，哈根施特罗姆参议的脚刚刚迈到街上，他立刻跟经纪人高什谈起来，看得出，两人的谈话异常热烈……

议员回到风景厅里，佩尔曼内德太太正挺着身子、板着面孔坐在她窗前的位子上，手里拿着两根大竹针替她的外孙女小伊丽莎白织一件黑毛线衣服。每织两针她就斜着眼睛望一眼窗户外面的窥视镜。托马斯两手插在裤袋里默默地在屋子里来来回回走了几趟。

“好了，这件事我把它交给经纪人了，”过了一会儿他开口说，“结果如何，咱们就等着看吧。我看他是会把整所房子买下来的，前面住人，后边另派别的用场……”

她并没有看他。她一直保持正襟危坐的姿势，编织工作也一刻没有停，相反地，两支竹针在她的手里穿来穿去，显然比刚才更快了。

“啊，当然了，他一定会买的，他会买下整所房子来，”她说，她这次用的又是喉音，“他为什么不买呢？要是不买，那才真是太不聪明、太没有意义了呢！”

她扬起眉毛，从夹鼻眼镜后边 —— 现在她每逢做活计的时候，总要戴上眼镜了，虽然她总是不能把它戴正 —— 目不转睛地盯着手里的竹针。这副竹针令人心慌地绕来绕去，而且不断地发出清脆的敲击声。

圣诞节又来了，这是第一次没有老参议夫人参加的圣诞节。12月24日的晚上是在议员的家里度过的。既没有请布来特街的三位布登勃洛克老小姐，也没有请克罗格老夫妇。这时每周的“儿童日”例会已经停止了，托马斯·布登勃洛克也就不愿意再把当年参加老参议夫人的圣诞节的客人一一邀集来赠送礼物了。这次请来的人只有佩尔曼内德太太带着伊瑞卡·威恩申克和小伊丽莎白、克利斯蒂安、靠修道院扶养的克罗蒂尔德以及卫希布洛特小姐。卫希布洛特小姐现在仍像过去一样，每年12月25日晚上要在自己家里那间热烘烘的小屋子里赠送一些礼物，而且每年还是不免发生一件差错。

过去到孟街来等候施舍鞋子和羊毛衣服的一些贫寒户今年没有了，教堂的钟声歌咏队也没有了。只是参加的人在客厅里自己简单地唱起《圣诞夜，寂静夜》的歌曲，接着就由苔瑞斯·卫希布洛特一字一顿地读起《圣经》中记述圣诞的一章。这本来是议员夫人的事，但是因为她不太喜欢这类的事，所以就由卫希布洛特代劳。这以后，大家一边低声唱着《噢，枞树》的第一段歌词，一边穿过一排房子向大厅走去。

没有什么特别使人欢快的事情。大家的面孔都不是喜气洋洋

的，谈话也进行得不很热烈。有什么可谈的呢？世界上快乐的事情本来就不多。他们想到故世的母亲，谈到卖房子的事，谈佩尔曼内德太太在霍尔斯登城门外菩提树广场对面一座漂亮的楼房里租到的明亮的屋子，也谈了谈胡果·威恩申克获得自由以后怎么安排……这期间小约翰弹了几段他跟费尔先生学来的钢琴曲，又给他母亲伴奏了莫扎特的一支奏鸣曲。他虽然弹错了几个地方，可是音响却非常美，得到了大家的称赞和亲吻。但是在这以后伊达·永格曼就立刻把他送上床去，因为这一天晚上他显得又苍白又疲惫，他害肠胃病还没有完全复原。

克利斯蒂安从上一次在早餐室里和托马斯发生冲突以后一直没有再谈结婚的事，他和托马斯又恢复了以前那种对自己说来不很光彩的关系。这一天晚上他既不想说话，也没有开玩笑。他只是骨碌着眼睛简单地表示了一下他左半边身子的酸痛，希望获得大家的同情。随后，很早他就到俱乐部去了，直到按照传统的习惯全家人团聚晚餐的时候才回来……这样布登勃洛克一家就算度过了今年的圣诞节。圣诞节过去了，他们倒觉得很高兴。

1872年刚到，孟街这一部分家就完全解体了。侍女都辞退了，佩尔曼内德太太不住地赞美上帝，因为那个一向在家务上喧宾夺主、使她忍无可忍的塞维琳小姐，这次也拿着分到手的绸缎衣服、被单和内衣裤离开了这里。接着孟街门前来了搬运家具的马车，已经开始腾房了。雕花柜子，镀金的大蜡烛台和别的议员夫妇分到手的东西一件件地都运到渔夫巷去，克利斯蒂安带着自己的一份家具迁到俱乐部附近一套三间屋子的单身汉住宅，至于佩尔曼

内德－威恩申克这一个小家庭则搬到菩提树广场那所整齐明亮的楼房里去。这是一所很漂亮的小住宅，从布置上看甚至称得上“华贵”二字。在佩尔曼内德太太住的这一层楼的门口挂着一个闪亮的铜牌，上面刻着花体字：阿·佩尔曼内德·布登勃洛克太太。

孟街的房子刚一腾空，就来了一队工人，开始拆除后厢房的工程，弄得灰尘弥漫，连天空都变得灰蒙蒙的……这块地皮终于成为哈根施特罗姆参议的产业了。他到底把它置了下来，唯有置下这座产业他的野心才能够满足。不来梅有一个买主也向塞吉斯门德·高什递了个价钱，但是哈根施特罗姆参议马上就递了更高的价钱。现在他已经动脑筋打算从这块产业上生利了，在这方面他的办法很多，别人一向是非常佩服的。春天刚到，他一家人就搬到前边的建筑物里，一切布置陈设他都尽量保持着原来的样子，只是进行了一些小修缮，增添了一些新设备，比如说，把原来的拉铃全部取消，整个住宅安上电铃之类……后厢房很快地拆平了，代替它的是一座新建筑，华丽而敞亮，门朝着面包房巷，是一排宽大的铺面房。

佩尔曼内德太太好几次跟她的哥哥托马斯发誓赌咒地说，从今以后，世界上没有什么力量能够使得她再看到他们家的这所老房子了，她决定一眼也不看。可是她没有办法守住自己的诺言，为了办什么事，她常常不得不从这所房子左右经过，不是从面包房巷那些一盖起来就以很高的租金租出去的商店橱窗门前经过，就是从另一边房屋正面高大威风的三角山墙下面走过。这里，在原来的拉丁字“Dominus providebit”下面如今写的已经是亥尔曼·哈

根施特罗姆参议的名字了。这时佩尔曼内德·布登勃洛克尽管是在街头，在众目睽睽下，也常常放声哭出来。她把头一扬，仿佛一只小鸟要唱歌一样，把手帕往眼睛上一捂，就悲痛地啼哭起来，哭声既带着抗议，也带着哀叹。她不顾路人的注目和自己女儿的劝阻，一任自己的泪珠滚滚落下。

尽管她这一辈子已经经历了不少次风暴，遭受过不少次沉船之险，可是她的哭泣却仍然保持着儿时那种天真无邪、发泄积郁的样子。

第十部

Zehnter Teil

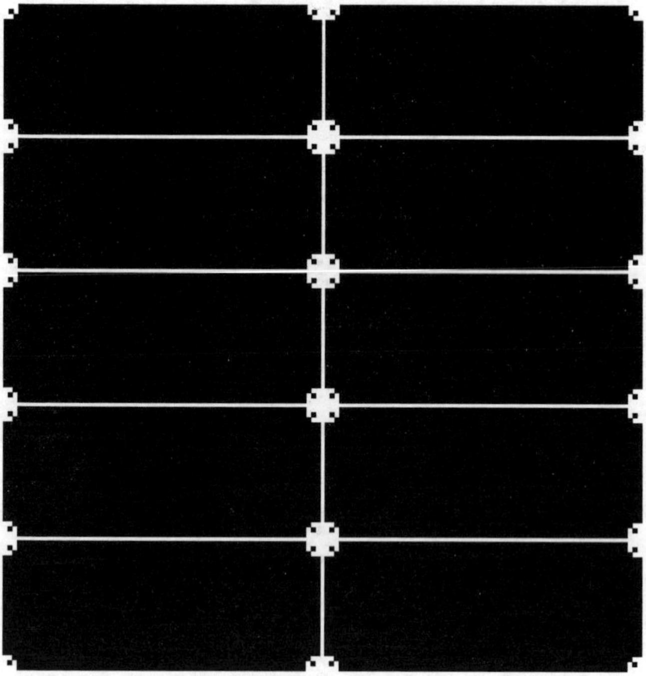

第 一 章

每逢情绪低沉的时候，托马斯·布登勃洛克常常禁不住问自己，他究竟是怎样一个人，他有什么理由认为自己比那些纯朴、勤恳、头脑简单的同城市民更高明一些。他年轻时代的那种蓬勃的幻想和积极的理想都已经一去不复返了。在游戏中工作或者以工作为游戏，怀着半真诚半诙谐的野心去追求那些仅仅有象征意义的目标，这种乐观的怀疑主义者的妥协办法、这种聪明的事事不较真的处世之道需要有旺盛的精力，需要幽默感和好性情；然而托马斯·布登勃洛克却觉得自己已经疲惫不堪，对于什么事都厌烦不耐了。

过去生活中所有应该得到的，他都得到了，而且他知道得很清楚，他一生中的顶点——如果他这种平凡、庸俗的生活还谈得上有顶点的话，他添加说——也早已超越过去了。

从纯粹金钱方面讲，他的财产减少了许多，公司的营业非常不景气。但是如果算上母亲留下来的遗产以及出售孟街房子和地皮分到他手里的一部分现金，他仍然有六十多万马克。只是公司的投资几年来一直没有充分利用，在做珀彭腊德粮食那桩买卖的

时候，议员就抱怨过当时的生意都微不足道。从他受了那次打击以后，这种情形并没有好转，反而越来越糟了。目前，当一切都蒸蒸日上、大有可为的时候，而且自从本城加入关税同盟，许多小生意在几年的工夫都已发展成为大商号，只有约翰·布登勃洛克公司却死气沉沉，没有从当前的时代得到任何好处。有人问起生意上的情形，老板总是把手一挥无精打采地回答说："唉，没有什么令人高兴的……"议员的一个积极的竞争者，同时也是哈根施特罗姆的一个密友，有一次说，托马斯·布登勃洛克在交易所只不过是个摆设儿。这句玩笑话本来讽刺的是议员的一丝不苟的外表，但是城里的人却都认为这句话妙趣横生，大加赞赏。

如果说，在商业上议员由于经受种种挫折，由于精神上的疲顿不能再像从前那样热情奋发地为这家公司的老招牌尽力的话，那么在市政活动上则是由于受到外在的限制，使他不能再高升一步。几年以来，自从他被选入议院以后，他在这方面所能追求的便都已经到手了。今后只不过是保持原来的地位和官职而已，再没有什么值得追逐的了；有的只是现在，只是渺小的现实，没有将来，也没有野心勃勃的伟大计划。固然他非常懂得利用自己职权，别的人如果处于他的地位决不会有他这样的权势，而他的政敌也无法否认，他是"市长的左右手"。但是当市长他是没有资格的，因为他是商人，而不是学者。他没有在文科学校毕过业，不是法学家，根本没读过大学。由于他很早就养成一种习惯，用阅读历史和文学书籍来打发自己的空闲时间，他感觉到自己无论在精神和理智方面，无论在修养和教育方面都比他周围的人高出一筹，所以当他

想到，只因为自己没有受过法律上所需要的教育，就不能在他出生的这个小王国里坐上第一把交椅的时候，常常是气愤不平的。“我们过去多么傻啊！”他有时对他的好友和崇拜者施台凡·吉斯登麦克发牢骚说——但是他所谓的“我们”指的却只是他自己，“那么早就跑到商号里去，却不愿意把书读完！”施台凡·吉斯登麦克回答说：“是的，你说得对！……可你是指什么说呢？”

议员现在大部分时间是一个人坐在私人办公室里桃花心木大书桌前工作。首先是因为在这间屋里没人看得到他托着头闭目沉思的样子，但是更主要的是因为他的伙伴，弗利德利希·威廉·马尔库斯先生在他对面不停地整理文具，捋胡须，那种装腔作势的样子实在使他忍无可忍，因而不得不放弃他在总办公室靠窗户的那个位子。

这位马尔库斯老先生的瞻前顾后的小毛病随着时间推移已经发展成一种病症，一种怪癖；但是最近一段时间，托马斯·布登勃洛克所以看着特别刺目、无法忍受，甚至仿佛是一种侮辱，却是因为他在自己身上也发现了类似的情形，这个发现使他大吃一惊。一点不错，从前他对这种卑微琐屑本来是深恶痛绝的，但是最近他本人居然也养成这种瞻前顾后的毛病，虽然这完全是出于另外一种性质、一种不同的心情。

他的内心是空虚的，他看不见有什么令人振奋的计划，有什么吸引人的工作值得他欢欣鼓舞地全力投入。但是另一方面他又没有失去行动的本能，他的头脑不能休息，他要求活动，虽然这和他的祖先的自然而持久的对工作爱好是迥然不同的，因为他的

这种对活动的追求是虚伪的、神经质的，根本说来，是一种麻醉剂，正如同他一刻也离不开嘴的那种烈性的俄罗斯纸烟一样 …… 他不但没有失去这种行动的本能，而且越来越不能控制它，它在他身上已经完全占了上风，变成一种酷刑。它分散成无数琐碎细小的东西，而他就被这一千种毫无意义的细琐的事情折磨着。这些事情大部分都是关于他的家务和衣着的，由于心情恶劣他常常把这些事情弄得颠三倒四，无法把它们整理清楚，然而他为它们付出的时间和精力却不合比例地多。

城里人称作为他的“虚荣”的那种东西也与日俱增，甚至增加到这种地步，让他自己看着也害羞了。虽然如此，他却不能把这方面发展起来的种种习惯革除掉。夜里他睡得虽然还安稳，但总是昏昏沉沉，仿佛没有休息过来似的；早晨醒来 —— 这时已经九点钟了，从前他起身的时间比这要早得多 —— 从他穿着睡衣到更衣室老理发师温采尔先生那里去的那一刻起，直到他觉得自己已经穿戴整齐，准备开始一天的工作止，足足有一个半钟头。这以后他才下到二楼去喝早茶。他穿戴装扮极其细致周密，从在浴室里用冷水淋浴直到掸掉上衣上最后一点尘土，最后一次用烫剪压平胡须，每一个小细节都有一定的顺序，不容搞乱，弄得后来天天重复这一套烦琐细屑的动作，使他烦躁得几乎发狂。但是尽管如此，如果他知道某一个动作没有做或者做得比较草率，他绝对不肯走出自己的小房间。因为他害怕失去自己那种清新、镇静、一尘不染的感觉。但是几小时后，这种感觉还是逐渐消失了，于是他不得不重新修饰一番。

只要不引起外人议论，他能节省什么就节省什么，只有在衣着上一点算盘也不打。他所有的衣服都是请汉堡手艺最好的裁缝做的，而且为了保存和补充这些衣服他同样也毫不吝啬。在他的更衣室里，打开一个仿佛通向另一间屋子的门以后，就会发现这是砌在墙里面的一间面积相当大的暗室，这里面有一排排的衣钩和木质衣架，挂满了为不同季节、不同场合穿用的各色上衣、常礼服、大礼服、燕尾服，而各色的裤子则摆在许多把椅子上，叠得整整齐齐。另外在一张带大镜子的五屉橱上摆满了梳子、刷子和修饰头发以及胡须用的化妆品，抽屉里则是各种各样的内衣，这些内衣永远不断地在更换、洗涤、使用和补充……

他不但每天早晨在这间暗室里消磨很长一段时间，而且在每次宴会前、每次议院例会前、每次公共集会前，总之，每次在别人面前出现、活动以前都要在这里消磨很长时间，甚至每天在家里吃饭，同桌的只有自己妻子、小约翰和伊达·永格曼，他也一定要修饰一番。每次外出，他那新浆洗过的内衣、漂亮挺括的服装、洗得干干净净的脸、胡须上的发油香，以及嘴中使过漱口水的酸涩清凉的味道都给他一种满足和准备停当的感觉，正像一个演员勾好脸谱、化好妆走上舞台时的感觉一样……一点也不错！托马斯·布登勃洛克生存在这世界上正和一个演员一样，和一个仿佛一生在演一出大戏的演员一样，除了独自一人或者休息短短的时间外，他日常生活中的每一个细节无一不是在演戏，无一不需要他以全部精力来应付，无一不使他心力交瘁……由于心灵的贫乏和空虚——空虚得这样厉害，以致他无时无刻不感到一种模模糊糊、

使人透不过气来的恼恨——再加上心中那不能推卸的职责，那不能动摇的决心：在穿戴上一定要不失身份，一定要用一切办法掩盖住自己的衰颓的现象，要维持体面。这样就使议员的生活变得那么虚假、做作、不自然，使得他在人前的一言一行都成为令人不耐的矫揉造作。

由于这种情形，在他身上出现了一些奇怪的行为，一些乖僻的嗜好，连他自己看着也吃惊和嫌恶。有的人在生活中并不想扮演什么角色，他们只是愿意在不被人注意的地方暗暗地观察着别人。而议员却不是这样的人，他不喜欢躲在暗处，让别人在一片灯光辉耀中出现在自己面前。他愿意让灯光照得自己睁不开眼，看着他的群众坐在灯影里黑压压的一片，而他则或是以受人拥戴的社交名流，或是以活跃的商人，或是以有声望的公司老板，或是以雄辩的演说家的身份在影响着这些人……只有这样才能给他一种隔绝的、安全的感觉，才能给他那种自我陶醉的做戏的感觉，而他有时在事业上获得成功也正是靠了这种感觉。是的，随着年月的消逝，宛如做戏般的陶醉的情态成了他最能忍受的一种情况了。当他站在桌子前边，手里举着一杯酒，带着和蔼的表情、潇洒的手势，用睿智的言语向别人祝酒的时候，他的祝词妙语惊人，引得在座的人喜笑颜开。这时他虽然脸色煞白，却仍然是当年的托马斯·布登勃洛克。但是当他没有事情，独自呆坐的时候，他却无法控制自己。这时候他心头就涌起一阵疲倦、厌烦的感觉，他的眼神也暗淡了，面容和身姿也一蹶不振了。这时他心中只有一个希望：他要向这种忧郁的绝望的心情屈膝，要偷偷地溜回家去，把头

搁在凉爽的枕头上。

这一天佩尔曼内德太太是在渔夫巷吃的晚餐，不过只是她一个人。她的女儿本来也该来，但是因为下午曾经到监狱去探望过她的丈夫，像过去每次一样，感到疲倦不适，因而留在家里了。

安冬妮在饭桌上谈起胡果·威恩申克来，说他的心情忧郁不堪，接着大家就开始讨论，能不能向议院递一份赦罪申请书。这时兄嫂和妹妹三个人已经在起居室围着一张圆桌坐下来，圆桌上面悬着一盏大煤气灯。盖尔达·布登勃洛克和佩尔曼内德太太对面坐着，手里都拿着针线活。议员夫人的一张美丽、雪白的面孔俯在一块绢质刺绣上，她的浓密的头发被灯光照得乌油油地发亮。佩尔曼内德太太的一副夹鼻眼镜斜挂在鼻梁上，看去完全是多余的。她正在把一条鲜红的缎带一丝不苟地缝在一只黄色的小篮子上，预备给一个相识的人做生日礼物。议员侧着身坐在桌旁一只带斜靠背的大弹簧椅子上，叠着腿，读一份报纸，时不时吸一口他的俄国纸烟，又从胡须中喷出一口灰白的烟雾来……

这是夏天的一个温暖的星期天晚上。高大的窗户敞开着，湿润温暖的空气不断流进屋里来。从桌子旁边向对面房子的灰色三角山墙上面望去，可以看到小星星在缓缓移动的云块空隙处闪耀着。街对面，伊威尔逊小鲜花店里灯光还没有熄灭。再远一些，从静谧的巷子里传来一阵阵手风琴的声音，很多音调拉错了，拉琴的大概是马车夫丹克瓦尔特的一个伙计吧！窗外时不时地响起一片笑语喧哗声。几个水手手挽手、唱着歌、吸着烟走过去，他们一定

是从码头附近一处可疑的地方走出来，乘兴再到一处更为可疑的地方去的。他们的粗大的嗓音和杂乱的步履声渐渐消失在一条横巷里。

议员把报纸放在身边桌子上，把夹鼻眼镜搁在背心口袋里，用手擦了擦脑门和眼睛。

“空空洞洞，这些报纸真是空空洞洞！”他说，“我一读这些报就想起祖父评论平淡无味的菜肴时所说的话：那味道就像一个人把舌头伸到窗外去的感觉一样 …… 枯燥地看上三分钟，就把什么都看完了。空空地简直什么也没有 ……”

“一点不错，你说得对极了，汤姆！”佩尔曼内德太太说，她把手里的活计放下，从眼镜上面看着她的哥哥，“这上面能登什么呢？我很久以前就说，从我还是个小傻丫头的时候就说：本地的这种报真是贫乏空洞极了。当然啰，我看的也是它，有什么办法呢？手边没有别的报啊 …… 可是整天只看到大商人某某参议准备纪念银婚的消息，实在太寡味了。应该有点别的报，《哥尼斯堡哈同新闻》，或者是《莱茵报》什么的。这样才能 ……”

她的话没有说完。在刚才说这一段话的时候，她已经把报纸拿到手里，把它打开，带着鄙夷的神色一栏栏地瞟过去。忽然，她的目光盯在一个地方，一个只有四五行字的短短的报道 …… 她的声音喑住了，一把攥住眼镜，一口气把这个报道读完。她一边念，嘴一边慢慢地张开，读完了以后，惊叫了两声，一面叉开胳膊肘，两只手掌按着面颊。

“不可能！…… 这是不可能的事！…… 不会的，盖尔达 ……

汤姆 …… 你看看！…… 太可怕了 …… 可怜的阿姆嘉德！ 这种事还是叫她遇上了 ……”

盖尔达把头从手中的刺绣上抬起来，托马斯吃惊地向他妹妹这边扭过身来。接着佩尔曼内德太太就把这条消息大声读出来，由于惊魂甫定，她的喉音颤抖着，每一个字都读得特别重，仿佛字字都关系着人们的命运似的。这条消息来自罗斯托克，说的是珀彭腊德田庄的主人拉尔夫·封·梅布姆昨天夜里在自己的书斋里用一把手枪自杀了。“自杀的原因似乎是不堪经济压迫。封·梅布姆先生身后遗有妻子和三个孩子。”她把这段新闻念完了，让报纸悄然落在膝头上，向后一靠，一语不发，只是目光凄恻地凝视着她的兄嫂。

托马斯·布登勃洛克在她念的时候就已经把身子转了过去，这时他的目光仍然从她身边望过去，看着门帘外面幽暗的客厅。

“用手枪吗？”在室内被沉寂笼罩了大约两分钟以后，他问了一句 —— 又沉默了一会儿，他低沉缓慢地，仿佛是在嘲讽似的说，“是啊，这就是这位贵族老爷的下场！……”

接着他又陷于沉思。他用手指捻一边的胡子尖，这一动作的慌乱急遽和他的蒙眬、凝滞、茫然无主的眼神显得极不相称。

他既没有理会他妹妹的悲叹和对自己的朋友阿姆嘉德未来生活的种种臆测，也没有注意到那并没有转过头来的盖尔达怎样在用一对罩着蓝色暗影的、生得很近的棕色大眼睛凝然不动地侦视着他。

第二章

在观望自己这一生的残年时，托马斯·布登勃洛克的目光是忧郁、愁惨的，但是在瞻望小约翰的前途时，他却不能用这种愁惨的目光。他的家族意识，他那秉承祖辈又受到特别培养的对于本族历史——不论是过去抑或未来——的景仰和关切不允许他这样做；他的亲戚朋友，他的妹妹（甚至于布来特街的那几位小姐也在内），对于小约翰的一半关怀一半好奇的企盼也影响了他的思想。他沾沾自喜地自我安慰说，他虽然感到自己已经日暮途穷、前途无望，但是对于自己这个小继承人却抱着种种的梦想。他幻想小约翰既有才干，又能勤恳地工作，会获得成功和权力，会发财致富、光耀门楣……是的，只有这一件事才使他那冰冷、虚伪的生活得到一些温暖，才给他增添一些真正的焦灼、愁绪和希望。

也许在他老年的时候能有一天从一个安静的角落里看到古老的时代，汉诺的曾祖父的时代——重新出现吧？难道这个希望完全没有实现的可能吗？他本来一直把音乐看作自己的死敌，可是实际上事情果真这么严重吗？即使承认这个孩子喜爱不看乐谱即兴演奏这件事能证明他具有不寻常的才气，可是在跟费尔先生的

正规学习中他却并没有特别的进步。毋庸置疑，对音乐的爱好是受了他母亲的影响，而且在童年时期这个影响来得最为深远，这也是不足为奇的事。然而从现在起，该是做父亲的有机会影响自己孩子的时候了。做父亲的应该把孩子向自己这一边拉过来一点，用男人的影响来冲淡一些孩子直到现在为止所受的母教。议员决定不让这样的机会白白溜过。

汉诺这时已经十一岁了。这一年复活节他和他的那个朋友摩仑小伯爵一样，都是勉勉强强地升到三年级，算术和地理两门课还要补考。家里人已经决定让他上实科班，因为他将来要经商，要把自己家的买卖继承下来，这是一件自然而然的事。他的父亲有时候问他，对于自己未来的事业是否有兴趣，他就回答“有”，仅仅是简单地、畏缩地回答一声“有”。议员紧逼着又问了几个问题，想让他再多说几句，回答得周详一些，但是常常得不到什么结果。

如果布登勃洛克议员有两个儿子，那么他无疑地会让小儿子在普通中学毕业，再继续入大学深造。但是公司需要一个继承人，另外他认为能使小儿子不受学习希腊文那种无谓的折磨对他也不啻做了一件好事。他认为实科班的功课比较容易学习。汉诺既然在很多事情上表现得理解迟钝，精力不能集中，体格又一向脆弱，不得不常常缺课，他在实科班会省一些力，学习会更快一些，成绩会更好一些。如果希望小约翰·布登勃洛克有朝一日能完成他命中注定的使命，能不负家里人的期望，那么他们首先应该注意的是：一方面更注意保护他那不甚强健的体质，另一方面还要通过适当的训练和锻炼逐渐使他的体质增强……

他的棕色的头发偏分着，前面从雪白的脑门上斜着梳上去，但是那柔软的鬈发总喜欢垂到额角上来。他的棕色的睫毛生得很长，眼睛是金黄色的。他虽然穿着哥本哈根式的水手服，但是不论在校园里还是在大街上，在他那些淡黄头发、深蓝眼睛的斯堪的纳维亚型的同学中间，他总显得有些与众不同。最近几年他长得比从前结实了一点，但是他的裹在黑袜子里的两条腿和套在深蓝色的宽大袖子里的两只胳臂还是细瘦柔软的，跟女孩子的一样。他的眼睛跟他母亲的一样，仍然罩着一层青圈。这对眼睛，特别是侧视的时候，总是流露出怯懦的、推拒的神色。他的嘴仍然像小时候那样忧郁地紧闭着，或者当他用舌尖舐着一颗摇动了的牙齿时，他的嘴就微微歪着一些，脸色好像怕冷似的……

朗哈尔斯医生这时已经完全接替了格拉包夫医生的业务，成了布登勃洛克家的顾问医生。人们从朗哈尔斯那里得知，汉诺之所以体质虚弱，面色苍白，主要是他的身体不能制造足够数量的红血球。但是这个缺陷并不是没有治疗的药品。有一种很有效的药，朗哈尔斯大夫开的数量很大，这就是鳕鱼肝油，黄色的，浓浓的，油腻腻的上等鳕鱼肝油。每天吃两次，每次吃一调羹。按照议员的叮嘱，伊达·永格曼既严格又亲切地执行这件事，叫他每天按时服用。开始的时候汉诺每次吃都要呕吐，他的胃似乎不能容纳这种良药。但是慢慢地他习惯下来，如果在吞下一口鱼肝油以后，立刻屏住呼吸嚼一口黑面包，恶心就不那么厉害了。

其他一切病症都不过是缺少红血球的后果，都是并发症，正像朗哈尔斯大夫一边瞧着自己的手指甲一边说的那样。只是这些并

发症也需要毫不容情地加以歼灭。要治牙齿有布瑞希特先生，他和他的鹦鹉约瑟夫斯住在磨坊街。他会治牙，会补牙，必要的时候还能把牙拔掉。为了治消化不良有一种叫蓖麻油的东西，黏黏的、银光闪闪的上等蓖麻油，用茶匙往下一吞，好像一条滑溜的蝾螈一样从嗓子眼里滑下去，以后整整三天的工夫，不管你走路还是睡觉，嗓子里总挂着这样一股气味……唉，为什么所有这些药品都这么难以下咽呢？只有一次——汉诺这次病得很重，躺在床上，心跳得特别不规则——朗哈尔斯大夫惴惴不安地开了一种药。这种药小约翰非常喜欢，不啻对他行了件大好事：这次的药是砒丸。以后汉诺常常要这种甜甜的、使他甘美舒适的小丸子，他几乎对这种药丸产生了怀恋。但是他从来没有再得到过。

鱼肝油和蓖麻油都是好东西，但是朗哈尔斯大夫和议员都认为：如果小约翰自己不努力，只凭这几种药还是不能够使他成为一个健壮的、经得起风霜的汉子。在这一点上，他俩的意见完全一致。举例说，体育教员弗利采先生就举办了体育训练班，夏天，在城外布格广场上，每周举办一次，给本城年轻人一个培养勇气、力量、技艺和意志的机会。然而汉诺对于这些尚武的活动却表现出一种嫌恶，一种沉默的、有所保留的、几乎是傲慢的嫌恶，这件事惹得他的父亲非常生气……以后他要跟他的同学、同年纪的人一起生活、工作，为什么他对这些人就一点感情也没有呢？为什么他总是和那个脸都没洗干净的小凯伊形影不离呢？凯伊固然是个好孩子，但是这个人多少有些古怪，将来也不是个合适的朋友。一个男孩子总应该和那些与他年纪相仿的人一起长大，这些人对他

的看法，对他的终身都有很大关系，所以他必须从一开始就学会怎样博得这些人的信任或尊敬。像哈根施特罗姆参议的两个儿子吧，一个十四岁，一个十二岁，是一对标致的小伙子，粗壮、健康，神采奕奕。这两人在附近的树林里举行正规的拳击比赛，是学校的最优秀的运动员，能像海豹一样地游水；他们不只会吸烟，而且什么胡闹的事都干得出来。他们既让人怕，也受人爱戴和尊敬。这两人的叔伯兄弟，检察官莫里茨·哈根施特罗姆博士的两个儿子虽然体质不好，一副文质彬彬的样子，然而在读书上却很出色。他们是学校的模范生，勤勉好学，举止安详，上进心特别强，总是全神贯注在学问上。两人都一心渴望做优等生，拿到编号第一的文凭。他们也确实做到了这一点，因此也获得那些比较迟钝和懒惰的同学的尊敬。但是汉诺的同学们 —— 且不谈他的先生 —— 对汉诺的看法究竟怎样呢？ 他只不过是一个非常平庸的学生，而且是个窝囊废，一切和勇气、力量、技艺活动有关的事，他都怯生生地唯恐避之不及。有时布登勃洛克议员到更衣室去，走过三楼的阳台时，他听到从那里三间屋子的中间一间 —— 自从汉诺长大了，不和伊达·永格曼一起睡以后，就住在这一间 —— 传出来的不是风琴声，就是凯伊在低声、神秘地说故事 ……

讲到凯伊，他也躲避着体育课，因为他讨厌上这种课时需要遵守的纪律和制度。“不，汉诺，”他说，“我不去了。你去吧？ 真见鬼 …… 什么有意思的也不许玩。”像“真见鬼”这些话是他从他父亲那里学来的。可是汉诺回答说：“要是弗利采先生有一天不再是一身汗臭和啤酒味，这件事倒可以商量商量 …… 别谈这个了，

凯伊，你接着说下去。你说的那个从水池子里捡到戒指的故事还没有说完呢 ……”“好吧，可是我一点头，你就得弹琴。”于是凯伊又接着说下去。

如果他的话能够相信，他在前些天一个闷热的夜里，在一处陌生的地方，从一个湿滑陡峭的斜坡上滑下来。坡下面，磷火发出闪烁不定的阴森森的光亮。他在那光亮中发现一个黑乎乎的水潭，潭里不断咕咕地冒起银白的小水泡。其中一个水泡离岸很近，不断地出现，而且每次破了，总变成一个戒指的形状。他冒着危险，经过很久的努力才用手把它捞住。一到手里，它就变成一只平滑牢固的指环，不再破碎。他把它戴在手指上。自然了，这只戒指具有神奇的魔力。靠了戒指的帮助他重新又上了那陡峭湿滑的斜坡。在离斜坡不远的地方一片粉红色的雾里面，他发现一座死静的、鬼怪驻守着的黑色城堡。他闯入城堡，靠着指环的妙用，破除了城堡的魔法，解救了许多人 …… 讲到最奇妙的时刻，汉诺就在风琴上弹出甜美的伴奏 …… 有时候，如果在舞台布景上没有不能克服的困难，这些故事也搬到木偶舞台上演，由音乐伴奏 …… 但是“体育训练”汉诺却只有在父亲严厉的命令下才去参加，那时凯伊便也跟了他去。

冬季去滑冰也好，夏季在阿斯木森先生用木料在河下游建的游泳池里游泳也好，都是那么一回事 ……“去洗澡！ 去游泳！”朗哈尔斯大夫说，“这个孩子一定得去游泳！”议员完全同意他的话。但是汉诺不论对游泳、对滑冰或是参加“体育训练”都总是尽量回避。他这样做也有他的理由。主要的原因是，这些运动哈根

施特罗姆参议的两个儿子都玩得非常出色，他们早就在等着小约翰呢！虽然这两人都住在祖母家，他们却从不放过任何欺弄、折磨小约翰的机会。在“体育训练”的时候，他们把他撞倒在冰场的脏雪堆上，在游泳池里他们怪声叫着从水里向他冲来……汉诺不想逃，逃跑根本就不抵什么事。他齐腰站在浑水里，裸露着两只女孩似的细胳臂，水面上东一块西一块地漂着一些叫作鹅草的水草。他皱着眉头微微咧着嘴，脸色阴郁地等着这两人来。哈根施特罗姆的两个儿子准知道对方是自己的捕获物，他们噼里啪啦地溅着水，大步地走来。两人的胳臂肌肉发达，他们就用这四只胳臂抱住他，把他浸到水里去，而且浸的时间很长，直到他吞下不少口脏水，很久以后还来回地转着脖子喘气才放手……只有一次他报了一点仇。一天下午，正当这两个哈根施特罗姆要把他按到水底下去的时候，他们两人中的一个忽然痛得大叫一声，把一条肉腿抬起来，那上面血珠儿已经殷殷地淌出来。这时摩仑伯爵凯伊出现在他身边。原来凯伊这次不知从哪里弄到买入场券的钱，偷偷摸摸地从水底下游过来咬了小哈根施特罗姆一口——整口牙都咬进肉里，好像一只犯了野性的小狗。他的黄中透红的头发水淋淋地搭在脸上，从头发缝里亮晶晶地闪着一对蓝眼睛……可怜这位小伯爵为了这件事也尝够了苦头，他爬出池子的时候浑身简直不成样子。但是哈根施特罗姆的身体更加强壮的儿子这次毕竟是一瘸一拐地走回家去的——

补药和各种运动——这就是布登勃洛克议员护理他儿子的两项主要的东西。但是另外他也一点没有忽略在精神方面对小约翰

的感染，使他从现实世界得到各种活的印象，这个世界汉诺将来也要走进去的。

他逐步引导汉诺走进这孩子将来要在其中活动的圈子。他有什么业务上的活动都带着汉诺去。当他在港口码头上用丹麦话夹杂着北德方言和脚夫谈话的时候，当他在粮栈的阴暗的小柜房里和工头们讨论事情的时候，或者当他在院子里向那些拖长了声音吆喝着向垛上扛粮袋的工人下达什么指示的时候，他都让汉诺在一旁站着……对于托马斯·布登勃洛克讲起来，海港、海船、货棚、粮栈这一带散发着奶油、鱼、海水、焦脂、涂油的铁板等气味的地方，从小就是他最感兴趣、最爱逗留的地方；如今他儿子却并没有主动对这些东西表示兴趣和喜爱，所以他必须培养他的爱好……行驶在哥本哈根航线上的轮船都叫什么名字啊？纳亚丁……哈姆史塔德……弗利德利克·鄂威尔狄克……“你至少已经知道这么几条了，孩子，这就很不错了。其余的你慢慢也都得知道……那边在那里往上绞谷袋的人中，很多人和你同名，孩子，因为他们都是随你祖父起的名字。在他们的孩子里边也有很多人叫我的名字的……也有叫妈妈的名字的……这些人我们每年送他们一点东西……前边那个谷仓咱们走过去，别跟那里的人谈话；咱们没有什么要跟他们说的，这是跟咱们闹竞争的一家买卖……”

“你愿意跟我去吗，汉诺？”又一次他说，“今天下午咱们公司有一条新船下水。我去给它行命名礼……你想不想去呢？”

汉诺回答说他想去。于是他跟了去，听了他父亲在命名礼上的演说，看着他怎样把一个香槟酒瓶在船头上摔破，又无动于衷地看

着这艘船从涂满了绿色肥皂的船架上滑进泡沫高溅的水里去……

一年中某一些日子，例如在举行坚信礼的复活节前的那个星期日，或者在元旦，布登勃洛克议员总要坐着马车在城里兜一个圈子，到他需要应酬的那些人家去拜访一次。因为议员的妻子碰见这些事总喜欢借口头痛或者神经烦躁留在家里，于是议员就叫汉诺陪着自己去。而汉诺对这件事倒也有兴趣。他跟着父亲坐上马车，父亲进了人家的会客室，他也一语不发地坐在父亲身边，静静地望着父亲应付人时那种从容不迫、圆通周到，然而又变化多端、因人而异的言谈举止。他注意到，当区司令官林灵根中校在他们告别的时候强调说，他对于议员的光临实在铭感五内时，父亲怎样摆出一个受宠若惊的姿势把胳臂在主人肩膀上放了一会儿；在另一个地方他对于这样的客气话却只是沉默严肃地听着；而又在一处他也回敬了一句带有讥讽意味的夸大其词的客气话……然而不论在什么场合，他的言谈、姿势都总是那么老练、合乎礼仪，而且显然他希望自己的儿子能欣赏这一点，希望他能给这个小儿子起一些示范作用。

但是小约翰实际看到的比他应该看到的还要多，他的那双羞怯的、罩着青眼圈的金棕色的眼睛很会观察事物。他不只看到父亲交际应酬时显示出来的那种稳重和亲切，他也看到——用他的奇特的甚至使自己痛苦的锐利目光——这种做作对他父亲是一件多么痛苦的事。他的父亲拜会完一家后怎样变得脸色苍白，一语不发，眼皮红肿，紧闭着眼睛斜靠在马车角上。他满怀惊惧地看到，一跨进另外一家的门槛，这一副面具怎样从父亲的面孔上落

下来，他那疲惫的身体怎样又突然变得行动富有弹力起来……议员在和别人周旋时的言谈举止，在小约翰看来，并不是那种为了保障某些实际利益——这些利益是与别人共同的，需要防止别人竞争——而表露的真情，自然、真实，那是未经认真思考而发出来的；相反地，他这时的动作谈吐本身就是目的，是一种有意识的费力的造作，因此，毫无从容不迫的真实感，它们只是一种特别沉滞、殚精竭虑的故意卖弄。有时汉诺想到将来有一天别人也期待自己在公众集会上，在众目睽睽下做这样的动作，这样的谈吐，他就不由得又厌恶又害怕地打了个冷战，急忙闭起眼睛来……

哎呀，这哪里是托马斯·布登勃洛克所希望的以身作则对小约翰的潜移默化啊！怎样培养小约翰的大方、坚韧以及对现实生活的认识，这才是他日夜苦思、念念不忘的事呢。

“你好像愿意生活得舒服一些，孩子，”有时候汉诺吃过饭以后又多要一份点心或者多要半杯咖啡时，议员往往这样说，“那么你就非得做一个能干的商人，非得多赚钱不可！你愿意这样吗？”小约翰这时总是回答一声“愿意”。

有时候，一家人都在议员家里吃饭，安冬妮姑姑和克利斯蒂安叔叔照例要跟可怜的克罗蒂尔德姑姑开开玩笑，模仿她的卑屈温顺、拖得很长的声调跟她说话。受了比较厉害的葡萄酒的作用，汉诺有时候也会模仿起这个声调来，想办法逗弄一下克罗蒂尔德姑姑。这时托马斯·布登勃洛克就会大笑起来——从心眼里发出来的欢快的几乎可以说是感激的笑声，就好像一个人遇到一件令他心花怒放的大喜事一样。一点不错，他甚至出头来帮助他的儿

子，自己也参加这场戏弄人的把戏，虽然很久以来他不跟这位亲戚开玩笑了。对头脑迟钝、谦恭和蔼、永远饥肠辘辘的瘦削的克罗蒂尔德显示威风是一件非常简单，而且毫无危险可言的事，因此虽然事情本身倒也无伤大雅，他却不屑一做。正如同在实际生活中许多事违反了他那喜欢反复掂量的本性，常常引起他无限的憎恶一样，这件事也使他非常嫌恶。在生活中他不能了解，也想不通，为什么一个人看透了一种形势，完全掌握了它，却又能毫无羞愧地利用它？然而另一方面他又对自己说，能够毫不感到羞愧地利用环境，这正是适应生活的能力啊！

有时候小约翰表现出这种适应生活的能力，哪怕非常微小的一点迹象，他也感到那么高兴，那么幸福，那么心花怒放！

第 三 章

几年来布登勃洛克一家人早已不像过去那样做夏季长途旅行了。甚至去年春天议员夫人提出要回阿姆斯特丹省亲，要在相隔这么多年以后重新给她父亲表演几次二重奏，议员的同意也是非常勉强的。但是每年夏天盖尔达和永格曼小姐都要带着小约翰到特拉夫门德去休养，在那里度过整个暑假，却主要出于可以增进汉诺健康的考虑而成为惯例了……

到海滨去过暑假！有谁——不管他是谁——能了解这是一种什么样的幸福吗？经过烦闷、单调、无休无止的上课以后能够平静地、无忧无虑地过四个星期与世隔绝的生活，充满了海藻的气味和波涛的温柔絮语……四个星期，是这样长的一段时期，在开始时你几乎认为它是过不完的，不可能相信它有尽头，如果有人说它会过完，那才叫粗暴邪恶呢！小约翰从来也不能了解，有的教师在一门功课结束时居然说出这样的话："假期以后我们再接着讲，以后我们还要讲……"假期以后！好像这件事给他多么大快乐似的，这个穿闪亮哔叽上衣的莫名其妙的人！假期以后！这是多么奇怪的想法！四个星期以后的种种事情是属于多么遥远渺茫

的未来啊！

他们住的是两座瑞士式的小房子，中间连着一条窄窄的走廊，和点心铺以及休养的主房整齐地并排立着。头一天早晨在这样一间小房子里醒过来，那是什么样的感觉啊！成绩单——好也罢、坏也罢——已经给家里人看过了，装满了箱子、行李的马车也坐完了。他感到全身沐浴在一种朦胧的幸福里，他的心也因此抽搐起来，他不觉一下子惊醒过来……他睁开眼睛，贪婪地望着这间干净的小屋子里的老式家具……头一秒钟他仍然在一种睡眼惺忪、既幸福又迷乱的状态之中——但是马上他就明白了，他这是在特拉夫门德，他要在特拉夫门德度过漫长、漫长的四个星期！他并不转动身体；他静静地仰卧在那张黄木头的小床上，床单因为使用日久已经变得又软又薄，每隔一会儿他就又把眼睛闭上，听着自己的心怎样因为幸福、不安，随着缓慢的深呼吸而怦怦地跳动着。

整个房间沐浴在从带条纹的窗帘后面射过来的淡黄的日光里，但周围还是那么静，伊达·永格曼和妈妈还都在睡梦中。只能听到下面工人在耙花园中石子路时发出的均匀、宁静的声音，另外就是一只苍蝇在窗帘和窗户中间不断撞击玻璃，可以看到它的影子映在带条纹的窗帘上，显出一条弯弯曲曲的长线……一片寂静！只有耗子的孤单的窸窣声和苍蝇的单调的嗡嗡声！这种温柔而隐含生机的寂静使小约翰产生一种奇妙的感觉：海滨所特有的深沉平和、无人搅扰的宁静的感觉。他比什么都更爱在海滨休憩。啊，赞美上帝吧，那些在世界上代表比例律和文法的身穿闪亮哔叽上衣的人是绝不会到这儿来的，他们不到这里来，因为在这里生活是

得花不少钱的……

一阵快乐使他从床上跳下来，光着脚跑到窗户前边去。他把窗帘拉上去，拉开白漆窗闩，打开一扇窗户。看着苍蝇从花园的沙砾路和玫瑰花圃上飞走。旅馆对面的音乐厅，围在半圈黄杨树里，仍然寂无一人。那块因灯塔而得名的罗喜登空地——灯塔就伫立在这块空地的右边——在白云叆叇的天空下，向远处伸展开去，那上边生长着一些稀疏的短草，时而还夹着几块寸草不生的空地，到了最远的地方，这些短草就为一些高大、粗壮的海滨植物所代替，再过去是一片沙滩，沙滩上面对大海摆着的一排排私人小木棚和圈椅依稀可辨。海就躺在那边，就躺在宁静的晨曦里，一条蓝绿相间的狭长的条片时而光滑如镜、时而皱起无数波纹。一艘从哥本哈根来的轮船从标志着航路的红色浮标中间开过来……也许是纳亚丁号，也许是弗利德利克·鄂威尔狄克号，这倒不值得去打听。汉诺·布登勃洛克又怀着宁静的幸福之感深深吸了一口从海面上飘荡过来的辛香气息，他充满感激之情，脉脉含情地向大海投去问候的一瞥。

一天就这样开始了，这是少得可怜的二十八天中的头一天，最初这些日子仿佛是永恒的幸福，但是头几天一过去，其余的日子就飞逝而过，快得几乎令人不能置信……早餐总是在阳台上或者在安着大秋千的儿童游戏场前面一株大栗树下面吃的——不论是侍役铺在桌上的台布的新浆洗的味道，还是皱纸做的餐巾，式样奇特的面包，还是那种不像在家中用骨匙而是用普通茶匙从金属碗里吃的鸡蛋——一切一切都使小约翰非常迷醉。

早餐以后的事也无一不安排得轻松愉快，是这样一种悠闲舒适、处处安排妥帖的生活。一天就这样无拘无束地过去了：早晨在海滨，听着旅馆乐团演奏午前音乐节目，静静地躺在藤椅前面，懒懒地，像在梦境里似的玩弄着那干净的细沙，眼光闲适自得地投向那无边无际的一片碧绿和蔚蓝，从那上面一股强劲、粗野、新鲜、芬芳的空气，自由地、毫无阻挡地吹来，带来海涛温柔的砰砰哄哄的声响，一刻不停地冲进耳鼓，使你陷入一种舒适的昏暗，一种昏迷沉醉的境界，仿佛你已经坠入一片幸福的昏厥里，一切束缚人的知觉，时间呀，空间呀，什么都失去了…… 以后是游泳，比起在阿斯木森游泳池来在这里游泳才真称得起是一件乐事。这里没有“鹅草”，这里的水一片清澈碧绿，搅动起来，便到处泛起白沫，脚底下不是黏黏的木板，而是给人舒适感觉的柔软的细沙。此外，哈根施特罗姆参议的儿子也不在跟前，他们都在很远的地方，不是在挪威就是在蒂罗尔。他们的父亲喜欢在夏天到远处去旅行休憩——他既然有此喜好，当然可以这么做，不是吗？……随后沿着海边散一会儿步，暖和暖和身体，一直走到“海鸥石”或者“望海亭”，在柳条圈椅里吃一顿点心，这样就到了该回去的时候，该休息个把钟头，好更换衣服，准备和别的旅客一起吃饭。吃饭的时候非常热闹，因为这正是洗海水浴的旺季，海滨旅馆的大厅里挤满了和布登勃洛克家熟识的人，有的是从汉堡来的，甚至还有一些英国人和俄国人。一个穿黑色衣服的人在一张精美的小桌旁边从一只闪闪发光的银质汤罐里给大家盛汤。菜一共有四道，这些菜比起家里的菜都更有口味，更香甜，至少做得更有排场。

在吃饭的长条桌上很多人在喝香槟。常常也有一些不愿意整个星期被事务束缚住自由的先生从城里来，他们要在这里消遣消遣，吃过饭以后玩一会儿轮盘赌。比如说，彼得·多尔曼参议，他让女儿留在家里，一个人到这里，扯着大喇叭嗓子用北德土话讲一些粗俗的笑话，笑得汉堡来的太太们直不起腰来，求他闭一会儿嘴。还有议员克瑞梅博士——那位老警察局长，克利斯蒂安叔叔和他的老同学吉塞克议员。吉塞克议员也是独来独往，没有家眷，克利斯蒂安·布登勃洛克的花费都由他一手承担。……以后，当成年人听着音乐、在咖啡馆的帐篷下面喝咖啡的时候，汉诺也坐在帐篷前面的一把椅子上听着，永远也不知道疲倦……下午的消遣也都安排好了。在旅馆的花园里设有一座射击棚，在瑞士式的楼房右边有几个牲口棚，养着马、驴和乳牛。吃晚茶的时候人们能喝到刚挤出来的喷香的、起沫的牛奶。人们也可以到镇里去散步，或者顺着“临海街”走上一圈；从这里还可以坐小船渡到“普瑞瓦”去，在“普瑞瓦”的海滩上能捡到琥珀。要不还可以在儿童游戏场玩一局槌球戏，或者坐在旅馆后面的一片树林的山坡上（报告吃饭时间的大钟就悬在这里）的一条板凳上听伊达·永格曼读故事书……但是最聪明的办法莫过于回到海滨去，在暮色苍茫里，坐在面对防波堤的顶上，对着空旷的地平线。大船驶过来了，就向它挥手帕，要不就倾听着微浪怎样拍击着石岸，发出轻柔的絮语，四周无尽的辽阔莫不被这温柔而伟大的涛声填满。涛声仿佛柔婉地向小约翰说话，让他舒适恬静地闭上眼睛。但是正在这个时候伊达·永格曼总要说：“走吧，小汉诺！该走了，是吃晚饭的时候了。你要

是在这儿睡着了，你就活不成了……”每次从海滨归来，他的心感到多么宁静平和啊！跳得多么均匀舒坦啊！当他在自己卧室里就着牛奶或者发甜的棕啤酒吃过晚饭以后——他的母亲要再晚一些时候才到旅馆的带玻璃窗的露台上和别的客人一起吃饭——刚刚躺在床上，他把身体裹在柔软的薄被里，在他的宁静的心房的柔和均匀的跳动里和音乐晚会的低柔的旋律中，他宁静地入睡了，他的梦境既不恐怖，也没有谵语……

另外也有一些人，平日受事务羁绊，不得不留在城内，只有在星期日才能抽暇到海滨来。议员也和这些人一样，星期日到这里来跟家人团聚一天，到星期一早晨再回去。虽然这一天的饭桌上可以吃到冰激凌，喝到香槟酒，虽然这一天可以骑驴，也可以邀集一群人乘帆船到海上去，小约翰却不怎么喜欢这些星期日。海滨浴场的安闲幽静被破坏了。下午从城里来了一群根本不属于这个世界的人——伊达·永格曼虽然怀着轻蔑却一点也不刻薄地称这些人做“中产阶级一日蜉蝣”——占据住旅馆花园和海岸。他们喝咖啡，听音乐，洗海水浴，而汉诺却宁愿一个人躲在屋子里，等着这些穿着节日盛装的破坏安静的人潮退去……等到星期一一切又恢复了老样子，等到他父亲的一双眼睛——他有整整六天没有看到这双眼睛，但是整个星期日，他却很清楚地感觉到，这双眼睛正挑剔地打量着他——远远离开这里时，他才又恢复了兴致……十四天已经过去了，汉诺告诉自己说，而且只要别人愿意听，他也告诉别人说，剩下的假日还有米迦勒节日那么长呢。可惜这只不过是句自欺欺人的宽心话，假期的顶点一过，就开始走

下坡路，越到结尾越快，快得简直可怕。他恨不得抓住每一个小时不把它放过。他在海滨每吸一口空气时都吸得特别慢，为了不让幸福的时刻白白放过。

但是时间还是毫不留情地飞逝过去——有时下雨，有时阳光灿烂，有时风从海面上刮来，有时从大陆上刮来，有时气候酷热，有时风雨喧嚣，无休无止，似乎永远也离不开这块海面。有几天，东北风使海湾泛滥起黑绿色的潮水，让海滩上盖满了海藻、贝壳和水母，帐篷仿佛随时都会被风卷走。这时那浑浊的、波涛滚滚的大海便一望无际地被泡沫遮住。汹涌的巨浪带着森严可怖的冷静向岸边滚过来，威猛地耸起，形成一道暗绿色的、宛如钢铁铸成的、光泽闪闪的拱墙，然后带着轰轰隆隆、砰砰哄哄，有如雷鸣似的巨响摔到沙岸上去。…… 另外也有一些日子，西风把海水倒吹回去，露出一片广阔的水波形的地面，赤裸的沙岸到处可见。在这样的日子里总是下着倾盆大雨，天空、地面和海水融合为一。疾风卷起雨帘，拍打在窗玻璃上，弄得窗玻璃上雨水像小溪似的往下淌，外面什么东西都看不见了。遇到这样的天气，汉诺总是待在旅馆的大厅里，坐在一架小钢琴的前面弹奏，这架钢琴虽然因为旅馆不断办舞会被人用来弹华尔兹和苏格兰舞曲，弹得有些走调，不如演奏家里的钢琴那么悦耳，但是它那沙哑的、咯咯吱吱的声音仍然能给人无限的乐趣…… 又有一些日子，一丝风也没有，天空蔚蓝，使人昏昏欲睡的郁闷笼罩着大地。在罗喜登空地上，青蝇嗡嗡地悬在日光里。大海喑哑了，像一面镜子似的凝然不动。当假期只剩下三天的时候，汉诺宽慰自己，同时也告诉每个人说，还

有好长一段时间呢，像整个圣灵降临节那么长。然而他的计算，虽然没有人驳得倒，他自己却也不敢相信了。他心里早已承认那位穿发亮的哔叽上衣的先生是正确的。四个星期终究是有尽头的，他们还是要从停止的地方继续，要继续讲这个，讲那个……

出发的日子来了，马车装好了行李停在旅馆门前。汉诺一清早已经向大海和海滩告别；现在他又向那接过小费的仆役们告别，向音乐坛、玫瑰花坛和这整个夏季告别。然后，在旅馆人员鞠躬欢送下，马车轮转动起来了。

马车走过通向小镇的林荫路，沿着临海街走下去……汉诺把头靠在车厢的一个角落里，向窗外望着。精神矍铄、瘦骨嶙峋、头发已经花白了的伊达·永格曼坐在倒座上，对着汉诺。清晨的天空被淡淡的白云盖住，特拉夫河面上耸起无数小波浪，被风儿吹得滴溜溜地乱滚。时不时地有一滴雨点打在车窗上。在临海街的尽头，人们坐在门口织补渔网，光着脚的小孩跑过来，好奇地打量着马车。这些人是不会离开这儿的……

当马车把最后几幢房子抛在后面的时候，汉诺俯着身子，最后又看了一眼灯塔，然后他把身子向后一靠，闭上了眼睛。“明年咱们还要来，小汉诺。”伊达·永格曼用低沉的、安慰的语调说。汉诺等着的正是这句话。一听见这个，他的下巴一抖，眼泪马上从长长的睫毛后边滚落下来。

他的脸和胳臂都在海滨晒黑了，但是如果人们让他在海滨待这么一个月，想的是能达到使他健壮、活泼、抵抗力增强的目的，那显然是失败了。这个可悲的事实汉诺自己也完全知道。经过这

四个星期远离尘寰的平静生活，对大海的凝神膜拜，他的心变得比以前更柔软，更任性，更敏感，更富于梦想了。在蒂特格先生的比例律面前，他比从前更无力振作了。当他想到要背诵那么多历史年代和语法规则，想到过去，晚上绝望时，就任性地把书本一丢，徒然希望从睡眠里找到解脱，而第二天清早和上课以前的那种恐怖，想到沉重的灾祸，专门和他作对的哈根施特罗姆家的孩子，以及他父亲对他的那些要求，他变得比以前更灰心丧气了。

但是马车行驶在清晨充满积水的乡村大路上，四周充满小鸟的啁啾声，渐渐地使他心情又畅快了一些。他想到了凯伊，想到不久就将和他会面，想到了费尔先生，想到了钢琴课，家里的大钢琴和他的小风琴，再说明天又是星期日，后天，开学的第一天，也还是平安无事的。啊，他摸着他的纽襻靴上还带着的海滩上的沙子 …… 他要请求老格罗勃雷本永远别把这点沙子擦去 …… 哔叽衣服也好，哈根施特罗姆家的孩子也好，任凭什么事，就让它们来吧！反正他有的他们是抢不走了。当一切苦难又压在他头上的时候，他会回忆起大海和海滨旅馆的。他会想到夜晚在一片寂静中，细碎的波浪怎样从神秘的酣睡着的远处滚过来拍溅在防波堤上的声音，只要一回想这个，他就能从中得到安慰，一切逆境都损害他不得 ……

摆渡过了，伊色列朵尔夫林荫道也过了，再经过耶路撒冷山和城外的旷地，随后就到了城门了。城门右边耸立着监狱的高墙，威恩申克就关在这里面。马车沿着布格街驶过去，过了考贝尔格和布来特街以后，一拐进渔夫巷的斜坡路，马车就得一边走一边

刹闸……眼前就是那所带有白色大理石雕像柱的红房子了。当他们从充满中午暖空气的街头走进阴森的石头走廊时，议员已经从办公室里出来迎接他们，手里还攥着一支钢笔……

只是在过了许多许多日子以后，小约翰才习惯了没有大海的生活，才习惯了那战战兢兢、无聊得要死的日子。永远要提防着哈根施特罗姆家的孩子，只能从凯伊、费尔先生以及音乐中寻得些安慰。

布来特街的几位本家小姐和克罗蒂尔德姑姑一看见他马上就问，过了这么长的假日以后上学的滋味如何，发问的时候嘲弄地挤着眼睛，表示他的处境一点也瞒不过她们，同时又带着成年人的那种特有的傲慢，仿佛一切与孩子有关的事，她们如果不是不闻不问便要尽量以玩笑的态度处之。可是汉诺却一点没有被她们问住。

在回到城里三四天以后，家庭顾问医生朗哈尔斯大夫到渔夫巷来检查海水浴的效果。他首先和议员夫人长谈了半晌，才把汉诺叫讲来，衣服脱得只剩一半，进行一次仔细检查——检查一下他的身体“status praesens”①，像朗哈尔斯大夫一边望着自己的手指甲一边宣布的那样。他检查了一遍汉诺的不发达的肌肉组织，量了量他的胸围，听了听他心脏的跳动，让他把身体各种器官机能全部报告了一遍，最后用针尖从汉诺的细胳臂上取了一滴血，为了拿回去化验。总起来说，他似乎还是不很满意。

---

① 拉丁文：现状。

“咱们倒是晒黑了，”他说，一只胳臂搂着站在他面前的汉诺，另一只长着黑汗毛的手搭在汉诺肩膀上，抬头看着议员夫人和永格曼小姐，“可是脸上还老是这么愁眉不展的。”

“他想念海滨啊。”盖尔达·布登勃洛克说。

“啊，是这么回事 …… 这么一说你非常喜欢那个地方啦！”朗哈尔斯大夫一边问，一边用他那双骄傲的眼睛盯着小约翰的脸 …… 汉诺的脸变了色。这个问题是什么意思？朗哈尔斯大夫显然在等待着他的回答。他心中升起一个异想天开的希望，特别是他狂热地相信，在上帝面前，没有什么不可能的事，即使把世界上所有穿哔叽上衣的人加在一起也不抵事。

“喜欢 ……”他费力地说道，眼睛瞪得大大的，盯住大夫。然而朗哈尔斯大夫在提出这个问题时并没有什么特别意思。

“好吧，海水浴和新鲜空气迟早会收效的 …… 迟早会收效的！”他说，一面拍了拍小约翰的肩膀，把他推到一边，向议员夫人和伊达·永格曼点了点头 —— 这是一个学问渊博的医生那种高人一等的善意的、不使人失望的点头示意，因为别人都眼巴巴地望着他的眼睛和嘴唇 —— 然后站起身来，结束了这场鉴定 ……

汉诺的心为了海滨而痛苦着，这个伤口结疤结得很慢，只要被日常生活中最细小的坚硬东西一碰，就又要犯痛、流血。最了解最同情他的愁闷的是安冬妮姑母。安冬妮姑母跟他讲起在特拉夫门德的生活，脸上流露出真诚的兴趣，而且全心全意附和着他对那一段日子的热诚的赞颂。

“是的，汉诺，”她说，“事实就是事实，特拉夫门德真是个美

丽的地方！直到我进了坟墓，我也会高高兴兴地回忆我在那里过的一个夏天。那时候我还年轻，不懂事。我住在一家人家里，我很喜欢他们，他们似乎也不讨厌我，因为我当时还是个漂亮活泼的小姑娘，永远生气勃勃。现在我是个老太婆，才有脸这么说。我想告诉你的是，那家人真是好人，老实、善良、直心肠，而且也聪明、有学问、对人热心，我以后一直没有再遇到过这样的人。一点不错，跟他们来往真是特别有意思。就知识和见解来谈，我从他们那儿也学到了不少东西，我这一辈子也忘不了。如果不是别的一些事打乱了，被各种各样的事 —— 人的一生里就是这样，你知道 —— 我这个傻丫头得的益处还要多呢。你愿意知道，我那时候多么傻吗？我想把水母身上的五色小星收起来。我用手帕包了一大包水母拿回家去，想在阳台上，太阳底下，把它们晒化……我想，这样那些小星星就可以留下了！好，等我再出去一看，只剩下一大块水印，还有一点烂海藻味……”

第 四 章

1873年开春，议院颁发了对胡果·威恩申克的赦令，于是这位过去的经理在徒刑期满前半年恢复了自由。

如果佩尔曼内德太太肯讲实话，她就会承认这并不是一件怎么使她欢欣鼓舞的事，她倒宁愿一切都照老样子继续下去。她带着自己的女儿和外孙女安安静静地住在菩提树广场，平常来往的除了渔夫巷外就只有她幼年求学时代的朋友，母姓封·席令的阿姆嘉德·封·梅布姆了。她的这位女友自从丈夫去世以后便也移居到城里来。她早已认识到，出了故乡的城门，没有什么适合她居住又不辱没她身份的地方，加之她在慕尼黑一段生活的回忆，她的日益恶化的消化不良症，她日益需求安宁的生活。这样，虽说祖国已经统一了，她却一点也不想在晚年的日子仍然迁到别的大城市去，更不必说移居国外了。

“亲爱的孩子，”佩尔曼内德太太对她的女儿说，“我得问你点事，问你点要紧的事！…… 你是不是从心坎里爱你的丈夫？他现在在这个地方是待不下去了，你爱他是不是爱到这个地步，以致他无论到什么地方去，你都愿意带着孩子跟着他？”

伊瑞卡·威恩申克太太淌着眼泪——她流眼泪的原因怎样解释都可以——回答了母亲的问话。正像多少年前冬妮在汉堡的别墅里也曾在同样的情形下回答过她父亲的问话那样，伊瑞卡的回答也是从自己的天职出发的。从这件事以后，人们都知道不久这对夫妻就将劳燕分飞了……

佩尔曼内德太太坐着一辆门窗关得严严的马车从监狱里把她的女婿接回来的一天，正像威恩申克经理被捕的那一天一样可怕。她把他接到菩提树广场自己的住宅里，他手足无措地和自己的妻子行过见面礼以后，就躲进给他预备的一间屋子里，从早到晚只是吸雪茄，不敢到街上去，甚至吃饭大部分也不和家人在一起——他已经成了一个垂头丧气、头发斑白的人了。

监狱生活对于他的身体健康并没有什么损害，胡果·威恩申克的体质一向非常健壮。虽然如此，他的遭遇实在非常悲惨。这个人干的事，十之八九他的大部分同行没有一天不在明目张胆地干；如果他没有被捕，无疑他也会良心清白、高视阔步地继续走自己的道儿。如今看到这个人从市民的地位上坠落下来，受到法律判决，受了三年囹圄之苦，在精神上竟这样一蹶不振，真是一件可怕的事。在法庭上，他怀着极大的信心为自己辩护，而且别的懂行的人也同意他的意见，说他只不过为了公司和个人的利益而采用一种比较鲁莽的手段，这在商业界是一种有先例可援的惯例。但是那些在他看来对这件事毫不懂行的法官，那些活在另外完全不同的见解和观念中的老爷却判了他盗骗罪，而且他们的判决，一经过法律形式竟使他的自尊扫地，弄得他再也无颜见人。他那有弹

性的步履，他那些大胆自如的姿势，在大礼服里扭动腰身、摇摆拳头、瞪眼睛，他那惊人的天真憨直，肆无忌惮地讲故事、问问题，丝毫也不理会自己的无知、没有教育——这一切都不见了。一点踪迹也寻不出来了。当家里的人看到他这副怯懦、沮丧、尊严丧尽的样子，简直都不寒而栗起来！

整整有八九天的工夫，胡果·威恩申克先生除了吸烟以外什么事也不干。在这以后，他开始读报纸，写信。这样又过了八九天，他才含混其词地宣布，他在伦敦似乎得到了一个位置，但是他想一个人先去，先把事情安排一下，等一切就绪以后，再把家小接去。

在伊瑞卡的陪伴下，他坐着一辆门窗关得严严的马车到了车站，离开了这个城市。动身以前他没有去看望别的亲友。

几天以后，一封写给他妻子的信从汉堡寄来。信里面说，他已经打定主意，在没有给妻子谋求出适当的活路以前，他不想和她们团圆，甚至不想和她们通信。这是胡果·威恩申克留下的最后信息，从此以后谁也没有再听到他的一点信儿。佩尔曼内德太太在以后的日子里虽然几次设法探听她女婿的消息——她摆出一副煞有介事的样子对人说，她这样做是为了搜集更有力的证据控告他有意弃养而提出离婚——而且她对于这些事也非常内行，办得既周到又有魄力，可是威恩申克先生却始终像石沉大海一样无影无踪。这以后伊瑞卡·威恩申克就一直带着她的小伊丽莎白留在母亲身边，在菩提树广场的一间明亮的楼房里住下去。

第五章

小约翰父母亲的结合作为当地人的谈论话题，多少年来始终没有失去它迷人的力量。既然这一对夫妻双方本性都有些怪异、神秘，这场婚事势必也就带有一些不同寻常的神秘性质。如何探听到点内幕消息，如何揭开不多的表面事实，研究一下这种关系的真相，看起来虽然是一件困难的工作，却很值得一做……不论在起居室或是寝室里，在俱乐部或是酒馆里，甚至在证券交易所里都有人在谈论盖尔达和托马斯·布登勃洛克，而且越是因为人们知道得少，谈论也就越多。

这两个人是怎么结合起来的，他们的相互关系又是怎样呢？人们不禁想起十八年前三十岁的托马斯·布登勃洛克如何突然下定决心进行这件事的情形。“不是这个人就终身不娶。”这是他当时说的话。从盖尔达那方面讲，情形一定也大致相同，因为在她二十七岁以前，阿姆斯特丹所有的求婚者都被她拒绝了，只有这一个人的求婚她却欣然接受。一定是基于爱情的结合了，人们心里这么想。不管他们愿意不愿意，他们都不得不承认，盖尔达带来三十万陪嫁这件事，对于两人的结合所起的作用只能是次要的。

然而若是讲到爱情，根据人们对爱情的了解，从一开始就很少能在这两人之间发现。相反地，最早的时候人们在他俩相互周旋中能看出来的只是殷勤客气，一种在夫妻间的不太正常的毕恭毕敬和殷勤客气。人们更难于理解的是，这种客气不是出于内在的疏远，而是产生于一种奇怪的相互默契，一种经常的相互关怀。岁月并没有使这种关系有丝毫改变。唯一的改变是两人外貌的差异越来越显著了，虽然他俩的年龄差别实际上是非常有限的……

看到这两个人，人们就会发现，男人衰老得极快，而且已经有些发胖了，而在他身边的却是一个年轻的妻子。人们发现，尽管托马斯·布登勃洛克极力装扮自己，他那种造作卖弄甚至达到令人发笑的地步，却掩饰不住他的憔悴衰老——是的，憔悴衰老是用来形容他的唯一正确词语；而盖尔达在这十几年中却几乎没有什么改变。她像从前一样和人落落寡合，生活在一种神经质的冷漠里，而且随身散发着这种冷气。她的赭红色的头发仍然保持着原来的颜色，肤色像过去一样美丽、洁白，体态像过去一样窈窕娴雅。在她的一对略微嫌小、生得比较近的棕色眼睛周围仍然罩着一层青影……这双眼睛不敢让人信任。她的目光很特别，那里面写着的是什么，人们是猜不到的。这个女人的本质这样冷漠、孤独、深沉、落落寡合，只有在音乐中才表现出一些生活的热情，这就不能不引起别人的种种猜疑。人们把他们那一点陈腐的观察人的知识拿出来，应用在布登勃洛克议员的妻子身上。“人静心深。”“话语少，心眼多。”既然他们想把这件事弄明白一点，想知道点什么、了解点什么，那么他们那点有限的想象力就得出这样一个结论：漂

亮的盖尔达一定是在对她的老朽的丈夫怀有二心了。

他们留起心来，而且没有多久就一致认为盖尔达·布登勃洛克和封·特洛塔少尉先生的关系，把话说得婉转一点，超过了礼俗的界限。

列内·玛利亚·封·特洛塔原籍是莱茵河区的人，如今在驻扎本城的一个步兵营里当少尉。军服的红领子颜色调和地衬着一头乌黑的头发。他的头发斜分着，右边鼓起一个弯弯的高蓬，向后梳着，露出雪白的脑门。他的身材虽然看去高大、魁梧，但是整个仪表和言谈举止给人的印象都非常不像军人。他喜欢把一只手插在敞着的制服扣子里，或者用手臂支着坐在那里。他俯身行礼时一点也没有军人气概，甚至鞋后跟的碰响声别人也听不见。他对待披在自己健壮身躯上的军服随随便便，好像穿的是便服一样。甚至他那条斜着向嘴角耷拉下来的才蓄不久的短短的上须也既不能蓄尖，又不能捻曲，这就更减低了他的军人风度。他身上最惹人注目的要算是一对眼睛了，这对眼睛大而且黑，特别光亮，仿佛两个看不到底的亮晶晶的深洞，不论是看人或者看东西，这对眼睛总是热烈、严肃、闪闪发光……

毫无疑问，他之所以加入行伍是一件与本意相违的事，或者至少没有什么兴趣，因为他的身体虽然很强健，但是履行职务却并不干练，而且他也不为同事们所喜爱。他对这些人的兴趣爱好——这是一些新近凯旋的年轻军官的兴趣和爱好——表现得非常冷淡。在这些人中，他被看作一个别扭、乖僻的怪人。他爱独自散步，既不骑马，也不狩猎，既不赌钱，也不和女人调情。他的全部精

力都放在音乐上，因为他能演奏很多种乐器，随便哪次歌剧演出或者音乐会人们都看得到他那对晶莹的眼睛和他那毫无军人风度的吊儿郎当的看客姿态，但是俱乐部和赌场他却从来不愿光顾。

对于本地一些显赫人家，除非不得已他才勉强去应酬一下，一般的邀请他差不多一律谢绝。只有布登勃洛克一家他肯去拜访，而且拜访的次数太勤了一些。一般人都这么认为，议员本人也不例外。

没有人猜得透托马斯·布登勃洛克心中有什么想法，也没有谁需要去猜测。但是正是这种在一切人面前隐瞒着自己的痛苦、恼恨和自己的软弱无力，才是一件困难得近于残酷的事！人们开始发现他的行为有些可笑了，但是如果人们了解他怎样胆战心惊地提防着别人的嘲笑，哪怕是了解到他这种心情的万分之一，人们也就会化讥讽为同情了！事实上，远在别人稍稍产生一丝嘲弄思想之前，他已经看到这种耻辱从远处向自己走来，早已有了敏锐的预感了。而且他那种不断被别人嘲笑的虚荣浮华，主要也是产生于这种唯恐受人讥嘲的担心。是他首先满怀疑惧地觉察到他自己和盖尔达越来越不相称，因为盖尔达的容颜一直不显衰老，仿佛岁月一点也奈何她不得。现在，自从封·特洛塔成为他家的座上客以来，他就更不能不使出所有残余的精力来和这种恐惧搏斗，努力掩盖它，因为一旦他的这种恐惧惊慌被别人发现，他的姓名就将成为众人的笑柄了。

用不着说，盖尔达·布登勃洛克和这位年轻的怪军官自然是在音乐的领域里亲近起来的。封·特洛塔先生会弹钢琴，会拉小提

琴、中提琴、大提琴，会吹横笛，而且样样都玩得很出色。每当议员一看到封·特洛塔的仆人背着大提琴盒子从自己的私人办公室的绿色窗帘前走过，踅向内宅去，他往往就知道这位少年军官马上就要来拜访了。这时他就坐在书桌前面等着，一直等到看见他妻子的朋友本人走进房子里，听见从他头上客厅里传出波涛澎湃的钢琴声为止。那声音像歌唱，像哀诉，像神秘的欢呼，仿佛绞着双手伸向太空，在彷徨迷惘的兴奋之后，又复低落到较弱的呜咽声里，沉到深夜和寂静中。让那声音尽情地咆哮呼吁吧，呜咽饮泣吧，让它尽情地沸腾飞扬，纠结缠绕，给人以神秘的感觉吧！它爱怎样就怎样，只是这一切之后的寂然无声实在是太让人痛苦了！那寂静笼罩在楼上的客厅里那么长，长得无休无止，而且那么深，那么死气沉沉，简直让人毛骨悚然！楼板上没有一点脚步声，也没有椅子移动声，是那样邪恶、神秘、鸦雀无声的沉寂……一到这时候，托马斯·布登勃洛克就坐在那里，就感到无限恐怖，常常会不由自主地呻吟出声来。

他怕的是什么呢？人们又看见封·特洛塔先生到他家来了。他好像通过他们的眼睛看到呈现在这些人面前的一幅图画：他自己，一个衰老、憔悴乖僻的家伙在楼下办公室窗旁坐着，而楼上他的漂亮的妻子却陪着自己的情人玩弄乐器，而且不只玩乐器……是的，在别人心目中事情就是这样。他知道这个，他也知道“情人”这一词是不太能说明封·特洛塔的身份的。啊，如果他能用这个字眼称呼他，如果他能把他了解成为一个轻浮无知的平凡少年，只不过把自己的一部分丝毫不比别人多的精力发泄在艺术上，用

以勾引妇女的心，如果能这样，对他说来，倒无疑是一件幸福的事了。他用尽一切力量把封·特洛塔想象成这样一个人。为了应付这件事，他特别唤醒祖先们留在自己身上的那些天性：一个勤俭守本分的商人对于喜欢冒险、轻浮、没有事业心的军人阶层的猜疑和敬而远之的心理。不论在思想上或是在谈话中，他都带着鄙夷的语调把封·特洛塔叫作“少尉”，但是他知道得很清楚，这个头衔和这位年轻人的气质是格格不入的……

托马斯·布登勃洛克怕的是什么呢？没有什么……说不出来是什么。唉，如果他抵御的是一件可以触摸到的，是一件简单凶暴的东西该是多么好啊！他很嫉妒外面那些人，他们能够简单清楚地想象出一幅画面；而他却坐在这里，两手捧着头，痛苦不堪地倾听着。他知道得很清楚，“欺骗”“通奸”都不是用来称呼楼上那种歌唱或者深沉无底的寂静的恰当字眼。

有的时候，他仰望窗外的灰色三角山墙，眺望过路的市民，或者他的目光落在悬在他面前的公司成立百年贺礼——他的几位祖先的画像——上，他就回忆起自己家族的历史。他对自己说，这已经是一切的终结了，只还差目前这样一件事，一切就都完了。只还差他本人成为众人嘲笑的对象；他的姓名，他的家庭生活成为街谈巷议的口实，再加上这件，一切就总其大成了……但是想到这里，他的心几乎感到舒了口气，因为比起他埋头苦思的那个耻辱的谜，比起他头顶上的神秘丑行来，这种思想毋宁说是简单明确的，健康的，既可以想象出，也可以说得出……

实在忍耐不下去了。他把椅子向后一推，离开了办公室，向

楼上走去。他要上哪儿去呢？上客厅吗？随随便便地带着些轻蔑跟封·特洛塔先生打个招呼，邀请他用膳，准备着——像以前许多次一样——遭他拒绝吗？少尉躲着他，不跟他打任何交道，差不多每次正式邀请他都托词拒绝，只是喜欢跟女主人不拘形迹地个人往来，这一点正是议员所最不能容忍的……

等着吗？坐在什么地方，譬如说在吸烟室里等着，等这个人走了以后，到盖尔达面前把心里的话都说出来，也让她明明白白地表示一下态度吗——不成的，他无法让盖尔达明白表示，他自己也不能把心事说出来。说什么呢？他们俩的结合本来就是建立在体谅、容忍、缄默的基础上的。用不着在她面前再扮演一个滑稽角色。争风吃醋也就等于承认外边的谣言正确，等于宣布家庭丑史，让外人都知道……他是在嫉妒吗？嫉妒谁？嫉妒什么？不，他一点也不嫉妒！这样强烈的感情会迫使一个人采取行动，也许那行动是错误的、疯狂的，但至少是有力量的，能够使他的精神畅快。而他现在的感觉却只是有一些惶惶不安，只是对整个这件事焦躁烦恼、惶惶不安……

他走到三楼更衣室去，用香水洗了洗前额，然后又下到第二层楼，决心无论付出什么代价也要打破客厅里的这种沉寂。但是当他的手已经握住白漆门的乌金门把时，室内的音乐声突然又以排山倒海之势响了起来，他不禁向后一退。

他从仆人走的一道楼梯重新回到楼下来，穿过前厅和阴冷的穿堂走到花园，又转回身来，在前厅里端详了一会儿那头熊标本，在楼梯台上金鱼缸旁边站了一会儿。无论在什么地方，他也平静

不下来。他倾听着、窥伺着，充满了羞耻苦闷，那件神秘而又无人不知的丑事引起的恐怖沉重地压在他心头，使他无所适从。

有一天，也是在这样一个时刻，他在三楼上倚着走廊栏杆，从楼梯井向下边望着。四周是一片寂静。忽然，小约翰从他的屋子走出来，顺着阳台的台阶走下来，穿过走廊，不知道为了什么事要去找伊达·永格曼。他手里拿着一本书，垂着眼皮，低声招呼了父亲一声，打算悄悄地顺着墙根溜过去，但是议员叫住了他。

“汉诺，你在做什么？”

“我在做功课，爸爸，我去找伊达，让她听听我的翻译 ……”

“今天学了什么？ 留了什么功课？”

汉诺的眼睫毛越垂越低，显然在集中精神努力使他的回答正确、迅速而又清楚。他先咽了口唾沫，然后回答说：“我们留下了一段耐波斯①的文章，要练习抄写一段账目，法文文法，北美洲的河流 …… 作文改错 ……”

他顿住了，为自己在“作文改错”前没有说连接词“和”以及语调没有降下来而感到不痛快，因为他再想不起有什么可说的了。他的答话又结束得那么突然，仿佛还有什么没有说完的样子——“没有什么了。”他说，尽量使语气明确，眼睛却一直没有抬起来，但是他的父亲似乎并没有理会这些事。他把汉诺没有拿书的那只手握在自己手中抚弄着，露出一副心不在焉的样子，显然他并没有把汉诺的话听进去。他好像没有感觉似的慢慢地捏弄着汉诺的

---

① 耐波斯（Cornelius Nepos）：公元前 1 世纪罗马历史学家。

柔嫩的手腕，一句话也不说。

忽然，汉诺听见父亲说了一句和原来的谈话毫无关系的话，声音非常轻，充满忧惧，用的几乎可以说是一种祈求的语调。他从来没有听到过父亲用这种声音说话。这句话是：“少尉已经在妈妈那儿待了两个钟头了 …… 汉诺 ……”

听见这种声音，小汉诺抬起他那双棕色的眼睛，盯视着父亲的脸，他的眼睛从来没瞪得这么大，目光也从来没有这样清澈、这样充满爱意地看过父亲的脸。父亲的眼皮有些红肿，眉毛淡淡的，面颊苍白，有一些浮肿，两绺长长的上须毫无生气地贴在上面。天知道，父亲的心事他懂得多少。但是有一件事是肯定的，父子俩也都感觉得到。那就是：在这一秒钟里，当他俩的目光遇到一起时，他们之间的一切生疏、冷漠、拘束和误会都消失不见了。如果问题不在于力量、能干、蓬勃的朝气，而是恐惧和痛苦的时候，那么不论现在或是在任何时候，托马斯・布登勃洛克都可以完全信赖他的儿子。

他并没有注意到这一点，他极力不想注意这件事。在这种时候，他就比平常更严格地考察汉诺对于未来事业的实际准备，试验他的精神毅力，逼迫他对未来事业毫不含糊地表示兴趣；如果他的儿子有一点违逆或厌倦的表现，他就大发雷霆 …… 因为托马斯・布登勃洛克今年虽然才四十八岁，却已经感到自己的生命不长，感到自己不久即将离开人世了。

他的健康情况一天不如一天。他一向就有食欲不振、失眠、头晕、恶寒等症，常常要请朗哈尔斯大夫来诊治。但是医生的叮嘱他

却不肯遵行。几年来由于业务上的烦恼却又无事可做，精神受到很大的折磨，他已经没有坚强的意志了。他已经开始养成睡早觉的习惯，虽然每天晚上他都气恼地决定，第二天一定要早起，在喝茶以前要遵循医生的嘱咐散一会儿步。事实上这个决定他只实行了两三次 …… 在其他事情上也无一不是这样。由于精神总是处于紧张状态，什么都得不到成功和满足，他的自尊心也已受到伤害，常常感到悲观失望。从年轻的时候起，他每天就大量地吸俄国烈性卷烟，现在他仍然不想摒弃这种麻醉自己头脑的享乐。他直截了当地对朗哈尔斯医生说：“您知道，大夫，禁止我吸烟是您的责任 …… 您的一种轻松愉快的责任。如何遵守这条禁律，却是我的事！ 您可以监视着 …… 不，对于我的健康问题我们要通力合作，可是这个任务却分配得不太公平，我这部分太重了一些！ 您不要笑 …… 这不是说笑话 …… 我觉得太孤单无力了 …… 我要抽支烟。您抽吗？”他把自己的俄国卷烟递了过去。

他的精力衰退下去，在他心中变得越来越强的只是一个想法：这一切不会延续多久了，他不久即将离开人世了。他常常有一些奇怪的预感。有几次在饭桌上他忽然感觉到，仿佛他已经不是跟家人坐在一起，而是退到一个朦胧渺茫的远处，远远地向他们望过来 …… “我快要死了，”他对自己说，于是他又一次把汉诺叫到跟前，对他说，“孩子，我的死期可能比我们想象的早。那时候你就得接替我的位置！ 我自己就是很年轻就踏上事业征途的 …… 你要知道，你这种不关痛痒的态度使我难过万分！ 你现在打定主意了吗？ …… ‘是的’，‘是的’—— 这不是答复，这不能算答复！

我问的是，你是不是很有勇气，很感兴趣地打定了主意……莫非你还认为你有的是钱，什么事也不需要做吗？你什么都没有，我告诉你，你的财产少得可怜，你完全得依靠自己。如果你想活下去，还想活得好一点，就一定得工作，辛辛苦苦地工作，比我还要辛苦……”

然而使托马斯·布登勃洛克痛苦不堪的还不止这一件事，不只是对自己儿子和家族的前途感到忧虑。另外一个思想，一个新的思想也抓住了他，对他的已经疲惫不堪的脑子横加蹂躏……那就是，每当他想到自己生命的终结，而且这已不是什么遥远的理论上的事，不是一件可以淡然处之的必然现象，而是一件近在眼前的、伸手可触的事，必须立即做好准备，每当这个时候，他就开始埋头沉思起来。这时他就开始探讨自己的内心，研究他和死亡，和来世的关系……但结果是，在最初几次这样做的时候，他就发现，对于死亡这件事他的灵魂还没有完全准备成熟。

他父亲生前曾经把商人的极端讲求实际的思想、对以《圣经》为代表的基督教精神和虔诚的偏于形式的宗教信仰结合起来，而且结合得很好；他的母亲在晚年也接受了父亲的这种信仰。但是对他说来，这种宗教感始终是陌生的。相反地，在他一生中，无论对待任何事物，他采取的倒是他祖父那种世俗的怀疑精神。但另一方面又因为他是一个思想深远而机敏的人，渴望探求玄虚的世界，老约翰·布登勃洛克的肤浅的怡然自得并不能使他满足。于是他就只好从历史发展上去寻求永恒和不朽这类问题的解答。他的看法是：他的生命在祖先身上就体现过，将来则借着子孙后代继

续活下去。这种想法不但符合他的宗族意识、家长感、对祖先的崇敬，而且对他的活动、他的野心、他的整个生存也是一种支持和鼓舞。但是如今他却发现，在迫在眉睫的死亡的逼视下，这种理念涣然消失了，连短暂的平静自如他也无法得到了。

虽然托马斯·布登勃洛克一生中有时候流露出一点对天主教的倾向，但归根结底他还是充满了一个真诚的新教徒的那种严肃、深沉、近于自责的苛刻责任感。在最终的这件大事面前他不可能从外部得到支持、和解、赦免、麻醉和安慰！他必须趁现在还不太迟，独自一个人，完全依靠自己的力量，艰难困苦地解开这个谜，心安理得地准备好，不然他就要在绝望中离开这个世界……他本来希望在自己儿子身上体现自己的生命，更为坚强地重新恢复青春。但是他的希望破灭了。他只能把心思离开他的独生子，匆忙惶遽地另寻真理。真理一定还存在于另外什么地方……

这是1874年的盛夏。朵朵银白色的浮云从精致匀整的花园上面一块蔚蓝的晴空上飘过。胡桃树上小鸟嘁嘁喳喳地叫着，仿佛对什么感到惊疑似的。喷泉围在一圈高大的淡紫色的鸢尾花中潺潺飞溅。院内的紫丁香的芬芳气息令人感到遗憾地同被一阵阵暖风从近处一座糖厂刮来的蜜糖味杂糅起来。最近这一个时期，议员常常在工作最忙的时候离开办公室，职员们都很为他这一举动感到惊奇。他走到花园里，或者背着手来回踱步，或者把小路上的沙砾耙耙平，把水池中的烂泥捞出去，把一丛玫瑰花绑扎起来……他的一条淡淡的眉毛向上挑起一点，脸上的神气显得很认真、很专心致志；然而他的思想这时却正在遥远的黑暗中跋涉在一条崎岖的

道路上。

有时候他坐在小凉台的高处，坐在完全掩于葡萄叶下面的凉亭里，茫然望着花园另一端房屋的红色后墙。空气是温暖的，带着一股甜丝丝的味道。四周的枝叶静谧的窸窣声，仿佛在抚慰他，在催他入睡。由于孤单、沉寂、凝视着空虚而感到疲倦，他时不时地把眼睛闭上，但是马上又睁得大大的，急忙把平静驱走。“我必须好好想一想，”他几乎说出声来，“我必须趁现在还不太迟把一切安排好……”

有一天，正是在这里，在这座凉亭里，坐在黄藤的摇椅上，他聚精会神地看一本书，足足看了四个钟头。这本书到他手里是一件偶然的事。一天吃过第二餐早饭后，他嘴里衔着烟卷，在吸烟室书橱的一个暗角里，在一排排装帧精美的书籍后面发现了这本书。他想起来，这是他许多年前无意中在一个书商那里用很低的价钱买来的。这本书很厚，纸张薄而发黄，印刷很差，装帧也不讲究，是一部出名的研讨形而上学体系论著的第二部分……他把它带到花园里来，全神贯注地一页又一页地读下去……

他胸中洋溢着一种从来没有尝到过的巨大的感激和满足的心情。他看到一个具有超人智慧的头脑这样征服了生命，征服了这个强悍、残忍、嘲讽的生命，可以任意摆布它，处置它。他不禁感到无比满足……这是一个受苦受难者的满足。本来他困于生命的冷酷和残忍，一直在含羞忍辱、心神不宁地隐瞒着自己的痛苦，如今忽然从一个睿智的伟人手中得到了一张庄严的许可证，如今他忍受世界上一切的痛苦都是合法的了——这个世界本来是人们想

象中的最美好的世界，而这个伟大的权威却以游戏的嘲讽证明它为最坏的世界。

他并不是什么都能读懂，很多原则、假说他都不很了然。他的脑筋不习惯这样的文章，对于作者的某些思维条理，他也不能跟上。但正是这种光亮与阴暗的对换，从茫然莫解、模糊的臆测而豁然开朗，使他屏住呼吸。过了一个钟头又一个钟头，他的目光一直没有离开书本，连坐在椅子上的姿势也没有改变。

开始的时候，他跳过很多页，一个劲向后翻，急不可耐地寻求最主要最重要的东西，只读那些吸引自己注意力的章节。后来他却遇到很长的一章，他一字不漏地从头读到尾。他的嘴唇闭得紧紧的，皱着眉头，面容非常严肃，严肃得几乎到僵直的程度，四周的任何动静他都感觉不到了。这一章的题目是《论死兼论死与生命本质不灭之关系》①。

四点钟侍女到花园里来找他吃饭的时候，他还有几行没有读完。他点了点头，把剩下的几句念完。合上书，向四周看了看……他觉得他的全身无限地扩张起来，心中充满了沉重的酩酊欲醉的感觉；一种说不出的新鲜引人、富有希望的东西使他的意识变得昏沉沉的陶醉起来，他仿佛回味到初恋的希冀而又惆怅的滋味。他把书放在花园里一张桌子的抽屉里。他两手冰冷，抖动着。他感到一种奇怪的压力，一种使他惶恐不安的紧张罩在他灼热的头上，好像里面有什么东西要爆裂似的。他不能集中自己的思想。

---

① 这是德国哲学家叔本华（Arthur Schopenhauer，1788—1860）所著《作为意志与表象的世界》中的一章。

这是怎么回事？当他走回屋里，上了楼梯，和家人一起坐在餐厅桌旁的时候，他一直在问自己：“我怎么了？我听到了什么？有谁对我说了什么，对我，对托马斯·布登勃洛克，本城的议员，布登勃洛克粮栈的老板……这是对我而发的吗？我受得住吗？我不知道，这是什么……我只知道这对我这平凡的头脑太多了，太多了……”

整个这一天他都是在沉重、迷蒙、醉意醺然、昏昏欲睡的状态里度过的。到了晚上，他的双肩再也支持不住这颗沉重的头颅了。他很早就上了床，睡了三个钟头，睡得非常沉，他一生中从来没有睡过这样的觉。之后他猛然醒过来，带着一种幸福的感觉从梦中惊醒，仿佛一个心里怀着爱情嫩芽的人孤单地醒来一样。

他知道在这间宽大的寝室里只有他一个人，因为盖尔达现在睡在伊达·永格曼的屋子里。伊达·永格曼最近为了靠近小约翰，已经在阳台旁边的三间屋子里挑了一间搬进去。两扇高大窗户的帐幔遮得严严的，黑夜笼罩住他。在这一片沉寂轻柔地覆盖在他身上的郁闷中他仰面躺在床上，望着头顶上的黑暗。

这是怎么回事？忽然间，好像他跟前的黑幕撕裂了，好像黑夜的天鹅绒的厚幕裂开了一道缝，露出一道永恒光辉的无限深远的景象……“我要活下去！”托马斯·布登勃洛克几乎是大声地说道。他觉得自己的胸口由于无声的呜咽而瑟瑟地颤动着。“这就意味着，我要活下去！‘它’要活下去……如果说这个‘它’不是我，这是一个错觉，是一个谬误，死亡会把它纠正过来的。一点不错，就是这么回事！……为什么呢？”这个问题一提出，夜幕

又在他的眼前合拢了。他又什么也看不见，什么也不知道，什么也不了解了。他把头更深地埋在枕头里，为刚才看到的这一点真理弄得眼花缭乱、疲惫不堪。

他静静地躺在那里，如饥似渴地等待着，感觉到自己要为这件事祈祷。愿它再来一次吧，再使他得到光亮。它果然来了。他躺在床上，合着手，一动也不动地望着……

死亡是什么？这个问题的答案不是用几个贫乏的、煞有介事的字说出来的；他感觉到它，在内心深处抓住了它。死亡是一种幸福，是非常深邃的幸福，只有在像现在这样上天特别赐予的时刻才能衡量得出来。那是在痛苦不堪的徘徊踟蹰后踏上归途，是严重错误的纠正，是从难以忍受的枷锁桎梏中得到解放——一桩惨祸已经被他挽回了。

是结束和解体吗？如果有人把这两个空虚的概念视为畏途，那他真是太可怜了！请问，结束的是什么，解体的又是什么呢？是他的身体……是他的个性，他的个体，是这个笨重、顽固不驯、过失百出、可恨又可厌的障碍物，解脱了这个障碍物，为的是成为另一个更完美的东西！

难道每个人不都是一个荒谬失误吗？难道他不是一出生就陷入痛苦的禁锢中的吗？监牢啊！监牢啊！到处是枷锁桎梏！人只能从他个体的狱窗中毫无希望地凝视着身外境界的高大的狱墙，直到有一天死亡降临，召唤他踏上归途，走向自由……

个体！……唉，人之为人，他的一切所有和所能，无一不是贫乏、灰色、欠缺、无聊的，但是人所不能，是的，他所不能有、

不能为的，也正是他怀着贪恋的企盼注视着的，这种企盼因为害怕变作仇恨，所以变成了爱情。

我身上带着世界上一切能力和一切活动的胚胎、萌芽和可能性——如果我不是在这里，我该在哪里？如果我不是我，如果我这个体不把我跟外界隔离开，我的意识不把我和一切非我分离开，我又该是谁，该是什么，又怎能存在呢？这个有机体！奋发的意志的盲目、轻率、可怜的爆发！与其让意志在牢狱里、在为智慧的摇曳不定的小火苗不明不暗地照耀着的牢狱里憔悴困顿下去，那么让它自由地翱翔在不受时空拘束的长夜里不是更好吗？

我本来希望在我的儿子身上活下去吗？在一个比我更怯懦、更软弱、更动摇的人身上？这是多么幼稚、荒谬的想法啊！我要儿子做什么呢？我不需要儿子！……我死了以后，在什么地方？这是了如指掌，简单得无以复加的事！我要活在所有那些曾经说过，正在说和将要说“我”的人身上，特别是在那些更饱满、更有力、更愉快地说这个字的人身上……

在世界某处一个孩子正在长大。他得天独厚、禀赋过人，能发展自己的一切才具，他身材端正、不知愁苦，他纯粹、冷酷而又活泼，他的目光使幸福的人增加快乐而使不幸的人痛苦绝望——这就是我的儿子，这就是我。不久以后……不久以后……当死亡——把我从这可怜的幻景——仿佛我不是他，我也不是我似的幻景中解脱出来以后……

我什么时候恨过生活，这个纯粹、冷酷、无情的生活？这真是愚蠢、误会！我只恨过我自己，因为我经不住生活的考验。可

是我爱你们……我爱你们所有这些人，你们这些幸福的人，不久我就不再为狭窄的禁锢与你们隔绝开了；不久我内心喜爱你们的东西，我对你们的爱情，就将自由了，就会到你们那里，到你们身上……到你们一切人身上！

他哭起来，把头埋在枕头里哭起来，颤抖着，全身轻飘飘地被一种幸福感推举着扶摇直上，这种既痛苦又甜蜜的幸福滋味是世界上任何东西也无法比拟的。这就是从昨天下午起一直使他又沉醉又迷惘的东西，这就是夜里在他心头跳动、像初生的爱情一样把他弄醒的那个东西。当他现在已经领会、已经认清它的时候——不是借助于字句上或者连贯的思想，而是他内心幸福的豁然开朗——他就已经自由了，已经解放了，摆脱了一切自然的和人为的桎梏枷锁。他自觉自愿地把自己关闭于其中的这个故乡城镇的城墙打开了，眼前显露出整个世界。这个世界他从小就已经看到一鳞半爪，本来死亡答应全部给他的。空间、时间，也就是历史的种种虚伪的认识形态，希求在后代身上延续自己的声名、历史的忧虑，对于某种历史性的最终的崩溃、解体的恐惧——这一切都不再纠缠着他的精神了，都不再妨碍他对于永恒的理解了。只有一个无限的现在，而他心中的那股力量，那股以这样凄凉的甜蜜和如饥似渴的爱情热恋着生命的力量——他本人只是这种力量的一个错误的表现——会永远找到进入这一“现在”的通路。

“我要活下去！”他在枕头里低声说，呜咽着……片刻以后他已经不知道自己为什么而哭泣了。他的脑子静止了，知觉失去了，心中除了一片喑哑的黑暗又复一无所有了。“可是它还会再来的！”

他安慰自己说，“我不是感受过了吗？”当他感到昏睡不可抗拒地围裹住自己的时候，他郑重其事地发誓说，他决不放过无可比拟的幸福，他要振奋起来，学习、阅读和研究，牢靠实在地掌握引起他这种精神状态的全部哲学。

这是一件不可能的事。第二天早晨，由于昨天精神的奔放他怀着些许羞涩的感觉醒来时，他就已经感到这些美丽的打算是很难实现的了。

他很晚才起床，起身后立刻就去参加市民代表会的一次辩论。这座中等商业城市到处是三角山墙构成的弯曲的街巷；如今街巷中沸腾着的是公共事业。商业活动和市民生活又复占据了他全部心神。虽然他仍然念念不忘，想重新拿起那本美妙的读物，但是另一方面他已经开始怀疑，那一天夜晚的经历对他是不是牢靠持久的，当死亡来到他跟前时，是否经受得起考验。他的市民天性对这种假定表示反对。另外他的虚荣心也蠢动起来：他害怕扮演这样一个奇怪的滑稽角色。这些事情适合他的身份吗？和他，和托马斯·布登勃洛克议员，约翰·布登勃洛克公司的老板相称吗？

那本蕴藏着那么些宝物的奇书，他一直没有能再看一眼，更不要说购买这部伟大作品其余的卷数了。随着年岁的增长，他变得越来越神经质，越来越装腔作势，而他的日子也就这样消逝过去。他要处置、办理几百件日常生活中的琐事，他的脑子被这些微不足道的琐屑事务折磨着，他的意志越来越薄弱，不能再合理地、有效地分配自己的时间。在那天值得记忆的午后过去大约两个星期之后，他干脆把一切都放弃了。他吩咐侍女，把那本随便放在

花园小桌抽屉里的书立刻拿回来，放到书柜里去。

就是这样，满心祈求地把双手伸向最高、最终真理的托马斯·布登勃洛克重又颓然倒下，回到从儿时人们就使他熟悉相信的观念和形象中来。他无论走到什么地方，心中总是努力追忆那唯一的、人格化的上帝，人类的父亲，他把自己身体的一部分送到地球上来，为我们受苦、流血，他在最后受审判的日子将使所有匍匐在他脚下的正直的人从那时候起得到永生，作为他们在烦恼世界中所受种种苦难的补偿……所有这些不清晰的、有一些荒诞的故事不需要理解，只需要服服帖帖地相信，当最后那恐惧日子到来的时候，它们就会以确定不移的童稚的语言作为一个人的依靠……真是这样吗？

唉，就是在这里他的心灵仍然得不到平静。这个为了家族名誉，为了自己的妻子和儿子，为了自己的声名，为了自己的家庭而终日忧心忡忡的人，这个费尽心机把自己打扮得衣冠楚楚、神气俨然，实际上却身心交瘁的人，很多天来一直以下面这个问题折磨着自己：到底是怎么一回事呢？死后灵魂立刻飞上天堂呢，还是在肉体复活之后幸福才开始？……在肉体复活以前灵魂待在什么地方？这些事情过去在学校里或者在教堂里有人讲给他听过吗？让人们这样混沌无知，也未免太说不过去了吧！他本来已经准备好，打算到普灵斯亥姆牧师那里去请教，但是在临行前一分钟，因为怕人家耻笑，又打消了这个念头。

最后他把什么都放弃了，任凭上帝去安排一切。但是由于他对精神不灭这件大事安排的结果并不令人满意，他打定主意，至

少要把尘世的事安排好，不使他牵肠挂肚。他决定把一件久已萦系心头的事付诸实现。

有一天，吃过午饭后，父亲和母亲在起居室喝着咖啡，小约翰听见父亲对母亲说，他今天等着一位姓什么的律师，准备跟他立遗嘱，他不能老是把这件事往后推了。这以后，汉诺在客厅里练了一个钟头的钢琴。当他想穿过走廊离开的时候，他遇见父亲跟一位穿黑长外衣的人一起从大楼梯上走来。

“汉诺！”议员冷冷地叫了他一声。小约翰立刻站住了，咽了口唾沫，很快地低声回答：“啊，爸爸……”

“我跟这位先生有件要紧的事要办，”他父亲接着说，“你能不能站在门前边，”他指了指吸烟室的门，“留神看着，不让任何人打搅我们。听见没有？不准任何一个人。”

“是的，爸爸。”小约翰说。在父亲和那个先生进去以后，门关上了，他就站在门外边。

他站在那里，一只手攥住胸口上的水手结，舌头舐弄着一颗他感到可疑的牙齿，一面听着从屋内传出来的严肃的嘁嘁喳喳的声音。他的头向一边歪着，淡黄色的鬈发垂到额角上来，在他的紧蹙着的眉头下，一双金棕色的、罩着一圈青影的大眼睛闪烁着，流露出厌烦而沉思的目光。从前有一次站在祖母灵床前，闻到花香和另一股既陌生又非常亲切的异香时，他的目光也正和今天的一样。

伊达·永格曼走过来，说：“小汉诺，孩子，你到哪儿去了？你在这儿磨蹭干什么？”

那个驼背小学徒从办公室走来，手里拿着一封电报，打听议员在什么地方。

每次有人来，小约翰都把绣着一只船锚的蓝色水手服的袖子在门前横着一挡，摇摇头，沉默一会儿，用低沉而有力的声音说：“谁也不许进去 —— 爸爸立遗嘱呢。”

第六章

秋天，朗哈尔斯医生像女人似的卖弄着媚眼说："这是神经的毛病，议员先生，一切都是神经的毛病。另外，血液循环偶尔也有些不够正常。能不能允许我给您提个建议？今年您应该稍微休息休息！只靠夏天在海滨过这有限的几个星期天自然起不了多大作用……现在是9月尾，特拉夫门德的热闹季节还没有过，避暑的人还没有走净。您到那里去吧，议员先生，到海滨去坐坐。两三个星期就很能见效……"

托马斯·布登勃洛克采纳了这个建议。但是当他把这个决定告诉自己家里人的时候，克利斯蒂安提出来也要陪他去。

"我也跟你去，托马斯，"他直截了当地说，"我想你不会反对吧。"虽然议员心里确实反对，他对这个建议也还是同意了。

克利斯蒂安现在比以往任何时候都更能支配自己的时间了。由于健康情况时好时坏，他不得不放弃自己最后一项商务活动——香槟和白兰地酒代理商的职务。在昏暗中有一个人坐在沙发上向他点头的幻景幸而没有再发生。但是左半身的周期性疼痛却越来越厉害，与此同时，还添了一大堆别的毛病。克利斯蒂安专心致

志地观察着这些病症，皱着鼻子一一向人描述。跟从前一样，有的时候他吃着吃着饭忽然行使吞咽职能的一部分肌肉不听使唤了，他嗓子眼里卡着一口饭坐在那里，一双深陷的小眼睛滴溜溜地来回转动。跟从前一样，有的时候他忽然陷入一阵说不出的，却又无法摆脱的恐惧里，他害怕是自己的舌头、食道、四肢，或者甚至是思想器官猝然麻痹失灵。当然啰，他的哪一部分器官也没有麻痹过，可是这种不时袭来的恐怖不是比实际情况更坏吗？他不厌其详地告诉别人，有一天他在烧茶的时候怎样把一根划着的火柴放在打开的酒精瓶上，而不是放在酒精炉上，这样不但差一点把自己烧死，而且差一点使全楼的房客，使附近几座房子惨遭火灾……这件事自然说得有点过火，但是他说得特别详细，特别绘声绘色，特别努力使人领会的，是他最近在自己身上发现的一种精神反常的现象，那就是，在某些日子，也就是说，在某种气候和某种心情下，他一看见敞开的窗户心里就产生一种可怕的无法解释的冲动：他要从窗户里跳出去……这是一种狂暴的、几乎无法克制的冲动，一种疯狂绝望的精神亢奋！一个星期日，全家人正在渔夫巷吃饭，他给大家描述他怎样使出全身力量，爬到打开的窗户前边去把它关上……讲到这里大家都喊叫起来，谁也不愿意再听下去了。

这类故事他总是讲得既有些可怕又带有些自我满足，但是另外有一件事他却没有注意到，没有觉察到，他自己一直意识不到而别人却越来越感到刺目，那就是，他特别不知道分寸，而且随着年岁的增长这个缺点越来越厉害。他给家里人讲一些只能在俱乐

部才说得出口的逸闻趣事，这已经很不像话了。但是此外还有一些明显的迹象，仿佛他对身体的羞耻感已经变得麻木了。譬如说，他和他的嫂子盖尔达一向感情还算融洽，为了给盖尔达看他的英国短袜多么耐穿，顺便还要让盖尔达看看他瘦得多么厉害，他竟当着她的面把大方格裤子的裤腿挽起来，一直挽到膝盖上面……“你看，我瘦得多么厉害……是不是太奇怪了？”他忧心忡忡地说，一面皱着鼻子瞧着自己的干柴似的罗圈腿和支在白条衬裤底下瘦得可怕的膝盖骨。

前面已经提过，他现在什么商务活动都放弃了，但是一天里，他不在俱乐部消磨的那几个钟头，他还是想尽各种办法把它填满。他喜欢对人强调说，虽然有种种病障，他仍然没有完全停止工作。他在扩大自己的语言知识。不久以前，纯粹为了科学，而不抱任何实用目的，他开始学习中文，辛辛苦苦地学了十四天。目前他正在“增补”一本他认为内容不够完备的《英德辞典》，但是因为他需要换一换空气，再说议员也要有个人陪伴，所以他并没有让他着手的工作把自己拴在城里……

兄弟俩坐着马车向海滨驶去。一路上雨点一直敲着车篷，乡间大道简直成了烂泥塘。两个人几乎没有说一句话。克利斯蒂安转动着眼睛，仿佛在倾听着什么可疑的声音；托马斯裹在大衣里，瑟瑟地发抖，眼睛红肿、疲惫，上须僵直地贴在苍白的面颊上。就这样他们的马车下午驶进了旅馆的花园，车轮咯吱咯吱地碾在积水的沙砾路上。老经纪人塞吉斯门德·高什这时正坐在主楼的玻璃阳台上喝甜酒。他从牙齿缝里咝咝地说了句什么，站起身来，接

着新来的两个人就跟他坐在一起，喝一点热东西。这时，他们的箱子正在往上搬运。

高什先生正是一个迟走的避暑客人，跟他同样情形的还有为数不多的几个人：一家英国人、一个荷兰老处女和一个汉堡单身汉。这些人在饭前大概都正在睡一个小觉，因为四周除了淅淅沥沥的雨声以外像死一般寂静。让他们睡去吧！高什先生白天可没有睡觉的习惯。他能在夜里昏昏沉沉睡两三个钟头，就已经喜出望外了。他身体不大好，需要在海滨多住几天治疗他的颤抖症，他的四肢颤抖症……该死的毛病！他连酒杯几乎都拿不住了，而且——可恶极了——他还经常写不了字，弄得他那罗贝·德·维加全集的翻译工作也进行得缓慢不堪。他的情绪非常抑郁，他爱说的诅咒话也失掉过去那种愉快的口气了。“滚他的吧！”他说。这句话似乎成了他的口头禅，他老是把这句话挂在嘴边上，不管说得恰当不恰当。

议员先生呢？身体怎么样？两位先生预备在这里待多久？

啊，托马斯·布登勃洛克告诉他，他是因为神经衰弱被朗哈尔斯医生打发来的。他当然只好听命，尽管碰上这样恶劣的天气，只要医生一张嘴，什么事你敢不做？而且他真的也觉得自己身体有点不行了。他们要在这里住些天，等他的健康恢复一些再走……

“是的，再说我的身体也很坏。”克利斯蒂安因为托马斯没有提到他，又忌妒又恼恨，赶忙插嘴说。他正预备叙述那个向他颔首的人以及酒精瓶和开着的窗户的事，他的哥哥扫兴地站起来去看房间了。

雨并没有停，雨水冲刷着大地，雨点在海面上跳着舞，海水受着西南风吹卷，退离了海岸一大块。一切都罩在灰蒙蒙的迷雾里。汽船像鬼影一样滑过去，消失在一片模糊的地平线外。

几位外地来的客人只有吃饭的时候才遇得上，议员跟经纪人高什披着雨衣、穿着胶鞋一起出去散步，而克利斯蒂安则坐在点心铺里跟卖酒的姑娘喝瑞典混合酒。

有两三个下午，看上去太阳好像有露头的意思，这时饭桌上也出现了几位从城里来的熟人。他们都是想暂时离开家人到这里开开心的，像什么克利斯蒂安的老同学议员吉塞克博士呀，彼得·多尔曼参议呀，等等。后者因为没有节制地喝苦矿水①，面容憔悴不堪。这时这几位先生都穿着大衣坐在点心铺的布棚下面，对着音乐台（那上面现在已经不演奏音乐了）喝咖啡，让刚吃下的五道菜慢慢在肚子里消化，一面眺望着花园的凄凉秋景随意闲聊。

城里的种种新闻——最近这次大水，很多地下室都灌进了水，沿河的街道都行起船来；一次火警，码头上一座货棚烧毁了；议会的选举，这些都是谈话的资料。……既做批发也做零售生意的史推尔曼·劳利岑海外土产公司的阿尔弗莱德·劳利岑上星期当选了，布登勃洛克议员对这件事很不以为然。他坐在那里，一件高领的大衣把身体裹得紧紧的，不断地吸着纸烟，在谈到这件事时才插嘴说了两句。他说，他没有投劳利岑先生的票，这一点无论如何是肯定的。劳利岑先生是个诚实无欺、手段高明的商人，这

---

① 苦矿水：原文 Hunyadi-Janos，是一种助消化的泻剂。

倒没有问题，但他是中产阶级的人，地道的中产阶级，他父亲还亲自从木桶里给厨娘拿醋渍鲱鱼，包好递过去 …… 现在居然把这样一个小铺的掌柜抬到议院里来了。他的祖父 —— 托马斯·布登勃洛克的祖父，跟自己的大儿子闹翻了脸，原因还不是这位儿子跟一个小铺的姑娘结了婚？当时社会的风气就是这样。“可是水准降低了，议院里的社会身份水准降低了，议院平民化了，亲爱的，这不是件好事。商人的精明能干并不能代替一切。根据我的浅见，我们的要求似乎还应该更高一点。一想到生着那么一双大脚、那么一副纤夫的粗脸的阿尔弗莱德·劳利岑如今也居然跨进议院大门，这对我简直是个侮辱 …… 我不知道我心里是怎么股劲。这不合乎体统，总而言之，是件大煞风景的事。”

没想到这一番话却把吉塞克议员得罪了。归根结底他也不过是个消防队长的儿子 …… 不，应该量才任用。我们共和党人就是这种意见。“顺便说一声，您不应该抽这么多烟，布登勃洛克，您一直也没享受到海滨的空气。”

“好，我不抽了。”托马斯·布登勃洛克说，把烟蒂扔掉，闭上了眼睛。

雨又没完没了地下起来，视线被雨雾遮住，大家有一搭无一搭地继续谈着。话题转到城里最近一桩丑闻，普·菲利浦·卡斯包姆公司的大商人卡斯包姆伪造汇票的事。这个人现在已经在尝铁窗滋味了。没有谁感到愤怒，大家只不过把卡斯包姆先生的行为叫作蠢事，冷笑两声，耸耸肩膀而已。吉塞克博士告诉大家，这位大商人一直没有失掉好兴致。迁入新居以后他还立刻要了一

件牢狱中缺少的穿衣镜。“我在这里不是一年，而是几年的事，”他说，“无论如何得有个镜子。”——他跟克利斯蒂安·布登勃洛克以及安德利亚斯·吉塞克一样，也是故世的马齐路斯·施藤格的学生。这几位先生又都板着脸从鼻子里笑了两声。塞吉斯门德·高什要了杯热甜酒，他那说话的腔调似乎在说：这可诅咒的生活，活着有什么好处？……多尔曼参议要的是一瓶烧酒，克利斯蒂安又要喝瑞典混合酒，吉塞克议员给他和自己各要了一杯。没有过多久，托马斯·布登勃洛克就又抽起烟来。

谈话一直在一种懒洋洋的、怀疑的、无精打采的声调中进行着。由于吃得过饱、醉意醺然以及阴雨绵绵，大家的话语声显得更加滞重、冷淡。大家谈到一般的商情和个人的商务活动，但就是这个话题也没有使任何人活跃起来。

“唉，没有什么令人高兴的事。”托马斯·布登勃洛克心情沉重地说，厌恶地把头仰靠在椅背上。

“您怎么样，多尔曼？”吉塞克议员打听道，打了个呵欠，“我看您只顾喝烧酒了，是不是？”

“没有柴火，烟囱怎么冒得起烟来，”多尔曼议员回答说，“我隔两三天才到办公室瞧一瞧。头发不长，梳着也省事。”

“所有分量沉重的买卖都让施特伦克和哈根施特罗姆抓在手里了。”经纪人高什愁眉苦脸地说，他把一只胳膊肘远离着身子架在桌子上，一颗老恶汉的脑袋支在手心里。

“谁也不能跟粪堆比赛放臭味，”多尔曼参议故意用俗不可耐的声调说，他的这种近乎绝望的讥诮更使得在座的人愁闷不堪，“喏，

您呢，布登勃洛克，您还做点什么吗？”

“没有，”克利斯蒂安回答说，“我现在什么也做不了。”接着，没有经过任何转折，只由于他感觉到目前大家的心情，感觉到有加重这种情绪的必要，就把帽子斜着往脑门上一拉，突如其来地谈起他在瓦尔帕莱索的办公室和琼尼·桑德施托姆来……“哼，这种热天气。我的老天爷！……做事？No，Sir，您看得见，Sir！”于是他们把烟喷在老板的脸上。我的老天爷！……他的表情和姿势显出一副傲慢无礼和善良的怠惰放荡兼而有之的难以描摹的神情。他的哥哥坐在那里一动也不动。

高什先生试着把酒杯往嘴里递了一回，重又把它放在桌上，从牙缝里嘶嘶诅咒着，在这只不听使唤的胳臂上打了几拳。接着，又把酒杯举到自己的薄嘴唇上，酒洒了大半，剩下的他赌气地一口气都喝了下去。

“唉，您这颤抖症，高什！”多尔曼说，“您应该像我这样。这该死的苦矿水……我每天要是不喝一公升，小命就活不成了——我已经到了这个份上了，可是我喝下去，也一样把命送掉。吃了午饭，没有一顿消化得了，你们猜猜这是什么滋味。食物就这样存在胃里……”于是他把这种使人厌恶的细节着实描述了一番，克利斯蒂安·布登勃洛克皱着鼻子，又害怕又有兴味地听着。在这以后他也把自己的病痛做了一番简单而动人的描述，作为回答。

雨又大起来了。雨脚笔直地、密匝匝地倒下来，一片凄凉、绝望、单调的窸窣声把寂静的花园填满。

“是啊，生活真是无聊啊。”吉塞克议员说。他的酒已经喝得很

多了。

“我简直不愿意在这个世界上活下去了。”克利斯蒂安说。

“滚它的吧！”高什先生说。

“菲肯·达尔贝克来了。”吉塞克议员说。

菲肯·达尔贝克是牛栏的女东家。她提着一桶牛奶走过来，向着这边坐的人笑了笑。她年纪将近四十，生得肥胖，挑逗人。

吉塞克议员眼睛直勾勾地盯着她。

“好一个胸脯！”他说。于是多尔曼参议说了一个非常猥亵的笑话，其结果是几位先生从鼻子里笑了几声。

以后仆役被叫过来。

“这瓶我已经喝完了，施罗德尔，”多尔曼说，“咱们可以付钱了。迟早也得付……您呢，克利斯蒂安？啊，吉塞克会替您付账的。”

这时候布登勃洛克议员活动起来了。这么半天他一直裹着一件高领大衣，揣着手，嘴角衔着根烟卷坐在那里，差不多没有说什么话。这时他忽然站起身来，厉声说：“你身上没有带钱吗，克利斯蒂安？我来替你垫上吧。”

大家把雨伞撑起来，走出布棚，准备活动活动。

佩尔曼内德太太偶尔来过几次看她的哥哥。她每次来，两人都要散步到“海鸥石”和“望海亭”去。不知道什么缘故，冬妮·布登勃洛克一走到这里就特别兴奋，甚至产生一种莫名的叛逆情绪。她翻来覆去地谈论一切人应该自由平等的问题，坚决斥责阶级对垒，激烈地抨击特权和专制，并且断然要求人们都应该量才使用。

接着，她就谈起自己的生活来。她说得很好，替她哥哥排遣了不少愁闷。这个幸福的人，在人世上她生活了这么久，从来不会忍气吞声，从来不会默默忍受屈辱。生活给她欢乐也好，凌辱也好，她都不会默默承受。所有的幸福，所有的苦恼，她都用一串肤浅的、孩子般煞有介事的话语讲了出来。就她那爱说心事的癖好来说，这些话完全能满足这种需要的。她的胃部不太好，但是她的心却轻松愉快 —— 连她自己都不知道，轻快到什么程度。没有什么不可告人的事折磨着她，也没有什么隐痛压在她的心坎上。过去的一切没有哪一件事对她是一个沉重的包袱。她知道自己的命运是坎坷不平的，但是她过去的经历并没有使她痛苦不堪、困顿疲惫，她自己根本就不相信有这样的事。对于那些众所周知的事，她就用来作为向人夸耀的话题，摆出一副煞有介事的面容喋喋不休地谈论着 …… 她怀着真诚的愤怒斥骂那些损伤了她的生活，也损伤了布登勃洛克家族的人。随着时间推移，这种人的名单越来越长了。“眼泪汪汪的特利什克！”她喊道，“格仑利希！佩尔曼内德！蒂布修斯！威恩申克！哈根施特罗姆！检察官！塞维琳！这些流氓！上帝将来一定会惩罚他们的，这一点我一直坚信不疑，托马斯！”

当他们走上“望海亭”的时候，已经是暮色苍茫的时候了。季节本来就已到了暮秋。他们站在对着海湾的一间小屋子里。这里面像海滨浴室一样散发着一股木香，粗糙的墙壁上涂满了题词、诗句、人名和象征爱情的心形。他们并排站着，从那湿漉漉的山坡和海滨一条狭窄的石岸望过去，注视着浑浊、动荡的海水。

“这些巨浪 ……”托马斯·布登勃洛克说，“看它们怎样涌上来又撞碎，涌上来又撞碎，一个接着一个，无穷无尽，没有目的，苍茫而凄凉 …… 然而它却像一切简单的不可避免的事物一样，给人以镇静、抚慰的力量，我越来越感到大海的可爱了 …… 从前我喜爱山，也许只是因为山在遥远的地方。现在我不再向往那些地方了。我感到山会使我恐怖、羞愧。山是一种太难以捉摸、太不规则、太复杂的东西 …… 我知道我在山的面前会感到怎样孱弱无力。喜爱大海单调的是怎样一种人呢？我想，大概是那些对于错综的精神世界观察得太长、太深的人吧。他们希望至少能从外界得到一件东西，那就是‘单纯’…… 在山岭上，人们勇敢地攀登；在海滨，人们却只是静静地在沙滩上休息，这只不过是表面的区别。我看到的却是人们用以观赏山和用以观察水的不同目光。眺望高山峻岭的目光是稳定、傲慢、幸福的，那目光里包含着奋发、坚定和蓬勃的朝气。但是那辽阔的大海却永恒地滚动着波涛，使人感到神秘、麻木和命运的不可逃避。眺望大海的目光也像在梦中似的迷蒙、无望，仿佛它已经深深地看到悲惨和杂乱的生活内部，如今什么事都已看透了 …… 健康和病态，两者的区别就在这里。人们神采奕奕地爬到那犬牙交错、峰峦巍峨的山岭里，用来考验自己饱满的生命力。但是也有些人被杂乱的精神世界弄得疲惫不堪，却想从外界事物的无限单纯中得到休憩。”

佩尔曼内德太太一语不发地听着，她完全被这一番话震慑住了。她像那些单纯善良的人一样，当别人跟他们说了一些严肃的真理时，他们就一句话也说不出来了。“人们平常是不说这类话的。”

她心里想。为了不让自己的目光触及她哥哥的眼睛，她尽量向遥远处凝视。她好像为他感到羞愧似的。为了默默地对他表示歉意，她把他的胳臂挽到自己的胳臂里来。

第七章

已经到冬天了。过了圣诞节转眼就是1月，1875年的1月。人行道上积雪和尘沙混在一起，被践踏成坚实的硬块，马路两旁堆着皑皑的积雪。由于气温上升的缘故，这些雪堆渐渐变成灰色，松软起来，表面也融成一道道小沟。街道潮湿、泥泞，从灰色三角屋顶上往下滴着融雪。但是头顶上的天空是蔚蓝的，没有一丝云影，空气里好像有千百万个发光的原子，像水晶似的闪烁、舞蹈……

市中心非常热闹，因为这一天是星期日，又赶上是赶集的日子。在市议会的尖形连环拱门下面，卖肉的已经摆好了摊子，用血污的手给顾客称货。集市上喷泉四周是鱼市。几个肥胖的妇女坐在那里，手插在毛已经快落光的皮手筒里，脚搭在炭盆上取暖。她们一边看着自己的捕获物，一边甜言蜜语地招引女厨子和家庭主妇来买她们的东西。这里谁也不用害怕上当。买到手的准保是新鲜的东西，因为那些肥美的鱼差不多都还活着……木桶里虽然挤得没有缝隙，可是有些鱼居然还欢蹦乱跳地游来游去，一点也没有感到受委屈。也有一些痛苦地挣扎着躺在木板上，眼珠鼓着，鳃一张一合，拼命甩动着尾巴，直到被人抓起来，用一把血淋淋

的尖刀哧的一声杀去，才停止挣扎。又粗又长的鳝鱼钻来钻去，身子扭成奇形怪状。深桶里黑乎乎地装满了波罗的海出产的海虾。有时候一条精壮的比目鱼忽然惊跳起来，掉到离木案很远的又脏又湿的马路上，这就不得不麻烦它的女主人一边唠叨着怪它不守本分，一边跑过去把它拾起来重新放到原处。

布来特街中午时分来往行人很多。背着书包的小学生跑到这里来，用半融的雪块互相抛打着，使空气中充满了笑语喧哗声。富裕家庭出身的学徒，戴着丹麦式的水手帽或者穿着时髦的英国式服装，手里拿着文件夹，神气活现地走过去 —— 他们对于能逃出实科中学一事感到非常骄傲。蓄着灰色胡须的有身份地位的市民用手杖敲着地面，脸上流露着一副坚信国家自由主义的表情，关注地向市议会的琉璃砖正门望过去。这一天市议会门前布置了两个警卫。因为里面议会正在开会。两个警卫披着外套，扛着枪，在一段路上分寸不差地走过来又走过去，毫不理会踩着脚下半融的泥泞雪块。每次走到议会入口处两个人碰一次头，互相看一眼，交换一句话，便又各自向相反方向走去。有时候一个军官走过来，大衣的领子向上掀着，双手插在衣袋里 —— 这样的军官多半是在追逐谁家的侍女，同时又在尽情吸引大家闺秀的目光 —— 这时两个岗警就各自站在岗棚前面，目不斜视地望着自己，同时举枪敬礼 …… 离他们给散会出来的议员们敬礼还有很长一段时间呢。会议刚开了三刻钟。也许不等会开完，别人便来替换他们 ……

正在这个时候，忽然两个士兵之一听到大厅里轻轻嘘了一声，紧接着大门里便露出议会厅门房乌尔菲德的红袍子来。乌尔菲德

戴着三角帽，挂着佩剑急匆匆地走出来，轻轻地喊了声“敬礼”，然后又急忙退回去。这时已经听得到里面石板路上橐橐的脚步声一步近似一步了……

岗警立正站着，脚跟并在一起，伸直脖子，挺着胸脯，枪托放在脚旁，接着是干净利落的刮啦两声，立刻摆出了敬礼的姿势。一个勉强可以算作中等身材的先生一手掀着礼帽步履匆匆地从这两人中间走过去。这人的一条淡淡的眉毛略微向上挑着一些，苍白的面颊上翘着两绺捻得又尖又长的髭须。托马斯·布登勃洛克议员今天没等议会散会很早就离开了会场。

他向右转去，也就是说，没有向回家的那条路走。他的衣着整洁、雅致，一丝可以挑剔的地方也找不出来。他那略有些跳跃的步伐仍然是一贯的样子。当他顺着布来特街走下去的时候，一路不停地向四面的人打招呼。他戴着一副白羔羊皮手套，银柄的手杖夹在左臂下面。在他的皮大衣的厚领子底下可以看到一条白色燕尾服领带，他的脸虽然经过刻意修饰，看去却显得疲惫不堪。很多人从他身边走过的时候都看到他的红润的眼睛忽然涌出眼泪来，他那小心翼翼地紧闭着的嘴唇奇怪地向一边扭着，时不时咽进一口什么，好像他的嘴里充满口水似的。从他两颊和太阳穴的肌肉的跳动来看，可以知道他每次咽唾沫都紧咬着牙关。

“喂，布登勃洛克，你逃会了吗？这倒是件新鲜事！”走进磨坊街，他还没有来得及看见对面是谁，忽然一个人这样招呼他说。这人是施台凡·吉斯登麦克，他一下子站在布登勃洛克议员前面。他是布登勃洛克的老朋友和崇拜者，在各种社会问题上都唯布登

勃洛克马首是瞻。吉斯登麦克蓄着圆形的络腮胡子，颜色已经发灰了。他的眉毛非常浓，鼻子很长，上面满是汗毛孔。几年以前，他赚了一笔钱以后，就不再做酿酒生意了。他的兄弟爱德华把这个买卖接了过去，他自己则专门靠吃利息过活。但是由于他对自己这一阶层感到有些害臊，因此总是装作一副忙得不可开交的样子。“我快累死了！”他说，一只手摸着自己用火剪烫得弯弯曲曲的灰头发。“咳，人生在世除了奔忙以外还有什么用呢？”他常常在证券交易所站几个钟头，煞有介事地指手画脚，实际上他在那里一点事也没有。他担任了一大堆徒有虚名的职务。不久以前当上了本城浴室的经理。此外，他又是陪审官、经纪人、遗嘱执行人，他对这些事都很热心，不断从脑门上往下抹汗……

“还在开会呢，布登勃洛克，”他又说了一次，“你怎么到街上溜达来了？”

“啊，是你啊，”议员低声回答说，小心地动着嘴唇，“我疼得厉害……有几分钟简直痛得什么也看不见了。”

“痛？什么地方痛？”

“牙痛，从昨天就痛，一夜也没有合眼……我一直没有工夫去看大夫，早上公司里有事，这个会我也不愿意缺席，现在实在忍不下去了，所以正预备到布瑞希特那儿去……”

“哪颗牙痛？”

“下边靠左的这颗……一颗臼齿……里面当然已经空了……疼得叫人受不了……再见，吉斯登麦克！你知道，我的时间有限……”

“当然知道，你以为我就不忙吗？事多得做不过来……再见！希望你早点好！把它拔掉吧！一下子解决掉，是最好的办法……”

托马斯·布登勃洛克继续往前走，紧咬着牙关，虽然这样只会使他的牙疼得更厉害。就是这一颗臼齿害得他的整个左边下半身疼得难忍难熬，疼得像火烧，像针扎。发炎的地方像有个火热的小锤子在里头敲打着，弄得他整个脸都发起烧来，眼泪一个劲往上涌。一夜失眠又影响了他的神经。刚才他只是勉强支持着，才和吉斯登麦克谈了那几句话。

到了磨坊街，他走进一所油漆成棕黄色的房子，走到二楼上，那里门上的一块铜牌子写着“牙医生布瑞希特”几个字。他没有看见给他开门的女仆，廊子里弥漫着菜花炖牛排的热气。他走进候诊室里，迎面扑来一阵刺鼻的药味。“请坐……您等一会儿！”一个像老太婆的声音向他喊道。这是那只鹦鹉约瑟夫斯。这只鸟儿关在屋子后墙前边的一只闪亮的鸟笼里，用一双恶毒的小眼睛斜盯着他。

议员在一张圆桌旁边坐下，打开一卷《弗利格周刊》想看几段笑话排遣一下，但是马上就厌恶地把书合上，用手杖上面冰凉的银柄抵住面颊，闭起红肿的眼睛，呻吟起来。屋子里非常寂静，只有约瑟夫斯用喙唧唧呱呱啄栏杆的声音。布瑞希特先生即使不忙，也总要让病人等他一会儿。

托马斯·布登勃洛克一下子又站起来，从一张小桌子上面摆的大腹瓶里倒了杯水喝。水里哥罗芳味很浓，接着他把通向走廊

的门打开，焦急地喊道，如果布瑞希特现在没什么要紧的事分不开身的话，能不能快着点。他的牙很疼。

手术室门后边立刻露出这位牙医生的花白胡须、鹰钩鼻子和秃脑门来。“请吧，”他说，“请吧！”约瑟夫斯也同样喊了一句。议员应声走进屋子，脸上一丝笑容也没有。“这个人病得不轻！”布瑞希特心里说，脸色变得苍白起来……

两个人很快穿过这间明亮的屋子，走到窗前一把带头枕和绿绒扶手的活动大椅子前边。屋子有两扇窗户，这把椅子就摆在其中一扇的前面。托马斯·布登勃洛克坐定以后，简单地说了一下病情，便把头仰靠着，闭上眼睛。

布瑞希特把椅子摇起来一点，拿起一个小镜子和一条钢棍动手检查。他的手有一股杏仁肥皂味，呼吸则带着菜花炖牛排味。

“这个牙咱们非拔不可。”过了一会儿他说，脸色更加苍白了。

“您就拔吧。”议员说，紧紧地闭上眼睛。

屋子里出现了短暂的寂静，布瑞希特先生在一个柜子前边准备什么东西，拣出必要的手术器具。一会儿他又走到病人前边来。

“我要涂一点药。”他说，接着马上动手把一种气味刺鼻的药水大量涂到牙龈上去。他很温和地请病人坐着别动，张大嘴，之后他动起了手术。

托马斯·布登勃洛克用手紧握着天鹅绒扶手。钳子在他牙上的冲击钻拧他几乎感觉不出来，但是从他嘴里发出的咯吱咯吱的声音，他整个头部感到越来越痛，简直可以说是痛彻骨髓的挤压，他知道一切都在正常地进行。上帝保佑，他暗自忖度，这一关快

要熬过去了。这种疼痛还要越来越厉害，越来越厉害，无限地发展下去，直到难以忍受的地步，成为一种酷刑，痛得你呼天号地、肝胆俱裂，仿佛整个脑子都被撕裂一般 …… 到了这个时候，这一切才算过去；我现在只有忍着。

这种情形继续了三四秒钟。布瑞希特先生因为用力过度四肢都颤抖起来，他这种激昂奋发的劲头也传到托马斯·布登勃洛克身上。布登勃洛克把身体从座位上欠起来，听到从牙医生的喉咙里隐隐传来的呼哧呼哧的声音 …… 突然间他感到猛烈的一撞，全身为之一震，同时听到嘎巴一声响。他急忙睁开眼睛 …… 头上的压力已经没有了，但是脑子里却依然嗡嗡作响，牙床上那块惨遭蹂躏的发炎的地方像火烧一样痛。他很清楚地感觉到，这次要求的目的并未达到，这不是问题的真正解决，而是一次蓦然降临的灾祸，只有使事情更加恶化 …… 布瑞希特先生向后退了一步，斜倚在器械柜上，面色死白，期期艾艾地说："齿冠 …… 我早就料到了。"

托马斯·布登勃洛克向身边的一个蓝色的盘子里吐了一点血水，因为牙床给划破了。接着他昏昏沉沉地问道："你料到什么？齿冠怎么了？"

"齿冠折断了，议员先生 …… 我怕的就是这一着 …… 您这颗牙脆得很 …… 可是不管怎样，我也得试试 ……"

"现在怎么办？"

"您交给我吧，议员先生 ……"

"您预备做什么？"

“得把牙根也拔了去。用拔牙钳子 …… 这颗牙有四个根 ……”

“四个？这么说，得受四倍的折磨？”

“可惜就是这样。”

“那么今天就先做到这里吧！”议员说，想很快地站起身来，可是不知为什么没有站起来，反而把头向后靠过去。

“亲爱的布瑞希特先生，您的要求也应该合乎人情，”他接着说，“我的身体不太好 …… 今天这一场已经够受的了 …… 您能不能行行好，把窗户打开一会儿？”

布瑞希特先生按照他的话做了，接着回答说：“最好您能在明后天不论什么时候再来一次，让我们把手术做完。我必须承认，我自己也 …… 请允许我给您冲洗一下，再涂一点药水，暂时止止痛。”

这两件事做完以后，议员离开了这里，布瑞希特先生表示遗憾地耸了耸肩膀。这是这位精疲力竭、脸色煞白的牙医生使出最后一点力气才做出来的。

“请等一会儿 ……”当他们经过候诊室的时候，约瑟夫斯尖叫道，直到托马斯·布登勃洛克已经走下楼梯以后，它还在叫个不停。

用拔牙钳子 …… 好吧，好吧，这是明天的事了。现在做什么？回家去歇着，想法睡一觉。原来的神经痛好像已经麻木了，现在口里只有热辣辣、麻酥酥的感觉。那么就回家吧 …… 他步履迟缓地穿过一条街又一条街，机械地回答着别人的问候，他的眼睛流露出迟疑、沉思的神情，仿佛他正在思索，自己到底觉得怎么样。

他已经走到渔夫巷，开始沿着左边的人行道向下走去。走了大约二十步后忽然感到一阵恶心。我到街那边酒铺去喝一杯白兰地吧，他想，于是他从马路上穿过去。但是正当他走到路中心时，发生了下面的事。好像是他的脑子被谁抓住了，一股不可抗拒的力量托着他的脑子转，速度越来越快，圈子则越来越小，最后一股巨大、残暴、毫不容情的力量把他的脑子撞碎在圈子里的坚硬如石的中心点上……他的身子转了半个圈，伸着胳臂，摔倒在湿漉漉的马路上。

因为这条街倾斜得厉害，所以他的上半身要比两条腿低得多。他摔倒时脸朝下，脸下面马上开始积了一摊血。他的帽子顺着马路向前滚了几步。他的皮大衣沾满了污泥和雪水。他的那双戴着白羔羊皮手套的手伸到一摊积水里。

他就这样跌倒在地上。过了半天，才有几个过路的人走来把他翻过身来。

第八章

佩尔曼内德太太从楼梯走上来，一只手在身前撩着衣襟，另一只手在面颊上按着一只棕色的大皮手笼。与其说她是走路，不如说她在踉跄颠踬，好几次险些儿跌倒。她头上的风帽向一边歪着，面颊热烘烘的，略微噘起一点的上唇上还有几颗小汗珠。虽然她谁也没看到，一路上却一直唠叨个不停。在她这样的喃喃自语中，时不时地比较清晰地迸出一两个词，这是她因为恐惧而不知不觉地大声说出来的——“没什么要紧……”她说，“没什么大不了的……上帝不允许这样……上帝知道该发生什么事，我坚信这一点……一定不会发生这样的事……啊，主啊，我要每天每天向您祈祷……”她因为害怕而唠叨着一些没有意义的话，跌跌绊绊地爬到三楼上，穿过了回廊……

通向前厅的屋门开着，她的嫂子迎了出来。

盖尔达·布登勃洛克的美丽、白皙的面孔因为恐怖、厌恶完全走了样，她的那一双生得比较近的、罩着一圈青影的棕色眼睛眨动着，流露出惊惧、气恼和憎嫌的目光。当她看到来的人是佩尔曼内德太太以后，立刻向她招招手，抱住她，把头俯在她的肩膀上。

“盖尔达，盖尔达，怎么回事？”佩尔曼内德太太喊道，“出了什么事？…… 这是怎么啦？…… 摔倒了，他们说？昏过去了？…… 现在他怎么样？…… 上帝不会让什么不幸的事发生的 …… 可怜可怜我，快告诉我吧 ……”

但是她并没有立刻就得到回答，她只感觉到盖尔达的全身瑟瑟地抖个不停。接着，她听到从肩膀上传来的耳语声。

“他们把他弄回来的时候，”她听到的是这样的话，“他简直不像样子了！他一辈子不让人看见自己身上有一个土点 …… 临了却落得这样一个结果，这简直是个讽刺，是件卑鄙的事 ……”

她们听到谁在压低了嗓音谈话。通往更衣室的门开了，伊达·永格曼穿着白围裙，手里拿着一个脸盆站在门槛上。她的眼睛红通通的。她看见佩尔曼内德太太，就低着头向后退了一步，把路让出来。她的下巴颤抖着。

冬妮走进卧室，她的嫂子在后面跟着，室内高大的花窗帘随着空气的动荡而飘摆了一下。走进屋子，扑面就传来一股石炭酸、二乙醚和别的药品的气味。托马斯·布登勃洛克仰面躺在一张桃花心木大床上，盖着大红的鸭绒被，衣服已经脱掉，只穿着件绣花睡衣。他的眼皮半闭着，眼珠向上翻着，嘴唇在蓬乱的胡须下抽动着，不时从嗓子里传来咯咯的声音。年轻的朗哈尔斯医生正伏在他身上，从他的脸上取下一条血污的绷带，把另外一条浸在床头桌上的水盆里。接着他听了听病人的心脏，号了号他的脉 …… 在床前的一只软垫上坐着小约翰，一边摆弄着衣服上的水手结，一边沉思地听着身后父亲嘴里吐出来的声音。泥污的衣服乱搭在

一把椅子上。

佩尔曼内德太太在床旁边蹲下，握住她哥哥冰冷、沉重的手，凝视着病人的脸 …… 她这时开始看出来，不管上帝知道不知道他做的是什么，他已经让那最不幸的事发生了。

“汤姆！”她呜咽着叫了一声，“你不认识我了吗？你觉得怎么样？你不会撇开我们吧？！哎，不能那样啊 ……”

她没有听见可以当作回答的任何声响。她用一双求助的眼睛仰望着朗哈尔斯大夫。朗哈尔斯大夫站在那里，秀丽的眼睛低垂着，他的脸上表现的也正是咱们亲爱的上帝的意志，但又不无某种怡然自得的神情 ……

伊达·永格曼又走进来，为了看一看有什么需要她做的事。格拉包夫医生也来了。他摆着一副和和气气的长面孔跟所有的人握过手，摇着头检查了一下病人，做的也正是朗哈尔斯大夫做过的事 …… 这个消息已经像一股风似的传遍了全城。下边街门不断传来门铃声，仆人接二连三地进来报告有人探问议员的病况。病况没有什么改变，一点改变也没有 …… 每人得到的都是同一回答。

两个医生都认为至少这一天夜间需要请一位护士来。于是派人去把李安德拉修女请来了。她走进来的时候，脸上丝毫也没有惊惶恐怖的神色，这一次她仍然是把皮包、头巾、罩衫静悄悄地放在一边，立刻就以轻巧娴熟的动作干起事来。

小约翰一个钟头又一个钟头地坐在软垫上，看着周围的一切，听着那咯咯的声音。本来他该去补习算术了，但是他知道这次家里发生的事是使那位哔叽上衣先生哑口无言的。就是家庭作业也

只是从他心头一掠即过，而且甚至引起他一些嘲笑的感觉……有的时候，当佩尔曼内德太太走过来把他搂住的时候，他的眼泪也淌下来了，但是更多的时候他只是带着一副冷漠、沉思的神色，眼睛干巴巴地眨着。他的呼吸又小心又不规则，仿佛他正在等待着那奇怪而又异常亲切的香气……

将近四点钟的时候，佩尔曼内德太太打定了主意。她把朗哈尔斯大夫领到旁边一间屋子里，自己叉着胳臂，头向后仰着，同时又尽量使下巴靠着胸脯。

“大夫，”她说，“有一件事只有您有力量做，所以我来求您！请您对我说实话！我是个从生活里磨炼过来的妇人……我已经学会了经受残酷的事实，请您相信我的话！……我哥哥能不能活到明天？请您坦白地告诉我吧！”

朗哈尔斯大夫把他的一双美丽的眼睛转向一边，望着自己的手指甲，谈起人类的无能，也谈到佩尔曼内德太太的哥哥会不会活过今夜，抑或下一分钟就被召唤去，这是个无法解答的问题……

“那么我知道我该做什么了。”她说完就走了出去，派人去请普灵斯亥姆牧师。

普灵斯亥姆牧师的法衣没有穿齐就来了。虽然穿的是一件长袍子，却没有戴皱领。他冷冷地看了李安德拉修女一眼，就在床边人家给他推过来的一把椅子上坐下来。他让病人认一认他，听他说几句话。由于他的请求并没有得到任何反响，于是他只好直接转向上帝那儿去，用典雅的弗兰克话跟上帝攀谈起来。他的声调抑扬顿挫，时而故意说得声音很混浊，时而又很尖锐，他脸上

的表情有时显出阴郁而狂热，有时又表现得温和清澈 …… 当他用一种他特有的油滑的声音发出“r”这个颤音的时候，小约翰清清楚楚地感觉到，他到这里以前一定刚刚吃过咖啡和奶油小面包。

他说，他和当时在场的人已经不再为这位亲爱的人的生命祈求了，因为他们看到，把他召回去是上帝的意旨。他们现在只祷告，希望上帝降恩，让他宁静地离开这个世界 …… 接着他又以动人的声调念了两段适用于这种场合的祈祷文，然后他就站起身来。他和盖尔达·布登勃洛克以及佩尔曼内德太太握了握手，又用双手捧着小约翰的头，凝视了一会儿他的低垂的睫毛。因为爱怜和痛苦，他的身体有些发抖。他和永格曼小姐打过招呼，最后又冷冷地扫了李安德拉修女一眼，就离开了这里。

朗哈尔斯回家去了一趟，当他从家里回来的时候，发现这里一切还是原来的样子。他只和看护简单地谈了两句话，就又告辞了。格拉包夫医生也又来了一次，一团和气地察看了一下便离开这里。托马斯·布登勃洛克还是翻着眼睛，嘴唇抽搐着，从喉咙里发出咯咯的声音。天色昏暗下来。外面空中出现了一小块冬日的晚霞，夕晖透过窗户射进来，正照着挂在椅上的一堆泥污的衣服上。

五点钟左右佩尔曼内德太太因为感情过于激动，竟做出了一件很欠考虑的事。她那时正坐在床旁边，对着她的嫂子，突然间合起两手，用喉音高声念起一首赞美歌来 ……

结束吧，啊，主！

她念道，所有的人都僵坐在那里倾听——

结束他的一切苦恼；
给他的手脚以力量，引他步入幽冥。

因为她祈祷得过于专心，因此把暗中祷念的话也大声说出来。她没有想到，这一节诗自己根本不会背，在念完第三行以后，就不得不卡住。果然是这样，她正念到最高的调子，忽然念不下去了，只好摆出个神气俨然的姿势代替这首诗的收尾。

屋子里每一个人都等待着下文，屏气凝神，感到非常困窘。小约翰一个劲地用力咳嗽，听去像呻吟一样。接着，在一片寂静中，只听到托马斯·布登勃洛克痛苦的抽气声。

当侍女进来报告隔壁屋子已经准备好了一点吃的东西，这才把屋子里的人从窘境中解脱出来。但是正当大家在盖尔达的寝室里准备喝一点汤的时候，李安德拉修女出现在门前。她温和地向大家招了招手。

议员已经快要断气了。他轻轻地呻吟了两三声，便不再出声了，嘴唇也停止了抽动。这是他病象的唯一变化。在这之前，他的眼神早已黯淡了。

朗哈尔斯大夫几分钟以后赶了来。他把他的黑听筒放在死人的胸上，听了相当长的时间，然后根据良心做了鉴定。他说："是的，议员已经过去了。"

李安德拉修女伸出一只苍白柔嫩的手，用食指小心翼翼地把

死人的眼皮合上。

这时候佩尔曼内德太太扑到床沿上，脸伏在被子上，大声号啕起来，毫无节制地一任感情发泄；这种感情奔放会使她的精神重新舒畅起来，而佩尔曼内德太太很会这样做，这是她天生的幸福……当她重新站起来的时候，脸上涕泪纵横，但是精神却比刚才轻松了、坚强了，她已经完全恢复了心灵的平衡。她立刻就想起了讣告的事，必须刻不容缓地印制讣告——需要一大包印制精美的讣闻……

克利斯蒂安露面了。原来他在俱乐部听到议员跌倒在街头的消息，便也立刻离开了那里。但是由于他怕看到什么可怖的场面，便故意从城门外面绕了一个大弯，这样谁也没有能找到他。现在他终于出现了，一进大门就听到自己哥哥已经去世的消息。

“这怎么可能啊！”他说着，一瘸一拐地走上楼来，眼睛骨碌碌地转着。

他也站在床边，站在妹妹和嫂子两人中间。他站在那里，秃头顶，两腮下陷，两撇上须耷拉着，一只弯钩大鼻子，两条瘦腿弯弯的，很有点像问号。他的一对深陷的小眼睛望着死人的脸，那张脸已经变得那么沉默、冰冷、疏远，那么无可指摘。人们的任何批评都触不到它了……托马斯的嘴角向下垂着，看去仿佛带着些鄙夷似的。克利斯蒂安曾经责备过他，说自己死了的时候他不会掉眼泪，而今这个被责备的人竟死在前面，一言不发地默默死去。他高傲地、完美地步入了那幽冥世界，让别人去为自己感到羞愧，正像他生时常常这样做的一样。生时克利斯蒂安一谈到自己的病

痛，一谈到那个向他颔首的人、酒精瓶、打开的窗户，他总是用冷淡鄙视来回答，如今想起来，他这样做是对还是不对呢？这个问题用不着问了，一点意义也没有了，因为那专横独断、居心叵测的死神已经选中了他，为他剖白清楚，把他召去，接走，给了他很高的荣誉，所有的人都对他又畏惧又关心；而克利斯蒂安则被死神弃绝了，死神只是继续用各色各样的引不起任何人尊重的小把戏要弄他。托马斯·布登勃洛克从来没有像这个时候那样引起他兄弟的敬畏。这是丝毫不容怀疑的成功，只有死亡才能使别人尊重我们所受的痛苦，即使是最微不足道的痛苦，死亡也会使别人对它万分敬仰。"你算得到归宿了，我愿向你鞠躬。"克利斯蒂安默默地想道。他匆忙而笨拙地一条腿跪下，吻了吻被盖上的那只冰冷的手。然后他向后退了两步，又开始用游移不定的目光向四周打量起来。

别的吊唁的人，老克罗格夫妇、布来特街的女士们、老马尔库斯先生也都来了。可怜的克罗蒂尔德也来了，她站在床边，瘦小、灰白，两只手戴着线手套交叠在胸前，脸上呆板迟钝，好像没有什么感情。"冬妮，盖尔达，你们不要认为我没有哭，"她的声音呜呜咽咽地曳得很长，"就是我心肠冷酷。我已经没有眼泪了……"无论是谁都不能不相信她这句话，因为她站在那里显得那么干枯、那么灰败……

最后大家都离开了这间屋子，让位给一个女人，一个不讨人喜欢的没有牙的瘪嘴老太太。她到这里来是为了帮助李安德拉修女给死人清洗装殓。

这天晚上，夜已经很深了，盖尔达·布登勃洛克、佩尔曼内德太太、克利斯蒂安和小约翰还坐在起居室中间一张圆桌的煤气灯底下，孜孜不倦地工作着。他们在拼凑那些应该发送讣告的人的名单、写信封。几支笔同时唰唰地响着。时不时地某人忽然想到一个名字，就把它添在名单上 …… 这件事也需要汉诺来帮忙，因为他的书法很干净，时间又非常紧迫。

室内和户外都很静。偶尔传来一阵脚步声，但很快地就又消失在远处。瓦斯灯有时噗噗地跳动几下，有谁低声说了一个人名，接着纸窸窸窣窣地响了一阵。有时候大家的目光碰到一起，才记起了发生的事情。

佩尔曼内德太太特别郑重其事地挥舞着自己的一支笔。但是如同计算好了的一样，每隔四五分钟她就要把笔放下，抱着拳头举到嘴一般高的地方悲叹起来：“唉，我真不明白！”她叫着。她这样喊的意思也就是说，她已经逐渐开始明白发生的这件事了。“可是现在一切都完了。”她突然极端绝望地喊了一句，搂住她嫂子的脖子放声大哭起来。哭了一阵，她似乎又增添了力量，重新又干起事来。

克利斯蒂安跟可怜的克罗蒂尔德一样，也是一滴眼泪都没有流。他对这件事感到有些羞愧。怕惹人耻笑的感觉压倒了他心中一切别的感情。另外由于他无时无刻不在为自己的健康情况操心，这也是使他精力枯竭、感情迟钝的原因。他每隔一会儿就站起来，用手摸摸光秃的前额，压低了嗓音说：“唉，真是太惨了！”这句话

是他对自己说的，努力责备自己，想从眼睛里挤出几滴眼泪来……

忽然发生了一件事，把上述的一切都打乱了。小约翰忽然笑了起来。在写信封的时候他写到一个读音非常可笑的名字，于是他就再也忍不住了。他又把名字念了一遍，擤了擤鼻子，身子向前伏着，抖动着，抽着气，完全失掉控制自己的能力。开始的时候大家还以为他在哭，然而他并没有想到哭。大人们不能置信地、手足无措地望着他。不一会儿他母亲就送他去睡觉了……

第九章

一颗牙 …… 布登勃洛克议员因为一颗牙送了命，城里的人已经传开了。可是，真是见鬼，牙病怎么死得了人呢？他牙痛，布瑞希特先生把他的牙冠拔碎，以后他就在街上跌倒了。谁听说过这样的事？……

然而这事现在已经无关紧要了，这事只关系到死者一个人。现在人们忙着做的是送花圈，送大花圈，送贵重的花圈，这些花圈会给丧主增加体面，报纸上会报道，人们一看这些花圈，就知道他们是来自有声名有财产的人家。花圈不断地送来，从四面八方送过来，送者有的是公司团体，也有的是家庭和个人。月桂编的花圈，香气扑鼻的花朵编的花圈，银花圈配着黑色和本市市旗颜色的条带，上面写着黑字或金字的挽词。还有棕榈树枝，数不过来的棕榈树枝 ……

所有的鲜花店没有一家不利市百倍，尤其是位置在布登勃洛克家对面的伊威尔逊花店，生意更是比别家兴隆。伊威尔逊太太这一天按了好几次门铃，带来各种各样的花圈花束，都是某某议员、某某参议或者某某机关送来的 …… 有一回她问这里的人说她能不

能到楼上去看看死者。她得到的回答是可以，她可以去。于是她跟在永格曼小姐后面，从正面楼梯走上去。一路上她一直沉默着，只是用眼睛望着上面灯光灿烂的楼梯间。

她的步履沉重，因为她跟往日一样又已经有了身孕了。总的说来，她的容貌随着岁月流逝已经变得有些粗俗，但是她的黑色细眼睛以及马来型的颧骨仍然保持着迷人的风韵，而且谁都看得出来，她曾经是个绝代佳人。她被让到客厅里，因为托马斯·布登勃洛克就停放在那里。

屋中的家具都已经搬开了，他就停在这间宽大明亮的屋子正中，躺在棺材的白缎衬垫上。他穿的是白缎衣服，盖着白缎寿布，笼罩在晚香玉、紫罗兰和一百种别的花混合起来的醉人浓香里。在他的头前边，在一圈围成半圆形的银烛台的中间，立着托瓦尔德森雕刻的祝福的基督雕像。雕像的底座蒙着纱，墙边、地板上和寿布上，到处摆满了花束、花球、花圈和花篮。棺架四周摆着棕榈枝，那叶子直搭在死者的脚面上。死人的面孔有的地方被擦伤了，特别是鼻子挫伤得更厉害。但是他的头发却像生时一样卷着，上须也由温采尔先生重新用火剪烫过一次，僵直地长长地贴在他苍白的面颊上。他的头稍微向一边偏着一点，在他交叠着的双手里插着一个象牙的十字架。

伊威尔逊太太刚走到门旁边就站住了，她眯缝着眼睛向棺架那边望过去，直到那穿着一身黑、哭得头昏脑涨的佩尔曼内德太太走出起居室，站在帐幔中间，和气地向她颔首示意，她才在嵌花地板上又向前挪动了几步。她站在那里，两手搭在凸起的肚皮

上，用她一双细长的黑眼睛打量着花卉、蜡烛架，望着飘带和所有那些白缎子，最后她望到托马斯·布登勃洛克的脸。很难说出这位孕妇的一张苍白浮肿的脸上究竟是什么表情。最后她欷歔了一声——只是短短地、非常含混地“啊”了一下，便转身走出去。

佩尔曼内德太太喜欢外人这样来吊唁。她守在这所房子里，不知疲倦地热心注视着别人怎样争着向她哥哥的遗体表示敬意。她一次又一次地用喉音朗诵报纸上的一些文章。正像逢到公司周年纪念日歌颂她哥哥的功绩一样，这些报纸现在又在痛悼这一不能补偿的损失。盖尔达在客厅里接待前来吊唁的客人时，她一直站在起居室里陪着。而前来吊唁的人仿佛永远没个完，那些人的名字足以编成一个军团。她和不同的人讨论埋葬的事，当然，葬礼一定要办得堂皇体面。她已经安排好了最后告别的一幕。她先让公司的全体职员一起来向老板告别。接着就是粮栈的工人。这些人的大脚嚓啦嚓啦地走在嵌花地板上，嘴角耷拉着，流露出无限诚心，全身散发着烧酒、口嚼烟草和干体力活的气味。他们望着这讲究的灵柩，手里摇转着帽子，最初感到有些惊奇，其后渐渐厌烦，直到其中一个人壮起胆子来首先转身出去，于是所有这一群人都跟在那人后面拖着脚走出去……佩尔曼内德太太简直有点心花怒放。她告诉别人说有很多人眼泪一直淌到硬胡子里，实际上并没有这回事。但是如果她说看见了，而这件事又使她高兴，这又有什么关系呢？

下葬的日子已经逼近了。金属棺材已经严严实实地钉合起来，上面盖着花，蜡烛架上的蜡烛点着，屋子里挤满了人，普灵斯亥

姆牧师神色庄严地站在棺材前面，被当地和外地的送葬人群包围在中间。他把自己一颗富有表情的头摆在宽大的皱领上，就好像摆在一个盘子上一样。

一个端肩膀的打杂的人 —— 一个介乎仆人和司仪之间的精明伶俐的家伙 —— 担负着指挥仪式进行的职责。他手里拿着大礼帽，轻手轻脚地从大楼梯上跑到下面门道里。这里挤满了穿着制服的税吏和穿着工作服、半长的裤子、戴着礼帽的粮栈搬运夫。他压着嗓子用刺耳的沙沙声对大家说：“屋子里人已经满了，不过游廊上还有点地方 ……”

一会儿大家都安静下来了，普灵斯亥姆牧师开始讲话，他的抑扬顿挫的美妙而洪亮的声音把整所房子填满。当他在楼上基督雕像旁边，时而在胸前绞着手，时而又把手平伸出去祝福时，在楼外面，在冬日的灰白的天空下，一辆四匹马拉着的灵车已经停在房子前面了。灵车后面别的马车排成一长列，迤迤逦逦地一直伸到特拉夫河边上。大门对面站着两排兵，枪托倚在脚前，站在队伍前面的是封・特洛塔少尉。封・特洛塔少尉手里拿着指挥刀，一双热情的眸子凝望着楼上的窗户 …… 附近几所房子的窗户里面和这一带人行道上都有人伸着脖子看。

最后，前厅里人们蠕动起来，少尉轻轻喊了一声口令，兵士们刮啦啦一声响，举起枪来，封・特洛塔先生把指挥刀落下来。棺材被抬出来了，由四个穿黑袍子戴三角帽的人抬着，慢慢地移出大门来。一阵风刮来，把香气吹到看热闹的人鼻子里，吹乱了灵车顶上的黑羽毛，吹拂着一直站到河边的拉车的马的马鬃，也

吹晃着车夫和马夫帽子上罩着的黑纱。

驾灵车的马全身罩着黑布，只留出两只眼睛在外面，不安地转动着。当四个一身黑的马夫牵着它们慢慢地走动起来以后，那一队士兵便排在灵车后面。接着其余的马车也都一辆跟着一辆地转动起来。克利斯蒂安·布登勃洛克跟牧师坐的是第一辆。后面的一辆是小约翰和一个从汉堡来的吃得满面红光的亲戚。托马斯·布登勃洛克的送葬行列拖得很长，一点一点向前移动着，呈现出一副悲凉、严肃的气氛。家家户户门前都悬着半旗，旗子一任风儿摆动 …… 公司里的职员和搬运夫步行，走在行列最后面。

当这一行送葬的人随着棺材走出城外，走完通向墓地的一段路，走过一些十字架、石像、几座小礼拜堂和一些叶子落光的垂杨柳以后，就进入布登勃洛克家的祖茔了。这时仪仗队已经排好，举枪致敬，同时从一丛矮树后面传出来低沉的哀乐声。

雕刻着家族纹章的大石碑又一次被搬到一边，送葬的绅士们又围立在一块光秃秃的矮林旁的墓穴四周，只是这次要下到墓穴里和祖先们葬在一起的是托马斯·布登勃洛克罢了。这些人都是有地位、有财产的人，有些人是议员，这从他们的白手套和白领带可以看得出来。他们站在那里，或者低着头，或者悲哀地把头侧向一边。职员、搬运夫、店伙和粮栈工人聚在稍远一点的地方。

音乐停了，普灵斯亥姆牧师开始讲话。当他的祝福词在冷空气里消逝以后，大家都走过来，准备与死者的兄弟和儿子再握一次手。

这是无穷无尽的一长列人。克利斯蒂安·布登勃洛克带着一

副一半心不在焉、一半迷惑困窘的脸色，迎接众人的吊唁，这是他遇到庄严时刻惯有的神情。小约翰站在他旁边，皱着眉毛，低着头，避着寒风。他穿的是一件带金色结的宽大的水手式的短外衣。他的一双罩着青圈的眼睛一直俯视着地下，任何人也不看。

第十一部

Elfter Teil

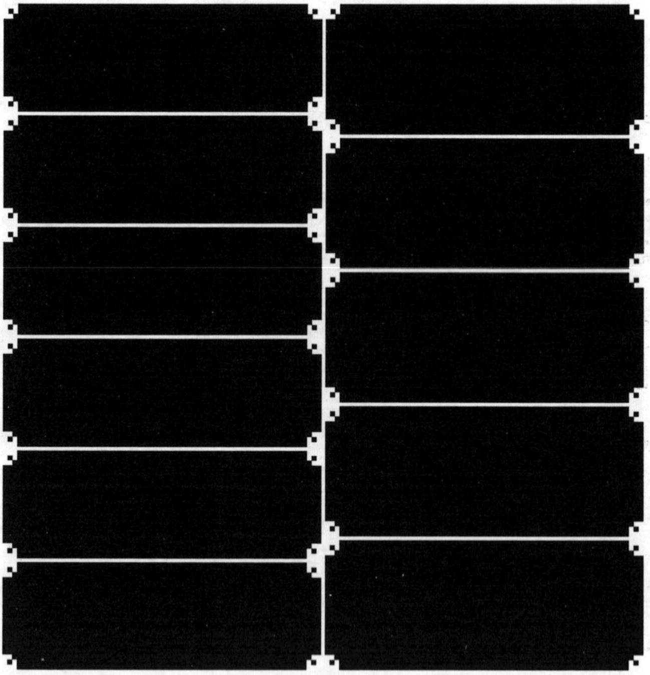

第 一 章

有时候我们会忽然想到这个人或者那个人，我们会想，他现在在做什么啊？突然间，我们记起来，他已经不在马路边人行道上散步了，他的声音已经从人世间的笑语嘈杂的大合唱中消失了，他已经永远离开了人生的舞台，正长眠在城门外某处地下。

施推威英家的姑娘，布登勃洛克参议夫人，高特霍尔德伯伯的未亡人已经死了。这位活着的时候一直是家庭不和祸根的女人最后也被死亡召唤去，生前的罪愆被一笔勾销。她的三位千金弗利德利克、亨利叶特和菲菲感到有十足的理由摆出一副受尽委屈的面孔来回答亲族的吊唁，那神情似乎在表示：“你们看吧，她是活活让你们逼死的！……”不过她们的母亲可以说是已经终其天年了……

凯泰尔逊太太也已永远安息了。临终前几年她一直为风湿病痛所苦，但最后怀着赤子般的信仰，平静地、悄悄地离开了人世。这件事很为她那位有学问的妹妹羡慕，因为后者总是要不断同理智的诱惑作战，而且，虽然她的背越来越驼，身体越来越萎缩，她那顽强的体质却注定她继续留在世界上受罪。

彼得·多尔曼也被召唤去了。他已经把财产全部吃光，最后沦为匈牙利苦矿水的俘虏，只留给女儿一笔每年二百马克的年金。临死以前他表示，希望社会上能出于对多尔曼这一姓氏的敬重，把他的女儿收留进圣约翰修道院去。

尤斯图斯·克罗格同样也与世长辞了。这真是件糟糕的事，如今再也没有人拦着他那位性格柔弱的太太卖掉最后一件银器给失去继承权的亚寇伯寄钱了。亚寇伯现在仍然在外边什么地方过着荒唐的日子。

讲到克利斯蒂安·布登勃洛克，人们在城里再也找不着他了：他已经不住在这个地方了。他是在他的议员哥哥死后不到一年移居汉堡的。在汉堡他和一个女人，和那个早已盘踞在他心头的女人，阿林娜·普乌格尔小姐，当着上帝和众人的面结了婚。再没有人能阻拦他这桩亲事了。在这以前母亲留给他的那笔遗产的利息，大半也是流到汉堡去的。如今这笔遗产（这就是说，他过去没有挥霍完的那一部分）虽然根据布登勃洛克议员遗嘱的安排暂时由议员的生前好友施台凡·吉斯登麦克保管着，但是克利斯蒂安在其他事情上却完全获得了自由……当克利斯蒂安结婚的消息传来以后，佩尔曼内德太太立刻给汉堡的阿林娜·布登勃洛克太太写了一封充满敌意的长信。这封信以“夫人”一词开始，接着就用精心挑选的恶毒词句宣布，佩尔曼内德太太永远也不想把对方以及对方的子女当作亲戚往来。

吉斯登麦克先生是遗嘱的执行人、布登勃洛克家财产的监督人和小约翰的保护人，这几个职务他都执行得很出色。这些事务构

成他生活中极端重要的活动，如今他在交易所里可以问心无愧地摆出一副劳累不堪的神情搔头发，可以凿凿有据地对人说，他正在精疲力竭地为人奔走忙碌……当然，我们也不应该忘记，由于出了这一番力，他可以从布登勃洛克家进款中毫厘不差地抽取百分之二的酬金。但是他在商务上运气并不太好，不久以后就引起盖尔达·布登勃洛克的不满了。

买卖需要清理，公司需要歇业，而且要在一年之内办妥，这是议员临死前的意旨。佩尔曼内德太太对这件事大为震惊："不是有约翰，有小约翰吗？不是有汉诺吗？！"她问道……她的哥哥竟这样没有把自己的儿子，没有把唯一的后嗣看在眼里，没有为他把公司保存下来，这件事使她感到非常失望，非常痛苦。这个公司的令人起敬的招牌，这个四世相传的珍宝竟被这样视作等闲地抛弃了。明明这里有一个合法的继承人，这家公司的历史竟要宣告结束了。她不知道为这件事哭了多少个钟头。但是后来她又安慰自己说，公司的结束绝不等于这个家族的终结，她的侄儿将来一定会创建一家新公司来恪尽自己的天职，就是说，保存祖先的光辉名誉，使这家人重新振兴起来。他和他的曾祖父有很多相像的地方，这里面一定有些道理的。

且说这家公司的清理事务是在吉斯登麦克先生和老马尔库斯先生的领导下进行的，但是进行得异常糟糕。预定的期限很短，必须严格遵守，时间是非常紧迫的。需要处理的事务件件都是在很不利的条件下急急忙忙地办下来的。一批货物卖得过于匆忙，折了本，下一批货物依旧如此。货栈和粮仓忍受着极大的牺牲换

来了现金。如果某项交易侥幸没有毁在吉斯登麦克的过度急躁上，也一准被老马尔库斯先生的犹豫迟缓弄糟。城里的人都传说，冬天马尔库斯出门之前，不但要把大衣、帽子，而且要把手杖在火炉前边烤暖。遇上这样一个人，即使出现了有利时机，也一定由于他的耽误而白白错过……总而言之，亏损的事接二连三地发生。托马斯·布登勃洛克在他的遗嘱上留下来的财产是六十五万马克，遗嘱宣读后才一年，大家就发现，现存的资本已经远远不足这个数目了。

人们中间流传着关于公司折本清理的各种夸大失实的谣言，特别是当盖尔达·布登勃洛克想把自己住的那所大房子出手的消息传出来以后，更使得各种谣言纷纭而起。人们谈论着各种荒诞不经的故事，谈论什么事迫使她走这一步，谈论布登勃洛克家财产的这种令人起疑的消失，久而久之，渐渐在城中制造出一种气氛，就是议员的未亡人坐在家中也能清楚地感觉出来了。最初她对这种气氛感到惊奇、陌生，后来则越来越气愤。有一天她告诉她的小姑说，有一些手艺匠和商人很不客气地催逼她还清几笔较大的欠款。佩尔曼内德太太愣了半天，最后则令人毛骨悚然地放声大笑起来……盖尔达·布登勃洛克非常生气，甚至表示（虽然她并没有完全决定）想带着小约翰离开这座城市，搬到阿姆斯特丹她父亲那里去，再跟他演二重奏。但是这却引起佩尔曼内德太太的一阵暴风雨般的抗议，使得盖尔达不得不暂时放弃了这一计划。

不出所料，佩尔曼内德太太对于出卖她哥哥亲手盖起来的这所房子的事也提出了抗议。她对于这件事可能产生的不良影响唉

声叹气，抱怨说，这对于这家人的名声威信将是另一个打击。但是最后她也不得不承认，继续住在这里，继续维持这样一所宽大、华丽的住宅（这本是托马斯·布登勃洛克的奢侈的爱好）是不实际的，而盖尔达的愿望，要搬到城外林荫中一处舒适的小别墅里，倒是正确的……

对于高什先生，对于经纪人塞吉斯门德·高什说来，开始了一个伟大的日子。一件重要的事使他垂暮的残年重新放出一线光辉，他的四肢甚至有好几个钟头停止了颤抖。事情是，他出现在盖尔达·布登勃洛克的客厅里，坐在她对面的一把靠背椅里，跟她面对面地磋商房子的价格。他的银白头发纷披在脸上，下巴凛然地向前翘着，眼光从下面紧紧盯着对方的脸。这次他的样子看去十足像个驼子了。他的语音仍然咝咝不绝，但是语调则冷漠、干枯，一丝也没有流露内心的激动。他表示愿意把这所房子接过手来，他伸出一只手，带着诡谲的笑容递了八点五万马克的价。这个价钱是蛮可以接受的，出售这样的房子，损失本来是不可避免的。只是吉斯登麦克先生的意见也非听取不可，这样盖尔达·布登勃洛克就只好把高什先生打发走，没有能跟他做成这笔交易。事后发现，原来吉斯登麦克先生对于自己的职权范围绝对无意让别人插手干涉。高什先生递的价钱他一点也没有放在眼里；他大肆嘲笑了一通，发誓说，他一定能卖上比这个更高的价钱。就这样他一直跟人发誓，直到最后，为了使这件事告一段落，他不得不接受七点五万马克的价钱把这所房子卖给一个已有相当年纪的单身汉，这人刚从外地旅行回来，准备在本地定居下来。

新居的购置也是吉斯登麦克先生一手承办的。这是一所舒适的小别墅，价钱也许高了一点，但是却很合盖尔达·布登勃洛克的心意，坐落在布格门外一条两旁栽着栗树的林荫路上，包围在美丽的花园和果木园中间……就在1876年的秋天，议员夫人和她的儿子、仆人以及一部分家具搬到了这所新房子里去。至于另外一部分家具则在佩尔曼内德太太的哀悼叹息声中留在老宅子，连同房屋一起转让给了那位新房主。

然而变化还不止这一些！永格曼小姐，在布登勃洛克家待了四十年的伊达·永格曼也不再为这家人服务了。她已经回到她的西普鲁士故乡去，和亲族一起度晚年去了。说实话，她是被议员夫人打发走的。当前一辈人已经长大，不需要她照料以后，这个善良的灵魂马上就找到了小约翰。她看顾他，照管他，给他讲格林童话，给他讲那个死于噎食症的叔父的故事。可是现在小约翰也已经不小了，他已经是个十五岁的少年，虽然身体一直很羸弱，可是她对他已经没有什么用了……此外，永格曼和他的母亲长久以来关系处得并不太好。小约翰的母亲走进这个家远在她之后，因此她从来不曾把这个女人当作一个真正的、正统的布登勃洛克家人看待。而另一方面，随着年纪的增长，一个老仆人的骄傲自负日甚一日，她的权限也开始逾越了自己的身份。她的这种妄自尊大和对家务屡屡越俎代庖，常常引起主仆间的龃龉……这种情况难以维持下去了，有时甚至出现了公开争执的场面，虽然佩尔曼内德太太施展她伶俐的口才极力为她劝说，正像她当初为那座大房子和家具乞求一样，老伊达还是被打发走了。

当最后时辰来到，要和小约翰告别时，她哭得非常伤心。小约翰和她拥抱过以后，就把手背起来，一只脚支着身子，另一只脚尖触地，目送着她走远。他那对金棕色的、罩着一圈青影的眼睛里流露出来的仍是那种沉思的、反躬自视的表情，正像他看到祖母的尸身、父亲去世、旧居瓦解以及很多别的事情时一样（虽然这些事情从表面上看意义不如上述的重大）…… 他已经经历了一连串的离散、死亡、收场、分崩，在他的思想中，和老伊达分别不过是这一类事件中的最后一件而已。这些事情并没有使他惊奇过。有的时候，他把他那生着淡黄色鬈发、嘴唇永远稍微扭曲着的小脑袋抬起来，纤秀的小鼻翼敏感地稍稍张开，仿佛是他正非常小心地吸着包围他的空气，他生怕闻着那股奇异而熟悉的香味，那次他祖母的灵床上虽然有那么浓的花香，也掩盖不住那股香味 ……

每次佩尔曼内德太太来拜访她的嫂子，总要把侄儿拉过来，给他讲布登勃洛克家过去的历史和这一家人的光辉未来。这一家人的未来，佩尔曼内德太太说，除了要依靠上帝的恩典以外，完全指望着小约翰一个人了。现实生活越令人忧愁，她越热心描述当年她父亲和祖父在世时家里的豪华场面。汉诺的曾祖父怎样坐着四匹马的马车周游全国 …… 有一天她的胃忽然剧痛起来，原因是弗利德利克、亨利叶特和菲菲异口同声说，哈根施特罗姆一家子是社会的精华。

克利斯蒂安的消息也很令人寒心。这次结婚对他的身体似乎没有什么好处。他过去那种精神恍惚、时常看见可怕幻景的老毛病越来越严重，现在他已听从妻子和一位医生的劝告进了一家精神

病疗养院。他在那里很不愉快，给家里人写了很多封诉苦信，表示迫切希望脱离这家病院，看来那里对待病人并不是很近人情的。可是那家病院把他看管得很严，对他说来可能这是个最好的方法。不管怎么说，这样至少能使他妻子无拘无束地照旧过从前的独立生活，而又无碍于结婚给她带来的实际和道德两方面的利益。

第二章

闹钟的机件咔嗒一声分秒不误地、不讲人情地响起来了。那是一阵喑哑、嘶鸣的噪音，不是丁零声，而是噼噼啪啪的声音，因为这座闹钟已经使用了不少年，机件磨损得很厉害。虽然如此，那铃声却响得很长，令人绝望地长，因为发条上得非常足。

汉诺·布登勃洛克从内心深处吃了一惊。每天早晨从床头小桌上一直钻进他耳鼓里的这阵恶意而又忠心的突然的铃响，都使他的五脏六腑由于愤怒、悲哀、绝望而抽缩起来。但是表面上他却故作平静，并不改变躺在床上的姿势，只是刚刚从早晨的迷梦中醒过来，急遽地把眼睛睁开。

在这间严冬寒冷的小屋里还一点亮光也没有，他分不清屋子里的东西，也看不见钟上的指针。但是他知道，这时已经六点了，因为昨天晚上他是把闹钟拨在这个时辰上的……昨天……当他一动不动地仰面躺着，为了下定决心开灯下床，神经非常紧张地自我斗争着的时候，昨天发生的事逐渐一一回到他的记忆中来。

昨天是星期日，在他接连受了布瑞希特先生几天折磨之后，

作为奖励，母亲答应带他到市剧院去看一次《罗恩格林》①。一个星期以来他的小小心房一直为这一晚上的快乐所支配着。可惜的是，在这种幸福之前总有无数的烦恼，而一个人的轻松愉快的企盼心情，直到最后一分钟以前，一直要受到这些事的重重折磨。虽然如此，最后星期六总算来了。一个星期的功课上完了，钻牙机带着令人痛苦不堪的嗡嗡声最后一次在他的嘴里钻了个洞……现在一切都过去了，一切都经受过来了，而家庭作业他则干脆决定过了星期日再做。什么叫星期一？星期一真的会来吗？如果一个人星期日晚上要看《罗恩格林》，他是不会相信还有星期一的……他决定在星期一一清早就起来把这些讨厌的东西赶完——这样就够了。这样他就可以逍遥自在，尽情享受内心的快乐了。他坐在钢琴前幻想，忘记了一切不如意的事。

以后幸福变成了现实。幸福带着一切神圣和魅力，带着神秘的震动和惊悸，带着内心的突然的呜咽，带着洋溢的、餍足的陶醉劈头盖顶地压到他身上……当然啦，在演奏序曲时乐队的低劣的提琴声音有点不能胜任，一个浅黄色络腮胡子的肥胖而自负的人坐在小船里出现时动作急遽，颇不自然。此外在邻座包厢里又坐着他的保护人施台凡·吉斯登麦克先生，不断地嘟囔什么大人不能带孩子到这种娱乐场所，使他对功课分神等等。但是这一切他都没怎么注意，因为灌进他耳朵里的甜美、清朗、富丽堂皇的音乐已经使他高高地……高高地飞翔起来……

---

① 《罗恩格林》：德国作曲家瓦格纳（Richard Wagner，1813—1883）写的一部歌剧。

最后歌剧终场了。歌唱的、辉煌的幸福暗淡了，失去了光彩。他头昏脑涨地又回到自己家中的小屋里来，意识到把他和那灰色平凡的生活分隔开的只是在床上几小时的睡眠。这时他非常熟悉的那种沮丧消沉的感觉又重新攫住他。他又感觉到，美好的东西会使人多么痛苦，会怎样使人深深地陷入羞耻、思慕和绝望中去，会吞噬掉一个人平凡地生活下去的勇气和力量。那可怕的绝望的感觉像一座山似的重重压在他身上，他不得不再一次对自己说，他肩负着的不仅是他个人的痛苦，这个重担从有生命那一天起就压在他灵魂上，而且迟早有一天要使他的灵魂窒息……

他把闹钟拨了一下就又睡下去。他睡得那么死，就像一个永远不会再醒过来的人一样。然而，现在星期一已经来了，已经是六点钟了，而他却一点功课也没有做！

于是他坐起来，把床头小桌上的蜡烛点燃。但是在那冰冷的屋子里，他的胳臂和肩膀冷得要命，他不由得马上又躺下去，盖上被子。

时针指到六点十分上……现在再起来做功课已经没有什么意义了。功课太多，差不多每节课都留下一些什么作业，现在再开始也来不及了，再说他定的那个时间已经过去了……他昨天本来觉得，今天上拉丁文课和化学课都要轮到他回答问题，难道事情真有那么凑巧吗？当然，根据常情去推测，这种可能性是有的。最近拉丁文课讲奥维德①的时候，全班的名字是按着字母顺序从最

① 奥维德（Ovid，公元前43—公元17）：古罗马诗人，《变形记》为其代表作。

后一个字母叫起的，今天可能会从前面 A 和 B 开始。但是这种推测也并不绝对可靠，并不是丝毫没有疑问！有的时候常规会被打破！亲爱的上帝啊，什么样偶然的情形不会发生啊！…… 当他这样做着种种臆造的自欺欺人的推测时，他的思想渐渐融会在一起，他重又昏昏睡去。

这间小学生住的寝室寒冷、空旷，床上悬着西克斯塔斯教堂圣母的铜雕像，屋中摆着一张桌面可以拉开的桌子，此外还有一个凌乱的书架、一张直腿的桃花心木斜面书桌、一架风琴和一个小脸盆架；这一切都死气沉沉地立在摇曳不定的烛光里。为了让日光早些进来，窗帘并没有拉下，窗玻璃上结着很多冰花。汉诺·布登勃洛克睡在那里，脸蛋紧紧贴在枕头上。他的嘴唇张着，睫毛深深地遮下来，睡眠中的表情显得又酣沉又痛苦，一绺浅黄色的软发遮住他的鬓角。渐渐地，桌头小几上的蜡烛的火焰失去了红里透黄的色彩，苍白、惨淡的黎明透过结满霜花的玻璃悄悄地溜进屋子。

七点钟的时候，他又一下子从梦中惊醒。这一段时间又过去了。起来接受这一天的担子 —— 此外再也没有别的什么办法了。离上课只有短短的一小时了 …… 时间马上就要到，作业根本谈不上了。尽管这样，他仍然躺着不动，一想到他要这样残酷无情地被迫在清晨的冰冷、昏暗中离开温暖的床，走到无情的、充满恶意的人群中去迎受灾难和危险，他心中不由得又是痛，又是恨，简直痛不欲生。唉，我只想再躺两分钟，两分钟，他不胜温柔地请求枕头说。但是接着，为了表示抗议，他又给了自己十足的五分钟，

准备再合一会儿眼。这期间他时不时地睁开一只眼，绝望地凝视着闹钟上那麻木迟钝、冷漠无情、准确地向前移动着的指针……

七点过十分，他终于咬了咬牙爬起来，匆匆忙忙地在房子里来回走动，蜡烛继续燃着，因为只有日光还不能把屋子照亮。当他把窗上的一个霜花呵气融化了以后，他看见外面罩着一层浓雾。

他冷得要命，常常不禁浑身颤抖起来。他的手指尖冻得像发烧似的，全都肿起来，不敢去碰指甲刷子了。当他把上半身洗好，几乎已经麻木了的手把海绵扔在地上以后，就僵直无助地在原地站了一会儿，像一匹浑身出汗的马一样从身上冒着蒸气。

最后，他总算穿好衣服，呼吸急促、目光忧郁地站在那张折面桌子前边，拿起书包，奋力打起残余的一点精神来，收拾今天上课时需要的书籍。他站在那里，茫然望着空中，胆怯地嘟囔着："宗教课……拉丁文……化学……"一面把残缺不全、沾满墨水的书本儿放在一起……

不错，小约翰这时个子已经长得相当高了。他已经过了十五岁，不再像从前那样穿着哥本哈根式的水手服。他现在穿的是一件浅棕色短外套，围着一条带蓝白点的围巾，背心上挂着一条细长的金表链，这是他的曾祖父传下来给他的。在他的手掌比较宽，但手指纤秀的右手无名指上戴着他家祖传的那只镶绿宝石的印章戒指，这只戒指现在同样也归他所有了……他穿上那件肥大的毛外套，戴上帽子，拿起书包，吹灭了蜡烛，就急匆匆地从楼梯下到一层楼去。他从那头熊标本旁边走过，向右一拐，走进餐厅。

他母亲新雇的一位女管家，克雷门廷小姐，一个尖鼻子、近视

眼、前额上贴着鬈发的瘦削的姑娘，也已经在这里。她正忙着在早餐桌上弄什么。

“到底有几点了？”汉诺从牙缝里迸出这个问题，虽然对于时间他知道得比谁都清楚。

“差一刻八点，”她回答说，一面用她那像生了风湿病的又红又瘦的手指了指挂钟，“你应该快着点，汉诺……”说着她把一杯冒着热气的可可放在他的位子上，又把面包篮、黄油、盐和一只盛着鸡蛋的杯子推到他面前。

他没有再说什么，拿起一个小面包。他的头上戴着帽子，胳膊底下夹着书包，就开始喝起可可来。这杯热饮料弄得布瑞希特正给他治的一只臼齿剧痛起来……他只喝了一半，鸡蛋也没有吃，从他的歪扭着的嘴里迸出一声轻轻的、类似告别的声音，就从屋子里跑了出去。

当他走过花园，离开这座红色的小房子，向右一转，沿着冬日的林荫路急急忙忙地跑去的时候，已经是差十分八点了……还剩下十分钟、九分钟、八分钟了。路也远得很。在大雾里简直看不出究竟走了多远！随着呼吸他把冰冷的浓雾吸进去又吐出来，窄小的胸脯努力挣扎着。他的舌头舐在那只被可可烫疼了的牙齿上，拼命地运动着腿上的肌肉。他全身都出了汗，但是四肢却依然没有暖和过来。他的两肋开始发痛。早晨的这段运动使他的那点早餐在胃里折腾起来，他感到恶心，心脏轻飘飘地、一阵紧过一阵地跳动着，弄得连气也喘不过来。

城门，才刚刚走到城门，而这时离八点钟却只剩四分钟了！

当他这样苦不堪言地和冷汗、恶心、疼痛搏斗着向前走的时候，他不断地向四边张望，看一看是不是还能遇上个同学 …… 没有，他谁也没有看见。所有的人都已经到齐了，已经开始敲八点了！钟声穿过浓雾从所有的钟楼传过来，而圣玛利教堂的钟声甚至在庆祝这一时刻，奏着《让我们都来感谢上帝》的调子 …… 它把调子都奏错了。汉诺在没命地奔跑中断定说，它一点也不懂得节拍，而且音调也都不准确 …… 可是现在这都是无用的事，没有工夫去为它费心思！重要的是，他迟到了，这已经成了定局。学校的钟稍微慢一点，但是他确实来得太晚了。他注意地看着从他身边走过的人的一张张面孔。他们或者是去上班，或者是去办事，但是都一点也不着慌，没有什么在逼迫他们。有的人看到他那羡慕、诉苦的目光也回望了他一眼，打量了一下他那气急败坏的样子，朝着他笑了笑。这些笑容使他气得要发狂。他们在想什么，这些从容不迫的人在怎样估计他的处境？他真想向他们喊：先生们，你们的笑容是出于你们的粗野！你们为什么不了解，我就是倒在紧闭的校门前累死也甘心啊 ……

一堵红色的长墙，中间嵌着两扇铸铁大门，把前面的校园和大街隔开。当他离着这堵墙大约还有二十步远的时候，报告晨祷开始的一阵连续不断的刺耳铃声已经传进他的耳朵里来。他这时既没有力气大步向前跨，更没有力气跑，只能向前探着身子，两条腿磕磕绊绊、摇摇晃晃地移动着，勉强支持住身体不跌倒。这样当他走到校门口的时候，铃声已经响过了。

守门人施雷米尔先生，一个身体粗胖、胡须扎煞、生着工人面

相的人，正在关大门。“哦……”他喊了一声，让布登勃洛克钻了过去……说不定，说不定他已经得救了。只要偷偷地溜进教室去，等着在体育馆举行的晨祷做完，装作一副若无其事的样子就成了。他气喘吁吁、筋疲力尽、一身冷汗、悄没声儿地溜过红砖镶地的院子，穿过一扇嵌着五彩玻璃的美丽折门就走进屋子里去……

学校里一切都是簇新的，一切都洁净悦目。时代精神已经占了上风，现在这一代年轻人的家长在里面读过书的那种旧式寺院学校的颓朽、灰色的老房子已经被拆毁了，代之而起的是宽敞、壮丽的新建筑。虽然房屋的整体仍然保留着原来式样，过道和十字回廊上面仍然是哥特式的雄伟的拱顶，但是讲到照明和取暖设备呀，宽敞光亮的教室呀，舒适的教员休息室呀，化学、物理和绘画教室的实验设备呀，这一切却都是完全按照新时代的舒适原则修建起来的……

筋疲力尽的汉诺·布登勃洛克挨着墙向四周侦视了一番……没有人，感谢上帝，没有人看见他。从远处过道里传来人群的嗡嗡声，所有的学生和老师都拥向体育馆，准备在那里从宗教上得到一些鼓励来应付这一周沉重的工作。但是这里一切却都像死一样的安静，面前铺着油毡的楼梯这一段路也是自由的。汉诺蹑着脚、屏住呼吸，一边紧张地听着动静，一边小心翼翼地上了楼梯。他的教室，实科生六七年级的教室在二楼上，对着楼梯口。教室的门正开着。走到楼梯最上一级他探着身向上边的长过道看了一眼，过道两旁是两排挂着瓷牌子的教室门。接着他悄悄地抢前三步，一下子冲进自己的教室里去。

教室里是空的。三个大窗户仍然挡着窗帘，从天花板上吊下来的瓦斯灯还亮着，在寂静中发出轻微的咝咝声。透过绿色灯罩，灯光照着三行浅色木头做的双人课桌，课桌对面是一座暗色的、像模像样的讲坛，讲坛后面墙上钉着一块黑板。四面墙壁下半截嵌着木板，上半截是光秃秃的石灰墙，悬着几幅地图。讲坛侧面另外又有一块黑板支在木架上。

汉诺的位子差不多在教室的中央；他走到自己位子上，把书包推进抽屉里，一屁股在硬凳子上坐下，双手放在书桌的斜面上，把头伏在手里。他的全身洋溢着一种不可言喻的安详舒适的感觉。这间空旷、冷酷的屋子本来是丑陋的、讨厌的，而且他的心上还压抑着令人心悸的一上午各色各样的危险。但是目前他总算平安了，肉体的紧张结束了，可以静心地等待着该发生的事发生了。再说，第一节课，巴雷史太特先生的宗教课是很安全的……从墙上边通气孔圆口上纸条的抖动，可以看到暖空气怎样流进来，此外煤气灯的火焰也帮助这间屋子暖和起来。唉，现在可以伸直身体、让冻僵了的四肢慢慢地舒展开来，暖和过来了。一阵舒适的、但是不太健康的灼热升上他的脑袋，他的耳朵嗡嗡地响着，眼光蒙眬起来……

忽然他听见身后一阵窸窸窣窣的响声，不由浑身一颤，急忙扭过身去……瞧啊，从最后一条板凳后面露出凯伊·摩仑小伯爵的上半身，这个年轻的小贵族爬了出来，站起身，轻轻地拍了拍手，把手上的土拂掉，容光焕发地向着汉诺·布登勃洛克走过来。

“啊，是你啊，汉诺！”他说，“我在那后边藏着，你进来的时候，我还当是哪个先生进来了呢！”

他的声音有些沙哑。他正在变嗓子，这件事在他身上比汉诺来得早。他的身材跟汉诺长得一般高，但是除了这点以外他还是从前那副样子。他穿的仍然是一套说不准颜色的衣服，扣子缺三短两，屁股上补了一块大补丁。他的手还是不很干净，但是很秀气，样子特别高贵，手指纤长，指甲尖尖的。他的随随便便从中间分开的黄里透红的头发仍然像过去那样垂在像石膏一般洁白无瑕的脑门上。脑门下边，既深沉又锐利地闪烁着一双淡蓝色的眼睛……他的鼻子略微有一些勾曲，上唇微微上翘，他这副骨骼纤秀的高贵相貌和他的不整饬的仪表之间的对比现在比以往任何时候都显得引人注目。

“咳，凯伊，”汉诺歪着嘴说，用一只手摩挲着心口，“看你把我吓了一跳！你在这儿干什么？你为什么藏起来？你也迟到了吗？”

“哪里，”凯伊回答道，“我早就来了……星期一早晨谁都是恨不得早一点到学校来，这你自己也知道得非常清楚，亲爱的……我没有迟到，我躲在这儿只是为了好玩。今天是那位‘渊深’的教师值日，他认为把人赶下去做祷告并不是什么蛮横的行为。于是我就一直紧贴在他的脊背后面……不管他怎么转，怎么东瞧西看，这个神秘家，我永远紧挨在他身后边，直到他走下去，我一个人留在这儿……可是你呢，”他充满同情地说，温柔地挨着汉诺，和他坐在一条凳子上，“你又跑来着，是吗？可怜的人！看你跑得这么气喘吁吁的样子，头发都贴到太阳穴上了……”他从桌子上拿起一把尺子，认真而小心地把小约翰额角上的头发挑开。“你又

睡过头了吗？我坐的这是阿道尔夫·托腾豪甫的位子，”他打断自己的话，向四周望了望，“班长的宝座！没什么，这一次没有什么了不起的……你是睡觉睡过头了吗？”

汉诺又把他的脸放在胳臂上。“我昨天看戏去了。”他重重地叹了一口气以后，开口说。

“噢，对了，我忘了！……好看吗？”

凯伊没有得到回答。

“你这就很不错了，”他劝汉诺说，“你应该想到这一点，汉诺。你瞧，我还从来没有进过戏院的门呢。将来多少年内，我也很少有希望能进去……”

“如果事后没有这些让人发愁的事就好了。”

“不错，这种情形我也懂得。”凯伊把他朋友放在凳旁地上的帽子和大衣捡起来，轻轻地拿到走廊上去。

“那么你一定没记熟那段《变形记》的诗吧？”当他又走进来的时候，这样问。

“没有。”汉诺说。

“也许地理测验你已经准备好了？”

“我什么也没有准备，什么也不会。”汉诺说。

“化学和英文也都不会吗？All right！咱们俩真是难兄难弟！”凯伊的样子显得轻松起来。“我跟你完全一样，”他高兴地宣布，“星期六我没有念书，因为第二天是星期日，星期日也没有念，因为这一天是主日……不，这叫瞎说……主要的是，我要做些更有意思的事。”他的语调忽然变得严肃起来，脸上淡淡地泛起一层红

晕。“是的，今天这一天可真不好过，汉诺。”

“我要是因为不及格再记一过，”小约翰说，“就要蹲班了。可是在拉丁文课上先生要是提问，我还一定不会及格。今天该轮到B字起头的学生了，一点办法也没有……”

“我们就等着吧！恺撒怎么说来着？‘恐吓我的东西只敢在我背后装腔作势；它们一看见恺撒的脸……’”可是这一段话凯伊并没有背诵完。他的心情也很不好。他走到讲台上，坐在老师的扶手椅上，阴沉着一张脸摇动着椅子。汉诺·布登勃洛克仍然把前额歇在交叠的双臂上。两人这样默不作声地对坐了一会儿。

突然远处传来一阵沉闷的嗡嗡声响，很快这声音变成了高声喧嚣，不到半分钟便紧紧地涌过来了。

“这群人回来了，”凯伊狠狠地说，“老天爷，我的上帝，他们完成得好快啊！这节课他们连十分钟也没有占去……”

他从讲台上下来，向门边走去，为了混进人群里。但是汉诺却只把头抬了抬，嘴唇抽动了一下，一直坐在位子上没动。

这群人越来越近，嚓啦嚓啦、扑通扑通的脚步声，成年人的喉音，童高音以及变嗓时期的破裂沙哑声混杂一片，人群拥上楼梯，走进走廊，最后冲进这间屋子。屋子里马上沸腾起来。他们走了进来，这些年轻人，汉诺和凯伊的同学，实科六七年级的学生们。他们人数有二十五六个，胳臂有的插在裤袋里，有的摇晃着，大摇大摆地走到自己的位子上，翻开了《圣经》。这些人的面孔有的健康、愉快、讨人喜欢，但也有的萎靡不振、令人望而生厌。有的是高大强壮的小伙子，他们不久就要去做商人或者甚至到海上去，

他们对什么功课都不在乎；另外也有一些年纪虽小，但雄心勃勃死啃书本的小学生，凡是需要死记硬背的功课他们门门都很出色。但是班长阿道尔夫·托腾豪甫却什么都知道：他一生中还没有答不上问题的时候。这一方面固然因为他默不作声发愤念书，另外也因为先生们总是避免问他那些他可能答不上来的问题。如果他们看到一个哑口无言的阿道尔夫·托腾豪甫，他们就会感到受了伤害，他们会羞愧难当，他们对一个人的完美无缺的信念就要动摇……阿道尔夫的后脑勺生得特别大，淡黄的头发紧紧贴在上面，光滑得像面镜子，灰色的眼睛罩着一圈黑影，他的短外套刷得干干净净，一双黧黑的长胳臂就从外套的短袖口里挺伸出来。他在汉诺·布登勃洛克身旁坐下，温和地却又带着些狡猾地笑了笑，对他的同桌说了一声早安。他说的是学生中间流行的行话，把这个字念成一个有声无字的单音。当四周的人都在低声谈话、做上课准备、打呵欠，或者嘻嘻哈哈地笑闹的时候，他已经开始一言不发地在练习本里写起东西来了，他那摇动着笔杆的瘦长手指伸得笔直，握笔姿势的正确是任何人也挑不出毛病来的。

过了大约两分钟光景屋子外面传来了脚步声，坐在前几排的学生不慌不忙地从位子上站起来，坐在后面的这里那里也有人学前边的样子，但是另外的人则继续忙着自己的事，对于进来的人丝毫也不理会。进来的是教师巴雷史太特先生，他把帽子挂在门后边就走上了讲台。

巴雷史太特先生年纪有四十多岁，身体胖乎乎的不讨人厌，脑袋上有一块大秃顶，黄里透红的连鬓胡子剪得很短，肤色绯红，

湿润的嘴唇流露出一副油滑和肉欲交织的神情。他把笔记本拿在手里，默默地翻了一会儿；因为屋子里一直安静不下来，于是他抬起头，从讲台桌上伸出一只胳臂，把白胖的拳头软软地上下挥摆了两下。他的脸一点点地涨得通红，相形之下胡子仿佛变成了淡黄色。他的嘴唇毫无结果地抽动了半分钟之久，最后只不过迸出一个压抑着的、宛如呻吟般的短短的“好”字来。他又挣扎了一会儿，想说一句责备的话，可是没有说出来，最后又回到他的记分册上，叹了口气，这才平静下来。巴雷史太特先生就是这个样子。

以前他本想当传教士，但是由于有口吃的毛病，再加上他对于世俗的舒适生活不能忘情，最后只好投身教育界。他还是个单身汉，小有资产，指头上戴着个不大的钻石戒指，最喜爱的是吃好喝好。他和别的教员只有在工作上才打交道，平常和他来往的主要是城里的单身商人，此外还有卫戍部队的军官们。他每天在头等饭馆里吃两餐饭，是某一个俱乐部的会员。有时夜里两三点钟他在城里什么地方遇见了年纪大的学生，面孔就涨得通红，道一声“早安”，双方心照不宣地让这件事过去 …… 汉诺 · 布登勃洛克一点也不怕他，他从来也没有问过汉诺问题。这位教员跟汉诺的叔叔克利斯蒂安在暴露人性某方面缺点的交游上碰头的次数非常多，因此他不愿意和克利斯蒂安的侄儿在正业上发生冲突 ……

“好了 ……”他又说了一遍，向教室四周望了望，又晃了晃他的戴着钻石戒指的松软的胖拳头，就看起记分册来。“佩尔莱曼，概要。”

佩尔莱曼从教室某处站起来。他站起来人们几乎不理会，因

为他是身材最小的学生之一，也是一个功课好的学生。“概要，”他轻轻地、规规矩矩地说，伸着脖子，羞怯地笑着，“《约伯》共分三部，第一部写约伯未受主的训诫前的情况，第一章，一至六节；第二部写训诫以及与训诫有关的事；第三部……”

“很好，佩尔莱曼，”巴雷史太特先生打断了他的回答，这个学生的温顺服从深深打动了他，于是他在记分册上写了个好分数。“海茵利齐，您接着说。”

海茵利齐是那些高大的小伙子之一，这些人对任何功课都不放在心上。他把正玩弄着的一柄折刀放在裤袋里，站起来的时候碰得桌椅乱响。他的下嘴唇垂着，用成人的粗嗓子清了清喉咙。巴雷史太特不让温顺的佩尔莱曼说下去，而把这个家伙叫起来，学生们都很不满意。在这间暖洋洋的屋子里，在瓦斯灯下轻微的嗞嗞声里，每个学生都在半睡眠的状态里幻想、沉思。每个人都因为过了个星期日而劳累不堪，每个人在这一天雾气弥蒙的寒冷早晨都是叹着气、牙齿打着战从温暖的床上爬起来的。谁都希望让小佩尔莱曼把这一点钟懒洋洋地打发过去，如今把海茵利齐叫起来，一定要惹出乱子来……

“讲这课书的时候，我没有来。”海茵利齐粗暴地说。

巴雷史太特先生又一次涨红了脸，他挥动了一下他的松软无力的拳头，嘴唇嚅动着，挑着眉毛盯住海茵利齐的脸。他的绯红的脸蛋因为努力挣扎而抖动着，最后迸出“好了……”两个字来。这句话一出口，他的紧张算被打破了。“您从来没有回答出来过什么，”他从容流利地说了下去，“而且您总找得着个借口，海茵利齐。

如果您上一节课病了，那么在这么多天里一定也应该把落下的功课补上。再说，如果第一部分讲的是受难以前的情形，第二部分讲的是受难本身，那么您闭着眼睛也说得出来，第三部分一定是受难以后的事。可是您对学习一点也不用心。您不但功课差，而且永远原谅自己的过错，替自己辩护。您要知道，海茵利齐，这种情形继续一天，您就一天别想赶上别人，一天别想进步。坐下吧。瓦色尔渥格，您接下去。”

海茵利齐带着一副傲慢的、满不在乎的神情坐下来，故意弄得桌椅乱响。他在他邻居的耳朵底下说了句什么无礼的话以后，就把那柄折刀又掏出来。瓦色尔渥格站了起来，这是个眼睛红肿、翘鼻子、扇风耳朵、指甲被牙啃得缺三短四的孩子。他哼哼唧唧地把概要说完，就开始讲起那个乌斯人约伯来，讲约伯遇到的事。他干脆把《旧约》打开放在前面一个学生的背后，天真烂漫、专心致志地看着书念，然后再结结巴巴地翻成文句不通的现代德语，同时不时喀喀地咳嗽 …… 这个孩子的样子非常讨厌，但是巴雷史太特先生对他这一番努力还是大加称赞。瓦色尔渥格一直是先生的宠儿，因为大部分先生都喜欢过分地称赞他，为了让他，让自己，也让别人看到，他们决不因为某人容貌丑陋就对他不公正 ……

宗教课就这样上下去。以后还有一些学生被叫起来，都是考问他们关于乌斯人约伯的知识。高特里伯・卡斯包姆，破产的大商人卡斯包姆的儿子，尽管家境零落，却得了个好分数，因为他非常准确地回答出来，约伯的牲口有七千头羊、三千匹骆驼、五百头牛、五百匹驴，还有无数奴仆。

以后学生们得到允许，把大部分早已打开的书打开，开始阅读新课。每逢巴雷史太特先生遇到某处有必要解释的地方，他就涨红了脸，说一声“好”。紧接着这套准备工作，他开始对这个地方进行一番讲解，夹杂着一些老生常谈的道德说教。没有谁听他讲课。屋子里笼罩着一片平和与倦意。由于暖气不停地加热，由于煤气灯始终在燃烧，屋子里的热度越来越高，此外空气也被二十五个呼吸着、冒着热气的身体弄得污浊不堪。暖气、灯焰温柔的嗡鸣和讲课人单调的絮语不断影响学生们的疲倦头脑，使每个人都昏昏沉沉陷入半睡不醒的状态。凯伊·摩仑小伯爵面前除了《圣经》外还掀开了一本埃德加·爱伦·坡的《神秘恐怖故事集》，正在聚精会神地看，一颗脑袋支在他那纤秀但并不很干净的手掌上。汉诺·布登勃洛克身子向后靠着，蜷缩成一团，张着嘴，目光蒙眬，困倦地望着《约伯》，书上的字句早已变成漆黑模糊的一团。有的时候，他想起了《圣杯的动机》或者《婚礼进行曲》，他的眼皮就慢慢地合上，内心感到一阵辛酸。他内心在默祷，但愿这种平安、宁静的晨课无休止地继续下去吧。

一切都不出事物的常规，管理人的尖锐刺耳的铃声终于传来了。那铃声穿过了走廊，把二十五副脑子从舒适的瞌睡中惊醒。

“就讲到这里！”巴雷史太特先生说，让人把教室日志拿过来，在上面签了个名，表示这一堂他已经尽了职责。

汉诺·布登勃洛克把《圣经》合上，哆嗦着打了个呵欠，伸了伸懒腰。当他放下胳臂、四肢舒展开以后，他不得不迅速地深吸一口气，为了使自己的一颗跳动迟缓、无力应付工作的心重新振作

起一点来。现在该上拉丁文课了 …… 他向凯伊投去求助的一瞥，凯伊却好像没有注意到已经下课，仍然全神贯注在自己那本书上。随后汉诺从书包里拿出那本用大理石花纹纸包着的《奥维德诗集》来，翻到今天要背诵的这一部分 …… 不成，这些用铅笔注释的黑字，笔直地五行分成一段，这样陌生地、不可解地注视着他，要想现在再记熟两行，简直一点希望也没有。他连它们的意思也弄不清，更不要说从脑子里往外背了。至于下面的几段，今天该准备好的，他更是一句也捉摸不透。

“什么是，deciderant，patula Jovis arbore glandes？”① 他用绝望的语调问阿道尔夫·托腾豪甫，后者正在填写教室日志。“这都是些莫名其妙的东西！专门为难人的 ……”

“什么？”托腾豪甫说，继续写自己的，“朱庇特的树的橡子 …… 这是橡树 …… 啊，我也不太懂 ……”

“要是叫到我的时候，告诉我两句，托腾豪甫！”汉诺求他说，把书推在一边。这个全班第一的学生心不在焉地随随便便点了点头。汉诺愁眉不展地看了他一眼，就横着从板凳上挤出来，站起身来。

场面完全变了。巴雷史太特先生已经离开屋子，现在站在讲台上的是一个瘦小枯干、弱不禁风的小个子，身躯挺得笔直。这人蓄着稀疏的白胡须，从紧瘦的翻领里挺伸出一个红色的细脖子，一只长满白色汗毛的小手擎着一顶礼帽，帽口向上。这人在学生

① 拉丁文：“朱庇特的大树上落下的橡子。”见奥维德的《变形记》第一卷，第一百零六行。

中间有个外号叫“蜘蛛”，真名字是许考甫教授。因为他在休息时间负责维持走廊秩序，所以他也溜进教室来查看一番……“灯熄掉！窗帘拉起！窗户打开！”他尽量使自己微弱的声音带上一种发号施令的语气，一只胳臂笨拙地用力在空中摇动着，仿佛在摇机器的曲柄……

灯熄了，窗帘卷了起来，惨淡的日光射进屋子，湿冷的雾气也从敞开的窗户流进来，学生们从许考甫先生身旁走过，向门外拥去。只有那个班长被许可留在屋子里。

汉诺和凯伊在门旁边遇到一起，两个人并排从宽大的楼梯走下去，穿过式样考究的前堂。两个人都沉默着。汉诺的样子凄惨而愁闷，凯伊在沉思着什么。院子里，大大小小的学生都在潮湿的红砖地上吵闹奔跑，他们两个人也混在这群人里面，开始来回踱步。

在院子里值日的是一个留着金黄色尖下须的年轻教师。这是一位讲究穿戴的教师，名字叫高尔登奈尔博士。高尔登奈尔办了一所男生寄宿宿舍，专门招待荷尔斯泰因和梅克伦堡两地有钱的地主贵族子弟。受了这些托他照管的阔少爷影响，他对自己的外表也刻意修饰起来，在一般教员里显得与众不同。他戴着一条花缎子领带，穿着时髦的短外套，淡色的裤子下端用带子系在鞋跟下面，带绣花边的手帕洒着香水。他本来出身于低微人家，因此这种华丽的打扮和他并不相配。比如说，他的一双大脚穿在那双尖头纽襻的靴子里样子就非常可笑。不知道为什么，他对于自己的一双通红的胖手非常骄傲，他不断地搓着、绞着这双手，一往情

深地打量着。他喜欢把头斜着向后一仰，眨着眼、皱着鼻子、半张着嘴，做个丑样，好像要说：“又出了什么事了？”……但是由于他把自己看得非常高尚文雅，所以对于院子里发生的一些违反纪律的小事一向是视而不见的。他看不见有的学生把书带下来，为了在最后一分钟再准备一下。他看不见他的寄宿生把钱递给看门人施雷米尔先生，托他给买点心。他看不见这里有两个四五年级学生由于角力而打起架来，而且马上四周就围起一圈看热闹的人，也看不见那里有个人正因为做了一件卑鄙、不光彩，或者不讲义气的事，被几个同班生从后面拥到水龙头前边，要用水浇他以惩罚他的丑行。

把凯伊和汉诺夹在中间踱步的这一喧闹人群是一群精力旺盛但有些顽皮不驯的小伙子。他们在恢复了青春的祖国的好勇斗狠、所向无敌的气氛中长大，热心倾慕犷悍不羁的大丈夫风度。他们彼此间讲一种既懒散又干脆、充满独创术语的行话。他们崇拜的是吸烟、饮酒、体力强壮和武士道德，最看不起的是懦弱的花花公子的派头。谁要是被人遇见大衣领子翻上来，就要受一顿冷水浇头，谁要是让人看到在街上拿着根手杖，就要在体育馆里当众受到一次严厉的、大失体面的惩戒。

在那弥漫于寒冷潮湿的空气中的一片嘈杂话语中，只有汉诺和凯伊两人的谈话和别人的不一样，显得很独特。他俩的友情很久以来全校的人就都知道了。教师们虽然并没有过问，心里却并不满意，因为他们猜疑在这种友情后面藏有什么不规矩、敌对的东西；同学们也因为不能了解这两个人，已经习惯用一种疑惧和憎恶

的眼光看待他们，把他们看作 Outlaws[1]，看作与众不同的怪人，听任他们干自己的……凯伊·摩仑伯爵还由于他表现出来的野性不驯而受到别人一些敬重。至于汉诺·布登勃洛克，就是那个无人不揍的大海茵利齐也没有因为他的胆小怯懦而碰过他；汉诺的柔软的头发，羸弱的四肢和忧郁、害羞、冷淡的眼光使海茵利齐产生一种莫名的畏惧……

“我害怕，”汉诺在院子侧面一堵墙下站住，倚着墙对凯伊说，他打着呵欠，瑟瑟地发抖，把外衣拉得更紧一些，“我不知道为什么这么害怕，怕得浑身都疼。难道曼台尔萨克先生真叫人这么怕吗？你说说！如果这堂讨厌的奥维德课已经过去该多么好啊！如果我已经得了个不及格的分数，又蹲了一班，可是一切都已就绪该多么好啊！这些我都不怕，我怕的是同这一切连在一起的那种纷扰骚乱……”

凯伊正在沉思。“这个罗德瑞希·乌舍尔[2]真是作家笔下的一个最奇妙的人物！”他突然很快地说，“我刚才看了一整堂……要是我什么时候也能写出这么有意思的故事，该多么好啊！”

原来凯伊这时正在写作。这一天早晨他说他有一些比学校功课更有意思的事要做，指的就是这个。汉诺很明白他的意思。凯伊从小时候起对讲故事就表现了极大兴趣，以后这种喜好发展成自己尝试写作了。不久以前他写了一篇东西，一篇童话，一篇充满幻想的冒险故事，里面一切都泛着一层幽暗的光辉。故事在充

---

① 英文：这里有“化外之民”的意思。

② 美国作家爱伦·坡短篇小说《乌舍尔古厦的倒塌》中的主人公。

满炽热的金属和神秘的火焰的地心深处和人类灵魂最隐秘的地方同时发生，这里面大自然的和灵魂的原始威力奇异地混合着、掺杂着、变化着、提炼着。故事是用一种亲切、富于感染力，但略有一些堆砌的文体写成，充满了眷恋、温柔的感情。

这个故事汉诺知道得很清楚，而且非常喜欢，但是现在他却无心谈凯伊的写作或者埃德加·爱伦·坡的事。他又打了个呵欠，叹了一口气，接着就哼起他最近弹钢琴时编的一个曲调来。这已经成为他的习惯了。他常常为了使自己疲惫无力的心脏跳动得更活跃一些而不得不叹一口气，深深呼吸一次；他也惯于随着呼气哼一个自己作的或者别人作的旋律，一段音乐的主题……

“看啊，亲爱的上帝来了！”凯伊说，“他到他的花园里兜风来了。”

“真是个美丽的花园。”汉诺说，不由得笑起来。他很神经质地笑着，无法再停下来，一边用手捂着嘴，一边望着凯伊称作“亲爱的上帝”的那个人。

出现在院子里的是乌利克博士，这个学校的校长。他的身材高得出奇，戴着一顶黑色的阔边软帽，蓄着短络腮胡子，肚子凸出个尖来，裤子则特别短，漏斗形的袖口总是脏兮兮的。他急匆匆地走过石板路，满面怒容，看去几乎像是在受罪的样子。他伸着一只手指着水龙头……水在流呢！一群学生抢着跑过去，争着把水龙头关上。以后他们又站了半天，带着一副茫然的样子望望唧筒，又望望校长。校长乌利克这时已经转过身去，声音低沉而激动地跟涨红着脸跑过来的高尔登奈尔博士说话。他的话里夹杂

着很多含混不清的布鲁布鲁的唇音。

这个乌利克校长是个严厉可畏的人。当初汉诺的父亲、叔叔念书的时候，学校的校长本来是个和气善良的老头儿。这位老校长在1871年后不久死了，乌利克博士就继承了他的位置。乌利克从前本是一所普鲁士中学的教员，自从被调到这里以后，这所老学校就出现了另一种新精神。过去旧式的教育本身就是一个愉快的目的，受教育的人安详、从容，带着快乐的理想主义，如今威信、责任、权力、职务、事业这些观念都成了至高无上的东西，而“我们的哲学家康德的绝对命令”更是乌利克校长每次节日演说一定要拿出来挥舞一番的大纛。这所学校成了国中一个小国，普鲁士的纪律严明的精神在这里占了绝对统治地位。这里不但教员，而且连学生也把自己看作政府官员，他们唯一关心的就是升迁，因此一心想取悦于大权在握的人 …… 新校长就职后不久，校舍开始根据卫生和最新的审美观点进行改建和扩建，最后工程都已顺利地完成了。只是有一个问题，从前这里虽然缺乏近代设备，但却笼罩着更多的友爱、慈善、善意、愉快和舒适，是不是那时的学校反而是一所更令人喜欢、更幸福的地方呢 ……

讲到乌利克校长本人，简直就像《旧约》中的上帝那样神秘、暧昧、乖僻、嫉妒、可怕。他笑的时候像生气的时候一样令人望而生畏。他利用掌握在手中的无限权柄擅自作威作福。他能够说一句开玩笑的话，而又对被他的话语逗笑的人大发雷霆。他的那些浑身发抖的“小动物”没有一个知道在他面前该怎么做。只有一个办法，或许能防止不致沦为他的盛怒之下的牺牲品，不被他的正

义无私压为齑粉，那就是在他面前谦卑得无地自容，把他捧到九天之上。

凯伊给他起的绰号，只有他和汉诺·布登勃洛克两人之间使用。他们提防着不让别的同学知道，他们怕这些人由于不了解而射出僵滞、冷淡的眼光，这件事他们是非常熟悉的……不，简直没有一件事，他们能和他们的伙伴互通声气。甚至别人引以为乐的反抗和报复对他俩也是生疏的。别人喜欢叫的诨名他俩不感兴趣，因为他们不觉得这有什么幽默，不觉得有什么好笑。管许考甫教授叫“蜘蛛”，管巴雷史太特教师叫“白鹦鹉”，这都是平凡、无味、很不高明的取笑。巴雷史太特不过是那些义务教育制的出气包而已。不，凯伊·摩仑伯爵可比他们俏皮多了！为了他自己和汉诺两个人，他平常只叫这些先生的真姓，只是在姓氏前面加上个“赫尔”[①]：“赫尔·巴雷史太特”“赫尔·曼台尔萨克”“赫尔·许考甫”……这就使这些称呼听去带上一种嘲讽、淡漠、敬而远之的味道……他们习惯说“教育人员”，在休息的时间，喜欢把某一个真人幻想成一个奇形怪状的可怕的怪物，引以为乐。他们谈到“学校”时的那种语调就仿佛是汉诺的叔叔待在里面的“精神病院”似的……

“亲爱的上帝”在院子里又待了一会儿，指着四面石板路上东一块西一块的包面包纸可怕地咆哮了一阵，把所有的人吓得脸色苍白，这番景象使凯伊的情绪大大提高了。他拉着汉诺向一个门

---

① 赫尔（Herr）：德文“先生”的意思。

走去，上第二节课的先生们正从这个门走出校园来。凯伊对着一个正向后院第一二年级走去的红眼睛、苍白皮肤、衣衫褴褛的师范学校毕业生深深鞠了个躬，他把腰弯得低低的，垂着胳臂，毕恭毕敬地仰起头看着这位可怜的先生。当另一位白头发的算术先生，一个佝偻着腰、黄脸、眼睛斜得不像话、不断咳嗽吐痰的蒂特格先生，一只手颤巍巍地在背后握着一摞书走过来的时候，凯伊又迎着他响亮地喊了一句："您好，老死人。"他的一双明亮、锐利的眼睛向空中某处望着……

正在这时铃声刺耳地响起来，学生从四面八方纷纷向教室门拥去，可是汉诺一直笑个不停，甚至走到楼梯上还笑得那么厉害，引得他和凯伊周围的学生不断射过来冷漠、奇怪的目光。他的这种怪行甚至弄得别人有点厌恶……

当教员曼台尔萨克博士走进来的时候，教室里变得鸦雀无声，所有的学生都站起来。他是主任教员，而主任教员是理应受到尊敬的。他随手把门关上，弯了弯腰，伸着脖子看了看，是不是所有的人都已经站起来。然后他把帽子挂在衣钩上，一边很快地把头一抬一点地匆匆走上讲台。他在讲台上站了一会儿，向窗外看了看，伸出一只戴着大印章戒指的食指，在脖子和衣领之间来回移动了两下。他生得中等身材，灰白的头发稀稀疏疏，蓄着一把拳曲的朱庇特式的大胡子，两只蓝宝石色的近视眼往外凸着，在一双镜片后面炯炯发光。他穿的是一件灰色软料子的敞口大礼服。一只手手指很短，满是皱纹的手总喜欢轻轻地抚摸腰部。他的裤子和所有的先生一样（甚至好打扮的高尔登奈尔先生也不例外），

非常短，露出一双特别肥大的擦得雪亮的靴子来。

忽然他把头从窗子那边转过来，和和气气地轻轻叹了口气，向鸦雀无声的全班学生扫了一眼，口里“哎”了两声，又向好几个学生笑了笑。非常清楚，他今天情绪很好。全屋的人都如释重负地松了口气。

博士心情好不好，是一件很重要的事，什么都取决于他的情绪高低。每个人都知道，曼台尔萨克先生毫不自觉地一任情绪支配着自己，而且他根本也不想控制自己。他常常表现出一种非常古怪、无限天真的偏爱，而他的偏爱又正如同运气一样总是变幻无常。他总有两三个宠爱的学生，对这几个人他用“你”，用名字称呼。这几个人上他的课仿佛上了天堂，他们甚至可以信口开河，先生也总说他们说得对，下课以后曼台尔萨克博士跟他们亲切交谈。但是忽然有一天，也许是假期过后，只有上帝一个人知道为了什么，这些人失宠了，从宝座上跌下来，身价陡落，而另外一些人又被曼台尔萨克先生用名字称呼，又仿佛登上天堂了。他给这些幸运儿考卷里的错误上的记号总是那么工整、纤细，所以这些人的考卷即使错误百出看上去也非常整洁。而别的学生的卷子他却带着一肚子气恼任意涂抹，满纸是红墨水，给人一种可怕的、无可救药的印象。因为他给分数向来不是按照错误的数目，而是根据他在试卷上花费的红墨水多少，所以他那些得宠的学生就大大沾了光。他从来没有考虑过这种方法是否合适，认为这样做是天经地义的事，因此也就一点也感觉不到自己的不公正。如果有人大胆对这件事提出抗议，那他就永远失去被这位老师用“你”或用“名

字”称呼的希望。而想来还不会有人愿意自动放弃这种机会的……

曼台尔萨克博士站在那里，把腿一叉，开始翻起记分册来。汉诺·布登勃洛克身子向前探着，暗暗在桌下绞着两手。B，现在轮到字母B起首的名字啦！马上就要叫他的名字，他就要站起来，瞠目不知所对，而这就要引起一个大乱子，一场可怕的、又嚷又叫的大灾祸，虽然主任教员的情绪今天本来是那么好……这几秒钟长得令人无法忍受。“布登勃洛克”……他马上就要叫“布登勃洛克”了……

“埃德加！”曼台尔萨克博士喊道，把记分册合上，一根食指仍然夹在里边，转身坐在讲台上，仿佛现在一切都没有问题似的。

什么？这是怎么回事？埃德加……这是吕德斯啊，这是坐在窗户旁边的胖子吕德斯，字母L，说什么也轮不到字母L啊！不会的，这怎么可能？曼台尔萨克博士的情绪这么好！他只是随便叫起他的一个宠儿来，他根本没有注意，按照次序今天该轮到什么人……

胖子吕德斯站了起来。他生得一副小狮子狗似的脸，两只无神的棕色眼睛。虽然他占据了一个地势非常有利的座位，可以很容易地打开书看，可是他竟连这个也懒得做，他感到自己在天堂上的宝座是非常安全的。他只是干脆回答说：“我因为昨天头疼，所以没有念。”

“噢，你让我下不来台嘛，埃德加？”曼台尔萨克博士难过地说，“你不愿意给我背这几行描写黄金时代的诗吗？多么可惜，我的朋友！你昨天头疼了吗？可是我认为，你应该一上课就告诉我，

别等我把你叫起来再说 …… 你最近不是头疼过一次了吗？你应该想个办法，埃德加，不然可就免不了要退步啦 …… 蒂姆，您替他好吗？”

吕德斯坐下来。这时候所有的人都把他恨入骨髓。大家看得很清楚，主任教员的情绪显著低落下来，很可能吕德斯下一节课就要被先生用姓称呼了 …… 蒂姆站了起来，他坐在最后边一条板凳上。他是一个淡黄色头发、外表像乡下人的孩子，穿着一件浅棕色的夹克，手指又短又粗。他张着嘴，样子像个漏斗，脸上带着一副又痴呆又用心的神情。他急急忙忙把打开的书推到个合适的地方，眼睛注意地向前凝视着。过了一会儿，他把头低下来，开始拖长了声音，结结巴巴地，用平板的拖长的声音念起来，好像孩子在念识字本似的：“Aurea prima sata est aetas……”①

很清楚，曼台尔萨克博士今天提问完全没有按照固定次序，他一点也没有注意，哪个学生没有被考查的日子最长。汉诺被叫起来的危险已经不是那么逼人了；如果他被叫起来，那只是由于不幸的偶然性。他跟凯伊交换了一个高兴的眼色，开始把四肢松懈下来，准备休息一会儿 ……

忽然蒂姆的背诵被打断了，也许是曼台尔萨克博士听不太清蒂姆背的东西，也许是他想活动一下。不管怎么说，他离开了讲台，在教室里悠闲地踱起步来，最后，手里拿着一本《奥维德》，紧靠着蒂姆的身边站住了。蒂姆惶遽地急忙把书推在一边，一筹莫展

---

① 拉丁文：“首先创立的是黄金时代……”见《变形记》第一卷，第八十九行。

地站在那里。他张着一张漏斗形的嘴喘着气，一双诚实的、茫然失措的蓝眼睛凝视着主任先生，一个音节也发不出来了。

“怎么了，蒂姆，”曼台尔萨克博士说，“怎么一下子就卡住了？”

蒂姆搔了搔头，转转眼珠，沉重地叹了口气，最后赔个笑脸说：“您一站在我身边，我就发慌了，博士先生。”

曼台尔萨克博士也笑了。这句话好像使他高兴了，他笑着说：“好吧，您定定神再往下背。”说着他又踱回到讲台上去。

蒂姆定了定神，又把书拉到前面，重新打开，装作振起精神的样子向四边看了看，然后就低下头来，接着往下背。

“我很满意，”蒂姆背完后，主任教员说道，“您复习得很好，这一点用不着怀疑。只是您太缺少韵律感了，蒂姆。您对于联音倒还掌握，但是您一直也没有把六步韵读出来。您给我的印象是，仿佛您整个是在背一篇散文……虽然如此，正像我刚才说的，您这次很用功，尽了自己的力量，谁要是肯发愤努力……您可以坐下了。”

蒂姆骄傲地容光焕发地坐下，曼台尔萨克博士在他的名字后边写了一个很满意的分数。奇怪的是，这时候不但教员，就连蒂姆自己以及全班同学都一致认为，蒂姆确确实实是一个用功的好学生，他得的好分数实在是理所应当。就连汉诺·布登勃洛克也不能摆脱这个印象，虽然他心里对这个看法是非常抵触的……他又紧张地听着下一个名字……

“穆莫！”曼台尔萨克博士说，“再背一次！ Aurea prima……”

叫的是穆莫吗？感谢上帝，现在汉诺大概是平安了！曼台尔萨克先生很少让人背第三次，而提问新课 B 字起首的学生刚刚轮过去不久。

穆莫站起来。他生得高大，苍白，两手哆哆嗦嗦的，戴着一副特别大的圆眼镜。他是个近视眼，视力非常差，站起来的时候就是打开桌子上的书他也看不见。他必须准备，而他也确实准备了。但一来由于他智力有限，二来又没想到今天会叫他，所以他知道得很少，只背了几个词就背不下去了。

博士提醒他一回，又用尖锐的声音提醒他第二回，第三回的口气已经火气十足了，但是穆莫仍然卡在那里，再多一个词也背不下去，这位主任教员终于大发雷霆。

“您太不像话了，穆莫！坐下吧，真是没出息透了，我跟您说，简直是个呆子！又笨又傻……”

穆莫坐了下来。他显出一副倒霉相。这一刻全屋子的人没有一个不鄙视他的。汉诺·布登勃洛克心里又涌起一阵厌恶作呕的感觉，这种感觉一直堵到他嗓子眼里。但同时他又清清楚楚地看着面前发生的事情。曼台尔萨克博士在穆莫的名字后面狠狠地画了个印象恶劣的记号，接着就皱着眉毛重又在记分册上看来看去。他怒气冲冲地找到当天的轮次，看一看该轮到什么人。事情非常清楚！也正是在汉诺完全被这个悲哀的事实笼罩住的时候，他听到自己的名字被人叫起来，像在一个噩梦中似的听到自己的名字。

“布登勃洛克！”——曼台尔萨克博士叫的是“布登勃洛克”，那声音还荡漾在空中，可是汉诺却不相信。他的耳朵嗡鸣起来。

他坐着不动。

“布登勃洛克先生！”曼台尔萨克博士又叫了一声，一双碧蓝的、睁得大大的眼睛在眼镜片后面炯炯发光，使劲盯住了他……“您是不是可以继续背下去？”

好吧，事情是逃不脱了。该来的到底还是来了，和他想象的完全不同，反正现在什么都完了。他这时反而沉住了气。他只是想，会不会咆哮如雷啊？他站起来，正预备赔个笑脸，含含糊糊地搪塞一句什么“我忘了准备了”的话，这时候他忽然看见坐在他前面的人把打开的书举在他眼前。

坐在他前边的人，汉斯·亥尔曼·吉里安，是一个棕色皮肤的小个子，油腻腻的头发，宽肩膀。他的志愿是当军官，因而非常讲义气。他虽然很不喜欢约翰·布登勃洛克，但还是没有让他受罪。他甚至用指头指着，该从什么地方开始……

于是汉诺顺着他的手指望去，开始念起来。他的声音颤抖着，皱着眉毛，扭着嘴唇读起那黄金时代来，那时候真理和正义受到人民自觉的尊重，毋庸惩处，也不需要法律规章。“刑罚和恐惧并不存在，”他用拉丁文背道，“并没有在铜版上刻着恫吓的条款，乞求宽宥的人群也看不到法官的威严的面孔……”他念的时候带着一副受折磨的、万分厌恶的面容，故意念得断断续续、丢三落四，有意疏忽了吉里安书上用铅笔画着的一些联音。他把诗句的音韵读错，结结巴巴，装出一副费力思索的样子，准备着主任教员随时会发现他这一切都是作弊而向他冲过来……这种偷偷地看书的犯法行为给他一种满足之感，使他皮肤感到刺痒痒的，然而另一

方面他又充满厌恶，故意弄得漏洞百出，为了减低一些自己的欺骗行为的卑鄙性。最后他停住了，屋子里变得静悄悄的，在这一片沉默里他连头也不敢抬。这种沉默是非常可怕的，他相信曼台尔萨克博士把什么都看在眼里，他的嘴唇完全白了。但是最后这位主任教员叹了口气说道：

“噢，布登勃洛克，Si tacuisses[①]！ 请您原谅我这里用了个古文的你字！…… 您知道，您做的是什么？ 您在把美好的东西践踏在泥土里，您的行为像个汪戴尔人，像个野蛮人。您一直没有审美感，布登勃洛克，从您的面型就可以看出来。如果我问自己，刚才那段时间您是在咳嗽还是在朗诵铿锵的诗文，我的回答是倾向于前者的。蒂姆没有什么韵律感，可是比起您来，他还是个天才，是个行吟诗人 …… 您坐下吧，不幸的人。当然您在家里念了，确实是念了。我不能给您坏分数。您一定已经尽了自己的力量了 …… 您听我说，有人说您有音乐才能，说您会弹钢琴，这怎么可能呢？ …… 好吧，您请坐吧，您这次很用功，这就很好。”

他在记分册里写了一个满意的分数，汉诺坐下来。正像刚才那位行吟诗人蒂姆的情形一样，现在这出戏又重演了一次。他不能不认为曼台尔萨克博士话中所含的赞扬词说得非常对。这一刻钟他真的觉得自己是一个能力不高，但是勤奋用功的学生，这次背书相对地说竟还体面。他还清楚地感觉到，他的全班同学，连汉斯·亥尔曼·吉里安也不例外，一致是这种意见。他的心中又

---

① 拉丁文：你还是沉默的好！

涌起一种类似厌恶的感觉，但他这时是如此虚弱，已经没有力量去想这些事了。他面色苍白，浑身颤抖着闭上眼睛，陷入一种半昏迷的状态……

但是曼台尔萨克博士的课却仍然继续下去。他转到该为今天的课准备好的诗句上，他把彼得逊叫了起来。彼得逊站起来。这是一个生气勃勃的小伙子，自信，勇敢，专门喜欢惹是生非。但是今天他却注定要一败涂地！不错，如果不出一件什么乱子，这一节课是不会白白过去的，一定要发生一件远比那个可怜的近视眼穆莫遭遇到的更为可怕的祸事……

彼得逊开始翻译，时不时地往书的另一边瞥一眼，往他完全没有必要去看的那一边瞥一眼。这件事他做得异常灵巧。他装得仿佛那里有什么妨碍了他的样子，用手摸一下，用嘴吹一下，好像要把一块碍事的灰尘弄掉似的。但是可怕的事马上就发生了。

曼台尔萨克博士忽然做了个急遽的动作，彼得逊随着也做了个同样的举动。就在这个时候这位主任教员离开了讲台，他倾着身子跳下讲台，迈着匆匆大步向彼得逊走来。

“您书里边有一本题解，有译文。”当他站到彼得逊旁边时这样说。

“题解……我……没有……”彼得逊结结巴巴地说。他是个很漂亮的小伙子，淡黄的头发在额上梳起一个小蓬，一双蓝眼睛特别漂亮，但是这双眼睛现在却恐怖地眨动着。

“您的书里没夹着题解吗？”

“没有……先生……博士先生……题解？……我真没有题

解 …… 您弄错了 …… 您不该这样猜疑我 ……”彼得逊的这句话一般人是不该说的。由于害怕，他有意用这样文绉绉的话，为了把主任教员震骇回去。“我没有欺骗，”他困窘不堪地说，“我永远是诚实的 …… 终身如此！”

但是曼台尔萨克博士对于这件悲惨的事却把握十足。

“请您把书给我。”他冷冷地说。

彼得逊紧紧握住他的书。他哀求地用双手把书举起来，继续嘟囔着，舌头都有些不听使唤了：“请您相信我 …… 教员先生 …… 博士先生 …… 书里什么也没有 …… 我没有题解 …… 我没有作弊 …… 我从来就是诚实的学生 ……”

“请您把书给我。”主任教员重复说，跺着脚。

彼得逊完全瘫软了，脸色变得灰白。

“好吧，”他说，把书交了出去，“给您吧，不错，书里是有份题解，您看吧，就夹在这儿！…… 但是我并没有用它！”忽然他拼命喊起来。

只是曼台尔萨克博士并不听他由于绝望而编造的一套荒谬绝伦的谎言。他把“题解”拿出来，打量了一会儿，那神情仿佛是手里拿着块臭气熏人的垃圾似的。最后他把这份题解塞在衣袋里，鄙夷不屑地把《奥维德》扔到彼得逊的位子上。“教室日志。”他用沉闷的声音喊道。

阿道尔夫 · 托腾豪甫很尽职地把教室日志拿过来，彼得逊由于作弊记了一过。这次记过就是在很长的时间以后对他仍具有毁灭性的威力，他在复活节的时候绝没有指望升班了。“您是这一班

的污点。”曼台尔萨克博士又添补了一句，才转身回到讲台去。

彼得逊坐在座位上，他已经被判决了。看得很清楚，坐在他邻座的人向旁边躲了躲他。所有的人都用一种厌恶、同情和恐惧交织的心情打量着他。他跌倒了，孤孤单单地被丢在一旁，原因就是他当场被抓住了。对于彼得逊现在只有一种意见，这就是，他真是“这一班的污点”。人们对他的这个判决同样也毫无主见地完全接受下来，正像刚才接受蒂姆和布登勃洛克的成功以及可怜的穆莫的不幸一样 …… 他自己的想法跟大家也完全一样。

在这二十五名年轻人当中，只要是身体健康、强壮、能干、能够面对真实的生活，在这一刻就会接受当前这些事态，就没有感到被这些事所侮辱，就会认为这一切都是极其自然的事理。但是也有的人，他们的眼睛却阴沉地、沉思地凝视着一点 …… 小约翰就在凝视着汉斯·亥尔曼·吉里安的宽阔的脊背，他的罩着一层青影的金棕色的眼睛就充满了憎恶、抗拒和恐怖的神色 …… 但是曼台尔萨克博士的讲课却并未因此中断。他又叫起来一个学生，那就是阿道尔夫·托腾豪甫，因为他今天已经完全没有兴致再去考查那些他认为不用功的学生了。以后又叫了一个人，这个人准备得不怎么好，甚至连“patula jovis arbore glandes”也不知道是什么意思，布登勃洛克不得不替他回答了这个问题 …… 布登勃洛克轻轻地说出这个词组的意思，头也没有抬，因为问他的是曼台尔萨克博士，他得到的是一次点头赞许。

等到提问学生这一项目告一段落以后，这一节课的一切兴味就都失去了。

博士叫起一个功课特别好的学生独自翻译下去，而他自己却跟另外二十四名学生一样，一点也不注意去听。这时所有的学生都在开始准备下一节课的作业了。反正现在做什么都一样了。现在不再给分了，就是否勤奋用功也无从判断了……再说这节课马上就要结束。现在已经完了，铃已经响起来。这一节课就是这样为汉诺安排的。他甚至得到先生一次点头赞许呢！

“好了，”当他们混在一群学生中穿过哥特式走廊向化学教室走去的时候，凯伊对他说，“你现在对恺撒的脸有什么看法，汉诺？……你今天真是走邪运！”

“我厌恶透了，凯伊，”小约翰说，“我才一点也不想要这种运气呢，它让我恶心……”

凯伊知道，如果他处于汉诺的地位，他也会有同样感觉的。

化学教室是一座穹隆屋顶、安放着剧场式阶梯座位的大屋子，屋子里有一张长长的化验台和两个装满长颈玻璃瓶的玻璃柜。在教室里临下课前空气变得闷热、污浊，而这里由于刚才做的一个实验，空气饱和着硫化氢，散发着一种令人作呕的臭味。凯伊把窗户打开，然后就把阿道尔夫·托腾豪甫的练习本偷过来，急急忙忙地誊写今天要交的作业。汉诺和许多别的学生也在做同样的事。整个休息时间就这样过去了，直到上课铃响了，马洛茨克博士出现为止。

这就是凯伊和汉诺称之为“渊深”的那个教师。他是一个黝黑的、中等身材的男子，肤色特别黄，额上生着两个肉疣，肮脏的胡须像钢筋，头发也一样。从外表上看，他给人的印象好像是没有

睡醒，脸也没洗干净，然而这只是虚假的表象。他教的是自然科学，但是他的专长却是数学，而且在这门学科上他被认为是一个卓越的颇有名声的思想家。讲课的时候他喜欢从《圣经》上的哲理讲起。有的时候，当他的兴致好，处于一种梦幻心情的时候，他还给八九年级的学生讲解《圣经》中某些神秘的地方，他的解释常常是非常独特的 …… 此外他又是预备役军官，而且他对这一职务非常热心。他既身兼文武二职，所以得到乌利克校长的另眼看待。在所有的教师中，他比谁都注意纪律，他以挑剔的目光检阅排列整齐的学生队伍，要求学生的回答干脆而有力。他这种神秘和严厉相糅合的性格是不太令人起好感的 ……

首先要把作业本拿给先生看，马洛茨克博士在教室走了一圈，在每个练习本上用手指头按了一下。有几个学生没有做练习，就干脆把别的本子或者旧作业摆出来，但是也并未被他看穿。

接着他开始讲课。正像刚才上拉丁文课要对《奥维德》表示勤奋用功一样，现在这二十五名年轻人又要对硼、对氯或者对氧化锶表示勤奋用功和满怀兴趣。汉斯·亥尔曼·吉里安受到夸奖，因为他知道 $BaSO_4$ 或者叫硫化钡的是常用来制造赝币的一种材料。他本来就是这门课中最好的学生，因为他将来想当军官。汉诺和凯伊什么也不知道，在马洛茨克的记分册里他们俩的分数很惨。

当考查、提问、给分都过去以后，师生双方对化学课的兴趣也失之净尽了。以后马洛茨克博士开始做一点实验，弄出噼噼啪啪的几声响儿，又制造出几股带色的烟儿，然而这仿佛只不过是在把这节课剩余的时间填满罢了。最后他留了下次要完成的作业。

接着下课铃响了，第三节课也就过去了。

除了那个今天不走运的彼得逊以外，所有的人兴致都很高，因为现在要上的是一节开心的课，这节课给人的只是胡闹和逗笑，谁也用不着害怕。这节课是预备教员摩德尔松教英语。摩德尔松是个语言学家，已经在这所学校试教了几个星期，或者，如凯伊·摩仑伯爵说的那样，正在怀着受聘的希望串演了几个星期的戏。然而他接受聘请的希望是非常渺茫的，在他的课上气氛太活跃了一些……

有的人留在化学教室里，有的人回到上面教室里去，但是谁也用不着到院子里去受冻了，因为这次休息时间做值日的教员是摩德尔松先生，他自己就在上面走廊里，因此也不敢把任何人打发到院子里去。再说，为了迎接他上课，学生也需要稍稍做些布置……

当第四节课上课的铃声响过以后，屋子里一点也没有安静下来。每个人都在谈话，在笑，每个人都兴高采烈地等待着即将到来的这场热闹。摩仑伯爵两手托着头继续念他的罗德瑞希·乌舍尔，汉诺静静地坐着观赏这出好戏。另外，有的人在学各种动物叫。一声鸡鸣划破了教室的空气，瓦色尔渥格坐在最后面学猪叫，声音毕肖，同时他还能不使任何人看出这声音是从他嘴里发出来的。黑板上用粉笔画着一幅画，一个斜眼睛的人头，这是那位行吟诗人蒂姆的杰作。当摩德尔松先生走进来的时候，他虽然拼命用力还是关不上门，原来门缝里卡着一个木塞。后来还是阿道尔夫·托腾豪甫把它取走的……

预备教员摩德尔松是个貌不惊人的小个子，愁眉苦脸，走路

的时候一个肩膀向前斜着，黑色的胡须稀稀拉拉。他永远是一副窘态毕露的样子。亮晶晶的眼睛眨动着，张着嘴一个劲吸气，仿佛想要说什么，却总是找不到必要的言词。他从门旁走了三步就踩在一个摔炮上，一个特制的摔炮，那响声不亚于炸药爆炸。他吓得往后一跳，接着就惶惑地笑了笑，装出一副若无其事的样子，站在教室正中一行位子前面。他按照老习惯，上半身向前探着，一只手掌按在最前面一张桌子的桌面上。可是学生们已经熟悉了他这个老位置，早把桌上涂了墨水，因此，摩德尔松先生的这只不太灵巧的小手马上被弄得墨迹斑斑。他还是装出毫不理会的样子，把这只湿淋淋的乌黑小手背在背后，眨了眨眼睛，柔声细气地说：“教室的秩序欠佳。”

汉诺·布登勃洛克最喜欢这时候的摩德尔松先生，他目不转睛地望着他那一筹莫展的可怜相。然而瓦色尔渥格的猪叫声越来越大，越来越像真的了。此外忽然有一把豆子唰的一声打在窗玻璃上，又噼里啪啦地弹回来。

“下雹子了。”不知是谁大声说了一句，而摩德尔松仿佛也真的相信了，因为他竟然没有深究就走回讲台去，要过来教室日志。他这样做并不是要记什么，而只是为了根据这个日志随便叫几个名字。他虽然已经给这个班上了五六节课，可是除了少数几个人外，他根本谁也不认识。

“费德尔曼，”他说，“请您把诗背一背。”

“没来！”七八个声音异口同声地说。而费德尔曼这时却端端正正地坐在自己位子上，正以惊人的熟练动作往教室各处撒豆子。

摩德尔松先生眨了眨眼，又喊出另外一个名字来。

“瓦色尔渥格。”他说。

“死了！”彼得逊不顾自己刚刚遭遇的不幸，开玩笑地喊了一句。在一片顿足、喧笑、怪声怪气的叫声中全班一致重复说，瓦色尔渥格的确死了。

摩德尔松先生又眨了一阵眼睛，向四周望了望，悲苦地歪了歪嘴，便又看起教室日志来。这次他还用他那只笨拙的小手指着他要念的名字。

“佩尔莱曼。”他不太有信心地喊道。

“这个人不幸疯了。”凯伊·摩仑伯爵以坚定的语气说。这个回答也在全班人一片有增无减的叫嚣声中证实了。

这时候摩德尔松站起来向那一团喧嚣嘈杂的声音喊道：“布登勃洛克，我要罚您多做一份作业。您要是再笑，我就要给您记下来了。”

然后他又坐下了。事实上，布登勃洛克也确实在笑，他听了凯伊的笑话，就低声嘻嘻笑起来，而且一笑就停不下来了。他觉得凯伊的话说得很俏皮，特别是“不幸”两个字使他从心里感到滑稽。但是在摩德尔松先生申斥了他这两句话以后，他就安静下来，只是阴郁地、一声不响地望着这位预备教员。这一刻钟他把教员身上的一切都看在眼里，他看到他的一根一根稀疏的胡须，那胡须完全掩不住下面的肉皮，他看到他的棕色、明亮而又毫无希望的眼睛，他看到他的笨拙的小胳臂上仿佛是戴着两副袖头，因为他的手腕部分汗衫袖跟袖头一样粗大，他看到他的整个绝望可怜的形

象。他也看到他的内心。汉诺·布登勃洛克几乎可以说是唯一一个摩德尔松先生叫得出名字来的人，而他却恰恰利用了这一点不断地申斥他，不断留给他惩罚性作业，在他身上作威作福。他之所以认识布登勃洛克是因为布登勃洛克一向以安静守规矩与别的学生不同，而他就偏偏利用汉诺的老实可欺一再让汉诺感受他在别的学生的顽皮吵闹面前无从建立的威信。“由于人性的卑鄙，在这个世界上连对人表示同情也成为不可能的了，”汉诺一个人思忖着，“别人要弄你、折磨你，我并没有参加进去，摩德尔松先生，因为我认为这是野蛮、庸俗、可鄙的。而您用什么回答我呢？但是世界上的事就是这样的，就是这样的，到处是这样，永远是这样，”他想着，心里又涌起一阵恐惧和厌恶之感，“而且最不幸的是，我把您整个都看透了！……”

最后总算找到了一个既没有死又没有疯，而且愿意把背诗的事承担下来的人。这首让这些大部分立志到海洋，到商业，到严肃的事业中去的年轻人背诵的诗，题名叫“The Monkey”①，是一首非常幼稚的儿歌。

Monkey, little, merry fellow,
Thou art nature's punchinello...②

这首诗包括好几段，卡斯包姆毫不隐蔽地看着书一段一段地往

---

① 英文：《猴子》。

② 英文：“猴子，你这快乐的小家伙，你是自然界的滑稽人……”

下念。在摩德尔松先生面前是一点也用不着拘束的。这时屋内嘈杂的声音越来越厉害了。每只脚都在运动着，都在摩擦着灰尘四起的地板。鸡喔喔地啼，猪哼哼唧唧地叫，豆子满天飞。二十五个学生完全沉醉在肆无忌惮的笑闹中，年轻人的粗野天性从沉睡中被唤醒。猥亵的铅笔画举起来，来回传递，不断引起哄笑……

突然间一切都安静下来。背书的人念到一半就停住了。摩德尔松先生甚至欠起身来倾听着。发生了一件美妙的事。从教室后边传来一阵清脆的铃声，甜蜜、温柔、引人思恋地填满那突然到来的寂静。这是不知道哪个学生带来的一只玩具钟，在英文课上了一半的时候奏起《你在我心边》这支曲子来。但是正当这乐声沉寂下去的时候，发生了一件可怕的事……好像一声晴天霹雳，所有的人都被镇住，所有的人都被吓得目瞪口呆。

门连敲也没敲就豁然洞开，一个高大、狰狞的人影一下子闪了进来，嘴里咕噜了一声，一个斜跨步就站到课桌正前方……来的不是别人，正是“亲爱的上帝”——校长先生。

摩德尔松先生脸色变得惨白，慌忙把扶手椅从讲台上拉下来，掏出手帕来拂尘。学生们像一个人似的跳了起来，胳臂直直地垂在身体两旁，欠着脚，低着头，毕恭毕敬的连大气也不敢出。整个教室变得鸦雀无声。偶尔有个人因为过度紧张而呻吟了一下，但转瞬间一切就又被寂静笼罩住。

乌利克校长审视了一会儿这支向他致敬的队伍，然后抬起他一只裹在肮脏的、漏斗形的袖头里的胳臂来，又叉着指头放下，好像在按键盘似的。“你们坐下吧。”他用低音大提琴似的嗓音说。乌

利克校长对谁也不说您。

学生们坐到位子上。摩德尔松两手颤颤抖抖地把椅子拉过来，让校长在讲台旁边落了座。“请继续吧。”他说。这句话听去那么可怕，意思不亚于说：“咱们看看吧，反正该有人倒霉啦！……”

非常清楚，他为什么要出现在这里。摩德尔松先生应该让他考查一下教授法，应该让他看一下，这一班实科六七年级生在这六七个钟头里从他那里学到些什么。这对摩德尔松先生来说意味着他的整个前途，意味着他的生死关头。当这位预备教员重新站到讲台上又叫起另外一个学生背诵《猴子》这首诗的时候，他的样子简直凄惨难言。如果说在这以前受考查的只是学生，那么现在则连先生也被考问了…… 唉，可惜这两方面进行得都很糟糕。乌利克校长的出现不啻是一次奇袭，除了两三个人以外，全班谁也没有准备。摩德尔松先生当然不能整节课一直问那无所不知的阿道尔夫·托腾豪甫。由于校长的出现，背诵“The Monkey”的时候，谁也不能再看书了，因此课程进行得很糟。等轮到讲课文《撒克逊劫后英雄略》的时候，只有摩仑小伯爵一个人能翻译几句，这还是由于他私下对这部小说有兴趣。其余的人无一不是磕磕绊绊、结结巴巴，嗽了半天嗓子，还是毫无办法地卡在那里。汉诺·布登勃洛克也被叫了起来，结果他一行也没翻译下去。乌利克校长嗓子里发出个声音，听去就像谁突然间拨动了大提琴的最低一根琴弦似的。摩德尔松先生一边绞着他那沾满墨水的笨拙的小手，一边叹息着说：“本来进行得很好啊！ 本来进行得很好啊！”

直到下课铃响了，他还带着一脸绝望的神情一半向着学生一半

向着校长唠叨这句话。然而“亲爱的上帝”这时却已凛然可畏地站起来，叉着胳臂，笔直地站在椅子前边，一边茫然向前凝视，一边狠狠地点着头……过了一会儿他命令人把教室日志拿过来，慢条斯理地把所有那些回答得不完全，或者几乎什么也没答出的学生登记进去。他一下子写了六七个学生的名字，所有学生都因为懒惰而记了一过。摩德尔松先生的名字当然不能写进去，但是他比谁都糟。他站在那里，脸色惨白，浑身无力。这个人已经完全报废了。汉诺·布登勃洛克也是被记过的学生之一——“我要毁掉你们的前途。”乌利克校长还补充了一句。然后他走出了教室。

铃响了，这一堂课结束了。事情就这样发生了。一点不错，事情总是这样的。你最害怕的事情倒几乎是很顺利地过去，仿佛对你表示讥诮；你以为平安无事的时候，不料却大祸临头。汉诺在复活节升级的希望如今彻底破灭了。他站起身来，目光呆滞地走出屋子，舌头舐着那只坏了的臼齿。

凯伊走过来，用一只胳臂搂住他。两人夹在激动地议论着刚才发生的这件不平凡事件的同学中间走到下面院子去。凯伊忧伤而体贴地望着汉诺的脸说：“原谅我，汉诺，刚才我翻译了。我本来应该不作声，让他们把我的名字也记下来的，我真看不起自己……”

“我以前不是也解释过‘patula jovis arbore glandes’是什么意思吗？”汉诺回答说，“事情反正就这样了，凯伊，让它去吧。不要再把它放在心上了。”

“嗯，当然是应该这样。‘亲爱的上帝’说要毁掉你的前途呢！要是他那喜怒无常的意志决定要这样的话，我看你只有无条件服

从这一条路，汉诺！前途，多么美丽的字眼！摩德尔松先生的前途这回也算完了。他永远不能转为正式教员了，不幸的家伙！不错，学校里既有辅助教员也有正式教员，但就是没有一个普普通通的教员。这是一件不太容易理解的事，我看这件事只有成年人和有世故经验的人才想得透。我看，只说这个人是教员，那个人不是，不就够了吗？为什么一定要说某人是正式教员呢，我真不懂。自然啰，一个人可以去找‘亲爱的上帝’或者马洛茨克先生，请他们解释一下。可是会发生什么事情呢？他们会认为你这是有意侮辱师长，会以叛逆的罪名使你粉身碎骨，尽管你心里非常尊重他们这一职业，甚至比他们自己还尊重些……算了吧，别谈这些人了，他们都是些笨蛋！”

这样，他们在院子里散着步，凯伊为了使汉诺忘掉刚才记过的事信口跟他闲扯，而汉诺也确实听得津津有味。

“你看，这里是一扇门，是学校的大门。门是开着的，外面就是大街。咱们溜出去在街上兜个圈子好不好呢？现在是休息时间，离上课还有六分钟；我们可以在上课前准时赶回来。但问题是，这是不可能的。你懂不懂我的意思？这里是门，门是敞开的，没有栅栏，没有什么障碍物，什么也没有，这里是门槛。然而我们却一秒钟也不能出去，甚至连这种思想也不能有……好吧，咱们就别做这种非分之想吧！咱们再举另外一个例子。如果我们说，现在时间大约十一点半，听起来就那么荒谬。如果我们说，现在该上地理课了，这就合情合理了！可是谁也禁不住问一句：难道这就叫生活吗？一切都是颠倒着的……唉，老天爷呀，这地方肯不

肯把我们从它的亲爱的怀抱里放出去啊！”

“哼，放出去又怎么样？咳，就这样下去吧，凯伊，放出去也一样。放出去我们又能做什么呢？在这里我们至少还不要为自己操心。自从我父亲死了以后，施台凡·吉斯登麦克和普灵斯亥姆牧师就把我父亲的一项职责承担下来了，天天逼问我，我长大了做什么。我自己也不知道。我什么也回答不出。我对什么都害怕……”

“不，你说话怎么这么沮丧！你还有音乐呢……”

“我的音乐又算得了什么，凯伊？音乐一点用也没有。难道我能到处旅行表演吗？首先他们就不会允许我这样做，其次我永远也学不到那个地步。我差不多什么也不会，我只能在一个人的时候随意编奏个曲子罢了。再说在我想象中到处游荡也是一件非常可怕的事……在你是另外一回事。你比我更有勇气。你在这里能对什么都嘲笑，你有一种能和他们对抗的东西。你愿意写东西，愿意给人们说个奇异美妙的故事，这很好，这是一件有意义的事情。而且你将来一定会成名的，你是这样有才干。问题在哪儿呢？问题在于你比我愉快开朗。上课的时候我们常常彼此交换个眼色，比如说刚才上曼台尔萨克先生的课，很多人都作弊了，而单单彼得逊被记了一过，那时候咱们就对看了一眼。咱们想的是同一件事，可是你可以做个鬼脸就让它过去了……我却不成。我感到多么厌倦。我想睡觉，想什么都不知道。我想死，凯伊！……唉，我这人一点出息也没有了。我对什么都不感兴趣。我连成名也不愿意。我害怕出名，倒仿佛这中间也含有某些不公正的成分在内

似的！你记住我的话吧，我什么大事也做不出来。最近普灵斯亥姆牧师在行过坚信礼之后对人说，谁对我也别存指望了，我是出身于一个没落的家庭……”

“他真这样说了吗？”凯伊非常感兴趣地问道。

“是的，他指的是我的克利斯蒂安叔叔，克利斯蒂安叔叔现在被关在汉堡一家精神病院里——他说得很对。人们不应该对我抱有什么希望了。要是他们真能这样，我真是感激不尽！……我有无数烦恼的事，每一件都使我痛苦不堪。譬如说，我把手指割了个口子，擦破了块皮……在别人身上，这个伤口一个星期就会好，而我却要拖一个月，总是不好。它会发起炎来，越来越厉害，给我带来莫大的痛苦……最近有一次布瑞希特先生对我说，我的满口牙都非常糟，不是牙根坏了，就是磨成了洞，更不要说那些已经拔掉了的。现在就是这种情况了，你想想，等我到三四十岁，我用什么嚼东西呢？我一点希望也没有了……”

“真的，”凯伊说，脚步加快了一些，“现在跟我说说你弹钢琴的事吧。我现在打算写个了不起的东西，写一个非常了不起的……也许过一会儿我在绘画课上就开始。你今天下午弹琴吗？”

汉诺沉默了一会儿。他的目光里流露着一种忧郁、迷惘和炽热的神情。

“是的，我要弹，”他说，“虽然我不应该弹那个。我应该只弹练习曲和奏鸣曲，以后就停止了。但我还是要弹，我控制不住自己，虽然它会把一切弄得更坏。”

“更坏吗？”

汉诺没有作声。

“我知道，你要弹的是什么。”凯伊说。以后两个人都沉默起来。

两个人都正当青春期。凯伊的脸变得绯红，眼睛望着地面，不过头并没有低下来。汉诺则脸色煞白。他的样子非常严肃，一双眼睛迷离恍惚地向一边望去。

以后施雷米尔先生摇起铃来，他们又走上楼去。

现在是地理课，地理课上要举行一次测验，一次关于赫斯 — 拿骚地区的非常重要的测验。一位蓄着红胡子、穿着棕色燕尾服的先生走了进来。这个人脸色苍白，胳臂上汗毛毛孔一个个生得很大，然而却光秃秃的一根汗毛也没有。这就是米萨姆博士先生，一位善于诙谐的高年级教员。他有咯血症的病根，说话总是用一种讽刺的调子，因为他认为自己很会说俏皮话，同时又是深受疾病折磨的人。他家里有一个小型的海涅文献保存所，收集了不少与这位病魔缠身的勇敢诗人有关的文稿和遗物。他进了教室就把赫斯 — 拿骚地区图挂在黑板上，然后带着忧郁和讥讽的神气笑了笑，下命令说，诸位先生可以在本子上把这一地区的一些特征画下来。他仿佛又想嘲笑学生，又想嘲笑赫斯 — 拿骚地区，然而这次测验是非常、非常重要的，谁都怕得要命。

关于赫斯 — 拿骚，汉诺·布登勃洛克什么也不知道，或者说他知道的那一点，跟完全不知道差不了多少。他想看一看阿道尔夫·托腾豪甫的本子，但是“亨利希·海涅”虽然带着一副高傲、受折磨的讥讽神情，却精神十足地注意着学生的一举一动。他马上就看到汉诺的动作，开口说：“布登勃洛克先生，我非常想让您

把您的书合上，但是我又怕这样做对您不是一件善举。继续做吧。”

他说的这两句话包含着两点幽默。第一点是，米萨姆博士称呼汉诺为“先生”，第二点是，他用“善举”这个词。可是汉诺·布登勃洛克却不得不继续俯在本子上绞尽脑汁，最后还是差不多交了一张白卷。以后他又跟凯伊走出去。

今天所有的关都过去了。那些平安地闯过来、良心上没有背着记过包袱的人是幸福的，他们现在可以轻松愉快地上德累根米勒先生的课，可以坐在阳光充足的大厅里画图了……

绘图室又宽敞又明亮。沿墙放着的案子上摆着很多仿古的石膏像，另外一只柜子里还放着各种各样的木块和玩具桌椅，这都是素描的模型。德累根米勒先生长得矮矮胖胖的，留着圆形的络腮胡子，戴着一副棕色、平滑的廉价假发，在后脑勺那里离开了头，显露出真相。他有两副假发，一副是长发的，一副是短发的；如果新剃了胡子，他就戴那副短的……他也有一些喜欢说诙谐话的脾气。譬如说，管“铅笔”叫“铅”。此外，他不论在哪儿走，在哪儿站着，身上总散发着一种油和酒精味。有人说他喝汽油。他一生最幸福的时刻是代替别人上门别的课。这时他就要大谈俾斯麦的政策，一边为加重语气做着奇怪的手势，从鼻子到肩膀不断地画螺旋形。他一谈到社会民主党便露出一副又仇恨又畏惧的神情……“我们必须团结起来！”他常常一边抓住坏学生的胳臂，一边对他们说，“社会民主党就站在门外边了！”他有时会做些神经质的动作。他会坐在一个学生旁边，一边散发着强烈的酒精味，一边用印章戒指敲着那个人的前额，嘴里喊出一串不连贯的词儿：“透视！深

影！铅！社会民主党！团结！”接着又突然离开这里……

凯伊在这节课上写了一篇新的文学作品，而汉诺则想象着指挥一个大乐队演奏序曲。以后又下课了，大家把东西拿下来。这回学校的大门可以自由通行了，学生们各自走回家去。

汉诺和凯伊同路，一直到城外那所红色的小别墅两人都夹着书包一起走。过了这个地方摩仑小伯爵还要独自走很长的一段路才能回到父亲家里。他身上连大衣也没穿。

早晨弥漫在空中的大雾这时已经变成雪了，大片柔软的雪花纷纷下着，但一落下来便融化了，地上一片泥泞。他俩走到布登勃洛克家花园门前分了手，但是一直到汉诺穿过一半花园的时候，凯伊还跑回来一次，用胳臂搂住他的脖子。“不要那么沮丧……最好不要弹那个！”他轻轻地说，随后他那瘦长的、单薄的背影消逝在风雪中了。

汉诺把他的书放在走廊里那头棕熊标本前爪捧着的托盘里，就走进起居室去向他母亲问候。她这时正坐在躺椅上看一本黄皮书。当汉诺从地毯上走过来的时候，她抬起一双棕色的、生得比较近的眼睛迎着他看去，她的眼眶照例罩着一圈青影。汉诺在她跟前站住，她用两手捧着他的头，吻了吻他的前额。

他走到楼上自己的屋子里，克雷门廷小姐在那里为他预备了一点早饭，他洗了洗脸就开始吃早餐，吃完以后，便从书桌里拿出一包那种厉害的俄国小纸烟，开始抽起来。这种烟如今对他也不是生疏的东西了。然后他坐在风琴前面，弹了巴哈的一支非常沉重、非常严肃的赋格曲。接着他把手背在脑后，望着窗外无声飘

落的雪花。那里除了一片迷茫的雪花外什么也看不见。窗户外面已不是那个带一个琤琮流泉的雅致的小花园了。邻居别墅的一堵灰色山墙把视线挡住。

四点钟吃午饭。只有盖尔达·布登勃洛克、小约翰和克雷门廷小姐三个人。然后汉诺在客厅里做演奏的准备，坐在钢琴前面等着他的母亲。他们这天弹奏的是贝多芬的第二十四奏鸣曲。提琴演奏柔板时发出的声音像天使歌唱一般悠扬。但是盖尔达不满意地把提琴从自己的下颌拿开，恼怒地望了望说道，音不协调。她没有拉下去就离开屋子休息去了。

汉诺一个人留在客厅里。他走到通向一座窄小露台的玻璃门前边，向外面积雪消融了的花园望了两分钟。忽然他向后退了一步，一下子把门上的奶油色帐幔拉上，让屋子笼罩在昏黄朦胧的光线里。之后他走回到钢琴前边，又站了一会儿，他的目光僵直地、视而不见地盯着一点，逐渐变得模糊迷离起来 …… 他坐下来开始做一次即兴演奏。

他弹的主题非常简单，简直算不得什么主题，只是一个并不存在的旋律的片段，总共不过一个半小节。当他最初用低沉的声音，以别人无从相信的力量一个音一个音地把它弹奏出来的时候，听起来像是几支长号在威武地齐声宣布一个基调，一个即将诞生未来一切的源泉。这时谁也听不出来他这支曲子的旨趣所在。但是当他用童高音，用一种乌银似的音色和谐地反复弹奏了几遍以后，人们渐渐听出来，这个主题基本上只包括一个解决，只包括一个不同调性的眷恋的、痛苦的转换 …… 这本是一个简单、朴拙

的创作，但是由于他弹奏时那样庄严坚定，那样一丝不苟，这个调子便平添了一种奇异的、既神秘又寓意深长的力量。接着开始了一段生动活泼的部分，切分音不停地出现又复消失，仿佛在彷徨徘徊，又仿佛在寻找什么，这中间不时被一声惊叫声所撕碎，好像一个灵魂被一个不甘沉寂的、只是询问地悲叹地消亡下去却又怀着希望地不断以不同的和弦出现的声音弄得惊惧不安似的。切分音变得越来越强，又不断被急促的三连音紧紧促迫着；同时那插进去的恐怖的叫喊也渐渐开始成形，渐渐聚集起来，变成一个旋律，最后像一个热情的、祈求的、用喇叭合奏的曲子一样既强大又恭顺地占据了主导地位。那些不停地簇拥着的，那些奔腾起伏的，游移彷徨的，滑来滑去的种种音响都被战胜了，都沉寂下来，只剩下这一个呜咽低沉、宛如幼儿祈祷般的合唱的声音以极度精确的简单旋律嘹亮地鸣响着 …… 最后这声音也在一阵教堂音乐声中结束了。跟着是一个休止符，一段寂静。忽然间，听啊，那第一个主调又以乌银的音色轻轻地出现了，那短拙的曲调，那暗哑的、神秘的短句，那从一个调性甜蜜而又痛苦地向另一个调性的过渡！这时忽然爆发了一片混乱喧嚣、一阵狂野激动，但顷刻又被表示粗犷坚决的号角般的音符控制住。发生了什么事情？酝酿着的究竟是什么？督促人起程的号角长鸣起来，接着仿佛是力量的另一次整顿和蓄积，坚定的节奏连声响着，出现了一个新调子，一段活泼的即兴演奏，一段热情奔放的狩猎之歌。然而这调子并不是快乐的，蕴藏在它深处的是傲慢的绝望，它发出来的信号不啻是恐怖的叫喊，而在这一切音响中间，那第一个神秘的主题始终反复地

以扭曲的、奇异的和弦出现，听去令人痛苦、陶醉又甜蜜……这以后出现的是一连串互相递嬗的事件，谁也猜不透它们的意义和性质，是一串音响、节奏与和音的奇思巧构。汉诺完全控制不住自己，这些音响自动地从他的手指下奔流出来，他在前一分钟还不知道下一分钟要弹出来的是什么……他坐在那里，身体微微地俯在键盘上，嘴唇张着，目光遥远、深沉，他的棕色的柔软的鬈发掩在太阳穴上。发生了什么事？他经历到了什么？是不是可怕的困难被克服了？毒龙被杀死了？是不是攀上了峭壁？游过了急流？穿过了烈火？而那个简单得无以复加的第一个主题，那个从一个调性到另一个调性的转变，一直像响亮的笑声，像一个不可捉摸的幸福的启示一样在整个音乐中穿来穿去……是的，仿佛它不断地唤出新的、巨大的力量，跟随而来的是一段宛如呐喊般的狂热奔放的八度音，以后开始了一个高涨、一次缓慢的但是不可抑制的扩张，用半音奏出的狂野的、不可抗拒的恋情的激荡腾跃。突然间，一声惊吓的、挑逗的轻音把这一切都打断了，仿佛脚下的地面忽然陷下去，仿佛一个人忽然坠入欲望的深渊里……有一个时候，那又像祈求，又像忏悔的最初的和弦好像轻轻地促醒着出现在遥远的地方，但是转瞬间一片奔腾而起的噪音就掩盖住它，这片噪音时而膨胀起来，涌上前去，时而撕掳着退下去，向下一沉，转瞬间挣扎着向一个神秘的目标迎上去。这个目标一定要显现出来，在这一刹那就要出现，在音乐已达到可怕的顶峰的这一刻，因为这时那如饥似渴的恋慕之情已经一刻不能再挨了……而它果然来了，它已经无法再控制自己了，渴望的痉挛已经不能再

拖延了，它来了，仿佛一块幕布倏地被撕碎，仿佛门一下子被撞开，仿佛荆棘的篱笆被砍倒，一堵火墙塌陷下去……最后的解决终于来了，一切都消融了，希望得到了酣畅的满足，所有的声音在一片欢呼声中化成一个和谐的调子，音乐在一片甜美、眷恋声中逐渐缓弱下去，但这时立刻又转到另外一个调子……转到那最初的主题上去！现在开始了一个用这一主题编排的节日盛会，一次凯旋，一次放荡无羁的狂欢；这个调子以各种各样的音色炫耀着自己，通过不同的八度音的出现，它号叫，它颤抖，它歌唱，它欢呼，它呜咽，它装饰着管弦乐队的一切绚烂的音色胜利地前进：有时像咆哮的风暴，有时像清脆的铃声，有时像滚滚的珍珠，有时像飞溅的泡沫……演奏者对这个简短的主题，这个破碎的旋律，这个短短的不过一个半小节的幼稚而和谐的创造表现出疯狂的崇拜，这种崇拜包含着一种粗野、鲁钝的感情，一种苦行的宗教感，一种类似信仰和自我牺牲的东西……另外，演奏者又是这样毫无节制地、不知餍足地贪享着、发挥着这个主题，几乎给人一种淫邪罪恶的感觉。他是那样贪婪地从中吸尽最后一滴蜜液，直到他感到厌恶，感到反胃，感到体力枯竭，这也给人一种绝望、无可奈何之感，使人看到，他是如何贪恋着幸福和毁灭。最后，在经过一切放荡之后的疲劳倦怠中，出现了一段缓弱的小调琶音，升高了一个音程，转成为大调，在跌宕不绝的悲凉的声音中逐渐消失。

汉诺继续静静地坐了一刻，下巴贴在胸脯上、双手摆在膝上。以后他站起来，关上钢琴的盖子。他的脸变得苍白，双膝软绵绵的没有一点力气，他的眼睛仿佛在燃烧着。他走到隔壁的屋子，

挺着身子躺在一张躺椅上，很久很久一直这样一动不动地躺着。

然后是吃晚饭。吃过晚饭他和他母亲下了一局棋，结果没分胜负。但是这天直到午夜以后他仍然点着一支蜡烛坐在自己屋子里的风琴前边。因为这时必须保持安静，所以他只能在幻想中弹奏，虽然他也曾有过这样的念头，打算第二天五点半就起来把最重要的功课准备好。

这就是小约翰生活中的一天。

第 三 章

伤寒症的发病情况是这样的。

害病的人首先感到的是心情不舒畅，这种情形越来越严重，最后使人的精神一蹶不振。与此同时病人感到身体疲惫无力，不仅肌肉组织如此，而且五脏六腑也无一不如此，胃部尤其厉害，一点食欲也没有。病人总是昏昏欲睡，但是尽管身体非常疲倦，睡眠却很不安稳，很不深沉，丝毫也不能消除疲劳。头部疼痛发涨，仿佛裹在一层雾里，感到天旋地转、四肢酸疼。鼻子无缘无故地会流出血来。这是疾病初起时的情形。

接着病人感到恶寒，全身瑟瑟发抖，牙齿咯咯作响，这是高热未来前的预兆。接着热度马上升到最高点。胸前和肚子上都出现了扁豆大的红斑，用手指按时，它会暂时退去，但是手指一离开，红斑便马上又出现。脉搏非常快，一分钟可以达到一百下。体温达到四十度。头一个星期就在这种情形下过去。

第二个星期头和四肢都不痛了，但昏厥的次数增多，耳鼓嗡嗡作响，几乎使病人听不见别的声音。病人的面部表情显得非常痴呆。嘴张着，眼睛迷迷蒙蒙地失去了活气。知觉迟钝，整日昏

沉欲睡，有的时候并不是真睡着，只是昏迷不醒，有的时候却又说谵语，梦中惊叫。病人的萎靡困顿的样子使人感到污浊、作呕。他的牙龈、牙齿和舌头都满沾着黑块，连呼吸也被弄污了。他一动不动地仰卧着，下半身膨胀起来。他的身子陷在床里，支着膝盖。各个器官，呼吸也好，脉搏也好，运动都是急促的、浮浅的；脉搏这时已经到了每分钟一百二十下。病人的眼皮半闭着，面颊不像最初时烧得通红，而是转成一种青灰色。胸口上和肚皮上的扁豆大的红斑比以前增多了。体温高达四十一度……

第三个星期衰弱达到了顶峰。病人不再大声说谵语了。谁也不敢肯定，他的灵魂是沉陷在茫茫的暗夜里呢，还是脱离了躯壳正踟蹰在遥远深沉的梦境里？他既不用声音也不用手势透露这个秘密。他的躯体一点知觉也没有地躺在那里——这已经是生死关头了。

对某些患者说来，由于一些特别的情况，诊断变得尤其困难。譬如说，疾病初期的征象，像精神不畅呀，疲惫无力呀，食欲不振呀，睡眠不安呀，头痛呀，大部分都已经出现了，可是病人——他是一家人的希望——却仍然健康如常地来回走动。有的时候即使这些病症突然加剧，也不会有人认为是什么严重反常的事。有真实本领的高明医生，随便举一个例子，譬如说朗哈尔斯医生，那个有着一对汗毛浓密的小手的漂亮的朗哈尔斯医生，会很快地诊断出这是什么病症。等到胸口上和肚皮上出现了那致命的红斑以后，他的判断就更确凿无疑了。他会毫不犹豫地采取相应的措施，采用适当的办法，会要求把病人放在一间宽敞的、空气流通

的房间里，那里的温度不能超过十七度。他会要求环境极端清洁，只要病人的情况还许可 —— 也有一些情况病人已经不能这样做了 —— 被褥要经常更换，以防止病人害褥疮。他会让人用湿手巾不断漱洗病人的口腔。至于药品，他会开碘和碘化钾混合剂，会开金鸡纳霜、安替比林。而且，由于患者的肠胃受疾病的伤害最厉害，他首先要开一个非常清淡同时又非常富有营养的食谱。他会用洗浴的办法来对付那消蚀病人体力的高烧，他会让人不分昼夜每三个钟头就把病人浸入浴盆中一次，使病人的体温从脚到头逐渐降下来。病人每次洗浴之后，他会让病人急速服一些刺激性的东西，例如白兰地或者香槟酒之类。

但是他使用这一切疗法并不按照一定的规程。他只希望这些方法对病人能起些作用，因为他自己也不知道这些疗法究竟有什么价值，有什么意义，有什么目的。因为有一件最重要的事他并不知道，直到第三个星期，直到病人的生死关头到来以前，他在这个问题上自己也好像在黑夜中摸索一样，那就是病人究竟活得成活不成。他并不知道，他称作“伤寒”的这个病症，在这个病人身上只是一件无关紧要的小灾殃，是受感染后的一个不很愉快的后果呢，还是使病人解脱的一种形式，是死亡本身的一件外衣？如果是前者，那感染本身本来也许就能逃避开，或者即使受了感染，借助科学之力也能把它驱除掉；如果是后者，死亡不论采取哪一副面具出现，任何医药对它都是毫无作用的。

伤寒症的病况是这样的：当病人徘徊在那遥远、昏热的梦境和在那昏昏沉沉的境界中时，他听到生命的清晰振奋的召唤。当病

人在一条通向阴影、凉爽和平静的陌生而灼热的路上游荡时，这召唤坚定、清醒地传入他的耳中。病人站住了，他开始倾听这一清亮、振奋、带着些许嘲讽的声音，这声音促醒他回到他已离开得这么远，已经完全遗忘了的地方去。如果他这时对于自己抛在身后的那些讥讽的、繁杂的、野蛮的世事还多少存有一些没能恪尽职责的羞愧感，如果他感到自己还会产生力量，还有勇气和兴趣，如果他对世事还喜爱，还不愿意背叛，那么尽管他在这条陌生、灼热的小路上已经迷误了很远，他还会走回来、活下去。但是如果他听到生命的召唤声音就害怕地、厌恶地打了个寒战，那么这个唤起他回忆的呼唤，这个快乐的、挑衅似的喊声，只能使他摇一摇头，只能使他伸出抵挡的双臂，只能使他沿着那条逃避一切的路继续走下去 …… 很清楚，这时病人注定要死了。

第四章

“你这样是不对的，你这样是不对的，盖尔达！”这句话卫希布洛特老小姐说了不止有一百遍了，她的语气带着忧伤和责备的意味。这一天晚上在她的老学生的起居室里围着圆桌坐了一圈人，这里面有盖尔达·布登勃洛克本人，有佩尔曼内德太太，她的女儿伊瑞卡，有可怜的克罗蒂尔德和布来特街布登勃洛克家的三位小姐。卫希布洛特老小姐坐在这圈人中间的一张沙发上。她的软帽上的绿飘带垂在瘦小的肩膀上，一边肩膀耸得很高，为了使一只胳臂能在桌面上自由地做手势——这位七十五岁的老小姐身体已经萎缩得不成模样了。

“你这样是不对的，让我告诉你，你真不该这样做，盖尔达！”她用激动的、颤抖的声音又重复了一句“我已经有一条腿埋进土里去，我活不了多长时间了，而你却要……你却要离开我们，要永远跟我们分手……离开这个地方。要是这只是一次旅行，只是到阿姆斯特丹去住几天，倒也罢了……可是你却永远不回来了！”她的一颗苍老的鸟儿般的头颅摇动着，棕色的充满智慧的眼睛变得忧郁起来。“自然啰，你失去了很多东西……”

“岂止很多，她什么都失掉了，”佩尔曼内德太太说，“我们不应该太自私，苔瑞斯。盖尔达要走，就让她走吧，这是没有办法的。二十一年以前她和托马斯来到这里，我们大家都喜欢她，虽然她一直讨厌我们这些人……是的，她一直讨厌我们，不要否认这一点吧，盖尔达！可是托马斯已经不在了，别的人……谁都不在了。我们对她算什么呢？虽然这使我们很痛苦，可是你还是走吧，盖尔达，愿上帝保佑你。当年托马斯去世的时候，你没有立刻离开这里，我们已经很感谢你了……”这是秋天的一个黄昏，吃过晚饭以后，距离小约翰（尤斯图斯·约翰·卡斯帕尔）接受普灵斯亥姆牧师祈福埋在城外矮树丛边上砂石十字架和家族纹章下面那一天也已经有六个月左右了。房子前边，雨点淅淅沥沥地浇在林荫路两旁树叶一半已经掉落的树上。不时吹来一阵疾风，把雨水冲到玻璃窗上。八位妇人都穿着黑衣服。

这是一次小小的家庭聚会，一次告别会，和盖尔达·布登勃洛克辞别。盖尔达不久就要离开这里，回到阿姆斯特丹去，像从前一样跟她的老父亲一起演二重奏去了。她已经没有什么义务留在这里了。佩尔曼内德太太对她这个决定并没有再表示反对。她已经完全让步了，虽然在内心深处她对这件事是感到非常痛心的。如果议员的这位未亡人仍旧留在本城，如果她在社交界仍然保持着她的荣誉地位，不把她的财产移走，那么这一家人的姓氏就还能保留着一点威望……但是不管怎么样，安冬妮决定，只要她活在世上一天，只要别的人看得到她，她始终要把头抬得高高的。她的祖父曾经坐着四匹马的马车周游过全国……

尽管她过去大半辈子充满坎坷，尽管胃病不停地折磨着她，她看去却还不像五十岁的人。她的肤色变得有些松软苍白，她的上嘴唇上 —— 那是冬妮·布登勃洛克的美丽动人的上嘴唇 —— 也长出一些细汗毛，可是掩在她的丧帽下面的光滑的头发里却仍然一根白发也找不到。

她的叔伯姐妹，可怜的克罗蒂尔德，对于盖尔达的这次远行，正像她对待这个世界上所有的事一样，表现出一副漠然、柔顺的态度。刚才吃饭的时候，她一言不发地饱吃了一顿，现在坐在那里，偶然拉长了声音和和气气地搭一两句话，像往昔一样瘦削，满脸灰色。

伊瑞卡·威恩申克现在已经三十一岁了，对于和她的舅母分别这件事也没有表现出什么激动。她经历过更痛苦的事，很早就学会了对世事逆来顺受。在她的一对疲惫的水汪汪的蓝眼睛里 —— 这是格仑利希先生式的眼睛 —— 流露出一副饱经忧患的、依顺屈从的神情，从她那平静的、有时带些哀怨的声音中同样也听得出她这种心情。

讲到三位布登勃洛克小姐，高特霍尔德伯父的三位千金，她们仍旧像往常那样带着一副愤慨、挑剔的表情。两位姐姐 —— 弗利德利克和亨利叶特随着年纪的增长变得越来越瘦骨嶙峋，而小的一个，五十三岁的菲菲，则显得又矮又胖。

尤斯图斯舅母，老克罗格参议夫人，本来也被邀请了，但是她并没有来。她身体不舒服，也许还因为穿不出一套像样的衣服来，原因谁也说不定。

大家谈论的话题是盖尔达的这次出门远行，她该乘哪趟车走，以及经纪人高什已经承担下来的这座别墅连同家具一起出卖的事情，因为盖尔达这次走什么东西都不预备带，正像当初她到这里来一样。

以后佩尔曼内德太太谈到了生活，谈到生活中一些最严肃的事情，对于过去和未来都发表了一番议论，虽然对于未来却根本没有什么好说的。

“是的，当我死了以后，伊瑞卡如果愿意，也可以搬到别的地方去，”她说，“可是我自己什么地方也待不了，我活一天，我们就要在这里一块儿住一天，我们留下来的这几个人 …… 你们每星期到我家里来吃一顿饭 …… 以后我们念一念家庭大事簿 ——”她拍了拍摆在她面前的一个皮包。“是的，盖尔达，你把这个东西交给我保存，我很感谢 —— 就这么决定了 …… 你听见了吗，蒂尔达？…… 虽然由你做东道主来请我们，也一样很好，因为你的情况并不比我们差。事情就是这样的。人家这样忙碌奔走，拼命挣扎 …… 而你却只是坐在这里，耐着性子等现成的。反正你是头骆驼，蒂尔达，你不要生气我说这句话 ……”

“瞧你说的，冬妮！”克罗蒂尔德笑着说。

“真可惜，我没有能跟克利斯蒂安告别。”盖尔达说。这样话题又转到克利斯蒂安身上。他很少有希望能从那个病院出来了，虽然他的病情并不是严重得连自由行动都不可能。但是目前这种情况对他的老婆更合适，正像佩尔曼内德太太说的，他老婆已经和医生勾结起来，看样子克利斯蒂安要在精神病院里度其余年了。

说到这里，大家沉默了一会儿。以后大家低声地犹犹豫豫地转到新近发生的那件事情上，当小约翰的名字从一个人的嘴里吐出来的时候，屋子里又变得寂静无声，人们只听到屋子外面唰唰的雨声越来越大。

汉诺最后害的这场病一定是非常可怕的，大家怕谈到它就像怕泄露了一件极大的秘密似的。如果有人压低了声音半吞半吐地谈到这件事，大家就都不敢再对看一眼。以后她们又想到了最后发生的一个小故事……那个衣衫不整的小伯爵来探病，他几乎是强行进入病室里来的……汉诺那时虽然什么人也认不出来了，可是当他听见凯伊的声音，脸上却现出了笑容。凯伊一个劲地吻他的双手。

“他吻他的手了吗？”三位布登勃洛克小姐问道。

“吻了，吻了好几次。”

这件事引得大家沉思了好一会儿。

忽然佩尔曼内德太太淌下眼泪来。

“我这样喜欢他，”她呜呜咽咽地说，“你们不知道，我多么喜欢他……你们谁也不像我这样喜欢他……嗳，对不起，盖尔达，你是他的母亲……啊，他简直是个天使……”

“现在他才真是天使了呢。”塞色密纠正佩尔曼内德太太说。

“汉诺，小汉诺，”佩尔曼内德太太接着说下去，泪水从她的松软、苍白的面颊上流下来，“汤姆、父亲、祖父和所有别的人！他们都到哪儿去了？我们再也看不见他们了，唉，这是多么残酷无情啊！”

“还会见得着的。”弗利德利克·布登勃洛克说，一面把手紧紧在膝头上握着，目光低垂，耸了耸鼻子。

“不错，人们都这样说……可是，弗利德利克，有的时候，什么也不能给人安慰，有的时候——上帝饶恕我这么说——一个人对正义，对善良……对一切都怀疑起来。生活使我们心中许多东西都破灭了，使我们对很多东西失去了信心……再相逢……如果真能这样……”

可是这时塞色密·卫希布洛特在桌子后面站了起来，尽量站得高高的。她踮起脚尖，仰着脖子，敲着桌面，弄得软帽在头上微微抖动着。

“一定见得到的！”她使出全部力量喊道，一面挑战似的望着所有在座的人。

这个女教师，她一生中需要不断地同理智产生的种种怀疑作战，如今她以一个胜利者的姿态站在那里；她驼着背，枯干瘦小的身躯因为信念坚定而瑟瑟地颤抖着，模样活像一个操有惩罚权的神情激动的先知。